dtv

Fußball, Kino und Autorennen auf den Rinnsteinen vor ihrem Berliner Mietshaus: Die glückliche Kindheit von Julian und Paul endet jäh, als die nationalsozialistische Gesinnung sich in den Köpfen auszubreiten beginnt. Denn Julian, zwar evangelisch getauft, aber aus einer jüdischen Familie stammend, gehört fortan zu den »unerwünschten Personen«. Der Junge überlebt die Nazi-Zeit unter falschem Namen, in wechselnden Unterschlupfen, immer in Gefahr. Nach dem Krieg könnte eigentlich ein neues Leben beginnen, aber in Berlin ziehen plündernd die sowjetischen Truppen durch die Stadt. Als Pauls Schwester von russischen Soldaten vergewaltigt wird, wollen die beiden Freunde ihr zu Hilfe eilen, doch sie werden verhaftet und als angebliche »Werwölfe« in ein sowjetisches Internierungslager gebracht – das ehemalige KZ Buchenwald ...

Klaus Kordon wurde 1943 in Pankow im Nordosten Berlins geboren und siedelte 1973 nach Westdeutschland über. Seit 1980 ist er freiberuflicher Schriftsteller. Viele seiner Werke wurden in verschiedene Sprachen übersetzt und mit namhaften nationalen und internationalen Preisen bedacht. Kordon lebt in Berlin.

Klaus Kordon

Julians Bruder

Roman

Mit einem Nachwort des Autors

Deutscher Taschenbuch Verlag

Von Klaus Kordon
ist im Deutschen Taschenbuch Verlag erschienen:
Krokodil im Nacken (13404)

Ungekürzte Ausgabe
Juli 2008
Deutscher Taschenbuch Verlag GmbH & Co. KG,
München
www.dtv.de

Umschlagkonzept: Balk & Brumshagen
Umschlaggestaltung: Wildes Blut, Atelier für Gestaltung,
Stephanie Weischer
Umschlagfoto: akg-images
Druck und Bindung: Druckerei C. H. Beck, Nördlingen
Gedruckt auf säurefreiem, chlorfrei gebleichtem Papier
Printed in Germany · ISBN 978-3-423-21078-2

Gestern Nacht habe ich zum ersten Mal seit langer Zeit wieder von Julian geträumt. Wir waren etwa fünfzehn Jahre alt, er stand vor der Haustür zur Jablonskistraße 53, lächelte mir zu und fragte: »Wo warst du so lange?«

Es war ein so wirklichkeitsnaher Traum und Julians Gesicht erschien mir so vertraut, dass ich vor Schreck und Überraschung kein Wort herausbrachte.

»Sprichst du nicht mehr mit mir?«, fragte Julian. Und dann war er plötzlich fort.

»Jule!«, rief ich – und dann jagte ich im Traum durch die Straßen und suchte ihn. Es waren enge, graue, lichtlose Straßen; Straßen ohne Menschen. Und sie wurden immer schmaler. Die Häuser schienen auf mich zuzurücken, bedrohten mich. Ich geriet in Panik, wachte auf und konnte nicht wieder einschlafen.

Julian! Wie oft hatte ich ihn suchen müssen, wie oft Angst um ihn ausgestanden ... Ich musste wieder an den Winter 1944 denken, als er plötzlich weggelaufen war und damit sich und Mutter, Bille und mich in höchste Gefahr gebracht hatte. An jenem bitterkalten Januartag waren Bille und ich aus der Schule gekommen, hatten die Wohnung leer gefunden und sofort gewusst, dass er nicht abgeholt, sondern weggelaufen war.

Hilflos sahen wir einander an, und dann sagte Bille entschlossen: »Ich such ihn! Und wenn ich jede einzelne Straße abklappern muss – ich such ihn!«

Ich hatte nur wenig Hoffnung, dass unsere Suche erfolgreich sein würde, schloss mich ihr aber an. Julian und ich, wir waren doch nicht nur irgendwelche Freunde, wir waren »Brüder«.

Bille knöpfte sich die Gegend rings um den Alexanderplatz vor, ich lief bis Unter den Linden weiter, glaubte aber nach wie vor nicht so richtig an den Sinn dieser Suche. Berlin war ja keine Kleinstadt; wer nicht gefunden werden wollte, der war nicht zu finden.

Sehe mich noch durch die Straßen hetzen, fünfzehn Jahre alt, in der schwarzen Winteruniform der Hitlerjugend*. »Jule!«, flüsterte es immerzu in mir. »Jule! Mach doch keinen Mist. Jetzt kann der Krieg doch wirklich nicht mehr lange dauern, da darfst du doch nicht die Nerven verlieren, musst nur noch ein wenig Geduld haben ...«

Mutters, Billes und meine einzige Hoffnung: War der Krieg erst vorüber, würde auch der Hitlerspuk beendet sein, Julian vielleicht seine Eltern wiederfinden und alles wieder werden, wie es einmal war.

Mich quälte das schlechte Gewissen: Hatte ich in letzter Zeit denn nicht oft das Gefühl gehabt, Jule könnte irgendwann einen Ausbruchversuch aus unserem Wohnkäfig unternehmen? Ich hatte doch bemerkt, wie ihn dieses ewige Eingesperrt- und Leise-sein-Müssen belastete. Als wir ihn bei uns versteckten, hatten wir eine große Verantwortung übernommen – waren wir ihr nicht gerecht geworden?

Bille! Welche Mühe sie sich gegeben hatte, Julian aufzumuntern! Alle möglichen Bücher hatte sie in der Bibliothek für ihn ausgeliehen, sogar eine Gitarre hatte sie angeschleppt, damit Jule, wenn sie oder ich zu Hause waren, darauf üben

* Mit einem Sternchen gekennzeichnete Wörter sind im Anhang am Ende des Buches kurz erklärt.

konnte. Einer von uns beiden musste ja zu Hause sein, damit man im Haus glaubte, Bille oder ich würden auf dieser Gitarre herumklimpern. Durfte ja niemand wissen, dass sich nicht nur drei, sondern vier Leute in unserer Wohnung aufhielten.

Auch die Klassenkameradin, bei der Bille sich das Instrument ausgeliehen hatte, glaubte, Bille selbst wollte das Gitarrenspielen erlernen. Immer wieder fragte sie Bille nach ihren Fortschritten, und Bille musste lügen, sie komme nicht so recht zum Üben.

Von einer anderen Freundin hatte Bille sich beibringen lassen, wie man Bonbons kocht. Und das, obwohl sie doch viel lieber saure Gurken aß. Danach hatte sie dann mit Jule in der Küche gestanden und mit dem großen Holzlöffel in der gusseisernen Pfanne mit all der Milch, dem Zucker und der so knappen Butter gerührt. Die Masse durfte nicht anbrennen und es durften keine Klumpen entstehen …

Ein mühseliges Geschäft, diese Bonbonkocherei. Bille versuchte, es interessant zu machen, indem sie ständig irgendetwas plapperte; Julian jedoch machte nur ihr zuliebe mit. Er wusste, dass Bille dieses ganze Brimborium nur seinetwegen veranstaltete, und wollte sie nicht enttäuschen. Zu dieser Zeit waren die beiden ja längst ein Paar. Eine richtig große Liebe war zwischen ihnen entstanden; eine Liebe, um die ich sie anfangs heftig beneidet hatte.

Die Straßen an jenem bitterkalten Januartag! Es war Krieg, die halbe Stadt lag bereits in Trümmern. Ich lief an Ruinen vorüber, in denen Frauen, Männer und Kinder sich bemühten, noch irgendwelche Gegenstände aus dem Schutt zu retten; wichtige Papiere, Fotos oder Kleidungsstücke. Andere standen nur still vor ihren zerbombten Häusern und weinten. Es gab Straßenzeilen, die waren total ausgebrannt – nichts als qualmende, schwarze Ruinen –, woanders erstreckten sich

Wüsten von Schuttbergen. Und überall lag Mörtelstaub in der Luft, brannte in den Augen und erschwerte das Atmen.

In den noch heil gebliebenen Straßen waren durch die Detonationen der Bomben die Fensterscheiben herausgeflogen. Pappe ersetzte die Scheiben, und so erschienen mir die Fenster wie unzählige Totenaugen, die auf mich herabstarrten, als begriffen sie nicht, was wir Menschen uns da antaten. Nie zuvor hatte ich diesen Anblick als so gespenstisch empfunden.

Unter den Linden hingegen herrschte reger Betrieb. Fast wie in Friedenszeiten. PKW, Lastwagen und Busse rollten an mir vorüber, an den hier zumeist noch heilen Häuserfassaden prangten Werbeschriften und rund ums *Café Kranzler* wurde flaniert und manchmal sogar gelacht. Soldaten in Heeres- und Luftwaffenuniformen, sogar Matrosen, spazierten vorüber und fast jeder hatte eine junge Frau am Arm. Freude über den unverhofften Urlaub von der Front sprach aus ihren Gesichtern. Die jungen Frauen jedoch blickten eher bedrückt; fast so, als sorgten auch sie sich um Jule.

Natürlich war das nur Spinnerei. Die Frauen und Mädchen wussten überhaupt nicht, dass es Julian gab. Ihre Sorgen betrafen ihren Freund, ihren Mann, Vater oder Bruder. Ob er wohl heil aus dem Krieg heimkehren würde? Und ganz bestimmt dachten sie auch an sich selbst: Ob sie nach dem nächsten Bombenangriff noch am Leben sein würden? Vielleicht war das heute ja ihr letzter gemeinsamer Spaziergang. Schon lange wurde nicht mehr »Auf Wiedersehen!« gesagt, es hieß nur noch: »Na, dann überleb mal schön!«

Ich sah mir die Menschen an, zwischen denen ich hindurchlief, und hoffte nur, kein bekanntes Gesicht zu entdecken. Was sollte ich sagen, falls mich wer fragte, wo ich hinwollte? Meine Sorge um Julian war so groß … was, wenn ich mich durch irgendeine dumme Lüge verriet?

Später wurde aus meiner Sorge um Jule immer mehr Wut. Was hatte er denn vor? Wo wollte er hin? Gab doch niemanden mehr, der ihn aufnehmen konnte. Bei uns hatte er sich eingesperrt gefühlt, aber wo, verdammt noch mal, war er nicht eingesperrt? – War er etwa nur mal so weggelaufen, ganz planlos, weil er mal frische Luft schnappen wollte? Aber nein, dafür war er viel zu klug. Oder – mir stockte fast das Herz – war er nur deshalb weg, weil er Mutter, Bille und mich nicht länger gefährden wollte? Jule war so etwas zuzutrauen. Aber wenn er es nur aus diesem einen Grund getan hatte, dann lief er jetzt irgendwo ganz allein durch die riesige, kalte, graue Winterstadt – und bereute vielleicht schon, nicht doch in seinem Versteck geblieben zu sein …

Jener Tag! So lange her – und mir noch immer so nah. Die Freundschaft zu Julian, sie hatte meine ganze Jugend bestimmt. Ich glaube nicht, dass es viele Menschen gibt, die das Glück hatten, eine solche Freundschaft zu erleben. Noch dazu in dieser Zeit. Doch habe ich dafür einen Preis zu bezahlen – die Träume, die mich bis heute verfolgen. Was geschehen ist, will einfach nicht vorübergehen; immer wieder muss ich alles neu erleben.

Erster Teil
Jablonskistraße 53

Zwillinge

Die »Zwillinge«, so wurden Julian und ich in der Jablonskistraße nur genannt. Dabei sahen wir einander überhaupt nicht ähnlich. Jule war der eher schmale, dunkelhaarige Junge, ich der kompakte Blonde mit den Sommersprossen über der Nase; Jule war ein Kind, das gern lachte, ich ein eher vorsichtiges, misstrauisch blickendes, das man erst zum Lachen bringen musste.

Vom Alter her waren wir nur vier Tage auseinander, Julian kam am 7. November zur Welt, ich am 11. Aufgewachsen sind wir in der Jablonskistraße 53, Berliner Innenstadt, nicht weit vom Alexanderplatz. Jule und seine Eltern wohnten im Vorderhaus 3. Stock, meine Eltern, meine Schwester Bille und ich im Hinterhaus 2. Stock. So lagen unsere Wohnungen einander schräg gegenüber und Jule und ich konnten von Fenster zu Fenster Kontakt miteinander halten.

Ja, wir waren wohl wirklich so etwas wie Zwillinge – weil wir so unzertrennlich waren. Immer steckten wir zusammen, nur selten sah man einen von uns allein. Oft suchte der eine den anderen.

Ich weiß noch, wie ich im Winter, wenn Schnee auf den Fensterbrettern lag, Botschaften auf das Brett vor unserem Küchenfenster schrieb, weil ich es ohne Jule so langweilig fand. »Kommst du runter?«, schrieb ich, »Hast du schon Mathe gemacht?« oder auch nur »Kino?«. Er antwortete jedes Mal, indem er ein vorgefertigtes Pappschild an die Fensterscheibe drückte: »Ja«, »Nein«, »Komme« oder »Keine Zeit«.

Waren die Fenster mit Eisblumen verziert, kratzten wir unsere Fragen und Antworten mit Fingernägeln in den dünnen Eisbelag, und unsere Mütter schimpften, sie würden doch nicht für die Straße heizen.

Es gibt mehrere Fotos von Julian und mir. Julians Vater hat sie gemacht. Auf dem ersten liegen Jule und ich an einem offensichtlich sehr warmen Sommertag auf einer Decke im Hof, beide total nackt, beide sorgenvoll wie zwei Staatspräsidenten am Daumen lutschend. Drei Jahre später fotografierte uns Julians Vater auf der Teppichklopfstange. Wir sitzen auf der mittleren Strebe, hinter uns unsere stolzen Mütter, die uns festhalten, damit wir nicht herunterfallen von diesem Thron; Jule strahlt mal wieder, als ginge es um ein Werbefoto für Kindernahrung, ich beäuge stur den schwarzen Kasten, der da auf uns gerichtet wird.

Dann das Einschulungsfoto! Das war 1934. Die feinen Anzüge, die blank geputzten Schuhe, die großen Schultüten! Links Jule Strahlemann, rechts Paule Miesepeter.

Wir kamen in dieselbe Klasse und standen sogar im Klassenbuch übereinander: Erst Scholz, Paul, dann Sternberg, Julian. Und so einträchtig, wie wir zuvor im Buddelkasten gespielt, auf unserer geliebten Teppichklopfstange herumgeturnt oder mit Jules Taschenlampe unseren Hauskeller erforscht hatten, so saßen wir nun in einer Schulbank und machten an den Nachmittagen gemeinsam Schularbeiten. Und wenn alles erledigt war, gingen wir noch lange nicht auseinander. Im Sommer und Herbst trieb es uns in die Laubenkolonien an der Greifswalder Straße, um Kirschen, Äpfel, Pflaumen und Birnen zu klauen, oder wir spielten vor unserem Haus Fußball – Jule immer der Stürmer, ich der Verteidiger. Lag im Winter Schnee, zogen wir mit Bille auf dem Schlitten in den Friedrichshain.

Bille ist auf den Namen Sibylle getauft, wurde aber vom

ersten Tag ihres Lebens an nur Bille gerufen. Sie ist nur ein Jahr jünger als ich und war oft dabei, wenn Julian und ich etwas unternahmen; später sogar fast immer.

Was Jule und ich nicht gemeinsam hatten, war das Lesen. Hatte Jule ein neues Buch am Wickel, beschäftigte es ihn jedes Mal sehr. Dann erzählte er mir die Geschichte und stellte dazu Fragen. Ich aber, der ich das Buch gar nicht kannte, wusste auf alles irgendwelche Antworten, nur weil ich nicht allzu lange in seine Nachdenkereien verwickelt werden wollte. Ich hatte es gern einfach: Fußball spielen oder ins Kino gehen machte Spaß; sich mit Fragen abzugeben, auf die man ohnehin keine Antwort fand, machte keinen Spaß.

Julian wusste auch lange nicht, was er mal werden wollte; ich wusste es schon als Drittklässler: Ich wollte Autoschlosser werden. Autos waren meine Welt. Es gab nichts Schöneres für mich, als auf den Rinnsteinen der Jablonskistraße Autorennen zu veranstalten. Alle Jungen in unserer Straße besaßen solche damals sehr beliebten, etwa anderthalb Finger langen Metallrennwagen. Erhielten sie einen Stoß, flitzten sie auf dem Rinnstein entlang. Mein Renner war immer besonders gut geölt. Und während die anderen ihre Silberpfeile mit Knete füllten, damit sie schwerer wurden, keine Kurven fuhren und nicht vom Rinnstein fielen, goss ich meinen mit flüssigem Blei aus. Damit war er unschlagbar.

Julian hatte meinen Auto-Ehrgeiz nie verstanden. Doch spielte er mit, wenn wir zu fünft, sechst oder siebt auf dem Straßenpflaster knieten und für eine Weile die gesamte restliche Welt vergaßen.

Einmal nur, ein einziges Mal, haben wir uns geprügelt. Als Zweitklässler. Wir kamen gerade aus der Schule, und Jule hatte gesagt, Bille würde schielen. Eine Schande für die ganze Familie, wie ich fand. Wütend boxte ich ihm in den Bauch, er boxte zurück und im Nu waren wir ein Knäuel und rollten übers Straßenpflaster. Ich weiß noch genau, ich hätte in diesem Augenblick am liebsten geheult – Jule und ich, wir durften einander doch nicht wehtun!

Zwei Frauen rissen uns auseinander, und dann standen wir da, schnieften und wagten nicht, uns anzublicken. War doch egal, ob Bille schielte oder nicht! Wir waren die besten Freunde der Welt und Bille war doch nur ein Mädchen. Und wegen einer Mieke prügelte man sich doch nicht, egal, ob sie meine Schwester war oder nicht. Wir haben es dann auch nie wieder getan.

Billes Schielerei stellte Mamusch dann auch bald fest. Sie ging mit ihr zum Augenarzt und Bille bekam für einige Monate eine besondere Brille verpasst. Das Schielen ließ nach und verschwand irgendwann ganz.

Dass Julian und seine Eltern Juden waren, habe ich lange nicht gewusst. Nicht mal Jule selbst hatte es gewusst. Sogar das Wort »Jude« war uns fremd.

Ich erinnere mich an einen Herbsttag – Jule und ich gingen noch nicht zur Schule, also muss es noch vor Hitlers Machtergreifung gewesen sein –, da sahen wir eine Gruppe Männer durch die Jablonskistraße ziehen. Sie trugen lange, schwarze Kaftane und breitkrempige, ebenfalls schwarze Hüte, und einige von ihnen zierten lange Bärte, aber alle hatten sie Schläfenlocken an den Ohren herunterbaumeln. Wir fanden »den Verein« lustig, liefen den Männern ein Weilchen nach und lachten. Die gehörten doch sicher zu irgendeinem Zirkus. Ob unsere Eltern mit uns hingehen würden? Dass es fromme Juden waren, begriffen wir erst sehr viel später.

Ein andermal – da muss Hitler schon ein paar Wochen an der Macht gewesen sein – sahen wir im Schaufenster der kleinen Kneipe in unserer Straße ein Schild: *Juden unerwünscht*. Jule konnte schon etwas lesen, sein Vater hatte es ihm beigebracht. Langsam buchstabierte er mir vor, was auf dem Schild stand, und wir vermuteten, dass es sich bei diesen »Juden« um eine ganz besonders bösartige und bissige Hunderasse handeln musste. Weshalb sonst durften sie nicht in die Gastwirtschaft?

Auch in der Schule wusste lange niemand, dass Jule aus einer jüdischen Familie kam. Er war evangelisch getauft und sah nicht aus wie die Karikaturen, die in den Zeitungen und Illustrierten abgebildet waren: hässliche, langnasige »Schacherjuden«, in deren Augen Raff- und Geldgier, bösartige Schlauheit, Geilheit und Prunksucht leuchteten. Fräulein Frohwein, in den ersten drei Jahren unsere Klassenlehrerin, mochte Jule, so glaube ich, sogar ganz besonders. Er war ja ein richtig hübsches Kind, lernte gut und fiel nur durch sein lautes Lachen auf. Erst als wir in die vierte Klasse kamen – 1937 –, änderte sich das. Da war Fräulein Frohwein plötzlich verschwunden – keiner wusste, wohin – und der Breitenstetter wurde unser neuer Klassenlehrer; Breitenstetter, über den die größeren Schüler gern witzelten: »Ist schlecht Wetter, meide Breitenstetter«, weil der sehr sportliche Lehrer es liebte, seine Schüler auch bei Regen im Sportunterricht über den Sportplatz zu hetzen, bis sie sich vor Erschöpfung am liebsten flach in die Pfützen geworfen hätten. Abhärtung nannte er das; zäh wie Leder, flink wie Windhunde und hart wie Kruppstahl sollten wir werden; ein Wunsch seines Führers Adolf Hitler.

Der Karl Breitenstetter war so eine Art Modell-»Arier«*, groß, dunkelblond, schmalhüftig und breitschultrig. Und er war ein überzeugter Nazi. Immer trug er das rote Parteiabzeichen mit der »Hitlerspinne« – dem Hakenkreuz – am Revers, ständig schwärmte er von »unserem Führer«. Grüßte er, schnellte sein Arm vor, als wollte er eine Fliege fangen, sein »Heil Hitler!« klang wie ein Trompetenstoß.

Ich sollte ihn drei Jahre zum Lehrer haben – und die ganze Zeit über hasste ich ihn! Das lag nicht an seinem Sportunterricht, das lag an Breitenstetter selbst.

Wie er an jenem ersten Tag als unser neuer Klassenlehrer mit dem Klassenbuch in der Hand durch die Bankreihen schritt! Ein stolzer Riese vor jämmerlichen Zwergen. Wie er dabei einen Namen nach dem anderen aufrief! Er wolle sich unsere Gesichter einprägen, erklärte er uns, wir sollten ihn dann später prüfen. Wenn er nämlich einmal zu einem Namen ein Gesicht gesehen habe, vergesse er nie wieder, welcher Name zu welchem Gesicht gehöre.

Das imponierte mir noch.

Aber dann rief er Julian auf – und stutzte: »Sternberg? Ist das nicht jüdisch?«

Zu jener Zeit war es schon zwei Jahre her, seit die Juden von allen staatlichen Schulen verwiesen worden waren. Jule und ich hatten das nur am Rande mitbekommen und auf diese Weise auch erfahren, dass »Juden« wohl doch keine unerwünschten Hunde waren, sondern Menschen, die von den meisten anderen nicht gemocht wurden. Tiefer berührt aber hatte uns das nicht; wir waren ja keine Juden. Und so sagte Jule denn auch voller Überzeugung zu Breitenstetter, dass er nicht jüdisch, sondern evangelisch sei. So stehe es ja auch im Klassenbuch.

»Ja, ja, das steht hier.« Breitenstetter runzelte seine hohe, klare Stirn. »Aber Sternberg – das klingt doch sehr jüdisch.«

Alle in der Klasse hielten den Atem an: Jule – einer von diesen Juden, mit denen keiner etwas zu tun haben wollte? Wenn das stimmte, war das ja jetzt wie im Kriminalfilm; der

Schurke, der sich so lange versteckt gehalten hatte, wurde enttarnt.

»Komm mal nach vorn.« Breitenstetter schob Julian vors Fenster und musterte ihn von allen Seiten. Und dann lächelte er plötzlich stolz und sagte: »Ich würde jede Wette eingehen, dass du ein Judenbalg bist.«

Jule musste sich die Tränen verkneifen. »Aber das stimmt nicht!«, rief er empört aus. »Das … das müsste ich ja wissen.«

Breitenstetter lächelte noch fröhlicher.

»Vielleicht haben dir deine Eltern ja nicht die Wahrheit gesagt – ein Jude zu sein ist ja nichts, worauf man stolz sein kann, nicht wahr?«

»Aber ich bin evangelisch!« Jetzt konnte Jule die Tränen nicht mehr zurückhalten. Mit einer trotzigen Handbewegung wischte er sie fort.

Breitenstetter nahm das Klassenbuch und hob damit Julians Kinn ein wenig an; so, als wollte er ihn auf gar keinen Fall berühren. »Ob getauft oder nicht, Jude bleibt Jude! Das mit euch Judenchristen ist doch nur Tarnung. Oder ist der Wolf etwa kein Wolf mehr, wenn er sich einen Schafspelz überzieht? Na, mach dir mal keine Sorgen. Ich werde Erkundigungen einholen, und dann werden wir schon sehen, zu welcher Mischpoche du gehörst.«

Mischpoche ist ein jiddisches* Wort. Es steht etwas abfällig für »Verwandtschaft«, auch im weitläufigen Sinn.

Julian durfte sich wieder setzen und starrte mit bleichem Gesicht auf seine Hände. Ich hätte gern etwas Tröstendes zu ihm gesagt, doch mir fiel nichts ein. Der neue Lehrer aber hatte bereits bei mir verspielt. Was bildete der sich denn ein? Wie konnte er es wagen, ausgerechnet Julian zum Juden zu machen? Jule war doch immer der gewesen, den alle mochten;

Juden wurden nicht gemocht. Wie sollte das zusammenpassen?

Breitenstetter machte dann weiter mit seinem Gesichter-Einstudieren. Julian jedoch nahm nichts mehr wahr, starrte nur ungläubig vor sich hin. Irgendwann stieß ich ihn an. »Jule! Ärger dich doch nicht! Der ist doch nur blöd.« Und als er nichts erwiderte, fügte ich noch hinzu, was Vater manchmal über die Nazis sagte: »Dem sitzt die braune Kacke im Kopf.«

Mein Glück, dass Breitenstetter das nicht gehört hatte! Ich wusste ja gar nicht, was ich da gesagt hatte.

Tags darauf hatte Breitenstetter herausgefunden, dass Sternbergs tatsächlich Juden waren.

Nur aus Versehen – eben, weil er evangelisch getauft sei – habe Julian so lange an unserer Schule bleiben dürfen, erklärte er uns. Doch damit sei nun Schluss, seine Eltern sollten ihn ab sofort auf einer Judenschule anmelden.

Jule senkte nur still den Kopf. Er wusste bereits, dass der Breitenstetter Recht hatte. Er hatte sich am Abend zuvor bei seinen Eltern über den Lehrer beschwert und da hatten sie ihm die Wahrheit sagen müssen. Sie hätten gehofft, dass seine Religionszugehörigkeit ein Schutz für ihn sei und er deshalb an der Schule bleiben dürfe, entschuldigten sie sich für ihr Stillschweigen. Er sollte doch aufwachsen wie andere Kinder auch, und in Wahrheit sei er ja auch gar kein Jude, eben weil er evangelisch getauft sei.

In mir stieg Wut auf. Was sollte dieser ganze Quatsch denn überhaupt? Wieso sollte Jule auf einmal ein schlechterer Mensch sein als andere? Weshalb musste dieser Breitarsch Breitenstetter alles kaputtmachen? Ich wollte weiter mit Jule in eine Klasse gehen. Doch natürlich wagte ich nicht, das zu sagen.

Hansi Schmidt, unser Klassenbester, ein dicklicher, blonder Junge, der viel Angst vor den Lehrern hatte, sich ihnen aber trotzdem irgendwie zugehörig fühlte, meldete sich. »Wie haben Sie denn so schnell gemerkt, dass Julian ein Jude ist?«, fragte er voller Ehrfurcht.

Eine Frage, die Breitenstetter freute. Er befahl Jule, vor die Tafel zu treten, so dicht wie möglich, und dann zeichnete er mit der Kreide seine Kopfform nach. Als er damit fertig war, blickte er sich in der Klasse um, entdeckte mich und befahl mir, mich ebenfalls vor die Tafel zu stellen. Er zeichnete auch die Umrisse meines Kopfes nach und wies mit vielen wissenschaftlichen Argumenten nach, dass ich einen ausladenden Hinterkopf, Julian aber einen nur sehr schwach ausgeprägten Hinterkopf habe. »Der Paul ist ein typischer Arier. Er besitzt einen nordischen Langschädel, graublaue Augen und eine gerade Nase. Dem Sternberg hingegen sieht man sein Untermenschentum schon an der nur wenig ausgeprägten Kopfform an. Außerdem hat er sicher Plattfüße. Stünde nicht zu befürchten, dass seine Füße stinken, würde ich euch das vorführen.«

Fast alle lachten und Breitenstetter schickte Jule und mich auf unsere Plätze zurück. »Es gibt aber noch drei weitere wesentliche Merkmale, an denen man den Juden erkennt«, fuhr er danach fort. »Erstens: die große, hängende Nase, zweitens: die spitzen Ohren, drittens: die wulstigen Lippen.«

Da kuckten auch alle anderen verblüfft: Julian hatte weder eine große, hängende Nase noch spitze Ohren oder wulstige Lippen.

Breitenstetter sah uns unsere Ratlosigkeit an und lächelte großzügig. »Das kann man jetzt noch nicht sehen, da der Jude Sternberg noch ein Kind ist. Später, wenn er größer geworden ist, erkennt man seine Jüdischkeit auf den ersten Blick.«

Das war zu viel, dem musste ich widersprechen. Und so meldete ich mich und sagte, dass Julians Eltern aber auch keine großen, hängenden Nasen, spitzen Ohren oder wulstigen Lippen hätten.

Grinsend stellte er sich vor mich hin, der groß gewachsene, breitschultrige Mann, sah voller Spott auf mich herab und fragte, ob ich etwa klüger als die Wissenschaft sein wolle. Den Unterschied zwischen der arischen und der semitischen Rasse hätten schließlich Professoren festgestellt. »Und da kommt nun so ein Dreikäsehoch wie du, der noch nicht mal über seine eigenen Schnürsenkel pinkeln kann, und will alles besser wissen?«

Er wollte, dass die anderen wieder lachten, und wurde prompt bedient. Gleich darauf hielt er einen längeren Vortrag über die Schädlichkeit des Weltjudentums und ließ mich dabei die ganze Zeit stehen. Allein die Juden wären schuld an all dem Unglück in der Welt, sagte er. Bis vor ein paar Jahren hätten sie auch das deutsche Volk ausgebeutet. Alle großen Warenhäuser hätten Juden gehört, die wichtigen Zeitungen auch. »Die reichen Textilfabrikanten – alles Juden! Auch die deutsche Kultur – total von Juden unterwandert! Der deutsche Mann, die deutsche Frau – egal ob Arbeiter der Stirn oder Arbeiter der Faust – wurden ausgebeutet. Hätte unser Führer diesem verbrecherischen Treiben nicht Einhalt geboten, hättet ihr vielleicht schon morgen allesamt für den Juden Sternberg arbeiten müssen.«

Er zeigte auf ein paar von uns und danach mit weit ausgestreckter Hand auf Jule und ergänzte: »Das könnt ihr euch merken: Juden sind Ausbeuter, Wucherer und Bolschewiken*. Sie gehören nicht in unseren Kulturkreis, also sollen sie gefälligst dorthin verschwinden, wo sie hergekommen sind. Denn Rassenmischung, auch das ist erwiesen, bedeutet den Tod eines Volkes. Die deutsch-nordische Rasse aber trifft das besonders, denn wir, die Herrenrasse, sind von der Vorsehung dazu auserwählt, die Welt so umzugestalten, dass alle wertvollen Menschen in Glück und Frieden leben können.«

Alle schwiegen wir, nur wenige blickten vorsichtig zu Julian hin. Dass aus ihm mal ein so großer Verbrecher werden sollte? Und jetzt konnte man ihm das noch gar nicht ansehen? So ähnlich müssen die meisten gedacht haben.

Jule sank immer mehr in sich zusammen. Ich stand neben der Bank und gab mir Mühe, nicht loszuheulen. Wie befreiend wäre es gewesen, hätten wir beide jetzt einfach verschwinden können, in unser Haus, auf unsere Teppichklopfstange.

Erika war es dann, die kleine, zierliche Erika aus der Winsstraße 28, die so gern las und am liebsten Gedichte vortrug, die den Breitenstetter fragte, wo die Juden denn eigentlich hergekommen seien.

»Aus der Wüste«, antwortete er. »Aus einem Land namens Palästina. Und da sollen sie auch wieder hin.« Und er fügte hinzu: »Viele Juden wollen das ja selber. Manche aber möchten lieber hier bleiben. Weil hier eben keine Wüste ist und es jede Menge Menschen gibt, die zu dumm sind zu erkennen, wie sehr sie ausgebeutet werden.«

Als er das sagte, blickte er mich an – ich stand ja noch immer – und winkte ab. »Setzen, Scholz!«

Erlöst setzte ich mich und der Breitenstetter wanderte weiter durch die Reihen und setzte seinen Vortrag fort. Dass Juden viel weniger Gehirnmasse hätten als »Arier«, erzählte er uns, dafür aber sehr geschickte Betrüger seien. »Sie verstehen es, uns zu blenden. Damit wir nicht bemerken, wie sie uns bestehlen.«

Er sagte das, blieb vor Jule stehen und fügte an, dass Julian seine Worte nicht persönlich nehmen solle. Schließlich könne er ja nichts dafür, ein Judenbalg zu sein – so wie ein Schwein oder Affe nichts dafür könne, ein Schwein oder Affe zu sein.

Wieder wurde gelacht, einige grunzten belustigt, andere pusteten die Backen auf, um Affengesichter zu schneiden. Jule liefen währenddessen die Tränen herunter und ich heulte vor Wut mit.

Wie der Unterricht zu Ende ging, weiß ich nicht mehr. Doch erinnere ich mich noch sehr genau daran, dass Julian an diesem Tag zum ersten Mal gehänselt wurde. »Julian Juuude«, riefen die Kinder ihm nach Schulschluss nach, »Jüdchen, Jüdchen, ab ins Tütchen!« und »Jude Itzig Lebertran hat im Arsch 'ne Rodelbahn.«

Ich wollte Julian verteidigen und rief zurück: »Selber Juden!« Ein Beweis dafür, dass ich immer noch nicht so recht verstanden hatte, worum es eigentlich ging; ich hielt die Bezeichnung »Jude« für ein Schimpfwort.

Julian war auch nicht klüger. Und so stellten wir uns an diesem Nachmittag auf einen Stuhl, um im Spiegel über der Küchenwasserleitung unsere Köpfe miteinander zu vergleichen. Ein Lehrer war doch ein Lehrer, der durfte doch keinen Blödsinn erzählen. Größere Unterschiede jedoch konnten wir trotz aller Mühe nicht feststellen.

Ein Jahr später wurde das mit den spitzen Ohren amtlich. Da musste jeder ab sechzehn eine Kennkarte bei sich tragen, und auf dem Lichtbild musste der Kopf so abgebildet sein, dass das linke Ohr zu sehen war. Es hieß, das linke Ohr verrate die semitische Abstammung. Außerdem waren die Kennkarten für Juden mit einem großen »J« auf der Außenseite und einem gelben »J« auf der Innenseite kenntlich gemacht.

Wieder standen Jule und ich vor dem Spiegel. Nun überprüften wir unsere linken Ohren. Und konnten erneut keinen großen Unterschied feststellen. Aber vielleicht lag das ja daran, dass wir erst zehn Jahre alt waren und noch gar keine Kennkarte benötigten. Neugierig sahen wir uns daraufhin die Ohren von Julians Eltern an – und erlebten erneut eine Enttäuschung: Auch sie hatten ganz normale »Löffel«.

Kleine Onkel

Julians Eltern meldeten ihren Sohn dann auf einer jüdischen Privatschule an. Sie lag im Grunewald und so hatte Jule nun einen weiten Schulweg: Die Straßenbahn brachte ihn zum Alexanderplatz, von dort fuhr er mit der S-Bahn zum Bahnhof Zoo, um gleich darauf erneut in eine Straßenbahn zu steigen und damit den ganzen langen Kurfürstendamm hinunter bis in den Grunewald zu rattern; das Villenviertel, in dem die Reichen und Berühmten lebten; eine ganz andere Welt als die Straße, in der wir aufgewachsen waren.

Anderthalb Stunden brauchte Jule für die Fahrt dorthin. Da er aber immer ein Buch dabei hatte, störte ihn der lange Schulweg nicht.

Doch kostete diese Schule Geld. Fünfunddreißig Mark im Monat. Und so viel Geld hatten Sternbergs nicht. Julians Vater war viele Jahre lang als Buchhalter am Hausvogteiplatz beschäftigt gewesen, bei *Katz & Co.*, einer Firma, die Damenbekleidung herstellte. Dort hatte er nicht schlecht verdient, doch hatten die Inhaber von *Katz & Co.*, zwei jüdische Familien, ihre Firma gleich nach Hitlers Machtergreifung verkauft und waren ins Ausland gegangen. Und der neue Inhaber beschäftigte keine Juden. So musste Julians Vater sich seither als Vertreter durchschlagen. Für Textilien aller Art. Viel brachte das nicht ein, doch reichte es zum Leben. Nur eben nicht für die Schule.

Jacob Jacubowski, ein Cousin von Julians Mutter, übernahm Julians Schulgeld. Dafür musste Jule einmal jeden Monat nach Weißensee rausfahren, um bei einem Stück Kuchen Bericht zu erstatten: Wie es ihm auf dieser Schule gefiel; wie seine Noten waren; was er mal werden wollte.

Die Jacubowskis waren seit über hundert Jahren Kürschner und Pelzhändler, und Jacob Jacubowski, ein schmaler Mann mit Halbglatze und stark vergrößerten Augen hinter der randlosen Brille, war Jule nicht unsympathisch. Dennoch fuhr er nicht gern nach Weißensee; er war nicht gern der arme Verwandte. Die beiden Töchter der Jacubowskis – zwei eingebildete Zicken, so Julian – beachteten ihn überhaupt nicht. Und saßen sie ihm beim Kuchen gegenüber in ihren hübschen Kleidchen, starrten sie ihn an, als wäre er ein aus dem Zoo entlaufenes Reptil. Ein Junge, dessen Vater nicht mal das Schulgeld aufbrachte? So etwas konnten sie sich überhaupt nicht vorstellen.

Auf der neuen Schule hingegen gefiel es Jule. Sie lag in Waldnähe und war in einer ehemals sehr vornehmen und geräumigen Villa untergebracht. Hohe Fenster erfüllten die Räume mit viel Licht. Eine Familie Goldschmidt hatte diese Schule gegründet, um den von den staatlichen Schulen verbannten Kindern einen Schulbesuch zu ermöglichen. Doch natürlich, als Privatschule wurde sie bis auf ganz wenige Ausnahmen allein von Kindern vermögender Eltern wie den beiden Töchtern Jacubowski besucht. Viele von ihnen kamen nicht per Bahn durch ganz Berlin gezuckelt, ein Chauffeur brachte sie hin und holte sie ab.

Das Wichtigste an dieser Schule aber war, dass es hier keine Breitenstetters gab. Nur jüdische Lehrer unterrichteten dort; Lehrer, die von den staatlichen Schulen verbannt worden oder aus England gekommen waren. Man wollte den Schülern den bestmöglichen Englisch-Unterricht bieten, um sie auf ein Leben im Ausland vorzubereiten.

Ich glaubte lange, dass an dieser Schule ganz anders unterrichtet würde als auf einer staatlichen, stellte mir alles viel freundlicher, gemütlicher vor. Laut Julian aber war es eine ganz normale Schule. Disziplin, Fleiß, Ordnung, Sauberkeit und Pünktlichkeit standen ganz weit oben auf der Werteskala und die Lehrer waren nicht weniger streng als anderswo.

Nein, auf der Goldschmidt-Schule wurde Jule nicht beschimpft, auf der Straße aber ging es jetzt erst richtig los.

Die Kinder und Jugendlichen in unserer Straße hielten es inzwischen wohl für so eine Art Pflicht, Julian und andere jüdische Jungen und Mädchen mit Spott oder Drohungen zu begegnen. Manche warfen sogar mit Steinen nach ihnen, und zweimal erlebte ich mit, wie ein riesiger Schäferhund auf Jule gehetzt wurde. Er schaffte es gerade noch rechtzeitig, die Haustür hinter sich zuzuschlagen.

Als ich Vater davon erzählte, wurde er so wütend, dass er gleich zur Polizei gehen und den Vater des Jungen, der den Hund von der Leine gelassen hatte – es war beide Male derselbe Köter –, anzeigen wollte. Mamusch riet davon ab: »Das werden Sternbergs nicht wollen. Dann wächst der Hass gegen sie ja nur noch mehr an.«

Es gab Jungen, die genau wussten, wann Jule von der Schule nach Hause kam. Sie warteten an der Straßenbahnhaltestelle auf ihn, um sich, kaum war er ausgestiegen, in Hauseingängen, hinter Litfaßsäulen und Häuserecken zu verstecken und danach mit lautem Geschrei über ihn herzufallen. Jule jedoch war auf der Hut und lief los, noch bevor der erste Schrei ertönte. Und oft holten Bille und ich ihn an der Straßenbahn ab, damit er diesen Weg nicht allein machen musste. Dann hetzten wir in die Jablonskistraße rein und immer weiter bis zur Nr. 53 und triumphierten, wenn wir es mal wieder geschafft hatten, den »Judenjägern« zu entkommen. In Wahrheit aber schämten wir uns. An einer Flucht war ja nichts Heldenhaftes, und wussten wir denn, ob wir morgen wieder »Sieger« bleiben würden?

Ich habe die Jungen und Mädchen gehasst, die Jule das Leben so schwer machten, doch wie hätten sie anders reagieren sollen? Da war ja diese ewige Beeinflussung, der sie unterlagen. Überall, in den Zeitungen, im Radio, an Litfaßsäulen, war es zu lesen und zu hören, dass Juden verbrecherisch, kriminell, schmutzig, minderwertig, böse, falsch, verlogen, verdorben, hinterhältig, gierig und gemein seien. Viele Eltern fielen darauf herein – und die Kinder plapperten nach, was ihre Eltern redeten. Bille und ich hatten Glück, unsere Eltern gehörten zu den wenigen, die anders dachten und uns das auch vermittelten. Dazu bedurfte es oft gar keiner Worte; allein ihr Nicht-Mitmachen und ihre ungläubigen Gesichter, wenn solche Lügen verbreitet wurden, lehrten uns, nicht jeden Mist zu glauben.

Natürlich fragte ich mich dennoch öfter, ob all das Schlimme, was über die Juden geschrieben und gesagt wurde, nicht doch stimmen konnte. So viele Menschen konnten doch nicht dumm sein oder lügen. Vielleicht waren Julian und seine Eltern ja nur die Ausnahmen, die die Regel bestätigen. Für Vater aber stand fest: »Es gibt nur zwei ›Menschenrassen‹ – die der anständigen und die der nicht anständigen Menschen. Und das hat nichts mit Herkunft oder Religion zu tun, sondern allein mit Charakter.«

Nein, Bille und ich haben es allein unseren Eltern und ihrer langjährigen Freundschaft mit Sternbergs zu verdanken, dass wir den Nazis nicht auf den Leim gingen.

Es gab aber auch Jungen und Mädchen, die nicht nur nachplapperten, was ihnen eingetrichtert worden war, sondern mit echtem Hass gegen Jule und andere jüdische Kinder vorgingen. Woher das kam, weiß ich nicht. Vielleicht hatten sie nur Spaß am Jagen und Einfangen und Wehtun. So wie sie Fliegen einen Flügel ausrissen, um sich daran zu ergötzen, wie das Insekt danach um sich selbst schwirrte, so wollten sie sehen, wie so ein »Jude« sich verhielt, wenn man ihn quälte.

Weil ich mich dafür schämte, dass Jule und ich immer nur wegliefen, anstatt uns gegen diese Angriffe zu verteidigen, wollte ich Julian im Hof Boxunterricht erteilen. Ich hoffte, dass wir, wenn wir uns dieser Übermacht einmal stellten, ihren Respekt gewinnen und diese Hetzjagden, Drohungen und Beschimpfungen mal aufhören würden. Doch er wollte nicht boxen lernen.

»Aber wenn wir immer nur weglaufen, werden sie dich ewig jagen«, beschwerte ich mich über seine mangelnde Verteidigungsbereitschaft.

Er zuckte nur trotzig die Achseln. »Soll'n se doch!«

Zweimal prügelte ich mich für ihn, obwohl er das nicht wollte. Einmal traf es Peter Fröhlich, einen kräftigen Jungen mit dicken, roten Wangen. Er hatte »Schau, schau, schau, da kommt die Judensau!« gerufen und Jule, als er an ihm vorüberlief, blitzschnell ein Bein gestellt. Jule fiel hin und schürfte sich Knie und Hände auf. Gleich stürzte ich mich so voller Wut auf Peter, dass er vor Überraschung auf den Rücken fiel und ich auf ihm zu sitzen kam. Und dann prügelte ich auf ihn ein, bis Jule und Bille mich von ihm fortrissen, da Peters Freunde sich gerade anschickten, ihm zu Hilfe zu eilen.

Ein andermal traf es Martin Gnaas aus dem Haus Nr. 47,

zwei Jahre älter als Julian und ich, Sohn eines SA-Manns* und eifriger Hitlerjunge. Er hatte einen Pflasterstein nach Julian geworfen und ihn am Kopf getroffen. Julian griff nach der Wunde und ich sah Blut zwischen seinen Fingern durchsickern. Blind vor Zorn griff ich Martin an, und wieder half mir meine Wut, den wesentlich größeren Jungen unterzubekommen.

Ich war kein Schläger. Es war allein diese Ungerechtigkeit, die mich so wütend machte, dass mir nichts anderes einfiel, als loszuschlagen. Ob ich auch so reagiert hätte, wenn ich an Jules Stelle gewesen wäre? Ich glaube nicht. Eine solche Ablehnung macht hilflos; es ist manchmal einfacher, den Freund zu verteidigen als sich selbst.

Doch es kam der Tag, da wehrte auch ich mich nicht mehr. An jenem Tag zog ein Fähnlein vom Jungvolk durch unsere Straße – Pimpfe, alle zwischen zehn und vierzehn Jahre alt. Und was grölten sie, als sie an unserem Haus vorüberkamen? Ein Lied, in dem es hieß, wenn erst das Judenblut vom Messer spritze, ginge es noch mal so gut.

Wir kannten das Lied bereits. SA-Leute sangen es oft. Jetzt aber waren es Kinder, darunter viele Gleichaltrige, die diese furchtbaren Worte aus sich herausschrien. Das berührte uns viel tiefer. Ich sah, wie Jule bleich wurde, und zog ihn ins Haus. Und da lief er, ohne noch ein Wort zu sagen, die Treppe hoch.

Die Ungerechtigkeit, die Julian widerfuhr, setzte mir schlimm zu. Nur gut, dass ich Vater hatte; mit ihm konnte ich darüber reden.

Vater war von Beruf Werkzeugmacher und arbeitete in den *Borsig*-Werken. Bis 1933 war er Mitglied bei den Sozialdemokraten und nach dem Reichstagsbrand* ein halbes Jahr lang eingesperrt – im KZ Sachsenhausen, nicht weit von Berlin. Ich kann mich an diese Zeit nur dunkel erinnern, war damals ja noch keine fünf Jahre alt. An jenen 27. Februar 1933, als der Reichstag brannte, erinnere ich mich aber noch recht deutlich. Da war am späten Abend plötzlich Vaters Freund Arthur gekommen. Ganz aufgeregt war er, der dickbäuchige Arthur Felske mit dem ewig roten Gesicht und der spiegelblanken Glatze, den Bille und ich seit unserer frühesten Kindheit kannten und der für uns so etwas wie ein Lieblingsonkel war. Er vergaß sogar, leise zu sprechen, obwohl Bille und ich doch längst im Bett lagen und er darauf Rücksicht hätte nehmen müssen. Wir wachten auf, lauschten, was da im Flur gesprochen wurde, und begriffen, dass unsere Eltern weggehen wollten. Vor Angst begannen wir zu weinen. Also zog Mamusch uns kurz entschlossen an und nahm uns mit. Es ging ja nicht weit, nur bis zur Prenzlauer Allee. Und da standen wir dann unter vielen anderen Leuten und blickten in Richtung Alexanderplatz.

Es war eine für Februar ungewohnt milde Nacht und in der Ferne, irgendwo hinter dem Alex, war der Himmel blutrot. Ein erschreckender Anblick; es sah aus, als ob die ganze Stadt brannte. Die Leute um uns herum redeten alle durcheinander, Bille und ich verstanden überhaupt nicht, worum es ging. Im Nachhinein jedoch kann ich es mir denken: Es wird um die Frage gegangen sein, wer für diesen symbolischen Brand verantwortlich war – die Kommunisten, wie die Nazis behaupteten, oder die Nazis selbst, wie ihre Gegner und auch meine Eltern und Arthur Felske vermuteten.

Tags darauf kamen zwei SA-Männer zu uns; einer riesig, einer eher schmächtig. Sie sagten, Vater müsse jetzt mit ihnen mitgehen, würde aber bald wiederkommen. Er blieb dann aber sechs Monate fort, und Mutter wusste nicht, wie sie Bille und mich satt kriegen sollte. Hätte Arthur Felske uns nicht unterstützt, hätte sie das auch nicht geschafft.

Als Vater wiederkam, sah er verändert aus. Ihm fehlten zwei Zähne und er war sehr mager. Über die Zeit im Lager redete er aber nur, wenn Bille und ich nicht in der Wohnung waren. Erst später erfuhren wir, dass Vater verhaftet worden war, weil er in dieser Nacht laut gesagt hatte, dass es seiner Meinung nach die Nazis selber waren, die den Reichstag angesteckt hatten. Einer der Umstehenden musste ihn denunziert haben.

Einige Monate lang war Vater dann sehr still, bald aber brach das alte Temperament in ihm durch; da konnte er öfter nicht den Mund halten.

Ich weiß noch, wie er sich einmal eine Hitler-Rede anhörte. Wir saßen in der Küche, und er hatte das Radio angestellt, das auf dem Küchenschrank stand. Ich habe dieses kehlige, heisere Schreien, das aus dem Radio drang, noch immer im Ohr. Manchmal schien die Stimme vor Wut sogar zu kreischen. Bille und ich saßen am Küchentisch, und ich war gerade dabei, ihren Papierdrachen zu flicken. Irgendwie aber war ich nicht richtig bei der Sache, sah nur immer Vater an, wie er mit gerunzelter Stirn und hin und wieder vor Ärger den Kopf schüttelnd zuhörte. Und dann sprang er mit einem Mal auf und stellte das Geschrei ab. Mamusch, die am Herd stand und in einem Eintopf rührte, blickte erschrocken auf, und da sagte er, Bille und mich ganz und gar vergessend, so etwas wie: »Dieser Lügner! Dieser Verbrecher! Wie er das Volk bescheißt! *Sein Volk*, die *Volks*gemeinschaft, das *Volks*ganze, das Blut des *Volkes*, *Volk ohne Raum* … und die Leute sind so dumm und merken nicht, wie sie missbraucht werden. Wer brüllt, gilt als begabter Redner.«

»Wilhelm!«, bat Mutter. »Denk an die Kinder.«

Vater aber war so in Rage, dass er nur abwinkte. »Ach was! Das verstehen se doch noch gar nicht.« Und zu Mutter gewandt, schimpfte er weiter: »Ich halte diese ewige Heil-Schreierei nicht länger aus. Wer die Wahrheit sagt, müsste doch nicht so laut schreien. Begreift das denn keiner?«

Mutter warf einen Blick auf uns – wir taten, als wären wir ganz und gar in unseren grünen Drachen vertieft –, dann flüsterte sie Vater zu: »Heutzutage *musst* du die Wahrheit sogar leise sagen. Vergiss das bitte nicht.«

»Ja, ja!«, gab Vater zurück. »Halte die Klappe und nähre dich redlich, ich weiß!«

Vater war sehr belesen und machte sich über vieles Gedanken, doch die Lebensklügere von beiden war Mamusch. Sie redete nicht so viel wie er, wusste aber immer, was zu tun war. Oft hielt sie Vater vor Unüberlegtheiten zurück.

An jenem Abend setzte Vater sich dann noch zu Bille und mir an den Tisch, nahm mir den Drachen aus der Hand und führte meine Flickschusterei zu Ende. Ich sehe diese Szene vor mir, als wäre es erst gestern gewesen: Mein nicht sehr kräftig gebauter, aber fest zupackender Vater mit dem dichten, früh ergrauten Haarschopf, der leichten Adlernase und den stets aufmerksam blickenden Augen, wie seine geschickten Finger Billes Drachen in Ordnung brachten. Dazu Mamusch, wie sie am Herd stand, im Eintopf rührte und uns beobachtete. Sie war ein wenig größer als Vater, sehr schlank, sehr weich, sehr geduldig, aber immer blass.

Unsere Eltern waren zu jener Zeit schon seit über zehn Jahren miteinander verheiratet, doch liebten sie sich noch immer. Wie oft griff Vater nach Mutter, um sein »Käthchen, mein Mädchen« an sich zu ziehen und ihr einen Kuss aufzudrücken; wie oft fuhr sie ihm zärtlich durchs Haar, wenn er mal wieder ganz still dasaß und nachdachte.

Bille und ich, wir hingen an beiden, doch bestimmte Themen waren mit Vater besser zu erörtern als mit Mamusch. Einfach, weil er unvorsichtiger war. Deshalb lauerte ich auf eine Gelegenheit, mal mit ihm allein zu sein, um mit ihm über Julian reden zu können.

Eines späten Nachmittags war es so weit. Mutter war mit Bille beim Arzt, weil Bille mal wieder Ohrenschmerzen hatte, und Vater saß in der Küche und las die Zeitung. Still setzte ich mich dazu und wartete darauf, dass er aufblickte. Nicht lange und er sah mich an. »Na? Haste was auf'm Herzen?«

Sogleich beklagte ich mich bitter über den Breitenstetter, Peter Fröhlich und Martin Gnaas und all die anderen, die Jule verhöhnten und manchmal sogar schlugen. Vater hörte aufmerksam zu.

»Jule ist doch gar kein Jude«, sagte ich zum Schluss. »Er ist evangelisch – genau wie ich! Sie sollen ihn in Ruhe lassen.«

Vater antwortete: »Ist doch egal, ob er Jude ist oder nicht. Ist auch völlig unwichtig, ob er aussieht wie die Juden auf den Litfaßsäulen oder in den Karikaturen der Zeitungen. Wichtig ist einzig und allein, dass er ein Mensch ist. Und Menschen sollte man menschlich behandeln. Wer etwas anderes verlangt, ist ganz automatisch im Unrecht.«

»Aber wie kann der Breitenstetter dann so etwas sagen?«

»Weil er dumm ist.« Vater grinste. »Oder glaubste etwa, dass alle Lehrer kluge Leute sind?«

Gleich darauf bedauerte er, was er gesagt hatte. Er fürchtete wohl, ich könnte es in der Klasse weitererzählen, und versuchte, das Ganze ein wenig ins Komische zu ziehen. Ob ich denn überhaupt wüsste, was einen echten Juden von einem so genannten Judenchristen unterscheide?

Ich wusste es nicht, und da fragte Vater mich, ob ich schon mal bemerkt hätte, dass Julian an seinem »kleinen Onkel« etwas fehle? Der »kleine Onkel« war in unserer Familie immer der Penis; Bille und Mamusch hatten keine »kleinen Onkel«, sie hatten »Lieschen«.

Ich kannte Jules »Onkel«. Als ganz kleine Knirpse waren wir öfter zusammen gebadet worden, mal bei Sternbergs, mal bei uns. Später veranstalteten wir gemeinsam mit anderen Jungen Wettpinkeln. Wer am weitesten das Straßenpflaster besprühte, hatte gewonnen. Jules »kleinem Onkel« fehlte nichts, er sah genauso aus wie meiner und der aller anderen Jungen.

»Das ist der Beweis, dass er kein Jude ist.« Vater schmunzelte und erzählte mir danach, dass »echte« Juden ihre Söhne beschneiden ließen. »Man schneidet ihnen ein wenig von der Vorhaut ab. Keine große Sache, aber doch deutlich zu sehen. Wäre Julian also ein ›echter‹ Jude, wäre er beschnitten und unter Religion würde ›mosaisch‹ stehen und nicht ›evangelisch‹.«

Ich war verblüfft. »Tut das nicht weh?«

»Das geht vorüber. Die Jungen sind dann ja erst acht Tage alt.«

»Und wer macht das?«

»Ein ritueller Beschneider. Es wird in der Synagoge, im Krankenhaus und manchmal auch bei den Leuten zu Hause vorgenommen. Weil Sternbergs aber schon wussten, dass sie Julian christlich taufen lassen wollten, haben sie ihn nicht beschneiden lassen.«

Wieder war ich verblüfft. »Woher weißte das denn alles?«

»Na, von Sternbergs.«

Also hatten Mutter und er immer schon gewusst, dass Sternbergs Juden waren!

Vater sah mich lange an, und ich hatte das Gefühl, als überlege er zum ersten Mal, wie ernsthaft er mit mir, dem zu dieser Zeit ja noch nicht mal Zehnjährigen, reden konnte. »Es ist schlimm, dass es Lehrer gibt, die Kindern einen solchen Blödsinn erzählen«, sagte er dann. »Der Mensch ist, wie er ist. Niemand hat das Recht, eine Rangordnung aufzustellen. Und das mit den jüdischen Ausbeutern ist der allergrößte Quatsch. Nimm nur die Großgrundbesitzer – alles keine Juden! Die Großindustriellen – auch nicht! Die Bergwerksbesitzer – ebenfalls nicht. Und unter den anderen Ausbeutern gibt es nicht mehr Juden als so genannte Arier. Außerdem: Wenn einer mir sagt, dass er die Ausbeutung beseitigen will, sage ich: Einverstanden, prima Sache! Wenn einer aber nicht die Ausbeutung, sondern nur die Ausbeuter beseitigen will und obendrein auch nur die jüdischen, sage ich: Menschen beseitigt man nicht! Und vielleicht bist du, der du da so lauthals nach Gerechtigkeit schreist, ja nur voller Neid und willst dem anderen nehmen, was du für dich selber willst.«

Worte, die mich ermutigten zu fragen, weshalb denn so viele Menschen etwas gegen die Juden hätten, wenn die in Wahrheit gar keine schlechteren Menschen seien. Vater erklärte mir: »Viele Juden sind sehr tüchtig, also sind sie wohlhabend. Das gefällt so manchem weniger Tüchtigen nicht. Also verbirgt sich hinter seinem Hass oft nur Neid. Andere schüren diesen Neid, weil er ihren Interessen nützt. Weißt du, wer sich als Beschützer ausgeben will, muss den Menschen Angst machen. Und dazu braucht er einen Feind, den die Menschen fürchten – und das sind dann leider oft die ›Fremden‹, auch wenn sie gar nicht wirklich ›fremd‹ sind in einem Land, in dem sie schon seit hunderten von Jahren leben.«

Ich kann Vaters Worte nur in etwa wiedergeben, ihr Sinn jedoch prägte sich mir ein. Und ich weiß auch noch, wie er mir an diesem Nachmittag die Hand auf den Arm legte, als wollte er, dass seine Worte ganz tief in mich eindringen, und mich bat, niemandem, aber auch wirklich niemandem etwas von diesem Gespräch zu erzählen. »Vergisst du das, sperren sie mich vielleicht wieder ein.«

Gerade wollte ich ihm feierlich verkünden, dass er keine Angst haben müsse, von mir würde niemand auch nur ein Sterbenswörtchen erfahren, als an der Türklingel gedreht wurde. Ich lief hin und öffnete – und stand vor Ömchen.

Ömchen, so nannten wir Vaters Mutter. Ihr – sie hieß Wilhelmine – hatte er seinen Vornamen Wilhelm zu verdanken, den er nicht besonders mochte; sie war es, vor der er sich immer wieder verteidigen musste, weil er es noch nicht zum Werkmeister gebracht hatte wie einst sein Vater.

Ömchen verstand nicht, dass Vater nicht gewillt war, in die Nazi-Partei einzutreten. Schließlich müsse er an den braunen Zinnober ja nicht glauben, sagte sie, es sei doch nur, um im Beruf vorwärts zu kommen. Für Ömchen musste jeder Mann – und auch jeder Enkelsohn – sein Leben lang versuchen, vorwärts zu kommen. Hitler war für sie nur so etwas wie ein neuer Kaiser – einer, der bestimmte, wo es langging. Und so einen, predigte sie Vater und Mutter immer wieder, müsse es schließlich geben, ganz egal, ob der einem gefiel oder nicht. Sie gebe ja zu, eine angenehme Erscheinung sei dieser Hitler nun gerade nicht, aber deswegen aufs Vorwärtskommen verzichten? Noch dazu, wo Vater doch ansonsten so klug und tüchtig sei? Mutter solle ihm doch mal ins Gewissen reden.

Mamusch aber redete Vater nicht ins Gewissen, und Vater lehnte es ab, ernsthaft mit Ömchen über einen Parteieintritt zu reden. Seine Mutter lebe eben noch im alten Jahrhundert, sagte er oft. Was Hitler wirklich wolle und wohin das alles noch führen werde, könne sie sich in ihren schlimmsten Alpträumen nicht vorstellen.

Bille und ich liebten Ömchen. Mutters Eltern lebten ja nicht mehr, Ömchen war unsere einzige Altvordere, wie sie selbst gern spottete. Sie beschenkte uns oft und konnte so schön von der Kaiserzeit erzählen: Wie es damals in den Straßen aussah; wie die Menschen sich kleideten; dass es noch keine Kinos, dafür aber Unmengen von Varietés und kleinen Theatern in der Stadt gegeben habe. Auch wie viele Söhne Wilhelm II. hatte und wie die alle hießen, erfuhren wir durch sie, und dass sie einmal, als ganz junges Mädchen, noch Wilhelm I. gesehen hätte, den alten Kaiser, den einzig wirklichen, wahren Kaiser. Gegen den sei dieser Hitler natürlich nur ein kleiner Furzer.

Das hatte sie wirklich gesagt! Ömchen liebte es, immer wieder mal, wie aus heiterem Himmel heraus, einen »Kraftausdruck« zu benutzen. Das sei wie schlechte Luft ablassen, erklärte sie Bille mal, hinterher fühle sie sich jedes Mal wie befreit. Keine Frage, dass auch Bille und ich gern mal schlechte Luft ablassen wollten, was Vater zum Lachen brachte, Mutter aber ganz und gar nicht gefiel.

An jenem späten Nachmittag küsste Ömchen Vater wie immer auf den Mund, was jedes Mal komisch aussah, so, als ob er noch ihr kleiner Junge war, und drückte auch mir einen Schmatzer auf. »Kinderlein!«, rief sie dann gut gelaunt. »Wisst ihr, was nächste Woche für ein großer Tag ist?«

»Kaisers Geburtstag?«, witzelte Vater. »Oder der Tag von Sedan, als die guten alten Preußen noch die bösen Franzosen in die Flucht schlugen?«

»Aber nicht doch!« Ömchen schlug Vater sachte auf den Kopf und die tausend Falten in ihrem weißen Gesicht vervielfältigten sich noch. »Nächste Woche wäre dein Vater achtzig geworden, Wilhelm. Das muss gefeiert werden. Deshalb lade ich euch alle zu einem Ausflug an den Wannsee ein. Da gibt es doch dieses hübsche kleine Gartenlokal, in dem Edi und ich früher Stammkunden waren. Das freut ihn, wenn er von oben sieht, wie wir da alle zusammensitzen, seine Mine, sein Sohn, seine Schwiegertochter, seine Enkelkinder.«

Das war Ömchen. Ihr Mann Eduard, von ihr noch immer zärtlich Edi genannt, war seit dreißig Jahren tot, sie aber feierte noch immer seinen Geburtstag und war fest davon überzeugt, dass er bei allem, was sie tat, dabei war. Sie hatte Bille und mir sogar mal verraten, dass er sie »von da oben« beschützte, und stolz hinzugefügt: »Euer Vater ist genauso. Der passt auch von oben auf seine Familie auf, wenn er mal dem Herrn guten Tag sagen muss.«

Vater wollte dem Herrn nicht so schnell guten Tag sagen und lachte nur über »Ömchens Geisterwelt«. Mamusch jedoch meinte, etwas Schöneres könne eine Mutter von ihrem Sohn eigentlich nicht sagen – und blickte dabei mich an, als fragte sie sich, ob auf mich wohl auch so viel Verlass sei.

Hexe Eisennase

Bille und ich waren gern bei Sternbergs zu Besuch. Ihre Wohnung war so ganz anders eingerichtet als unsere. Wir hatten zwei Zimmer und Küche; das eine war Vaters und Mutters Schlafzimmer, das andere die »gute Stube«, in der wir uns nur selten aufhielten, weil die Möbel geschont werden mussten. Schließlich sollten sie ein Leben lang halten. So hielten wir uns meistens in der Küche auf, die zum Glück groß genug war, dass zwei Sofas darin Platz fanden, auf denen

Bille und ich nachts schliefen. Unser Klo lag auf halber Treppe und wurde auch von den Nachbarn benutzt.

Sternbergs bewohnten eine große Vierzimmerwohnung mit Badezimmer. Es gab ein Eltern-Schlafzimmer, ein riesiges Wohnzimmer mit Erker, ein Esszimmer und ein Zimmer ganz allein für Jule. Um das Bille und ich ihn natürlich heftig beneideten.

Auch Sternbergs Möbel beeindruckten uns. Sie waren sehr dunkel und mit vielen Schnitzereien versehen, wirkten alt und kostbar. Im Wohnzimmer stand ein wuchtiges Klavier an der Wand, im Esszimmer gab es riesige Schränke mit Glasvitrinen voller Porzellanfiguren. Und überall standen Bücherschränke.

Vater las auch gern, doch holte er sich seine Lektüre aus der Bibliothek; wir hatten weder das Geld noch genügend Platz für so viele Bücher.

An den noch freien Wänden hatten Sternbergs Gemälde hängen – Tänzerinnen in Rüschenröcken, die über eine Bühne schwebten, ein einsamer Clown, eine düstere Nordsee-Landschaft. Es war überall zu sehen: Sternbergs war es mal richtig gut gegangen.

Jules Vater war schon etwas älter und wirkte auf uns immer sehr ruhig und ausgeglichen. Außerdem spielte er sehr gut Klavier. Ein Talent, das ihm jetzt sehr zustatten kam, denn so konnte er ein paar Mark hinzuverdienen, indem er Klavierstunden gab. Es kamen aber nur jüdische Kinder und Frauen zu ihm. Oft hörten Jule und ich, während wir in Jules Zimmer Schularbeiten machten, die Unterrichtsstunden mit an. Zwar entlockten Herrn Sternbergs Schüler dem großen Klavier im Wohnzimmer zumeist nur sehr steife Klänge, doch wenn er sich selbst ans Instrument setzte, um seinen Schülern vorzuspielen, wie das Stück, das sie gerade einübten, zu klingen hatte, dann hörte es sich an, als perlten seine Finger nur so über die Tasten.

Einmal erlebten wir auf diese Weise einen Streit mit. Eine junge Frau war zum Unterricht gekommen und irgendwann unterbrach sie ihr Spiel. Herr Sternberg sagte irgendwas, und sie antwortete laut: »Das spiel ich nicht!«

Leise huschten wir in den Flur, um besser zuhören zu können. So bekamen wir mit, dass die junge Frau das Stück, das Herr Sternberg ihr aufgetragen hatte, nicht spielen wollte, weil der Komponist ein Judenhasser sei. Julians Vater antwortete traurig: »Natürlich war er ein Judenhasser. Dennoch hat er große Musik geschrieben. Liebes Fräulein, ich verehre nicht den Menschen, der hinter dieser Musik steht, ich verehre und bewundere diese herrliche Musik.«

Das Fräulein erwiderte nichts, und ich stellte mir vor, dass sie ein ablehnendes Gesicht machte. Da fragte Herr Sternberg, ob sie Wilhelm Busch kenne, den Zeichner und Texter der Max und Moritz-Geschichten.

»Oh ja!«, rief das Fräulein und lachte. »Er hat so witzige und kluge Verse geschrieben.«

»Sehen Sie!« Julians Vater musste in diesem Augenblick auch gelächelt haben, seine Stimme klang so. »Und derselbe witzige und kluge Wilhelm Busch hat sehr böse Verse über uns Juden geschrieben. Soll ich deshalb über seine Geschichten nicht mehr lachen?«

Nach diesen Worten herrschte Schweigen, und irgendwann erklang dann wieder das Stück, das zuvor unterbrochen worden war.

Ich glaube, dass Herr Sternberg ein guter Lehrer war. Er schaffte es, dass man sich in seiner Gesellschaft wohl fühlte. Als wir noch klein waren, machte er gern Späßchen. Etwa, indem er sich seine Brille auf die Stirn schob, um sie danach mit vor Aufregung in der Luft herumfuchtelnden Armen zu suchen. Worüber Bille einmal so lachen musste, dass sie sich in den Schlüpfer puschte.

Mir imponierte an Julians Vater besonders, dass der kleine, rundliche Mann auch zu Hause stets Anzug und Weste trug – und dazu Hauspantoffeln! – und dass vor seinem Bauch stets und ständig eine goldene Uhrkette baumelte. Vater hätte ich mir in solchem Aufzug nicht vorstellen können.

Julians Mutter sehe ich immerzu irgendetwas backen oder kochen. Sie hatte ständig Angst, wir bekämen nicht genug zu essen. »Kinder müssen zulangen, sonst werden sie nicht größer als ich«, sagte sie oft. Sie war eine sehr kleine, zierliche Frau mit ponykurzen Haaren und warmen, braunen, ewig staunend blickenden Augen, die gern schöne Kleider und Schmuck trug. Da Mamusch bis auf ihren Ehering kein einziges Schmuckstück besaß, fiel das Bille und mir ganz besonders auf.

War Jule krank, flatterte seine Mutter wie ein aufgeregter Spatz. »Mein Goldjunge! Mein Augenlicht! Schmeckt dir nicht, was ich dir hinstelle? Die Küchlein sind mit Ei gebacken, die Milch ist ganz frisch. Sag mir, was kann ich noch für dich tun?« War er wieder gesund, lief sie durch die Wohnung und trällerte: »Da hat das Schicksal es aber wieder mal gut mit uns gemeint. Frieden, Liebe und Gesundheit, mehr will ich ja gar nicht.«

Das Letzte klang in Billes und meinen Ohren sehr komisch. Frau Sternberg hieß mit Vornamen ja selber »Liebe«. Und ihre jung verstorbene Schwester, von der ein Foto an der Wand hing, hieß »Perle«. Das wäre schon ulkig genug gewesen, doch hieß Frau Sternberg mit Mädchennamen auch noch »Himmelweit«. Liebe Sternberg, geborene Himmelweit! Über diese drei Namen machte Julians Mutter sich selbst oft lustig.

Das Schönste an Julians Mutter aber war, dass sie so gern Geschichten erzählte. Alle selbst ausgedacht. Eine werde ich nie vergessen, es war das Märchen von der Hexe Eisennase. Sie lebte im Wald, aber nicht in einem Pfefferkuchenhaus, sondern in einer steinernen, über und über mit Moos bewachsenen Höhle. Ein missgünstiger Zauberer hatte ihr einst eine Nase aus Eisen angehext. Darüber war sie erst sehr traurig, später aber freute sie sich, weil diese Nase sehr praktisch war. Wie oft die Leute aus den Dörfern rund um ihre Höhle sie auch fingen und verprügelten, weil sie glaubten, eine Hexe müsse in jedem Fall böse sein, ihrer Nase konnte das nichts anhaben. So lebte sie arm, aber nicht unglücklich, bis sie eines Tages merkte, dass sie mit dieser Nase nicht riechen konnte. Denn es waren drei Kinder in den Wald gekommen, zwei Jungen und ein Mädchen, und die konnten ganz wunderbar riechen, schnupperten an jeder Blume und jedem Grashalm und freuten sich an der Natur. Da wurde die Hexe Eisennase sehr traurig und suchte den Zauberer auf, dem sie die eiserne Nase zu verdanken hatte. Händeringend fiel sie vor ihm auf die Knie und schwor, alles für ihn zu tun, wenn er ihr nur ihre alte Nase wiedergab, die aus Fleisch und Blut. Der Zauberer war nicht abgeneigt, verlangte aber von ihr, dass sie ihm zuvor zwanzig Jahre lang die Hütte sauber halten musste, kehrte und wischte und auch noch für ihn kochte. Erst dann wollte er ihr ihre alte Nase wiedergeben. Sie war einverstanden, und tatsächlich, kaum waren die zwanzig Jahre um, erhielt sie ihre Nase aus Fleisch und Blut zurück. Froh, endlich wieder riechen zu können, lief sie durch den Wald und verliebte sich in jede duftende Blume, bis sie von den Dörflern entdeckt und gefangen wurde. Und – bums! – gab's etwas auf die Nase. Und nun blutete die wieder und schmerzte und die arme Hexe lief zurück zum Zauberer und wollte nun doch die eiserne

Nase zurückhaben. Dafür musste sie ihm erneut zwanzig Jahre zu Diensten sein, erst dann bekam sie die Nase aus Eisen zurück. Doch nun konnte sie wieder nichts riechen, keine Blume und nicht den Duft des Waldes, und das machte sie trauriger als je zuvor, und fortan überlegte sie ihr ganzes unglückliches Leben lang, welche Nase die bessere war.

Ein Märchen, von dem ich oft träumte. Ich wusste ja auch nicht, welches die bessere Nase war. Vielleicht träumte ich aber nur deshalb so oft davon, weil Bille, kaum hatte Julians Mutter die Geschichte beendet, ganz genau zu wissen glaubte, was die Hexe für eine Nase hatte.

»War das so eine lange gebogene?«, fragte sie.

»Aber natürlich!«, antwortete Julians Mutter. »Schau nur ins Märchenbuch, dann siehst du es, alle Hexen haben lange gebogene Nasen mit Warzen drauf.«

Da nickte Bille und sagte stolz: »Dann war das eine Judennase.«

Zu jener Zeit wussten Jule und ich und erst recht Bille noch nicht, dass Sternbergs Juden waren. Bille hatte in diesem Augenblick wohl nur an die Karikaturen in den Lesebüchern gedacht.

Doch Julians Mutter war nicht beleidigt. »Natürlich«, sagte sie. »Es kann auch eine Judennase gewesen sein. Den Kummer mit der zu weichen Nase, weißt du, den haben ja ganz viele Leute. Aber sag: Möchtest du lieber eine Nase aus Fleisch und Blut oder eine aus Eisen haben?«

Bille, schlau wie sie manchmal war, überlegte nicht lange. »Ich möchte zwei Nasen haben«, antwortete sie. »Dann kann ich wechseln. Will mich wer verhauen, setze ich die eiserne auf, gehe ich zu den Blumen, tausche ich sie vorher aus.«

Eine Antwort, die Frau Sternberg gefiel. Sie lachte, zog Bille an sich, küsste sie und seufzte: »Warum hab ich nicht auch so ein Goldtöchterchen bekommen? Einen Sohn zu haben, das ist schön, Sohn *und* Tochter zu haben ist aber noch viel schöner.«

Julians Mutter mochte Bille und mich wirklich sehr. Von dem Tag an jedoch, an dem der Breitenstetter aufgedeckt hatte, dass Julian Jude war, beobachtete sie uns. Das ist mir erst später bewusst geworden. Sie wollte wohl herausfinden, ob die Freundschaft hielt. Als sie dann mitbekam, dass wir Jule vor den anderen Kindern verteidigten, schloss sie uns noch mehr ins Herz. Und weil ja nun nichts mehr zu verheimlichen war, erzählte sie Jule, Bille und mir, wenn Herr Sternberg nicht da war, viel über ihre Kindheit in Slonim, einem jüdischen Schtetl*, in dem ihre Schwester und sie trotz aller Armut sehr glücklich aufgewachsen seien. Und manchmal feierte sie mit uns die jüdischen Feste.

Bille und ich merkten bald, dass Julians Eltern nicht in allem einig waren. Herr Sternberg fand diese Festefeierei dumm. »Der religiöse Aberglauben«, sagte er Jahre später mal zu Julian, »bringt die Welt nicht voran. Zweihundertfünfzig verschiedene Konfessionen gibt's auf der Welt – welche hat Recht? Und kann das jemand beweisen? Und denk ja nicht, dass wir Juden mit unseren alten Festen und Traditionen und steinalten Gesetzen klüger sind als andere. Da streiten sich die Rabbiner nun schon seit ewig und drei Tagen, ob denn nun ein Ei, das an einem Feiertag gelegt worden ist, gegessen werden darf oder nicht, und dann wundern sie sich darüber, dass unsereins sich von ihren ›weltbewegenden Problemen‹ gelangweilt fühlt … Nein, bisher ist noch keine Religion von dauerhafter Gültigkeit geblieben. Betrachte nur die Kultur der Pharaonen – wer glaubt heute noch an ihre Götter? Das Leben, Julian, ist ein Fluss – und wir sind die

Wasserflöhe, die darin treiben! Niemand da, der uns lenkt! Aus allem das Beste machen, das ist meine Lebensphilosophie.«

Julians Vater hatte Jule nicht evangelisch taufen lassen, weil er die evangelische Religion besser fand als andere, sondern weil er glaubte, dass der Mensch irgendwo dazugehören müsse. »Und wir leben nun mal in einem Land der Christen. Schon meine Vorfahren sind hier aufgewachsen, ich bin zu Hause in der deutschen Kultur. Wir dürfen nicht ewig Außenseiter bleiben.«

Als Herr Sternberg mitbekam, dass Julians Mutter mit uns Kindern hin und wieder die jüdischen Feiertage beging, machte er ihr Vorwürfe. Sie würde Julian damit nur verwirren. Er wusste, dass seine Frau darunter litt, dass er so ganz und gar gegen die jüdischen Traditionen war, doch konnte er, wie Julians Mutter das nannte, in dieser Hinsicht nicht über seinen Schatten springen. »Nur Hitler macht mich zum Juden«, sagte er gern, »ansonsten bin und bleibe ich Heinrich Sternberg.« Und benutzte Julians Mutter mal irgendein typisch jüdisches Wort, wies er sie streng zurecht: »Die deutsche Sprache ist unsere Sprache! Oder hat Heinrich Heine in seinen Gedichten etwa gejiddelt?«

Julians Mutter widersprach nur selten, hörte aber nicht auf ihren Mann. Lange suchte sie in der jüdischen Bibel nach einem Vers für Julian, der nur für ihn bestimmt sein sollte und den er, falls er in seinem Leben mal in eine Situation kommen sollte, in der er jüdisch beten wollte, dreimal täglich aufsagen müsse. Mit diesem Vers, so erklärte sie Jule, habe es eine ganz besondere Bewandtnis: Er müsse mit demselben Buchstaben anfangen wie sein Vorname – also mit einem J – und auch mit demselben aufhören wie sein Vorname – mit einem n.

Sie fand dann auch einen passenden Vers, doch wollte Jule ihn nicht auswendig lernen. Er hielt das für »Aberglauben« und natürlich gab ich ihm Recht: Für seinen Vater existierte kein Gott, für meinen auch nicht; wie sollten zwei so kluge Männer sich irren?

An die jüdischen Feiertage, die Julians Mutter manchmal mit Jule, Bille und mir beging, erinnere ich mich gern. Während des achttägigen Chanukka-Festes, das jedes Jahr in der Adventszeit stattfand und das ich für eine Art jüdisches Weihnachten hielt, wurde am ersten Tag eine Kerze angezündet, am zweiten die zweite und immer so weiter, bis am achten Tag alle Kerzen an Frau Sternbergs achtarmigem Leuchter brannten. Früher, so erzählte sie uns, habe dieser Leuchter immer auf dem Fensterbrett gestanden, damit alle Welt sich an diesen Lichtern erfreuen konnte. Jetzt stelle sie ihn lieber auf den Tisch – »wegen der vielen dummen Menschen, die es nun leider mal gibt«. Es wurden Geschenke überreicht, und danach erzählte Julians Mutter uns jedes Mal, dass dieses Lichterfest auf eine alte Geschichte zurückging. Lange vor Christi Geburt hätten die Juden nämlich mal syrische Eindringlinge aus dem Heiligen Land vertrieben, und nachdem sie ihren von den Syrern entweihten Jerusalemer Tempel zurückerobert hatten, wollten sie das Ewige Licht darin neu entzünden. Sie besaßen aber nur einen einzigen Krug Öl, der reichte für einen Tag und nicht für länger. Doch siehe da, ein Wunder geschah! Obwohl das Öl nur für einen einzigen Tag hätte reichen dürfen, erlosch das Ewige Licht erst nach acht Tagen. Deshalb würde dieses Fest acht Tage lang begangen und jeden Tag eine Kerze mehr angezündet.

Ein anderes Fest erinnerte an Fasching. Es hieß Purim und dazu musste man sich verkleiden und ein mit Mohn gefülltes

Gebäck essen, das Julians Mutter »Ohren« nannte. Und auch dieses Fest hatte etwas mit einer glücklichen Errettung zu tun. Diesmal waren es die Perser, die es nicht geschafft hatten, die Juden zu vernichten.

Es gab noch andere Feiertage, die Julians Mutter aber eher still beging. Jule erzählte Bille und mir davon und wunderte sich nicht weniger als wir über diese »fremdartigen Sitten«. So kicherten wir zum Beispiel gemeinsam darüber, dass seine Mutter von Freitag- bis Samstagabend zu Hause nichts anrührte, weil »Schabbes« war, der Schabbat-Tag*, der gläubigen Juden jegliche Arbeit untersagte. Im Winter mache sie dann nicht mal Feuer im Ofen, berichtete Jule, das müsse sein murrender Vater tun, der sich ja ohnehin andauernd versündigte. Zu wieder einer anderen Zeit fastete sie. Wegen ihrer eigenen Sünden! Wie rätselten wir, welche »Sünden« das wohl gewesen sein könnten!

Kein leichtes Leben für Julians Mutter. Der Mann, den sie liebte und vielleicht sogar ein wenig vergötterte, ein Nicht-Glaubender, der Sohn evangelisch getauft und damit nur noch für die Nazis ein richtiger Jude. Auch so ein Chanukka-Wunder, dass sie trotz allem eine so herzliche und gutmütige Frau geblieben war!

Novembernacht

In einer Nacht, zwei Tage nachdem Jule zehn Jahre alt geworden war und zwei Tage bevor ich diesen Geburtstag feierte, geschah dann etwas, das Jule noch tiefer verletzte als Breitenstetters Hasstiraden und die Verfolgungsjagden in unserer Straße. Fortan war er nicht mehr derselbe, lachte immer seltener, und Bille und ich waren schon froh, wenn er wenigstens mal lächelte.

In dieser Nacht schreckten auch Bille und ich aus dem Schlaf. Was war das für ein Sirenengeheul? »Feuerwehren«, sagte Bille gleich. »Das sind Feuerwehren.«

Wir sprangen auf und liefen ins Schlafzimmer unserer Eltern. Sie standen am offenen Fenster und lauschten in die Dunkelheit hinaus.

»Brennt es?«, fragte ich.

»Nicht bei uns«, sagte Vater. »Die Feuerwehren sind ja weitergefahren.«

Wir wollten uns wieder hinlegen, da hörten wir Lastwagen durch die Jablonskistraße brummen und Männerstimmen irgendwelche Lieder grölen. Vater nahm Mutter in den Arm, als wollte er ihr Trost zusprechen, und ich murrte: »Zu blöd, dass wir im Hinterhaus wohnen. Da kann man überhaupt nichts sehen.«

Mamuschs Antwort: »Sei froh, dass du nicht alles sehen kannst. Hab kein gutes Gefühl heute Nacht.«

Am nächsten Morgen, als Bille und ich zur Schule gingen, dauerte es nicht lange und wir wussten, dass Mutters Gefühl nicht getrogen hatte: Was war denn mit Cohns Schuhgeschäft passiert? Beide Schaufenster waren zerschlagen, die Auslagen geplündert, auf den Bürgersteig davor hatte jemand einen großen weißen Davidstern gepinselt.

Ich wusste, dass Cohns Juden waren, brachte es in diesem Augenblick aber nicht in einen Zusammenhang mit dem Vorgefallenen. »Das waren Diebe«, erklärte ich Bille. Als größerer Bruder glaubte ich, ihr ständig alles erklären zu müssen.

Bille jedoch war klüger als ich. »Und wozu dann in der Nacht die Feuerwehren und Lastwagen?« Sie tippte sich an die Stirn.

Nur zögernd gingen wir weiter durch den trüben Novembermorgen, als uns auf einmal ein paar betrunkene SA-Leute entgegenkamen. Sie trugen Beile und Knüppel in den Händen und hatten sich Textilien über ihre braune Uniform gezogen, die sie irgendwo gestohlen haben mussten: Büstenhalter, Hüftgürtel, Blusen, Röcke. Sie johlten laut und lachten vergnügt und trieben einen großen, dünnen Mann vor sich her. Seine Nase blutete, das linke Auge war bereits zugeschwollen, abwehrend streckte er die Hände aus. Mit Faustschlägen und Fußtritten trieben sie ihn weiter vorwärts.

Vor Furcht liefen Bille und ich auf die andere Straßenseite hinüber. »Das ist bestimmt auch 'n Jude«, flüsterte Bille mir ängstlich zu. Ich nickte nur still, so langsam verstand ich: Erst waren den Juden die Schaufenster eingeschlagen und ihre Läden geplündert worden, nun wurden sie auch noch verprügelt – so wie ja auch Jule immerzu Angst vor Schlägen haben musste; Jule, der um diese Zeit längst auf dem Weg in den Grunewald war. Gleich machte ich mir Sorgen: Hoffentlich passierte ihm nicht auch so etwas. Dass außerhalb unserer Straße kaum jemand wissen konnte, dass Julian Jude war, so weit dachte ich an jenem Morgen nicht. Dazu hatte ich viel zu viel Angst. Und sie sollte noch anwachsen, denn kaum waren wir in die Greifswalder Straße eingebogen, sahen wir weitere zerstörte Schaufensterscheiben. Vor manchen lagen so viele Scherben, dass wir im weiten Bogen ausweichen mussten. In den Geschäften entdeckten wir aufgerissene Schubladen, verstreute Wäschestücke, zertrümmerte Möbel und Unmengen zerschlagenes Glas und Porzellan; vor einem Kleidergeschäft lag eine nackte Schaufensterpuppe in den Scherben. Sie sah aus wie ein Mensch, der dort erschlagen und liegen gelassen worden war.

Mehrere Männer und Frauen standen vor diesem Laden.

»Wie kann man denn nur so etwas tun?«, fragte eine ältere Frau erschüttert. »Das ist doch Unrecht!«

»Unrecht ist, wie die Juden uns mitgespielt haben«, erwiderte ein junger Mann mit Hut und Aktentasche. »Jahrelang, ach was, jahrhundertelang haben se uns ausgebeutet und bestohlen, jetzt hat die Volkswut eben mal zurückgeschlagen.«

Und ein dicker Herr im viel zu engen Mantel sagte böse: »Soll'n se sich doch bei ihrem Grünspan beschweren, dem ham se dit doch allet zu verdanken.«

Ich merkte mir den Namen Grünspan, wollte nach der Schule Vater nach all dem fragen und ließ mich von Bille weiterziehen. Wir durften nicht zu spät kommen. Sie hatte einen Klassenlehrer, der für jede fünf Minuten Zuspätkommen eine Stunde nachsitzen ließ.

In der Schule wurde an diesem Tag viel getuschelt und gemunkelt, doch natürlich wusste keines der Kinder etwas Genaues und das große Wort führten allein die Witzereißer. Es gab so viele Judenwitze; sie hatten sie ihren Eltern abgelauscht und prahlten nun damit.

Als der Breitenstetter kam, hielt er eine kleine Rede. Sie bezog sich aber nicht konkret auf die Ereignisse dieser Nacht. Es kamen nur lauter Sprüche darin vor wie: »Was wir brauchen, ist Autorität und Ordnung. – Nur eine strikte Ordnung schafft Einigkeit im Fühlen und Denken. – Alles Denken muss aus der Seele kommen.« Und: »Man muss auf die Stimme seines Blutes hören.«

Nach der Schule, ich hatte eine Stunde später Schluss als Bille, flitzte ich gleich zu Sternbergs hoch. Ich wusste, dass Jule noch nicht zu Hause sein konnte, stieg aber trotzdem die Treppen zu ihrer Wohnung hoch; vielleicht um nachzuschauen, ob er nicht doch schon heimgekehrt war.

Als ich klingelte, blieb lange alles still hinter der Tür. Mich packte die Angst, ich klingelte noch einmal, diesmal kräftiger, länger, dringender als zuvor, und hatte plötzlich das Gefühl, dass ich durch den Spion an der Tür beobachtet wurde. Eine noch stärkere Angst, dieser Jemand könnte nicht Herr oder Frau Sternberg, sondern einer der betrunkenen SA-Männer vom Morgen sein, schnürte mir den Hals zu. »Aber ich bin's doch«, brachte ich nur heraus, »der Paule!«

Ich nannte mich selber Paule, was ich sonst nie tat; sicher weil ich ganz unbewusst kindlich und damit harmlos wirken wollte.

Endlich wurde die Tür geöffnet, und Herr Sternberg starrte mich an, als hätte er mich noch nie zuvor gesehen. Ich sah, dass er auf Socken zur Tür gekommen war, ich ihn also deshalb nicht hatte hören können, und stammelte nur: »Is Jule noch nicht zurück?«

Herr Sternberg blickte kurz ins Treppenhaus hinaus, dann zog er mich in die Wohnung.

Auch Frau Sternberg stand im Flur, ebenfalls auf Strümpfen. Sie sah mich, seufzte erlöst und zog mich an sich, als wäre mit mir wenigstens ein Teil ihres Julian heil nach Hause gekommen. »Was machen se nur mit uns?«, flüsterte sie mir dabei zu. »Was machen se nur mit uns? Haben wir denn irgendeine Schuld auf uns geladen?«

Julians Vater schob mich gleich in die Küche und ließ mich berichten; alles, was ich über diesen Tag und die vergangene Nacht wusste, sollte ich erzählen. Als ich damit fertig war, schwiegen Sternbergs lange und mir erschien es ein wenig unheimlich in ihrer Küche. Doch wagte ich nicht zu gehen und dann begann Herr Sternberg endlich zu reden. Wahrscheinlich musste er seinem Herzen Luft machen, weshalb sonst hätte er mir, einem Kind, das alles erzählen sollen? Er berichtete, dass er an diesem Morgen nicht auf seine Vertretertour gegangen sei, weil er schon im Radio so einiges ihn mit Sorge Erfüllendes gehört hätte. Und dann hätten auch noch Freunde und Verwandte angerufen. »Einen Cousin von mir, den Isaak«, flüsterte er, »den haben se einfach aus'm Fenster geworfen ... Er ist Arzt, hat den Leuten immer geholfen ... Sie haben ihn einfach aus dem Fenster geworfen!«

Mir wurde flau im Bauch, und ich wagte nicht zu fragen, in welchem Stockwerk dieser Cousin denn gewohnt habe und ob er noch am Leben sei. Und dann begann Frau Sternberg auch noch zu weinen. »Und Julian ist so früh weg«, flüsterte sie vor sich hin. »Da haben wir noch gar nicht gewusst, was in der Nacht passiert ist ... Dabei haben doch auch wir die Feuerwehren und das Gegröle der SA gehört, wieso haben wir uns denn nichts denken können?«

Ich wollte ihr Mut machen und sagte etwas ganz Dummes: »Jule kann ja gar nichts passieren, er sieht ja nicht aus wie 'n Jude.«

Beide Sternbergs blickten mich an – und dann nickten sie, großzügig, wie sie waren, und Herr Sternberg sagte: »Nein, er sieht nicht so aus, wie wir angeblich alle aussehen. Da hast du Recht. Und vielleicht ist das ja sein Glück.«

Ich merkte, dass ich etwas Dummes gesagt hatte, und wollte nun doch weg. »Ich muss jetzt gehen«, entschuldigte ich mich. »Mutter wartet mit dem Mittagessen und Bille hat bestimmt schon großen Hunger. Ich komm wieder, wenn Jule zurück ist.«

»Ja, ja, geh nur!« Frau Sternberg schnäuzte sich die Nase und betupfte sich mit dem Taschentuch die Augen und brachte mich zur Tür. »Bist ja doch ein gutes Jingelchen.«

Jingelchen! Ein jiddischer Ausdruck. Diesmal aber wies Herr Sternberg seine Frau nicht zurecht.

Mutter wollte mal wieder nicht über das Vorgefallene reden. »Das versteht ihr noch nicht«, wiegelte sie ab, wenn Bille oder ich versuchten, mehr herauszukriegen über die Geschehnisse dieser Nacht. »Das ist alles viel zu schlimm, um es Kindern erklären zu können.«

Nachmittags ging ich dann zu Jule und war froh, dass er heil wieder aus dem Grunewald zurückgekommen war. Wir verzogen uns in sein Zimmer, er hockte sich auf sein Bett, und ich setzte mich auf das alte hölzerne Schaukelpferd, das noch immer unter dem Fenster stand, und er erzählte mir, was er an diesem Tag erlebt hatte.

Die zerstörten Schaufenster in unserer Gegend, so berichtete er, seien noch gar nichts gewesen. Als er mit der Straßenbahn den Kurfürstendamm hinuntergefahren sei, habe er noch sehr viel mehr und weitaus schlimmere Zerstörungen gesehen, weil es dort ja so viele jüdische Geschäfte gab. Und in der Fasanenstraße habe die Synagoge gebrannt. Er habe es ganz deutlich gesehen; richtig dicke schwarze Rauchschwaden seien da zum Himmel aufgestiegen.

In der Schule habe dann große Aufregung geherrscht. Einige Schüler seien gar nicht erst zum Unterricht erschienen, andere erzählten, ihr Vater sei in der Nacht abgeholt worden und weder sie noch ihre Mutter wüssten, wohin. Wieder andere berichteten, dass überall in der Stadt die Synagogen gebrannt hätten. Alle hätten sie durcheinander geredet, keiner habe Unterricht machen wollen, ihren Deutschlehrer aber habe das nicht gekümmert. Unterricht sei Unterricht, habe er gesagt und trotz allem das angekündigte Diktat schreiben lassen wollen.

»Ich sag dir, ich hätt bestimmt 'ne Fünf geschrieben«, schimpfte Jule. »An so einem Tag 'n Diktat! Aber dann kam plötzlich unsere Direktorin angerannt und hat gesagt, dass wir alle nach Hause gehen sollen. Aber das nur ganz leise und durch die Hintertür. Vor dem Eingang würden Hitlerjungen auf uns warten.«

Erst in drei Tagen sollten sie wiederkommen, war den Jungen und Mädchen noch gesagt worden, wohl in der Hoffnung, dass sich bis dahin wieder alles beruhigt hatte, dann war ihnen die Tür geöffnet worden. Doch nur die wenigsten wagten sich allein in die Stadt zurück. Was, wenn sie unterwegs von irgendwelchen SA- oder HJ-Horden angegriffen wurden? Weder in der Straßenbahn noch in der S- oder U-Bahn konnten sie weglaufen. So blieben sie in Gruppen beisammen und verhielten sich, wenn sie unter Leuten waren, sehr still. Nur kein unnötiges Aufsehen erregen, einige von ihnen sahen ja tatsächlich »jüdisch« aus.

Auf diese Weise gelangte Julian bis zum Alexanderplatz und nichts geschah. Dann aber, als er seinen Weg allein fortsetzen musste, kamen ihm plötzlich mehrere schwarz gekleidete SS-Männer* entgegen. Vor Angst wurde ihm so schlecht, dass er sich am Straßenrand übergeben musste. Einer der SSler sah das, kam auf ihn zu und fragte, ob er Hilfe benötige.

Da musste Jule den Mann mit den blitzförmigen Strichen am Uniformkragen ganz erschrocken angekuckt haben, denn der lächelte und tätschelte ihm den Kopf und sagte, dass er keine Angst haben müsse, er wolle ihm doch nur helfen. Und damit griff er in seine Hosentasche und drückte Julian zwei Pfefferminzbonbons in die Hand. »Da, lutsch die mal, dann geht's dir bestimmt gleich viel besser.« Weil das wie ein Befehl klang, steckte Jule gleich einen davon in den Mund, und der SS-Mann strahlte und sagte: »Na, siehste!« Und die anderen SSler lachten auch und zogen ihren hilfsbereiten Kameraden weiter.

»Wenn der gewusst hätte, dass ich Jude bin«, flüsterte Julian. »Wenn der das gewusst hätte!«

Er sprach nicht weiter und ich fragte lange nichts. Es erschien mir alles so unwirklich.

Erst nach längerer Zeit, als Julian noch immer nicht weiterredete, fragte ich ihn, ob er wisse, wer Grünspan sei.

Jule wusste es nicht, und da erzählte ich ihm, was Bille und ich beobachtet hatten, und dass der dicke Mann in der Greifswalder Straße gesagt hatte, die Juden hätten das alles nur Grünspan zu verdanken.

Gemeinsam rätselten wir, wer dieser Grünspan sein konnte. Julian wusste aus seinen Büchern, dass Grünspan sich gern auf älteren Kupferdächern bildete, wie zum Beispiel auf dem Apothekertürmchen am Schloss; diese Art Grünspan aber konnte damit nicht gemeint sein.

Draußen wurde es langsam dunkel, und so verabschiedete ich mich, weil ja nun Vater bald von der Arbeit kommen musste.

Jule brachte mich zur Tür, winkte mich aber, als ich schon im Treppenhaus war, noch mal zurück. »Ich hab den Bonbon gleich ausgespuckt«, flüsterte er mir zu. »Nicht, dass du denkst, ich hätt ihn zu Ende gelutscht. Und den anderen hab ich weggeworfen.«

Ich brauchte einen Augenblick, bis ich begriff, dass er damit die Pfefferminzbonbons von dem SS-Mann meinte. Still nickte ich, war aber verwirrt. Weshalb hatte er das extra noch mal gesagt?

Als Vater kam, flüsterte er lange mit Mutter und machte den Eindruck, ebenfalls nicht über diese Nacht reden zu wollen. Doch ließen Bille und ich ihn nicht aus den Augen, und als Mutter noch mal schnell zur *Bäckerei Wiese* lief, weil sie über der Unruhe des Tages ganz vergessen hatte, Brot einzukaufen, fragte Bille kurz entschlossen: »Wer ist eigentlich Grünspan?«

Nachdenklich sah Vater uns an, und da sagte ich, um nachzuhelfen: »Du musst keine Angst haben, dass wir in der Schule darüber reden.«

Vaters Gesicht entspannte sich, er musste sogar lächeln, und dann erzählte er uns, dass dieser »Grünspan« in Wahrheit Grynszpan hieß, Herschel Grynszpan, und ein siebzehnjähriger jüdischer Junge sei. »Er hat bei einem Onkel in Paris gelebt und vor zwei Tagen erfahren, dass seine Eltern zusammen mit tausenden anderen polnischen Juden, die schon seit vielen Jahren in Deutschland lebten, über die Grenze nach Polen abgeschoben worden sind. Das hat ihn so wütend gemacht, dass er mit einem Revolver zur Deutschen Botschaft gelaufen ist und dort auf einen Mann geschossen hat, den er für den Botschafter hielt. Es war aber nicht der Botschafter, den er getroffen hat und der nun diesen Schüssen erlegen ist, sondern ein anderer Beamter.«

Wir nickten nur stumm, brauchten Zeit, um diese Geschichte zu verarbeiten.

»Natürlich gibt's für diesen Mord keine Entschuldigung«, fuhr Vater fort, »andererseits aber kann ich diesen Herschel verstehen. Seine Eltern hatten ja nicht mal etwas mitnehmen dürfen, kein Geld, keine Möbel. Nur die Kleider, die sie am Leibe trugen, hatte man ihnen gelassen ... Tja, und nun ist es so, dass die polnische Regierung diese Menschen auch nicht haben will. Sie befinden sich noch immer im so genannten Niemandsland, kampieren zwischen deutschen und polnischen Schlagbäumen und zwischen deutschen und polnischen Maschinengewehren und können nur darauf hoffen, dass wenigstens die Polen sich eines Tages ihrer erbarmen.«

Vater schüttelte den Kopf – und dann musste er sich mal wieder allen Zorn von der Seele reden. »Was für ein Wahnwitz, diese Tat eines einzelnen Jugendlichen als ›Verschwörung des Weltjudentums‹ auszugeben! In Wahrheit hat dieser Junge den Judenhassern doch nur einen Gefallen getan. Eine bessere Gelegenheit zum Zuschlagen konnte es ja gar nicht geben … Nur komisch, dass diese ›spontane Volkswut‹ auf die Sekunde genau zur gleichen Zeit in ganz Deutschland aufgeflackert ist. Möchte mal wissen, für wie dumm dieser Hitler und seine Clique uns halten.«

Mit nervösen Händen steckte er sich eine Zigarette an und zog so heftig dran, als wollte er sie in nur drei Zügen aufrauchen. Da erzählte ich ihm von Herrn Sternbergs Cousin, den SA-Leute aus dem Fenster geworfen hatten und der nun tot war, wie ich von Jule wusste, und Vater sah erst Bille und danach mich an, als wurde ihm erst jetzt wieder bewusst, mit wem er sprach. Schließlich sagte er aber doch: »Das wird nicht der einzige Tote gewesen sein. Ich glaub, letzte Nacht haben sie zum ersten Mal gezeigt, was sie vorhaben.«

Hilflos starrten Bille und ich ihn an, und er erwiderte unseren Blick, als wollte er sagen: Ihr habt es wissen wollen, nun wisst ihr es! Gleich darauf drückte er mit verlegenem Gesichtsausdruck seine Zigarette aus und beugte sich über den Wasserhahn, um in tiefen Zügen zu trinken.

Ein Tropfen zu viel

Auch die Familie Jacubowski, die Julians Schulgeld übernommen hatte, erlebte in dieser Nacht Furchtbares. Nicht nur Werkstatt und Lager der Kürschnerei und des Handelsgeschäftes wurden geplündert und zerstört, man drang auch in ihre Privatvilla ein. Und als Herr Jacubowski sich schützend vor seine Frau und die beiden Töchter stellen wollte, trieb die SA ihn mit Hundepeitschen in die kalte Nacht hinaus – im Schlafanzug und ohne Brille, sodass er fast gar nichts sehen konnte. Und während die einen aus allen Räumen wegschleppten, was sie nur tragen konnten, hetzten die anderen ihn immer wieder um den Weißenseer See; dabei ständig drohend, ihn, wenn er zu langsam wurde, darin zu ertränken. Der See sei ja als Heimstätte der Selbstmörder bekannt, weshalb sollte sich hier nicht auch einmal ein jüdischer Ausbeuter das Leben nehmen?

Sie hatten aber nur »Spaß« gemacht, jene SA-Männer. Sie trieben den »reichen Juden Jacubowski« mit ihren Peitschen vor sich her, bis er zusammenbrach, dann verschwanden sie. Und der aus vielen Wunden blutende Jacob Jacubowski musste sich halb blind und ohne jede Hilfe zu seiner Familie zurückschleppen. Er schaffte es nur bis zu den Treppenstufen vor seiner Villa; hätte seine Frau nicht alle paar Minuten voller Sorge nach ihm ausgeschaut, wäre er dort wohl den Rest der Nacht über liegen geblieben. Mit Hilfe ihrer Töchter zog Lilith Jacubowski ihren Mann ins Haus, reinigte seine Wunden und verband ihn und zog ihm einen sauberen Schlafanzug an. Erst am Morgen rief sie einen befreundeten jüdischen Arzt an. Der erkannte seinen Freund kaum wieder, so hatten die Nazis Jacob Jacubowski in dieser Nacht zugerichtet, so sehr war er in dieser Nacht gealtert.

»Und 'ne Lungenentzündung hat er sich auch geholt«, erzählte Julian. »Deshalb liegt er jetzt im Krankenhaus und ich brauch vorläufig nicht mehr hinzufahren.«

Dass die ungeliebten Fahrten nach Weißensee ausfielen, hätte Julian freuen müssen. Doch natürlich freute er sich nicht. Er sprach auf einmal mit viel Sympathie von den Jacubowskis; sogar die beiden Mädchen, die ihn doch zuvor stets nur von oben herab behandelt hatten, waren keine Zicken mehr. »Mädchen sind ja fast alle eingebildet«, entschuldigte er sie.

Es hatte sich etwas verändert zwischen den Sternbergs und den Jacubowskis. Waren Sternbergs für die Jacubowskis zuvor nur »die armen Verwandten« gewesen und hatte Frau Jacubowski gern über Julians Vater geschimpft, weil der unkoscheres* Fleisch aß, was sie als eine der allerschlimmsten Sünden ansah, rückte man jetzt, da man unter der gleichen Angst litt, einander näher. Auch um sich zu beraten: Was sollte man tun? Durfte man noch länger bleiben? Oder sollte man nun lieber fortgehen aus Deutschland?

Julian sagte, was sein Vater sagte: »Ich geh hier nicht weg. Sollen doch die Nazis abhauen, wenn ihnen unsere Anwesenheit nicht passt.«

Ich war ganz seiner Meinung. Weshalb sollte er wegziehen und mich allein lassen? Nein! Die Juden störten nicht; es waren die Nazis, die mir Angst machten.

Zwei Tage nach dieser Pogromnacht*, die später von vielen nur »Reichskristallnacht« genannt wurde, als ob in jener Nacht nur Glas und Porzellan zu Bruch gegangen wären, hatte ich Geburtstag. Endlich eine zweistellige Zahl, endlich wieder gleich alt mit Julian.

Mutter bemühte sich, eine fröhliche Geburtstagsfeier zu veranstalten, und Bille und Ömchen halfen ihr dabei. Doch natürlich war Jule eingeladen, und der saß nur still dabei, nickte höflich, wenn er gefragt wurde, ob er noch ein Stück von Ömchens Streuselkuchen wollte, und sagte »Ja« oder »Nein«, wenn er gezwungen war, den Mund aufzumachen. Er wirkte an diesem Tag so nachdenklich und verschlossen, dass wir alle Mitleid mit ihm hatten, sogar Ömchen, die ansonsten doch nie verstand, weshalb ich ausgerechnet mit einem »Judenjungen« befreundet sein musste, da es in der Jablonskistraße von Kindern doch nur so wimmelte. »Nimm das nicht so schwer, was da passiert ist«, versuchte sie Jule zu trösten. »Das sind alles Rüpel, die so etwas machen; so etwas darf man nicht ernst nehmen.«

Ich sah, wie Mutter bei den Wörtern »Rüpel« und »nicht ernst nehmen« zusammenzuckte. Doch sollte sie mit Ömchen einen Streit beginnen, ausgerechnet an meinem Geburtstag und noch dazu in Anwesenheit von Julian?

Nach dem Geburtstagskaffee bastelten Jule und ich ein wenig an dem Stabilbaukasten herum, den ich von Vater und Mutter bekommen hatte, danach veranstalteten wir ein Autorennen durch den Wohnungsflur, um den neuen, knallroten Renner auszuprobieren, den Bille mir von ihrem Taschengeld gekauft hatte. Später kam Vater und wir spielten eine Runde *Mensch ärgere dich nicht*. Es wurde lustig, und sogar Jule, der spätere Sieger, wurde abgelenkt und musste ein paarmal laut lachen.

Am Ende dieses Tages aber passierte etwas, das Folgen haben sollte: Da brachte Bille Julian zur Tür und drückte ihm, er war schon fast im Treppenhaus, wie aus einer plötzlichen Eingebung heraus noch schnell einen Schmatzer auf. Es war ein richtiger Kuss, wenn auch nur auf die Wange. Jule wurde rot und wischte sich den Kuss mit der Hand weg, und Bille, die erst jetzt bemerkt hatte, dass ich ebenfalls in den Flur mitgekommen war, flatterte erschrocken in die Stube zurück.

Ich spottete damals lange über diesen Blitz-Kuss, hatte ja keine Ahnung, was aus dieser Liebesgeschichte noch werden sollte.

In der Schule wurde nun konkreter über die »Reichskristallnacht« gesprochen. Besonders der Breitenstetter opferte dafür viel Zeit und verteidigte die Verbrechen jener Nacht damit, dass er die Juden mal wieder mit Ungeziefer verglich, das ausgeräuchert werden musste, wollte ein Volk gesund leben. »Gegen Schädlingsbefall müssen sorgsame Hauswirte nun einmal radikal vorgehen, das ist eine Binsenweisheit der Zivilisation.«

Manche Jungen und Mädchen nickten dazu brav, andere blickten eher verstört oder grinsten hilflos. Was ich für ein Gesicht gemacht hatte, weiß ich nicht, irgendwie aber musste ich dem Breitenstetter aufgefallen sein. Er sprach mich an, und ich musste aufstehen und mich neben die Bank stellen, wie es üblich war. Ob ich evangelisch sei, wollte er wissen.

Ich nickte nur.

»Ein bisschen lauter, wenn ich bitten darf.«

»Ja.«

»Was – ja?«

»Ich bin evangelisch.«

»Aha! Und hast du schon mal was von Martin Luther gehört?«

Ich hatte im Religionsunterricht von Martin Luther gehört. Wir hatten gelernt, dass er ein großer Reformator gewesen war und die Bibel ins Deutsche übersetzt hatte. So nickte ich erneut und diesmal überging Breitenstetter meine zu leise Antwort. Er zog einen Text aus seiner Aktentasche, sagte, dass der von Martin Luther sei, und las daraus vor. Jahre später habe ich diesen Text gesucht und festgestellt, dass uns der Breitenstetter an jenem Tag nichts Falsches vorgelesen hatte. In einer seiner späten Schriften hatte Luther tatsächlich gefordert, dass man jüdische Schulen oder Synagogen anstecken, die Häuser der Juden niederreißen und ihnen ihre Gebetsbücher fortnehmen soll. Auch sollte man ihnen »den Wucher verbieten« und alle Barschaft und Kostbarkeiten in Gold und Silber nehmen, denn »alles, was sie haben, haben sie … gestohlen und geraubt, weil sie sonst keinen anderen Erwerb haben«. Zum Schluss verlangte Luther, dass man jungen, starken Juden und Jüdinnen Flegel, Axt, Hacke, Spaten und Spindel in die Hand gibt und sie ihr Brot im »Schweiß der Nasen« verdienen lässt.

»So! Da habt ihr es!« Breitenstetter strahlte uns an. »Das hat ein Mann wie Luther schon gesagt. Vor fast vierhundert Jahren! Da bleibt uns nur festzustellen, dass wir im Vergleich zu Luthers Forderungen noch viel zu milde mit diesem Wucherpack umgehen. Oder hat von euch schon mal jemand einen Juden ›im Schweiß seiner Nase‹ arbeiten sehen?«

Er trat dicht vor mich hin. »Aber vielleicht glaubst ja du, Paul Scholz, dass ein Mann wie Luther, einer der größten Menschen der Christenheit, in Wahrheit nichts als Lügen verbreitet hat?«

Verwirrt schüttelte ich den Kopf. Das wollte er wieder lauter haben. »Wie bitte?«

»Nein.«

»Was – nein?«

»Nein, ein Martin Luther lügt nicht.«

»Seht ihr!« Wieder strahlte er, der Lehrer Karl Breitenstetter. »Sogar unser Paul muss zugeben, dass die Juden in Wahrheit nichts als Ungeziefer sind. Na, das sind doch Fortschritte, die hoffen lassen!« Gnädig bedeutete er mir, dass ich mich setzen durfte, und dann hielt er einen längeren Vortrag, in dem er nachwies, dass Martin Luther mit allen seinen Forderungen Recht behalten hätte, da die Juden bis auf den heutigen Tag nichts als Parasiten am deutschen Volkskörper geblieben wären. »Deshalb und weil unsere bisherige unendliche Geduld nach dem feigen Mord von Paris aufgebraucht ist, hat unser Volk endlich Luthers Rat befolgt und die Judentempel angesteckt und dem einen oder anderen von diesen Itzig Oberschlaus mal ein bisschen was zu denken gegeben.«

Und er lachte zufrieden und fügte noch hinzu, dass die Juden nun endlich vernünftig werden und aus Deutschland verschwinden sollten. »Wem Gott will rechte Gunst erweisen, den schickt er in die weite Welt, so hat schon unser großer Dichter Eichendorff geschrieben und so wird es noch heute gern gesungen. Also – auf, auf, ihr jüdischen Wandersleut, betrügt, schachert und wuchert woanders, wir haben genug von euch!«

Und weil ihm das mit der weiten Welt so gut gefiel, ließ er uns dieses Lied gleich einmal singen. Und das so laut, dass es wohl durchs ganze Schulgebäude drang.

Was in den Wochen danach alles für Gesetze gegen die Juden erlassen wurden, habe ich im Einzelnen nicht mitbekommen. Es waren zu viele. Heute weiß ich, dass es bereits im Sommer vor jener Novembernacht damit losging. Da wurde in den Pässen zum ersten Mal das »J« – für Jude – eingestempelt und verfügt, dass alle jüdischen Geschäfte als solche gekennzeichnet wurden. Und es wurde ein Gesetz erlassen, nach dem alle Juden einen Zusatznamen in ihre Pässe, Ausweise und Urkunden eingetragen bekommen sollten – Frauen den Namen Sara, Männer den Namen Israel. So musste sich Julians Vater von nun an Heinrich Israel Sternberg und Julians Mutter Liebe Sara Sternberg nennen. Wurde dieser Zusatzname weggelassen – etwa bei einer Unterschrift –, wurde das mit Gefängnis bis zu einem Monat bestraft.

Nur drei Wochen später wurde eine »Zentralstelle für jüdische Auswanderung« eingerichtet, und an den Laternen hingen immer öfter Papptafeln mit Sprüchen wie *Moses, wandere aus!* oder *Rebekka, packe die Koffer!*. Und damit möglichst viele Juden diese Sprüche beherzigten, wurde ihnen das Leben schwer gemacht, indem man ihnen den Besuch von Theatern, Konzerten, Museen, Sportplätzen und Bädern verbot, man ihnen ihre Autos wegnahm und die Führerscheine einzog. Jüdische Ärzte durften nicht mehr praktizieren, und in allen Städten gab es Sperrgebiete, in die kein Jude seinen Fuß setzen durfte.

Ein Höhepunkt an Unverfrorenheit aber war der Erlass der Nazis, dass die von ihnen in der Pogromnacht angerichteten Schäden von den Juden auf eigene Kosten beseitigt werden mussten. Für Frau Jacubowski eine schlimme Sache – der Mann im Krankenhaus, Werkstatt und Lager leer geplündert und keine Arbeit für die jüdischen Angestellten der Firma, die auf diese Tätigkeit angewiesen waren. Wer stellte denn jetzt noch Juden ein? So hätte sie, die von den Geschäften ihres Mannes nur wenig verstand, neben den zu bezahlenden Reparaturarbeiten auch noch große Mengen Felle einkaufen müssen, damit wieder Arbeit war. Doch fehlte ihr dafür das Geld, denn was die Versicherung für die angerichteten Schäden erstattet hatte, war vom Staat beschlagnahmt und nicht, wie es sich gehört hätte, an die jüdischen Ladeninhaber und Firmeneigentümer ausgezahlt worden. Ein zweiter, unvorstellbar dreister Betrug!

Den Nazis aber reichte auch das noch nicht, und so erlegten sie den Juden als Sühne für das »ruchlose Verbrechen« am deutschen Volk – gemeint waren die Schüsse von Paris – noch eine Kollektivstrafe auf: eine Milliarde Mark, zahlbar in vier Raten, einzutreiben durch die Jüdischen Gemeinden. Der endgültige Ruin für Jacubowskis, denn um ihren Teil an dieser

Strafzahlung leisten zu können, mussten sie die Firma verkaufen; keine Bank hätte ihnen noch Kredit gegeben. Der Käufer? Einer ihrer ehemaligen »arischen« Angestellten. Einst Lehrling im Haus, hatte er sich immer sehr zuvorkommend seinen Brötchengebern gegenüber verhalten. Nun, für einen Spottpreis Firmeneigentümer geworden, entließ er als Erstes alle jüdischen Mitarbeiter, um, wie er der Nachbarschaft erzählte, den jüdischen Mief auszulüften.

Vater, der alles mit verfolgte und sich oft berichten ließ, was ich von Jule erfuhr, verschlug es fast die Sprache. »Mein Gott!«, stöhnte er auf. »Und das alles lassen wir uns gefallen? Niemand, der diesen Verbrechern in den Arm fällt!«

Mutters Kommentar: »Willst du's dir nicht gefallen lassen, kannst du dich gleich selbst erschießen.«

Vater: »Aber all das, was jetzt geschieht, passiert doch nicht allein deshalb, weil Hitler es befohlen hat. Es ist nur möglich, weil so viele mitmachen und wir anderen feige wegkucken. Gäbe es einen ernsthaften Widerstand, nie hätten Hitler und seine Gefolgsleute gewagt, solche Gesetze zu erlassen.«

Mutter blieb fest. »Jeder Widerstand hätte Blut gekostet – sehr viel Blut!«

»Na und?«, schrie Vater da auf. »Glaubste etwa, unsere Feigheit haben wir umsonst? Auch die, Käthe, werden wir eines Tages mit Blut bezahlen.«

Mutter: »Dennoch – Selbstmord bleibt Selbstmord! Wer zwei unmündige Kinder hat, kann sich den nicht leisten.«

Und so ging der Betrug an den Juden weiter. Es dauerte wiederum nur wenige Wochen, da wurde ihnen befohlen, all ihre Wertgegenstände – Gold, Silber, Edelsteine – an den Staat zu verkaufen. Natürlich ebenfalls zu Spottpreisen. Ich sehe noch Julians Mutter vor mir, wie sie eines Nachmittags in ihrer fast dunklen Wohnstube saß und vor sich hinstarrte.

Sie hatte alles geopfert, auch den von ihren Eltern und Großeltern ererbten Schmuck; hatte nicht gewagt, heimlich etwas zurückzubehalten. Nun besaßen ihr Mann und sie nur noch ihre Eheringe; der einzige Schmuck, der ihnen erlaubt war. Dieser Diebstahl war dann so etwas wie der eine Tropfen zu viel, der das volle Glas zum Überlaufen brachte – jetzt endlich war auch Julians Vater bereit, über eine Auswanderung nachzudenken.

Ich wusste von Jule, wie häufig seine Mutter seinem Vater damit schon in den Ohren gelegen hatte. Sein Vater jedoch hatte davon nichts wissen wollen. »Weshalb soll ich fortgehen?«, habe er stets nur gefragt. »Bin ich etwa kein Deutscher? Meine Vorväter kamen aus Speyer, Mainz und Worms, mein Großvater ist hier in Berlin, in der Burgstraße, zur Welt gekommen und aufgewachsen, mein Vater in der Kastanienallee. Und ich? Ich bin ein echter Wilmersdorfer Junge. Jetzt liegen meine Großeltern auf dem Friedhof an der Schönhauser Allee, mein Vater und meine Mutter in Weißensee. Irgendwann will auch ich dort begraben werden. Ist das zu viel verlangt? Gehen wir hier weg, wissen wir nicht, wohin es uns treibt … Die alte Geschichte vom rastlosen Juden, der nirgendwo zu Hause ist … Nein! Da spiele ich nicht mit. Ich bleibe dort, wo ich hingehöre. Mich drängt niemand hinaus. Wovon sollen wir denn auch leben, im Ausland? Ich bin kein junger Mann mehr und eine neue Existenz aufzubauen ist schwer. Oder denkst du vielleicht, irgendwo auf der Welt warten sie auf Heinrich Sternberg? Bin kein grandioser Wissenschaftler, kein berühmter Filmregisseur, keine Koryphäe in irgendwas; bestenfalls ein Hutgeschäft kann ich aufmachen.«

Mit dem Hutgeschäft meinte Julians Vater, sich mit dem Hut in der Hand auf die Straße zu stellen und zu betteln. Julians Mutter sah das anders. »Wenn du musst, kannst du alles«, lautete ihr ständiger Spruch. »Aber du kannst nicht leben, wo sie dich nicht leben lassen.«

Die meisten Bekannten und Verwandten jedoch – darunter auch Jacubowskis – hatten Julians Vater Recht gegeben. Kommen Sie aus Überzeugung oder kommen Sie aus Deutschland, würden die emigrierten Juden im Ausland gefragt. Leute, die nicht aus Begeisterung für die neue Heimat kämen, sondern nur, weil man sie woanders loswerden wollte, wären eben nirgendwo gern gesehen, hieß es. Und eine neue Existenz aufbauen, dort, wo man nicht gern gesehen wurde, wie sollte das gelingen?

Alle beharrten sie darauf, Deutsche zu sein, und rechneten Julians Mutter vor, dass im Weltkrieg von 1914 bis 1918 mehr als hunderttausend Juden für ihre deutsche Heimat gekämpft hätten. Davon seien nicht weniger als ein gutes Drittel für besondere Tapferkeit ausgezeichnet worden und immerhin zwölftausend gefallen. Dieser Hitler sei doch nur ein Psychotiker, der sicher bald entlarvt und schmachvoll gestürzt würde. Oder seien die Nichtjuden etwa auf den Kopf gefallen? Immerhin sei das hier das Land von Goethe und Schiller, Beethoven, Lessing und Hegel.

Herr Jacubowski sagte zu jener Zeit sogar, ein solcher Hitler hätte einfach mal kommen müssen. Die hohe Arbeitslosigkeit und die Wirtschaftskrise hätten ihn aus der Gosse hochgespült. »Eines Tages wird er ausgetobt haben, der Adolf Möchtegern. Und dann werden sie ihn fortjagen, den Österreicher, der nicht hierher gehört.«

Herr Jacubowski erzählte gern, dass schon sein Großvater sein Blut für Preußen vergossen hätte, damals im Krieg 1866, als es gegen ebendiese Österreicher ging, die ihnen nun den Hitler auf den Hals geschickt hätten. Und auch er selbst, Jacob

Jacubowski, sei 1914 für die Heimat ins Feld gezogen, wofür er noch 1935 – »und da war dieser Adolf Schreihals schon seit zweieinhalb Jahren an der Macht« – das von Hindenburg* gestiftete Ehrenkreuz für Frontkämpfer verliehen bekommen habe. »Die Polizisten auf dem Revier, auf dem mir dieser Orden überreicht wurde, haben strammgestanden und salutiert vor Jacob Jacubowski. Und jetzt soll ich plötzlich ein Mensch zweiter, dritter, ach was, allerletzter Klasse sein?«

Herr Jacubowski hatte lange gehofft, dass mit den »Judensäuen« nur die »Elendsfiguren« gemeint seien, die im Scheunenviertel hausten. Lauter Hungerleider und Habenichtse, wie er sagte, die durch ihr auffälliges Anderssein den Nazis Munition lieferten. »Aber kann man unsereins mit solchem Kroppzeug vergleichen?«

Jetzt, nach jener schrecklichen Nacht und all diesen Gesetzen, wussten Sternbergs Verwandte und Bekannte und erst recht Jacob Jacubowski, dass sie vergebens gehofft hatten, nicht bedroht zu sein. Der Schritt fort aus Deutschland, zuvor als ganz undenkbar abgelehnt, war plötzlich die einzige Alternative. Immer wieder sprach man darüber, dass einige der in der »Reichskristallnacht« verhafteten Männer nur deshalb schon nach wenigen Wochen aus dem KZ entlassen worden seien, weil sie bereits konkrete Auswanderungspläne vorweisen konnten. Darunter auch die Familie Berliner, Freunde der Sternbergs, die Bille und ich gut kannten, weil Berliners manchmal Julians Eltern besucht und wir dann im Hof mit Esther und Michael Berliner *Schnecke* oder *Himmel und Hölle* gespielt hatten.

Michi Berliner war immer sehr stolz darauf gewesen, einer der wenigen »echten Berliner« zu sein, und Esther war so etwas wie meine allererste Liebe. Ihre langen schwarzen Haare, die großen braunen Augen, der bräunliche Teint und ihr fröhliches Lachen hatten mir sehr gefallen. Nun waren Berliners plötzlich weg. Die »einzig echten Berliner« waren nach Amerika ausgewandert und lebten irgendwo in New York. Und Julians Vater wollte auch weggehen – wollte mir meinen Jule nehmen!

»Wenn sie uns denn mit aller Gewalt loswerden wollen«, hatte er zu seiner Frau und Jule gesagt, »wird uns wohl nichts anderes übrig bleiben, als zu packen. Wo es ums blanke Überleben geht, sind Heimatgefühle zweitrangig.« Und noch am gleichen Abend schrieb er seinem Cousin Fritz, dem er nur als Kind ein paarmal begegnet war. Er berichtete diesem »lieben Fritz«, der nun in den USA lebte, wie unerträglich und gefährlich das Leben in Deutschland geworden sei, und bat um seine Hilfe, denn ohne einen in Amerika lebenden Bürgen ließen die USA niemanden einreisen.

Der Entschluss war gefasst, und von diesem Tag an wollte auch Julian weg und begann von Amerika zu schwärmen, der Heimat von Winnetou, Tom Sawyer und Huckleberry Finn, dem Land, in dem seine heiß geliebten *Lederstrumpf*-Geschichten spielten.

Das tat mir weh. Wie konnte Jule nur davon schwärmen, von Bille und mir fortzukommen? Hätte er heulend vom Weggehen geredet, hätte ich mitheulen können; mitschwärmen konnte ich nicht. Als er da einmal mit strahlendem Gesicht jubelte, Amerika sei so etwas wie das gelobte Land, in dem jeder alles werden könne und aus Tellerwäschern schon Millionäre geworden seien, entgegnete ich böse: »Bis auf die Neger, denen geht's da genauso dreckig wie euch bei uns.«

Das hatte Vater gesagt, als ich ihm von Sternbergs Auswanderungsplänen und Julians Schwärmerei berichtete. Nur hatte Vater hinzugefügt: »Es ist aber richtig, dass sie fortgehen. Wer weiß, was ihnen noch geschieht, wenn sie hier bleiben.«

Jule waren die schwarzen Amerikaner egal. »Wenigstens lässt man *uns* da in Ruhe.«

Das gefiel mir nicht. Wieso hatte er mir denn so viel davon erzählt, wie Huckleberry Finn seinen schwarzen Freund Jim vor der Gefangenschaft rettete, wenn ihm die Neger so egal waren? Ich fragte ihn das, und er schrie mich an, wie er mich noch nie zuvor angeschrien hatte: »Weshalb sollen denn ausgerechnet wir auch noch an andere denken?«

Beleidigt schrie ich zurück: »Na, dann hau doch endlich ab in dein blödes Amerika!«, und rannte weg. Schon am nächsten Tag aber hockten wir wieder gemeinsam auf der Teppichklopfstange. Wir nahmen uns diesen Streit nicht übel, kannten beide die wahren Gründe für unseren Zorn.

Das Land der unbegrenzten Möglichkeiten

In all dieser Zeit fuhr Jule weiter jeden Morgen in den Grunewald. Doch wussten seine Eltern nicht, wie lange er noch auf dieser Schule bleiben konnte. Jacubowskis besaßen nun selbst nicht mehr viel und hatten auch noch das Schulgeld für ihre beiden Töchter zu tragen. Und was, wenn ihnen die Ausreise glückte, bevor auch sie, Sternbergs, abreisen konnten?

Jule war es mehr oder weniger egal, ob er die paar Monate, die bis zur Abreise nach Amerika hoffentlich nur vergehen würden, zur Schule ging oder nicht. Er sah sich bereits im »Land der unbegrenzten Möglichkeiten«, von dem er aber, das hatte ich inzwischen begriffen, nur deshalb so schwärmte, um nicht doch heulen zu müssen.

Die Auswanderung jedoch war nicht so leicht zu bewerkstelligen, wie Julians Mutter sich das vorgestellt hatte. Inzwischen waren schon viele Juden ausgereist; immer mehr Staaten hatten vor ihnen die Pforten verschlossen oder stellten nur schwer oder gar nicht erfüllbare Bedingungen für eine Einreise. Tagelang stand Julians Vater vor dem amerikanischen Konsulat in der Schlange – und kehrte jedes Mal ergebnislos zurück, weil das Konsulat schon am frühen Nachmittag schloss. Was er mitbrachte, waren allein Geschichten von Leuten, die mit ihm dort angestanden hatten und deren Berichte nicht gerade Mut machten. Einer wusste von einem Ehepaar, das kein Visum erhalten hatte, weil es bereits in Scheidung lebte und so etwas in den USA als sittliche Verworfenheit galt und man solche Leute dort nicht haben wollte; eine Frau berichtete von einer Cousine, die den Körper voller Narben hatte, weil sie als Kind mal in eine Fensterscheibe gefallen war. Auch sie hatte kein Visum erhalten, weil der amerikanische Arzt, der sie untersuchte, wegen dieser Narben ein erhöhtes Krebsrisiko vermutete. »Die Amerikaner wollen nur Gesunde«, sagte die Frau, »die wollen sich mit nichts belasten.«

Doch Herr Sternberg lief weiter in die Hermann-Göring-Straße und stellte sich vor der Nr. 21 an. Die USA waren seine einzige Hoffnung. Und eines Tages kam er, obwohl er es wieder nicht bis hinein geschafft hatte, mit neuem Mut von dort zurück. An jenem Tag hatte er den Max Lewin getroffen, ehemals Zuschneider bei *Katz & Co.*, und »der Maxe« hielt das US-Visum in der Hand – ein Papier von mehreren Seiten, gebunden durch eine rote Seidenkordel und mit einem goldenen Siegel versehen. »Das hättest du sehen müssen«, sagte

Julians Vater zu seiner Frau, »wie der Maxe immer wieder dieses Siegel geküsst hat.« Und Julians Mutter konnte es sich gut vorstellen und Jule auch.

Dann hatte Herr Sternberg es endlich geschafft, bis zu einem der Konsulatsbeamten vorzudringen, kam aber nicht mit heiterer Miene zurück. Zweihunderttausend Juden würden auf der Warteliste der US-Behörden stehen, erzählte er zu Hause – und nicht mehr als ein paar tausend Menschen pro Jahr ließen die Amerikaner in ihr Land! »Weißt du, was das bedeutet?«, fragte er seine Frau. »Das bedeutet, dass etwa vierzig Jahre vergehen müssen, bis auch der Letzte dieser zweihunderttausend eine Einreise erhalten hat.« Und um überhaupt einreisen zu dürfen, würden sie von seinem Cousin Fritz nicht nur irgendeine Bürgschaft, sondern ein so genanntes Affidavit benötigen – die eidesstattliche Erklärung eines US-Bürgers, dass er bereit sei, die Einwanderer gegebenenfalls zu unterstützen. Damit sie niemals dem US-Staat zur Last fallen konnten. Und damit das auch ganz sicher nicht passierte, musste der US-Bürge sein eigenes Vermögen und Einkommen als Garantie einbringen und das mit Kontoauszügen seiner Bank belegen. Doch durfte dieses Konto kein neues, extra dafür angelegtes sein, sondern nur ein bereits länger bestehendes, auf dem mehr als bloß ein paar Dollar ausgewiesen waren.

»Wir sind wirklich nicht gern gesehen.« Julians Vater wagte kaum, seine Frau anzublicken. »Man fürchtet unnütze Fresser. Und wie kann ich denn von Fritz eine solche Unterstützung verlangen? Ich weiß ja nicht mal, wie es um sein Einkommen bestellt ist. Verdient er gut, verdient er schlecht? Auch hat er bisher nicht mal geantwortet. Und weshalb sollte er denn auch; so nahe standen wir einander ja nicht.«

Julians Mutter wollte sich ihre Hoffnung nicht nehmen lassen. »Er wird schon noch schreiben«, tröstete sie ihren Mann. »Amerika ist weit, da geht die Post lange. Und wo sollen wir denn sonst hin?«

Ja, wo sollten Sternbergs sonst hin? Ich wusste von Jule, dass unter ihren jüdischen Verwandten und Bekannten alle möglichen Ländernamen als eventuelle Zufluchtsorte in Erwägung gezogen wurden – Kolumbien, Ecuador, England, Mexiko, Paraguay, Neuseeland und immer so weiter. Aber waren das nicht alles nur Hirngespinste? Sternbergs wussten: Es gab Leute, die angeblich jedem, der zehntausend Mark bezahlen konnte, ein Visum nach Panama verschaffen würden. Doch wer konnte schon so einfach zehntausend Mark auf den Tisch blättern? Und brauchte jede Familie denn nicht mindestens zwei Visa? Und was, wenn dahinter nur Betrug steckte? Es wurde viel von einem alten Restaurantbesitzer erzählt, der, um endlich aus Deutschland herauszukommen, tausend Dollar für ein kubanisches Visum bezahlt und danach den, der ihm das Visum vermitteln wollte, nie wieder gesehen hatte. Und das Schlimme daran: Der Betrüger war selber Jude, einer, der sich an der Not anderer gesundstoßen wollte – oder die Dollars für sein eigenes Visum benötigte.

Auch Jacubowskis waren auf einen Betrüger reingefallen. Ein »arischer« Rechtsanwalt wollte ihnen bei je vierhundert Mark Anzahlung Visa für die Dominikanische Republik besorgen. Die restlichen eintausendzweihundert Mark wollte er erst nach erfolgter Übergabe der Visa haben. Das klang seriös. Allerdings, so bedauerte dieser Dr. Dr., würde er ihnen für ihr Geld keine Quittung ausstellen können, denn – das versteht sich – es handele sich dabei nicht um ein legales Geschäft. Er nehme das Ganze nur auf sich, weil ihn die ungerechte Behandlung, die die Juden in Deutschland erführen, empörte.

Frau Jacubowski befürchtete sofort, an einen Betrüger geraten zu sein. Ihr Mann meinte, in ihrer Situation nicht wählerisch sein zu dürfen. Sie müssten nach jedem Strohhalm greifen, der sich ihnen anbiete. Doch hatte Frau Jacubowski richtig vermutet, der Strohhalm erwies sich als trügerisch. Erst hörten Jacubowskis lange nichts von diesem Rechtsanwalt, und als sie ihn endlich aufsuchten, blickte er sie erstaunt an. Nie habe er von irgendjemandem Geld für Visa erhalten! Er habe überhaupt keine Kontakte zur Dominikanischen Republik. Und überhaupt, dies alles sei wohl nur ein typisch jüdischer Trick, um an fremdes Geld zu gelangen. Sie sollten machen, dass sie fortkämen, sonst rufe er die Polizei.

»Ja! Bitte! Tun Sie das!«, rief Jacob Jacubowski voller Verzweiflung. Seine Frau musste ihn mit Gewalt fortziehen und verhinderte damit Schlimmeres. Es gab keinen Polizisten und kein Gericht in diesem Land, bei dem Juden ihr Recht einklagen konnten.

»Ist das Leben erst verdorben, sollte man es am besten lassen«, sagte Herr Jacubowski nun öfter, wenn er bei Sternbergs zu Besuch war. Dass er es dann doch nicht ließ, hatte er nur seiner Frau zu verdanken, denn nach der jüdischen Religion waren Selbstmorde nicht erlaubt, und Lilith Jacubowski war eine zutiefst gläubige Frau.

Jule verfolgte all diese Gespräche mit weit aufgespannten Ohren und bekam schon bald mit, dass auch die Glücklichen, die nach langem Warten ihre Visa erhielten, nicht wahrhaft glücklich waren. Kamen sie zu den Sternbergs, um sich zu verabschieden, machten sie sich längst neue Sorgen. Denn egal, wie arm oder wohlhabend sie zuvor waren, jetzt waren sie in jedem Fall mittellos, da alle Juden, die das Land verlassen wollten, gezwungen waren, zuvor all ihr Hab und Gut zu verkaufen. Sie durften nichts mitnehmen. Und da jeder Kaufinteressierte wusste, dass sie verkaufen *mussten*, erhielten sie dafür nicht viel. Und von diesem Wenigen kassierte der Staat dann noch fünfundzwanzig Prozent »Reichsfluchtsteuer«; eine Art Lösegeld, um überhaupt rauszukommen. So blieb ihnen nur ein Restbetrag, der oft gerade mal für die Reisekosten langte: Bahnfahrkarten und Schiffspapiere. Waren doch noch ein paar Mark übrig, kamen sie auf ein deutsches Sperrkonto und durften erst vom Ausland her und das auch nur teilweise abgerufen werden. Sie reisten als arme Schlucker in die neue Heimat und konnten den zu Hause Zurückgebliebenen nicht helfen, ebenfalls rauszukommen. Arme Bürgen waren keine Bürgen.

Aber natürlich hatten die Nazis eine Begründung für diesen perfiden Raub. Da die Juden ihr Vermögen allein durch Ausbeutung ihres »Gastvolkes« erworben hätten, so hieß es, sei es nur recht und billig, dass sie ihren »erschlichenen Reichtum« in Deutschland zurückließen. Punkt!

Man wollte die Juden loswerden, sie zuvor aber noch schamlos ausbeuten. Und damit möglichst viele von ihnen gingen, begann man, sie nach und nach aus ihren Wohnungen zu vertreiben. Juden, so hieß es plötzlich, stehe nur noch eingeschränkter Wohnraum zur Verfügung. Hatten sie zuvor eine geräumige Wohnung gemietet, wie die Sternbergs, so mussten sie nun umziehen oder wurden in eines der so genannten Judenhäuser eingewiesen, in dem auf engstem Raum viele jüdische Familien zusammenlebten.

Jacubowskis mussten sogar ihre Villa verlassen – ihr Eigentum! – und in eines dieser extra für Juden vorgesehenen Häuser ziehen. Zu viert in einem einzigen kleinen Zimmer lebten sie nun, und Frau Jacubowski musste ihren Mann immer wieder an seine Kinder erinnern, damit er nicht doch noch »Dummheiten« machte.

Weil Sternbergs einem ähnlichen Schicksal entgehen wollten, kamen sie eines Tages zu uns.

Es war ein Abend im Frühsommer, die vier Erwachsenen und wir drei Kinder saßen am großen Wohnzimmertisch, durchs Fenster konnte ich beobachten, wie sich das Rot der untergehenden Sonne in den Vorderhausfenstern widerspiegelte. Eine seltsame Stimmung lag im Raum – Abschied und Aufbruch, Furcht und Scham und Spaß an dem ungewöhnlichen Vorhaben gleichermaßen.

Herr Sternberg begann das Gespräch. Erst berichtete er über die neuesten Erlasse gegen die Juden, dann sagte er: »Mein Cousin Fritz drüben in Amerika hat endlich geschrieben. Er will für uns bürgen – und damit haben wir vielleicht doch noch eine Chance, in die USA einreisen zu dürfen. Kann sein, dass wir schon in ein paar Monaten weg sind. Wozu also noch in eine ganz andere Gegend ziehen oder in eines dieser Judenhäuser gehen? Sie haben eine kleine Wohnung, wir eine große. Lassen Sie uns tauschen. Dann müssen wir hier nicht weg und sparen auch noch Geld, weil ihre Wohnung ja sicher viel weniger Miete kostet als unsere.«

Vater und Mutter, Bille und ich, wir waren sprachlos. Was für ein verrückter Vorschlag! Wir – in Sternbergs Vorderhauswohnung? Und Sternbergs wollten in unsere ja nicht nur viel kleinere, sondern auch längst nicht so helle und freundliche Hinterhauswohnung ziehen – mit dem Klo auf halber Treppe?

Frau Sternberg griff nach Mutters Hand. »Wir haben lange hin und her überlegt und glauben, das ist das Beste. Sehen Sie, wenn wir ausreisen, müssen wir alle unsere Möbel verkaufen – und was bekommen wir schon dafür? Wenn wir die

Wohnung tauschen, nehmen wir nur mit, was wir unbedingt brauchen – und Sie stellen Ihre Möbel zu den unseren. Und können Sie uns irgendeine Kleinigkeit dafür zahlen, damit es kein Geschenk ist, tun Sie es. Und können Sie nichts zahlen, na, dann nehmen Sie es eben als Geschenk. Wir kennen uns seit so vielen Jahren, unsere Kinder sind wie Geschwister aufgewachsen, besser Sie haben Freude an dem, was wir sowieso verlieren werden, als irgendwelche Adolfe.«

Vater und Mutter waren sehr berührt von diesem Angebot, mussten Sternbergs aber gestehen, dass wir ihnen für ihre Möbel nichts geben konnten. »Wenn wir bei Ihnen einziehen, haben wir eine doppelt so hohe Miete zu zahlen«, sagte Vater betrübt. »Das fällt uns nicht leicht … Aber natürlich hätten wir gern eine größere Wohnung. Ist ja auf Dauer keine Lösung, dass Paul und Bille in der Küche schlafen müssen. Doch dass so etwas überhaupt sein muss – das macht uns ein schlechtes Gewissen.«

»Aber nicht doch! Das müssen Sie nicht haben«, wehrte Julians Vater ab. »So ist das Leben eben – gestern wolltest du dir noch eine neue Hose kaufen, Wichtigeres gab es nicht, heute sind dir alle Hosen dieser Welt egal, da musst du zusehen, dass du überhaupt noch einen Hintern hast.« Und Julians Mutter ergänzte: »Mit diesem Tausch – wenn Sie denn damit einverstanden sind – helfen Sie uns doch nur. Ihre Wohnung wird uns niemand neiden, deshalb wird man sie uns so schnell nicht wegnehmen. Den Nachteil haben allein Sie. Sie werden böse Blicke auf sich ziehen, weil Sie mit Juden gemeinsame Sache gemacht haben.«

»Diese Blicke halten wir aus.« Mamusch straffte sich. »Was mit Ihnen gemacht wird, ist doch eine einzige bodenschreiende Ungerechtigkeit. Ein Verbrechen ist das!« Und Vater sagte leise: »Noch schlimmer ist diese Mauer aus Wegschauen und

Schweigen, an der ja leider auch wir mitarbeiten. Jedes Zähnezusammenbeißen, jedes einzelne Nicht-dagegen-Aufbegehren ist ein Ziegelstein in dieser Mauer.«

»Glauben Sie ja nicht, dass wir an Ihrer Stelle tapferer wären.« Herr Sternberg lächelte traurig. »Ist doch ganz klar, dass in solchen Zeiten jeder zuerst an sich und seine Familie denkt.«

»Nein!« Vater schüttelte den Kopf. »Wir hätten die Nazis verhindern müssen. Es ist unsere Schuld, dass es so weit gekommen ist.«

»Aber das nützt ja nun alles nichts.« Julians Mutter wollte wieder auf den eigentlichen Grund ihres Besuchs zurückkommen. »Also?«, fragte sie. »Sind Sie einverstanden?«

Vater und Mutter sahen sich an – und nickten. »Ja«, sagte Mamusch. »Ein solcher Tausch ist das Einzige, was wir für Sie tun können. Dagegen könnte höchstens der Petereit etwas haben. Wie ich unseren Hausbesitzer kenne, wird er aber keine Schwierigkeiten machen. Er ist ja wahrlich kein Freund der Nazis. Ihre Möbel aber, die bekommen Sie natürlich zurück, wenn dieser Spuk hier erst vorüber ist. Ewig werden die Nazis ja wohl nicht an der Macht bleiben.«

»Nein!«, widersprach Herr Sternberg. »Die Möbel gehören fortan Ihnen. Wir kommen nicht zurück, sollte uns denn die Ausreise tatsächlich glücken. Und uns die Möbel später nachzuschicken, das käme viel zu teuer. So wertvoll sind sie nun doch nicht.«

Ich habe es noch im Ohr, dieses »Wir kommen nicht zurück«. Wie viel Bitterkeit und Enttäuschung lagen in diesen vier Wörtern. Zögernd sah ich Jule an – und da nickte er mir strahlend zu, als wollte er sagen: Ist doch schön, dass du bald mein Zimmer für dich hast.

Ich fand es nicht schön, hätte lieber weiter in unserer Küche geschlafen. Und Bille, die neben mir saß und mit ganz erschrecktem Gesicht mal Vater und Mutter und mal Sternbergs und Jule ansah, dachte genauso.

Nachdem Sternbergs gegangen waren, schwiegen Vater und Mutter lange. Sie fühlten sich ein wenig überrumpelt. Es war alles viel zu schnell gegangen.

»Ich weiß nicht«, sagte Mutter schließlich. »Irgendwie habe ich bei all dem das Gefühl, als würden wir Sternbergs etwas wegnehmen.« Und sie erzählte von anderen »Aufbewariern«. So nannten wir jene »Arier«, denen ausgereiste Juden etwas zum Aufbewahren hinterlassen hatten, das sie, gab es eines Tages keine Nazi-Regierung mehr, zurückhaben wollten. Viele dieser Aufbewarier, so vermutete Mutter, hofften darauf, dass Hitler ewig regierte.

»Aber das hat doch nichts mit uns zu tun«, widersprach Vater. »Sternbergs haben keine Lust, ihre Möbel denen zu hinterlassen, die sie vertreiben. Das kann ich gut verstehen. Und leicht fällt uns dieser Wohnungstausch ja auch nicht. Um die höhere Miete zahlen zu können, werden wir jeden Pfennig dreimal umdrehen müssen.«

Mutter behielt dennoch ihr schlechtes Gewissen und in Wahrheit erging es Vater nicht anders. Nur Ömchen klatschte in die Hände, als sie von dem geplanten Wohnungstausch erfuhr. »Endlich bekommt ihr eine gescheite Wohnung«, freute sie sich. »Hat mich schon lange gewurmt, dass meine Enkelkinder in der Küche schlafen müssen. Und ihr nehmt ja niemandem was weg, was er nicht ohnehin weggeben muss.«

Vater knurrte nur böse, als er das hörte, und Mutter verdrehte die Augen und sagte, als Ömchen wieder gegangen war: »Manchmal muss man sich auch für etwas schämen, für das man eigentlich gar nichts kann.«

Ende Juni fand der Umzug statt. Zu siebt schleppten und trugen wir alles, was ausgetauscht werden sollte, aus dem Vorderhaus ins Hinterhaus und umgekehrt. Und seltsamerweise wurde es ein lustiger Umzug. Dem Anlass dieser ganzen Aktion zum Trotz rissen die beiden Männer unentwegt Witze und sogar die ansonsten eher bedrückt wirkenden Frauen lachten hin und wieder. Für Jule, Bille und mich aber wurde das Ganze immer mehr zum Abenteuer. Nie hätten wir gedacht, dass Julian mal in unserer Küche und Bille und ich in seinem Zimmer schlafen würden!

Doch es kam noch besser: Mutter entschied, dass Bille und ich fortan eigene Zimmer bekommen sollten. So zog ich in Julians Zimmer und Bille in das ehemalige Esszimmer der Sternbergs. Dort schlief sie zwischen all den Vitrinen und Bücherschränken und kam sich fremd vor und allein gelassen, bis sie begann, in den Büchern herumzustöbern und schließlich das eine oder andere davon zu lesen.

Mir erging es nicht anders. Wie ich in dieser ersten Nacht in Jules Zimmer lag, bestürmt von tausend Gedanken, die sich einfach nicht ordnen ließen … Nein, ich konnte mich nach wie vor nicht freuen! Wäre ich von all dem Hin- und Hertragen nicht so müde gewesen, sicher hätte ich bis zum Morgen wach gelegen.

Besuchte Jule mich in den nächsten Tagen, fühlte ich mich in seinem Zimmer nach wie vor als Gast. Und besuchte ich ihn, erging es mir zwischen den Sternberg'schen Möbeln in unserer ehemaligen Küche nicht anders.

Abgelenkt wurden wir von alldem nur, weil uns zu dieser Zeit zwei Geschehnisse sehr beschäftigten. Das war zum einen ein Bericht in der Wochenschau. Darin ging es um den Anschluss Österreichs an Deutschland. Wie da die Menschen auf dem großen Platz in Wien Kopf an Kopf beieinander standen und voller Begeisterung Hakenkreuzfähnchen schwenkten! Jule und ich saßen im Kino und waren ganz still. Immer wieder sahen wir solches Gejubel – auch in Deutschland; gab es denn so viele Menschen, denen es gar nichts ausmachte, was mit den Juden geschah?

Das zweite Ereignis, das uns beschäftigte, war die Irrfahrt der *St. Louis;* ein Passagierschiff, das von Hamburg aus in See gestochen war, um mehr als tausend jüdische Flüchtlinge nach Havanna zu bringen. Alle Passagiere hatten vorläufige Einreisevisa für Kuba; von dort wollten sie in die USA weiterreisen. Doch in Havanna angekommen, bestritt die kubanische Regierung die Gültigkeit der für viel Geld erworbenen Einreisepapiere; die *St. Louis* durfte nicht einmal im Hafen anlegen. Langwierige Verhandlungen jüdischer Hilfsorganisationen und des deutschen Kapitäns mit den Kubanern folgten und blieben ergebnislos. Nicht ein einziger Passagier durfte an Land – und nach fünf Tagen musste die *St. Louis* die kubanischen Gewässer wieder verlassen.

Notgedrungen fuhr man aufs offene Meer hinaus, um östlich der Bermuda-Inseln die Verhandlungen der jüdischen Hilfsorganisationen in Washington und New York abzuwarten. Doch auch die amerikanischen Einwanderungsbehörden stellten sich stur, und so erreichte die *St. Louis* schon bald per Funk das zweite ablehnende Urteil. Begründung: Die Passagiere der *St. Louis* seien laut Warteliste noch nicht zur Einreise befugt. Es gab da ja diese Quote, mehr als eine bestimmte Anzahl Emigranten pro Jahr nahmen die USA nicht auf.

Die jüdischen Hilfsorganisationen bemühten sich um Verhandlungen mit weiteren Ländern, doch nun verlangte die *Hamburg-Amerika-Linie,* unter deren Flagge die *St. Louis* fuhr, ihr Schiff zurück und erteilte dem Kapitän die Order, Kurs auf Europa zu nehmen. Und so dampfte die *St. Louis* mit all den vielen verängstigten Passagieren den Weg gekommen war, wieder zurück.

Was mussten die Menschen an Bord da für ein Gefühl gehabt haben! Sie waren praktisch mittellos, hatten ihre Wohnungen aufgelöst, die »Reichsfluchtsteuer« und die teuren Schiffskarten bezahlt, und wenn sie noch ein paar Mark übrig behalten hatten, lagen die auf deutschen Konten fest. Was sollte nun aus ihnen werden? Wo sollten sie hin? Wie weiterleben?

Jule und ich verfolgten das Schicksal der *St. Louis* voller Aufregung: Wenn Julians Eltern nun auch solche kubanischen Visa erworben hätten, wie leicht hätte Jule mit an Bord sein können! Wir waren in diesen Tagen wohl die eifrigsten Zeitungsleser. Kaum hatten unsere Eltern ihre Zeitungen beiseite gelegt, schnappten wir sie uns und verglichen die verschiedenen, sehr ausführlichen Beiträge. Die deutschen Zeitungen berichteten ja gern über diese Irrfahrt. Voller Häme jubelte man darüber, wie sehr sich die anderen Länder dagegen sträubten, die in Deutschland nicht gelittenen Juden bei sich aufzunehmen. »Seht nur«, triumphierten die Zeitungsschreiber, »keiner will sie haben. Wir aber sollen ihnen bis in alle Ewigkeit eine Heimstatt geben.«

Zum Glück erklärten sich Holland, Frankreich, Belgien und England bereit, einige der jüdischen Passagiere in ihr Land einreisen zu lassen. Etwa zweihundert allerdings fanden nirgendwo Aufnahme – und mussten nach Deutschland zurück.

Meine Eltern, die die Zeitungsberichte ebenfalls sehr aufmerksam verfolgt hatten, begannen sich ernsthaft Sorgen um die Ausreise der Sternbergs zu machen. Und mich packte es nun auch. Ja, jetzt wünschte ich mir, dass Jule fortging. Wie toll, wenn Sternbergs mehr Glück hätten als die Passagiere der *St. Louis*! Ich sah Jule in Amerika, sah ihn durch New Yorker Straßen streifen, wie ich sie aus dem Kino kannte, sah ihn auf irgendeiner Ranch ein Pferd besteigen und träumte mich in eine kindliche Vorfreude hinein: War Jule erst in Amerika, würde er mir, wenn seine Eltern wieder Geld verdienten, sicher jede Menge Postkarten schicken und ich würde Briefmarkensammler werden. Hauptsammelgebiet: USA. Und später, wenn wir beide erwachsen waren, würde ich ihn besuchen. Er würde mir die Hochhäuser zeigen, die Prärie und die Rocky Mountains. Wir würden uns amerikanische Cowboy-Filme ansehen und unentwegt Kaugummi kauen. Und vielleicht würde ich dann ganz bei ihm bleiben.

Jule freute sich nicht mehr auf die neue Heimat. Dass auch die Amerikaner die Passagiere der *St. Louis* nicht aufgenommen hatten, verstörte ihn. »Vielleicht ist's besser, wir gehen nach China«, sagte er eines Tages zu mir. »Vielleicht haben die Chinesen nicht solche Angst vor uns.«

Auch über eine Ausreise nach China hatten Sternbergs und ihre Verwandten und Bekannten sich schon Gedanken gemacht.

»Aber China ist ja viel zu weit«, widersprach ich, »so viel Geld haben deine Eltern nicht.« Auf China hatte ich keine Lust.

Jule überlegte ein Weilchen, dann zuckte er die Achseln. »Na und? Dann bleiben wir eben hier. So schlecht ist's hier ja auch nicht.«

Solange Leben ist

Wenn Jule in dieser Zeit seine Bücher nicht gehabt hätte! Nach der Schule lag er fast nur noch auf dem Bett und las. Besuchte ich ihn in unserer ehemaligen Küche, freute er sich jedes Mal, als wäre das Leben selbst zu ihm zurückgekehrt; ohne mich oder Bille ging er nicht mal mehr in den Hof.

Auch Julians Mutter freute sich, wenn Bille oder ich Jule besuchten, doch sie sorgte sich auch deswegen. »Es sehen ja alle, wie oft ihr kommt«, sagte sie einmal, als sie mich zur Tür gebracht hatte. »Und das nach dem Wohnungstausch ... Vielleicht solltet ihr euch besser andere Freundschaften suchen. Es gibt so viele schlechte Menschen im Haus.«

»Jule ist doch nicht nur irgendein Freund!« Ich war beleidigt. Frau Sternberg sagte ja fast das Gleiche wie Ömchen. Dachte sie etwa, ich konnte, die Hände in den Taschen, fröhlich pfeifend weggehen, um mir einen anderen »Freund« zu suchen?

Sie strich mir übers Haar. »Ich weiß, ich weiß! Aber dennoch ...« Sie konnte nicht weiterreden, weil ihr die Tränen kamen, schob mich ins Treppenhaus und schloss schnell die Tür.

Da wir uns in unserer Straße nicht mehr zusammen blicken lassen konnten, ohne Anfeindungen ausgesetzt zu sein, gingen Jule und ich nun oft spazieren. Durch möglichst weit entfernte Stadtteile, in denen uns niemand kannte. Manchmal hatten wir dann unsere »Angel« dabei. Wir wollten aber keine Fische angeln, sondern Münzen.

Über den meisten Kellergräben waren Gitter angebracht; vorübergehenden Passanten fiel da manchmal etwas hinein. Und wegen einem Groschen oder Fünfzigpfennigstück ließ niemand ein Gitter herausbrechen. So war es ein beliebter Kindersport, einen Löffel im rechten Winkel krumm zu biegen, ihn mit dem Griff an einer langen Holzleiste festzubinden und danach mit diesem Löffel durch die Gitterstäbe hindurch nach den Münzen zu angeln.

Jule und ich konnten dabei sehr ausdauernd sein. Stundenlang liefen wir von Kellergitter zu Kellergitter und vor jedem knieten wir uns hin und spähten hinein. Hatten wir etwas Glänzendes entdeckt, trat unsere Angel in Aktion. Dann scharrten wir so lange mit dem Löffel im Dreck herum, bis wir den Schatz hochhieven konnten. Manchmal hatten wir Pech, dann war dieses Glänzende nur ein Knopf von irgendeiner Uniformjacke, ein Stückchen Blech oder Glas. Ganz ohne Beute aber kehrten wir selten heim. Die teilten wir redlich, kauften uns Eis oder setzten uns – bei einem kapitalen Fang – in irgendein Kino. Das war Juden zwar verboten, doch wusste ja niemand, wer Julian war.

Oft saßen wir auch nur an der Spree. In der Nähe der Monbijou-Brücke hatten wir uns einen Lieblingsplatz erkoren. Zu unseren Füßen gluckste das Wasser, Spreezillen zogen vorüber und wir machten uns über deren Namen lustig. *Bertha-Marie* hießen sie, *Tante Lene* oder *Esmeralda*. Und tuckerte ein Flussschiff aus Hamburg vorbei, malten wir uns aus, wie Jule und seine Eltern in ebendiesem Hamburg an Bord eines Ozeanriesen gehen würden.

Doch wo würde er sie hinbringen?

Auf Amerika hofften Sternbergs immer weniger, denn eines Tages war Julians Vater sehr niedergeschlagen nach Hause gekommen. Alle Antragsteller, die auf ein Affidavit verweisen konnten, waren mit Nummern versehen worden – und jetzt wusste Herr Sternberg, welche Nummer sein Antrag bekommen hatte und auf welche Nummern zur Zeit Visa ausgegeben wurden und damit auch, dass seine Frau, Jule und er noch lange nicht an der Reihe waren. Weshalb Julians Mutter ihn gedrängt hatte, sein Glück doch auch einmal im Palästina-Amt zu probieren; eine Ausreisemöglichkeit, die Herr Sternberg lange nicht in Erwägung gezogen hatte, da er wusste, dass er, der Nichtgläubige, der seinen Sohn evangelisch hatte taufen lassen, dort keine Chance hatte. Im Palästina-Amt in der Meineckestraße, einer Seitenstraße vom Kurfürstendamm, saßen die Zionisten* – strenggläubige Juden, die in Palästina eine neue jüdische Heimstatt für alle Juden gründen wollten. Worin sie zu dieser Zeit noch von den Nazis unterstützt wurden. Sollten doch alle Juden nach Palästina verschwinden, dann war man sie endlich los, hieß es. Nur ihr Vermögen, bitte schön, das sollten sie zurücklassen.

»Hitlers Lieblingsjuden«, hatte Julians Vater lange über die Zionisten gespottet. Und er hatte ihnen vorgeworfen, dass ihnen der Judenhass der Nazis gut in den Kram passte, weil sie darin eine Chance sähen, das Nationalgefühl der deutschen Juden auf ein jüdisches Nationalgefühl umlenken zu können. Jetzt allerdings bedeutete das Palästina-Amt so etwas wie eine letzte Chance. »In der Not frisst der Teufel Fliegen«, hatte Herr Sternberg nur noch gemurrt und sich auf den Weg in die Meineckestraße gemacht.

Dort angekommen, war er dann tatsächlich, noch bevor er irgendetwas über die Notlage seiner Familie berichten konnte, nach seinem Glauben befragt worden. Herr Sternberg hatte gehofft, dass die Frömmigkeit der Antragsteller in der jetzigen Situation vielleicht nur noch eine zweitrangige Rolle spielen würde, als er jedoch sagte, dass Jule christlich getauft worden sei, wurde der Mann ihm gegenüber böse: Wie er sich erdreisten könne, ihnen ihre knappen Schiffsplätze abschwatzen zu wollen, um ins Gelobte Land zu kommen; er, der doch mit dem Judentum längst gebrochen habe? Angst um die Zukunft ihrer Familien hätten schließlich alle.

Ich saß gerade mit Jule in der Küche, als sein Vater an diesem Tag nach Hause kam. Er ging gebeugter als sonst, hängte seinen Hut auf den Garderobenhaken im Flur und nahm seine Frau, die ihm ganz aufgeregt entgegengeeilt war, in die Arme. »Nun weiß ich es, Liebe«, sagte er gespielt scherzend, »ich bin ein seltenes Exemplar Mensch. Für die Nazis bin ich Jude – und für die Juden fast schon ein Nazi.« Dann jedoch übermannte ihn der Zorn. »Was ist das nur für eine Welt!«, schimpfte er los. »Ich denke, Jude ist, wer eine jüdische Mutter besitzt? So hab ich's jedenfalls mal gelernt. Und hab ich keine jüdische Mutter? Hast du keine jüdische Mutter? Hat Julian keine jüdische Mutter? Aber nein, wenn's drauf ankommt, werfen sie all ihre ehernen Gesetze über Bord, ganz wie es ihnen passt.«

Julians Mutter bemühte sich, ihren Mann zu beruhigen. »Lass nur, immer wieder schickt der Herr uns Prüfungen, dann aber, im letzten Augenblick, rettet er uns doch.«

Einen Moment lang sah Julians Vater seine Frau nur kopfschüttelnd an, dann lachte er bitter auf. »Dich hätt ich hinschicken sollen, du hättest ihnen sicher besser gefallen.« Gleich darauf begann er zu schreien: »Was quatschst du nur manchmal für ein dummes Zeug! Der Herr! Der Herr! Was ist denn das für ein ›Herr‹, der sich einen Jux daraus macht, uns so zu quälen?«

Frau Sternberg wich zurück. »Aber Heiner, wie redest du denn mit mir? Und das auch noch vor den Kindern!«

»Die Kinder! Die Kinder!«, flüsterte Herr Sternberg da nur noch. »Weshalb sollen sie denn nicht wissen, dass der Mensch des Menschen Teufel ist? Sie kriegen ja auch sonst alles mit.« Und er nahm Jule und mich fest ins Visier und sagte, nun wieder etwas lauter: »Merkt euch das fürs Leben, Jungs: Es sind keine bösen Mächte, die uns Menschen das Leben zur Hölle machen, wir erledigen das schon selber.«

»Heiner! Bitte!« Frau Sternberg rang die Hände.

»Ja, ja! Bin ja schon still.« Herr Sternberg senkte den Blick. »Ist nur alles zu viel geworden, ist einfach zu viel geworden.« Ein Schluchzen schüttelte ihn und Julians Mutter nahm ihn in die Arme und streichelte seinen Kopf.

»Ich weiß ja«, nun ließ Herr Sternberg seinen Tränen freien Lauf, »es ist alles nur meine Schuld ... weil ich zu lange nicht auf dich gehört habe. Gleich '33 hätten wir fortgehen sollen. Einen Tag, nachdem diese Verbrecherbande an die Macht kam, hätten wir mit dem Packen beginnen müssen. Da wären wir noch weggekommen. Jetzt ... jetzt ist's für alles zu spät.«

»Sag das nicht.« Frau Sternberg küsste ihren Mann. »Solange Leben ist, ist Hoffnung.«

Von den »schlechten Menschen im Haus«, wie Julians Mutter sie nannte, habe ich bisher noch nicht erzählt. Leider kann ich sie nicht völlig verschweigen.

Es war nicht so, dass in der Jablonskistraße 53 besonders viele Nazis wohnten. Wir waren ein ganz normales Mietshaus; es gab Nazis, es gab Leute, die waren eher unpolitisch, und es gab solche wie meine Eltern, von denen man wusste, dass sie öfter die Faust in der Tasche ballten.

Richard Bethmann zum Beispiel, ein kleiner, buckliger, früh grau gewordener Mann, der im 4. Stock Hinterhaus wohnte, war ein typischer Unpolitischer. Von Beruf Tischler, saß er nach Feierabend gern in allen möglichen Kneipen herum und redete mit jedem, der sich zu ihm setzte. Über Politik allerdings sprach er nie. Als Vater im Treppenhaus mal zu ihm sagte, von ihm habe er doch nichts zu befürchten, da dürfe er ruhig mal den Mund aufmachen, antwortete der Bethmann nur mit listigem Lächeln: »Sauf dich voll und friss dich dick – und halt dein Maul von Politik!« Und lachte.

Es gab im Haus viele solcher Bethmänner. Mutter verteidigte sie oft vor Vater. »Für seine Angst kann keiner was.«

Und wie hätten sie denn auch keine Angst haben sollen? Der Alfons Krämer, ein großer, wuchtiger Mann, war der denn nicht der beste Beweis dafür, dass falscher Mut »ungesund« war? Er war eines Tages angetrunken von einer Geburtstagsfeier gekommen und hatte nichts weiter getan, als zu dem Heinrich Hauser, unserem Obernazi, zu sagen, dass er ein Idiot sei und nur dummes Zeug schwatze. Und sein Führer sei auch ein Idiot und rede noch größeren Unsinn. Keine halbe Stunde später wurde er von der SA abgeholt und bereits im Treppenhaus dermaßen zusammengeschlagen, dass das Blut bis an die Wände spritzte. Danach hatte seine Frau nie wieder etwas von ihm gehört – bis eines Tages ein Brief kam, in dem stand, dass er im Gefängnis verstorben sei. An Lungenentzündung.

Die Nazis unterteilten wir in solche, die von ihrer Idee überzeugt waren, und solche, die nur in die Partei eingetreten waren, um vorwärts zu kommen – so wie Ömchen es ja auch von Vater gern gesehen hätte. Letztere glaubten nur in den seltensten Fällen, was sie redeten. Der Heinrich Hauser jedoch, der den Krämer angezeigt hatte, war ein ganz überzeugter Nazi; ein so genannter »alter Kämpfer«. Er lief schon in SA-Uniform herum, als man noch dafür bestraft werden konnte, wie alle im Haus wussten. Jetzt war er Standartenführer, trug im Kragenspiegel das Eichenblatt. Jahrelang hatte er in der Wohnung über den Sternbergs gewohnt, seit dem Wohnungstausch war er unser »Obermieter«.

Nie habe ich den Hauser ohne Uniform gesehen; wie ein hoher Würdenträger schritt er hinter seinem Bauch her, wenn er mir auf der Treppe entgegenkam. Dabei ging er auch nicht einen Zentimeter zur Seite, ganz egal, wer sich an ihm vorbeidrücken musste, ein Erwachsener oder ein Kind, ein Jude oder »Arier«. Er schob seinen Bauch, der schon am Hals anfing, geradewegs auf sein Gegenüber zu und schaute demjenigen mit seinen scharf blickenden Augen dermaßen prüfend ins Gesicht, dass man sich unwillkürlich bedroht fühlte. Mit meinen Eltern sprach er nicht, seiner Ansicht nach waren wir Judenknechte. Und das erst recht seit dem Wohnungstausch, den er leider nicht verhindern konnte, weil der Herr Petereit, unser Hausbesitzer, nun mal nichts dagegen hatte und es ja auch im Sinne der entsprechenden Erlasse war, dass Juden kleinere Wohnungen bezogen.

Der Hauser war ein ganz schlimmer Judenhasser, und es ärgerte ihn furchtbar, dass Herr Sternberg mit Vornamen auch Heinrich hieß. »Ein so schöner, alter deutscher Name«, schimpfte er oft, »eine Schande ist das, dass sich jeder Itzig so nennen darf.«

Einmal hörte ich ihn sagen, dass man einen Juden nur mit den Beinen nach oben in einen Baum hängen müsse – und schon würde ihm all sein Erschachertes und Gestohlenes aus den Taschen fallen. Begegnete der Hauser Jule, starrte er ihn an, als betrachte er irgendein fremdartiges Insekt. Nur wenn er die Frau Korbmeier traf, eine Neu-Nazisse von der überzeugten Art, die ständig unterwegs war, um Spenden für irgendein Nazi-Hilfswerk einzutreiben, glättete sich sein Gesicht; dann kam der gemütliche Dicke zum Vorschein. Immer wieder lobte er die Korbmeier für ihren Tateifer, oft sagte er, wenn doch nur mehr Menschen so einsichtig und vernünftig wären.

Jule, Bille und ich mochten den Hauser vor allem wegen seiner dicken, mit dunklen Haarbüscheln bedeckten Finger nicht. »Grabschaufeln« nannten wir sie. Die hagere, unverheiratete Frau Korbmeier mit dem »deutschen Knoten« im

Haar hingegen nahmen wir nie ganz ernst. Sie arbeitete für die Nationalsozialistische Volkswohlfahrt, kurz NSV genannt, und trug das Abzeichen der NS-Frauenschaft wohl noch im Nachthemd an ihrer mageren, immer irgendwie streng wirkenden Brust, wie Vater gern spottete.

Einmal waren Bille und ich bei ihr in der Wohnung. Sie hatte uns gebeten, ihre schwere Einkaufstasche zu tragen. Es war eine sehr düster wirkende Wohnung und überall im Flur und in der Küche hingen Hitlerbilder und Sprüche wie »Ordnung im Haus schafft Ordnung im Staat«. Bille und ich wollten uns schnell wieder verdrücken, die Korbmeier jedoch legte eine Tüte Stachelbeeren vor uns hin und bemühte sich, die Kinder vom roten Scholz mal so richtig im nationalsozialistischen Sinne aufzuklären. Dass unser Führer in einem kleinen Ort in der Ostmark* zur Welt gekommen wäre, erzählte sie uns, und dass er sich schon als Kind für deutsche Geschichte interessiert und lange davon geträumt hätte, ein großer Künstler zu werden. Sein strenger Vater jedoch habe ihm nicht erlaubt, auf die Akademie zu gehen. Erst nach dem Tod seines Vaters habe der Führer doch noch studieren dürfen, mit Unterstützung seiner Mutter. Nur sei des Führers Mutter bald darauf gestorben und so habe er das geliebte Studium aufgeben und Anstreicher werden müssen. Bis die Vorsehung ihn nach Deutschland schickte, um uns vor den Juden zu erretten.

»Und ihr?«, begann sie danach zu schimpfen. »Ihr seid so dumm und treibt euch immer mit diesem Judenbengel rum. Aber daran ist nur euer Vater schuld. Der hat keine nationale Gesinnung.«

Wütend wollte ich aufstehen und gehen, Bille aber spuckte gleich ihre Stachelbeere aus und fragte kess: »Wissen Se, was Sie mich mal können?« Und dann grinste sie breit und sagte:

»Genau das, was Sie jetzt eben gedacht haben, das können Se mich mal!« Und lachend liefen wir aus der Wohnung.

Jule vermutete, dass die Korbmeier ihre Bettlaken mit Hakenkreuzen bestickt hatte, Bille, dass sie Hitler mit dem lieben Gott verwechselte. Ich sah sie im Geiste oft zwischen den Frauen stehen, die von früh bis spät vor der Reichskanzlei darauf warteten, dass der Führer sich mal blicken ließ. Die Wochenschau hatte darüber berichtet. »Lieber Führer, sei so nett, zeig dich uns am Fensterbrett!«, riefen diese Frauen und »Eins, zwei, drei, vier, fünf, sechs, sieben – wie wir unseren Führer lieben!« Und zeigte er sich dann und winkte ihnen zu, kreischten sie auf, als hätte sie der Storch ins Bein gebissen.

Oft standen der Hauser und die Korbmeier im Hof und der Hauser hielt ihr Vorträge. Mieter, die nicht schnell genug an den beiden vorbeigekommen waren und befürchteten, ihr Desinteresse könne als Ablehnung des Gesagten aufgefasst werden, mussten ebenfalls zuhören. Saßen Jule und ich dann auf unserer Teppichklopfstange, wagten auch wir nicht wegzulaufen.

»Gemeinnutz geht vor Eigennutz«, dozierte der Hauser gern. »Das hat unser Führer gesagt, und so müssen wir alle denken, damit es mit Deutschland vorwärts geht. Wer sich dem entgegenstellt, ist gegen die Gesundung der deutschen Volksgemeinschaft.« Und bevor er seine Zuhörer entließ, sagte er oft: »Dem stärksten Volk gehört die Welt. Also müssen wir stark sein und immer stärker werden.«

Der Hugo Berkenthin aus der Parterre-Wohnung Hinterhaus, ein kleiner, dunkelhaariger Mann mit Hitlerbärtchen im ewig bleichen Gesicht, war auch so ein »alter Kämpfer«. Vater erzählte manchmal, dass er in den Jahren vor Hitlers Machtübernahme in der *Dicken Hertha,* einer der vielen Kneipen an der Prenzlauer Allee, Billardkugeln geklaut habe, um Totschläger daraus zu basteln. Für den Kampf gegen die roten Vaterlandsverräter. »Jetzt hat er so etwas natürlich nicht mehr nötig. Jetzt liefert sein Führer ihm bessere Waffen.«

Der kleine Berkenthin, den ich nie anders als mit klobigen SA-Stiefeln oder zerschlissenen Pantoffeln an den Füßen gesehen habe, war Vater von fünf Kindern; sein ältester Sohn, Helmut Berkenthin, ging mit mir in eine Klasse.

Helmut war ein lang aufgeschossener, sehr dünner, weißblonder Junge, der mir nicht unsympathisch war, mit dem Jule und ich wegen seines Vaters jedoch kaum Kontakt hatten. Nur ein einziges Mal besuchte ich ihn. Da war er krank, und der Breitenstetter hatte mir aufgetragen, ihm die Schulaufgaben zu bringen und zu erklären. Ein Krankenbesuch, den ich lange nicht vergessen konnte: Helmut, wie er fieberglühend auf dem Küchensofa lag, direkt über ihm ein Foto vom noch jungen Hitler im braunen SA-Hemd. Das Haar noch nicht so tief in der Stirn, den Kopf weit vorgestreckt, musterte er mich mit finsterem Blick, unser junger Führer. Gleich daneben ein aus einer Zeitung ausgeschnittenes Foto: Das deutsche Luftschiff *Hindenburg,* wie es gerade explodierte. Erst verstand ich nicht, weshalb Berkenthins dieses Foto ausgeschnitten und gerahmt hatten, dann sah ich, dass die Rauchwolke hinter der Explosion so retuschiert war, dass darin eindeutig »jüdische« Gesichtszüge zu erkennen waren – der Teufel in Menschengestalt; der Jude, der hinter allem Unglück steckte.

Immer wieder musste ich diese beiden Fotos ansehen, während ich Helmut die Schulaufgaben erklärte. Bis meine Unkonzentriertheit ihn stutzen ließ. »Was haste denn?«

»Ich muss aufs Klo«, log ich, und dann machte ich, dass ich wegkam. Helmut rief mir noch nach: »Aber du kannst doch auch bei uns gehen, der Schlüssel hängt gleich neben der Tür.«

Ich tat, als hätte ich das nicht mehr gehört.

Redete der alte Berkenthin über die Juden, witzelte er meist: »Mir juckt's heut so am Hintern, bestimmt treff ich bald 'nen Juden.« Später, im Krieg, geißelte er alle »Friedensapostel« als egoistische Schwächlinge. »So was gehört mit Knüppeln aus dem Haus gejagt. Wehrlos ist ehrlos, das hat schon immer gegolten.«

Gleich nachdem Jule und seine Eltern ins Hinterhaus gezogen waren, traf der Berkenthin mal Frau Sternberg auf der Treppe. Sie wohnten ja nun im gleichen Aufgang. Erst starrte er sie nur an, als könne er gar nicht glauben, dass er von nun an mit einer »Jüdschen« unter einem Dach wohnen musste, dann beschimpfte er sie als hässliches Weib, das man schon allein deshalb einsperren müsse, damit es andere nicht mit ihrer Jerusalem-Visage belästige.

Frau Sternberg war nur weinend davongelaufen, Jule, Bille und ich, kaum hatten wir davon gehört, beschlossen, sie zu rächen, indem wir dem Berkenthin einen Streich spielten. Und so verklebten wir eines Abends das Schlüsselloch in seiner Wohnungstür mit Knete und schraubten im Hausflur die Glühbirne locker. Betrunken kam er nach Hause geschwankt, konnte das Schlüsselloch nicht finden, schimpfte laut über diese »verdammte jüdische Finsternis« – wir konnten durch die offen stehenden Hoffenster alles mit anhören – und versuchte danach, in den ersten Stock hochzusteigen. Sicher weil er glaubte, die Glühbirne im Parterre sei kaputt, und er die Birnen einfach austauschen wollte. Doch dann hörten wir es plötzlich laut poltern und schlossen rasch die Fenster. Und richtig vermutet: Der betrunkene Berkenthin war im dunklen Treppenhaus gestürzt und bis ins Erdgeschoss hinuntergefallen. Dabei hatte er sich Gott sei Dank nur ein Bein und nicht das Genick gebrochen.

Jule, Bille und ich hätten vor Schadenfreude tanzen mögen, Julians Mutter, die ja nicht wusste, welche Hände da mit im Spiel gewesen waren, gefiel das nicht. »Der Herr hat die Juden durchs Rote Meer geführt, um sie zu retten«, schimpfte sie Jule aus. »Als aber die Wellen über des Pharaos Reiter zusammenschlugen, herrschte er alle, die sich darüber freuen wollten, böse an: Meine Geschöpfe sind im Meer ertrunken – und ihr wollt Hymnen ertönen lassen?«

Aus heutiger Sicht erscheinen mir der Heinrich Hauser, die Agnes Korbmeier und der Hugo Berkenthin fast ein wenig wie Karikaturen. Leider hat es sie gegeben. Doch gab es auch andere Nazis, solche, die es einem nicht so einfach machten, sie abzulehnen, wie etwa der Josef Schmelzer aus dem Seitenflügel links; ein höflicher, freundlicher, eher stiller Mann, der von Beruf Bauingenieur war und keiner Fliege was zuleide tat, aber ständig die Hakenkreuzfahne im Fenster hängen hatte. Der Schmelzer, großer Kopf, Katergesicht und Mittelscheitel – »Läuserennbahn«, wie Bille das nannte –, grüßte sogar die Sternbergs, und wenn er Julians Mutter traf, zog er brav seinen Hut und grüßte als Erster. Und er sagte nur zu den Nazis »Heil Hitler«, allen anderen wünschte er einfach einen guten Tag.

Der Schmelzer, so erzählte Vater, sei bis 1918 Soldat gewesen und habe während der Novemberrevolution für einen raschen Frieden gekämpft. Dann aber habe es das »Schanddiktat von Versailles«* gegeben, das Deutschland an den Rand des Ruins brachte, so hoch seien die Lasten gewesen, die man dem Kriegsverlierer auferlegt hatte, und diese Ungerechtigkeit habe den Schmelzer dermaßen erregt, dass er – aus Sicht der Nazis bis dahin ein »Novemberverbrecher« – selbst in ihre Partei eingetreten sei. Weil sie seiner Meinung nach die Einzigen waren, die gegen dieses Schanddiktat vorgingen.

Vater nannte den Schmelzer einen Enttäuschungs-Nazi, und ich hatte oft den Eindruck, dass er sich über den »Herrn Bauingenieur« mehr ärgerte als über den Hauser, die Korbmeier und den Berkenthin zusammen.

Herr Sternberg hatte die Nazis in unserem Haus anfangs nur neugierig beobachtet. »Es gibt Menschen«, hatte er während dieser Zeit mal zu Vater gesagt, »die sind nichts als Ton in des Töpfers Hand. Ist der Töpfer ein Mann des Friedens, werden sie zu guten Wesen, ist er ein Mörder und Verbrecher, tja, dann eifern sie ihm leider auch in diesem Geiste nach.«

Vater fand das zu milde geurteilt, Herr Sternberg aber entschuldigte die, die ihn hassten: »Man hat etwas in sie hineingestopft, das käuen sie wieder, weil sie keine eigenen Gedanken haben. Ihr Verstand reicht einfach nicht aus, die Parolen ihrer Führer in Frage zu stellen.«

War Julians Vater zu dieser Zeit in der Stadt unterwegs, in Gegenden, in denen ihn niemand kannte, gab er sich gern als Hitler-Anhänger aus, um die Nazis in Gespräche zu verwickeln. Er wollte herausfinden, was die Klügeren von ihnen dachten. Kam er dann nach Hause, schüttelte er den Kopf. »Arroganz und Vorurteile, so heißen die beiden stärksten Götter. Gegen die kommt unsereins nicht an.«

Keine leichte Zeit für Sternbergs, aber auch kein Spaß für Vater, Mutter, Bille und mich. Wir waren nicht ungestraft »Judenfreunde«. Seit jenem Wohnungstausch wurden wir von vielen im Haus nicht mehr gegrüßt. Dennoch hielten wir den Kontakt zu Sternbergs aufrecht. Auch ging Mutter, solange es noch jüdische Geschäfte gab, dort einkaufen, und das, obwohl sie des Öfteren von den Nazis im Haus deswegen zur Rede gestellt wurde.

Einmal waren Bille und ich dabei. Da hielt die Korbmeier Mutter auf der Straße an und fragte, wie denn sie, eine deutsche Frau und Mutter, nur immer weiter diese jüdischen Blutsauger unterstützen könne. Ob sie denn keine Zeitung lese; da stehe doch drin, wie schamlos die Juden deutsche Familien ausbeuteten.

Mutter schaute die Korbmeier ein Weilchen nur an, dann sagte sie ganz freundlich, sie habe noch nicht festgestellt, dass die Waren bei den Mendels, Cohns und Singers teurer wären als anderswo. Frau Korbmeier solle doch auch einmal dort hingehen, man werde dort sehr zuvorkommend bedient. Noch ein höfliches Nicken und damit gingen wir weiter.

Erst starrte die Korbmeier uns nur stumm nach, dann keifte sie, Mutter könne wohl nicht rechnen, die Betrügereien der Juden seien doch stadtbekannt. Doch sprach sie Mutter nie wieder auf ihr Fehlverhalten an. Das überließ sie dem Robert Matusche, unserem Blockwart aus dem Nachbarhaus, einem großen, schlanken Mann mit Clark-Gable-Bärtchen. Der Matusche aber war nur ein Vorteils-Nazi; einer, der in die Partei eingetreten war, um was zu werden. Er drohte Mutter »dienstlich«, sie würde noch mal in der Zeitung angeprangert werden, unter der Rubrik »Arier, die noch immer bei Juden kaufen«, und das mit Namen, Foto und Adresse.

Diese Rubrik gab's wirklich, doch hatte der Matusche das nicht ernst gemeint; er wollte nur seine Ruhe haben. Und weil alles, was nicht so war, wie es sein sollte, diese Ruhe störte, sprach er Vater mal darauf an, dass es Leute gebe, die es wundere, dass ich noch immer nicht Mitglied im Jungvolk der HJ sei, das Alter hätte ich doch nun längst dafür.

Vater schaltete schnell. Er machte ein freundliches Gesicht

und sagte: »Nur keine Bange, Herr Matusche, hab ihn längst angemeldet.«

Und mit dieser Lüge war ich so gut wie eingetreten in die »Pimpferei«. Vater entschuldigte sich bei mir dafür: »Nützt ja alles nichts, wir dürfen nicht noch stärker auffallen. Läufst du eben von nun an in Uniform durchs Haus, damit alle sehen, wie staatstreu wir Judenfreunde sind.«

Ich kann nicht sagen, dass ich ungern in der Hitlerjugend mitmachte. In unserer Klasse waren die meisten ja schon kurz nach ihrem zehnten Geburtstag eingetreten, und anfangs war das Ganze nur Spielerei: Fahrten ins Umland, Lieder am Lagerfeuer, Naturbeobachtungen und Fährten lesen. Dazu Geländespiele mit Sieg und Niederlage beim Kampf um die heilige Fahne; Abenteuerlust-Befriedigung pur! Außerdem hatte der Breitenstetter uns schon oft gemahnt, wer nicht Mitglied im Jungvolk oder bei den Jungmädeln sei, werde es später mal sehr schwer haben, eine Lehrstelle zu bekommen. Und dann wurde es ja ohnehin bald Pflicht, die HJ-Uniform zu tragen; da hätte ich schon nicht »rasserein« oder körperlich untauglich sein müssen, um mich davor drücken zu können.

Also zog ich sie an, die kurze, schwarze Kordhose und das braune Uniformhemd, schnallte Lederkoppel und Schulterriemen um, ging hin, wenn unser Fähnlein sich traf, marschierte mit ins Gelände. In meiner Freizeit steckte ich ja doch nur mit Jule zusammen.

Tod und Not

Dass es Krieg geben würde, hatte Vater schon eine Woche zuvor gewusst. Ich sehe ihn noch in der Küche über der Zeitung sitzen. Es war August, einer der vielen schönen langen Sonnentage in diesem Jahr; er brauchte kein Licht, um zu lesen. »So«, sagte er plötzlich, »jetzt ist's passiert!«

Mamusch, mit Bügelarbeiten beschäftigt, blickte erschrocken auf. »Was denn nun schon wieder?«

Da erzählte Vater ihr von einem zwischen Deutschland und der Sowjetunion abgeschlossenen Nichtangriffspakt. Ein schrecklicher Schlag für meine Eltern. Sie waren keine Freunde von Stalins Sowjetunion, hatten genau verfolgt, was es dort an Ungerechtigkeiten und Verfolgung Andersdenkender gegeben hatte, andererseits aber war ihnen dieses riesige Reich im Osten Europas, das sich über halb Asien hinwegstreckte, immer als politisches und militärisches Gegengewicht zu Hitlers Deutschland erschienen. Und nun hatten ausgerechnet diese beiden Diktaturen einen Pakt miteinander geschlossen? Das, so Vater, musste einfach Krieg geben. »Hitler sichert sich ab«, vermutete er. »Er will, dass die Russen stillhalten. Und wozu das Ganze? Damit er beruhigt woanders einmarschieren kann.«

In den folgenden Tagen beobachtete Mutter junge Männer, die mit Rucksäcken und Pappkartons zur S-Bahn marschierten. Waren das schon die ersten Reservisten, die eingezogen wurden? Im Radio wurde die Bevölkerung dazu aufgerufen, Luftschutzkeller einzurichten, in der Zeitung wurde erklärt, wie Gasmasken anzulegen waren. Wer noch keine hatte, dem wurde empfohlen, sich eine zuzulegen. Für den Fall der Fälle!

Nur vier Tage nach diesem Nichtangriffspakt, am Sonntag, dem 27. August, verteilte der Matusche die ersten Lebensmittelkarten. Morgens war deren Ausgabe im Rundfunk bekannt gegeben worden, nachmittags wurden sie in die Häuser gebracht. Die für Sternbergs waren mit einem »J« gekennzeichnet; was sie von allen Sonderzulagen und dem Kauf nichtrationierter Lebensmittel ausschloss. Vater betrachtete unsere Karten lange, dann trommelte er mit den Fingern auf den Tisch. »Alles klar! Das ist von langer Hand vorbereitet. Lebensmittelkarten für ein ganzes Volk zaubert niemand aus dem Hut. In den nächsten Tagen geht's los.« Später, im Flur, als er glaubte, dass Bille und ich ihn nicht hören konnten, flüsterte er Mutter zu: »Na gut, soll der Hitler seinen Krieg anfangen! Das wird der Anfang von seinem Ende sein.«

»Aber wie viele Tote, wie viel Leid wird es geben?«, flüsterte Mutter zurück.

Der 1. September kam, ein strahlend schöner Sonnentag. Schon in den frühen Morgenstunden hieß es im Radio »Ab heute Morgen fünf Uhr wird zurückgeschossen.« Um zehn Uhr übertrug der Rundfunk dann eine Reichstagssitzung aus der Kroll-Oper. Hitler tönte, Polen habe das Großdeutsche Reich angegriffen, und versprach: »Von jetzt ab wird Bombe mit Bombe vergolten.«

Die Lüge, Polen hätte Deutschland angegriffen, sie schallte durch alle Häuser, wurde in allen Zeitungen verbreitet. Und damit sie geglaubt wurde, war auch dieser »Angriff auf Großdeutschland« gut vorbereitet worden. Bereits Tage zuvor waren jede Menge Gräuelgeschichten über die Untaten der Polen an den in Polen lebenden Volksdeutschen in den Zeitungen zu lesen gewesen.

Nachmittags kam Ömchen zu uns. »Jetzt ist dieser Hitler ganz und gar verrückt geworden«, schimpfte sie. »Erst das Theater mit den Juden und nun fängt er auch noch einen Krieg an.«

Vater nahm ihr die Bezeichnung »Theater« nicht übel, im Gegenteil, er freute sich: Sogar Ömchen hatte begriffen, wer wen angegriffen hatte.

»Schon der junge Kaiser«, erregte sich Ömchen weiter und meinte damit Wilhelm II., »war so dumm, auf einen Krieg zu hoffen. Werden wir Menschen denn nie mehr klug?« Dann verstummte sie, blickte zögernd Vater an und fragte schließlich leise: »Was meinst du, werden sie dich einberufen?«

Vater zuckte die Achseln. »Vorläufig wohl noch nicht. Aber wenn der Krieg länger dauert ...«

Da konnte Ömchen ihre Tränen nicht mehr zurückhalten. »Immer wieder diese Kriege, immer wieder diese vielen tausend Toten, Krüppel und Entstellte, immer wieder Tod und Not!«, schimpfte sie. »Man müsste diesen Hitler verhaften. Das ist doch ein Ignorant! Solch ungebildete, unkultivierte Leute haben in der Politik nichts zu suchen. Nur gut, Wilhelm, dass du nicht auf mich gehört hast. Wie furchtbar, wenn du jetzt in dieser Partei wärst!«

»Mutter!« Vater zog Ömchen an sich. »Sag so was bitte nie auf der Straße oder überhaupt unter Leuten. Wir möchten dich gern noch ein wenig behalten.«

Als Ömchen gegangen war, kam Arthur Felske, Vaters bester Freund, Billes und mein Onkel Arthur. Grimmige Genugtuung erfüllte ihn. »Wer Hitler wählt, wählt Krieg – haben wir das nicht immer gesagt? Aber wir waren ja die Hetzer, die ewigen Vaterlandsverräter. Lasst den Adolf doch mal ran, hat's geheißen, soll er doch mal zeigen, was er kann. Ja, und jetzt? Jetzt zeigt er's ihnen!«

Er sprang auf, dieser wuchtige, glatzköpfige Mann, lief in der Küche auf und ab und erregte sich weiter. »Klappt doch alles prima! Erst haben se Österreich ›angeschlossen‹, dann das Sudetenland ›heimgeholt‹, Böhmen und Mähren und das

Memelgebiet. Alles unblutige Eroberungen! Und die Welt hat sie gewähren lassen. Also probieren sie's jetzt mal auf die blutige Weise ... Diese ganze Hitler-Goebbels-Göring-Clique, das sind doch alles Möchtegern-Generäle. Erst haben se aus Deutschland 'ne Kaserne gemacht, jetzt machen se daraus 'n Friedhof.«

Vater stand am Fenster und blickte lange stumm in den Sonnenuntergang hinaus. »Und wenn nun alle sagen würden, wir machen da nicht mit?«, fragte er dann leise. »So viele Gefängnisse und Lager gibt's doch gar nicht, um uns alle einsperren zu können.«

Mamusch schüttelte nur erschrocken den Kopf, Arthur Felske lachte böse auf. »Gute Idee, Wilhelm! Aber wer macht den Anfang? Wer opfert sich als Erster? Willst du vorangehen – ohne zu wissen, wie viele folgen?«

Da sagte Vater nichts mehr, stellte nur das Radio an. All die Kriegsbegeisterung, die da aus dem Lautsprecher drang; die Stimmen der Reporter und Kommentatoren überschlugen sich geradezu. Ein Weilchen hörten die Erwachsenen still zu, dann ging Vater mit Arthur aus dem Haus. Als er am späten Abend heimkehrte, war er betrunken und legte sich gleich schlafen.

Jule, Bille und ich beobachteten alles nur staunend. So war es also, wenn ein Krieg begann! Eigentlich gar nichts Besonderes, abgesehen davon, dass es gleich am Abend des ersten Kriegstages einen Fliegeralarm gab. Den aber keiner richtig ernst nahm. Wo sollten denn so plötzlich feindliche Flugzeuge herkommen? Die Polen hätten doch gar keine, die hätten ja nicht mal ordentliche Klos, wurde im Hauskeller gewitzelt.

Auch Sternbergs mussten in den Keller und wurden von unserem Luftschutzwart, dem rotnasigen Franz Kolle, der stolz seine neue graue Uniform trug, angewiesen, sich separat von den anderen zu setzen. Das sei eine der Bestimmungen, die er zu überwachen habe, entschuldigte er sich und kratzte sich verlegen sein ewig stoppelbärtiges Kinn.

Die trübe Kellerlampe spendete nur wenig Licht, dennoch konnte ich Jule erkennen. Er saß zwischen seinen Eltern und grinste mir zu: Was für ein Abenteuer! Doch dann witzelte Hugo Berkenthin: »Wir fahren nach Polen, die Juden versohlen«, und da grinste Jule nicht mehr.

Abends mussten wir zum ersten Mal die Fenster verdunkeln. Mit extra Verdunkelungspapier, das wir an den Fensterflügeln festklebten. Damit sah es in unserer Wohnung aus wie in einer Zigarrenkiste mit eingebauter Beleuchtung. Auch so ein Abenteuer! Erledigte eine Familie das nicht ordentlich genug, brüllte der Matusche wie ein Stier zu den Fenstern hoch: »Licht aus!« Und der Hauser schimpfte: »Sabotage!«

Wir Kinder konnten den Ernst der Situation schwerlich abschätzen. Zwar verspürte ich ein mulmiges Gefühl – ausgelöst vor allem durch die Gespräche der Erwachsenen –, aber die Neugier überwog. Wir hatten in der Schule so viel von Kriegen gehört, jetzt erlebten wir selber mal einen mit. Also mussten wir nun tapfer sein und vielleicht sogar Heldentaten vollbringen? Da schritt der bald elfjährige Paul Scholz doch gleich mit einem ganz anderen Bewusstsein durchs Leben!

An eine Kriegsbegeisterung der Erwachsenen, wie sie zu Anfang des Ersten Weltkrieges geherrscht haben soll, kann ich mich nicht erinnern. Das klang nur im Radio so. Es gab aber auch kein Aufbegehren, kein von Vater gewünschtes »Wir machen da nicht mit«, nur so eine Art ängstliches Widerstreben-aber-Parieren. Bis das Wort vom Blitzkrieg geboren wurde. Es ging ja alles so schnell, schon nach fünf Wochen war Polen besiegt; wie sollte da in dem einen oder anderen Nicht-Nazi nicht so etwas wie ein patriotisches Gefühl erwachen? Also saßen viele bald jeden Mittag und jeden Abend am Radio, um sich den neuesten Wehrmachtsbericht anzuhören.

Jeder einzelne militärische Sieg war eine Sondermeldung wert, mit einem bombastisch-eindrucksvollen Musikstück wurde sie eingeleitet. Aus den offenen Fenstern drangen die Paukenschläge bis auf den Hof oder über die Straße; immer öfter war vom genialen Feldherrn Hitler die Rede.

Nur zweieinhalb Wochen nach Hitlers Überfall auf Polen marschierte von Osten her dann auch die Sowjetunion in Polen ein. Für Vater und seinen Freund Arthur der Beweis für eine abgekartete Sache. »Die Herren Diktatoren teilen sich die polnische Torte.«

Dass als Reaktion auf den deutschen Polenfeldzug inzwischen England und Frankreich uns den Krieg erklärt hatten, störte die Siegeszuversicht nur wenig. Bisher verhielten sie sich ja still. Also würde es schon nicht so schlimm kommen, und die jungen Leute aus unserem Haus nützten die Verdunkelungszeiten bald für vergnügte Ausflüge in die Friedrichstraße oder an den Kurfürstendamm. War ja lustig, wie diese zuvor in den Abendstunden immer so hell und bunt erleuchteten Geschäfts- und Amüsierstraßen in völliger Dunkelheit aussahen. Und war das nicht wie in der Geisterbahn, wenn man mit diesen blass grün-gelb leuchtenden Phosphorplaketten an der Kleidung durch die Finsternis lief, damit man einander nicht anrempelte? Ja, und unsere Soldaten, was schleppten sie nicht alles an, wenn sie auf Heimaturlaub kamen: Pelze, Stoffe, mal eine Gans, mal eine Ente, mal ein Huhn.

Als Martin Liedtkes Mutter, eine große, stattliche Frau mit

rotblondem Haar, eines Tages mit einem schicken Dreiviertelpelz die Treppe herunterkam, machte Bille große Augen. »Wenn Vater auch Soldat wird, bekommst du dann auch so einen schönen Pelz?«, fragte sie Mamusch und wurde dafür gerüffelt: »Dein Vater stiehlt nicht.«

Stoff zum Nachdenken für Bille und mich. Konnte der nette Martin Liedtke, hinter dem alle Mädchen in unserer Gegend her waren, denn ein Dieb sein? Oder dachte Mutter da zu streng, war es siegreichen Helden nicht erlaubt zu plündern?

Es machte Mamusch Angst, dass so viele Leute sich so schnell an den Krieg gewöhnt hatten. Noch mehr aber ängstigte es sie, wenn Vater Radio hörte. Er suchte nun immer nach ausländischen Sendern, weil er den Meldungen der deutschen Sender über den Kriegsverlauf nicht traute. Das Abhören von Feindsendern aber war verboten; schwere Zuchthausstrafen, später sogar die Todesstrafe waren angedroht.

Vater jedoch hörte nicht auf ihre Bitten. »Ich muss wissen, was wirklich passiert«, verteidigte er sich. »Sonst glaube ich eines Tages doch noch unseren Schreihälsen.« Und so nahm er, weil es seit Kriegsbeginn seltsamerweise keine Kopfhörer mehr zu kaufen gab, Abend für Abend unser kleines Radio vom Küchenschrank, stellte es auf den Tisch, legte zwei Decken drüber und kroch mit dem Oberkörper drunter. Und dann drehte er, eine Taschenlampe in der Hand, an der Skala, bis er die BBC oder irgendeinen anderen deutschsprachigen Auslandssender gefunden hatte. Da diese Sender oft gestört wurden, bekam er nur wenig mit, doch war er überzeugt davon, dass dieses Wenige mehr Wahrheit enthielt als das laute Gedöns der Nazis.

Natürlich durften Bille und ich niemandem, aber auch wirklich *niemandem* davon erzählen, dass bei uns zu Hause diese Sender gehört wurden. Vater jedoch wollte sich nicht auch noch vor seinen Kindern verstecken müssen, wie er sich vor Mutter verteidigte, wenn sie mal wieder besorgte Miene machte.

Auch Julians Eltern hofften, dass mit dem Krieg das Ende der Hitler-Herrschaft begonnen hatte. »Besser ein Ende mit Schrecken als ein Schrecken ohne Ende«, sagte Herr Sternberg. Erst mal aber dauerte der Schrecken an – und verstärkte sich besonders für die Juden von Tag zu Tag.

Gleich nach Kriegsbeginn mussten alle Juden ihre Radioapparate abliefern und durften auch keine neuen mehr erwerben. Sie erhielten keine Kleiderkarten und keine Bezugsscheine für Schuhe, und zwischen neun Uhr abends und fünf Uhr morgens – im Winter acht Uhr abends und sechs Uhr morgens – durften sie ihre Wohnung nicht verlassen. Und bei Fliegeralarm mussten sie bis zur Entwarnung im Luftschutzkeller bleiben – damit sie dem Feind keine Leuchtsignale geben konnten!

Später wurden auch noch ihre Telefone eingezogen. Doch das betraf Sternbergs nicht mehr. In ihrer Hinterhauswohnung gab es keinen Telefonanschluss. Wollte Herr Sternberg telefonieren, kam er zu uns, in seine alte Wohnung, und benutzte das Telefon, das ehemals ihm gehört hatte.

Eine wirkliche Katastrophe für Sternbergs aber war, dass ihnen schon kurz nach Kriegsbeginn jede Möglichkeit zur Ausreise genommen wurde. Erst hatte man die Juden loswerden wollen, jetzt sperrte man sie ein. Warum? Weil sie plötzlich gebraucht wurden. Als Rüstungsarbeiter! Je mehr »arische« Männer zur Front eingezogen wurden, desto mehr Arbeitsplätze verwaisten. Also erfanden die Nazis die »Rüstungsjuden« – »wehrunwürdige« Männer und Frauen, die an die leer stehenden Werkbänke verpflichtet wurden, um die Wirtschaft in Gang zu halten und die Bomben und Granaten herzustellen, die der deutschen Wehrmacht zu weiteren Siegen verhelfen sollten.

Doch natürlich wurden sie nicht als vollwertige Arbeitskräfte angesehen. Sie besaßen keinerlei arbeitsrechtlichen Schutz, verdienten nur die Hälfte von dem, was üblich war, und mussten sich von diesem mageren Lohn auch noch eine fünfzehnprozentige »Sondersteuer« abziehen lassen. Sie erhielten keinen Urlaub und bei Krankheit keine Lohnfortzahlung und durften die Arbeitsstelle nur mit Genehmigung des »Arbeitsamtes für Judenarbeiter« wechseln.

Julians Vater wurde den *Elmo*-Werken der Firma *Siemens* zugeteilt. Diese Elektromotoren-Werke lagen in Siemensstadt, einem Berliner Stadtteil aus Fabriken, Werkhallen und Wohnungen für die regulären Werksangehörigen. Stumpfsinnige Arbeiten wurden in den beiden »Juden-Abteilungen« verrichtet; Julians Vater musste ewig nur Stahlteile schleifen. Unter seinen jüdischen Kollegen befanden sich ehemalige Bankdirektoren, Ingenieure, Oberstudienräte, Schauspieler, Juristen, Journalisten und Rabbiner. Julians Vater sagte oft, sie könnten die verschiedensten lehrreichen Zirkel dort abhalten, ließe man ihnen nur die Zeit dazu. Sie wurden aber bei jedem ihrer Schritte überwacht und mussten sogar gesonderte, türlose Toiletten benutzen; konnten also nicht mal dort eine rauchen oder ein paar Minuten verschnaufen. Und das bei sechs Arbeitstagen zu jeweils zehn Stunden in der Woche.

Julians Vater wollte sich aber nicht beschweren. Ein Bekannter von ihm – auch ehemals *Katz & Co.* – war zum Verlegen von Eisenbahnschwellen eingeteilt worden; eine körperlich sehr anstrengende Arbeit. »Dagegen geht's uns Siemensstädtern noch Gold«, tröstete er seine Frau, die nicht fassen konnte, dass ihr Mann, der Zahlenmensch und Klavierspieler, mit seinen schmalen, zarten Händen nun eine solche Arbeit verrichten musste. Doch nicht lange und auch sie wurde zum Arbeitsamt bestellt und einer Treptower Munitionsfabrik zugeteilt. Dort stand sie an einer Ständerbohrmaschine; ebenfalls sechs Tage die Woche zehn Stunden lang. Sie musste Löcher in Metallteile bohren und unentwegt aufpassen, dass sie mit der Hand nicht unters Bohrwerk geriet. Die ersten Tage glaubte sie, sie würde das nicht aushalten. Immer wieder knickten ihr die Beine weg, ihr Kopf wurde schwer, die Hände begannen zu zittern. Aber auch sie beschwerte sich nicht. »Wenn ich an Jacubowskis denke«, sagte sie, »vergeht mir alles Klagen.«

Die Familie Jacubowski hatte nach dem Blitzsieg in Polen jede Hoffnung verloren. Mit falschen Ausweispapieren waren Jacob und Lilith Jacubowski und ihre beiden Töchter nach Konstanz gereist, um von dort aus in die Schweiz zu gelangen. Zu ihrem Unglück waren die Papiere, obwohl teuer bezahlt, schlecht gefälscht. Sie wurden an der Grenze verhaftet und in verschiedene Konzentrationslager eingewiesen. Frau Sternberg hatte von Lilith Jacubowski noch einmal Post bekommen, aus einem Lager namens Ravensbrück, und danach nie wieder etwas von den Jacubowskis gehört.

»Sie können die Kinder doch nicht auch ins Lager gesteckt haben«, sagte sie oft besorgt. »Das geht doch nicht. Sollen die beiden Mädchen denn etwa auch Zwangsarbeit leisten?« Und sie hoffte und betete, dass wenigstens die beiden Jacubowski-Mädchen mit einem Kindertransport ins Ausland geschickt und auf diese Weise vor den Nazis gerettet worden waren. Dabei fanden zu dieser Zeit schon keine Kindertransporte mehr statt, wie Julians Vater längst wusste. Er hatte sich schon des Öfteren bemüht, Jule mit einem dieser Kindertransporte nach England oder Schweden zu schicken – die einzige Möglichkeit, noch legal auszuwandern. Allerdings nur für die Kinder, nicht für deren Eltern. Es war sehr schwer gewesen, auf eine solche Transportliste zu kommen – und jetzt gab es diese Möglichkeit also auch nicht mehr. Was Herr Sternberg seiner Frau aber lieber verheimlichte: Er wollte ihr nicht die letzte Hoffnung nehmen.

Ja! Herr Sternberg hatte versucht, wenigstens Julian noch aus Deutschland herauszubringen – und eines Tages hatte ihm die jüdische Gemeinde in der Oranienburger Straße sogar mitgeteilt, dass Julian für den nächsten Transport nach England vorgesehen sei. Noch am gleichen Abend hatten Herr und Frau Sternberg sich mit Jule zusammengesetzt, um mit ihm zu reden. Erst hörte Jule nur still zu; als er begriffen hatte, dass er ohne seine Eltern weggehen sollte, lehnte er das sofort ab. »Ohne euch gehe ich nicht«, sagte er, »da braucht ihr gar nicht länger auf mich einzureden.«

Sein Vater hatte erwartet, dass er so reagierte. »Die Trennung ist doch nicht für ewig«, versuchte er Jule umzustimmen. »Was soll denn hier mal aus dir werden? Du bist ein intelligenter Kerl, in England kannst du alles werden, sogar Professor, hier gibt man einem wie dir keine Chance.«

Jule schüttelte stur den Kopf. »Wenn ihr nicht mitgehen dürft, bleibe ich auch.«

»Aber Julian!«, beschwor ihn seine Mutter. »Sei doch nicht so dumm. Du hast doch noch ein ganzes Leben vor dir. Und wir kommen ja auch ganz bestimmt bald nach.«

Da lachte der elfjährige Julian seine Mutter aus. »Das glaubste doch selber nicht. Ihr habt die Zeit, als wir noch rausgekonnt hätten, verpennt, und nun wollt ihr, dass ich allein gehe – und dass wir uns niemals wiedersehen!«

Das war zu viel für seinen Vater, er sprang auf und schlug

ihm ins Gesicht. »Sag so etwas nie wieder! Du weißt ja gar nicht, was du da redest.«

Es war das erste Mal, dass Herr Sternberg Jule geschlagen hatte. Zuvor hatte er, wenn Julians Mutter mal die Hand ausgerutscht war, jedes Mal mit ihr geschimpft: »So erzieht man keine Kinder! Schläge sind ein Zeichen für Schwäche.«

Nun war er selbst schwach geworden; Julians Vorwurf, der ja vor allem ihm galt, hatte ihn zutiefst getroffen.

Jule jedoch, zuerst erschrocken über diesen Schlag, blieb fest: »Ihr könnt mich nicht zwingen mitzufahren. Ich bleibe bei euch. Wenn ihr mich mit Gewalt wegschicken wollt, laufe ich fort.«

Was blieb seinen Eltern da anderes übrig, als nachzugeben? Julians Mutter begann zu weinen, und sein Vater lenkte schweren Herzens ein: »Na gut! Dann warten wir noch ab. Wird ja hoffentlich nicht der letzte Transport gewesen sein.« Und er zog Jule an sich und entschuldigte sich für seine Unbeherrschtheit: »Das musst du doch verstehen, wir machen uns Sorgen um dich. Ein Kind muss doch eine Zukunft haben.«

Inzwischen wusste Herr Sternberg, dass es sich bei jenem Kindertransport tatsächlich um den letzten gehandelt hatte, und er sagte zu Vater: »Meine größte Sorge gilt Julian. Ich bin mir sicher, dass alles noch viel schlimmer kommen wird. Wir Juden sind ein noch längst nicht erledigter Programmpunkt auf Hitlers Liste. Wenn sie uns als Arbeitskräfte nicht mehr brauchen, dann gnade uns Gott!«

Vater erzählte es Mutter, Bille hörte es und erzählte mir davon. Und ich erzählte es Jule. Seither wusste er, welche Hintergründe jene einzige Ohrfeige hatte, die er je von seinem Vater verabreicht bekam.

Zwei Jacken

Vater wurde im Sommer 1941 eingezogen – nur wenige Wochen nach Hitlers Überfall auf die Sowjetunion. Da wurden wieder Soldaten gebraucht und auch die schon etwas älteren Jahrgänge einberufen. Zuvor war er u. k. – unabkömmlich – gestellt. Werkzeugmacher wurden dringendst benötigt. Jetzt war die Front dringender; »Großdeutschland« kämpfte gegen die halbe Welt.

Anfang April 1940 hatten wir Dänemark besetzt und waren in Norwegen gelandet, Mitte Mai marschierten wir in Frankreich, Luxemburg, Belgien und den Niederlanden ein. Im August bombardierten wir die englischen Städte London und Coventry, Anfang April 1941 griffen wir und das inzwischen mit uns verbündete Italien Griechenland und Jugoslawien an. Am 22. Juni 1941, einem Sonntag, bei Tagesanbruch, erfolgte der Anriff auf die Sowjetunion; der Nichtangriffspakt galt nicht mehr.

Die Nazis im Haus blähten sich. Besonders der Hauser. »Unser Lebensraum ist nun mal der Osten«, dozierte er. »Ein so großes Volk wie wir, aber ohne Raum, darf doch nicht an sich selbst ersticken. Außerdem haben wir kaum Bodenschätze, dieses verbolschewisierte Russland hingegen kann mit seinen natürlichen Ressourcen nichts anfangen. Es ist das gute Recht eines jeden Volkes, sich sein Überleben zu sichern. Glücklich dürfen sich die Russen schätzen, dass sie nun bald von deutscher Hand im deutschen Geist verwaltet werden.«

Er sagte das, als wir mal wieder im Luftschutzkeller ausharren mussten. Bille hörte ihm mit böser Miene zu, machte dann aber ein freundlich-harmloses Gesicht und fragte mit gespieltem Interesse: »Und was wird, wenn wir die ganze Welt erobert haben? Wer passt dann darauf auf, dass die anderen uns nichts tun? Ich meine, weil die ja dann viel mehr sind als wir.«

Die Korbmeier erkannte die Ironie. »Dumme Göre!«, schimpfte sie. »Nicht wir, die Bolschewisten wollen die Welt erobern. Wir mussten ihnen zuvorkommen, um Europa vor den asiatischen Horden zu retten.«

Ein Glück, dass Vater nicht dabei war. Dazu hätte er kaum schweigen können. Der Schmelzer schaltete sich ein. »Keine Aufregung, liebe Leute! Ein Krieg ist immer eine schlimme Sache; ich weiß, wovon ich rede. Aber es ist wohl so, dass keine Generation davor gefeit ist, eines Tages die Waffe in die Hand nehmen zu müssen.« Und er erzählte mal wieder vom Krieg 14–18 und wie schmählich der für Deutschland zu Ende gegangen sei. »Die Siegermächte haben uns gefesselt und geknebelt. Bis 1988 hätten wir an den Schadensersatz-Zahlungen geknabbert. Man hätte uns eine Chance geben sollen; das wäre vernünftig gewesen. Aber nein, man wollte uns demütigen, höchste Kriegsgewinne erzielen und Deutschland kaputtmachen. Nun hat sich die Situation umgekehrt; jetzt bestimmen wir, wer an wen was zu zahlen hat.«

Mamusch machte ein gespielt ratloses Gesicht. »Und was hat das mit Russland zu tun?«

»Aber liebe Frau Scholz«, er lächelte großzügig, der Herr Bauingenieur, der erst kurz zuvor von einer »Kraft durch Freude«-Reise* durch Nordeuropa zurückgekehrt war und noch immer ganz erholt aussah, »in der Politik hängt immer eines mit dem anderen zusammen, da folgt ein Schritt dem nächsten, ob man das nun will oder nicht.«

An einem seiner letzten Abende traf Vater sich mit seinem Freund Arthur, der auch den Gestellungsbefehl erhalten hatte. In ihrer Lieblingskneipe feierten sie Abschied voneinander;

sie wussten ja nicht, ob sie sich noch einmal wiedersehen würden. Ein kleines Wunder, sollten sie beide diesen Krieg überleben. Arthur Felske aber hatte es leichter als Vater. Der ewige Junggeselle ließ keine Frau und keine Kinder zurück und litt vor allem daran, dass er diesem Hitler, den er hasste wie den Teufel persönlich, nun auch noch als Kanonenfutter dienen musste.

Es wurde ein schlimmes Besäufnis.

Am Tag bevor Vater in die Kaserne musste, saßen wir zu viert im Wohnzimmer. Ich war nun fast dreizehn Jahre alt und Bille zwölf. Wir wussten, dass dies ein Abschied für immer werden konnte; in der Nachbarschaft war schon so mancher Brief mit dem berühmten Satz »Gefallen für Führer, Volk und Vaterland« eingetroffen. Uns war elend zumute und Vater erging es nicht anders. »Der soldatische Geist ist überhaupt die Grundform jeder männlichen Gesellschaft«, zitierte er einen Satz aus einem meiner Schulbücher. »Und so was soll ich mir nun jeden Tag anhören ... Ach, was könnte ich kotzen! Aber Schuld haben wir selbst. Anstatt diese Verbrecherbande zu bekämpfen, haben wir uns gegenseitig die Beine gestellt ... Zig verschiedene Parteien, und jede hat es besser gewusst als alle anderen, jede verfocht ihren ganz privaten Weg zum großen Glück ... Also büßen wir nur für unsere Unterlassungssünden, wie dürfen wir uns da beschweren?«

»Wilhelm!«, bat Mutter mit rot geweinten Augen. »Was nützen deine späten Einsichten denn jetzt? Lass uns diesen Krieg überstehen, alles andere ist doch jetzt unwichtig.«

Da sprang Vater auf, stellte sich mit nervös zitternden Knien ans Fenster und sah hinaus. Und dann sagte er nur noch: »Lass mich doch reden, Käthe! Ist doch das Einzige, was mir noch bleibt ... Über meinen Körper können die Nazis ja nun leider verfügen, Gott sei Dank aber noch lange nicht über meinen Verstand.«

Am Abend kam Ömchen sich verabschieden. Sie hatte Vater eine Flasche Rasierwasser mitgebracht. »Ich musste dir zum Abschied doch irgendwas schenken«, entschuldigte sie sich unter Tränen, »und was Vernünftiges habe ich leider nicht bekommen.« Gleich darauf begann sie zu schimpfen: »Immer wieder diese Kriege! Haben wir Menschen nicht Not und Elend genug? Können wir denn nicht friedlich miteinander auskommen, ohne Mord und Totschlag?«

Vater nahm seine Mutter in die Arme. »Was heulste denn, Mamchen? Es geht doch erst mal nur in die Kaserne. Grundausbildung! Bevor ich an die Front komme, ist der Krieg ja vielleicht längst vorüber.«

Ömchen trocknete ihre Tränen mit einem ihrer berühmten, in ihrer Mädchenzeit noch von ihr selbst bestickten Taschentücher und schlug wieder mal sachte nach Vater. »Beschwindel mich nicht, Wilhelm! Denkst wohl, ich bin gänzlich von gestern?« Dann aber sah sie Bille und mich an und fragte mit strenger Miene: »Seid ihr denn auch stolz auf euren Vater? Wer ins Feld muss, hat das nämlich verdient.«

So war Ömchen! Mal redete sie so und mal so. Bille und ich waren nicht stolz auf Vater; und wären wir es gewesen, hätte er uns das übel genommen.

Gleich nachdem Vater in die Kaserne eingezogen war – in einem Nest irgendwo bei Jüterbog –, suchte Mutter sich Arbeit. Sie wollte nicht kriegsdienstverpflichtet werden, sondern selbst entscheiden, was sie tat. Und sie hatte Glück, fand eine Stelle im Postzeitungsamt Dessauer Straße. Das war gleich am Potsdamer Platz, sie konnte mit der Straßenbahn hinfahren und die Arbeit war nicht allzu schwer. Sie gehörte zu den

Frauen, die im Versand arbeiteten. Später, als die Stadt schon in Trümmern lag und oft keine Bahnen fuhren, nahm sie dann Vaters altes Fahrrad. Zeitungen wurden bis zum Schluss verteilt; alles musste seine Ordnung haben.

Damit waren Bille und ich Schlüsselkinder, und natürlich genossen wir unsere neue Freiheit, obwohl wir nun mehr im Haushalt tun mussten: Essen aufwärmen, abwaschen, putzen, Einkäufe erledigen.

In den ersten Wochen ohne Vater habe ich mit Jule viel über das Soldatensein gesprochen. Wir waren uns einig: Wir würden auch nicht gern in einen Krieg ziehen. An einem Krieg konnte nichts Schönes sein. Vater hatte ja sogar gesagt, jeder Krieg sei ein Verbrechen.

Bald aber hatte Jule ganz andere Sorgen: Im September wurde verfügt, dass alle Juden, die älter als sechs Jahre waren, sich mit einem großen, gelben Davidstern zu kennzeichnen hatten. Dieser sechseckige Stern bestand aus zwei ineinander geschobenen, schwarz umrandeten Dreiecken mit der gestickten Aufschrift *Jude*. Die Sterne – mindestens vier Stück pro Person – mussten die Juden sich selbst kaufen, bei der jüdischen Wohlfahrtsstelle. Wer den Stern nicht trug, ihn nur ansteckte anstatt annähte, ihn mit einer Tasche, einem Paket oder irgendeinem anderen Gegenstand verdeckte, wurde bestraft – anfangs mit einem Monat Gefängnis, später mit der Einweisung in ein KZ.

Jule begriff überhaupt nicht, wozu diese Kennzeichnung gut sein sollte. »Was haben die Nazis davon, wenn wir mit so einem Zeichen herumlaufen?«, fragte er mich.

Darüber hätte ich gern mit Vater gesprochen. Doch das ging ja nun nicht mehr. Ich musste warten, bis er das erste Mal auf Urlaub kam. Mutter wollte ihre Sorgen nach wie vor für sich behalten.

Auch an der Wohnungstür musste ein solcher Stern angebracht werden. Wieso?, fragte ich mich. Damit jeder sofort wusste, dass hier »Untermenschen« wohnten?

Für Herrn Schönemann (unser Klassenlehrer, seit der Breitenstetter sich zur SS gemeldet hatte), war der Stern nur konsequent. Der schmale Mann mit der grauen Mittelsträhne im Haar las uns aus Hitlers Buch *Mein Kampf* vor: »Die stärkere Rasse wird die schwächere verdrängen, denn der Lebenswille in seiner letzten Form wird die absurden Schranken der so genannten Humanität der Individuen einreißen, um den Weg freizumachen für die Humanität der Natur, die die Schwachen vernichtet, um ihren Platz den Starken zu geben.«

Grausamkeit, die zur »Humanität der Natur« verklärt wurde! Wir Dreizehnjährigen aber schwiegen beeindruckt. Klang ja ziemlich wissenschaftlich, was der Schönemann da vorgelesen hatte. Neugierig geworden, holte ich mir Hitlers Buch aus der Bibliothek, um mal ein bisschen darin zu lesen. Doch war die Sprache viel zu schwer und unverständlich. Nur zwei Sätze blieben haften: »Wir Nationalsozialisten müssen unverrückbar an unserem außenpolitischen Ziel festhalten, dem deutschen Volk den ihm gebührenden Grund und Boden auf dieser Erde zu sichern.« Und: »Diese Aktion ist die einzige, die einen Bluteinsatz gerechtfertigt erscheinen lässt.«

Bluteinsatz? Was konnte das anderes als Krieg bedeuten? Und Hitler, so Herr Schönemann, hatte dieses Buch doch bereits 1924 geschrieben. Also hatte er damals schon gewusst, dass er einen Krieg beginnen würde, sollte er jemals an die Macht kommen? Und jetzt wollte er uns weismachen, die anderen hätten den Krieg begonnen? Ja, merkte das denn keiner? Oder wollte das nur keiner merken?

Wieder dachte ich an Vater. Auch darüber hätte ich gern mit ihm geredet.

Ausgerechnet an dem Nachmittag, an dem ich das Buch in die Bibliothek zurückbringen wollte, kam Jule zu mir. Mit dem Stern an der Brust. Es war das erste Mal, dass er ihn trug. »Passt eigentlich ganz gut zu mir, das Ding«, versuchte er zu scherzen. »Wozu sonst heiße ich Sternberg?« Aber schon als wir gemeinsam die Treppe hinabstiegen, witzelte er nicht mehr. »Das Ding hängt an mir wie Blei.«

Dann standen wir vor der Haustür, Jule mit seinem Stern an der Brust, ich mit Hitlers *Mein Kampf* unter dem Arm und in meiner Jungvolk-Kluft, weil ich gleich nach der Bibliothek zum Dienst musste. Sorgsam hielt Jule Abstand. War ja klar, ein HJler und ein Jude durften nicht zusammenstehen, wollten sie kein Aufsehen erregen.

Er stand da, sah mal links und mal rechts die Straße hinunter und wurde immer blasser. »Die kucken mich alle so an«, flüsterte er.

Auch ich hatte das Gefühl, dass Julians Stern alle Blicke auf sich zog. Niemand, der an unserer Haustür vorüberkam, der ihm nicht auf die Brust schaute. Manche sahen danach schnell zur Seite, als wäre ihnen dieser Anblick peinlich, andere konnten oder wollten ihre Ablehnung und Verachtung nicht verbergen.

Ja, und dann kamen auf einmal Martin Gnaas, Peter Fröhlich und ein paar andere HJler die Straße entlang. Als wir sie bemerkten, war es schon zu spät. Wären wir fortgelaufen, hätten wir damit nur ihren Jagdtrieb geweckt. Sie bildeten einen Kreis um Jule, höhnten: »Ach, wie gutt, ach, wie gutt, ist's doch zu sein a Jud!«, und zogen den Kreis immer enger.

Vor Angst um Jule spürte ich mein Herz bis in den Hals. Wie sollte ich mich denn nun verhalten? Als Pimpf durfte ich doch keinen Juden verteidigen! Ich sagte mir das, wusste aber schon, beim ersten Schlag gegen Jule würde ich Hitlers Buch in die Ecke schmeißen und mich auf die Jungen stürzen. Ich würde gar nicht anders können; so wie ich Bille oder Mutter gegen jeden Angreifer verteidigt hätte, egal, was mir selbst geschah, so hätte ich nicht zusehen können, wie Jule etwas angetan wurde.

Doch die Jungen schlugen ihn nicht, lachten nur, grölten und kicherten, und als Jule mit ganz entsetzter Stimme »Nicht! Bitte nicht!« und dann »Ihr Schweine! Ihr Drecksäue!« rief und mit aller Macht rauswollte aus ihrem Kreis, zogen sie ihn nur noch enger und hielten ihn fest.

Ich begriff nicht, was da passierte. Die Jungen waren alle schon fünfzehn, sechzehn Jahre alt, also viel größer als Jule, ich konnte nichts sehen.

Endlich ließen sie von ihm ab und gingen weiter. Jedoch nicht, ohne mir dabei drohende Blicke zuzuwerfen: Was war ich nur für ein »Arier«! Immer in der Nähe dieses Juden anzutreffen.

Ich wollte Jule fragen, was sie denn mit ihm gemacht hatten, sah es dann aber schon: Sie hatten ihn angepisst, zwei oder drei Jungen hatten ihn festgehalten und die anderen ihn von oben bis unten angepisst …

Mit kreidebleichem Gesicht sah Julian an sich herab – und ich schämte mich maßlos, gehörte ich doch irgendwie mit zu denen, die das getan hatten; trug ja ihre Uniform, sang, wenn unser Fähnlein irgendwohin marschierte, ihre Lieder, hielt Hitlers *Mein Kampf* unter dem Arm.

Danach wagte Jule sich viele Wochen lang nicht mehr auf die Straße. Nicht einmal auf den Hof wollte er noch gehen; unsere Teppichklopfstange blieb verwaist.

Auch Julians Mutter hatte ihr Sternerlebnis. Weil sie sich genierte, mit dem Stern an der Brust auf die Straße zu gehen, folgte sie dem Rat ihres Mannes, doch einfach ihren Fuchs umzulegen – eine Art Schal aus Pelz – und den Stern nur offen zu zeigen, solange sie sich in Gegenden befand, in denen sie bekannt war. Das sei zwar verboten, doch in Straßen, in denen niemand sie kannte, sicher nicht sehr gefährlich.

Damals trugen viele Frauen so einen Fuchs, und so fiel es nicht auf, dass Frau Sternberg nur noch mit diesem Pelzstück herumlief. Eines Abends aber begegnete ihr mitten auf dem Alexanderplatz, ganz in der Nähe der Berolina-Statue, die Korbmeier. Julians Mutter versuchte noch, den Fuchs zur Seite zu rücken, damit der Stern sichtbar wurde, doch hatte die Korbmeier die Gesetzesübertretung bereits bemerkt. Aufgeregt blickte sie sich nach einem Polizisten um.

Frau Sternberg versuchte, mit der Korbmeier zu reden. »Liebe Frau Korbmeier«, sagte sie. »Bitte machen Sie sich und mich und meine ganze Familie doch nicht unglücklich. Der Fuchs ist mir doch nur ganz aus Versehen über den Stern gerutscht.«

Die Korbmeier hörte gar nicht zu. Stur blickte sie an Frau Sternberg vorbei, bis sie auf dem verkehrsreichen und mit Passanten überschwemmten Platz einen Polizisten entdeckt hatte, den sie rufen und heranwinken konnte.

Einen Moment lang wollte Julians Mutter fortlaufen, doch dann sah sie ein, dass das keinen Zweck hatte. Die Leute um sie herum würden sie für eine Taschendiebin halten und nicht entkommen lassen und die Korbmeier kannte sie ja auch.

Der Polizist, ein gemütlicher, älterer Mann, kam heran und fragte: »Na, meine Damen? Womit kann ich dienen?«

Die Korbmeier schilderte das Verbrechen, und der Beamte hörte mit umwölkter Stirn zu, dabei immer wieder die vor Angst fast vergehende kleine Frau Sternberg betrachtend.

»So, so!«, sagte er dann, als die Korbmeier ihre staatsbürgerliche Pflicht erfüllt hatte und ihn mit triumphierender Miene anblickte. »Da muss ich Sie also aufs Revier mitnehmen, Verordnung ist schließlich Verordnung.« Und er gab Frau Sternberg einen Wink, ihm zu folgen.

Die Korbmeier wollte sich anschließen, das aber, so der Schupo, sei nicht nötig. »Ich weiß ja nun alles und die beiden Corpora Delicti« – er wies auf den Fuchs und den Stern – »sind auch noch vorhanden.«

Es gefiel der Korbmeier nicht, dass sie ihre Aussage auf dem Revier nicht wiederholen durfte, doch fügte sie sich der Staatsgewalt. Und sie hatte richtig vermutet, der gemütliche Polizist war kein Hitlerverehrer und kein Judenhasser. Er spazierte neben Frau Sternberg her, bis sie den Alexanderplatz hinter sich gelassen hatten und die Korbmeier sie nicht mehr sehen konnte, dann blieb er stehen und lächelte Frau Sternberg zu. »So! Nun laufen Se mal schnell nach Hause. Und Ihrer Nachbarin sagen Se, man hätte Ihnen auf dem Revier eine strenge Verwarnung erteilt. Beim ersten Mal würde der Staat noch Milde walten lassen.«

Julians Mutter war so erleichtert, sie wusste gar nicht, wie sie sich bedanken sollte. Der Polizist wehrte ab. »Glauben Se nur nich, dass ich das gut finde, das mit dem Stern. Aber ich bin nun mal Polizist, muss kontrolliern, was von oben verordnet wird. Also machen Se unsereins in Zukunft keinen Ärger mehr, ja?«

Julians Vater sagte später zu seiner Frau, da müsse sie wohl an einen alten preußischen Wachtmeister geraten sein. Die verrichteten nur ihren Dienst, wollten keinen Menschen hetzen, solange sie nicht dazu gezwungen wurden. Doch bat er sie, fortan zu ihrem Stern zu stehen oder zu Hause zu bleiben; alles andere sei einfach zu gefährlich.

Er hatte Recht. Wenig später beobachtete ich, wie die SS auf dem Gendarmenmarkt Judensterne kontrollierte. Ein Oberscharführer versuchte, einen Bleistift unter den Stern zu schieben. Ging das, weil der Stern nur angesteckt oder zu locker angenäht war, musste der so entdeckte Straftäter einen bereitstehenden LKW besteigen.

Den ganzen Heimweg über fragte ich mich, was mit den Verhafteten geschehen würde. Wurden sie in ein Gefängnis oder gleich in eines dieser Konzentrationslager gebracht, von denen nun so oft geredet wurde und die manche scherzhaft als »Konzertlager« bezeichneten? Diese Lager, so hatte Herr Schönemann gesagt, wären reine Umerziehungslager. In jedem Staat lebten nun mal auch asoziale und minderwertige Elemente, denen Arbeit und Ordnung beigebracht werden müssten. »Ohne einen gewissen Druck geht das nicht. Aber keine Sorge, die führen da gar kein schlechtes Leben. Frische Luft, körperliche Ertüchtigung und ausreichend zu essen ist gewährleistet. Ganz neue, viel wertvollere Menschen werden dort aus ihnen gemacht.«

Was für ein Widerspruch zu dem, was er zuvor gesagt hatte! Wie konnte man denn Menschen, die als Rasse nichts taugten, weil sie »von Grund auf verdorben« waren, so einfach »umerziehen«? Nein, mit diesen Konzentrationslagern musste es noch eine andere Bewandtnis haben. Aber welche?

Doch hatten Sternbergs auch ermutigende Erlebnisse. Einmal war Jule mit seiner Mutter in der Prenzlauer Allee unterwegs, als sie bemerkten, dass eine Frau ihnen folgte.

»Was will die von uns?«, flüsterte Frau Sternberg aufgeregt und zog Jule in einen Hausflur, um die Frau vorübergehen zu lassen. Die aber, ziemlich groß und korpulent und, obwohl November, ohne Hut auf dem Kopf, folgte ihnen auch dorthin. Und noch bevor Frau Sternberg ängstlich »Was wollen Sie denn von uns?« rufen konnte, hielt ihre Verfolgerin eine Tafel Schokolade in der Hand. »Für dich!«, flüsterte sie und schob Jule die Schokolade in die Jackentasche. Und dann strich sie mit der Hand über den Stern an seiner Brust, flüsterte: »Ich schäm mich ja so«, und huschte wieder auf die Straße hinaus.

Eine andere »Sterngeschichte« brachte mich auf eine großartige Idee.

In Julians Verwandtschaft gab es zwei Cousinen. Die eine der beiden Schwestern war erst fünf Jahre alt und traurig, dass sie den Stern noch nicht tragen durfte. Sie hielt ihn für eine Art ganz besonderen Schmuck und quengelte so lange, bis ihre Mutter ihr aus Lackpapier auch so einen Stern bastelte. Die ältere Schwester war schon vierzehn, groß und schlank und ganz blond. Wie eines dieser Glaube-und-Schönheit-Mädchen aus den Kulturfilmen, die manchmal zwischen Wochenschau und Hauptfilm im Kino liefen. Trug sie ihren Stern auf der Straße, wurde sie oft angehalten und empört gefragt, was das solle. Ob sie etwa eine staatliche Verordnung lächerlich machen wolle? Dann hatte das Mädchen Schwierigkeiten, den Leuten klar zu machen, dass sie Jüdin war; »arisch« aussehende Jüdinnen widersprachen jeder Rassentheorie.

Dazu fiel mir zuerst ein Witz ein, den Arthur Felske mal erzählt hatte: Wie musst du aussehen, wenn du 'n typischer »Arier« sein willst? Blond wie Hitler, schlank wie Göring, groß und stark wie Goebbels.

Ein guter Witz: »schlank« wie der fette Göring, »groß und stark« wie das Hutzemännlein Goebbels, »blond« wie der dunkelhaarige Hitler. Ich erzählte ihn Jule und er musste lachen. Doch dann dachte er wieder an seine blonde Cousine und sagte: »Na ja, bei einem Jungen hätten se vielleicht nachgekuckt, ob er beschnitten ist oder nicht. Bei 'nem Mädchen geht das natürlich nicht.«

»Bei dir geht's aber auch nicht«, ergänzte ich. »Würdeste nicht den Stern tragen, könnte dir niemand nachweisen, dass du 'n Jude bist.« Und kaum hatte ich's gesagt, machte es in meinem Kopf klick: Das war's! Wie lange hatte ich schon darüber nachgedacht, auf welche Weise Jule und ich unsere Stadtwanderungen wieder aufnehmen könnten. Durch den Stern waren wir ja gezwungen, Abstand voneinander zu halten, konnten nicht mehr nebeneinander durch fremde Straßen laufen. Und weil es keinen Spaß machte, wie zwei Fremde hintereinander herzulaufen, hatten wir es lieber ganz sein lassen.

Nun meine Idee: Jule musste mit zwei Jacken »arbeiten« – eine mit Stern, eine ohne. Wenn er unser Haus verließ, musste er die Jacke mit Stern tragen und sich danach in einer Gegend, in der man ihn ganz sicher nicht kannte, die ohne Stern anziehen. Schon war er ein Junge wie alle anderen. Und bevor er dann wieder in unser Haus zurückkehrte, musste es einen erneuten Jackentausch geben. Und sollte er doch mal kontrolliert werden, konnte er auf seinen kleinen Onkel verweisen: Bitte schön! Bin nicht beschnitten.

Eine Vorstellung, die Jule nicht behagte: Er ließ doch vor fremden Leuten nicht die Hosen runter!

»Musste ja auch nicht«, redete ich ihm zu. »Ist doch nur für den Notfall.«

Jule dachte nach, und dann schien es ihn plötzlich zu reizen, allen anderen zu zeigen, dass sie ohne diesen Stern niemals in ihm den Juden erkennen würden. »Und wo lasse ich die zweite Jacke?«, fragte er nur noch.

»Bei Ömchen«, schlug ich vor.

»Macht die denn da mit?«

»Klar!«, sagte ich. »Sonst bin ich ab sofort nicht mehr ihr Enkel.«

Ömchen war dann auch einverstanden mit unserem »Indianerspiel«, wie sie das nannte. Seitdem ihr Sohn für die Nazis in den Krieg ziehen musste, liebte sie es, gegen sie zu stänkern. Das oft sogar ganz laut. »Wer will mich olle Frau denn einsperren?«, freute sie sich, wenn Mutter sich sorgte. »Da muss der Staat ja meinen Sarg bezahlen. Und das, wo heutzutage das Holz so knapp ist.«

Also machten wir es wie geplant. Jule und ich, beide Schlüsselkinder, konnten ja tagsüber von keinem Erwachsenen kontrolliert werden. Getrennt gingen wir aus dem Haus, im weiten Abstand voneinander liefen wir durch die Straßen und vereinten uns erst wieder in der Nähe des Hauses, in dem Ömchen wohnte.

Dort wurde das Ganze zum Kriminalabenteuer; niemand durfte Jule mit Stern das Haus betreten und ohne Stern wieder herauskommen sehen. Aufmerksam blickte ich mich in der Straße um. Sah in Ömchens Haus oder direkt gegenüber vielleicht gerade jemand aus dem Fenster? Lange spähte ich in den Hausflur hinein und lauschte. Kam da wer die Treppe runter?

Erst wenn ich sicher war, dass Jule unbeobachtet blieb, gab ich ihm das verabredete Zeichen, mir zu folgen. In Ömchens so gemütlicher, wenn auch immer ein wenig zu dunkel wirkender Wohnung nahm Julian dann die Jacke ohne Stern aus dem Kleiderschrank, die wir beim ersten Mal dort deponiert hatten, und versteckte die mit dem Stern unter der Couch. Er zog die »arische« Jacke an – und schon konnten wir unsere Angelei nach Münzen und unsere Spreehockereien und Kinobesuche wieder aufnehmen. Denn es kam wie vorausgesehen: Ohne Stern war Jule nur der freundliche, nette, von den meisten Erwachsenen gern gesehene Junge. Nicht er selbst wurde abgelehnt; nur der Jude Sternberg war nicht erwünscht. Doch was hatte er mit dem groß zu tun? Das war ja nur ein Etikett, das man ihm aufgeklebt hatte; eines, das er immer wieder abreißen konnte.

Und es hagelte weiter Erlasse und Verbote gegen die Juden. Nur wenige Wochen nach der »Kennzeichnungspflicht« und nachdem seit Kriegsbeginn kaum noch einer von ihnen das Land verlassen durfte, wurde ihnen die Ausreise auch offiziell verboten. Nicht mal aus der Stadt durften sie ohne schriftliche Polizeierlaubnis noch heraus. Sie durften keine Gaststätten mehr besuchen und außer auf dem Weg zur Arbeit keine S-, U- oder Straßenbahn benutzen. Und befanden sie sich auf dem Weg zur Arbeit, durften sie in der Bahn keinen Sitzplatz einnehmen und sich auf Bahnhöfen nicht im Warteraum aufhalten. Sie durften keine Grünanlagen und Wälder mehr betreten, keine Bücher, Zeitschriften oder Zeitungen kaufen, nicht zu einem »arischen« Friseur gehen und keine Haustiere mehr halten. Und im Januar 1942 mussten sie alle warmen Kleidungsstücke, Pelze und Decken abgeben. Damit wolle man die deutschen Soldaten an der Ostfront ausrüsten, wurde getuschelt. Weil der russische Winter doch so kalt sei.

Ich konnte mir keine Soldaten in Frauenmänteln vorstellen und fragte in der Schule, weshalb denn nicht auch »Arier« ihre Mäntel abgeben müssten. Die paar Judenmäntel würden doch bestimmt nicht reichen. Gleich schrie der Schönemann mich an, ich solle keine defätistischen Äußerungen verbreiten, sonst müsse die Partei sich mal mit meinen Eltern beschäftigen. Und dabei hatte ich doch so getan, als bewege mich allein die Sorge um unsere frierenden Soldaten; jetzt, da auch mein Vater eingezogen worden war.

Bald mussten auch alle elektrischen Geräte, Fotoapparate, Feldstecher, Fahrräder, Schreibmaschinen und Musikinstrumente abgeliefert werden. Nur gut, dass Sternbergs Klavier nun schon seit langem in »unserer« Wohnung stand! Und damit Frau Sternberg hin und wieder bügeln konnte, mussten Bille und ich ihr alle paar Tage nach Einbruch der Dunkelheit unser Bügeleisen bringen. Jedes Mal ein kleines Abenteuer, der Weg mit dem kaum zu versteckenden Bügeleisen durch das dunkle Treppenhaus.

Zuvor hatte es für die Juden gelb gestrichene oder mit einem Judenstern versehene Parkbänke gegeben, damit nicht etwa »Arier« neben Juden sitzen mussten. Jetzt wurden sie abgeschafft; Juden hatten auf überhaupt keinen Bänken mehr zu sitzen. Und blinde und taube Juden durften ihre Erkennungszeichen nicht mehr tragen.

Auch bestimmte Lebensmittel wurden ihnen nicht mehr zugeteilt; für Eier, Fisch, Fleisch, Milch, Käse, Kuchen, Weißbrot, Spirituosen, Tabak, Obst und das meiste Gemüse erhielten Juden keine Lebensmittelkarten mehr. Allein von Kohl, Rüben, Kartoffeln und dunklem Brot sollten sie leben, erhielten pro Person aber nicht mehr als ein Pfund Brot die Woche zugeteilt – ein Fünftel der üblichen Ration. Und ihre Einkäufe mussten sie in der Zeit von 15.30 bis 17.00 Uhr erledigen, wenn von allem sowieso nur noch Reste übrig waren.

In unserer Gegend gab es Fleischer, Bäcker und Lebensmittelhändler, die ihren jüdischen Kunden gern mal heimlich etwas zusteckten. Doch klappte das nur, wenn ansonsten keine Kunden im Laden waren; der Judenstern war nicht zu übersehen. Aber an den Nachmittagen war nur selten mal ein Laden völlig leer.

Die meisten jüdischen Familien wären in jener Zeit wohl an Mangelerscheinungen oder Hunger zugrunde gegangen, hätte es nicht Nachbarn, Freunde oder Bekannte gegeben, die ihnen halfen, indem sie ihnen heimlich etwas zusteckten – was natürlich verboten war. Auch wir halfen Sternbergs, so gut wir konnten. Mal brachten Bille und ich ihnen ein Stückchen Käse oder Fleisch, mal ein halbes Brot, zwei Heringe oder einen Liter Milch.

Das lief dann ab wie die Bügeleisen-Transporte: Ich blieb im Treppenhaus und lauschte, ob auch niemand die Treppe hinunter- oder heraufkam, Bille klingelte. Die Spione in den Türen der Nachbarwohnungen mussten wir nicht fürchten – seit Krieg war, wurde auch die Treppenbeleuchtung abgedunkelt. Nur leise mussten wir sein. Nicht auszudenken, wenn der Berkenthin uns gehört hätte!

Wir sehen uns wieder

Die Liebesgeschichte zwischen Bille und Julian – eigentlich hatte sie schon begonnen, als wir noch Krabbelkinder waren. Ich war ja nur Billes Bruder und genauso blond wie sie; Jule war »der andere Junge«, dunkelhaarig, großäugig und schmalgesichtig. Und er kam aus dem Vorderhaus, also aus einer ganz anderen Welt. Außerdem behandelte er Bille von Anfang an respektvoller – sie war ja nicht seine Schwester – und das gefiel ihr ganz besonders. Wenn Jule und ich miteinander stritten, wem gab Bille Recht?

Anfangs ärgerte mich das, später begriff ich, dass das wohl nicht anders sein konnte, wenn man nur der Bruder war. Außerdem gefiel mir, dass Bille Jule auch mochte. Wie tief diese Zuneigung ging, begriff ich aber erst später – wenige Monate nach diesem ersten Kuss an meinem zehnten Geburtstag. Da hatte Bille sich von einer Klassenkameradin ein Buch ausgeliehen, es hieß *Giftige Finger* und klang sehr spannend, entpuppte sich aber als wahrhaft giftige Lektüre.

Ein »arisches« Mädchen namens Inge ist von ihrer BDM-Führerin gewarnt worden, sie solle nie zu einem jüdischen Arzt gehen. Dort fände sie nicht Heilung, sondern allein Siechtum und Schande. Die arglose Inge geht trotzdem, sitzt im Wartezimmer und sieht den Arzt hereinkommen – und seine Judenklauen nach ihr ausstrecken. Alles schön bunt bebildert: Das Gesicht des Arztes ist eine Teufelsfratze mit riesiger, nach unten gebogener Nase, um die wulstigen Lippen spielt ein widerliches Grinsen, die Verbrecheraugen funkeln lüstern. Er will schon zupacken, da schlägt die zu Tode erschrockene Inge ihm in sein fettes Gesicht, läuft aus der Tür und die Treppe hinunter und ist gerettet.

Bille war so wütend über dieses Buch, dass sie laut weinen musste und es danach voller Zorn zerriss. Mamusch gab ihr dann Geld. Sie solle ihrer Klassenkameradin sagen, dass sie aus Versehen Tinte über das Buch gegossen hätte, und ihr den Kaufpreis bezahlen. Sie fand gut, was Bille getan hatte, und erklärte ihr, woran es lag, dass immer mehr Leute den Unfug glaubten, der über die Juden erzählt wurde. »Sie müssen sich wegen ihres schlechten Gewissens vor sich selbst rechtfertigen. Sie sehen ja, welches Unrecht da geschieht – und können nichts dagegen tun, wollen sie sich nicht selbst gefährden.«

Also wurden unschuldige Menschen zu Verbrechern gestempelt, nur um damit die Verbrechen, die an ihnen begangen wurden, zu entschuldigen? Und Jule, ihr Jule, war einer von denen, an denen solches Unrecht begangen wurde? Das machte Bille nur noch wütender und so besuchte sie Jule fortan immer häufiger. Es gehörte sich nicht für ein »arisches« Mädchen, mit einem Juden befreundet zu sein? Darüber konnte Bille nur lachen. Deutlich zeigte sie Julian, wie sehr sie ihn mochte, machte ihm kleine Geschenke, winkte ihm vom Fenster aus zu oder schrieb ihm kleine Briefe.

Anfangs genierte das Jule. Bald aber gefiel es ihm. Jetzt, mit dreizehn, benötigte er Billes Liebe geradezu: Sie stärkte sein Selbstwertgefühl. Sollte der Rest der Welt ihn ruhig ablehnen, es gab ein Mädchen, das von allen Jungen, die sie kannte, ausgerechnet ihn am meisten mochte. War er mit Bille allein und kam ich dazu, hörte ich ihn oft so lachen, wie er als kleiner Junge gelacht hatte, so richtig frei und vergnügt aus dem Bauch heraus. Nun machte auch er ihr Geschenke – irgendetwas Selbstgebasteltes und einmal einen schmalen, billigen Freundschaftsring! Für sich hatte er denselben gekauft.

»Als Verlobte grüßen!«, spottete ich, insgeheim aber war ich neidisch. Hätte auch gern eine solche Bille gehabt!

Sternbergs machte diese frühe Liebe große Sorgen, und das gerade, weil sie Bille so mochten. Sie befürchteten, dass Bille, aber auch sie selbst und Jule Ärger bekommen könnten. Doch die beiden konnte nichts trennen. Bille wäre jede Abwendung von Julian als tödlicher Verrat erschienen und Julian glaubte sich nur von Bille so richtig verstanden. Und dazu musste sie gar nicht viel sagen oder tun, sie musste nur bei ihm sein und ihn hin und wieder anschauen.

Als ich Bille mal ärgern wollte, sagte ich, dass das mit Jule sowieso nichts werden würde. »Irgendwann dürfen die Juden ja doch wieder ausreisen. Und dann gehen Sternbergs garantiert nach Amerika.«

»Na und?«, sagte sie sofort. »Dann gehe ich eben mit.«

»Und Mamusch und Pappusch?« Nach mir selbst wagte ich erst gar nicht zu fragen.

»Euch besuche ich dann mal.«

»Das wird aber teuer.«

»Dann spare ich eben.«

Sie war so überzeugt von einem künftigen gemeinsamen Leben mit Jule – und das gegen alle Widerstände der Welt –, dass alle Argumente dagegen verpufften.

Jule zog ich gern damit auf, dass er doch früher mal gesagt hatte, Bille würde schielen. »Hast dich also in ein Schielewipp verliebt?«

Dann wurde er jedes Mal rot. Er sprach nicht gern über Bille und sich. »Das war doch früher, da waren wir ja noch ganz klein.«

Später fragte ich mich manchmal, ob Julian sich vielleicht nur deshalb so an Bille geklammert hatte, weil sie das einzige Mädchen in unserer Straße war, das mit ihm verkehrte? Doch in der Goldschmidt-Schule gab's ja auch Mädchen. – Nein! Was zwischen Jule und Bille war, das kam von ganz tief innen. Ich musste mich damit abfinden, dass die beiden eine Gemeinsamkeit hatten, zu der ich nicht zugelassen war.

Im September 1941 war der Stern eingeführt worden – nur wenige Wochen darauf untersagte man den Juden das Verlassen des Landes. Und Ende Oktober begannen die ersten Deportationen.

Bereits Tage zuvor war es zu Sternbergs durchgesickert. Da hatte die Jüdische Gemeinde auf einmal Listen verschickt – Listen an diejenigen, die zuerst auf Transport gehen sollten; ganz harmlos aussehende Papiere, auf denen lediglich aller Besitz eingetragen werden musste. Aller noch vorhandene Schmuck, jedes Möbelstück, Teppiche, Bücher, Kleidungs- und Wäschestücke und Bargeld bis zum letzten Pfennig sollten erfasst werden. Für die ersten Transporte jedoch, das wurde bald klar, waren nur Männer und Frauen ausgewählt worden, die älter als fünfundsechzig Jahre waren – also kaum noch arbeiten konnten. Wie vertrug sich das mit Herrn Schönemanns Behauptung, dass diese Menschen in ein Arbeitslager kämen? Und wenn es vor allem um »Umerziehung« ging, weshalb begann man damit ausgerechnet bei den Alten anstatt bei der Jugend?

Die Jüdische Gemeinde hatte diese Listen nicht freiwillig verschickt. Sie war gezwungen, in bestimmten Abständen eine Anzahl von Juden zur »Umsiedlung« zu benennen. »Rüstungsjuden« durften allerdings nicht dabei sein, die wurden – wie Sternbergs – noch gebraucht.

Wie Jule mir erzählte, mussten die zum Abtransport vorgesehenen Juden sich in der Synagoge in der Levetzowstraße einfinden. Wer sich dort nicht pünktlich meldete, würde abgeholt. Diese Abend für Abend hoffnungslos überfüllte Synagoge, noch schwarz vom Feuer der Pogromnacht im November 1938, sei so etwas wie ein Sammellager. Von dort aus erfolgten die nächtlichen Transporte in die Lager.

In den ersten Tagen wurden die Juden zum Bahnhof Putlitzstraße, später zum Güterbahnhof Grunewald gebracht. Dort, außerhalb der Stadt, gab es nicht so viele Zeugen, und so war es für die Gestapo* leichter, die Abzutransportierenden noch mal gründlich zu filzen und ihnen zu stehlen, was sie bis dahin über die Zeit gerettet hatten: die letzten paar Mark, den letzten Rest Schmuck.

Auch das war inzwischen gesetzlich geregelt: Ein Jude, der seinen gewöhnlichen Aufenthalt im Ausland nehme, hieß es in der *Verordnung zum Reichsbürgergesetz*, verliere damit seine Staatsbürgerschaft – und sein Vermögen falle an das Deutsche Reich.

Ein deutscher Jude, der mit Gewalt in ein KZ innerhalb der

von uns Deutschen besetzten polnischen oder ukrainischen Gebiete geschafft wurde, nahm also seinen Wohnsitz im Ausland – und verlor deshalb sein Eigentum.

Bald wurde auch Verwandten der Sternbergs eine solche Liste zugestellt. Es waren schon sehr alte Leute. Da Julians Eltern nicht die Arbeit versäumen durften, schickten sie Julian nach Wilmersdorf; er sollte den Bronsteins packen helfen.

Jule fuhr hin – und sah das alte, weißhaarige Paar schon neben ihren gepackten Koffern sitzen. Ein Koffer und zehn Mark Reisegeld pro Person waren erlaubt, mehr nicht. »Wie groß du geworden bist!«, wunderten sich die Bronsteins und versuchten, sich daran zu erinnern, wann sie Jule das letzte Mal gesehen hatten. Über das, was ihnen bevorstand, sprachen sie nicht; immer nur über Julian wollten sie reden. Und Jule spielte mit, tat, als handele es sich um einen ganz normalen Abschied. Doch dann kamen noch andere Verwandte und nun konnten die beiden Alten nicht länger von sich ablenken. Geschäftigkeit griff um sich: »Habt ihr auch nichts vergessen?«

Bronsteins wurden immer verwirrter, ließen sich noch zusätzliche warme Jacken in die Koffer quetschen und bessere Verstecke für das bisschen Schmuck vorschlagen, das sie bis jetzt vor den Nazis gerettet und auf der ihnen zugestellten Liste nicht angegeben hatten. Als dann schon lange niemand mehr wusste, was er noch sagen sollte, kamen jüdische Ordner, um die beiden Alten abzuholen. Sie wussten, dass Bronsteins mit ihren beiden Koffern es nicht bis zur Levetzowstraße schaffen würden. Im Beamtenton fragten sie, ob man zum Abtransport bereit sei. Als Bronsteins nur still nickten, ergriffen sie die Koffer und nun konnte die zum Abschied erschienene Verwandtschaft sich nicht mehr zurückhalten. Unter Tränen nahm man voneinander Abschied. »Wir sehen uns wieder!«, wurde beteuert. »Ganz bestimmt: Wir sehen uns wieder!« Worte, so oft wiederholt, dass Jule bald klar wurde, dass niemand an ein Wiedersehen glaubte.

Wer nicht in den Untergrund abtauchen wollte – und das erschien gerade alten Leuten als undenkbar –, dem blieb nur eine einzige Fluchtmöglichkeit: der Weg in den Selbstmord. Nachdem die Deportationen begonnen hatten, wählten in kurzer Zeit über tausend Juden diesen Weg. Wer Geld hatte, kaufte sich Veronal oder Zyankali – zwei sehr wirksame Gifte –, wer keines hatte, sprang vom Dach seines Hauses, vor einen S-Bahnzug oder in das eiskalte Wasser der vielen Seen und Flüsse rund um Berlin. Manchmal drehten ganze Familien den Gashahn auf.

Bedrückt und niedergeschlagen verfolgten Sternbergs die spärlichen Zeitungsberichte über diese Sammeltransporte. »So viele Bezeichnungen für eine einzige Sache?«, sagte Julians Vater mal zu seiner Frau, als er glaubte, dass Jule ihn nicht hören konnte. »Man evakuiert, man transportiert, man deportiert, man siedelt um, man säubert, man verlegt Wohnsitze, man macht eine Stadt judenrein ... Sie schreiben um den heißen Brei herum. Nur Zwangsarbeit? Wer's glaubt, wird garantiert bald selig.«

Mamusch befürchtete, dass auch Sternbergs sich eines Tages etwas antun könnten, Julians Vater beruhigte sie: »Nein, nein! Keine Angst, Frau Scholz! Damit würden wir doch niemandem nützen. Der Mensch hofft nun mal bis zum Schluss. So viel Stärke wollen wir uns bewahren.«

Und Julians Mutter sagte, für sie sei eine solche Tat ein Frevel an Gottes Fügung. »Was er uns zugedacht hat, das müssen wir ertragen.«

Vater schrieb in dieser Zeit oft Briefe, denen wir entnehmen konnten, wie sehr er darunter litt, nun Soldat sein zu müssen. In der Ausbildungskompanie, in der er zum »Schützen Arsch« gedrillt werden sollte, musste der Mund gehalten werden, und an der Front erst recht. Es gab da ja die berühmt-berüchtigten Strafkompanien, auch Himmelfahrtskommandos genannt. Diese Einheiten wurden stets in das dickste Feuer geschickt und defätistische Äußerungen – »Miesmachereien« – waren Grund genug für solche Art Strafe. Manchmal war es schon »Wehrkraftzersetzung«, wenn einer nur übers Essen meckerte.

Vater wurde dennoch oft sehr deutlich, und das, obwohl er befürchten musste, dass seine Briefe von der Feldpostprüfstelle kontrolliert wurden. »Wir erleben hier die Erziehung zu Mord und Totschlag«, schrieb er gleich in seinem ersten Brief. »Und das ergeht nun allen braven Soldaten dieser Welt so.« Er musste seinem Herzen einfach Luft machen. Nur wenn er etwas beobachtet oder erlebt hatte, was zu schlimm war, schrieb er: »Na ja, darüber, was gestern hier passiert ist, kann ich nicht schreiben. Bin leider kein Goethe und kein Schiller.«

Das mit Goethe und Schiller sollte den etwaigen Briefzensor zu der Ansicht verleiten, dass er geistig zu ungelenk war, gewisse Begebenheiten oder Zustände in Worte zu kleiden. Vater benutzte diese Floskel aber nur selten und das machte Mutter Angst. Natürlich konnten die Zensoren der Feldpostprüfstelle nur Stichproben nehmen, es gingen ja Millionen Briefe Tag für Tag zwischen den zur Wehrmacht Eingezogenen und ihren Familien hin und her, doch der Zufall war ein Teufel; was, wenn ausgerechnet mal einer von Vaters Briefen geöffnet wurde?

Auch Bille und ich lasen Vaters Briefe. Weil wir uns um ihn sorgten und er es so wollte. »Bille und Paul sollen nicht auf die Parolen an der Heimatfront hereinfallen«, so seine

Mahnung an Mutter, uns seine Briefe nicht vorzuenthalten. »Sie sollen wissen, was ihr Vater von alldem hält. Dass sie darüber den Mund halten müssen, brauchst du ihnen nicht erst lange zu erklären. Sie sind ja keine Wickelkinder mehr.«

Der erste Brief aus Russland war eine Überraschung. Vater hatte gehofft, bevor er an die Front musste, kurz auf Urlaub kommen zu dürfen. Doch daraus wurde nichts. »Schade«, schrieb er, »nicht mal einen tränenreichen Abschied hat man uns gegönnt. Die bereits ziemlich dezimierten Fronteinheiten mussten aufgefüllt werden – mit neuem ›Material‹, wie es heißt.«

»Wisst ihr, was hier am schlimmsten ist?«, hieß es in seinem nächsten Russlandbrief. »Nein! Nicht der Feind, der sich so unerlaubt verbissen zur Wehr setzt, ist es – Läusebisse sind es! Gestern bin ich wohl so an die zwei- bis dreihundert Mal gebissen worden. Ein unentwegtes, elendes Jucken und Jagdmachen.«

Über seine Kameraden schrieb Vater: »Viele sind hier genauso tüchtig wie früher an ihrem Arbeitsplatz. Fleiß, Ausdauer, Pflichterfüllung, Gehorsam, Unterordnung, alle die schönen deutschen Tugenden, hier kommen sie so recht zum Tragen. Will ja jeder zeigen, was er kann.«

Anfang Oktober wurde in den deutschen Zeitungen gejubelt: Beim Angriff auf Moskau waren in einer Doppelschlacht sechshunderttausend Gefangene gemacht worden. Im Radio klangen die Siegesfanfaren heller als je zuvor, und Hitler verkündete, dieser Gegner sei bereits gebrochen und werde sich nie mehr erheben. Vaters Feldpostbriefe klangen nicht nach Triumphgeschrei. »Die Russen fliehen vor uns«, berichtete er. »Ein schlimmer Anblick! Mütter halten ihre Kinder an den Händen, Väter tragen sie auf den Schultern fort. Ziegen und Kühe führen sie mit sich, diese armen Bauern, und ansonsten nur das Notwendigste – ein warmer Pelz, Proviant, Erinnerungsstücke. Auf den Feldern liegt das tote Vieh neben nackten Leichen. Man hat sie ausgezogen, weil die Kleider noch benötigt werden.«

Und weiter: »Hier graut der Morgen früher als in Deutschland. Jeden Morgen weckt uns Vogelgezwitscher – und doch ist Krieg! Und manche von uns glauben, nun sei alles erlaubt. Sie stehlen und plündern und stürzen sich auf jeden Rock, den sie zu Gesicht bekommen ... Tja! Das ist wohl so: Im Krieg werden die niedersten Triebe geweckt ... Und ich? Mein einziger Kampf geht darum, am Leben zu bleiben. Das ist ein bisschen wenig in einer solchen Zeit, finde ich.«

Anfang November schrieb Vater: »Jetzt stecken wir bis zum Hals im Schlamm und die Verluste mehren sich ... Es ist zum Kotzen, immer sind es die einfachen Menschen, die dafür büßen müssen, wenn ein paar Größenwahnsinnige der Ehrgeiz sticht. Doch haben wir was anderes verdient? Wir machen ja mit; vom General angefangen bis runter zum braven Soldaten Scholz, alle machen wir mit!« Und im PS: »Mein einziger Trost, Käthchen, mein Mädchen, bist du und das sind Paul und Bille. Wenn ich euch nicht hätte, wüsste ich nicht, wie die Sache für mich ausgehen würde.«

Was Mutter Vater antwortete, konnten Bille und ich erst sehr viel später nachlesen. Sie fertigte von all ihren Briefen Durchschriften an, weil sie nicht wusste, ob Vater sie aufbewahren konnte. Außerdem nummerierten Vater und sie ihre Briefe. Einerseits, damit klar wurde, in welcher Reihenfolge die Briefe zu lesen waren – manche Briefe brauchten ja bis zu drei Wochen, bevor sie ihren Empfänger erreicht hatten, und oft kam es vor, dass ein späterer Brief einen früheren weit überholte –, andererseits, weil sie wissen wollten, ob auch wirklich jeder ihrer Briefe ankam.

Einen sehr langen Brief, ihren Brief Nr. 8, schrieb Mutter Anfang Dezember. Da lag sie tagelang im Bett, weil sie auf dem Weg zur Arbeit verunglückt war. Sie musste ja immer früh am Morgen raus, im Winter war es dann noch dunkel und wegen der Verdunkelungen noch finsterer als ohnehin. Und so war sie eines Morgens gegen einen Stapel Pflastersteine gelaufen und hatte sich beim Fallen böse den Fuß geprellt. »Ach, Helmi«, schrieb sie in diesem Brief, »wenn du wüsstest, wie sehr ich mich um dich sorge! In der Nachbarschaft treffen so viele Todes- und Vermisstenmeldungen ein, und so viele Briefe kommen zurück und schon auf dem Briefumschlag ist der Stempel *ZURÜCK – gefallen für Großdeutschland* zu sehen. Wenn die Frau Bertram klingelt, unsere neue, noch sehr junge Briefträgerin, nickt sie mir als Erstes immer gleich zu: Keine Angst, Frau Scholz, es ist kein Stempelbrief dabei.«

An anderer Stelle schrieb sie: »Es ist nicht leicht, dieses Leben allein mit Paul und Bille. Aber bei wem soll ich mich beschweren? Fragt ja niemand danach, wie unsereins mit allem fertig wird. Nur die Front ist wichtig. Und trifft ein solch schlimmer Brief bei der ›tapferen Kriegerwitwe‹ ein, heißt es immer nur: Das Leben geht weiter. Ja, möchte ich dann manchmal schreien, es geht weiter und weiter und weiter, aber nicht für den, der nun irgendwo in fremder Erde liegt. Bitte, Wilhelm, pass noch mehr auf dich auf! Ein Weiterleben ohne dich, das wäre nur noch ein halbes Leben für mich und die Kinder.«

Das erste Weihnachtsfest ohne Vater. Er hatte gehofft, dass er nun vielleicht doch noch Urlaub bekommen würde, dann aber geschrieben, dass es Kameraden gebe, auch Familienväter, die schon viel länger nicht zu Hause gewesen seien; da müssten alle anderen erst mal zurückstehen.

Mutter, Ömchen, Bille und ich – wie wir Heiligabend vor dem Tannenbaum saßen und uns zusammenreißen mussten. War ja klar, heulte einer los, heulten die anderen drei mit. Und was sollte das dann für ein Weihnachtsfest werden?

Mutter sagte immer wieder, sie hoffe nur, dass Vater wenigstens sein Weihnachtspaket rechtzeitig erhalten habe. Käse, Büchsenwurst, selbst gebackene Kekse, Bonbons, Dosenmilch und von Ömchen gestrickte Pulswärmer hatte sie hineingelegt. Ich dachte vor allem daran, dass wir nun auch noch den USA den Krieg erklärt hatten – Deutschland, Italien und Japan, jetzt kämpften wir wirklich fast gegen die ganze Welt. Und einer von den Millionen und Abermillionen Soldaten, die sich da gegenseitig totschossen, war mein Vater …

Im Januar kam Vaters Weihnachtsbrief. Er schickte uns darin Luftpostmarken, von denen die Soldaten immer mal wieder einige zugeteilt bekamen, damit sie auch mal schnellere Antwort auf ihre Briefe erhielten, und schilderte uns sein »Weihnachtsfest«:

»Jeden Tag wird marschiert, mal fünfzehn Kilometer, mal zwanzig, mal dreißig, mal vierzig. Immer in klirrender Kälte und Schnee und mit ›Gebäck‹ auf dem Rücken. Da muss abends nur noch einer pusten, dann fallen wir um wie die Dominosteine … Heute haben wir einen Tag Ruhe, deshalb kann ich schreiben, obwohl die Umgebung nicht gerade fröhlich stimmt. Wir befinden uns in einem Dorf, da haben wir gestern alles über den Haufen geschossen. Leichen und tote Pferde liegen im Schnee und sind nur noch Rabenfutter. Ob tote Russen oder tote Deutsche, friedliche Feinde liegen da nebeneinander … Ob es morgen weitergeht, wissen wir noch nicht. Wir wollen nicht wieder auf die Straße hinaus, da geraten wir immer wieder unter Beschuss – russische Flugzeuge, die sich dummerweise nicht sehr erfreut über unseren Besuch zeigen … Das angekündigte Paket habe ich noch nicht erhalten, dennoch schon mal schönen Dank dafür. Die Versorgung mit Lebensmitteln ist nicht so, dass man nicht noch einen Happen dazu vertragen könnte. Ins nächste Paket, Käthchen, leg vor allem warmes Unterzeug, dicke Socken, warme Handschuhe und Ohrenschützer. Der russische Winter ist wirklich nicht sehr angenehm. Oft wird's bis zu dreißig Grad kalt und es gibt viele Erfrierungen. Hände, Ohren und Zehen müssen besonders geschützt werden.«

Dann ein PS: »Weißt du noch, wie wir uns früher immer weiße Weihnachten gewünscht haben? Hier ist so viel Weiß, da wäre mir eine grüne Weihnacht lieber. Aber was beschwere ich mich, ihr werdet auch keine schönen Weihnachtsfeiertage verbracht haben. Kenne euch doch! Sehe euch unterm Tannenbaum sitzen und Kerzen sparen, weil euch jede Menge Lichter unter euren Schniefnasen hängen.«

Wie immer lag auch diesem Brief eine Postschecküberweisung bei. Vaters Sold. »Kauft euch dafür ein paar Nerze und Diamanten«, witzelte er in einem zweiten PS, »und hebt mir ein Stück Stollen auf. Ich ess das dann mit Hammer und Meißel, falls ich innerhalb der nächsten zwanzig Jahre doch mal Urlaub bekommen sollte.«

Gott sei Dank! Das war Vater, wie wir ihn kannten.

Warum ist der Teufel nicht blond?

Auch bei uns begann das Jahr 1942 mit eisigen Temperaturen und Jule, Bille und mich zog es in die Müggelberge, zum Rodeln. In den Müggelbergen gab es die »Todesbahn«, eine sehr kurvenreiche, lange Abfahrt. Mal fuhr jeder allein die steile Bahn hinunter, mal Jule mit Bille, mal Jule und ich und mal fuhren wir zu dritt. Dann lag Jule oder ich unten und steuerte und die anderen beiden saßen dem Untermann auf Hintern und Rücken.

Der Müggelsee war zugefroren. Das kam bei dem lang gestreckten und breiten See nur selten vor. Mit Jules Schlittschuhen kurvten wir abwechselnd auf dem See herum, aßen die von unseren Müttern geschmierten Brote und tranken heißen Kakao aus Vaters Thermoskanne.

Ein schöner Tag! Julians Mantel mit dem Stern hing bei Ömchen im Schrank, er trug seinen Zweitmantel – ein altes Stück seines Vaters, den seine Mutter ihm passend geschneidert hatte, da seine Eltern nun längst von seinen sternlosen Ausflügen wussten – und war kein Jude. Und Bille und ich waren keine »Arier«. Wir waren nur eine Zwölf- und zwei Dreizehnjährige, die den Winter herrlich fanden.

Auf dem Weg zur S-Bahn holte uns die Wirklichkeit ein. Da kam uns plötzlich eine jüdische Familie entgegen: Vater, Mutter und drei Kinder, alle mit Stern, alle sehr dunkelhaarig. Jule, noch wenige Minuten zuvor gut gelaunt wie lange nicht mehr, wurde gleich wieder ganz still. Schweigend gingen wir weiter, bis Bille plötzlich fragte: »Warum ist der Teufel eigentlich nicht blond?«

Verdutzt kuckten wir sie an, und Bille erklärte uns, was sie bewegte. Immer und überall werde der Teufel schwarzhaarig und krummnasig dargestellt, sogar im Kasperle-Theater. »Warum ist denn noch nie jemand auf die Idee gekommen, dass der Teufel auch blond sein und eine runde Nase haben könnte?«

Jule überlegte ein Weilchen, dann sagte er: »Vor einem blonden Teufel hat vielleicht niemand Angst.«

»Und warum dann vor einem schwarzhaarigen?«

»Weil der düster aussieht und ein blonder eben nicht«, fertigte ich Bille ab. Was hatte sie da nur wieder für ein Thema angeschnitten! Das verdarb uns den ganzen Ausflug.

»Quatsch!«, widersprach Bille. »Das ist nur wegen der Gewöhnung.« Und sie fuhr fort, auf alles Blonde zu schimpfen, obwohl sie doch selber blond war. »Wieso müssen denn auch immer alle Engel, das Christkind und die guten Feen blond und die bösen Hexen schwarzhaarig sein. Da stimmt doch irgendwas nicht!« Gedanken, die sie offensichtlich schon lange beschäftigten und nun auch mich nicht mehr losließen. Irgendwie hatte sie ja Recht: Was hatte ich für eine kluge Schwester!

Wenige Monate später, im Frühling, bewies Bille noch einmal, dass sie in manchem weiter dachte als Jule und ich. Da fand im Lustgarten eine Ausstellung statt: »Das Sowjetparadies«; Bilder und Dokumente über das Leben in der Sowjetunion. Es war eine verlogene, das Leben in der Sowjetunion in besonders düsteren Farben schildernde Dokumentation. Mamusch meinte, die Fotos der hungernden Leute, die auch in den Zeitungen abgebildet waren, hätten genauso gut in anderen Teilen der Welt aufgenommen werden können. Dann, Mitte Mai, ein Brandanschlag auf diese Ausstellung – und als die Täter gefasst waren, stellte sich heraus, dass sie zu einem großen Teil in den beiden Judenabteilungen der *Elmo*-Werke beschäftigt waren, in denen auch Julians Vater arbeitete. Er kannte einige der Täter vom Namen her, wusste auch, dass sie in der Mehrzahl Kommunisten waren, hatte aber nie viel mit ihnen zu tun gehabt. Dennoch wurde er langen und harten Verhören ausgesetzt. Man würde ihn und seine Familie noch am selben Tag in ein KZ abtransportieren, falls er nicht endlich seine Mittäterschaft gestand, wurde ihm angedroht.

Julians Vater jedoch hatte nichts zu gestehen und das wollte man ihm lange nicht glauben. Eine schlimme Situation für ihn. Er durfte doch kein Verbrechen gestehen, das er nicht begangen hatte! Vor Aufregung bekam er Herzschmerzen und Atembeschwerden, doch dann sahen die Gestapobeamten wohl ein, dass er kein Mittäter war, und entließen ihn an seinen Arbeitsplatz zurück. Seinen jüdischen Kollegen erging es nicht anders, und bald nahmen sie den Tätern diesen Brandanschlag, der alle in Gefahr gebracht hatte, bitter übel: Wie konnten sie nur ohne Rücksicht auf alle anderen eine so völlig nutzlose Aktion starten! Und noch zorniger wurden sie, als bekannt wurde, dass die Nazis als Vergeltungsmaßnahme für diesen Anschlag fünfhundert an dieser Sache völlig unbeteiligte Juden verhaftet und in das Konzentrationslager Sachsenhausen eingewiesen hatten. Einige wurden sofort erschossen, andere im Herbst ermordet. Ein sehr hoher Preis für ein bisschen Kokelei, schimpfte Julians Vater.

Und auch die wirklichen Täter wurden hingerichtet oder kamen unter der Folter der Nazis zu Tode. Alles ganz junge Leute; Frauen und Männer, die sich gegen die Nazi-Lügenpropaganda zur Wehr setzen wollten.

Jule erzählte Bille und mir die ganze Geschichte, und dann saßen wir zu dritt auf unserer Teppichklopfstange und diskutierten lange darüber, ob dieser Anschlag auf die Ausstellung im Lustgarten Sinn gemacht hatte oder eher dumm gewesen war, weil er so viele Menschenleben gekostet hatte. Wenn einer Hitler umbringen würde, flüsterten Jule und ich einander zu, das ergäbe einen Sinn. Sein Leben einer blöden Ausstellung zu opfern lohne nicht.

Das ärgerte Bille. »Ist in euren Köpfen gerade Ebbe?«, schimpfte sie. »Vorher sind doch alle nur hingelatscht, um sich die Fotos anzukucken. Da haben se ganz bestimmt fast alles geglaubt. Wenn sie jetzt hingehen, denken se wenigstens 'n bisschen nach.«

Verblüfft starrten wir sie an. So hatten wir das noch gar nicht gesehen.

»Und wenn man immer nur Angst vor den Folgen hat«, so Bille weiter, »dann traut man sich irgendwann gar nichts mehr. Und genau das ist es, was die wollen.«

Mit »die« waren die Nazis gemeint. Aber wie Bille das gesagt hatte! So selbstbewusst und von sich überzeugt; fast war mir, als hätte Vater zu uns gesprochen.

Eine düstere, sehr bedrückende Gegenwart für uns Kinder. Es gingen ja auch die Deportationen immer weiter. Und nun mussten die Juden sich nicht mehr selbst zum Sammellager begeben, weil das zu auffällig war. Sie wurden allesamt abgeholt. Mit LKW. Erhielten Bekannte von Julians Eltern die Listen und kurz darauf die Anweisung, die Wohnung nicht zu verlassen, wussten sie, dass jetzt sie dran waren, und dann flüsterten Sternbergs wieder tagelang miteinander. Es wurden ja nun auch jüngere Leute deportiert. Nur wer in einem kriegswichtigen Betrieb arbeitete, konnte hoffen, noch einige Zeit verschont zu bleiben. Für die Ewigkeit aber galt das nicht. Immer mehr Zwangsarbeiter aus den besetzten Gebieten ersetzten die »Rüstungsjuden«: Dänen, Norweger, Franzosen, Rumänen, Griechen, Tschechen, Polen, Russen, Ukrainer. Dass er Berlin »judenrein« haben wolle, habe der Propaganda-Minister Goebbels ja schon oft verkündet, so Julians Vater. Jetzt begann er also, Ernst zu machen.

Jule, Bille und ich berieten, was zu tun sei, wenn auch Sternbergs die Listen erhielten. Billes Überzeugung war, dass sie sich verstecken und nicht einfach abtransportieren lassen sollten. Ums Essen brauchten sie sich keine Sorgen zu machen, das würden wir ihnen auch weiterhin bringen. Ich war der gleichen Meinung, Jule jedoch hatte sich schon Gedanken darüber gemacht. »Und wo sollen wir hin?«, fragte er. »Im Sommer geht's ja vielleicht noch. Da kann man sich irgendwo im Wald verstecken, aber im Winter? Sollen wir dann zu euch kommen? Da finden se uns gleich und dann kommen wir alle zusammen ins KZ.«

Wir überlegten hin und her, fanden Lösungen und verwarfen sie wieder, weil sie sich meist schon nach kurzem Nachdenken als untauglich erwiesen. Zwar hatten Sternbergs noch andere nichtjüdische Bekannte, doch natürlich waren sie auch dort nicht sicher. Bei ihren Freunden würde die Gestapo ja zuerst suchen. Sie müssten fremde Helfer finden. Doch welcher völlig Fremde riskierte schon die eigene Verhaftung, um Leuten zu helfen, die ihn gar nichts angingen? Und wer konnte schon eine ganze Familie unterbringen?

Im Juni erlebten Mutter, Bille und ich dann eine freudige Überraschung.

Es war ein Sonntagnachmittag, Bille und ich waren gerade vom Badeausflug mit Julian gekommen. Noch ganz verschwitzt und ausgetrocknet von der vielen Sonne und dem Müggelseewind, standen wir in der Küche und naschten Erdbeeren, als es plötzlich klingelte. Wir kuckten uns an. War Ömchen gekommen? Sonst stand, seit Sternbergs keine »Arier« mehr besuchen durften, nur noch selten jemand vor unserer Tür.

Es klingelte noch mal, und Mutter, die gerade abwusch, blickte uns auffordernd an. »Na, wollt ihr nicht endlich aufmachen? Vielleicht ist Vater auf Urlaub gekommen und jetzt steht er vor der Tür und niemand lässt ihn rein.«

»Haha!«, machte Bille nur, ging zur Tür – und schrie auf.

Es war tatsächlich Vater, der vor der Tür stand! Nach fast einem Jahr an der Front hatte er zum ersten Mal Urlaub bekommen. In seiner feldgrauen Uniform stand er vor uns und strahlte. Bille sprang ihn an und fiel ihm um den Hals, Mutter und ich wollten noch immer nicht glauben, was wir sahen. Mamusch hatte ja nur einen Scherz gemacht – einen, den die Sehnsucht ihr diktiert hatte. Dass Vater wirklich vor der Tür stehen könnte, so ganz ohne Ankündigung, wäre ihr nicht mal im Traum eingefallen.

Vater setzte Bille ab, schnappte sich Mutter, umarmte und drückte sie und küsste ihr die Freudentränen fort. »Aber Käthchen, jetzt wird doch nicht geheult! Jetzt wird sich gefreut und gefeiert.«

Ich wartete darauf, dass ich an die Reihe kam, und sah Vater dabei an. Er hatte sich sehr verändert, war hagerer geworden, wirkte älter und ernster. Er spürte meinen Blick, befreite sich sachte von Mutter und nahm auch mich in die Arme. »Mensch, bist du groß geworden, Paule! Was ein Jahr doch so ausmacht. Pass nur auf, dass sie dich nicht auch bald einziehen. In meiner Kompanie gibt's welche, die sind kleiner als du.«

Ich war noch nicht ganz vierzehn und wirklich recht groß für mein Alter. Stolz bemerkte ich, dass Vater mich nur noch um einen halben Kopf überragte.

Natürlich wollte auch Bille hören, dass sie gewachsen war, und Vater tat ihr den Gefallen. »Ach was, nicht nur groß biste geworden, Billchen, eine Schönheit steht vor mir! Bestimmt sind alle Jungen in deiner Klasse ganz verrückt nach dir.«

Er wollte nett zu Bille sein und übertrieb. Sie war aber wirklich ein hübsches Mädchen geworden, und in ihrer Klasse gab es schon den einen oder anderen, der ihr Briefchen schickte. Für Bille jedoch kam außer Jule niemand in Frage.

Als wir dann zu viert am Küchentisch saßen und erst mal nur still die Erdbeeren verdrückten, die Mutter mitgebracht hatte, sprangen Bille und Mutter immer wieder auf, um Vater zu umarmen. Ich grinste jedes Mal nur – unter Männern schickte sich so was ja leider nicht.

Abends waren wir dann zu fünft – Bille hatte Ömchen geholt – und Vater erzählte von Russland. »Ein riesiges Land!«, sagte er nachdenklich. »Wie kann nur irgendjemand annehmen, er könnte es erobern? Und mit diesem Russland ist die Sowjetunion ja noch nicht zu Ende, da kommen noch eine ganze Menge anderer Gebiete hinzu. Das geht bis hin nach Wladiwostok. Wir aber meinen, wir können unsere Stiefel überall hinsetzen ... Und unsere Generäle, die es seit Napoleons Zeiten doch besser wissen müssten, parieren brav ... Na ja, sie opfern ja auch nicht ihre eigenen Ärsche, sind ja unsere, mit denen sie durchs Feuer reiten.«

»Ich verstehe gar nicht, wieso dieser Krieg noch nicht zu Ende ist«, wandte Ömchen zaghaft ein. »In den Zeitungen steht doch immer, der Russe sei nur ein äußerst minderwertiger Soldat und eigentlich völlig kriegsuntauglich.«

»Ja«, spottete Mutter. »Und in den Wehrmachtsberichten wird ständig von den hohen Verlusten der Russen geredet. Wie kann sich der traurige Rest da nur so lange verteidigen?«

»Wehrmachtsberichte!« Vater lachte böse. »Dagegen sind Grimms Märchen doch die reinsten Tatsachenromane.« Und mit fast zärtlichem Blick sah er unser Radio an. »Was meint ihr, wie ich mich darauf freue, endlich mal wieder die andere Seite hören zu dürfen. Ein paar Tropfen Wahrheit, das ist die Medizin, die Wilhelm Scholz jetzt braucht.«

»Aber wenn das rauskommt, wirst du erschossen«, wandte Mutter erschrocken ein. »Das geht doch jetzt nicht mehr, ist fast so was wie Fahnenflucht.«

Vater zog sie an sich. »Nu hab dir mal nich so, Kleene! Oder willste, dass dein Helmi blöd bleibt?« Und ernster fügte er hinzu: »Ich pass schon auf, dass mich niemand hört. Aber da reinhören, das muss ich jetzt einfach. Hab ein Jahr lang nur Propaganda geboten bekommen, mir ist kotzelend von all dem verlogenen Geplärr.«

So hörte Vater mit dem Kopf unter der Decke wieder dieses Bumbumbumbum, jenes legendäre Zeichen, mit dem die BBC ihre Sendungen ankündigte. Und war danach jedes Mal sehr nachdenklich.

Insgesamt vierzehn Tage durfte er bleiben – und das mitten im Sommer. Es wurden zwei sehr schöne Wochen. Wir fuhren viel ins Grüne – Jule immer dabei – und gingen mit Ömchen in den Zoo. Hätten wir nicht gewusst, dass mit jedem Tag, der verging, Vaters Rückkehr an die Front näher rückte, wären es wirklich wolkenlose Tage gewesen.

Über Ömchen freute Vater sich. Er hätte nicht geglaubt, dass sie sich auf die Jacken- und Manteltauschgeschichte einlassen würde. »Bist ja 'ne richtige Piratenbraut«, sagte er und drückte sie.

Ich wartete darauf, mal mit Vater allein zu sein. Hatte ihn so viel zu fragen. Vor allem wollte ich endlich mal wissen, wie die Nazis überhaupt an die Macht gekommen waren. Was ich in der Schule und der HJ darüber gehört hatte, glaubte ich längst nicht mehr.

Eines Nachmittags war es so weit. Wir saßen in der Küche, ich fragte ihn, und Vater erklärte mir, dass es nach dem Ersten Weltkrieg eine Zeit des Umschwungs gegeben habe. Soziale und demokratische Veränderungen seien angestrebt worden. Die Mehrheit der Deutschen jedoch habe allem Neuen ablehnend gegenübergestanden. »Sie waren gewohnt, dass alles von oben entschieden wurde. Ist ja viel leichter, einem

Kaiser zu folgen, als selbst Verantwortung zu übernehmen. Und Verantwortung übernimmst du nun mal, wenn du für eine Partei eintrittst.« Er seufzte. »Dann die hohen Kriegsschulden, die Weltwirtschaftskrise und in deren Gefolge die schlimme Arbeitslosigkeit, da wünschten viele sich einen starken Mann, der alles wieder ins Lot brachte – und da kam ihnen dieser Hitler gerade recht.«

»Und du?«, fragte ich. »Hättest du lieber wieder die Demokratie?«

»Ja, natürlich! Zwar war das damals kein Zuckerschlecken – ganz im Gegenteil, alle paar Monate eine neue Regierung, und keine Partei hatte ein Patentrezept gegen die Not in der Hosentasche –, besser als jetzt aber war's allemal. Damals mussten die Politiker sich noch anstrengen, dir zu gefallen, damit du sie wählst. Heute musst du dich anstrengen, den Politikern zu gefallen, damit du nicht von der Justizmühle des Staates zermahlen wirst.«

»Und dein Freund Arthur und du und all die anderen Sozialdemokraten, ihr habt an etwas geglaubt, das dann gar nicht wahr wurde?«

Vater kratzte sich am Kopf. »Ist ja noch nicht aller Tage Abend … Immerhin hatten wir Ziele. Und das waren nicht die schlechtesten.«

»Was waren das denn für welche?«

»Wir wollten, dass die Welt sich ändert, dass es mehr Gerechtigkeit und nie wieder Krieg gibt. Ziele, die wir verfehlt haben, ich weiß. Aber sind sie deshalb falsch? Irgendwann, da bin ich mir sicher, wird es keinen Hitler und keine Nazipartei mehr geben und dann werden unsere Ziele wieder ganz oben auf der Tagesordnung stehen.«

Ich schwieg. Vater nahm meine Hand und hielt sie fest. »Ich freue mich über deine Fragen, Paul. Ich möchte gern, dass du ein Mensch mit Charakter wirst. Einen Charakter aber hat der Mensch nur, wenn er auch eine eigene Meinung hat. Also hör gut zu, wenn sie dir in der Schule oder bei der HJ irgendwas erzählen, und frag dich immer, wem diese Art von Politik nützt. Nützt sie dir und deiner Familie? Nützt sie deinem Freund Jule und seinen Eltern? Nützt sie deinen Nachbarn oder sonst irgendwelchen Menschen auf der Welt? Frag dich das und bilde dir deine eigene Meinung.«

»Und wenn ich mich irre und meine Meinung falsch ist?«

Da lachte Vater. »Dann haste dich eben geirrt. Aber wenigstens in deinem eigenen Namen. Und gibste das zu, beweist du damit erst recht Charakter.«

Auch mit Mutter führte Vater während dieser Urlaubstage Privatgespräche. Darin schilderte er ihr seine Kriegserlebnisse; Berichte, die er Ömchen, Bille und mir nicht zumuten wollte; unausdenkbar grausame Geschichten. Erst viel später, nach dem Krieg, erzählte Mutter uns von diesen Gesprächen, und erst dann begriffen wir, wie tief verletzt er wirklich war.

Vater hatte miterlebt, wie die SS, aber auch Teile der Wehrmacht, im Hinterland der Front mit der Zivilbevölkerung umgegangen war. Es gab eine Direktive der Wehrmacht für das Verhalten der Truppe im Osten. Darin wurden rücksichtslose Maßnahmen gegen bolschewistische Hetzer, Freischärler, Saboteure und Juden gefordert. Der Krieg im Osten sollte kein normaler Krieg, sondern ein Vernichtungsfeldzug werden. »Wir sollen alles unterjochen, alles versklaven«, sagte Vater zu Mutter. »Und was nicht unseren Normen entspricht oder sich uns entgegenstellt, sollen wir tottreten. Wir sind Teile eines grausamen, unerbittlich rotierenden doppelköpfigen Fleischwolfs. Wir mahlen und werden zermahlen.«

Von Mordkommandos berichtete er, die die jüdische Bevölkerung ganzer Dörfer und Städte, darunter auch Frauen und Kinder, umgebracht hatten, weil sie »die Sicherheit der deutschen Truppen gefährdeten«. Das Perverse daran: Zuvor seien sie, die deutschen Eroberer, von vielen Juden als Befreier begrüßt worden, hatten diese doch zuvor unter der Judenfeindlichkeit der russischen Kommunisten zu leiden gehabt. Dass die Nazis noch viel schlimmere Judenfeinde waren, hatten viele russische Juden gar nicht gewusst. Darüber hatte die sowjetische Presse offensichtlich kaum berichtet.

Vater war bei diesen Aktionen nicht dabei gewesen und hatte den Gerüchten, die an der Front kursierten, anfangs nicht glauben wollen. Er dachte, dass es sich dabei um die üblichen Übertreibungen handelte und die Erschossenen Spione oder Saboteure gewesen waren. Auch nichts Beruhigendes, im Krieg aber nun mal an der Tagesordnung. Dann erzählte einer seiner Kameraden eines Tages von nackten Menschen vor Maschinengewehren, darunter Mütter mit Kleinkindern und Säuglingen auf den Armen, die vor riesigen Hinrichtungsgruben standen und von Maschinengewehrsalven niedergemäht wurden. Jener Kamerad gehörte zu denen, die bettlägerige Kranke und gehunfähige Greise auf Tragbahren an die Hinrichtungsgruben schleppen mussten, und verteidigte sich vor Vater damit, an jenem Tag, in jener Mordeinheit doch nur Befehle ausgeführt zu haben und dass er, hätte er die verweigert, vielleicht selbst exekutiert worden wäre. Doch wurde er mit dem Erlebten nicht fertig und suchte seither den Tod. Zu jedem Spähkommando meldete er sich, immer waghalsiger lief er ins Feuer, bis er eines Tages tatsächlich nicht wiederkehrte.

Doch nicht alle, die an solchen Unternehmungen beteiligt waren, reagierten so, dessen war Vater sich sicher. »Der Krieg ist ein Festgelage für Sadisten«, sagte er zu Mutter. »Allein im Krieg können sie ungestraft ihrer Lust frönen.«

Mutter, ganz erschrocken, wollte wissen, was er denn tun würde, wenn er zu solchen Verbrechen abkommandiert würde. Vater antwortete, das wisse er nicht. Zwar könne er sich nicht vorstellen, einem solchen Befehl Folge zu leisten, doch vielleicht würde ja die Angst vor dem eigenen Tod stärker sein als aller Abscheu, alles Entsetzen.

Er sagte das, und Mutter sah ihm an, wie sehr er darunter litt, Teil dieser Mordmaschinerie zu sein. »Du musst dir keine Vorwürfe machen«, versuchte sie ihn zu trösten. »Bin ja froh, dass du an uns denkst.«

Worte, die Vaters Gewissen nicht beruhigten.

Der Tag des Abschieds. Die Sonne strahlte vom Himmel herab, die Luft war voll freundlicher Wärme. Ein Tag, um Götter zu zeugen, wie Vater spottete, um uns und sich nicht ganz und gar traurigen Gefühlen zu überlassen.

Mutter sagte immer wieder, dass Vater nur ja auf sich aufpassen solle. Er erwiderte jedes Mal das Gleiche: »Was ich tun kann, tu ich. Da kannst du ganz beruhigt sein, Käthchen.« Kein Wort in der Art wie »Macht euch keine Sorgen, ich komme ganz bestimmt zurück«. Dafür war ich ihm dankbar. Ich hatte inzwischen von so vielen Vätern und Söhnen gehört, die sich mit solchen Worten verabschiedet hatten und deren Familien nur wenige Wochen später den Brief vom Kompaniechef bekommen hatten, dass ich abergläubisch geworden war.

Bille und ich wollten Vater zum Bahnhof bringen, weil Mutter arbeiten musste. Er bat uns, zu Hause zu bleiben. »Wenn ich an euch denke, will ich euch hier, in unserer Wohnung sehen – und nicht, wie ihr heulend am Bahnhof steht.«

Er hatte Recht. Nach diesen vierzehn Tagen, in denen Bille und ich praktisch von morgens bis abends mit Vater zusammen waren, hätte ich beim Nachwinken ohne Ende geheult.

Die ersten Tage ohne Vater erschienen mir trotz allen Sommersonnenscheins eher trübe. Und es zogen noch mehr Wolken herauf, als Ende Juni die letzten jüdischen Schulen geschlossen wurden. Darunter auch die Goldschmidt-Schule.

Jule nahm diese Nachricht eher gelassen auf. Er hatte so etwas Ähnliches schon erwartet. Sie waren ja immer weniger Schüler geworden; jetzt würde er also arbeiten gehen wie sein Vater und seine Mutter auch.

Die älteren Schüler wurden in die Fabriken geschickt, andere zu Erntearbeiten herangezogen oder bei der Müllabfuhr eingesetzt. Jule, noch nicht ganz vierzehn, hatte Glück, die Jüdische Gemeinde vermittelte ihn an den Jüdischen Friedhof Weißensee, auf dem seine Großeltern lagen und auf dem auch sein Vater mal liegen wollte. Er wurde dort als Hilfsgärtner eingesetzt.

Die Arbeit sei nicht schwer, erzählte er. Unkraut herausreißen, Wege harken, Bäume und Sträucher stutzen und später, im Herbst, das Laub wegkarren, mehr sei nicht zu tun. Für das Ausheben der Gräber seien ältere Jugendliche zuständig.

Julians Eltern sagten es nicht, doch sah er ihnen an, was sie dachten: Wenn er doch nur mit dem Kindertransport nach England gegangen wäre! Professor hätte er dort werden können! Und nun harkte er Wege. Und das ohne jeden Schulabschluss und ohne jede Hoffnung, jemals wieder zur Schule gehen zu dürfen, und mit der Aussicht, eines Tages ebenfalls in einem dieser Nazi-KZ zu verschwinden.

Jule spielte weiter den Gleichgültigen, konnte damit aber nur seine Eltern täuschen. Bille und ich kannten ihn besser;

wir wussten, wie sehr er darunter litt, nicht mehr zur Schule gehen zu dürfen. Zwar las er nun noch mehr, Bücher allein aber konnten keinen Unterricht ersetzen. Ihm fehlte die Diskussion mit den Lehrern, das Gespräch in der Klasse; ihm fehlte alles, was mit Schule zu tun hatte.

In diesen Tagen wartete Bille oft auf ihn. Nachmittag für Nachmittag stand sie in der Greifswalder Straße an der Straßenbahnhaltestelle. Sah sie Jule dann aussteigen, lächelte sie ihm zu und er lächelte zurück.

Sie begrüßten sich nicht, wollten nicht auffallen, er, der Jude mit dem Stern an der Brust, und sie, das blonde Mädchen in der BDM-Kleidung.

Mich wollte Bille nie dabeihaben. Meine Anwesenheit hätte gestört. Einmal aber sah ich, wie sie gemeinsam nach Hause gingen, Bille immer fünf Schritte vor Jule. Alle paar Meter drehte sie sich um und lächelte ihm zu. Und er strahlte zurück. Auf Bille, das wusste er, konnte er sich verlassen. Und wenn die ganze Welt einstürzte, Bille war bei ihm und hielt seine Hand.

Ein Sommertag

Wie ich Clara kennen lernte! Es war noch in den großen Ferien, Vater war schon seit Wochen wieder an der Front, Jule arbeitete auf dem Friedhof. Gelangweilt stand ich vor unserer Haustür und blickte mal links, mal rechts die Straße entlang. Was sollte ich nur anfangen mit diesem Tag?

Ich überlegte noch, als auf einmal ein Mädchen auf ihrem Rad die Straße entlangkam. Normalerweise hätte ich sie nicht weiter beachtet, an diesem Vormittag jedoch, an dem so gar nichts los war, schaute ich zu ihr hin. Und genau in diesem Moment passierte es: Ihre Kette sprang vom Zahnkranz. Sie strampelte ein paarmal verzweifelt, als könnte sie die Kette auf diese Weise wieder auf den Zahnkranz bekommen, dann stieg sie ab, betrachtete das Malheur und drehte das Rad um, stellte es auf Lenker und Sattel. Dabei warf sie mir einen bösen Blick zu; so, als hätte ich mit ihrem Pech irgendwas zu tun.

Ich grinste nur. Mal sehen, ob diese Mieke in BDM-Kluft und Kletterweste technisches Talent hatte.

Sie griff zu, zerrte an der Kette und versuchte, sie auf den Kranz zu schieben. Es gelang ihr nicht. Sie versuchte es wieder und wieder und hatte bald ganz dreck- und ölverschmierte Hände. Die Blicke, mit denen sie mich maß, wurden immer zorniger. Ich überlegte gerade, ob ich ihr meine Hilfe anbieten sollte, da zeigte sie mir einen Vogel. »Haste nichts Besseres zu tun, als rumzustehen und blöd zu kieken?«

Ich lachte nur. »Wer sein Rad liebt, der schiebt.«

»Sprücheklopfer!«, tönte es zurück. »Beweis erst mal, dass du's besser kannst.«

»Moment!« Im Nu war ich im Hausflur verschwunden und die Treppe hochgerast. Ich schnappte mir Vaters Schraubenzieher und flitzte wieder nach unten. Ja, und dann schob Meister Paule das Mädchen sachte beiseite, klemmte den Schraubenzieher zwischen Zahnkranz und Kette, drehte kurz an der Pedale – und die Kette saß wieder da, wo sie hingehörte.

Clara staunte, wollte aber nicht zugeben, dass sie beeindruckt war. »Mit 'nem Schraubenzieher kann ich's auch.«

Gleich beugte ich mich wieder zur Fahrradkette hinunter. »Gut! Dann lass ich sie noch mal runterspringen, damit auch du dein Glück versuchen kannst.«

»Untersteh dich!« Sie musste lachen, und da besah ich sie mir zum ersten Mal näher und dachte: Mann, die ist ja nicht unhübsch! Zu Zöpfen geflochtene braune Haare, große dunkle Augen und eine schöne gerade Stirn. »Mir ist schon oft die Kette abgesprungen«, erklärte ich großzügig. »Hab da Erfahrung. Nur deshalb ging's so schnell.«

»Aha!«, sagte sie – und betrachtete mich nun ebenfalls von oben bis unten.

Ich wurde rot und wies auf ihre Fahrradkette. »Die müsste mal gereinigt und geölt werden. Sonst springt se garantiert bald wieder ab.«

»Werd ich meinem Vater sagen.« Sie lächelte mir zu, dachte einen Augenblick nach und streckte mir, als handele es sich um eine todesmutige Entscheidung, mit einem Mal ihre ölverschmierten Hände hin. »Du wohnst doch bestimmt in dieser Straße – darf ich mir bei euch die Hände waschen? Ich mach mir sonst meine Klamotten ganz mistig.«

»Na klar!« Gleich schnappte ich mir ihr Rad.

»Was willste denn damit?«, fragte sie verwundert.

»Na, mit hochnehmen. Du hast kein Schloss am Rad. Soll's geklaut werden?«

Sie nickte anerkennend. »Du denkst aber auch an alles.«

»Ist Veranlagung.« Lässig schob ich Arm und Schulter durch den Rahmen und trug ihr Rad in unsere Wohnung hoch. Im Flur stellte ich es ab und zeigte ihr die Küche. »Da kannste dich waschen.«

Sie blickte sich aufmerksam um. »Ihr habt aber 'ne große Wohnung. Wie viel seid ihr denn?«

»Vier«, sagte ich. »Mein Vater ist aber nicht da. Der ist an der Front.«

»Im Osten?«, fragte sie interessiert.

Ich nickte nur, und da machte sie auf einmal ein ganz anderes Gesicht, senkte den Kopf und sagte: »Mein Bruder war auch in Russland. Vor zwei Monaten ist er gefallen.«

Ich wusste nicht, was ich dazu sagen sollte. »Wie alt war er denn?«

»Einundzwanzigeinhalb.«

Eine seltsame Situation. Mutter, Bille und ich bangten jeden Tag, dass auch wir diese furchtbare Nachricht bekommen könnten, und nun wusch sich in unserer Küche dieses Mädchen die Hände, die erst so lustig und frech gewesen war und nun so bedrückt aussah, weil ihrem Bruder schon passiert war, was wir für Vater befürchteten.

»Wie heißt du denn eigentlich?«, fragte ich, um das Thema zu wechseln.

»Clara. Mit C. Und du?«

»Paul – mit P.«

Wir grinsten uns vorsichtig zu, dann fragte ich sie, wie alt sie sei, und wurde rot. Vielleicht ahnte sie ja, weshalb ich das fragte. Bei Mädchen wusste man nie so recht, wie alt sie waren, und diese Clara hatte ja schon richtige Brüste; was, wenn sie bereits siebzehn war? Dann hatte ein Vierzehnjähriger bei ihr keine Chance.

»Vierzehn«, antwortete sie. »Und du?«

»Auch.« Ich atmete auf. War ja nicht so wichtig, dass ich erst in drei Monaten vierzehn wurde.

In diesem Augenblick ging die Wohnungstür und Bille kam vom Hängeboden, den leeren Wäschekorb in den Armen. Verdutzt blickte sie erst das fremde Fahrrad und danach das fremde Mädchen an, das sich gerade an unserem Handtuch die Hände abtrocknete. »Das ist Clara«, erklärte ich und wurde schon wieder rot. »Ihr ist die Kette vom Rad gesprungen. Davon hat sie ganz mistige Hände bekommen. – Und das ist Bille, meine Schwester.«

Die beiden Mädchen nickten sich zu und Clara sagte: »Du hast aber einen netten Bruder. Er hat mein Rad repariert, allein hätt ich das nie geschafft.«

Natürlich konnte Bille es sich da nicht verkneifen zu sagen: »Zu mir ist er nicht ganz so nett. Mir hätte er das Rad bestimmt nicht repariert.«

»Du hast dafür ja auch Jule«, gab ich ärgerlich zurück. Typisch Bille, mich vor dieser Clara als Muffel-Bruder hinzustellen.

Clara kam mir zu Hilfe. »Sag nichts Schlechtes über deinen Bruder«, bat sie Bille. »Ich hab über meinen auch oft geschimpft und nun ist er … ist er …« Sie verstummte, Tränen stiegen ihr in die Augen.

»Er ist gefallen«, klärte ich Bille auf. »In Russland.«

Da wusste auch Bille nicht mehr, was sie sagen sollte.

»Ist ja nun schon zwei Monate her.« Verlegen wischte Clara sich die Tränen fort. »Ich heul nicht mehr jeden Tag. Nur manchmal, da geht's einfach nicht anders.«

Bille und ich machten verständnisvolle Gesichter, und dann schulterte ich Claras Rad, um es wieder auf die Straße hinunterzutragen. Unten angekommen, bat mich Clara, sie noch ein Stück zu begleiten – falls die Kette wieder absprang. Sie würde auch ganz langsam fahren.

Klar ging ich mit, die ganze Jablonskistraße hoch, bis zur Prenzlauer Allee, links in die Prenzlauer rein und quer über sie hinweg, bis wir die Wörther Straße erreicht hatten. Vor der Nr. 14 hielt sie. »So! Hier wohne ich. Jetzt kann nichts mehr passieren.«

Ich scharrte mit den Schuhen auf dem Pflaster. »Kö… können wir uns nicht mal treffen?« Was für eine Blamage, wenn sie jetzt fragte: Wozu denn? Willste etwa immer weiter auf meine Fahrradkette aufpassen? Vielleicht mit Schraubenzieher und Ölfläschchen in der Hosentasche neben mir herrennen?

Aber nein, sie lachte mich nicht aus. »Klar«, sagte sie gleich. »Wann haste denn mal Zeit?«

Am liebsten hätte ich »immer« gesagt, konnte mir das gerade noch verkneifen. »Morgen?«, fragte ich zögernd. »Um drei?«

Sie überlegte kurz, dann nickte sie. »Einverstanden! Und wo treffen wir uns?«

Ich zuckte die Achseln. »Wenn du willst, hole ich dich hier ab.« Und dann wagte ich endlich, den Blick zu heben, und sah, dass sie mich belustigt, aber nicht spöttisch betrachtete. »Prima! Dann bring doch, wenn du kannst, dein Rad mit. Dann können wir eine Tour zusammen machen.«

Ich besaß gar kein Rad, konnte mir aber Vaters aus dem Keller holen. »Abgemacht!«, rief ich, drehte mich um und lief fort. Damit sie keine Zeit mehr hatte, es sich anders zu überlegen.

In den nächsten Tagen klapperten Clara und ich auf unseren Rädern halb Berlin ab. Bis in den Grunewald fuhren wir, bis raus an den Tegeler See, nach Treptow und Grünau. Wir verstanden uns dabei prächtig. Clara hatte viel Humor, egal, wer oder was uns begegnete, sie kommentierte es. Und das immer auf witzige Weise. Doch sie konnte auch sehr nachdenklich sein, vor allem wenn etwas auf irgendeine Weise mit dem Krieg zu tun hatte.

Einmal, es war irgendwo zwischen Wedding und Reinickendorf, gerieten wir in einen Fliegeralarm und mussten in einem Luftschutzkeller Unterschlupf suchen. Wir saßen da und Clara beobachtete die Leute. Ich wollte mich mit ihr unterhalten, doch sie wollte nicht reden, kuckte nur und kuckte.

Ich fragte mich, was sie über die Leute im Keller wohl dachte – fast nur alte Männer, Frauen und Kinder, die jüngeren Männer waren ja bis auf wenige Ausnahmen inzwischen alle an der Front. Doch wagte ich nicht, sie darauf anzusprechen, so ernst und in sich versunken wirkte sie in jenem Augenblick.

Ich hätte auch gern gewusst, wie sie zu Juden stand, wollte ja, dass Jule und sie sich irgendwann mal kennen lernten. Einerseits, um Jule vorzuführen, dass ich nun auch endlich eine Freundin hatte, andererseits, weil ich auf Dauer mit niemandem befreundet sein konnte, der nicht auch mit Jule befreundet war. Doch wie sie darauf ansprechen?

Auf unseren Fahrten begegneten wir manchmal Juden. Dann blickte ich immer schnell zu Clara hin. Was machte sie für ein Gesicht? War so etwas wie Mitleid oder Zorn über die gelben Sterne darin zu erkennen? Doch gehörten die Judensterne ja inzwischen zum Alltagsbild, niemand, der sich noch nicht daran gewöhnt hatte, und so konnte ich Clara nichts ansehen.

Ich wurde ungeduldig und lauerte fortan richtiggehend auf eine passende Gelegenheit, das Thema anschneiden zu können. Eines Tages beobachteten wir dann in der Neuköllner Sonnenallee, wie eine alte jüdische Frau, um einem SS-Mann auszuweichen, vom Bürgersteig auf die Fahrbahn trat. Wir mussten hart bremsen und eine Kurve fahren, damit uns die alte, verwirrt wirkende Frau nicht unter die Räder kam.

»Schweinerei«, flüsterte ich Clara zu, als der SS-Mann, der die alte Frau mit seiner breitbeinigen, herausfordernden Haltung auf die Fahrbahn getrieben hatte, uns nicht mehr hören konnte. Clara jedoch sagte nichts dazu, sie nickte nur nachdenklich.

Vielleicht hätte ich einfach mal sagen sollen, wie ich die

Dinge sah. Doch das wagte ich nicht. Ich hatte keine Angst, dass sie mich denunzieren könnte. So eine war Clara ganz gewiss nicht, das spürte ich. Es war die Furcht, sie könnte anders denken als ich und unsere ganze schöne Gemeinsamkeit damit beendet sein.

Natürlich war Jule neugierig auf Clara. Ich gab ja nicht wenig an mit ihr. Aber wie sie ihm vorführen, ohne dass Clara sofort mitbekam, dass er Jude war? Ein Kinobesuch zu dritt oder viert mit einem Jule ohne Stern? Aber Clara ging ja nicht gern ins Kino. Sie langweile sich dort meistens, hatte sie zu mir gesagt. Und für eine Radtour zu dritt fehlte ein drittes Rad.

Die Gelegenheit kam an einem Sonntag. Da meinten Julians Eltern, dass Jule, Bille und ich doch mal wieder rausfahren sollten, an unseren geliebten Müggelsee. Es ginge doch nicht an, dass Jule in seiner Freizeit nur noch auf dem Bett lag und las.

Sternbergs hatten schon zwei Tage zuvor damit begonnen, uns diesen Ausflug ans Herz zu legen, und ich war sofort dafür und erklärte Jule und Bille, dass ich Clara zu unserer Fahrt ins Grüne einladen wolle. Sie waren damit einverstanden, und Jule verstand auch, weshalb Clara nicht sofort erfahren sollte, dass er Jude war. Wozu einem fremden Mädchen gleich mit all seinen Sorgen und Nöten kommen? »Von mir aus brauchen wir es ihr überhaupt nie zu sagen«, schlug er vor.

Doch das wollte ich nicht. Auf Dauer durfte ich Clara nicht belügen. Ich musste nur erst herausfinden, wie sie zu allem stand. Und so viel war klar: Hatte sie was gegen Jule, war sie das falsche Mädchen für Paul Scholz.

Julians Eltern drangen darauf, dass wir früh losfuhren an diesem Sonntag. Wir sollten einen richtig schönen, langen Sommertag am Müggelsee verbringen. So marschierten Bille und ich mit Jule in gehörigem Abstand schon kurz nach sieben Uhr zu Ömchen. Dort tauschte Jule seine Jacke aus und Ömchen steckte uns noch zwei Gläser von ihrem Kartoffelsalat in unsere Rücksäcke und weiter ging's zum S-Bahnhof Greifswalder Straße.

Clara wartete schon. Sie war am Bahnhof Prenzlauer Allee in die S-Bahn gestiegen, das war für sie näher. Sie trug ein grünes Dirndlkleid, und ich sah sofort, dass sie Jule auch gefiel.

Höflich stellte ich sie einander vor. »Das ist Clara, das ist Julian – genannt Jule.«

Da reimte Clara, wohl um ihre Verlegenheit zu überbrücken: »Jule geht nicht gern zur Schule, was?«

Sofort wurde Jule blass. Wusste Clara längst Bescheid über ihn?

Auch Bille und ich waren ganz erschrocken zusammengefahren. Doch nein, wir konnten es Clara ansehen: Sie hatte nur einen Scherz machen wollen. An eine lockere Stimmung jedoch war nun nicht mehr zu denken; Julian, Bille und ich litten unter der Versteckspielerei, und Clara glaubte, dass Julian und Bille sie nicht mochten.

Am Müggelsee wurde es dann von Stunde zu Stunde heißer. Ein hochsommerlich schwüler Tag lastete auf all dem Grün um uns herum. »Puh!«, stöhnte Clara. »Die Luft ist so feucht, die kann man richtig trinken.«

Sie gab sich immer noch Mühe, uns aufzuheitern, doch nicht einmal bei mir gelang ihr das. Und dabei war das so ein schöner Badetag! Kinder lärmten im Wasser, das Gras duftete, Libellen schwirrten vorüber, und Clara in ihrem blauen Badeanzug gefiel mir so, dass ich richtig stolz auf sie war.

Lag es an ihrer Anwesenheit, dass ich immerzu daran denken musste, dass Jule eigentlich gar nicht hier sein durfte? Der Wald war ihm verboten, der See war ihm verboten, und auch das Ausflugsrestaurant, in dem wir nachher Brause trinken wollten, durften Juden nicht betreten. Was, wenn zufällig jemand aus der Jablonskistraße unter den Badenden war und Jule denunzierte? Was würde dann mit Bille, Clara und mir geschehen? Würde man uns auch verhaften – als »Mittäter«? In was für eine Sache hatte ich Clara da mit hineingezogen!

Unmöglich, ein lustiges Gesicht zu machen, wenn man sich so etwas fragt. Clara verlor die Geduld, packte mich an der Hand und zog mich ins Wasser. Ich tat, als würde ich mich sträuben, doch ließ sie nicht los, bis wir so tief waren, dass wir schwimmen mussten. Weit draußen auf dem See, als uns niemand mehr hören konnte, fragte sie mich dann, was ich hätte. »Sonst bist du ganz anders. Ist es, weil deine Schwester und dein Freund dabei sind? Oder hab ich irgendwas Falsches gesagt oder getan?«

Was sollte ich darauf antworten? Sollte ich sie endlich auf die Probe stellen, indem ich ihr alles gestand? Nein, das wagte ich nicht. Also log ich: »Ich denke immerzu darüber nach, ob ich dich irgendwann mal küssen darf.«

Sagte es, tauchte unter und schwamm unter Wasser weiter. Sie sollte mich jetzt lieber nicht sehen. Zwar hatte ich gelogen, aber so ganz und gar falsch war das nicht, was ich da gerade gesagt hatte.

Clara kam mir nachgeschwommen, und als ich wieder auftauchte, sah sie mich ganz ernst an. »Du lügst – aber den Kuss bekommst du trotzdem.« Und damit kam sie näher auf mich zugeschwommen, hielt sich an meinen Schultern fest und küsste mich auf den Mund.

Nur ein harmloser Kuss, ein Kinderkuss mit geschlossenem Mund, in mir aber stieg ein heißes Glücksgefühl auf: Clara hatte mich geküsst! Dann musste sie mich ja wirklich irgendwie gern haben. Sie war ganz sicher kein Mädchen, das einfach so in der Gegend herumknutschte.

Und was sagte ich Idiot da vor lauter Begeisterung? »Danke.«

»Bitte!« Clara musste lachen und spritzte mir Wasser ins Gesicht. »Aber das nächste Mal, Paulemaule, fahren wir allein baden. Ich finde deinen Freund und deine Schwester ja ganz nett, aber auch furchtbar langweilig. Warum kucken die immer so traurig? Ist in Jules Familie irgendwer im Krieg gefallen?«

Wieder wusste ich nicht, was ich antworten sollte, und so sagte ich nur: »Es ist was anderes, aber auch was Trauriges. Ich erzähl dir das mal, aber nicht jetzt. Sonst ... sonst ist Jule nämlich gar nicht so. Und Bille auch nicht. Und Jule, das hab ich ganz genau gesehen, dem hast du ganz prima gefallen. Fast wäre ich eifersüchtig geworden.«

Der letzte Satz machte Clara nachdenklich. Wieder kam sie auf mich zugeschwommen, sah mich mit großen Augen an und fragte leise: »Bist du denn in mich verliebt?«

Untertauchen oder antworten, etwas anderes blieb mir nicht übrig. »Was denn sonst?«, sagte ich nur – und tauchte doch lieber weg.

Da tauchte auch Clara, kam mir unter Wasser ganz nahe und küsste mich noch mal. Und diesmal war es kein Kinderkuss.

Meine Laune hatte sich gebessert, sehr gebessert. Auch Jule und Bille bemerkten das. Während wir Ömchens Kartoffelsalat verdrückten, riss ich einen Witz nach dem anderen. Und da lachten endlich auch die beiden mal und Clara fühlte sich in unserer Mitte etwas wohler.

Am Nachmittag, auf dem Heimweg, zogen dann bereits dicke Wolken auf und in den Bäumen und Büschen raschelte der Wind. Ein Gewitter kündigte sich an. Wir aber hatten Durst, und so beeilten wir uns, in das Gartenrestaurant zu kommen. An dem Kiosk, an dem wir unsere Fassbrause tranken, hing ein Spruch: *Juden aller Länder, vereinigt euch – aber bitte nicht am Müggelsee!*

Ich bemerkte das Pappschild und blickte erschrocken zu Jule hin. Und Jule sah Clara an. Sie hatte den Spruch auch gelesen, doch keine Miene verzogen.

Dann hatte Bille das Schild entdeckt – und wurde sofort puterrot. »Stell dich davor«, befahl sie mir.

Ich begriff, was sie vorhatte, und stellte mich so vor das Schild, dass niemand beobachten konnte, was hinter meinem Rücken geschah. Mit einem Ruck riss Bille das nur mit Reißzwecken an dem hölzernen Kiosk befestigte Schild ab und schob es mir von hinten unters Hemd. »Ich darf das«, sagte sie dabei zu Clara. »Ich bin erst dreizehn, noch ein Kind. Mich kann keiner bestrafen.«

Clara nickte nur ernst. So, als wollte sie sagen, dass sie verstanden hatte. Ob sie aber Billes Aktion gut fand oder nicht? Ihrem Gesicht war mal wieder nichts anzumerken.

Fast ein Mord

Nie werde ich diesen Augustsonntag mit Jule, Bille und Clara vergessen! Ein Tag voller widersprüchlicher Gefühle; ein Tag, der sommerlich heiter begann – und so verhängnisvoll endete.

Das Gewitter erwischte uns noch. Windböen zausten die

Bäume und Sträucher, Blitze zischten über den Himmel, Donner krachte. Triefend nass, aber glücklich, alles heil überstanden zu haben, erreichten wir den S-Bahnhof. Als wir uns dann an der Greifswalder Straße von Clara verabschiedeten, wusste ich noch immer nicht, wie sie zu Billes Schildaktion stand. Ich hatte das Pappschild auf dem Heimweg zerrissen und in den See geworfen. Keiner hatte etwas dazu gesagt, auch Clara nicht.

Von Bille und Jule verabschiedete Clara sich mehr höflich als freundschaftlich; als sie mir die Hand gab, fragte ich leise: »Sehen wir uns morgen?«

»Klar«, antwortete sie verwundert. »Weshalb denn nicht? Komm einfach am Nachmittag vorbei und pfeif, in zwei Sekunden bin ich unten.«

Erleichtert stieg ich aus und winkte dem abfahrenden Zug nach und Clara winkte zurück. Ich war so froh, hätte mal wieder am liebsten getanzt. Clara musste sich inzwischen ja einiges gedacht haben – und trotzdem wollte sie mich wiedersehen! Wenn ich nur nicht so ängstlich gewesen wäre! Vielleicht wäre dieser Tag für uns alle vier dann noch viel schöner geworden.

Munter lief ich vor Bille und Jule die Bahnhofstreppe hinab – und hätte beinahe Mutter umgerannt. Völlig durchnässt stand sie am Fuß der Treppe und blickte uns mit blassem Gesicht entgegen. »Ist was passiert?«, fragte ich sofort ganz erschrocken.

Mamusch antwortete erst gar nicht, sie hatte nur Augen für Jule. Als Bille und er endlich heran waren, nahm sie seine Hand und hielt sie fest.

Er riss die Augen auf. »Was ist denn?«

»Gleich«, sagte sie nur, »gleich!« Und damit zog sie ihn zum Ausgang und immer noch ein paar Schritte weiter. So standen wir bald im strömenden Regen, aber niemand der anderen Fahrgäste, die an dieser Station ausgestiegen waren, konnte mit anhören, was Mutter Jule zu sagen hatte. »Julian!«, flüsterte sie. »Du musst jetzt ganz tapfer sein – deine Eltern, sie sind abgeholt worden!«

Ich verspüre noch heute das Gefühl, das diese Nachricht in mir auslöste – ein Gefühl, als hätte ich ein ängstliches Tier in meinem Bauch, das rauswollte und nicht konnte. Jule starrte erst ein Weilchen wie betäubt das nasse Straßenpflaster an, dann rannte er plötzlich los. »Jule!«, schrie ich. »Wo willste denn hin?« Bille jedoch lief ihm nach und da setzte auch ich mich in Bewegung. Wir hasteten durch den strömenden Regen, bis wir Jule eingeholt hatten und ihn festhalten konnten.

»Jule! Bitte! Jule!« Bille schlang ihre Arme um ihn, als wollte sie ihn vor sich selbst beschützen. Ich nahm seine Hand und stammelte bloß: »Mensch, Jule! Wo willste denn hin? Du darfst jetzt doch nicht nach Hause laufen.«

Julian starrte uns an, als wüsste er gar nicht, wo wir auf einmal hergekommen waren. Mutter, die uns nachgelaufen war, streichelte ihm das nasse Gesicht. »Junge! Julian! Bitte sei jetzt klug! Deine Eltern haben doch gewusst, dass sie abgeholt werden sollten. Deshalb haben sie dich ja weggeschickt. Sie wollten, dass wenigstens du gerettet wirst.« Und flüsternd erzählte sie Jule im strömenden Regen, wie alles vor sich gegangen war.

Am Donnerstag hatten Julians Eltern die Listen und das Aufforderungsschreiben bekommen, sich für den heutigen Sonntag zum Abtransport bereitzuhalten. Die Aufforderung erging an Heinrich Israel Sternberg, seine Ehefrau und alle seine unverheirateten Familienangehörigen. Julians Eltern hatten keine Sekunde daran gedacht zu fliehen. Dazu fühlten sie sich längst zu alt und auch zu müde, wie Herr Sternberg

Mutter an diesem frühen Morgen, als er plötzlich vor ihrer Tür stand, erzählte. Sein Anblick hatte sie zuerst sehr erschreckt; seitdem Juden das Betreten der Wohnung von »Ariern« verboten war, hatte Julians Vater sich nicht mehr zu uns gewagt. Jetzt schlüpfte er zu ihr herein und erzählte von den Listen und dem Aufforderungsschreiben. Seine Frau und ihn, so Julians Vater, bewege seither nur ein einziger Gedanke: Wie könnten sie Julian retten? »Er ist jung«, sagte Herr Sternberg, »sieht nicht ›jüdisch‹ aus und ist nicht beschnitten. Wenn er Leute findet, die ihm helfen, muss er nicht ins Lager.«

»Und da haben deine Eltern natürlich zuerst an uns gedacht.« Mutter nickte, während sie das sagte; so, als wäre das eine Selbstverständlichkeit, dass Sternbergs ihr Jule ans Herz gelegt hatten. »Sie haben gehofft, dass wir dir helfen, und das war das einzig Richtige, was sie tun konnten! Oder glaubst du etwa, Bille, Paule und ich lassen dich im Stich?«

»Aber … warum … warum …?«, konnte Jule nur stottern.

»Warum sie dir nichts gesagt haben?« Mutter seufzte. »Weil sie dich kennen! Weil sie wussten, dass du sie nicht allein lassen würdest. Deshalb haben sie sich die ganzen letzten Tage zusammengerissen, damit du nichts merkst. Kannst du dir vorstellen, wie viel Kraft sie das gekostet hat? Sie haben darauf verzichtet, sich von dir zu verabschieden, weil sie dich schützen wollten. Das hat sie sehr geschmerzt, aber sie haben es ausgehalten … Dein Vater hat mir heute Morgen noch ein paar Worte für dich aufgetragen. Sie gingen ungefähr so: Das einzige Glück, das deine Mutter und er sich noch vom Leben erwarten, ist, dass du diese Zeit heil überstehst. Mit jedem Tag, an dem du unentdeckt bleibst, machst du ihnen eine Freude.«

Bille heulte längst, und ich wusste überhaupt nicht mehr,

was ich empfinden sollte. Erst dieser Tag mit Clara, ihr Kuss unter Wasser, mein erster richtiger Kuss überhaupt, das schöne Gefühl, von ihr gemocht zu werden – und nun diese schreckliche Nachricht, und Mutter, Jule, Bille und ich, wie wir im strömenden Regen auf der Greifswalder Straße standen. Dabei war dieser lang anhaltende heftige Regen vielleicht unser Glück. Gleich gegenüber lagen die Städtischen Gaswerke, da passierte sonntags nicht viel, und auf unserer Straßenseite war wegen des Regens nicht viel los. So war die Straße fast menschenleer; niemand, der auf uns aufmerksam wurde.

»Und wenn ich nun doch zu ihnen will.« Jule machte ein stures Gesicht. »Ich will nicht allein bleiben.«

»Allein?«, rief Mutter aus. »Aber wieso denn allein? Du hast doch uns, Bille, Paule und mich! Und wer weiß, vielleicht ist dieser ganze Nazi-Spuk ja schon in einem halben Jahr vorüber, dann kommen deine Eltern zurück, wir machen einen neuen Wohnungstausch und alles ist wie früher.«

Jule schwieg, wir schwiegen auch – bis Bille leise sagte: »Ich will nicht, dass du in so ein Lager gehst. Dann lässt du mich ja allein.«

Da sah Jule Bille an und auch ich sah sie an. Nein, das war kein dreizehnjähriges Mädchen mehr, das da ihren Julian anblickte – das war eine viel ältere Bille, so ernst und gefasst wirkte sie.

»Und wo … wo soll ich mich verstecken?«, fragte Jule nur noch leise.

Seine Stimme hatte nicht sehr überzeugt geklungen, dennoch atmeten wir alle auf: Der erste Schritt war gemacht.

»Na, das ist doch keine Kunst!« Mutter spielte die Optimistische. »Weißt du, wie viele Menschen in Berlin wohnen? Vier Millionen! Und da soll ein einziger, ganz bestimmter Junge von vierzehn Jahren gefunden werden? Es gibt ein altes

Sprichwort, Jule: Willst du einen Baum verstecken, musst du ihn in den Wald bringen. Also: Wenn es überhaupt irgendein einigermaßen sicheres Versteck gibt, dann ist es der Berliner Menschenwald.«

Mutters Plan war, Jule erst einmal zu Ömchen zu bringen. Dort konnte er natürlich nicht lange bleiben, nur eine Nacht. Die Nazis in unserem Haus würden sich ja, wurde Jule erst gesucht, etwas zusammenreimen können, wussten sie doch um die langjährige Freundschaft unserer beiden Familien. Und entdeckte die Gestapo ihn nicht bei uns, stattete sie vielleicht Ömchen einen Besuch ab. Vor Montag früh jedoch, so hoffte Mutter, würde nicht nach Jule gefahndet werden. Bis dahin musste sie eine andere Unterkunft für ihn gefunden haben.

Jule ließ alles mit sich geschehen. Wie willenlos lief er neben uns durch den Regen; als Bille seine Hand nahm, überließ er sie ihr.

Ömchen staunte nicht schlecht, als wir vier triefenden Gestalten vor ihrer Tür standen; Jule und ich mit unseren Rucksäcken auf dem Rücken. »Warst du auch mit am Müggelsee?«, fragte sie Mamusch.

Ohne ein Wort zu antworten, zogen wir erst mal unsere Schuhe und Jacken aus und rubbelten mit Ömchens Handtüchern unsere Haare trocken. Dann, als Ömchen hinter uns die Tür geschlossen hatte, erklärte Mutter ihr alles.

Vor Schreck färbte Ömchens weißes Gesicht sich rosa. »Mein Gott!«, rief sie aus und sah Jule voller Mitleid an. »Was sie euch aber auch alles aufladen! Doch ich hab's ja immer gesagt: Der Schnäuzer und seine Bande, das sind alles Verbrecher.«

Sie hatte es nicht immer gesagt – jedenfalls nicht so deutlich –, sie hätte es sogar gern gesehen, wenn Vater, nur um Werkmeister zu werden, in die Partei der Verbrecher eingetreten wäre. Aber sollten wir jetzt mit Ömchen über ihre Irrtümer diskutieren?

»Darf Julian also die Nacht über bei dir bleiben?«, fragte Mutter.

»Natürlich!« Ömchen spielte die Beleidigte. »Ich werd ihn doch nicht den Schergen zum Fraß vorwerfen. Er kann auch länger bleiben. Ich ess ja kaum noch was, meine Lebensmittelmarken reichen für uns beide, wenn er nicht allzu unbescheiden ist.«

Ich sah Jule an und merkte, wie unwohl er sich in seiner Haut fühlte. Am liebsten wäre er gleich wieder gegangen.

Mutter erklärte Ömchen, warum Jule auf keinen Fall länger bleiben durfte, dann ließ sie sich seine zweite Jacke geben, die mit dem Stern, und trennte das gelbe Ding sorgfältig ab. »So, Jule! Du musst nun ganz und gar vergessen, dass du jemals mit so einem Sechseck an der Brust herumgelaufen bist. Du bist kein Jude und du heißt auch nicht mehr Julian Sternberg. Such dir einen anderen Namen aus. Vor Kontrollen musst du dich nicht fürchten, du bist ja erst vierzehn, brauchst noch keinen Ausweis mit dir herumzutragen. Und … na ja, auf andere Weise ist bei dir ja nichts festzustellen.«

Bille wurde rot und drehte sich weg. Doch als Jule nichts sagte, sondern nur weiter so hilflos und ergeben dastand, fragte sie ihn, ob sie sich über Nacht einen Namen für ihn ausdenken sollte. »Ich finde bestimmt einen, der gut zu dir passt.«

Er nickte nur stumm und Mutter sah ihn nachdenklich an. »Tja«, sagte sie dann. »Irgendwelche Kleider für dich können wir leider nicht aus eurer Wohnung holen. Sie ist ja versiegelt. Aber das macht nichts, bist ja ein bisschen kleiner als Paul, da finden wir schon was für dich.«

Jule stand nur da und schwieg, Bille nahm wieder seine Hand, ich stand verwirrt daneben und Ömchen kuckte immer erstaunter. Sie hatte schon vieles erlebt; dass einem Jungen die Eltern weggenommen wurden, noch nicht.

Mutter hatte dann noch eine Bitte an Julian. »Es ist ein Plan deines Vaters. Er hat sich über alles Gedanken gemacht und möchte nicht, dass die Gestapo lange nach dir sucht und du deine Helfer in Gefahr bringst. Deshalb möchte er, dass du einen Abschiedsbrief schreibst. Verstehst du? Du sollst einen Selbstmord vortäuschen ... Dein Vater hat mir erzählt, dass ihr früher in den Ferien oft in den Harz gefahren seid und du dich dort beim Versteckspiel mit anderen Kindern gern in Höhlen versteckt hast. Nun sollst du schreiben, dass du den Verlust deiner Eltern nicht verwinden kannst und auf dem Weg in den Harz bist, um in einer dieser Höhlen Schluss zu machen ... Verstehst du? Du sollst schreiben, dass du dir Rasierklingen besorgen willst. Dann weiß jeder, dass du die Absicht hast, dir die Pulsadern aufzuschneiden.«

Bille erschrak: »Aber du darfst das nicht etwa wirklich tun!« Und Ömchen bekreuzigte sich.

»Natürlich darf er das nicht wirklich tun!«, fuhr Mamusch Bille an. Sie war nun voller Ungeduld. Die Aufregungen dieses Tages hatten an ihren Nerven gezerrt. »Er hat ja auch gar keinen Grund dafür ... Du sollst die Gestapo damit nur hinters Licht führen, Jule: Sucht mich nicht, ihr findet ja doch nur eine Leiche ... Mit diesem Brief marschiere ich dann zum nächsten Polizeirevier und bitte darum, dass sämtliche Harzer Berghöhlen abgesucht werden.« Sie versuchte zu lächeln. »So ein junges Menschenleben, werd ich jammern. Der arme Junge denkt sicher was ganz Falsches. In den Lagern sind die Juden doch gut untergebracht, nicht wahr? – Man wird denken, da kommt eine ganz und gar Verrückte: Alle Harzer Berghöhlen absuchen! Und das in dieser Zeit, wo jeder Mann und jede Maus an der Front gebraucht werden … Is gut, Muttchen, werden sie sagen, wir kümmern uns um den Jungen. Und damit hat sich's – Julian Sternberg ist tot!«

Das Letzte klang so hart, dass Ömchen, Bille und ich zusammenzuckten. Mutter bemerkte es und betonte noch einmal: »Jawohl, Julian Sternberg ist tot! – Du musst dich auslöschen, Jule, um ein anderer zu werden. Am besten wirst du so, wie deine Feinde sind. Gib dich laut und dumm und schimpf auf das Judenpack und die Russen und alle anderen ›Untermenschen‹, dann fällst du am allerwenigsten auf. Nach dem Krieg aber, wenn es die ganze Hitlerei nicht mehr gibt, wird Julian Sternberg wieder auferstehen – und dann hat er noch ein langes, schönes Leben vor sich.«

Da hob Jule zum ersten Mal den Kopf und sah Mutter an. Und in diesem Blick lag so viel zaghafte Hoffnung und Vertrauen, dass deutlich wurde: Er hatte nun niemand anderes mehr, er hatte nur noch Mutter, Bille, Ömchen und mich.

Mutter nahm seine Hand und drückte sie. »Kannst dich auf uns verlassen, Jule. Wir werden immer für dich da sein! Aber den Brief schreibe bitte noch heute Nacht. Weil du ja bis morgen noch bei unserem Ömchen bist. Falls danach die Gestapo hier auftaucht, kann Ömchen sagen, von allem nichts gewusst zu haben. Findet man aber doch irgendwelche Spuren, dann warst du eben einfach nur ein ihr bekannter Junge, den sie nicht über Nacht dem Regen aussetzen wollte.«

Ömchen hatte aufmerksam zugehört. »So machen wir das, Käthe.« Sie lächelte schlau. »Hätt gar nicht gedacht, was für eine energische Person du sein kannst.«

»Ich auch nicht.« Mutter umarmte Ömchen, bedankte sich

bei ihr für ihre Hilfe und fragte danach noch mal, ob Ömchen bei all dem denn keine Angst habe.

Da strahlte Ömchen. »Ach, Käthchen! Wer sollte mir alten Frau denn noch was tun wollen? Lohnt sich doch gar nicht. Nicht mehr lange und ich lieg bei meinem Edi draußen.«

»Damit lass dir bitte Zeit.« Mutter küsste Ömchen und umarmte auch Jule noch einmal. »Sei tapfer, Junge! Manchmal muss man durch ein tiefes Tal – aber es geht auch wieder bergauf. Es geht immer wieder bergauf. Vergiss das nicht!«

Auch Bille hätte Jule zum Abschied am liebsten an sich gezogen, gedrückt und geküsst. Weil sie nicht mit ihm allein war, streichelte sie nur zärtlich seinen Arm.

Ich drückte ihm fest die Hand. Das sollte ein Versprechen sein.

Auf der Straße regnete es noch immer, den ganzen Heimweg lang. Mir schoss alles Mögliche durch den Kopf: Clara! Wie schön hatte dieser Tag begonnen – und wie hatte er geendet! Dann: Wo Sternbergs jetzt wohl waren? Und wie es ihnen erging?

Ich musste an eine Szene denken, die ich mal beobachtet hatte – vor einem Haus in der Saarbrücker Straße. Da hatten SS-Leute Juden auf einen Lastwagen getrieben. Ich stand auf der anderen Straßenseite in einer Haustür, als ob ich dort wohnte, und trug meine HJ-Kluft. So wurde ich nicht weggescheucht wie ein paar andere Leute, die offensichtlich nicht zusehen sollten bei dem, was da jetzt geschah. In meiner Uniform betrachteten die SS-Männer mich wohl als ihnen zugehörig; ihr Nachwuchs sozusagen. Bemühte sich einer der Juden, egal ob Mann, Frau oder Kind, nicht genügend eifrig, auf die Ladefläche des Wagens zu kommen, schlugen oder stießen die SS-Männer ihn vorwärts. Eine alte Frau hatte sich selbst an einem Stuhl festgebunden und wurde von der lachenden und spottenden SS mitsamt ihrem Stuhl auf die Straße hinausgetragen und auf den LKW verladen. Sie wehrte sich dagegen mit lautem Geschrei und heftigem Gestrampel, bis ihr ein SS-Mann hart ins Gesicht schlug. »Halt die Fresse, olle Judenhexe!«, schrie er sie an. »Sonst kommste mitsamt deinem Stuhl auf den Scheiterhaufen.« Manche Kinder wurden regelrecht auf den Wagen geschmissen. Einem etwa fünfjährigen Jungen, dem sein Stoffhund heruntergefallen war, gab ein SS-Mann, als der Junge sich nach seinem Hund bückte, einen Tritt mit dem Stiefel, dass er gegen den LKW flog. Mit dem nächsten Tritt wurde das Stofftier fortgeschleudert.

Ob Sternbergs auch so abtransportiert worden waren? Ich fragte Mutter danach, doch sie schüttelte den Kopf. »Nein, es ging alles ganz friedlich zu.« Sie habe ja hinter der Gardine gestanden und alles beobachtet.

»Haben sie sie denn nicht geschlagen?«

»Nein! Dafür boten Sternbergs keinen Anlass. Herr Sternberg bestieg als Erster den Wagen, seine Frau reichte ihm die beiden Koffer und dann nahm er ihre Hand und zog sie zu sich hoch. Und … und danach standen sie auf diesem LKW, der bereits voller Menschen war, und hielten sich aneinander fest.«

Sie musste weinen. Es war zu viel geworden an diesem Tag – und dann noch dieses Bild vor Augen, Sternbergs auf dem LKW …

Ich stellte mir diese Szene ebenfalls vor und empfand auf einmal eine Traurigkeit im Herzen, wie ich sie zuvor noch nie verspürt hatte. Nicht mal, als Vater in den Krieg zurückmusste. Als Vater an die Front zurückfuhr, hatte ich weinen müssen; bei dem Gedanken an Sternbergs war ich viel zu erschüttert, um weinen zu können. Wenn ich an Vater dachte, überwog bei allem Schmerz die Hoffnung, dass er wieder heimkehren würde; dachte ich an Sternbergs, hatte ich diese Hoffnung nicht. Ich wusste damals noch nichts über all die unausdenkbar grausamen Verbrechen, die in den Lagern geschahen, dennoch hatte ich von Anfang an das Gefühl, dass ich Sternbergs nicht wiedersehen würde.

Bille beschäftigten andere Gedanken. »Und was ist, wenn die Gestapo Jule nicht erst morgen, sondern schon heute sucht? Die müssen doch gemerkt haben, dass er fehlt. Was haben Sternbergs denn gesagt, wo er ist?«

»Sie wollten sagen, dass er Angst bekommen hat und weggelaufen ist.« Mutter seufzte. »Nur gut, dass ihr wie immer getrennt losgegangen seid, sonst wären wir jetzt in diese ganze Sache verwickelt.«

»Aber das sind wir doch trotzdem«, widersprach Bille.

»Ja, nur weiß das eben keiner. Oder besser: Man kann es uns nicht beweisen ... Doch glaube ich nicht, dass sie Jule heute schon suchen. Die haben ja nicht nur Sternbergs abgeholt, müssen erst mal alle Papiere sichten. Und sicher ist Julian nicht der Einzige, den sie nicht bekommen haben.«

»Und wenn doch?«, fragte ich. »Und jetzt sitzen se vielleicht in Sternbergs Wohnung und warten darauf, dass Jule zurückkommt? Oder dass irgendwelche Sachen für ihn abgeholt werden?«

Mamusch musste lächeln. »Na, dann solln se nur viel Geduld mitbringen – es wird niemand kommen.«

Als wir den Hausflur betraten, wäre ich am liebsten gleich auf den Hof gelaufen, um zu Sternbergs Wohnung hochzuspähen: Ob da jetzt wirklich Gestapo-Beamte lauerten? Aber natürlich tat ich das nicht, wäre ja viel zu auffällig gewesen. Von unserem Küchenfenster jedoch, hinter der Gardine verborgen, sah ich zu Sternbergs Wohnung hinüber.

Doch war nichts Auffälliges zu entdecken. Was aber nichts besagte; die Häscher würden kaum so dumm sein, sich durch irgendetwas zu verraten.

»Komm!« Mutter zog mich weg. »Mach dich nicht verrückt. Ob sie schon da sind oder nicht, irgendwann kommen sie auf jeden Fall. Und wie ich unsere lieben Nachbarn kenne, wird man zuallererst uns einen Besuch abstatten.«

Wir aßen zu Abend, und dann zeigte Mutter Bille und mir die Briefe, die Sternbergs bekommen hatten. Zuerst den, der den Listen beigefügt war, die sie auszufüllen hatten, dann die Aufforderung, sich für den Abtransport bereitzuhalten. »Herr Sternberg hat sie mir gegeben. Wenn es für uns nicht zu gefährlich ist, sollen wir sie aufbewahren – für Jule. Später könnten das einmal sehr wichtige Dokumente für ihn sein. Habt ihr 'ne Idee, wo wir die verstecken können?«

Ich wusste sofort, wo. Im Friedrichshain. Unter einem Baum, den wir uns leicht merken konnten. In Ölpapier verpackt, würden die beiden Briefe ganz sicher nicht verrotten oder zerfallen.

Sie sind auch nicht verrottet. Als wir sie nach dem Krieg dort ausgruben, waren sie fast unbeschädigt. So besitze ich beide Briefe noch heute. Der Brief, in dem der Abtransport angekündigt wird, gerichtet an Heinrich Israel Sternberg, beginnt mit der Transport-Nr. 13479, unter dem Betreff steht: »Abwanderung«. Dann der Text: »Ihre Abwanderung ist für Montag, den 19. August 1942 behördlich angeordnet worden. Diese Anordnung gilt für Sie, Ihre Ehefrau und Ihre unverheirateten Familienangehörigen ... Am Sonntag, den 18. August 1942, ab 7 Uhr morgens, wird Ihre Wohnung durch einen Beamten versiegelt werden. Sie müssen sich zu diesem Zeitpunkt bereithalten. Wohnungs- und Zimmerschlüssel sind den Beamten auszuhändigen.« Es folgen Auskünfte über die Verpflegung in der Sammelunterkunft und während der Bahnfahrt, es wird mitgeteilt, dass Sanitätspersonal vorhanden sein wird, und man bittet darum, alle Anweisungen genauestens zu befolgen und die Transportvorbereitungen in Ruhe und Besonnenheit zu treffen. Unterschrieben ist das Blatt mit »Jüdische Kultusvereinigung zu Berlin e. V. Der Vorstand.«

7 Uhr morgens! Allein deshalb hatten Sternbergs darauf gedrängt, dass wir schon so früh an den Müggelsee rausfuhren. Wenige Minuten später hätte bereits der LKW vor der Tür stehen können.

Zweiter Teil
U-Boote

Paul Jörgensen

Ich war es, der den Kontakt zu Jule aufrechterhalten sollte. Mutter wollte das so und ich war froh darüber. Dass ein Junge öfter seinen Freund besuchte, war normal; ein Mädchen, das immer wieder bei einem Jungen auftauchte, fiel auf. Über die machte man sich Gedanken – und damit auch über den Jungen.

Bille gefiel diese Regelung nicht, doch sah sie ein, dass Mutter Recht hatte. Im Notfall, immer dann, wenn ich verhindert war, sollte sie Jule ja auch besuchen dürfen. Nur eben nicht so oft.

Der Name, den Bille sich für Jule ausgedacht hatte? Paul! Sie war überzeugt, dass er sich an diesen Namen am schnellsten gewöhnen würde.

Ein Vorschlag, der Mutter gefiel. Nun suchten wir einen Nachnamen. Mamusch meinte, er müsse zu der Gegend passen, aus der dieser Paul stammen sollte. »Am besten ist es, wenn er aus Hannover kommt. Da sprechen die Leute keinen Dialekt, also muss er sich nicht verstellen. Er darf nur nicht berlinern.«

Eine Zeit lang überlegte sie, dann hatte sie den passenden Namen gefunden. »Jörgensen«, sagte sie. »Paul Jörgensen. Das klingt schön norddeutsch. Und der Nachname fängt mit J an – wie Julian. Selbst wenn er mal was unterschreiben muss und ihm das J schon aus den Fingern gerutscht ist, kann er immer noch den Paul davorsetzen und aus dem J ein Jörgensen machen.«

Ein komisches Gefühl für mich, dass Jule nun auch Paul

heißen sollte. Doch hatte ich nichts dagegen. Ich war für alles, was ihm half.

An jenem Montagmorgen weckte Mutter mich dann sehr früh. Sie musste zur Arbeit und wir durften keine Zeit verlieren. Sie hatte in der Nacht noch mit Lena Felske telefoniert, der jüngeren Schwester von Vaters Freund Arthur. Diese Lena war bereit, Paul Jörgensen bei sich aufzunehmen. Den richtigen Namen, so Mutter, habe sie gar nicht wissen wollen. »Was ich nicht weiß«, habe sie gesagt, »kann man auch mit glühenden Zangen nicht aus mir herausfoltern.« Doch natürlich hatte Mutter Lena Felske gesagt, weshalb jener Paul Jörgensen sich verstecken musste.

»Präg dir die Adresse ein«, drängte Mutter. »Stephanstraße 15. Das ist in Moabit, nähe S-Bahnhof Putlitzstraße. Ein kleines Lebensmittelgeschäft, Inhaberin Lena Felske. Schön weit weg von uns. Da kennt niemand Julian und da kennt man auch dich nicht. Du bringst Jule dorthin, kehrst nach Hause zurück und fährst am Nachmittag noch einmal hin, um ihm die Sachen zu bringen, die ich herausgelegt habe – Unterwäsche, Strümpfe, eine Hose, eine Jacke und deine alte HJ-Kluft. Die HJ-Kluft, sagst du ihm, soll er ab und zu mal anziehen und weggehen. Das sieht dann aus, als ginge er zum Dienst. Er soll dann einfach nur spazieren gehen und nach zwei, drei Stunden zurückkehren – wenn's geht, mit wichtiger Miene.«

Ich nickte nur immer zu allem.

»Und vergiss den Brief nicht, den er schreiben sollte. Der Brief ist wichtig.«

Ich versprach ihr, nichts zu vergessen, und machte mich unter Billes neidischen Blicken auf den Weg. »Sei ja vorsichtig!«, rief sie mir noch nach.

Ich machte nur eine lässige Handbewegung. Um Paule I.

brauchte sie sich keine Sorgen zu machen – und um Paule II. auch nicht.

Ömchen hatte mich schon erwartet. »Er hat die ganze Nacht nicht geschlafen«, flüsterte sie mir an der Tür zu. »Und essen will er auch nichts.«

Ich hätte auch nichts essen können, wäre ich an Julians Stelle gewesen. Doch dachte ich an den Ratschlag, den Mutter mir mit auf den Weg gegeben hatte: »Zieht, wenn ihr durch die Straßen geht und in der S-Bahn sitzt, keine traurigen Gesichter. Das fällt auf! Versucht, ganz normal auszusehen. Am besten, ihr lacht ab und zu. Das wird Julian sicher nicht schaffen, aber wenn er schon traurig kuckt, dann musst wenigstens du ein fröhliches Gesicht machen.«

Jule saß in Ömchens Küche und hielt die Schnur mit seinem Wohnungsschlüssel in der Hand. Ich erschrak. Natürlich, den hatte er ja noch! Es war der Schlüssel, der mal mir gehört hatte, nur war er jetzt zu nichts mehr nütze; den durfte ja keiner mehr verwenden.

Ich wusste nicht, wie ich ihn begrüßen sollte, konnte doch nicht einfach nur »Guten Morgen« oder »Hallo, Jule« sagen. Und mich nur still dazusetzen ging auch nicht; die Zeit drängte.

So redete ich nicht lange irgendein belangloses Zeug, sondern kam gleich zur Sache, klärte Jule über seinen neuen Namen auf und sagte ihm, wo wir jetzt hinfahren würden und dass er sich über mein fröhliches Gesicht nicht wundern sollte. »Alles nur Tarnung, weißte!«

Ohne jede Regung hing Jule sich seinen Schlüssel um den Hals und folgte mir durch den Flur. An der Tür schob Ömchen ihm noch ein paar Geldscheine in die Jackentasche. »Das kann man immer gebrauchen, Jungchen.« Und danach fuhr sie ihm mit ihrer zarten, weißen Hand übers Gesicht, wie sie es früher oft bei Vater, Bille oder mir getan hatte. »Alles Gute, mein Junge! Alles Gute!«

Ich zog noch rasch Jules zweite Jacke über meine HJ-Kluft, die ich auf Mutters Bitten hin jetzt so oft wie möglich tragen sollte, besonders wenn ich mich zu Jule begab, und hatte das Gefühl, in einer Zwangsjacke zu stecken. Nicht nur, dass Julians Jacke mir zu eng war, es war ja auch die, auf die zuvor der Stern aufgenäht war. Davon war nichts mehr zu sehen, nicht mal ein dunklerer oder hellerer Fleck war zurückgeblieben, dennoch: Irgendwie war mir, als müsste jeder sehen, was das mal für 'ne Jacke war. Doch natürlich mussten wir die Jacke mitnehmen; auf diese Weise hatte Jule wenigstens schon mal ein zweites Kleidungsstück.

Auf dem Weg zur S-Bahn schwiegen wir. Was hätten wir denn reden sollen? Ich hatte Jule kurz von Bille gegrüßt – einfach nur, um mal den Mund aufzumachen –, er hatte nicht mal genickt.

In der S-Bahn fiel mir dann der Abschiedsbrief ein. Mein gespielt fröhlicher Gesichtsausdruck verflog. »Haste den Brief dabei?«, flüsterte ich.

Jule sah mich an, als wüsste er gar nicht, was ich meinte.

»Den Brief!«, flüsterte ich noch mal. »Den Abschiedsbrief!«

Da hatte er endlich begriffen. Er griff in seine Jackentasche und überreichte mir den ordentlich in einem Kuvert steckenden Brief. Sicher hatte Ömchen ihm das Kuvert gegeben – ohne daran zu denken, dass Jule, nur um uns ein paar Zeilen durch den Briefschlitz zu werfen, garantiert nicht extra ein Kuvert gekauft hätte. Doch sagte ich nichts dazu; das Kuvert konnte Mutter ja dann wegwerfen.

Vom S-Bahnhof Putlitzstraße bis zur Stephanstraße war es nicht weit und auch die Nr. 15 war bald erreicht.

Ein kleiner Lebensmittelladen, wie es tausende in Berlin gab; links die Tür, rechts das Schaufenster. Rings um den Laden bunte Reklameschilder – *Sarotti*-Mohr, *Brandt*-Zwieback, *Storck*-Bonbons –, im Schaufenster ein paar von der Sonne ausgebleichte Mehl-, Erbsen- und Gewürztüten und ein paar übereinander gestapelte Konservendosen. Über der Tür ein kleines Messingschild: *Inhaberin Lena Felske.*

Jetzt, ganz langsam, schien Jule wieder zum Leben zu erwachen. Seine Augen tasteten alles ab: Eingangstür, Schaufenster, Reklameschilder. Was soll ich hier?, schien er sich zu fragen, wozu das alles?

Eine kleine Frau mit Hut auf dem Kopf verließ den Laden. Ich konnte sonst keinen Kunden entdecken, öffnete die Tür und schob Julian hinein. Die Ladenglocke bimmelte und hinter der Theke stand eine noch junge Frau im weißen Kittel, vielleicht fünfunddreißig Jahre alt. Sie war ziemlich groß und ein wenig füllig, ihre aschblonden Haare trug sie hochgesteckt.

Sie musste uns bereits bemerkt haben, denn kaum hatten wir den Laden betreten, lächelte sie und nickte und winkte uns in einen kleinen Raum, in dem ein mit allerlei Lebensmitteln voll gestellter Tisch stand.

»Du bist also Paul.« Lena Felske hielt Jule die Hand hin. Er begriff nicht gleich und zögerte. Die große, kräftige Frau aber packte ganz einfach seine Hand und schüttelte sie. Dann sah sie mich an.

»Ich bin der andere Paul«, sagte ich und grinste verlegen.

Sie hatte einen kräftigen Händedruck, diese Lena Felske, und wirkte auch sonst wie eine Frau, die zupacken konnte. Ihre grauen Augen, neugierig, aber nicht unfreundlich, musterten uns lange. Mir fiel ihre große, kräftige Nase auf.

»Also, passt auf«, sagte Lena Felske dann, nachdem sie sich

noch einmal vergewissert hatte, dass kein Kunde im Laden war. »Ich will nicht mehr wissen, als ich weiß. Und ihr, meine lieben beiden Paulemänner, müsst auch nicht mehr wissen, als unbedingt nötig ist. – Also: Das hier ist mein Laden, Kind und Kegel hab ich nicht. Du, Paul Jörgensen, wirst bei mir arbeiten. Fragt jemand, wer du bist, weißt du, was du zu sagen hast: Du bist mein Neffe aus Hannover und sollst bei mir ein bisschen was über den Kleinhandel lernen. Will ein Kunde wissen, weshalb du keine richtige Lehre machst, sagst du, du warst in der Schule nicht so gut, bist einfach nicht mitgekommen. Deshalb ist Tante Lena eingesprungen. Und damit sie dir das glauben, darfst du ruhig mal ein bisschen blöd kucken – etwa so wie jetzt dein Freund.«

Hatte ich blöd gekuckt, oder wollte diese Lena nur einen Scherz machen, um Jules Verkrampfung etwas aufzulockern? Es war ihm deutlich anzusehen, wie unwohl er sich bei alldem fühlte.

»Eine Treppe höher habe ich eine kleine Wohnung. Du wirst im Wohnzimmer auf der Couch schlafen. Wenn du mal weggehst – Käthe hat mir gesagt, dass du das öfter mal tun sollst, und ganz sicher hat sie Recht –, wirst du mir zuvor sagen, wohin. Zumindest in welcher Gegend du herumspazierst. Das ist für uns beide wichtig, verstanden?«

Jule nickte nur still.

»Gut.« Lena Felske ging an einen schmalen Schrank und nahm einen weißen Kittel heraus. »Zieh den an! Damit gleich alle merken, dass du hier eine Aufgabe hast. Ich zeig dir dann, was du tun kannst.«

Nein, mütterliche Veranlagungen hatte sie nicht, diese Frau Felske. Ich war froh, dass ich nun überflüssig war. »Tschüs«, sagte ich und hielt Jule die Hand hin. »Ich bring dir dann heute Nachmittag noch ein paar Sachen.«

Er nahm meine Hand und sah mich Hilfe suchend an. Und da hätte ich ihn am liebsten wieder mitgenommen; dorthin, wo wir zu Hause waren. Nicht um alles in der Welt hätte ich an seiner Stelle sein wollen.

Nachmittags fuhr ich dann noch einmal nach Moabit. Mit den von Mutter zu einem Bündel verschnürten Kleidern für Jule. Als ich den Laden betrat, sah ich ihn Flaschen aus dem Regal nehmen, das Regal auswischen und die Flaschen vom Staub befreien und zurückstellen. Lena Felske stand hinter dem Ladentisch und erzählte einer Kundin gerade von ihrem Neffen aus Hannover, der nun bei ihr lebe und lernen solle, wie man ein Geschäft führt. »Ein bisschen begriffsstutzig ist er ja, aber er ist ein lieber, netter Kerl. Und so ehrlich. Dem kann man alles anvertrauen, sogar die Kasse. Nicht wahr, Paulchen?«

Jule blickte kurz auf und machte ein so blödes Gesicht, dass ich beinahe losgeprustet hätte. Er sah aber nicht zu mir hin, sondern putzte weiter, als gäbe es nichts Interessanteres auf der Welt, als Lena Felskes Regale zu reinigen.

Als Frau Felske mich sah, sagte sie nur: »Ah, der Bringejunge! Na, du kennst dich ja aus. Leg mal alles schön in mein Büro.«

Ich tat wie befohlen, und als ich wieder in den Laden zurücktrat, drückte Lena Felske mir einen Groschen Trinkgeld in die Hand. Ich machte einen Diener, sagte laut: »Danke schön, Frau Felske, und einen schönen Tag noch« und ging. Den Groschen aber, das nahm ich mir vor, würde ich ihr wiedergeben.

Gern hätte ich Jule zum Abschied noch einmal zugenickt, doch das wagte ich nicht. So sah ich ihn im Vorbeigehen nur noch einmal flüchtig an. Doch er blickte nicht auf. Lena Felske musste ihn schon gut dressiert haben; ich fand, er spielte den Begriffsstutzigen meisterhaft.

Die Rückfahrt endete dann schon am S-Bahnhof Prenzlauer Allee. Ich wollte zu Clara. Hatte ihr ja gesagt, dass ich mich heute mit ihr treffen wollte.

Die breite, lange Prenzlauer Allee, der sonnige Tag! Straßenbahnen ratterten vorüber, ein lauer Wind wehte, die Menschen machten freundliche Gesichter – man hätte vergessen können, dass nun schon seit über drei Jahren Krieg war. Ich aber war in Gedanken noch immer bei Jule. Wie ihm jetzt wohl zumute war, so ganz allein bei dieser resoluten Lena Felske? Und seine Eltern, was hatten die inzwischen erlebt?

Ein so milder Tag – und solche Gedanken! Das allein erzeugte schon ein gemischtes Gefühl im Herzen. Kam noch hinzu, dass ich auf dem Weg zu Clara war – zu Clara, in die ich längst bis über beide Ohren verliebt war und die mich offensichtlich auch mochte, sonst hätte sie mich beim Baden im Müggelsee doch nicht geküsst. Vor allem nicht soo geküsst! Wie sollte ich nur all diese verschiedenen Gefühlsströme in eine einzige Bahn lenken?

Vor dem Haus, in dem Clara wohnte, steckte ich zwei Finger in den Mund und pfiff. Unser Erkennungszeichen: einmal lang, zweimal kurz. Es verging keine Minute, da erschien im vierten Stock ihr Kopf im Fenster. Ich winkte – sie winkte zurück. Verwirrt blickte ich zu ihr hoch. Was sollte das denn bedeuten? Heftig winkte ich noch einmal – und wieder winkte sie zurück. Da kapierte ich endlich: Ich sollte zu ihr hochkommen. Also waren ihre Eltern nicht da? Nur zögernd betrat ich den Hausflur. Ich hatte Clara noch nie in der Wohnung besucht.

Im vierten Stock angekommen, suchte ich das Namensschild *Hellwig* und fuhr mir noch schnell mit den Händen durchs Haar. Bevor ich klingeln konnte, öffnete Clara schon. »Da biste ja endlich!«

»Hatte noch zu tun«, entschuldigte ich mich. »Deshalb hab ich auch mein Rad nicht dabei. Vielleicht machen wir heute nur einen Spaziergang.«

»Brauchst kein Rad.« Sie zog mich in die Wohnung und wisperte mir ins Ohr. »Meine Eltern wollen wissen, mit wem ich gestern am Müggelsee war.«

Ein Schlag vor die Brust. Damit hatte ich nun ganz und gar nicht gerechnet. »Aber draußen ist so schönes Wetter«, versuchte ich mich zu retten.

»Dauert ja nicht lange. Nur ganz kurz. Sie wollen wissen, mit wem ich mich so oft treffe. Ist doch nicht schlimm.«

Was blieb mir anderes übrig? Mit einem flauen Gefühl im Bauch betrat ich hinter Clara das Wohnzimmer ihrer Eltern – und wäre beinahe zurückgeprallt: Nazis! Ich war bei ganz üblen Nazis gelandet. Ein Irrtum war nicht möglich. An der Wand, gleich über der plüschigen Couch, ein großes, farbiges Führerbild: Adolf im Ledermantel, ein Arm in die Seite gestemmt, das Kinn nach vorn gereckt, hinter ihm irgendeine Bergkulisse. Am Fenster, zusammengerollt in einer Ecke lehnend, aber gut erkennbar, die Hakenkreuzfahne; bereit, jeden Moment im Wind zu flattern.

»Heil Hitler!« Ein großer, grauhaariger Mann, der mir viel zu alt erschien, um Claras Vater sein zu können, erhob sich von der Couch und streckte mir freundlich die Hand entgegen. »Du bist also der junge Mann, der so gern Rad fährt?«

Stumm nickend gab ich ihm die Hand.

Claras Mutter blieb sitzen, als ich sie begrüßte. Ich wusste, Frauen dürfen sitzen bleiben, wenn Männer – noch dazu ein Junge wie ich – sie begrüßten. Sie wäre aber vielleicht auch gar nicht hochgekommen, so dick war sie. Sie hatte kein Doppel-, sie hatte ein Dreifachkinn; Bauch und Busen zwei schwabbelnde Gebirge.

»Aha!«, sagte auch Claras Mutter und lächelte, sodass sich auf beiden Wangen tiefe Grübchen bildeten, was sie irgendwie schelmisch aussehen ließ. »Du bist also der Paul?«

Hatte Clara schon so viel von mir erzählt? Das hätte ich nicht gedacht.

Herr Hellwig setzte sich wieder, und ich durfte an dem Tisch mit der gehäkelten Tischdecke Platz nehmen, der direkt vor der Couch stand. Clara schleppte aus der Küche Kuchen und Tee heran.

»Nicht selbst gebacken«, entschuldigte sich Frau Hellwig. »Meine Knie machen das nicht mehr mit. Ich leide nämlich an einer Drüsenkrankheit. Nicht dass du denkst, ich hätt mich so voll gefressen.« Wieder die Grübchen auf den Wangen.

»Und Clara«, ergänzte Herr Hellwig, mich neugierig musternd, »will ja nicht backen. Sie sagt, heutzutage können Frauen andere Dinge leisten, als nur in der Küche zu stehen. Und damit hat sie ja wohl Recht, nicht wahr?«

Wieder nickte ich nur stumm und ließ den Blick schweifen. Links neben dem Vitrinenschrank hing eine Ölmalerei – der beliebte röhrende Hirsch –, rechts neben dem Schrank noch eine – ein feister, rotwangiger, Bier trinkender Mönch. An der Wand zwischen Tür und Ofen ein großes Foto mit schwarzem Trauerflor; ein fröhlich grinsender junger Mann. Das musste Claras Bruder Otto sein, der erst vor wenigen Monaten in Russland gefallen war.

»Aber iss doch!« Frau Hellwig schien unglücklich darüber zu sein, dass ich noch nicht zugegriffen hatte. »Du musst dich nicht genieren.«

»Danke!« Endlich hatte ich mal den Mund aufgemacht. Damit ich das so schnell nicht wieder tun musste, griff ich zu und biss herzhaft in den Streuselkuchen.

Claras Eltern blickten sich an, als wollten sie sich gegenseitig bestätigen, dass ihre Tochter gar keinen so üblen Geschmack hatte. Ein groß gewachsener, blonder Junge in HJ-Kluft, der offensichtlich etwas schüchtern war – es hätte schlimmer kommen können.

Verlegen starrte ich wieder das Foto an. Claras Bruder hatte kaum Ähnlichkeit mit Clara, doch gefiel er mir. Ein kluges, offenes Gesicht, einer, mit dem ich mich vielleicht hätte anfreunden können. Ob er auch Nazi war? Ob er freudigen Herzens für seinen Führer in den Krieg gezogen war?

Claras Mutter hatte meinen Blick bemerkt. Ihr Gesicht verdüsterte sich, die Mundwinkel zuckten. »Ja, unser Ottchen! So jung war er noch … und dabei hat er beim letzten Abschied noch gesagt: Mach dir keine Sorgen, Mutti, Unkraut vergeht nicht.«

Sie weinte.

Ich musste an Vater denken. Alle glauben sie, sie kommen wieder, hatte er gesagt, als er im Juni bei uns war. »Und warum? Weil keiner sich was anderes vorstellen kann. Der Tod ist ein so ferner, unwahrscheinlicher Gedanke, den lässt niemand gern an sich heran.«

»Wo … wo ist er denn gefallen?«, fragte ich, weil ich das Gefühl hatte, endlich mal was sagen zu müssen.

»In Russland«, antwortete Claras Vater. »Vor Leningrad.«

Ich nickte nur still. Vater hatte in der BBC gehört, dass die deutschen Truppen die Stadt aushungern wollten. Zahllose Hungertote* sollte es dort schon gegeben haben, vor allem Frauen und Kinder. Aber das sagte ich jetzt lieber nicht.

»Clara hat mir erzählt, dass dein Vater auch im Felde ist«, fuhr Herr Hellwig fort. »Ja, da gehört der deutsche Mann heute auch hin. Selbst wenn es Opfer kostet, wir müssen unser Vaterland vor den Bolschewisten schützen. Ich war 14–18 im Krieg, auch an der Ostfront. Ich kenne die Russen. Ein hinterlistiges, brutales Volk. Und nun steckt auch noch der Jude dahinter. Das macht alles noch viel schlimmer.« Er nahm von dem Kuchen, trank schlürfend vom heißen Tee. »Schwere Zeiten durchleben wir! Aber wir werden gestärkt daraus hervorgehen. Nicht der Einzelne ist wichtig, das Volk ist es, das überleben muss. Und überleben, das steht fest, werden wir nur, wenn wir siegen.«

Ich nickte wieder nur respektvoll. Ein vierzehnjähriger Junge musste ja kein Klugscheißer sein.

Frau Hellwig wollte dann noch wissen, als was Mutter arbeite und wie alt Bille sei und ob ich denn schon wisse, was ich mal werden wolle, und sie und ihr Mann schienen mit allen meinen Auskünften zufrieden zu sein. »Jaa«, sagte Herr Hellwig, »das Automobil hat Zukunft – in Kriegs- wie in Friedenszeiten!«

»Dürfen wir jetzt gehen?«, fragte Clara.

»Aber ja, Kindchen!« Ihre Mutter nickte freundlich. »Geht nur, geht! Draußen scheint die Sonne und ihr seid jung …« Sie musste plötzlich wieder weinen, wahrscheinlich, weil ihr Otto eingefallen war, der auch noch jung gewesen war. »Geht nur, geht! Und nehmt euch Kuchen mit. Auch du, Paul, nimm doch bitte Kuchen mit … Auch für deine Frau Mutter und deine Schwester. Und komm uns mal wieder besuchen. Es ist so schön, junge Leute um sich zu haben.«

Höflich gab ich Frau und Herrn Hellwig die Hand und strebte dem Flur entgegen.

»Aber der Kuchen, ihr dürft doch den Kuchen nicht vergessen!«, rief Claras Mutter uns noch nach.

Clara lief zurück, nahm von dem Streuselkuchen und wickelte alles in der Küche in Papier, dann durften wir endlich in die Sonne hinaus.

Immer rundherum um den Wasserturm an der Wörther Straße spazierten Clara und ich an diesem Spätnachmittag. Wir hatten einfach keine Lust auf weite Ausflüge.

Claras erste Frage war natürlich, wie mir ihre Eltern gefallen hätten.

»Nette Leute«, sagte ich erst nur betont locker, verbesserte mich dann aber: »Ich kenn sie ja noch gar nicht richtig.«

»Meine Mutter ist wirklich nur deshalb so dick, weil sie krank ist. Da kann man nichts machen, haben die Ärzte gesagt.«

Ich zuckte die Achseln. »Dick sein ist doch kein Verbrechen.«

»So dick sein aber ist schlimm«, widersprach Clara heftig. »Das ist 'ne richtig eklige Krankheit. Sie hat sie nach meiner Geburt bekommen, deshalb muss ich immer denken, dass ich vielleicht daran schuld bin.«

»Na ja, aber in Wirklichkeit kannst du doch dafür nichts.«

»Das ist kein Trost.«

Ich schwieg, wir drehten weiter unsere Runden. Dann fing Clara wieder an: »Als mein Vater das mit den Juden gesagt hat, bist du zusammengezuckt.«

»Quatsch!«

»Doch! Ich hab's ganz genau gesehen. Und gestern, da hat Bille das Schild abgerissen, und danach hast du's in den See geworfen ... Sag mal, ist dein Freund Jule ein Jude?«

Ich erschrak, ließ mir aber nichts anmerken. »Wieso denn das? Wäre er Jude, müsste er ja den Stern tragen. Hast du etwa einen gesehen?«

Da blieb sie stehen und sah mich lange an. »Bitte, Paul,

verkauf mich nicht für blöd – nicht der Stern macht den Juden.«

»Aber Jule ist kein Jude!«, wehrte ich mich verbissen – und hätte Clara doch so gern alles gesagt! Wie aber durfte ich das, bei diesen Eltern? Es ging ja längst nicht mehr allein darum, dass ich Clara verlieren könnte – ich musste Jule schützen! Er war ohne Stern herumgelaufen – das war verboten, wurde streng bestraft. Und jetzt war er untergetaucht, lebte unter falschem Namen. Wie durfte ich da etwas riskieren? Nein, Clara war ganz sicher keine Denunziantin, aber was, wenn sie ihren Eltern von Jule erzählte? Und wenn die Gestapo sie dann aushorchte? Woher wollte ich wissen, dass sie nicht vor Angst alles gestand? »Das mit dem Schild, das war doch nur, weil Bille und ich was dagegen haben, wie die Juden behandelt werden. Weil sie doch auch Menschen sind, genau solche wie wir, nicht besser und nicht schlechter.«

So! Jetzt war wenigstens das heraus; jetzt wusste Clara, dass ich nicht wie ihre Eltern dachte.

Sie hatte sofort begriffen und nickte nachdenklich. »Vom ersten Tag an hatte ich das Gefühl, dass du nicht so denkst wie die meisten anderen ... Und seit gestern glaube ich, dass dein Jule dahinter steckt.«

Ich lachte. »Blödsinn! Wir sind die dicksten Freunde, aber deshalb ist er noch lange kein Jude oder steckt irgendwo dahinter.«

Spielte ich meine Rolle überzeugend? Ich weiß nicht, ich hatte so wenig Freude daran, Clara etwas vorzulügen. Sie aber, das zeigte sie mir deutlich, wollte mich nicht verlieren. Sie mochte mich wirklich – und wollte vielleicht sogar herausfinden, ob ich nicht doch ein bisschen Recht haben könnte.

»Ich weiß nicht, was ich von alldem denken soll«, sagte sie, als wir uns vor ihrer Haustür voneinander verabschiedeten. »Die einen reden so, die anderen anders. Nur eines weiß ich wirklich: Solange Krieg ist, will ich, dass der endlich aufhört. Am Krieg kann überhaupt nichts Gutes sein.«

Sie drückte mir die Hand, gab mir einen Kuss auf die Wange und lief ins Haus.

In der Nacht darauf hatte ich einen seltsamen Traum: Ich saß mit Julian und Clara in unserem Wohnzimmer, wir schwiegen und warteten auf jemanden, ohne zu wissen, wer da kommen sollte. Als es endlich klingelte, sah Jule mich an und sagte: »Du musst gehen.« Also ging ich in den Flur und öffnete – und stand mir selbst gegenüber. Ich selbst war dieser Jemand, auf den wir gewartet hatten.

Ich starrte mich an, mein Herz jagte. Das andere Ich aber sagte nur: »Da bist du ja« – und wollte eintreten. Ich schlug ihm die Tür vor der Nase zu, lehnte mich voller Entsetzen gegen sie und wachte auf.

Schweißüberströmt lag ich in meinem Bettzeug und schaltete das Licht an.

Was hatte dieser seltsame Traum zu bedeuten? Wieso hatte ich geträumt, es gäbe mich doppelt? Nicht nur den Rest der Nacht über, auch an den folgenden Tagen musste ich immer wieder an diesen Traum denken.

Eine freche Schnauze

Ich besuchte Jule oft bei Lena Felske. Meistens zog er dann seine HJ-Kluft an, und wir streiften wie früher durch die Straßen: zwei Berliner Hitlerjungen wie so viele tausend andere auch; zwei Jungen, die zufällig beide Paul hießen.

Clara hatte ich gesagt, Jule lebe nicht mehr in Berlin. Er sei mit seinen Eltern nach Hannover gezogen – eine andere Stadt fiel mir in diesem Moment nicht ein. Sie fragte nicht nach, sah mich nur wieder so nachdenklich an. Hatte ich es ein wenig zu leichthin gesagt? Mein bester Freund zog weg – und ich war gar nicht traurig?

Jules Abschiedsbrief hatte Mutter gleich nach Erhalt auf dem Polizeirevier abgegeben. Der Revierbeamte, ein älterer Mann, las den Brief aufmerksam und sah Mutter ein Weilchen neugierig an. Doch dann brummte er nur: »Wird weitergeleitet. An die richtige Adresse.«

Hatte er alles durchschaut? Mamusch war die Tage danach sehr unruhig. Welches war »die richtige Adresse«? Das konnte doch nur die Gestapo sein? Und würde die wegen eines einzelnen jüdischen Jungen große Nachforschungen anstellen?

Jule erzählte ich nichts von unseren Sorgen. Mutter hatte es mir verboten. »Er hat's sowieso nicht leicht. Wird dauernd an seine Eltern denken. Wir wollen ihn nicht noch mehr belasten.«

Ich hätte zu jener Zeit gern gewusst, was Jule über alles dachte, wenn er mit sich allein war. Er verriet es mir nicht. Nur dass es ihm bei Lena Felske nicht gefiel, das sagte er mir eines Tages.

Es war nach einem Kinobesuch. Mutter hatte gesagt, Jule solle in der Öffentlichkeit möglichst kess auftreten, nie von den Leuten weg-, sondern immer auf sie zugehen und sich lustig und witzig und voller Selbstvertrauen geben, auch wenn ihm das schwer fiel. Einen geflüchteten Juden stellten sich doch alle ängstlich und geduckt vor. Das war einleuchtend und Jule gab sich alle Mühe; er schaffte es aber nur, wenn er mit Fremden zu tun hatte und gezwungen war, seine Rolle als begriffsstutziger Paul Jörgensen aus Hannover zu spielen. Mir gegenüber blieb er der stille, nachdenkliche, unglückliche Jule. Das war der Grund, weshalb ich ihn öfter mal ins Kino lotste. Da wurde wenigstens ich abgelenkt.

An diesem Tag gab es in der *Lichtburg* am S-Bahnhof Gesundbrunnen irgendeinen Revue-Film; ich weiß nicht mehr, wie er hieß. Ich weiß aber noch, dass das Kino sehr voll war. Die Leute gingen zu jener Zeit viel ins Kino und besonders liebten sie heitere Filme; eine von den Nazis gewünschte und geförderte Ablenkung vom Krieg. Jule und ich saßen etwa in der Mitte des Saales – und als die Wochenschau, die einen langen Bericht über die Kämpfe unserer Helden in Griechenland und Jugoslawien gebracht hatte, zu Ende war und noch mal das Licht anging, sah ich etwa fünf, sechs Reihen vor uns die Familie Berkenthin sitzen: Vater Berkenthin, Mutter Berkenthin, mein Klassenkamerad Helmut und seine vier Geschwister. Sofort zischte ich Jule zu: »Kopf runter«, und er tauchte weg, als sei ihm etwas unter den Sitz gefallen. Im selben Augenblick drehte Helmut Berkenthin sich auch schon um – sicher nur, um zu sehen, wie voll das Kino war – und entdeckte mich. Lustig winkte ich ihm zu. »Auch hier?«

Helmut grinste. »Nee, bin beim Dienst, wie du siehst.«

Auch die anderen Berkenthins drehten sich zu mir um. Ich lachte und winkte noch mal, dachte dabei aber nur: Was haben die Berkenthins denn in einem Weddinger Kino zu suchen? Hatten Jule und ich einen Fehler gemacht, hatten wir uns zu nah an unseren Heimatkiez herangewagt? Doch da ging das Licht schon wieder aus, ich durfte aufatmen und Jule sich aufrichten. »Sollen wir gehen?«, flüsterte er mir zu.

Ich überlegte fieberhaft. Berkenthins hatten mich gesehen.

Und bestimmt hatten sie auch gesehen, dass jemand neben mir saß, wenn sie auch nicht erkennen konnten, wer. Doch um uns zu verdrücken, mussten wir uns durch die Sitzreihe zwängen – das fiel am Anfang eines Filmes ganz bestimmt auf. Da würden sich alle nach uns umdrehen, und der alte Berkenthin würde Jule erkennen und wissen, dass Mutter, Bille und ich ihn versteckt hielten. Blieben wir aber bis zum Ende des Films sitzen, hatte Jule erst recht keine Chance, unentdeckt herauszukommen. Denn ganz bestimmt würde Helmut Berkenthin sich dann wieder zu mir umdrehen, um zu fragen, wie mir der Film gefallen hat, oder auch nur, um mir noch mal zuzuwinken. Und dann würde er Jule entdecken und seinen Vater auf ihn aufmerksam machen.

Vor Wut über meinen Leichtsinn – Jule war ja nur meinetwegen mitgegangen – konnte ich lange nicht richtig nachdenken. Dann flüsterte ich ihm zu: »Wenn's lustig wird, wenn alle lachen müssen, sag laut: ›Ich muss aufs Klo‹, und drängel dich eilig durch. Bei der nächsten günstigen Gelegenheit komme ich nach. Wir treffen uns im Humboldthain, gleich neben der S-Bahn-Brücke.«

Jule nickte nur still, und von da an warteten wir auf eine Szene, die das Publikum so richtig zum Lachen brachte. Als es so weit war, sprang Jule auf und drängelte sich unter mehreren gemurmelten Entschuldigungen durch die Reihe.

Alles ging glatt und ich wartete auf die nächste Lachsalve. Zu lange warten durfte ich aber nicht, die Leute neben mir bekamen ja mit, dass Jule nicht wiederkam. So nutzte ich, als lange nur gesungen und geturtelt wurde, eine Stepp- und Gesangseinlage dazu, leise vor mich hin zu schimpfen: »Der kommt ja gar nicht wieder«, und ebenfalls aufzustehen und mich aus der Reihe zu drängeln. Eine Frau lachte. »Ihr habt wohl grüne Äpfel gegessen.« Ich murmelte etwas wie: »Ich glaube, meinem Freund ist schlecht geworden«, und war schon raus aus der Reihe.

Zu unserem Glück war die *Lichtburg* ein großes Kino. Die Toiletten grenzten nicht gleich an den Saal, sondern lagen auf der anderen Seite des halbrunden Flures, der um den Kinosaal führte. So fiel nicht auf, dass weder ich noch Julian aufs Klo gingen. Außerdem: Nur die wenigsten Kino-Toiletten besaßen Fenster, durch die wir hätten verschwinden können.

Die Leute vor dem Kino, die schon für die Abendvorstellung anstanden, kuckten erstaunt. »Wat denn?«, rief ein Mann. »Is der Film so mies, det allet rausjerannt kommt?«

Ich sagte nur: »Dit is'n Scheißfilm, immer nur Jeträller und Jehupfe« – und war schon weg.

Jule wartete am vereinbarten Treffpunkt und schweigend und nachdenklich wanderten wir durch den Humboldthain und am Nordhafen vorüber zur Stephanstraße. Als wir uns voneinander verabschiedeten, sagte ich: »Da haben wir aber noch mal Glück gehabt. Ins Kino gehen wir jedenfalls vorläufig nicht mehr.«

Jule antwortete nichts, sah mich nur plötzlich mit großen Augen an. »Die Felske behauptet, bei der Gestapo gäb's 'ne Geflitztenkartei, da stehen alle U-Boote drauf.«

Mit »U-Boote« bezeichnete Lena Felske die untergetauchten Juden. Ihrer Meinung nach gab es davon in der Stadt inzwischen schon ziemlich viele, sie würden sich sogar selbst so nennen.

»Wenn das stimmt«, so Jule weiter, »ist das wie in 'ner Wildwest-Geschichte. Mein Steckbrief hängt an jedem Baum.«

Ich schwieg. Was hätte ich dazu denn sagen sollen?

Jule aber musste seinem Herzen endlich mal Luft machen.

»Die redet überhaupt immer so, dass man Angst bekommt. Die Nazis wollen alle Juden umbringen, hat sie erst gestern wieder gesagt ... Sie meint es vielleicht gut, will, dass ich vorsichtig bin, aber es macht keinen Spaß, sich das immerzu anhören zu müssen ... Und es macht keinen Spaß, von morgens bis abends den Blödkopf zu spielen. Ich soll sein, wie ich gar nicht sein will – das ist zum Kotzen!«

»Na ja«, wandte ich ein, »es ist doch aber nur, damit keiner merkt, wer du wirklich bist.«

»Weiß ich ja. Aber ... aber da ist noch was anderes.« Und dann erzählte Jule mir, dass Frau Felske jeden zweiten, dritten Abend ausging und erst gegen Morgen zurückkehrte. Wohin sie ging, darüber schwieg sie sich aus. Doch würde sie jedes Mal sehr aufgedonnert weggehen. »Wo geht sie denn hin?«, fragte er mich. »Und weshalb hat sie keinen Mann? Sie ist doch nicht hässlich? Will sie keinen? Aber warum schminkt se sich dann so zur Puppe zurecht?«

Ich konnte Jule darauf nicht antworten, versprach ihm aber, Mutter danach zu fragen.

Gleich hatte er ein schlechtes Gewissen. Lena Felske riskierte jeden Tag, jede Stunde, jede Minute, seinetwegen verhaftet und in ein Konzentrationslager gesperrt zu werden.

»Frag deine Mutter lieber nicht«, bat er mich. »Sonst redet sie mit ihr über mich – und dann denkt die Felske noch, ich bin undankbar.«

Ich sprach aber doch mit Mutter über Lena Felske. Und das noch an diesem Abend.

Mamusch hörte sich die Geschichte an und wiegelte ab: »Was macht ihr euch nur für Sorgen? Die Lena ist ja noch nicht alt, weshalb soll sie nicht ihren Vergnügungen nachgehen? Was meinst du, wie gern ich früher tanzen ging! Und dein Vater auch. Er war sogar 'n ganz besonders flotter Tänzer.« Sie lachte.

»Und warum macht sie Jule immerzu Angst?«

Da wurde Mutter ernst. »Sie macht ihm keine Angst – sie will ihm nur klar machen, wie gefährdet er ist, und findet dafür vielleicht nicht die richtigen Worte. Sie war ja nie Mutter, hält euch vielleicht schon für halbe Erwachsene. Eines aber ist sicher, auf Lena könnt ihr euch verlassen, die heißt nicht bloß Felske, die kann, wenn es sein muss, zum Felsen werden.«

Eines Nachmittags, ich war allein zu Hause, klingelte es. Ich schlich erst mal nur an den Spion, wie es nun schon üblich war bei uns, und sah einen fremden Mann vor der Tür stehen. Er trug einen hellen Trenchcoat, sein Gesicht wurde durch einen Hut verdeckt. Ich tat, als ob niemand zu Hause wäre, und öffnete nicht.

Als Mutter kam, erzählte ich ihr von dem Besucher, und sie dachte das Gleiche wie Bille und ich: Das war die Gestapo! Dieser Besuch hatte etwas mit Jule zu tun! Und konnten da nicht Berkenthins dahinter stecken, die Jule vielleicht doch erkannt hatten, als wir nebeneinander in der *Lichtburg* saßen? Vor schlechtem Gewissen wurde mir ganz flau im Bauch: Was, wenn ich die Schuld daran trug, dass wir nun alle verhaftet wurden? Dann kam nicht nur Jule in solch ein Lager, dann kamen auch Mutter und Lena Felske und Bille und ich in ein KZ.

Wir saßen beim Abendessen, da klingelte es wieder. Mutter ging zur Tür, blickte durch den Spion und öffnete. Bille und ich hörten, wie sie ganz ruhig »Guten Abend!« sagte und dann: »Zu wem wollen Sie denn?«

Eine helle Männerstimme fragte: »Frau Käthe Scholz?«

»Ja. Möchten Sie zu mir?«

»Darf ich eintreten?«

»Ja, aber wer sind Sie denn überhaupt?«

»Geheime Staatspolizei. Hier mein Ausweis.«

»Aber bitte schön!« Wir hörten Schritte und wie Mutter die Tür schloss, dann stand auch schon der Mann vom Nachmittag in unserer Küche. Er nahm seinen Hut ab, eine dunkel umrahmte Halbglatze wurde sichtbar und spöttische braune Augen musterten uns. »Guten Abend! Bitte die jungen Herrschaften, sich nicht beim Speisen stören zu lassen. Hab nur ein paar Fragen zu stellen.«

Mutter bat ihn, Platz zu nehmen, er setzte sich zu uns an den Küchentisch und schlug die Beine übereinander. »Na«, sagte er dann zu mir, »wo steckt dein Freund Jule denn jetzt?«

Mir verschlug es vor Entsetzen die Sprache. Also war es tatsächlich der Kinobesuch, der alles aufgedeckt hatte? Zum Glück hatte Mutter mit solchen Überrumpelungsaktionen gerechnet. »Jule?«, fragte sie. »Meinen Sie Julian Sternberg?«

»Den Juden Julian Israel Sternberg – ganz richtig!« Der Gestapo-Mann lächelte. »Der, der den ominösen Abschiedsbrief geschrieben hat.«

Da hatte auch ich den Überraschungsangriff endlich verdaut. »Woher soll ick denn det wissen?«, fragte ich böse. »Hab Jule ja schon ewig nich mehr jesehen. Und wenn det stimmt, wat in dem Brief steht …«

»Ja, wenn das stimmt«, unterbrach mich der Mann mit der Halbglatze. »Ich habe da so meine Zweifel.«

»Die dürfen Sie gern weiter haben.« Mutter schaltete auf Angriff um. »Nur, bitte schön, was haben wir damit zu tun? Diesen ›ominösen Brief‹ haben wir unter der Tür gefunden. Jemand – sicher Julian selber – hat ihn durch den Briefschlitz geworfen. Da hab ich ihn dann gleich zur Polizei gebracht. So wie es sich ja wohl auch gehört. Haben wir uns damit irgendetwas zuschulden kommen lassen?«

Der mit der Halbglatze, immer noch im bis oben zugeknöpften und eng gegürteten Trenchcoat, den Hut in der Hand, beobachtete Mutter amüsiert. »Ach, und Sie und Ihr Mann waren nicht etwa mit den Sternbergs befreundet? Ihre Kinder sind nicht wie Geschwister miteinander aufgewachsen? Sie haben nicht mit den Sternbergs die Wohnung getauscht?«

Woher wusste der das alles? Vom Hauser? Vom Berkenthin? Von der Korbmeier?

Mutter musste lachen. »Sie haben sich ja gut informiert. Jawohl, Sternbergs waren unsere Freunde. Und wohl nur deshalb hat der Junge uns diese Zeilen geschrieben. Aber das heißt doch nicht, dass wir irgendwelche krummen Dinger drehen, nur um Juden zu helfen.« Sie wies auf Bille und mich. »Mein lieber Herr, ich habe Kinder und mein Mann ist an der Ostfront. Glauben Sie, ich will ins Gefängnis wandern? Wer soll dann für meine Kinder sorgen?«

Der Gestapo-Mann wurde ernst, sehr ernst. Erst jetzt sah ich, dass er eine etwas schiefe Nase hatte. »Aber Sie geben zu, dass Sie mit Juden befreundet waren?«

»Natürlich!« Mutter breitete die Arme aus, als frage sie sich, wozu eine solche Frage überhaupt erst gestellt werden musste. »Sternbergs sind sehr nette Leute. Über fünfzehn Jahre wohnten wir miteinander im selben Haus. Weshalb sollten wir nicht miteinander befreundet gewesen sein?«

»Weil sie Juden sind.«

»Mein lieber Herr … Ihren Namen weiß ich ja leider nicht. Vor '33 waren viele mit Juden befreundet. Nach '33 hat man dann oft sehr Schlimmes über die Juden gehört. Na ja, auf einige mag das ja zugetroffen haben, so viele Juden kenne ich nun auch wieder nicht, Sternbergs aber waren anständige Leute. Und auch der Lebensmittelhändler Mendel und der Schuhladenbesitzer Cohn waren keine Halsabschneider.«

Ich kam aus dem Staunen nicht mehr heraus. Wie klug Mutter agierte! Sie verteidigte Sternbergs, weil alles andere ja sowieso unglaubhaft gewirkt hätte, und sie erwähnte gleich auch noch Mendels und Cohns, weil die Nazis im Haus ganz bestimmt von ihren Einkäufen dort erzählt hatten. Weil sie aber nicht ganz und gar als Judenfreundin dastehen durfte, gab sie gleichzeitig zu verstehen, dass so manches andere, was über die Juden behauptet wurde, ja stimmen könne. Nur kenne sie eben keine solchen Juden. Sie zeigte keine Angst und keinen übertriebenen Respekt, blieb aber vorsichtig und machte sich diesen Mann, von dem so vieles abhängen konnte, nicht zum Feind.

Der Gestapo-Beamte studierte Mutter längere Zeit, und ich glaubte, so etwas wie Respekt aus seinem Blick herauslesen zu können. »Sie behaupten also, nicht zu wissen, wo sich der flüchtige Jude Sternberg aufhalten könnte?«

»Seinem Brief nach zu urteilen, irgendwo im Harz«, antwortete Mutter fest. »Und sollte der Brief Sie nur auf eine falsche Fährte locken, so tut mir das Leid, aber damit haben meine Kinder und ich nun wirklich nichts zu tun.«

Der Mann im Trenchcoat stand auf. Lauernd sah er Mutter an. »Und wenn Sie den Juden Sternberg nun irgendwo sehen, dürfen wir dann mit einer Benachrichtigung rechnen?«

»Nein«, sagte Mutter sofort. »Das können Sie nicht von mir verlangen. Der Julian ist mit meinen Kindern zusammen aufgewachsen, sie haben zusammen gespielt und zusammen Geburtstag gefeiert … Ich würde dem armen Jungen raten, sich zu stellen. So schlimm wird's in den Arbeitslagern schon nicht sein – und dann wäre er doch wieder in der Obhut seiner Eltern, die ihn ganz bestimmt sehr vermissen. Das ist doch besser, als irgendwo auf der Straße herumzulungern. Was soll denn werden, wenn Winter ist?«

Wieder sah der Gestapo-Mann Mutter erst lange an, dann sagte er: »Sie sind ganz schön mutig, wissen Sie das?«

Mutters Antwort: »Ich bin eine deutsche Frau. Und deutsche Frauen sind treu und ehrlich, oder etwa nicht? Also stehe ich zu meinen ehemaligen Freundschaften und vertraue auf unsere deutsche Gerichtsbarkeit. Habe ich irgendein Unrecht begangen, soll man mich dafür bestrafen. Ich glaube aber nicht, dass ein deutscher Richter eine deutsche Frau verurteilt, nur weil sie ihre ehemaligen Freunde nicht verleugnet.«

Der Gestapo-Mann sah Bille und mich noch mal an, dann setzte er seinen Hut auf und sagte zu uns: »Auf eure Mutter müsst ihr aufpassen, sonst habt ihr sie nicht mehr lange. Eine freche Schnauze ist keine Garantie für ein langes Leben.« Und als Mutter aufstehen wollte, um ihn zur Tür zu bringen, wehrte er ab: »Danke schön! Ich finde allein hinaus, Frau Sternberg – ah, Pardon, Frau Scholz!«

Wir warteten ab, bis die Wohnungstür zugefallen war. Dann sprang ich auf, um zu sehen, ob er auch wirklich gegangen war – vielleicht hatte er ja nur die Tür geöffnet und wieder zugeschmissen und stand jetzt im Flur und lauschte –, und Bille umarmte Mutter. »Mamusch, du warst toll!«

»Ja«, sagte Mutter, »ich war toll – tollkühn, meine Lieben! Aber hätt ich nach außen so gezittert wie innen, hätte er mir kein Wort geglaubt.« Sie dachte noch einen Moment nach, dann schlug sie die Hände vors Gesicht und atmete tief durch.

Zwei Tage später machte die Gestapo bei uns und Ömchen eine Hausdurchsuchung. Offensichtlich hatte man nach dem Besuch des Mannes mit dem Trenchcoat erst noch ein bisschen gewartet, um uns in Sicherheit zu wiegen. Mutter sollte glauben, ihre Argumente hätten die Gestapo überzeugt.

Früh am Morgen, noch vor dem Aufstehen, tauchten sie gleichzeitig bei uns und Ömchen auf, nahmen alle Betten auseinander, leerten die Schränke und durchsuchten auch die Kellerräume. Als sie wieder gingen, sah es aus, als wäre eine Herde Büffel durch die Wohnungen getrampelt, und Ömchen, die die verwirrte Alte gespielt und den Führer immer wieder »Seine Majestät, den Kaiser« genannt hatte, schimpfte, bei ihr sei »Lumpenschulze zu Gast« gewesen.

Danach hätte Mutter meine Besuche bei Jule am liebsten verboten. Sie befürchtete, die Gestapo könne sich an meine Fersen heften und ihn auf diese Weise entdecken. Ich schränkte meine Besuche ein, ganz aufgeben wollte ich sie nicht. Vielleicht, weil mir der Ernst der Situation noch immer nicht so ganz bewusst war, vielleicht aber auch, weil mich der Gedanke reizte, etwaige Verfolger abschütteln zu müssen. Für einen noch nicht mal Vierzehnjährigen hatte das Ganze auch etwas von Detektivspielerei an sich.

Was ließ ich mir nicht alles einfallen, um die Gestapo-Männer abzuschütteln – falls sie sich denn wirklich an mich geheftet haben sollten. Fuhr ich mit der S-Bahn nach Moabit, sprang ich, kaum hatte der Bahnhofsvorsteher die Kelle gehoben, um das Abfahrtsignal zu geben, wieder auf den Bahnsteig zurück und beobachtete ganz genau, ob noch jemand im letzten Augenblick ausgestiegen war. War das nicht der Fall – und es passierte nie –, nahm ich die nächste Bahn.

Manchmal fuhr ich auch erst ein Stück in die entgegengesetzte Richtung, um auf einem anderen Bahnhof das Gleiche zu veranstalten. Oder ich fuhr mit Bus, Straßen- und U-Bahn nach Moabit. Dann setzte ich mich im Doppelstockbus in eine der oberen Reihen und behielt meine Mitpassagiere im Auge. Stieg wer mit mir aus, ließ ich ihn erst mal weitergehen und nahm danach viele Umwege in Kauf, um in die Stephanstraße zu gelangen.

Auf dem Weg zu Lena Felskes Lebensmittelladen stellte ich mich immer wieder in Haustürnischen und beobachtete die Straße. Entdeckte ich verdächtige Personen, wechselte ich total die Richtung und näherte mich erst dann wieder meinem Ziel, wenn ich überzeugt war, mich getäuscht zu haben.

Heute glaube ich, dass ich nicht beschattet wurde. Entweder waren die Gestapo-Beamten nach den beiden Hausdurchsuchungen und Mutters und Ömchens Schauspielerei zu der Überzeugung gelangt, dass wir wirklich nichts mit Jules Verschwinden zu tun hatten, oder ein einzelner vierzehnjähriger jüdischer Junge lohnte keine größere Beschattungsmaßnahme.

Die Bedrohung aber war da und ließ sich nicht wegleugnen. Unmerklich begann ich meine Umwelt deutlicher wahrzunehmen. Auch bei uns im Haus. Es musste ja jemand aus dem Haus gewesen sein, der den Gestapo-Beamten alles über unsere Freundschaft zu Sternbergs mitgeteilt hatte. Der Hauser hätte so etwas mit Begeisterung getan und der Berkenthin sicher noch etwas hinzuerfunden, wäre er befragt worden. Auch Agnes Korbmeier hätte diensteifrig ihre staatsbürgerliche Pflicht erfüllt. Doch waren diese drei nicht die Einzigen, die ich verdächtigte. Es wussten ja alle Bescheid. Und selbst wenn viele nicht von sich aus zur Gestapo gelaufen wären – wären sie befragt worden, hätten sie befürchten müssen, dass andere schon brav berichtet hatten. Und dann hätten auch sie den Mund aufgemacht.

Mutter machte sich ähnliche Gedanken, und so bat sie Bille und mich immer öfter, doch am besten nur noch in unseren Dienstuniformen herumzulaufen und auch ein bisschen die

Rollen zu spielen, die von einem zackigen Hitlerjungen und einem tüchtigen Jungmädel erwartet wurden. »Wir tun's doch nicht für uns, wir tun's für Julian.«

Wir richteten uns danach, und als mich mal die Korbmeier ansprach, staunte ich selbst über meine schauspielerische Leistung. »Na?«, fragte sie und versuchte, mir irgendeine Reaktion vom Gesicht abzulesen. »Vermisst du ihn sehr, deinen jüd'schen Zwilling?«

Honig und Gift lagen in ihren Augen. Ich machte ein gleichgültiges Gesicht, zuckte die Achseln und sagte nur: »Hab ja gar nicht richtig gewusst, was die Juden für welche sind.« Danach klappte ich die Hacken zusammen, dass es knallte, ließ den rechten Arm vorschnellen und schrie ihr ein markiges »Heil Hitler!« ins Gesicht.

Sie war so erschrocken, dass sie zurückprallte. Ich machte kehrt wie ein Spielzeugsoldat und ließ sie stehen – in der stillen Hoffnung, dass sie irgendwann an ihrem Gift krepierte.

Sternbergs Wohnung wurde erst nach einigen Wochen leer geräumt. Ich stand dabei und sah zu, obwohl ich wusste, dass Mutter das nicht gewollt hätte. Es sei besser, durch nichts aufzufallen, so ihre ständige Mahnung. Doch konnte ich einfach nicht anders. Das war ja mal unsere Wohnung, die da jetzt leer geräumt wurde. Und später hatte ich Jule dort besucht. Und nun wurden Sternbergs Möbel einfach fortgetragen. Ihre vielen Bilder, die Kristallvasen, die silbernen Leuchter, Herrn Sternbergs Bücher – einfach alles in Kisten verpackt und auf einen LKW geladen.

Zwei Transportarbeiter und ein Zivilbeamter mit Parteiabzeichen erledigten diese Arbeit. In meiner Neugier folgte ich ihnen bis in den Flur der Sternberg'schen Wohnung. Meine HJ-Uniform und die straffe Haltung, mit der ich auftrat, machten mich unverdächtig. War eben ein netter, blonder deutscher Junge, der sich dafür interessierte, was in dem Haus, in dem er wohnte, vor sich ging. Der Zivilbeamte, wieder einer mit Hut, doch diesmal ohne Mantel, fragte mich sogar, ob ich mich denn nicht nützlich machen wollte. Vor Begeisterung über diesen Vorschlag schnellte mein rechter Arm vor und ich schrie: »Heil Hitler!« Eine übertriebene Schauspielerei, aber dem Parteigenossen gefiel das. »Na, dann ran, Junge!«

So half ich mit. Ich trug Sternbergs alte Standuhr, die immer so volltönend zu allen halben und ganzen Stunden geschlagen hatte, aber nun schon lange nicht mehr aufgezogen worden war, zu dem LKW, der vor unserem Haus stand, schnappte mir Kücheneinrichtungsgegenstände, die ich ganz genau kannte, Lampen und Stühle und Kartons voller Bücher. Dabei merkte ich, dass die beiden Transportarbeiter – ältere Männer, die jungen waren ja fast alle an der Front – den Beamten hin und wieder fragend anblickten. Wenn der dann nickte, legten sie den Gegenstand, den sie gerade in den Händen hielten, zur Seite – reservierten ihn für sich selbst. Mich überkam Wut. Das hier war nichts als eine ganz primitive Klauerei! Dennoch spielte ich weiter den eifrigen Hitlerjungen. Ich wollte so viel wie möglich mitbekommen von diesem staatlich organisierten Diebstahl.

Als dann alles verladen war, nickte mir der Parteigenosse mit dem Hut wohlwollend zu. »Na, Junge? Willste dir als Dank für deine Hilfe nicht auch was Schönes aussuchen?«

Ich ließ meinen Blick über Sternbergs gesamten Besitz fliegen. Worüber würde Jule sich am meisten freuen? Am liebsten hätt ich alles wieder abgeladen … Dann entdeckte ich zwischen all dem anderen Zeug Jules Leselampe. Die hatte immer neben seinem Bett gestanden; unzählige Bücher hatte er in ihrem Lichtschein verschlungen. »Da«, sagte ich. »Die Lampe! Die könnte ich ganz gut gebrauchen.«

Die drei Männer lachten. »Na, du bist aber bescheiden!«

Sicher gab es anderes, Wertvolleres, das zu retten sich gelohnt hätte. Ich dachte in jenem Augenblick aber nur an ein Erinnerungsstück für Jule und da kam mir die Leselampe gerade recht.

»Na, dann hol se dir!« Der mit dem Hut gab mir einen Wink, ich stieg auf den Wagen und sprang mit der Lampe in der Hand wieder herab. »Danke schön!«

»Gern geschehen!« Er tippte sich an den Hut und wollte sich zu dem Transportarbeiter setzen, der auch der Fahrer des Lastwagens war; der andere hatte schon auf der Ladefläche, auf einem der Sternberg'schen Stühle, Platz genommen. Da ritt mich plötzlich der Teufel. »Wo werden die ganzen Sachen denn jetzt eigentlich hingebracht?«

»Die werden versteigert. Ist ja zum Wegschmeißen zu schade, oder?« Er lächelte mir freundlich zu.

»Also … also kommen diese Juden niemals wieder?«

In sein Lächeln mischte sich Misstrauen. »Keine Angst, mein Junge, die kommen nicht wieder.«

Ich nickte brav, als hätte ich verstanden. »Dann bleiben se jetzt immer da, wo se arbeiten müssen …«

Das war zu viel. Sein Lächeln verblasste vollends. »Ganz recht, Söhnchen! Und das ist ja wohl auch richtig so. Oder etwa nicht?«

»Jawoll!« Ich schlug die Hacken zusammen und ließ mal wieder den Arm vorschnellen.

Er sah mich noch einen Augenblick nachdenklich an, dann hob er lässig seine rechte Hand und stieg ein. »Mach's gut, Junge. Und frag nicht immer so viel. Sonst gerätste noch in falschen Verdacht.«

Die Korbmeier freute sich über die frei gewordene Wohnung und sorgte dafür, dass ein entfernter Verwandter von ihr sie bekam. Auch ein Nazi, aber ein eher grauer, unauffälliger Typ.

Mich widerte das alles an: Was mit Sternbergs geschehen war, wie ihre Möbel abtransportiert worden waren, was die Nazis im Haus so redeten. Eines Abends sagte ich zu Mutter: »Wieso lassen sich das eigentlich so viele Leute gefallen? Finden sie das denn richtig?«

Mutter antwortete nur, was sie schon zu Vater gesagt hatte: »Sie haben Angst. Kannst du das denn nicht verstehen?«

Ich dachte an die Nazis im Haus, an die in der Schule, an Claras Eltern, an die Gestapo-Beamten und die beiden Transportarbeiter, die sich so freudig an Sternbergs Hab und Gut bereichert hatten, und widersprach: »Das stimmt nicht. Solche wie wir haben Angst. Die meisten anderen machen mit.«

Mutter überlegte ein Weilchen, dann nickte sie. »Du hast Recht – aber vielleicht machen auch viele Mitmacher nur deshalb mit, weil sie Angst haben. Auf eine andere Art Angst, als wir sie haben.«

»Und wovor?«

»Davor, nicht dazuzugehören. Sie wollen eben Teil der Gesellschaft sein, in der sie leben.«

»Und deshalb finden se auch Verbrechen in Ordnung?«

Wieder dachte Mutter nach, dann sagte sie: »Sie reden sich ein, wenn es für etwas Gesetze gibt, kann das, was im Sinne dieser Gesetze geschieht, kein Unrecht sein.«

Das reichte mir alles nicht. »Man müsste etwas gegen diese Banditen tun!«, schimpfte ich. »Man darf sich doch nicht immer alles gefallen lassen.« Ich wurde immer mehr zu Vaters Stellvertreter.

Da wurde Mamusch ganz ernst, nahm meine Hände und

blickte mir ins Gesicht. »Stell dir vor, du würdest einer dieser Widerstandsgruppen angehören, die sie jetzt manchmal festnehmen. Stell dir vor, sie würden dich dann mit allen nur erdenklichen grausamen Methoden foltern, um die Namen weiterer Mitglieder aus dir herauszubekommen. Würdest du all diese Schmerzen und vielleicht auch Todesandrohungen ertragen, ohne jemanden zu verraten? Und wenn du es nicht aushältst, wie willst du danach weiterleben, mit dieser Last auf deinem Gewissen? – Was wir tun, um Julian zu helfen, ist schon gefährlich genug. Man muss nicht um jeden Preis ein Held sein wollen. Es reicht schon, wenn jemand anständig ist und hilft, wo er helfen kann.«

Worte, denen ich nichts entgegensetzen konnte. Was ich zuvor gesagt hatte, das war ja alles nur Wunschdenken. Zum Helden taugte ich ganz sicher nicht.

Rauchwolken

Im Oktober wurde der Keller in unserem Haus zu einem Luftschutzraum ausgebaut. Vorher diente er auch diesem Zweck, doch wurden jetzt mehrere die Kellerdecke abstützende Holzbalken eingezogen, eine schwere Stahltür und feste Wandverkleidungen angebracht und die Fenster bis auf einen kleinen Sehschlitz mit Sandsäcken zugestopft. Außerdem wurde angeordnet, dass in allen Treppenhäusern und auf Dachböden Eimer mit Sand und Wasser bereitzustehen hatten, und trainiert, sie in einer Kette weiterzureichen und das vorgetäuschte Feuer mit Feuerpatschen zu ersticken – angefeuchtete Lumpen, die an einen Besenstiel genagelt worden waren. Wir erhielten Informationsblätter, die zeigten, wie Brandbomben aussahen, und lernten von Franz Kolle, dass Phosphorbomben nicht mit Wasser, sondern mit Sand zu bekämpfen seien.

Bille konnte über all diese Vorbereitungen nur spotten: »Wenn der Feind das sieht, lacht er sich tot und wir haben gesiegt.« Mutter meinte, Öfen in den Kellern wären sinnvoller als diese Theaterkulissen.

Sie war zu dieser Zeit oft mutlos. Erst die Sache mit Sternbergs und Jule, dann die Gestapo-Besuche, nun schon mehrere Wochen keine Post von Vater und obendrein auch noch die Sorgen der Frau Schütthelm, einer Arbeitskollegin. Die Schütthelm hatte ihren Mann im Ersten Weltkrieg verloren und nun waren auch noch zwei ihrer drei Söhne gefallen. Bereits vor längerer Zeit hatte sie ans Wehrbezirkskommando geschrieben, man möchte den letzten ihrer Söhne doch aus der Feuerkampflinie nehmen; sie wolle wenigstens einen Sohn behalten. Nun erzählte sie Mutter jeden Tag, dass sie noch immer keine Antwort bekommen hätte.

Mamusch hatte genügend eigene Ängste zu ertragen; diese täglichen Klagegespräche drückten sie ganz und gar nieder. Und ich, ich machte ihr auch noch Sorgen. Weil ich immer mehr in Vaters Fußstapfen trat. So wie zuvor er, so lag nun ich Abend für Abend mit unserem kleinen Radio unter der Decke und hörte die BBC-Sendungen.

Es war mühselig, die BBC einzustellen. Oft war der Ton schwach und verlor sich immer wieder im Ätherrauschen. Oder die deutschen Störsender verursachten einen lang anhaltenden Pfeifton. Wie froh war ich jedes Mal, wenn ich die hallenden Paukenschläge – das Erkennungssignal der britischen Deutschland-Nachrichten – einigermaßen sauber empfing. Die Stimmen der Sprecher, ob Hugh Carleton Greene, Peter Peterson oder Lindlay Fraser, waren mir bald vertraut;

und wie angenehm war es, endlich mal kein Nazi-Pathos, kein Hass-Gekeifer hören zu müssen. Es war dieser ruhige, sachliche Ton, der ihre Worte so glaubhaft wirken ließ. Ich weiß noch, wie eines Tages alle Nazi-Gegner aufgefordert wurden, langsamer zu arbeiten, um damit Hitlers Kriegsmaschinerie zu behindern – und wie traurig ich war, dass ich noch immer zur Schule ging, dieser Aufforderung also nicht Folge leisten konnte.

Erzählte ich Jule, was ich gehört hatte, lauschte er stets voll banger Erwartung. Er hoffte nun immer stärker, seine Eltern nach dem Ende des Krieges wiederfinden zu können; steigerte sich richtig hinein in diese Hoffnung. Jede Kriegslageschilderung von mir, in der es um verlorenes Territorium der Wehrmacht ging, schnappte er begierig auf. Lena Felske hatte gesagt, die Nazis könnten den Krieg unmöglich gewinnen; es sei nur eine Frage der Zeit, bis sie mit der Schnauze im Dreck lägen. Und selbstverständlich würde das auch das Ende der Nazi-Herrschaft und ihrer Konzentrationslager und die Aufhebung der Judengesetze bedeuten.

Eines Tages jedoch fing ich eine Nachricht auf, die ich lange nicht glauben und erst recht nicht an Jule weitergeben wollte. Da berichtete die BBC über riesige Rauchwolken, die über dem deutschen Konzentrationslager Auschwitz beobachtet worden seien. Gaskammern, in denen Juden vergast wurden, und Krematorien, in denen sie anschließend verbrannt wurden, sollte es da geben. Rasch verstellte ich den Skalenanzeiger, damit bei einer eventuellen Kontrolle niemand feststellen konnte, welchen Sender wir zuletzt gehört hatten, dann erzählte ich Mutter davon.

»Jetzt lügen die Tommys auch noch!« Mutter wurde richtig böse. »Alles darf man uns nun aber auch nicht zutrauen.« Dann, nachdem sie längere Zeit nachgedacht hatte, sah sie mich über ihre Bügelarbeit hinweg auf einmal ganz erschrocken an. »Und wenn es doch stimmt? Wir haben uns doch immer schon gefragt, was die alten Leute und die kleinen Kinder in den Lagern denn überhaupt arbeiten sollen …« Sie stellte ihr Bügeleisen weg, lehnte sich an den Küchenschrank und schlug vor Entsetzen die Hände vors Gesicht. »Mein Gott! Es stimmt … Es kann gar nicht anders sein! Die haben doch immer von Ausrotten und Schädlingsbekämpfung gesprochen … Wir leben in der Hölle! Um uns ist die Hölle! Wir werden alle darin verbrennen.«

Ich stellte mich zu ihr und legte meinen Arm um sie. »Aber Mamusch! Das kann doch gar nicht wahr sein. Da müssten ja so viele Leute mitmachen.«

Doch das tröstete sie nicht. Sie weinte weiter, bis sie sich irgendwann kerzengerade aufrichtete und mir streng ins Gesicht sah. »Kein Wort davon zu Julian! Hast du gehört? Kein einziges Wort! Wer weiß, was er anstellt, wenn er so etwas hört. Und kein Wort zu Bille! Sie ist imstande und erzählt ihm davon.«

Ich versprach es ihr und musste mir keine große Mühe geben, mein Versprechen zu halten. Einfach, weil ich diesem Bericht noch immer nicht glauben wollte. Doch hörte ich über längere Zeit keine BBC-Sendungen mehr; ich wollte nicht noch mehr so Schreckliches erfahren.

Mit Clara traf ich mich in diesen Tagen, so oft es ging – immer dann, wenn die HJ und meine Julianbesuche mir Zeit für sie ließen.

Dass mit dem HJ-Dienst wurde ja immer schlimmer. Die ewigen Appelle im Schulhof, die ständigen Heimabende, die Bastelarbeiten für den Weihnachtsmarkt – meist kleine Kanonen und Panzerwagen – und nun auch noch die Altmaterialsammlungen für das Kriegswinterhilfswerk – »Lumpen, Knochen, Eisen und Papier, ausgeschlagene Zähne sammeln wir!« –, all diese Dienste, die man nur schwänzen konnte, wenn man vorgab, krank zu sein, stahlen mir die Zeit. Und allzu oft durfte ich nicht krank werden, das wäre aufgefallen. Unser Zugführer Nolte hatte mich sowieso schon auf dem Kieker. Ich erschien ihm irgendwie nicht begeistert genug. Begeisterung, echte Begeisterung aber war Pflicht in der HJ. Wer sie nicht aufbrachte, musste wenigstens gut heucheln können.

Traf ich mich mit Clara, war ich oft sehr nachdenklich. Dann spottete sie: »Pauleken, warum weinest du so sehr? Weinest du von dessentwegen, weil du musst die Treppe fegen?«

Ich erzählte ihr dann, dass wir lange keinen Brief von Vater bekommen hätten. Für solche Sorgen hatte sie Verständnis. Jule erwähnte ich nicht mehr. Doch fragte Clara oft nach ihm. Immerzu wollte sie wissen, ob er schon mal geschrieben habe.

»Nein!«, log ich beim ersten Mal. »Wozu denn? Ich schreib ja auch nicht gern.«

»Aber er ist doch dein bester Freund. Und deine Schwester war seine Freundin.«

»Aus den Augen, aus dem Sinn«, antwortete ich kurz angebunden. Doch als die Fragen sich wiederholten, wurde ich misstrauisch. Weshalb fragte sie so oft nach Jule? Sie hatte ihn doch nur ein einziges Mal gesehen? Steckte da irgendwas dahinter? Ich musste daran denken, wie gern Clara zu den Heimabenden des BDM ging. Sie führten da Volkstänze auf, tauschten Kochrezepte aus und veranstalteten Wollsammlungen für die Soldaten. Aus dieser Wolle strickten sie dann Lungen- und Brustschützer, Schals und Socken und Pulswärmer und Handschuhe und schickten alles an die Front. Clara war immer mit Feuereifer dabei, wenn auch vielleicht nur, weil sie etwas für junge Männer wie ihren Bruder Otto tun wollte. Doch nahm sie auch gern an den Veranstaltungen von »Glaube und Schönheit« teil. Da tanzten die Mädchen irgendwelche »germanischen Naturtänze« oder lasen Dramen von Nazi-Dichtern.

Ich wollte das nicht, begann aber dennoch, Clara insgeheim zu beobachten. In der Christburger Straße hatte ein zwölfjähriger Junge seine eigenen Eltern angezeigt, weil sie über eine Führerrede gelästert hatten. Weshalb sollte ein Mädchen nicht ihren Freund denunzieren, wenn sie rausbekam, dass er einen Juden versteckte? Die Eltern von dem Zwölfjährigen waren von der Gestapo abgeholt und der Junge zur Belohnung auf eine so genannte Ordensburg gebracht worden, auf der er zum Elite-Nazi erzogen werden sollte. Wie stolz wären Claras Eltern, würde auch ihre Tochter sich eine solche Belohnung verdienen!

Ich schämte mich meines Misstrauens. Ich war doch in Clara verliebt, alles an ihr gefiel mir, wie konnte ich ihr nur so etwas zutrauen! Doch blieb ich vorsichtig. Vielleicht ging es für Jule ja um Leben und Tod; es war besser, übervorsichtig als unvorsichtig zu sein.

Zu seinem Geburtstag durfte ich Jule nicht besuchen. Da wollte unbedingt Bille sich mit ihm treffen. Sie hatte ihm während der Heimabende des BDM einen warmen Winterpullover gestrickt und überall erzählt, der sei für mich. Nun brachte sie ihm ihr Meisterwerk. Zuvor allerdings hatte ich sie genauestens unterwiesen, wie sie etwaige Verfolger abschütteln konnte.

Sie trafen sich an einer Litfaßsäule, und weil alles so gut geklappt hatte und Jule sich ewig nicht von ihr trennen wollte, verlangte Bille, dass sie sich von nun an öfter mit ihm treffen durfte.

Als Mutter das hörte, stöhnte sie auf. »Billchen! Bitte! Nicht zu oft! Es gibt ein altes Sprichwort, der Krug geht so lange zum Brunnen, bis er bricht. Wenn ihr, du und Paule, eure Treffen mit Julian übertreibt, wird es irgendwann eines zu viel gewesen sein ... Und ihr wisst doch, was uns dann blüht!«

Es war schwer für Mamusch. Bille und ich waren einfach noch zu jung, um die Gefahr ganz und gar abschätzen zu können. Und sie konnte uns ja nicht verbieten, Jule zu besuchen. Weil sie selbst den Kontakt nicht aufrechterhalten durfte. Das wäre viel zu gefährlich gewesen. Und ganz ohne Verbindung zu Freunden durften wir Jule nicht lassen.

Ich erhielt dann auch ein sehr schönes Geburtstagsgeschenk. Vier Briefe von Vater, alle zu unterschiedlichen Zeiten abgeschickt, trafen tags zuvor bei uns ein; einer davon war mein Geburtstagsbrief.

»Mein lieber Paul«, schrieb Vater. »Kennst du das schöne Lied *Wenn ich ein Vöglein wär, flög ich zu dir*? Wäre ich ein Vöglein, würde ich jetzt mitten auf deinem Geburtstagstisch landen. Allerdings nicht gerade in eurem Kaffee, falls Mutter welchen aufgetrieben hat, und auch nicht auf dem Kuchen, um den es sicher ebenfalls schade wäre, wenn eine so zerlumpte und verdreckte Nebelkrähe, wie ich es jetzt bin, darauf Platz nehmen würde.«

Er wünschte mir alles Gute und viel Glück und fuhr fort: »Tja, Paule, schade, dass wir Menschen keine Flügel haben! Hätten wir welche, könnte niemand uns für längere Zeit voneinander trennen.« Er berichtete, dass er Fieber gehabt hatte – »na, da hab ich wenigstens mal nicht gefroren« –, wie er und seine Kameraden sich zur Zeit wegen Wassermangels waschen mussten – »einfach in einen Lappen gespuckt und damit abgerieben« – und wie schlank er geworden sei, »um nicht das unschöne Wort ›dünn‹ zu benutzen«.

Ein bemüht heiterer Brief. Am Ende aber schenkte Vater mir, weil er mir aus der Ferne ja sonst nichts schicken konnte, eine »Lebensregel«. Sie lautete: »Was andere dir beibringen, lieber Paul, ist das eine. Was du dir selbst beibringst, ist das viel Wichtigere. Es wird immer so viel von Erziehung gesprochen, aus Erfahrung weiß ich: In Wahrheit muss jeder Mensch sich selbst erziehen. Du bist jetzt vierzehn, Paul, da bist du kein Kind mehr. Also merk dir: Willst du erkennen, was falsch ist und was richtig, frag dein Herz und deinen Kopf und lass dir von niemandem dreinreden.«

Ich konnte den Brief nicht lesen, ohne heulen zu müssen. Was wäre das für ein Geburtstagsgeschenk gewesen, wäre Vater »auf unserem Geburtstagstisch gelandet«. An Urlaub aber, so schrieb er, sei vorläufig nicht zu denken. Er sei ja erst seit einem guten Vierteljahr wieder an der Front, da wären nun erst einmal andere dran.

Zwei, drei Tage lang steckte dieser Brief in meiner Jackentasche; wie ein Talisman sollte er mich beschützen. Bis etwas passierte, das alles andere erst einmal in Vergessenheit geraten ließ.

Es war an einem Tag, an dem in unserer Schule eine Hitlerrede übertragen wurde. Alle saßen wir in der Aula und hörten mit an, wie der Führer jubelte: Stalingrad, eine strategisch und symbolisch äußerst bedeutsame Stadt an der Wolga, sei so gut wie erobert und damit der deutsche Sieg im Osten nicht mehr fern.

Schlechte Nachrichten für Jule. Nicht gerade gut gelaunt machte ich mich am Nachmittag zu ihm auf den Weg, damit wir uns nachträglich zu unseren Geburtstagen gratulieren konnten. Vor Lena Felskes Laden angekommen, erstarrte ich: Der Rollladen vor der Eingangstür war heruntergelassen – und polizeilich versiegelt! Ich stand da, bekam keinen Blick von dem Siegel und stürzte schließlich in den Hausflur, um in den ersten Stock hochzurasen. – Auch die Tür mit dem Wohnungsschild *L. Felske* war versiegelt!

Da gab es für mich nur noch eins, raus aus dem Haus, weg aus der Stephanstraße. Erst als ich völlig außer Atem war, wurde ich langsamer. Was war passiert? War Bille doch nicht vorsichtig genug gewesen? War ihr jemand bis zur Litfaßsäule gefolgt, um sich danach an Jules Fersen zu heften? Aber weshalb war die Gestapo dann nicht bei uns aufgekreuzt?

Ich hastete zur S-Bahn und danach die Greifswalder Straße herunter. Vielleicht war ja auch unsere Wohnung inzwischen versiegelt ... Doch nein, zu Hause war alles wie immer. Bille saß in der Küche und blickte mich verdutzt an. »Was ist denn? Ist Jule was passiert?«

Noch ganz außer Atem, berichtete ich, dass Frau Felske und er verhaftet worden waren, und dann wagten wir uns vor Angst kaum noch zu rühren, bis endlich Mutter kam.

Mamusch glaubte nicht, dass Frau Felskes Verhaftung etwas mit Julian zu tun hatte. »Sonst wären sie längst auch bei uns aufgetaucht.«

»Aber wenn Frau Felske verhaftet wurde, haben sie Jule doch bei ihr entdeckt.« Bille war den Tränen nah.

Mutter, die immer dann stark war, wenn es darauf ankam, schüttelte den Kopf: »Wer sagt dir denn das? Sie haben Paul Jörgensen bei ihr gefunden, nicht Julian Sternberg. Lena jedenfalls hat ihn nicht verraten, da bin ich mir ganz sicher ... Wenn sie nicht auf andere Weise hinter seine wahre Identität gekommen sind, hat er erst mal nichts zu befürchten.«

»Aber warum sollten sie Frau Felske denn verhaftet haben, wenn nicht wegen Jule«, wandte ich ein.

»Wer weiß! Da kann es viele Gründe geben. Vielleicht hat sie irgendwas Falsches gesagt … oder getan … Vielleicht sind die beiden aber auch gar nicht festgenommen worden, sondern konnten noch rechtzeitig fliehen? Eine Versiegelung muss ja nicht unbedingt eine Verhaftung bedeuten.«

»Und wo ist Jule dann jetzt?«

Ich empfand das alles als so beängstigend, ich konnte nur Fragen stellen, auf die es keine Antwort gab. Bille hingegen hatte eine Vermutung: Während ihres Treffens hätten Jule und sie darüber gesprochen, wo sie sich wiedersehen könnten, falls er mal fliehen musste. Und da habe er den Bahnhof Friedrichstraße vorgeschlagen. Der sei groß genug, um unauffällig immer mal wieder durch die mit Menschen überfüllte Bahnhofshalle zu streifen und sich umzublicken.

Ich war beschämt. Wieso hatten Jule und ich nicht an so etwas gedacht?

Mutter fand Billes Vorschlag, sich mal am Bahnhof Friedrichstraße umzuschauen, gut, ließ aber weder mich noch Bille gehen. »Das hätte keinen Sinn. Wo wollt ihr ihn denn hinbringen? Wollt ihr ihn etwa mit nach Hause nehmen? – Nein! Ich gehe. Und wenn ich ihn finde, bringe ich ihn woanders unter. Ich weiß auch schon, wo. Da hätte ich ihn vielleicht gleich abliefern sollen. Hab ja gewusst, dass die Lena manchmal ziemlich riskant lebt.«

Letzteres hörten wir zum ersten Mal. Verdutzt blickten wir Mutter an. Doch wollte sie keine Zeit verlieren und zog sich bereits wieder an; die Schuhe hatte sie, nachdem sie erfahren hatte, was passiert war, gar nicht erst ausgezogen.

Wieder mussten Bille und ich warten und vor lauter Unruhe stellte ich zum ersten Mal seit längerer Zeit wieder das Radio an. Als ob die BBC etwas über Jules Verbleib bekannt geben würde. Bille kroch mit unter die Decke und kaute beim Zuhören an ihren Fingernägeln; eine Angewohnheit, die sie eigentlich loswerden wollte.

Wir hörten, dass der Sieg bei Stalingrad noch lange nicht errungen, sondern den Russen eine Einkesselung der 6. deutschen Armee gelungen sei und die deutschen Truppen sich inzwischen auch aus dem Kaukasus zurückziehen müssten. Nachrichten, die Jule gefreut hätten. Im Anschluss daran sprach ein deutscher Schriftsteller namens Thomas Mann, von dem ein paar Bücher in Herrn Sternbergs Bücherschrank standen, von dem wir ansonsten aber noch nie etwas gehört hatten. Er sprach zu uns, seinen Landsleuten, und sagte so etwas wie, wir sollten gegen Hitler aufbegehren und mit dem Krieg Schluss machen.

»Der hat gut reden«, ärgerte sich Bille. »Als ob das so einfach wäre … Denkt der, wir wollen alle erschossen werden?«

Mutter kam erst ziemlich spät zurück. Müde setzte sie sich an den Küchentisch, und Bille und ich fragten nichts, sahen sie nur an – bis sie endlich nickte. »Hab ihn gefunden. Er stand vor dem Zigarettengeschäft am Ausgang zur Spree. Wir sind dann beide in großem Abstand voneinander die Friedrichstraße runtergelaufen und in die Linden eingebogen. Erst vor dem Schloss bin ich auf ihn zugegangen. Ich muss sagen, euer Jule hat gut mitgespielt, ist immer brav hinter mir hergezockelt.«

Natürlich wollten wir mehr wissen, und sie erzählte uns die ganze Geschichte: Jule hatte gerade neue Ware aus dem kleinen Lagerraum geholt, da war Frau Felske auf einmal zu ihm hereingestürzt gekommen und hatte geschrien: »Weg! Aus dem Fenster. Und über den Seitenaufgang auf die Dächer.«

Er war dann sofort losgelaufen. Noch im weißen Kittel. Über mehrere Dächer lief er und erst in einem ganz anderen Haus auf den Hof hinunter. Dort warf er seinen weißen Kittel in eine Mülltonne und spähte lange durch die halb offene Haustür auf die Straße hinaus. Dabei beobachtete er, wie Frau Felske abgeführt wurde, in Handschellen und begleitet von zwei Männern in Ledermänteln. Sie musste in einen schwarzen PKW einsteigen, der sofort mit ihr davonfuhr.

»Das war bestimmt Gestapo«, vermutete ich.

Mutter nickte. »Aber die waren nicht wegen Julian gekommen. Sonst hätten sie nach ihm gesucht. Sie mussten Lena, wie ich schon vermutete, wegen einer ganz anderen Sache in Verdacht haben.«

»Und was ist das für 'ne Sache?«, fragte Bille.

»Das weiß ich nicht. Ich weiß nur, dass Lena immer viel Kontakt zu Nazigegnern hatte. Vater vermutete schon lange, dass sie irgendwelchen Widerstandskreisen angehört.«

Ich überlegte laut: »Dann war alles andere vielleicht nur Tarnung ... Sie hat sich aufgetakelt, als wollte sie in irgendwelche Tanzbars gehen, und in Wahrheit hat sie bei Sabotageakten mitgemacht?« Es wurde ja immer wieder vor Volksverrätern gewarnt, die den Sieg des deutschen Volkes verhindern wollten, indem sie Gleise zerstörten, in bestimmten Werken wichtige Teile aus Maschinen schraubten oder von Dächern Flugblätter abwarfen.

»Möglich.« Mutter konnte sich endlich die Schuhe ausziehen und ihre müden Füße reiben. »Alles ist möglich. Doch darüber möchte ich jetzt, ehrlich gesagt, lieber nicht nachdenken. Kein schöner Gedanke, die Vorstellung, was die da jetzt vielleicht mit der Lena veranstalten.«

»Aber ...« Billes Augen waren übernatürlich groß, so sehr sorgte sie sich um Julian. »Wenn sie Jule nun vielleicht doch verrät … Oder wenn einer ihrer Nachbarn der Gestapo erzählt, dass da noch ein Neffe war, der ganz plötzlich verschwunden ist?«

Mamusch blieb ganz ruhig. »Nein! Lena verrät so schnell niemanden. Außerdem will die Gestapo sicher ganz andere Sachen von ihr wissen. Weshalb also sollte sie von Julian erzählen? Und die Nachbarn? Solln se doch reden, sie wissen ja nichts über Paul Jörgensens Verbleib.«

»Und wo ist er jetzt?«, hakte Bille nach.

»Langsam! Langsam!« Mutter schaffte es, uns beruhigend zuzulächeln. »Jetzt wollen wir erst mal ein paar Tage vergehen lassen. Kommt nichts nach und hat sich alles beruhigt, sollt ihr alles erfahren. Auf jeden Fall ist euer Jule vorläufig in Sicherheit.«

Über Lena Felske erfuhren wir nach dem Krieg, dass sie tatsächlich einer Widerstandsgruppe angehört hatte. Sie starb im Zuchthaus, unter der Folter. Weil sie keinen ihrer »Mittäter« verraten wollte.

Tante Hedwig

Hedwig Biegel hieß Julians neue »Tante«. Sie bewirtschaftete einen Obst- und Gemüsestand in der Markthalle an der Neuen Friedrichstraße, gleich hinterm Alexanderplatz. Klein war sie und rundlich und besonders ihr watschelnder Gang machte sie irgendwie zur lustigen Figur. Mamusch hatte sie über Vater kennen gelernt. Ihr Oskar, so hieß Frau Biegels Mann, war 1932 – ein Jahr bevor Hitler an die Macht kam – von SA-Leuten totgeschlagen und ihr vor die Wohnungstür gelegt worden. Seither waren die Nazis für sie nur »die Teufel«. Nach außen hin jedoch zeigte sie das nicht; nach außen hin war sie nur eine der vielen Marktfrauen in der riesigen Halle.

Frau Biegel hatte nie wieder geheiratet und auch keine Kinder. Der Marktstand war ihr Leben; von frühmorgens bis zum späten Abend verließ sie ihn nicht. Manchmal, so erzählte mir Jule und ich selbst durfte es auch mal beobachten, sah sie dabei zur Hallendecke auf und besprach etwas mit ihrem Oskar. Weshalb viele Männer und Frauen von den Nachbarständen sie für wunderlich hielten. Doch sie lachte nur darüber und machte gern den Witz: »Keiner kann mir verstehn – ja, ick bin aber ooch danach!«

Sie hatte nicht lange dazu überredet werden müssen, Jule bei sich aufzunehmen. Sie wischte den Teufeln gern eins aus. Angst kannte sie nicht. Genau wie Ömchen meinte sie, einer ollen Frau könne nicht mehr viel passieren. Dabei war sie noch längst nicht alt, nur so etwa fünfzig.

Mutters größte Sorge war, dass die Markthalle am Alexanderplatz nicht weit genug von unserer Gegend entfernt lag. Deshalb hatte sie Jule zuerst bei Lena Felske und nicht bei »Tante Hedwig« untergebracht. Es kauften einfach zu viele Leute aus unserer Gegend dort ein. Jetzt blieb ihr keine andere Wahl, und damit Jule nicht erkannt wurde, schnitt Frau Biegel ihm gleich am ersten Abend in ihrer Wohnung eine Frisur, die ihn total entstellte. An den Seiten alles weg, nur ganz oben auf dem Kopf ließ sie ein paar Haarstoppeln stehen. Dazu verpasste sie ihm eine starke Brille ihres Oskars, hinter der seine Augen übernatürlich groß wirkten und durch die er alles nur sehr verschwommen wahrnahm.

Anfangs schmerzten ihm schon nach kurzer Zeit die Augen, später lernte er, darunter hinwegzuschielen, was seinem

Gesicht einen noch blöderen Ausdruck verlieh. Doch passte das gut, denn diesmal sollte Jule nicht nur den ein wenig Begriffsstutzigen spielen, sondern richtig »plemplem« wirken. Damit niemand sich Gedanken machte, weshalb ein Junge in seinem Alter, anstatt in die Lehre, zur Schule oder zur HJ zu gehen, seiner Tante beim Gemüsesortieren half. Außerdem erhielt Jule, falls dieser Paul Jörgensen aus Hannover inzwischen doch gesucht wurde, einen neuen Namen: Paul Krüger. »Paul« durfte bleiben, weil er sich ja schlecht alle paar Wochen einen neuen Vornamen zu eigen machen konnte.

Als ich mich mit diesem »Paul Krüger« das erste Mal treffen durfte, hätte ich Jule beinahe nicht wiedererkannt. Er sah aus wie ein Halbidiot. Doch übertrieb er nicht, denn das hatte Tante Hedwig ihm eingebläut: »Spiel nich den total Bekloppten. Zeig, dass de noch zu wat nutze bist.« Es war schon bekannt, dass die Nazis auch Geisteskranke abholten. »Beseitigung lebensunwerten Lebens« hieß das; man wollte alle »unnützen« Fresser loswerden, um die Volksgesundheit zu schützen.

So arbeitete Jule nun für Tante Hedwig wie zuvor für Tante Lena. Er stapelte Gemüsekisten, wog Obst aus, fegte den Stand oder erledigte Botengänge. Und abends, wenn Tante Hedwig und er den Stand verriegelt und verrammelt hatten, trottete er, so wie Frau Biegel es ihm geraten hatte, mit ausdruckslosem Gesicht neben ihr her. Erst in ihrer Wohnung in der Münzstraße, nicht weit vom Alex, durfte er dieses Rollenspiel beenden. Dann unterhielt er sich mit ihr, während sie irgendwas Schönes kochte. Mit Tante Hedwig, so sagte er mir, könne er über alles reden. Auch über seine Eltern, von denen sie überzeugt war, dass er sie eines Tages wiedersehen würde. »Irjendwann verbrennen die Nazi-Deubel in ihrer eigenen Hölle. Kannste mir beruhigt glauben.«

Jule glaubte ihr nur allzu gern.

Als er dann mal krank wurde, holte Frau Biegel ganz frech einen Arzt. Der wusste nicht, dass er einen jüdischen Jungen behandelte. Sonst wäre er bestimmt nicht gekommen; »arische« Ärzte, die Juden behandelten, wurden mit Zuchthaus bestraft. Einen jüdischen Arzt jedoch, wenn zu dieser Zeit überhaupt noch einer in Berlin praktiziert hätte, hätte Frau Biegel erst recht nicht holen dürfen. Wer ließ denn schon einen »Arier« von einem Juden behandeln?

Ein Glückstreffer, diese Hedwig Biegel. Keine eisenharte Frau wie Lena Felske, aber eine mit viel Witz und einem großen Herzen.

Meine Markthallenbesuche habe ich in guter Erinnerung. Sehe mich noch über den winterlich kalten oder sommerlich warmen Alexanderplatz wandern, meist ein Buch in der Hand; Jule wollte ja immer etwas zu lesen mitgebracht haben.

Der Verkehr, der mich umflutete, die LKW- und PKW-Modelle jener Zeit, die Straßenbahnen, Pferdefuhrwerke und eiligen Passanten, die Reklameschilder – *Persil, Berlin raucht Juno, Schultheiß-Bier* –, die Schaufenster, die nach bereits drei Jahren Krieg nicht mehr sehr verlockend gefüllt waren, und endlich die Markthalle – der »Bauch von Berlin«. Hier gab es noch vieles, was woanders nicht mehr zu bekommen war: Gemüse von den Rieselfeldern, Obst aus Werder und Umgebung, Milch, Eier, Hühner, Enten und Gänse aus Mecklenburg, Pommern und Brandenburg, Fleisch aus Schleswig-Holstein und Dänemark, Fisch von überall her.

Ich mochte die Hallen-Atmosphäre. Diese vielen Gassen, durch die sich die Menschen schoben, hin und wieder einem Transportkarren ausweichend, das immer irgendwie aufgeregt klingende Stimmengewirr, die lustigen Sprüche, mit denen die Marktleute die Kundschaft anlockten. Fast beneidete ich Jule: Ich musste weiter zur Schule gehen, er durfte das pralle Leben genießen.

Unsere Treffen liefen immer ähnlich ab. Ich schlenderte so lange an Hedwig Biegels Stand vorbei, bis Jule mich wahrgenommen hatte. Dann blickte er Tante Hedwig an, und wenn sie nickte, wischte er sich die Hände an der grobleinenen Schürze ab, die er nun immer trug, zog sie aus und warf sie auf einen Stuhl und folgte mir unauffällig. Bis ich in irgendeiner Straße vor irgendeinem Schaufenster, in dem Waren ausgelegt waren, die Jugendliche interessieren könnten, stehen blieb. Er stellte sich neben mich, und dann taten wir, als wären wir zufällig miteinander ins Gespräch gekommen, beobachteten die Straße und die Leute um uns herum dabei aber ganz genau.

Worüber wir sprachen? Über alles Mögliche. Es gab immer eine Menge zu erzählen. Im Verlauf des Gesprächs wechselte, was ich mitgebracht hatte, dann seinen Besitzer: Die neueste Lektüre; Lebensmittelmarken, die Mutter, Bille und ich uns abgespart hatten, um Frau Biegel Julians Verköstigung zu erleichtern; Strümpfe, die Bille während ihrer BDM-Heimabende gestrickt hatte; und hin und wieder auch mal ein Kleidungsstück, das Mutter besorgt hatte.

Trennten wir uns danach voneinander, betrieben wir wieder Versteckspielerei. Dann gingen wir in Durchgangshäuser und verließen das Haus durch verschiedene Ausgänge. Ich stieg im letzten Augenblick in eine Straßenbahn, und noch bevor ich dem Schaffner den Fahrpreis entrichten musste, sprang ich wieder ab; und auch Jule machte riesige Umwege, bevor er in die Markthalle zurückkehrte.

Indianerspielerei! Doch war das besser als jede Nachlässigkeit; wir mussten immer mit allem rechnen.

Das Weihnachtsfest! Herr Sternberg hatte dieses Fest immer sehr wichtig genommen. Jule war ja Christ und sollte die christlichen Feste lieben lernen, um diese Tradition eines Tages fortzuführen. Nun erlebte er sein erstes Weihnachten ohne die Eltern. Das musste ihm sehr wehgetan haben. Zwar gab Tante Hedwig sich alle Mühe, es ihm schön zu machen, doch je mehr Mühe sie sich gab, desto schwerer wurde es ihm: Jede Kerze am Tannenbaum, jedes Weihnachtslied im Radio, jede Marzipankartoffel auf seinem bunten Teller ließ ihn an seine Eltern denken.

Doch auch für Ömchen, Mutter, Bille und mich war es kein schönes Fest, dieses zweite Weihnachten ohne Vater. Sonderzuteilungen an Fleisch, Mehl und Zucker und irgendwelchen Beutehühnern konnten die Angst um Vater nicht lindern. Wir hatten wieder lange keine Post von ihm erhalten und wussten nicht, an welchem Frontabschnitt seine Einheit eingesetzt war. Was, wenn Vater zu den Eingeschlossenen von Stalingrad gehörte?

Ömchen erzählte viel von früher. Wie sie und ihr Edi Weihnachten feierten, als Vater noch ein Kind war. Erzählungen, die uns nur noch trauriger stimmten; das hörte sich ja an, als wäre Vater auch längst tot.

Als das neue Jahr begann, sagte Mutter: »1943! Das vierte Kriegsjahr. Ob wir wohl am 31.12. alle wieder in Frieden vereint sind? Und ob dann Sternbergs zurück sind und Jule kein Paul mehr sein muss?«

Wir wünschten es uns so sehr, aber große Hoffnungen machte sich wohl nur Ömchen; Mutter, Bille und ich blickten eher skeptisch in die Zukunft.

Vaters Weihnachtsbrief kam erst Mitte Januar. Und diesmal lag es nicht an der Feldpost, dass wir so lange nichts von ihm gehört hatten. Er hatte einfach keine Gelegenheit zum

Schreiben gehabt. »Im Kugelhagel Briefe schreiben«, witzelte er, »gilt als äußerst ungesund.« Er berichtete, dass seine Infanterie-Division sich eingegraben hatte, also in offenen Erdlöchern hauste und bei Kälte bis zu minus dreißig Grad kaum noch Verpflegung erhielt. Sein Lichterbaum zu Weihnachten seien die Leuchtkugeln der deutschen Vorposten in der völlig verschneiten Steppe gewesen, das Christkind habe ihm einen Wäschewechsel beschert und der Weihnachtsmann ihn zum Gefreiten befördert. Bereits um drei Uhr nachmittags sei es bei ihm dunkle Nacht, um fünf Uhr morgens würde er aufstehen, um zehn Uhr zu Mittag essen, »wenn man diese paar hingestreuten Körner Hühnerfutter überhaupt so nennen darf«.

Wir atmeten auf. Steppe? Das klang nicht nach Stalingrad.

»Aber darf ich mich beschweren?«, fuhr Vater fort. »Ich habe inzwischen so viele Tote und grausam Verwundete gesehen, die lassen Bilder im Kopf zurück, die nicht auszuhalten sind ... Ja, tagtäglich werden wir weniger – und der Wilhelm aus der Jablonskistraße lebt immer noch! Womit hat er das verdient? Da glaubt er nun schon so lange an keinen Gott mehr – und trotzdem wird er beschützt. Ja, aber warum dann nicht auch alle anderen?«

Im gleichen Brief, zwei Tage später geschrieben, wie aus dem Datum zu ersehen war, heißt es: »Ach, Käthchen! Da bin ich nun dreitausend Kilometer von dir entfernt und träume immer wieder davon, einfach mal wieder mit dir die Prenzlauer Allee hoch zu spazieren, zum Alex und zum Schloss, die Linden entlang und durchs Brandenburger Tor in den Tiergarten hinein. Und das natürlich am liebsten im Frühling, wenn alles grünt und blüht und duftet, und mit zwei gut gelaunten Kindern an unserer Seite ...«

Zum Schluss berichtete er, dass er unter seinen Kameraden

einen Freund gefunden habe, einen Berliner aus Neukölln, der ein prima Kerl sei und immer so schöne Sprüche auf Lager habe. Leider könne er uns keine Kostprobe davon geben; was der Johannes sich so zusammenreime, sei alles nicht jugendfrei.

Wir verstanden. Die Sprüche von jenem Johannes waren offensichtlich »defätistischer« Natur.

Mutter weinte über diesen Brief, und Bille und ich zogen uns in unsere Zimmer zurück, um sie nicht dabei zu stören und – jeder für sich – selber ein bisschen heulen zu dürfen.

Ende Januar passierte dann etwas, das im Haus für viel Aufregung sorgte: Der Berkenthin war verhaftet worden. Er hatte einen regen Schwarzhandel betrieben; jede Menge Butter, Speck, Salami, Schnaps, Kaffee und sogar Seidenstrümpfe hatte man in der Speisekammer seiner Frau gefunden. Schwarzhandel an sich galt als schlimm genug; dass ein überzeugter Parteigenosse die Not der Leute ausnutzte, empfanden viele als ganz besonders üble Schweinerei. »Zwanzig Jahre Zuchthaus soll er kriegen«, ereiferte sich die Korbmeier. Und der Hauser sagte, es sei eine Schande, während andere deutsche Männer an der Front ihr Leben einsetzten, habe dieser Raffke nur an sich gedacht. Dass er selber vom Berkenthin beliefert worden war, wie Bille mal beobachtet hatte, verschwieg er geflissentlich.

Mutter wollte das alles nicht so streng sehen. »Zwar ist der Berkenthin ein übler Geselle, aber wer sich nur bereichern will, ist mir immer noch lieber als einer, der andere in den Tod schickt.« Sie war froh, dass Frau Berkenthin wegen ihrer vielen Kinder nicht auch verhaftet worden war. »Wer hätte die denn alle nehmen sollen? Und können Kinder denn etwas für ihre Eltern?«

Die Berkenthin-Geschichte jedoch betraf nur unser Haus

und wäre sicher bald vergessen worden, hätten die ewig rot geweinten Augen der Frau Berkenthin uns nicht manchmal an ihren Hugo erinnert. Als wirkliche Katastrophe wurde etwas ganz anderes empfunden: Die Niederlage der 6. Armee bei Stalingrad.

Am 30. Januar war deren Oberbefehlshaber noch von Hitler zum Generalfeldmarschall ernannt worden – wohl in der Hoffnung, dass dieser Paulus und seine gesamte Rest-Armee dadurch angespornt wurden, sich bis zur letzten Patrone zu verteidigen. Der frisch gebackene Feldmarschall aber wollte nicht noch mehr Leben opfern – noch dazu auf solch unsinnige Weise – und kapitulierte am 2. Februar. Was der denkbar allerschlimmste Verrat sei, wie der Hauser tönte. Noch nie habe ein deutscher Feldmarschall sich in Gefangenschaft begeben; der Strick sei zu schade für diesen Paulus, der zu feige gewesen sei, sich zu erschießen.

Mamusch sah das mal wieder anders. Für sie war Paulus ein vernünftiger Mann. »Soldaten sind doch kein Bleispielzeug! Stellt euch vor, Vater würde einfach so dahingeopfert. Nein, es müsste viel mehr solcher Feldmarschälle und Generäle geben.«

Und sie fuhr mir durchs Haar, lächelte und sagte: »Siehste! Hab ich nicht immer schon gesagt, dass Paul ein schöner Name ist?«

Fast zweihunderttausend deutsche Soldaten haben vor Stalingrad ihr Leben lassen müssen, etwa hunderttausend sind in Gefangenschaft geraten, nur sechstausend von ihnen kehrten nach dem Krieg zurück. Eine verheerende Niederlage für den »genialen Feldherrn« Hitler. So dachten damals schon viele; laut sagen aber wollte es keiner. Erst recht nicht, als wir uns Anfang Februar in der Schule zur Trauerfeier in der Aula versammelten. Da wurde nur vom heldenhaften Untergang unserer Soldaten gesprochen; kein Wort von Kapitulation, keines davon, dass die deutsche Wehrmacht böse geschlagen worden war.

Wenige Tage zuvor hatten wir uns ebenfalls in der Aula versammeln und die Rundfunkübertragung einer Rede von Reichsmarschall Göring mit anhören müssen. Es war anlässlich der Feier zum 10. Jahrestag der Machtübernahme durch die Nazis und die Lehrer hatten stolze Gesichter gemacht. Nach der Niederlage von Stalingrad wirkten sie eher nachdenklich. Wenn der Führer sich hinsichtlich Stalingrads geirrt hatte, weshalb sollte er sich nicht auch in allem anderen irren?

Der Nimbus des Blitzkrieg-Helden war dahin; einem Sieger laufen viele nach, einem Verlierer nicht.

Zum Abschluss der Trauerfeier mussten wir ein Lied singen, in dem die Textzeile vorkam: »Deutschland, heiliges Wort, du voll Unendlichkeit, über die Zeiten fort, seist du gebenedeit.« Ich habe es nicht vergessen, weil im Religionsunterricht oft von der gebenedeiten Jungfrau Maria die Rede war und ich nie richtig kapiert hatte, was dieses Wort eigentlich bedeutete. Nun, neugierig geworden, sah ich in Vaters altem Wörterbuch nach. Da stand hinter »benedeien«: segnen, lobpreisen. Also war Deutschland ein gesegnetes und gelobpreistes Land? Vater sah das anders, Mutter sah das anders, Sternbergs sahen das anders und die vielen tausend in Stalingrad in Gefangenschaft Geratenen sahen das inzwischen sicher auch ganz anders. Wir aber mussten solchen Quatsch singen!

Drei Tage Volkstrauer hatte der Führer angeordnet. Mutter, Bille und ich trauerten aber erst später so richtig – als wir erfuhren, dass auch Arthur Felske bei Stalingrad in Gefangenschaft geraten war. Die Schwester im Gefängnis oder längst im KZ, der Bruder in einem sowjetischen Kriegsgefangenenlager; viel schlimmer hätte es für die beiden nicht kommen können.

Frauen in der Rosenstraße

Wenige Tage nach der Katastrophe von Stalingrad gab es einen Appell der Hitlerjugend. Wir hatten uns den neuesten Befehl des Reichsjugendführers anzuhören. Mit stolzer Miene wurde den älteren Jahrgängen verkündet, dass sie die Opfer der Kämpfe um Stalingrad zu ersetzen hätten, lautstark erinnerte man uns daran, dass wir uns im erbarmungslosen Kampf gegen Weltjudentum und Bolschewismus befänden. Jede Feigheit hätten wir zu überwinden, jegliches Mitleid mit dem Feind sei verboten.

Wir trugen unsere schwarzen Winteruniformen, standen im Karree im Schulhof und lauschten stumm den Worten, die da verlesen wurden. Zum Schluss sangen wir: »Unsere Fahne flattert uns voran, in die Zukunft ziehn wir Mann für Mann. Mögen wir auch untergehn, Deutschland, du wirst leuchtend stehn.«

Und: »Ja, die Fahne ist mehr als der Tod.«

Ich blickte mich um. Nicht aus Neugier, nur weil ich in solchen Momenten immer ein wenig verlegen war. War ja irgendwie blöd, Texte zu singen, die mir nicht gefielen und an die ich nicht glaubte. *Ich* wollte nicht untergehen; *mir* bedeutete die Fahne nicht mehr als der Tod.

Die meisten anderen sangen aus vollem Herzen mit. Viele aus meinem Jahrgang bedauerten wohl nur, dass sie noch nicht für den Kampfeinsatz in Frage kamen. Mit Begeisterung nahmen sie jedes Mal an den Schießübungen teil, zu denen wir nun hin und wieder abkommandiert wurden, voller Ehrgeiz tummelten sie sich am »Reichssportwettkampftag«.

Ich stand innerlich abseits. Stand immer abseits – und spürte Verunsicherung. Die anderen waren ja nicht alles Idioten, da waren Jungen drunter, die vieles konnten oder wussten, was ich auch gern gekonnt oder gewusst hätte: tolle Aufsatzschreiber, Mathe-Spezialisten oder Ausnahmesportler. Stimmte mit mir denn etwas nicht? War ich irgendwie »versaut«? Durch meine Eltern? Oder durch meine Freundschaft zu Jule?

Ich sah zu Helmut Berkenthin hin. Lang, dünn, weißblond stand er da. Dass Helmut anders dachte als ich, war kein Wunder – bei dem Vater! Aber all die anderen? Weshalb gehörte ich nicht wirklich dazu?

Nach dem Appell traf ich mich mit Clara. Wir machten einen Spaziergang durch den Friedrichshain. Es lag kein Schnee, aber es war sehr kalt; die beiden hohen Flakabwehrtürme verschwanden fast im Dunst. Ich hätte gern Claras Hand genommen, doch solange es noch hell war, wagte ich das nicht.

Sie erzählte mir, dass sie als beste Altstoffsammlerin ihrer Schule ausgezeichnet worden sei. Ein Buch habe sie dafür bekommen: Hitlers *Mein Kampf* mit einer vom Minister Goebbels selbst unterzeichneten Widmung. »Für hervorragenden Einsatz bei der Sicherstellung kriegswichtigen Materials.«

Ich sah, wie Clara sich darüber freute, und wagte nicht zu spotten. Vielleicht war ja doch ich es, mit dem etwas nicht stimmte.

Endlich war es dunkel genug, dass ich Claras Hand nehmen konnte. Sie überließ sie mir und erzählte vom Sommer. Sie hatte eine Tante am Greifswalder Bodden, also an der Ostsee, die wollte sie in den großen Ferien besuchen. »Da bleibe ich dann mindestens vier Wochen.«

»So lange?« Ich war enttäuscht, hatte gehofft, im Sommer wieder mit Clara Radtouren machen oder schwimmen gehen zu können.

»Vielleicht sogar noch länger. Bei Tante Hertha ist's wunderschön. Nur ganz wenige Häuser sind dort und der Strand ist ganz nahe. Kannst mich ja mal besuchen kommen.«

»Ist viel zu weit.«

»Mit dem Rad schafft man das in zwei Tagen.«

Ich stellte mir vor, wie Clara und ich am Ostseestrand lagen. Sie hatte ihren blauen Badeanzug an und lächelte mir zu … »Mal sehen. Vielleicht komme ich ja doch.«

Sie blieb stehen, sah mir in die Augen und küsste mich. Dann lächelte sie herausfordernd. »Kommst du?«

Ich musste grinsen. »Na klar!«

In der Nähe des von Trauerweiden und Büschen umgebenen Teiches, hinter hohem Buschwerk verborgen, küssten wir uns dann noch öfter. Und als ich einmal aus Versehen Claras Brüste berührte und erschrocken zurückzuckte, flüsterte sie: »Brauchst dich nicht zu genieren. Darfst mich ruhig mal streicheln. Wenn man sich wirklich lieb hat, darf man das.«

Da knöpfte ich ihre Jacke auf und schob meine Hand unter ihren Pullover. Sie erzitterte kurz und schloss die Augen. »Das ist schön.«

Ich fand es auch schön, ein wohliges Gefühl durchströmte mich, und ich war stolz und glücklich, dass Clara mich so sehr mochte, dass ich das bei ihr tun durfte.

Den Heimweg über hielt ich wieder ihre Hand. Nun so, als wollte ich sie nie wieder loslassen.

In der Wörther Straße angekommen, standen wir noch eine Zeit lang unter der Laterne beieinander und redeten über alles Mögliche, bis Clara ihre Eltern nicht länger warten lassen wollte. Sie gab mir die Hand, denn hier wagten wir nicht, uns zu küssen, sah mich einen Augenblick lang verschmitzt an und sagte dann: »Tschüs! Bis Morgen. Und grüß deinen Freund Jule von mir.«

Damit hatte sie mich überrumpelt. Vor einem Mädchen, das mich so gern hatte, konnte ich keine Geheimnisse haben. Ich grinste zurück und sagte: »Mach ich.«

Das war mehrdeutig. Es konnte die Wahrheit bedeuten – nämlich, dass Julian tatsächlich ein inzwischen untergetauchter Jude war, wie Clara sicher längst vermutete, und ich noch immer in Verbindung zu ihm stand – oder auch nur ein Spaß sein: Ich, der ich wusste, was Clara vermutete, spielte ihr Spiel mit und tat so, als läge sie richtig. Eines jedoch galt in jedem Fall:

Ich hatte Clara damit nicht belogen. Vielmehr war es so, als teilten wir nun ein großes, unausgesprochenes Geheimnis miteinander.

Am Abend erzählte ich Mamusch von dem Appell und was die HJ-Führung den älteren Hitlerjungen befohlen hatte.

Sie wurde ganz blass. »Jetzt sollen schon halbe Kinder an die Front geworfen werden? Und da protestiert niemand? Kein General, der endlich mal den Mund aufmacht? Sie verheizen willig ihre eigene Jugend?«

Sie konnte sich gar nicht beruhigen und ärgerte sich furchtbar, als Bille halbwegs zufrieden sagte: »Na, wenigstens das bleibt Jule erspart!«

»Und dein Bruder?«, fuhr Mutter sie an. »Wird dem das auch erspart bleiben? Paul wird dieses Jahr fünfzehn – ruck, zuck gehört er auch zu den ›älteren Jahrgängen‹.«

Bille begriff, dass sie etwas Dummes gesagt hatte, und entschuldigte sich. »So war das nicht gemeint. Ich finde nur, Jule muss so viel Schlimmes durchmachen – da ist es gut, dass er wenigstens nicht auch noch an die Front muss.«

Damit hatte sie Recht. Mutter sah das ein und rieb sich nachdenklich die Stirn. »Mein Gott! Wenn dieser Krieg nur erst zu Ende ist! Hab da so eine Ahnung, als ob alles noch viel schlimmer kommen wird.«

Ihre Ahnung sollte sie nicht trügen. Nur wenige Tage später, am 18. Februar, stellte der Reichsminister für Volksaufklärung und Propaganda und Gauleiter von Berlin, Joseph Goebbels, im Sportpalast seine berühmte Frage: »Wollt ihr den totalen Krieg?« Und alle Anwesenden in dem riesigen Rund schrien lauthals: »Jaaa!«

Es sollte aber auch für die Juden noch schlimmer kommen. Es gab nun keine Listen mehr, die ankündigten, wer zur Deportation vorgesehen war. Die Nazis wollten niemanden mehr vorwarnen und damit zum Untertauchen animieren. Vielleicht erschien ihnen aber auch der bürokratische Umstand als nicht mehr notwendig. Seit einiger Zeit fuhren nur noch große Möbelwagen bei den Abzutransportierenden vor und die Männer, Frauen und Kinder wurden eiligst auf die Ladeflächen getrieben. Das geschah bei helllichtem Tage und regte, wie Mutter zürnte, offensichtlich keinen mehr auf. Weil jeder seine eigenen Probleme hatte? Aus Angst? Oder aus Gleichgültigkeit?

Ende Februar, es war genau der 27., ein typischer Berliner Wintertag – grau, trübe, ein bisschen zu mild –, holten die Nazis dann zum ganz großen Schlag aus.

Es war ein Sonnabend, für die Juden der Schabbat, der traditionelle Ruhetag. SS und Gestapo konnten davon ausgehen, dass alle Juden, die nicht zur Zwangsarbeit eingesetzt waren, sich in ihren Wohnungen aufhielten. Und so startete man eine doppelte, generalstabsmäßig geplante Aktion, die später zumeist nur als »Fabrikaktion« bezeichnet wurde, indem man die Juden gleichzeitig aus ihren Wohnungen und von ihren Arbeitsplätzen wegholte. Bereits früh am Morgen fuhren Lastkraftwagen vor, die SS stürmte die Betriebe und trieb die vollkommen überraschten und verängstigten Menschen, die nicht einmal ihre Arbeitskleidung ablegen oder ihre Wintermäntel anziehen durften, auf die Ladeflächen.

Die Festnahmen in den Wohnräumen geschahen auf ähnliche Weise. Den Frauen, Kindern und älteren Menschen blieb kaum Zeit, sich anzuziehen. In Rock und Bluse, Hemd und Hose oder noch im Schlafanzug wurden sie die Treppe hinuntergetrieben und nicht mal der eine Koffer pro Person war mehr erlaubt. Ohne jede Habe oder die Möglichkeit, ihre Verwandten zu informieren, wurden sie abtransportiert. Wer nicht schnell genug war – zumeist alte Menschen oder Kinder –, wurde von den Abholern gepackt und auf die Ladefläche geschleudert.

Es war noch nicht zehn Uhr am Vormittag, da waren bereits mehrere tausend Menschen abtransportiert worden. Der eine oder andere allerdings hatte sich der Deportation entzogen – indem er aus dem Fenster in den Tod sprang oder noch rasch Gift schluckte. Nur wenige waren rechtzeitig gewarnt worden und konnten untertauchen.

Bille war an diesem Vormittag wegen Zahnschmerzen nicht zur Schule gegangen. Vom Fenster aus sah sie einen LKW vorfahren. »Wohnen hier noch Juden?«, brüllte die SS auf der Treppe. Und nur wenig später stieß ein Oberscharführer mit der Armbinde *Leibstandarte Adolf Hitler* den kleinen Herrn Rother aus dem ersten Stock mit seinem Bajonett vor sich her auf den Lastwagen. Der Rother war erst vor wenigen Wochen bei uns eingezogen und kein Jude, weshalb er auch keinen Stern trug. Doch entsprach sein Äußeres haargenau dem Propaganda-Bild vom Juden.

Der Rother weinte und schrie, er sei reinrassiger »Arier«, das könne er auf hundert Jahre zurück beweisen, und er verehre den Führer. Es sei alles nur ein Irrtum, man solle ihn doch bitte seine Papiere holen lassen. Der Oberscharführer, der offensichtlich glaubte, einen untergetauchten Juden erwischt zu haben, ließ jedoch nicht mit sich reden, und die Leute auf der Straße, von denen noch kaum einer den Rother kannte, machten, dass sie in ihre schützenden Wohnungen gelangten.

Ein paar Stunden später tauchte der Rother wieder auf und verkündete jedem, die SS habe sich bei ihm entschuldigt. Doch sah Bille ihm an, dass er trotz seines Stolzes auf seine nachgewiesene »Arier«-Herkunft noch immer geschockt war: Man hatte ihn mit einem Juden verwechselt – also sah er nicht »arisch« genug aus? Welch eine Schande! Und was, wenn ihm das wieder passierte? Bille war überzeugt davon, dass der Rother seinen »Ariernachweis« von nun an stets bei sich trug.

Unsere Hauptsorge galt Jule. Zwar wussten wir, dass er nicht sehr gefährdet war, weil ja niemand eine Ahnung davon hatte, wer dieser Paul Krüger in Wirklichkeit war, dennoch: Wir mussten uns unbedingt von seinem Wohlergehen überzeugen.

Voll banger Erwartung machte ich mich auf den Weg zur Markthalle – und sah Jule schon von weitem leere Kisten stapeln. Mir fiel ein Stein vom Herzen. Immerhin hatte ich Clara gegenüber ein kleines Eingeständnis gemacht. Schlendernd bewegte ich mich an Tante Hedwigs Stand heran und wartete darauf, dass Jule mich entdeckte. Als es so weit war, gab es seinen üblichen Blick hin zu Frau Biegel, die mich auch längst wahrgenommen hatte, dann traten wir unseren getrennten Weg durch die Straßen an, um uns vor einem Schaufenster, in dem eine Spielzeugeisenbahn im Kreis fuhr, »kennen zu lernen«.

»Weißte, was passiert ist?«, flüsterte ich ihm zu.

Er nickte nur.

»Gut, dass dich keiner in Verdacht hat!«, flüsterte ich weiter.

»Ja«, antwortete er nachdenklich. »Aber jetzt werden se uns noch mehr jagen, denn heute sind bestimmt wieder welche untergetaucht.«

»Bei Tante Hedwig bist du sicher.«

Er zuckte nur die Achseln. Das konnte »Wer weiß?« oder »Mal sehen!« bedeuten.

Ich schwieg und sah zu, wie Jule mit seinem Schlüssel spielte – dem Schlüssel zur Wohnung seiner Eltern, dem nun nutzlosen Schlüssel, den er einfach nicht wegwerfen wollte. Unentwegt ließ er ihn um seinen Finger kreisen.

Um ihn aufzuheitern, erzählte ich von der Festnahme Herrn Rothers.

Jule kannte den Rother nicht, dennoch sah er mich missbilligend an. »Findste das etwa komisch?«

Nein, ich fand es nicht komisch. Es passierte überhaupt nicht viel wahrhaft Komisches in dieser Zeit.

Mit der Fabrikaktion hatten sich die Nazis der letzten noch in Berlin verbliebenen Juden entledigen wollen. Fremdarbeiter aus den besetzten Gebieten wurden nun in den Fabriken eingesetzt; die Stadt konnte endlich »judenrein« gemeldet werden.

So glatt, wie nach außen dargestellt, verlief diese Aktion allerdings nicht. Es kam zu einem mehrere Tage andauernden

Zwischenfall, der im Bewusstsein der Leute, die davon erfuhren, nichts anderes als ein zweites Stalingrad der Nazis bedeutete.

An jenem Sonnabend hatte die SS in ihrem Übereifer nämlich auch Juden verhaftet, die als geschützt galten – Halbjuden und in privilegierten Mischehen lebende Juden, die im Allgemeinen von den Deportationen ausgenommen waren. In das ehemalige Wohlfahrtsamt der Jüdischen Gemeinde in der Rosenstraße, das nun als Hilfsauffanglager diente, wurden sie geschafft, und bald darauf geschah ein Wunder, denn einige hundert verzweifelte Ehefrauen und Mütter wollten sich nicht so einfach von ihren Männern und Söhnen trennen. Darunter auch Hilde Mischkowitz aus der Jablonskistraße 55, eine gute Bekannte der Sternbergs und meiner Eltern. Bereits am Sonntag zogen sie zu hunderten in die Rosenstraße, protestierten lautstark gegen diese Verhaftungen und verlangten ihre Männer und Söhne zurück. Verwandte und sogar Passanten schlossen sich an und in den folgenden beiden Wochen wiederholte sich Tag für Tag diese Protestdemonstration.

So etwas hatte es noch nie zuvor gegeben und war aus Sicht der Nazis eine Ungeheuerlichkeit, die sie sich nicht gefallen lassen durften. Andererseits jedoch mussten sie vorsichtig sein. In der Nacht vom 1. zum 2. März gab es den bisher schwersten Luftangriff englischer und amerikanischer Bomber auf die Stadt und nur zwei Tage später, bei sonnigem Wetter, noch einen. Mehrere Krankenhäuser, vier Kirchen, ein Altersheim und auch viele Wohnhäuser wurden zerstört. Hinzu kamen die schwere Niederlage bei Stalingrad, die alle noch in frischer Erinnerung hatten, und die immer größer werdenden Verluste an der Ostfront. Die Stimmung in der Bevölkerung war nicht gut. Und so wollte man die Leute offensichtlich nicht weiter reizen und ging nur sehr vorsichtig gegen die Frauen vor. Zwar brachte man Maschinengewehre in Stellung und drohte zu schießen, wenn die Frauen nicht auseinander gingen, wagte es aber nicht, die Waffen zum Einsatz zu bringen. Und am 11. März hatten die Frauen ihr Ziel erreicht: Alle Festgenommenen, die noch nicht auf Transport in die Lager gegangen waren, wurden entlassen. Andere, darunter Franz Mischkowitz, wurden aus den Lagern zurückgeholt.

Ich sehe die kleine, rundliche Frau Mischkowitz noch in unserer Küche sitzen und von ihrem großen Sieg berichten. Als Kinder hatten Jule, Bille und ich oft über sie gelacht, weil sie unserer Meinung nach ein Pfannkuchengesicht hatte; nun lachten wir nicht mehr. Welchen Mut diese Frauen aufgebracht hatten! Ob das Männer für ihre Frauen auch getan hätten?

Bille meinte: »Nein. Männer können schießen und schlagen, ansonsten sind sie nicht sehr mutig.« Dann dachte sie wohl an Jule und verbesserte sich: »Na ja, vielleicht gibt's 'n paar Ausnahmen.«

Ich sah Clara vor mir, wie sie im Friedrichshain die Augen geschlossen hatte, als ich sie streicheln durfte, und war mir sicher, dass ich auch eine Ausnahme war.

Mamusch war über Frau Mischkowitz' Geschichte so froh, dass sie ein paar Tage lang richtig gute Laune hatte. Mit dem Ausgang dieser Protestaktion, so sagte sie immer wieder, habe garantiert nicht einmal der liebe Gott gerechnet.

Nach dem Krieg erfuhren wir, dass die resolute Hilde Mischkowitz dafür gesorgt hatte, dass ihr Mann nicht wieder verhaftet werden konnte. Sie verschaffte ihm falsche Papiere und brachte ihn zu Freunden ins Rheinland. Dort konnte er auf einem Bauernhof als Knecht arbeiten. Wieder in Berlin, erzählte sie überall herum, ihr Mann sei ohne ihr Wissen ins Ausland geflohen. Und sie schimpfte laut, das sei nun der Dank dafür, dass sie ihn aus dem Lager zurückgeholt hatte.

Bille und ich hatten während der Frauenproteste oft an Jule denken müssen. Die Rosenstraße lag nicht weit von der Markthalle entfernt, er musste die Rufe der Frauen gehört haben, wenn er Kisten aus der Halle trug. Wie war ihm dann zumute gewesen? Hatte er daran gedacht, dass für seine Eltern niemand auf die Straße gegangen war?

Negermusik

Es gab nun immer öfter Fliegeralarm. Die Stunden und halben Tage oder Nächte, die wir im Luftschutzkeller zubringen mussten, häuften sich. Die Korbmeier nutzte das aus. Während es in der Ferne krachte und manchmal auch ganz in unserer Nähe die Erde bebte und wir mit all unserem Fliegeralarmgepäck und den daran festgebundenen, vorgeschriebenen Gasmasken auf das Zischen und Pfeifen der Bomben lauschten, hielt sie im Licht der nur schwach funzelnden Kellerglühbirnen ihre Reden und niemand konnte ihr weglaufen. Die Tommys, wie wir die Engländer nur noch nannten, waren für sie nichts anderes als »Raubvögel«, die Amerikaner, deren Angriffe uns vor allem am Tage in den Keller trieben, »Terrorgeier«.

Es tat weh, ihr über längere Zeit zuhören zu müssen. Dachte diese Frau denn nicht daran, dass wir mit dem Bomben angefangen hatten? Hatte sie nie etwas von unseren »Erfolgen« in London, Coventry, Rotterdam und Leningrad gehört? Durften wir bomben, weil wir von Hitlers Vorsehung als

Herrenvolk auserwählt waren? Und die anderen mussten stillhalten, weil sie dieser göttlichen Fügung im Wege standen?

Auch der Heinrich Hauser nutzte immer öfter die Gelegenheit für Propagandareden. Stolz trug er seit neuestem das goldene Parteiabzeichen, das ihm für langjährig treue Dienste verliehen worden war – womit er nun zu den »Goldfasanen« gehörte –, und glaubte deshalb wohl, ab sofort noch mehr Treue und Eifer an den Tag legen zu müssen. »Der Russe«, so predigte er immer wieder, obwohl es doch die Amerikaner und Engländer waren, die uns aus der Luft angriffen, »der Russe wehrt sich. Er wehrt sich mit Zähnen und Klauen gegen das Vorrücken der Zivilisation. Deutschland aber geht nicht unter, wenn einmal eine Schlacht verloren geht. Solche Stahlbäder härten nur ab. Deutschland, dessen bin ich mir gewiss, wird eines Tages groß sein und immer größer werden und den Bolschewismus wird es nicht mehr geben. Ja, ich wage sogar vorauszusagen, Europa wird deutsch sein. Und das bis hin zum Ural. Wir werden allen unterdrückten Völkern Freiheit und Wohlfahrt bringen. Wir werden das Abendland vor dem Untergang retten – auch wenn das Opfer kostet; Opfer, die wir aufzubringen gewillt sind, weil wir uns der Größe unserer geschichtlichen Aufgabe bewusst sind.«

Worte, die Frau Korbmeiers Augen glänzen ließen. Und der Herr Rother, der immer unter dem Plakat mit der Aufschrift *Feind hört mit* saß und nun stets und ständig nachweisen wollte, dass er auch ideell kein Jude war, nickte zu jedem einzelnen Wort.

Mutter, Bille und ich, Richard Bethmann und die kleine, pummelige Frau Krämer, deren Mann seine unbedachten Worte gegenüber dem Hauser mit seinem Leben bezahlt hatte, und noch einige andere Hausbewohner, wir hörten uns dieses Gerede an und machten undurchschaubare Gesichter. Sollte keiner wissen, was wir dachten.

Manchmal hatten wir Gäste im Keller. Die waren für Bille und mich interessanter als die altbekannten Gesichter. Einmal war es ein weißhaariger Architektur-Professor, der irgendwo im Haus zu Besuch gewesen und vom Fliegeralarm überrascht worden war. Er hielt uns einen Vortrag über das Berlin der Zukunft. Germania solle die neue deutsche Hauptstadt heißen und mit riesigen Prachtbauten und breiten Alleen der Mittelpunkt der Welt werden.

Das war was für Ömchen, die an diesem Tag nicht mehr rechtzeitig nach Hause gekommen war. »Und was wird dann aus unserem schönen alten Berlin?«, fragte sie bestürzt.

Der Professor versprach ihr, dass historisch wertvolle Teile natürlich erhalten bleiben würden, ansonsten aber würde alles viel lichter, viel heller und beeindruckender. »Glauben Sie mir, unser Führer ist auch ein begnadeter Städtebauer.«

Ein anderes Mal hockte ein Heimaturlauber von der Ostfront mit im Keller. Der grau und zerfurcht aussehende Mann hatte nach einem längeren Lazarettaufenthalt ein paar Tage Heimaturlaub bekommen und zusammen mit seiner Frau seine Schwägerin besucht, die bei uns im Haus wohnte. Er erzählte von seinen Erfahrungen mit den Russen. »Das sind alles Partisanen, die reinsten Waldmenschen. Sie schlafen im Regen, nur mit Zweigen bedeckt, trinken Wasser aus Pfützen, können im Dunkeln sehen und verständigen sich durch Zeichen in den Baumrinden oder imitieren Vogelstimmen. Damit hat ein zivilisiertes Volk wie wir im Krieg natürlich so seine Schwierigkeiten.«

Helmut Berkenthin saß ihm direkt gegenüber und riss den Mund auf, als könne er auf diese Weise besser lauschen. »Aber haben Sie denn da gar keine Angst?«

»Angst?« Der Fronturlauber tat, als müsse er erst nachdenken. »Was heißt hier Angst? Die Russen sind ein wahres Mörderpack! Die schneiden dir die Kehle durch, ohne mit der Wimper zu zucken, die stechen dir die Augen aus. Ein Sauvolk, diese Bolschewiken, hinterhältig, heimtückisch und barbarisch. Da darf man ruhig mal Angst haben.«

Helmut: »Aber am Ende siegen wir doch?«

»Na klar!« Der Fronturlauber nickte. »Nur: Leicht wird's nicht!« Und mit viel Behagen erzählte er von »Partisanenweibern«, die deutsche Soldaten erst mit ihrem wunderschönsten Lächeln anlockten und ihnen dann ihr »wertvollstes Stück« abbissen, um sie auf diese Weise umzubringen. »Auch mit so was muss unsereiner rechnen!«

»Wieso denn?«, wunderte sich Martin Liedtkes Mutter. »Ist doch keiner gezwungen, sich mit den Russenweibern einzulassen.«

Der Urlauber grinste. »Sie haben gut reden! Wenn ein Mann ein ganzes Jahr von Mutti weg ist, na, dann ist's doch klar, dass es da mal in der Hose rappelt.«

Die beiden Frauen neben ihm schlossen nun lieber die Augen, so als interessiere sie dieses Gespräch nicht. Frau Liedtke aber, deren Martin inzwischen auch an der Ostfront war, erregte sich. Wenn das mit den Partisanenweibern tatsächlich stimme, so erklärte sie laut, habe sie mit den Opfern keinen Funken Mitleid. »Wer seine tierischen Triebe nicht beherrschen kann, dem geschieht ganz recht, dass er daran zugrunde geht. Um meinen Martin sorge ich mich in dieser Hinsicht jedenfalls nicht.«

Der Fronturlauber schwieg ein Weilchen, dann gab er sich versöhnlich: »Na ja, jetzt wird das Wetter langsam wieder besser und General Winter ist ohne Befehlsgewalt. Nicht mehr lange, und wir haben den Russen bis nach Sibirien zurückgetrieben und aus Moskau einen künstlichen See gemacht.«

»Jawohl!« Das gefiel dem Hauser. »Und dann werden zwanzig Millionen deutsche Bauernsoldaten das Land urbar machen.« Er begann zu strahlen. »Wenn man sich vorstellt, was für ein riesiges Land das ist, mit Rohstoffvorkommen, die noch gar nicht erschlossen sind – davon können wir jahrzehntelang zehren.«

Kam nach solchen Stunden im Keller endlich Entwarnung, schnappte ich mir, kaum waren Mutter, Bille und ich in unserer Wohnung zurück, als Erstes das Radio. Mal sehen, was die BBC über die Lage an den Fronten brachte. Bald kaufte ich mir auch noch eine Europakarte und Stecknadeln mit farbigen Köpfen. Spielte Generalstab. Ich wollte Bescheid wissen, wie es an den Fronten aussah, empfand dabei aber jedes Mal ein ganz seltsames Gefühl: Mein Vater kämpfte für die deutsche Wehrmacht – wollte ich denn wirklich, dass die anderen siegten? Andererseits: Jeder deutsche Sieg verlängerte den Krieg – und damit auch die Gefahr, in der Jule schwebte. Und das durfte ich mir doch auf keinen Fall wünschen, das wünschte sich ja auch Vater nicht. So freute ich mich weiter über den beginnenden Vormarsch der Russen – und war gleichzeitig jedes Mal zutiefst bestürzt darüber, denn jeder ihrer Siege bedeutete den Tod vieler deutscher Soldaten. Soldaten, die nicht alle Nazis waren; Soldaten wie Vater, die gar nicht wollten, dass Hitler diesen Krieg gewann.

Und noch etwas verunsicherte mich: Die Bombenangriffe! Ich wusste, dass wir mit dem Bomben angefangen hatten, billigte den Amerikanern und Engländern auch das Recht auf Vergeltungsschläge zu – doch alles nur mit dem Verstand. Im Herzen verspürte ich Angst und Unverständnis. Im Juli 1942 war bei einem Luftangriff ein ganzes Hamburger Stadtviertel zerstört worden. Es hatte viele tausend Tote gegeben, die meisten Frauen und Kinder. Wenn aber die Amis und Tommys so grausam zurückschlugen, waren sie dann wirklich die Besseren? Hatten dann die Nazis nicht eventuell doch Recht, wenn sie von Terrorbombardements sprachen?

Im März 1943 hatte ich Konfirmation. Es war die übliche Familienfeier. Ömchen kam und schenkte mir ein Sparbuch, es kamen aber auch Verwandte, die ich ewig nicht mehr gesehen hatte. Alle brachten sie irgendwelche Geschenke mit und erzählten viel vom Krieg. Onkel Herbert war bereits gefallen, Cousin August auch, Onkel Peter war in Gefangenschaft geraten. Nur ab und zu streifte mich ein Blick: Mal sehen, was aus dir für einer wird!

Ich freute mich über den neuen Füller, den Bille mir geschenkt hatte, über Vaters Brief allein an mich und über den Konfirmationsanzug, in dem ich mir erwachsen vorkam. Ansonsten aß ich viel von der Ersatzschlagsahne, mit denen die Windbeutel gefüllt waren, und dachte mal an Clara und mal an Jule.

Clara hatte am selben Tag Konfirmation, ich hatte sie von weitem gesehen und wunderschön gefunden in ihrem weißen Samtkleid mit dem silbernen Kragen. Und auch Jule hätte heute Konfirmation gehabt; wir wären mal wieder als Zwillinge aufgetreten ... Nein, so richtig konnte ich mich nicht freuen. Ich konnte nur immer freundlich lächeln, wenn ich angesprochen wurde. Die Verwandtschaft bemerkte das bald und bemühte sich immer intensiver, mich ins Gespräch zu ziehen. Irgendwann kam dann die Frage, was ich denn mal werden wolle; ich hätte doch früher immer so gern mit Autos gespielt.

Ich antwortete nur müde: »Erst mal Abitur machen – wenn

ich nicht vorher Soldat werden muss. Und muss ich doch Soldat werden und überlebe den Krieg und gerate nicht in Gefangenschaft, lege ich mich erst mal für ein halbes Jahr ins Bett und freue mich.«

Onkel Albert, schon siebzig und sehr kahl auf dem Kopf, strahlte: »Recht haste, Paule! Noch besser wär's, du legst dich gleich ins Bett und wartest ab, bis der ganze bescheuerte Krieg vorüber ist.«

Sofort gingen einige Köpfe in die Höhe. Wie das denn gemeint sei, fragte Tante Friedchen, ein sehr kleines, dünnes, aber trotz ihrer sechzig Jahre noch sehr drahtiges Persönchen.

Onkel Albert lachte böse. »Genau so, wie du's verstanden hast, Friederike. Unsere Jugend lernt nichts anderes kennen als Krieg. Und im Krieg kommt es vor allem aufs Überleben an. Was gewissen Leuten aber völlig egal zu sein scheint.«

Tante Friedchen, Cousin Augusts Frau und stolze »Heldenmutter«, wollte sogleich zurücktrompeten, da klopfte Mutter heftig auf den Tisch. »Also bitte: Heute feiern wir Paules Konfirmation! Lasst die Politik beiseite, ich will nicht, dass sie uns den ganzen Tag verdirbt.«

Da biss sich Tante Friedchen auf die Lippen, und Onkel Albert zwinkerte mir zu, als wollte er sagen: Ich steh auf deiner Seite, Junge! Mamusch aber wechselte rasch das Thema, indem sie von Bille erzählte. Wie sprachbegabt sie sei und wie gut sie rechnen könne und dass sie deshalb auf die Handelsschule gehen wolle. Ich blickte mich währenddessen in der Familienrunde um: Wenn wir über die Nazis abgestimmt hätten, wie viele in unserer Familie hätten für sie gestimmt? Das Ergebnis tat mir weh: 9:7 für Hitler! Und das sogar noch jetzt, im März 1943, nach Stalingrad und all den Judendeportationen.

Das Bedrückende an dieser Zeit war aber nicht nur, dass die Hiobsbotschaften von der Front und die Bombenangriffe sich so sehr häuften, da war auch der immer anstrengendere HJ-Dienst.

Unsere Führer nahmen mit uns *Mein Kampf* durch, referierten über die verschiedenen Waffengattungen, damit wir uns schon mal mit der einen oder anderen anfreunden konnten, oder behandelten das Leben führender Nazis. Und immer öfter ging es zu Schießübungen hinaus oder wir mussten mit dem Kompass in der Hand durch die umliegenden Wälder schleichen und danach mit lautem Gesang zurückmarschieren.

Mir machte das alles keinen Spaß und Helmut Berkenthin, wie ich verwundert beobachtet hatte, auch nicht. Peer Matthießen aus der Jablonski 56 hingegen, ein rothaariger, großer, kräftiger Junge, der mir ansonsten sehr sympathisch war, liebte diese »Geländespiele«. Er schien auch mich in Ordnung zu finden, und sicher hätte ich mich längst mit ihm angefreundet, wenn er nicht so ein begeisterter Schütze und Waldläufer gewesen wäre. Für kurze Zeit aber wurden wir doch Freunde.

Es begann damit, dass unser Stammführer, ein blasser, schmaler Bursche mit Namen Salzgeber, mal wieder eine Rede hielt. Nur mit der notwendigen Härte ließe sich die Welt erobern, versuchte er uns einzuhämmern. Weichlinge könnten nie ein Herrenvolk werden. Die Engländer nannte er verjudete Krämerseelen, die Franzosen geile Rotweinsäufer, »den Russen« den typischen slawischen Untermenschen und die Juden, na ja, das seien nun mal die schlimmsten aller Widerlinge. In Deutschland gäbe es, dem Führer sei Dank, ja kaum noch welche, in den Feindesländern jedoch, insbesondere im wertelosen Amerika, regierten sie noch immer. Und das sollten wir uns merken: »Wer sich mit dem Juden einlässt, stirbt daran.«

Als er das sagte, musste ich ein ablehnendes Gesicht gemacht haben. Peer bemerkte es und sprach mich auf dem Heimweg an. »Mensch, hast du den angestarrt! Er muss gedacht haben, du willst'n auffressen.«

Ich erschrak. Hatte ich mich so wenig unter Kontrolle? Und weil ich nicht wusste, wie Peer über alles dachte, log ich ihm vor, ich hätte gerade an meinen Cousin gedacht, der an der Front gefallen war.

Er zog ein Augenlid herunter. »Denkst wohl, ich bin im Nachttopf geboren? Mit mir kannste Deutsch reden; mir gefällt dieses ewige Gesülze vom Salzgeber auch nicht.«

Erleichtert belustigte ich mich mit ihm über Salzgebers Goebbels-Reden; als wir uns voneinander verabschiedeten, war klar, dass wir uns näher kennen lernen wollten. Also lud Peer mich für den nächsten Tag zu sich ein. Er wollte mir seine Schallplatten vorführen.

Ich ging hin – und kam aus dem Staunen nicht mehr heraus. Erstens, weil Peer nicht nur ein sehr großes eigenes Zimmer, sondern auch einen eigenen Schallplattenspieler besaß, zweitens, weil er mir nur verbotene Musik vorspielte: jede Menge amerikanische Jazz-Musik; den *St. Louis Blues, Me and My Shadow, Jeepers Creepers* und immer so weiter. Es gab ältere Jugendliche, die liebten diese verbotene »Negermusik«, »Swing-Heinis« wurden sie genannt. Sie schwärmten für Glenn Miller, Artie Shaw, Benny Goodman und Tommy Dorsey, ließen sich die Haare lang wachsen und waren zumeist keine begeisterten Hitlerjungen. Einige sollten sogar schon mal für ein Weilchen im Gefängnis verschwunden sein. Wie aber passte das zu Peer, dem tüchtigen Exerzierer und Langstrecken-Waldläufer?

Ich wagte erst nicht, ihn danach zu fragen, wollte nur immer mehr von diesen Platten hören. Menschenskind, das war Musik! Was ganz anderes als die deutschen Schlager, all diese Schnulzen wie *Tapfere kleine Soldatenfrau, Heimat, deine Sterne, Ich weiß, es wird einmal ein Wunder geschehen* und *Das kann doch einen Seemann nicht erschüttern.*

Als wir Schluss machen mussten, nickte ich beeindruckt. »Toller Rhythmus, diese Negermusik! Jetzt brauchste dir nur noch die Haare wachsen lassen und du bist auch so 'n Swing-Heini.«

Er grinste. »Würd ich ja gern machen, nur springt der Salzgeber dann im Quadrat.«

»Und weil du das nicht willst, bist du immer so eifrig?«

Peer wurde ernst. »Erraten, mein Sohn! Wozu unnötig Ärger kriegen?« Und er erzählte mir, was sein Vater zu ihm gesagt hatte, eigentlich ein Nicht-Nazi, aber doch in der Partei und Beamter in irgendeinem Ministerium. »Anders sein als die Mehrheit in einer so bösen Zeit, das geht nicht. Wer das versucht, kommt unter die Räder. Es ist besser, sich zu tarnen. Also schrei ja, wenn alle ja schreien, und sag nein, wenn sie nein sagen. So überlebst du! Denken kannste, was du willst.«

Eine Lebensregel, die mir nicht gefiel. Zwar tarnte auch ich mich, aber ich schrie nicht willig ja. Und Vater war nicht in die Partei eingetreten und deshalb nicht Werkmeister geworden.

Ich sagte das nicht, doch musste Peer mir meine Ablehnung angesehen haben. Er bearbeitete mich weiter. »Wenn man nichts ändern kann, sagt mein Vater, hat man die Pflicht, sich unter den gegebenen Umständen das Leben so angenehm wie möglich zu machen. Hat ja jeder nur eines, soll er sich das von diesen Knallköppen kaputtmachen lassen?«

Ich versprach, darüber nachzudenken, das aber nur, weil ich mehr von dieser Musik hören wollte. Nach ein paar Wochen jedoch war diese Freundschaft schon wieder beendet. Da gab es für die HJ eine Filmvorführung. Wir durften – mussten! – uns den Film *Jud Süß* ansehen; einen Film, in dem die Juden allesamt als schmutziges, lüsternes und geldgieriges Ungeziefer dargestellt wurden. Viele Jungen machten danach ganz betroffene Gesichter: Ja, jetzt wussten sie, weshalb der Führer unter den Juden aufgeräumt hatte. Solche Parasiten, die blonde deutsche Mädchen ins Unglück stürzten, gehörten vernichtet.

Ich sah Peer an. Was dachte er?

Er bemerkte meinen Blick und zuckte die Achseln. »Na ja, das mit den Juden, da haben die Nazis vielleicht doch 'n bisschen Recht. Mein Vater sagt immer: Wenn du 'n armen Juden triffst, mach 'n Foto von ihm. Das hat Seltenheitswert.«

Von da an war er für mich gestorben. Ich ging nicht mehr zu ihm, um mir seine Platten anzuhören, obwohl er mich noch öfter dazu einlud. Irgendwann musste er dann begriffen haben, weshalb ich nicht mehr kam, und die Einladungen blieben aus.

Am 20. April, Hitlers Geburtstag, bekam Peer dann die rotweiße Kordel des Jungenschaftsführers verliehen. Vor dem versammelten Zug. Ich stand in der ersten Reihe und sah ihn nicht an. Und er sah mich nicht an; wir hatten nichts mehr miteinander zu tun.

Lichtfinger

Im Sommer fuhr ich mit dem Rad für drei Tage zu Clara an den Greifswalder Bodden. Sie hatte es sich gewünscht, und Mutter hatte es mir erlaubt, nachdem sie Clara kennen gelernt hatte.

Lubmin hieß der Badeort, in dessen Nähe Claras Tante Hertha und deren alter Vater einen kleinen Bauernhof bewirtschafteten. Es gab viele freie Zimmer, denn Tante Hertha war Witwe, ihre beiden Söhne waren an der Front und ihre Tochter Ingrid erfüllte ihre Pflicht beim Reichsarbeitsdienst.

Clara und ich badeten in der Ostsee, lagen am sonnenwarmen Strand, machten Waldwanderungen und küssten uns, wenn wir sicher waren, dass niemand uns beobachten konnte. Es waren herrliche Sommertage, der Krieg war ganz weit weg. Als ich mich dann verabschiedete, es war morgens um sieben Uhr, weil ich an diesem Tag noch möglichst weit kommen wollte, bevor ich mich in einer Scheune zum Übernachten verkroch, standen Clara die Tränen in den Augen. Tante Herthas alter Vater schmunzelte, dass die Runzeln und Falten in seinem Gesicht sich vervielfältigten. »Ja, ja, junge Liebe is was Schoines!«

Tante Hertha, eine dicke, dralle, echte Bauersfrau, wollte das nicht hören. »Aber sie sind doch erst fünfzehn! Da verliebt man sich doch noch nicht.«

Ihr Vater wusste es offensichtlich besser. Er schmunzelte und zwinkerte mir zu, als würde er mit mir ein Geheimnis teilen. Ich war froh, als ich endlich mein voll bepacktes Rad besteigen und abdampfen durfte. Mir war elend zumute. Wie schön wäre es gewesen, wenn diese Tage in Sonne, Luft und Wasser nie zu Ende gegangen wären!

Zu Hause lagen zwei Briefe. Der erste war von Vater, der zweite von Joseph Goebbels.

Vater schrieb, dass er im Lazarett liege. Es habe ihn am Oberschenkel erwischt. »Aber es ist nichts, weshalb ihr euch sorgen müsstet. So was überlebt der tapfere Krieger, steht auf und ficht weiter.« Gleich darauf berichtete er, wie es zu jener Verwundung gekommen war: »Hab den Feind sogar sehen können. Nur etwa sechzig Meter entfernt lag er. Sicher hatte auch er viele Tote und Verwundete zu beklagen, war ja das reine Todeskommando, in das man die Iwans und Pjotrs da gehetzt hatte … Na ja, vielleicht ist das Ganze ja mein Glück. Im Lazarett schießt wenigstens keiner auf mich. Hier schmerzen nur die vielen Arm- und Beinamputierten und halb weggeschossenen Gesichter, die man zu sehen bekommt. Da gerät man ins Grübeln: Steht dir so was auch noch bevor? Auch fragt man sich, wie viele solcher Verwundungen man selbst schon verursacht hat … Wenn euch irgendein Fronturlauber, so ein ganz Edler, erzählen will, er habe keine Leiche im Keller, weil er immer nur in die Luft geschossen habe, glaubt ihm nicht. Wir schießen schon aus Angst nicht in die Luft. Schließlich geht's um das eigene bisschen Leben … Und die Russen fühlen und denken genauso und haben noch dazu das schöne Gefühl, im Recht zu sein.«

Die Ärzte hatten Vater gesagt, dass er noch etwa vier Wochen weiße Laken schmutzig liegen dürfe, danach würde sein »Heimatschuss« ihm sicher vierzehn Tage Genesungsurlaub eintragen. »Was meint ihr, wie ich mich auf euch freue! Nein, das könnt ihr euch nicht vorstellen! Die Urlaubstage sind die einzig schöne Zeit im Leben des Soldaten.«

Mamusch weinte jedes Mal, wenn sie den Brief las. Aus Vorfreude, wie sie behauptete. Ein ganzes Jahr sei Vater nicht zu Hause gewesen, sie könne es kaum noch erwarten, ihn wieder in die Arme zu schließen. In ihren Augen aber lag Angst. Was, wenn Vater nicht »nur« am Oberschenkel getroffen worden wäre? Was, wenn auch er zu den Kriegsinvaliden mit den halb weggeschossenen Gesichtern gehört hätte?

Goebbels Brief war an alle Berliner Haushalte gerichtet. Als Gauleiter von Berlin forderte er die Eltern auf, ihre Kinder bis zu 14 Jahren wegen der »kommenden Gefahren des Luftkrieges« aufs Land hinauszuschicken. Auf mich traf diese Aufforderung nicht mehr zu, wohl aber auf Bille; ihr fehlten noch zwei Monate zum vierzehnten Geburtstag. Doch wollte sie nicht fort, obwohl Mutter über Onkel Alberts angeheiratete Verwandtschaft die Möglichkeit hatte, sie in Thüringen unterzubringen.

»Ich gehe nicht«, beharrte Bille. »Was soll ich bei wildfremden Leuten? Bald bin ich sowieso vierzehn, dann betrifft's mich auch nicht mehr.«

Mutter vermutete, dass Jule der Grund war, weshalb Bille nicht wegwollte. Wenn sie ihn auch nur selten besuchen durfte – in Thüringen würde sie gar nichts mehr über ihn erfahren. Wir hätten in unseren Briefen ja immer nur Sätze wie »Onkel Emil geht's auch gut« schreiben können.

Nach Schlesien, ins Sudetenland, nach Bayern, Thüringen, Mecklenburg, überall dorthin, wo vermutlich keine oder nur ganz wenige Bomben fallen würden, wurden die Kinder evakuiert. Bille aber war nicht die Einzige, die nicht wegwollte; ihre halbe Klasse blieb in Berlin.

Doch kam Goebbels' Warnung nicht zu früh. In der Nacht vom 23. auf den 24. August erlebten wir den ersten wirklich schweren Bombenangriff.

Es war die Nacht von Sonntag auf Montag, der Himmel war sternenklar. Wunderbares Wetter für die englischen

Bomberpiloten, die in jener Nacht über eintausendachthundert Spreng- und Brandbomben auf die Stadt abwarfen. Die Stadtmitte wurde böse zerstört und die südlichen Vororte Lankwitz, Südende und Lichterfelde ganz und gar in rauchgeschwärzte Todesinseln verwandelt. Achtundfünfzig Bomber wurden von der deutschen Flak abgeschossen, hundertzwanzigtausend Berliner wurden ausgebombt, fast sechstausend kamen im Bombenhagel um.

Ich kann mich an diese Nacht noch gut erinnern, weiß noch, wie am Sonntagabend, etwa eine halbe Stunde vor Mitternacht, die Luftschutzsirenen losheulten und Mutter, Bille und ich ruhig und gelassen die Treppe in den Luftschutzkeller hinunterstiegen. War ja nicht unser erster Fliegeralarm; wir dachten, es würde wieder so eine langweilige Kellernacht werden. Wie wir uns irrten! Punkt Mitternacht fielen die ersten Bomben – und dann waren so viele Einschläge zu hören wie nie zuvor, und manche erschienen mir so nah, dass ich vor Aufregung immer nötiger pinkeln musste. Obwohl Mutter und Luftschutzwart Kolle mich festhalten wollten, öffnete ich die schwere Stahltür und lief in den Hof. Dort sah ich Flakscheinwerfer den Himmel absuchen. Wie gespenstische Riesenfinger tasteten sie den Himmel nach den Angreifern ab. Zwischendurch zuckten immer wieder Blitze auf, denen ein Dröhnen und Krachen folgte, als zürnte uns irgendein gewaltiger Gott. Noch während ich mir den Hosenschlitz zuknöpfte, lief ich in den Keller zurück.

Eine halbe Stunde dauerte dieser Angriff nur – wir sollten später noch wesentlich längere und schlimmere erleben –, mir aber war, als wollte er überhaupt kein Ende nehmen. Einmal dachte ich kurz an Clara, dann an Jule. Die beiden saßen jetzt auch in irgendwelchen Kellern und dafür musste »Paul Krüger« auch noch dankbar sein; Juden durften ja schon lange nicht mehr in die Luftschutzkeller, ihr Leben musste nicht mehr geschützt werden. Gleich darauf ließ ein erneutes Krachen und Beben mich an nichts anderes mehr denken als daran, dass über Mutter, Bille, mir und all den anderen Leuten ein ganzes Haus war. Wenn es getroffen wurde und einstürzte, kamen wir dann je wieder raus aus diesem Keller? Ich hatte schon oft solche Gedanken gehabt, in dieser Nacht musste ich mich zusammennehmen, um nicht in Panik zu geraten. Den anderen Hausbewohnern schien es ähnlich zu ergehen. Die Korbmeier und der Hauser, jetzt hielten sie keine Reden mehr, sie starrten genau wie ich nur stumm in sich hinein und lauschten auf das Dröhnen und Krachen über uns. Und die Frau Liedtke betete unentwegt vor sich hin. »Lieber Gott«, verstand ich, und »Jesus-Maria«.

Auch Helmut Berkenthin war sehr still. Wenige Tage zuvor, während eines Fehlalarms, hatte er noch gewitzelt: »Wo bleiben se denn, die Tommys? Wird ihnen doch unterwegs nichts passiert sein?« Jetzt war sein Gesicht bleich, die Augen flackerten.

Nachdem der letzte Einschlag zu hören gewesen war, warteten wir auf die Entwarnung. Vorher durfte keiner in seine Wohnung zurück. Die Entwarnung aber kam und kam nicht. Was hatte das zu bedeuten? Wurde noch eine zweite Angriffswelle erwartet? Fast wünschte ich mir diese zweite Angriffswelle herbei, nur damit endlich dieses Warten und Lauschen aufhörte.

Erst nach drei Stunden heulte die Alarmsirene: Entwarnung! Alle atmeten auf, alle drängten aus dem Keller. Doch ging keiner in seine Wohnung. Wir liefen bis zur Prenzlauer Allee vor, blickten in Richtung Stadtmitte – und erstarrten: Roter Dunst und schwarze Rauchwolken vermischten sich, Millionen Funken zerstoben in der Luft, überall zuckten noch

Flammen auf und ein schwerer, kaum erträglicher Brandgeruch lag über der Stadt.

Es war die Korbmeier, die als Erste wieder den Mund aufmachte, um die üblichen Tiraden gegen den Feind vom Stapel zu lassen. Nur klangen ihre bösen Reden in dieser Nacht seltsam matt und blutleer.

Nach dieser Nacht, in der Bille und ich kaum geschlafen hatten, begann die Schule wieder; die Sommerferien waren beendet. In der Klasse gab es nur ein Thema: der Bombenangriff der letzten Nacht. Nun wisse man, dass der Führer Recht gehabt habe mit seinen Warnungen vor dem Terror der Tommys und Amis, sagte Hänschen Schweikert, einer unserer eifrigsten HJler. Und er fügte hinzu, er könne es kaum noch erwarten, ein paar von diesen Luftgangstern abzuschießen.

Hänschen, obwohl eher kein Recke, gehörte zu den Jungen, die glaubten, zu der glücklichen Generation derer zu gehören, die in einer heldenhaften Zeit jung waren, um für eine strahlende Zukunft Deutschlands kämpfen zu dürfen. Ich kannte keinen, der überzeugter von dieser Rolle war als er.

Ein paar von den Jungen stimmten mit ein; auch sie wollten möglichst bald Soldaten sein.

Ich schwieg dazu nur: Was sollte *ich* mir wünschen? Wo gehörte ich hin?

Am Nachmittag wurden wir älteren Schüler dann einem HJ-Löschkommando zugeteilt. Wir bekamen graublaue Uniformen und einen Helm verpasst und mussten am Anfang zwei-, später dreimal in der Woche in einem uns zugewiesenen Einsatzquartier übernachten. Unser Lohn für diese »freiwillige« Leistung bestand in einer Sonderration Brot und Wurst.

Manche von uns waren stolz auf diese neue Aufgabe;

waren wir denn jetzt nicht auch schon so etwas wie Soldaten? Andere, darunter ich, fanden die Löschkommando-Nächte eher lästig.

Anfangs übten wir nur – es ging um die Bedienung der Wasserspritzen und das Ersticken von Brandbomben mit Sand –, denn nun gab es über mehrere Wochen hinweg nur selten Fliegeralarm, und wenn doch, erfolgten nur kleinere Angriffe. Peer Matthießen behauptete sogar, in jener ersten schweren Angriffsnacht hätten die Tommys und Amis alles an Brand- und Sprengbomben auf uns abgeworfen, was sie besaßen. Jetzt würde es mindestens ein Vierteljahr dauern, bis sie wieder so einen Angriff starten konnten. Bis dahin aber sei der Krieg vielleicht schon gewonnen.

Mich juckte es zu fragen: »Von wem?«, doch verkniff ich mir das.

Neben den Löschkommando-Einsätzen ging der übliche HJ-Dienst weiter, Exerzier- und Schießübungen und Schulungen. Ich kam kaum noch dazu, mich mit Julian oder Clara zu treffen.

Hörte ich am Abend zu Hause Radio – erst die Wehrmachts-Nachrichten, dann die BBC –, stellte ich mich anschließend vor meine mit Reißzwecken an der Wand befestigte Europakarte und trug die »planmäßigen Absetzbewegungen« der deutschen Wehrmacht »zur Verkürzung der Frontlinie« ein. Im Süden Russlands hatten wir uns schon weit zurückziehen müssen und auch die Ukraine war bereits verloren; die »Kornkammer Europas«, die zuvor so oft als kriegsentscheidende Eroberung gepriesen worden war.

Ich freute mich schon. Wenn Vater auf Genesungsurlaub kam, würde ich ihm meine Karte zeigen und erzählen, was ich alles über die BBC in Erfahrung gebracht hatte. Ich musste unbedingt mal wieder mit ihm reden; vor allem über diesen ewigen Widerspruch in mir, den er doch noch viel stärker empfinden musste als ich.

Wir freuten uns alle auf Vater, doch dann kam ein Brief von ihm – von der Front. Er sei aus dem Lazarett sofort zurückkommandiert worden, schrieb er. »Es sieht so aus, als würde nun jeder einigermaßen einsatzfähige Soldat gebraucht. Sogar über Fünfzigjährige ziehen sie jetzt schon ein. Ist das der Anfang vom Ende?«

Mutter und Bille mussten vor Enttäuschung weinen, mir zog sich das Herz zusammen. Vater tröstete uns mit Spott: »Seid nicht traurig! Höchsten Lohn findet der Soldat im Bewusstsein freudig erfüllter Pflicht. Außerdem wird bei uns geunkt, der Iwan würde am liebsten auf zurückgekehrte Urlauber schießen – vielleicht weil es ihn ärgert, dass er selber so lange nicht auf Urlaub war, vielleicht weil die Urlauber in der Heimat zu sehr gemästet werden und deshalb so gute Zielscheiben abgeben ... Na ja, wie auch immer, müssen wir eben noch ein bisschen aufeinander warten.«

Ich hatte mit Vater über meine widersprüchlichen Gefühle reden wollen, nun hatte sein Brief sie noch verstärkt: Was, wenn Vater doch noch fiel? Steckte ich dann auch an seinem Frontabschnitt die Stecknadel frohgemut etwas weiter zurück?

Große Hamburger 26

Ein sehr sonniger, milder Herbst folgte. Altweibersommer, sagte Mutter dazu. HJ-Dienst und Löschkommando-Nächte blieben und das eine oder andere Mal kamen wir tatsächlich zum Einsatz. Doch waren das keine Bombenangriffe wie im August, obwohl wir oft schlimme Verwüstungen zu sehen bekamen.

Wenn ich keinen Dienst hatte und nicht über den Schularbeiten saß, traf ich mich mit Clara oder Jule, der nun schon ein ganzes Jahr bei Hedwig Biegel lebte. Die beiden waren längst nicht mehr nur »Tante« und »Neffe«, sie lebten wie Mutter und Sohn zusammen. Bille empfand sogar Eifersucht. Tag für Tag und Abend für Abend war Frau Biegel mit Jule zusammen und sie selbst durfte ihn nur so selten sehen.

Auch die Markthändler rings um Hedwig Biegels Obst- und Gemüsestand mochten Jule inzwischen. »Hedwigs Paule« hieß er bei ihnen nur und immer öfter liehen sie ihn sich bei Frau Biegel für kleinere Hilfsarbeiten aus. Dann wischte er auch mal den Fleischstand gleich nebenan und bekam dafür etwas Suppenfleisch oder zwei Bockwürste. Oder er trug Fischabfälle fort und durfte dafür zwei Bücklinge oder eine große Portion Häckerle mitnehmen.

Es hätte bis zum Ende des Krieges so weitergehen können – doch dann, an einem ungewöhnlich sonnigen Novembertag, wurde Jule denunziert ... Und ausgerechnet an diesem Tag wollte ich ihn besuchen.

Zu seinem fünfzehnten Geburtstag hatte Bille sich mit ihm treffen dürfen, an diesem Nachmittag war ich unterwegs und hatte richtig gute Laune. Zwei Tage zuvor hatte Clara mir beim Abschied einen Brief in die Hand gedrückt – einen kunstvoll mit Blumenbildchen ausgeschmückten Liebesbrief zu meinem Geburtstag. Darin hatte sie eine Menge Dinge aufgezählt, die ihr an mir gefielen, und auch, was ihr nicht so gut gefiel. Letzteres waren nur dreieinhalb Punkte, einer jedoch tat weh: meine mangelnde Ehrlichkeit ihr gegenüber. Das betraf Jule, unser unausgesprochenes Geheimnis. Es störte Clara, dass ich ihr nicht gänzlich vertraute. Ich aber steckte noch immer in derselben Klemme: Ich wollte Clara so gern alles sagen – und durfte es nicht tun. Nicht nur Bille, auch Mutter hatte sich dagegen ausgesprochen. Ich durfte Julian nicht gefährden und ich durfte Clara nicht in Gewissenskonflikte stürzen. Immerhin war sie bei Eltern aufgewachsen, die ganz anders dachten als wir.

Über diesen Brief, der mich sehr glücklich gemacht, aber auch in neue Grübeleien gestürzt hatte, dachte ich nach, als ich an diesem Tag zur Markthalle ging. Noch in der Halle sagte ich mir immer wieder Claras Zeilen auf – bis ich endlich aufblickte und zusammenschrak: Hedwig Biegels Stand war geschlossen!

Ich stand da und rührte mich nicht. Was war passiert? Waren Julian und Frau Biegel verhaftet worden? Sollte ich gleich wieder verschwinden? Oder war Frau Biegel vielleicht nur krank geworden? Nur zögernd trat ich an den Fleisch- und Wurststand gleich daneben und fragte mit gespielt gleichgültiger Miene, ob der Gemüsestand heute nicht öffne. Meine Mutter habe einen großen Kopf Wirsingkohl bestellt.

Der Standbesitzer, rot im Gesicht und mit Specknacken, blickte sich erst mal nur vorsichtig um, dann flüsterte er mir zu: »Na, dann sag deiner Mutter mal, dass se ihrn Kohl demnächst woanders bestellen muss. Die Biegeln ham se heute Morjen abjeholt. Und ihrn Neffen ooch. Det war nämlich 'n Jude.«

Worte, die mir durch und durch gingen. Damit war alles klar. Diesmal gab es keinerlei Zweifel wie an jenem Tag, als ich vor Lena Felskes verschlossenem und versiegeltem Laden stand.

Wie mechanisch sagte ich »Danke schön« und tat so, als würde ich mich in aller Gemütsruhe nach einem anderen Obst- und Gemüsestand umsehen. Doch drängte es mich, nach Hause zu laufen. Ich musste Mutter und Bille Bescheid sagen. Wir mussten darüber reden, was nun zu tun sei. Vielleicht würde Jule ja alles sagen, alle seine Helfer verraten. Nicht weil er den Nazis damit einen Gefallen tun wollte, auch nicht aus Angst – aber doch ganz sicher, wenn sie ihn folterten. Dass die Gestapo viele ekelhafte Methoden kannte, um jemanden zum Reden zu bringen, wusste mittlerweile doch jedes Kind.

Seltsam, dass ich keine Sekunde daran dachte, dass Hedwig Biegel uns verraten könnte. Ich war mir wohl sicher, dass sie sich von den »Teufeln« eher totschlagen lassen würde, als ihnen auch nur das geringste Zugeständnis zu machen.

Erst als ich an diesem schönen blauen Herbsttag nach Hause hastete, machte ich mir Gedanken darüber, wer Jule erkannt und verraten haben könnte. War es jemand aus der Jablonskistraße? Dann war es doch ein zu großes Risiko gewesen, ihn in so großer Nähe unterzubringen; dann würde Mutter sich jetzt die allerschlimmsten Vorwürfe machen. Andererseits: Wo hätte sie ihn denn sonst verstecken sollen? So viele Leute gab es nicht, die einem fremden jüdischen Jungen zuliebe ihr eigenes Leben und vielleicht auch noch das ihrer Familie aufs Spiel setzten. In Spandau, Neukölln, Köpenick oder Charlottenburg kannte Mutter nun mal keine Hedwig Biegel.

Später erfuhr ich, wie alles vor sich gegangen war. Es war niemand aus der Jablonskistraße, der Jule erkannt und denunziert hatte – es war ein ehemaliger Schüler der Goldschmidt-Schule. Ein Jude! Ein so genannter »Greifer« oder »Fänger«; einer jener Männer und Frauen, die sich auf einen tragischen Handel eingelassen hatten. Die Gestapo sagte sich, dass Juden die Gewohnheiten, Beziehungen, Verstecke und die Psychologie untergetauchter Juden sicher am besten kannten – »Juden riechen Juden« –, und erpresste diese Menschen mit einer ganz einfachen Drohung: Entweder du arbeitest für uns, indem du U-Boote aufstöberst und uns meldest oder gleich selbst verhaftest, oder du wirst schon morgen in ein Lager abtransportiert.

Man wusste bei der Gestapo, dass sich gerade in Berlin viele untergetauchte Juden aufhielten. Auch aus anderen Städten waren sie gekommen, in der Hoffnung, sich in der Vier-Millionen-Stadt – als »Baum im Wald« – besser verbergen zu können. Keinen von ihnen wollte man entkommen lassen und so setzte man diese Greifer ein. Deren übelste Methode war, sich als U-Boot auszugeben, um Vertrauen zu erwecken – bis man von dem oder der Observierten das Eingeständnis erhielt, selbst eines zu sein.

Viele Juden haben sich nicht zu dieser Mitarbeit bereit erklärt, einige wenige jedoch versuchten, sich oder ihre Familien durch besonderen Eifer zu retten. Sie lebten auch nicht schlecht dabei, mussten keinen Stern tragen, bekamen gute Lebensmittelkarten, wurden für ihre Tätigkeit bezahlt und der eine oder andere durfte sogar eine Pistole bei sich tragen. Außerdem erhielten sie Gestapo-Ausweise. Allerdings mussten sie ständig Erfolge vorweisen; die Möglichkeit, nur zum Schein auf das Angebot der Gestapo einzugehen, gab es nicht. Und damit sie erfolgreich waren, liefen sie durch die ganze Stadt; immer wachen Auges, immer bereit, sich auf diese Weise auch weiter das Lager zu ersparen.

Der ehemalige Mitschüler, der Jule denunzierte, hatte ihn wiedererkannt, obwohl er in eine höhere Klasse gegangen war, sie kaum etwas miteinander zu tun gehabt hatten und Hedwig Biegels Paule mit dem Irrenhaarschnitt und der dicken Brille in nichts mehr jenem Julian Sternberg glich, der einst auf die Grunewalder Goldschmidt-Schule gegangen war. Wer aber zu keinem anderen Zweck durch die Markthalle spazierte als dem, untergetauchte Juden zu entdecken, der konnte nach längerem Studieren seines Zielobjektes doch eine gewisse Ähnlichkeit feststellen.

Jule hatte gar nicht mitbekommen, dass er beobachtet worden war. Nach über einem Jahr bei Hedwig Biegel fühlte er sich sicher und verrichtete wie immer seine Arbeit. Bis plötzlich zwei Männer in Ledermänteln auf ihn zutraten und ihn nach seinem Namen fragten.

»Paul Krüger«, antwortete er mit blödem Gesicht.

Da lachten die beiden Gestapo-Männer. »Lass die Schauspielerei! Du bist Jude – Juden heißen nicht Paul Krüger.«

In diesem Moment entdeckte Jule seinen Denunzianten, der sich vorsichtig im Hintergrund hielt. Er erkannte das Gesicht wieder, wusste aber nicht den Namen dieses ehemaligen Mitschülers und dachte sich, dass der seinen, Julians, Namen auch nicht kannte. So beschloss er, erst mal weiter den Blöden zu spielen. »Wieso ist Paul Krüger denn kein schöner Name? Warum soll ich denn anders heißen, meine Tante nennt mich doch auch so?« Und er drehte sich zu Hedwig Biegel um, die gerade einen Kunden bediente und noch gar nichts mitbekommen hatte von der Gefahr, die ihr drohte, und rief: »Tante Hedwig! Hier sind welche, die wollen mir nicht glauben, wie ich heiße.«

Hedwig Biegel, die sicher sofort begriffen hatte, dass damit alles aus war, blieb ganz ruhig. »Erst die Kundschaft, dann die Herren Beamten«, rief sie zurück und bediente mit freundlichem Gesicht zu Ende. Dabei überdachte sie wohl schon, wie sie sich nun verhalten sollte, und als sie sich endlich den beiden Gestapo-Männern zuwandte, fuhr sie sie an: »Wat wolln Se denn von meinem Neffen? Der tut nur seine Arbeit. Dass er's hier oben nich gerade hat« – sie tippte sich an die Stirn – »is doch wohl keen Verbrechen.«

Die beiden Beamten ließen sich auf keine Diskussion ein. »Schließen Sie Ihren Stand«, befahlen sie Frau Biegel. »Sie und der junge Mann hier sind verhaftet.«

Zu Fuß wurden Frau Biegel und Julian in das nahe gelegene Gestapo-Hauptquartier in der Burgstraße gebracht. Dort sah Jule Hedwig Biegel zum letzten Mal. Die kleine Frau mit dem großen Mut lächelte ihm noch einmal zu, bevor sie voneinander getrennt wurden. »Mach's gut, Paule! Und denk daran: Du hast nichts Unrechtes getan.«

Was später aus Hedwig Biegel wurde, haben wir nie erfahren. Ihr Obst- und Gemüsestand wurde bald von einem einbeinigen Kriegsinvaliden und seiner Frau bewirtschaftet, in ihre Wohnung zogen neue Leute und auch nach dem Krieg kehrte sie nicht zurück. Sie wird die Verhöre oder spätere Einweisung in ein KZ nicht überlebt haben.

Zwei andere, im Dienstrang höher einzuschätzende Gestapo-Beamte übernahmen Jules Verhör: ein blonder Schmaler mit Nickelbrille und ein Dunkelhaariger mit Bullengesicht und Stiernacken.

Zuerst wollten sie seinen Namen wissen.

Jule sagte: »Paul Krüger.«

Sie wollten Namen und Adresse seiner Eltern wissen.

Jule sagte aus, was er sich eingeprägt hatte.

Sie glaubten ihm nicht. »Hältst du uns für Leute von vorgestern? Die Märchen, die du uns hier auftischst, haben wir in fünf Minuten überprüft. Da reicht ein einziger Anruf in Hannover.«

Da nahm Jule all seine Kraft zusammen und spielte den Empörten. »Aber wieso soll denn gerade ich ein Jude sein?

Sehe ich etwa so aus? Sie können ja nachkucken, ob ich Jude bin.«

Ein Angebot, das die beiden erst mal überraschte. Dann trat der Bullige vor Jule hin. »Lass deine Hosen runter.«

»Bitte schön!« Jule versetzte sich so sehr in die Rolle des fälschlich Verdächtigten, dass er ganz und gar vergaß, sich zu schämen, als er sich vor diesen beiden Männern entblößte.

Der Bullige beugte sich zu ihm herunter, sah, dass er nicht beschnitten war, und richtete sich verunsichert wieder auf. Der mit der Nickelbrille winkte ab. »Das ist kein Beweis. Nicht alle Juden sind beschnitten. Du bist auf eine jüdische Schule gegangen und wiedererkannt worden. Und auf jüdische Schulen gehen nun mal keine Arier.« Er kam um seinen Schreibtisch herum, baute sich dicht vor Jule auf und blickte ihm voller Hohn in die Augen. »Sag uns deinen wirklichen Namen und du ersparst dir eine Menge Ärger.«

Jule blieb nichts anderes übrig, als weiter den Empörten und Beleidigten zu spielen. »Na, dann rufen Se doch in Hannover an, wenn Se mir nicht glauben. Leider haben meine Eltern kein Telefon. Aber andere Leute vielleicht.« Ein letzter verzweifelter Versuch, die beiden davon zu überzeugen, dass er Paul Krüger war; dabei hatte er die Hoffnung längst aufgegeben.

Der mit der Nickelbrille lächelte immer spöttischer. »In der Markthalle bist du als Blödian rumgelaufen, jetzt stellst du dich auf einmal gar nicht mehr so dumm an. Ist das nicht seltsam?«

Das war's! Julian hatte immer weiter beteuert, Paul Krüger zu sein, jedoch aus Angst vor dem, was nun ganz sicher auf ihn zukommen würde, total vergessen, auch weiter diesen Paul Krüger zu spielen. Er senkte den Kopf und sagte gar nichts mehr.

»Deinen Namen!«, schrie der Bullige.

Jule schwieg. Er wusste, wenn er seinen wirklichen Namen sagte, waren auch Mutter, Bille und ich dran.

»Deinen Namen!«, schrie der Bullige noch einmal, und dann schob er sich mit einer raschen Bewegung einen Schlagring auf die Hand und schlug so heftig zu, dass Jule zu Boden stürzte. Als er sich wieder aufrichten wollte, traf ihn ein Stiefeltritt vor die Stirn. »Sag deinen Namen oder ich trete dich tot.«

Längere Zeit war Jule benommen, dann gestand er mit dröhnenden Kopfschmerzen und mit vor Übelkeit immer wieder stockender Stimme, dass er in Wahrheit Jacob Israel Hirsch heiße, am Charlottenburger Ufer gewohnt habe und tatsächlich Jude sei. Er kannte einen Jacob Hirsch aus der Goldschmidt-Schule. Dieser Jacob war mit einem Kindertransport nach Schweden gegangen und seine Eltern später von der SS abgeholt worden. Falls die Gestapo-Beamten seine Identität nachkontrollierten, würden sie herausfinden, dass unter der angegebenen Adresse tatsächlich eine Familie Hirsch gewohnt hatte und nur die Eltern ins Lager gekommen waren. Aber wozu sollten sie das überhaupt nachprüfen wollen? Sie hatten einen Juden gefasst, war doch ganz egal, wie der hieß. Warum sollte denn ein Jude sich für einen anderen Juden ausgeben? Davon hatte er doch gar keinen Vorteil.

Fürs Erste war der Bullige zufrieden. Jule durfte sich aufrichten und sich das Blut aus dem Gesicht wischen. Der mit der Nickelbrille machte sogar ein freundliches Gesicht. »Dummkopf! Das hättest du dir wirklich ersparen können. Aber nun bist du ja klüger geworden, also sag uns, wer dir geholfen hat, dich vor uns zu verstecken. Aber bitte schön alle Namen!«

Jule überlegte, ob er sagen sollte, dass Frau Biegel gar nicht gewusst habe, dass er Jude sei. Er hätte der Frau, die so viel für ihn getan hatte und seinetwegen nun in einer genauso schlimmen Situation war, gern geholfen. Doch sah er ein, dass man ihm das nicht glauben würde. So sagte er nur aus, dass er sich lange Zeit selbst versteckt hätte – im Sommer im Wald, im Winter in Ruinen –, bis er Frau Biegel kennen gelernt und sie Mitleid mit ihm gehabt hätte.

Sie glaubten ihm nicht und der Bullige hielt ihm erneut die Faust mit dem Schlagring unter die Nase. »Wo hast du die erste Nacht nach deiner Flucht geschlafen, wo die zweite, wo die dritte? Namen und Adressen wollen wir hören und keine Judenmärchen.«

Da fing Jule an zu heulen. Das erschien ihm nun das Einfachste. Aber er habe sich wirklich allein versteckt, er kenne ja sonst niemanden.

Der mit der Nickelbrille: »Und wovon hast du gelebt?«

»Ich … ich habe geklaut.«

»Und wo?«

»In den Markthallen. Da … da war's am einfachsten.«

Sie glaubten ihm nach wie vor nicht. Wieder erhielt er einen Schlag ins Gesicht; diesmal einen Hieb mit dem Schlagring direkt unters Kinn.

Er sackte zusammen und war minutenlang weg. Als er wieder zu sich kam, saßen die beiden Gestapo-Männer auf ihren Stühlen, der mit der Nickelbrille hinterm Schreibtisch, der Bullige davor, und starrten ihn kalt an. »Also noch mal: Wer hat dich versteckt?«

»Frau Biegel.« Jule spürte, wie sich alles in ihm verhärtete. Nein, weich klopfen ließ er sich von denen nicht.

Der Bullige musste ihm diese Gedanken vom Gesicht abgelesen haben. Er sprang auf. »Es gibt noch andere Mittelchen und Wege, dich zum Sprechen zu bringen.«

Da verfiel Jule in einen Weinkrampf. »Aber … aber … aber mir hat doch sonst wirklich niemand geholfen.«

»Ach so! Ja? Wirklich nicht?« Der Bullige wollte erneut zuschlagen, der mit der Nickelbrille pfiff ihn zurück. »Ach was! Der ganze Aufwand lohnt doch nicht. Soll er in die Große Hamburger gebracht werden, zu dem anderen Parasitengesocks. Und danach ab – zu seinen Vorfahren.«

Der Bullige bedauerte es offensichtlich, dass er Jule nicht noch seine anderen Mittelchen und Wege vorführen durfte, auf den mit der Nickelbrille jedoch schienen noch andere, lohnendere Aufgaben zu warten.

Die Große Hamburger Straße lag nicht weit von der Monbijou-Brücke entfernt, an der Jule und ich so gern in die Spree geschaut hatten, wenn wir die Stadt abwanderten. In der Nr. 26 hatte sich zuvor das Jüdische Altersheim befunden, jetzt diente das alte, graue Gebäude der Gestapo als Sammellager; letzte Station der Berliner Juden vor dem Abtransport in die Konzentrationslager.

Jule wurde zuerst dem jüdischen Lagerleiter Max Reschke vorgeführt, vor dem er alle Taschen leeren musste – »Wenn du noch Wertsachen hast, liefer sie am besten gleich ab. Die brauchst du ja nun nicht mehr, die machen dir nur Ärger« –, danach dem »Judenkommissar« Dobberke persönlich.

Max Reschke war zuvor Rektor der jüdischen Knabenschule gewesen, die gleich nebenan lag, jetzt war er Dobberkes Stellvertreter. Ein typischer Preuße, wie Julians Mitgefangene ihn charakterisierten, ein gehorsamer Diener der Nazis und Krümel kackender Aufpasser, der im Auftrag der Gestapo die Deportationslisten zusammenstelle. Und auch darin sei er sehr korrekt: Bestelle das Lager Auschwitz so und so viel Menschen, liefere er sie; keinen weniger, keinen zu viel.

Reschke verhörte Jule am Anfang eher leidenschaftslos. Was Jule auch aussagte, er trug es in ein Formular ein. Er bezweifelte keine einzige Aussage und hakte nie nach, wenn Jule befürchtete, dass etwas an seiner Fluchtgeschichte unglaubwürdig klingen könnte. Erst als nichts mehr in das Formular einzutragen war, fragte er Jule mit gleichmütigem Gesicht nach Vater und Mutter; wie sie denn so gelebt hätten, was für Menschen sie gewesen seien?

Jule erschrak: Kannte Reschke Jacob Hirschs Eltern? Nur vorsichtig und allem Konkreten ausweichend antwortete er.

Reschke musste lächeln und schlug einen vertraulichen Ton an. »Schöne Geschichte, die du uns hier auftischst! Du willst Leute schützen, die dir geholfen haben. Das ist menschlich sehr verständlich, aber in deiner Situation äußerst dumm – weil du dir damit nämlich selbst ein Bein stellst. Sag lieber die Wahrheit. Mit Lügengeschichten kommst du bei mir nicht weit. Und es ist auf jeden Fall besser, du sagst es mir, bevor die da« – er wies mit dem Daumen nach oben – »es aus dir herausfoltern.«

»Aber ich hab schon alles gesagt«, verteidigte sich Jule. »Soll ich lügen, nur um denen« – beinahe hätte er auch nach oben gezeigt – »einen Gefallen zu tun?«

Reschke blieb bei seinem milden Ton. »Sei vernünftig, Junge! Sag mir, wer dich so lange versteckt hat. Denk daran, hier, in diesem Haus, gibt es nur zwei Leute, die darüber entscheiden, wie es mit dir weitergeht – einer davon bin ich.«

Jule nahm ihm das nicht ab, erfuhr aber später, dass er sich geirrt hatte: Gab es keine anders lautende Anweisung, durfte Reschke entscheiden, wer von den zu Deportierenden nach Auschwitz und wer nach Theresienstadt kam. Und wenn die Inhaftierten auch nichts Genaues wussten und ihnen eine Todesfabrik wie Auschwitz undenkbar erschien, so war doch durchgesickert, dass Theresienstadt das angenehmere Lager von beiden war.

»Hab alles gesagt.« Jule stellte sich stur. »Es gibt keine Leute, die ich schützen will.«

»Na dann – viel Glück!«

Reschke ließ einen der jüdischen Ordner kommen, der führte Jule zuerst zum Baden – eine Prozedur, die jeder Neueingelieferte über sich ergehen lassen musste –, dann wurde er zu anderen Häftlingen gesperrt. Jule fürchtete, sie würden ihn ausfragen, alles alte und junge Männer, die selber lange Zeit als U-Boote gelebt hatten, doch stellten sie sich ihm nur wortkarg vor. Geschichten wie seine kannten sie übergenug. Und hätte er ihnen anderenfalls denn die Wahrheit sagen dürfen? Woher sollte er wissen, ob nicht auch unter ihnen Gestapo-Spitzel waren?

Eine schlimme Situation für Jule. Der ihn verraten hatte, war ein Jude, viele vom Wachpersonal waren Juden und nicht mal seinen Mithäftlingen durfte er trauen.

Den Judenkommissar Dobberke lernte Julian tags darauf kennen. Ein kleiner, dicker Mann mit kurz geschnittenem Haar, von dem die Häftlinge erzählten, dass er zuvor bei der Sittenpolizei gewesen sei.

Jetzt war er SS-Hauptscharführer.

Kein besonders intelligenter Mann, dieser Dobberke. Er sprach pommerschen Dialekt, sein Gesicht erinnerte an eine Runkelrübe. Als Jule ihm in seinem Büro gegenüberstand, ging er, nachdem er ihn ein Weilchen mit zusammengekniffenen Augen fixiert hatte, als Erstes an einen Schrank und nahm einen Ochsenziemer heraus. Der Versuch, Jule von der ersten Minute an einzuschüchtern; er sollte sehen, dass er so ein Ding hatte.

»So, Hirsch!«, sagte er dann. »Nun bist also auch du bei

mir gelandet. Schön, schön! Und jetzt entscheidet sich's – soll ich etwas für dich tun oder nicht?«

War das schon wieder der Wink mit Theresienstadt? Jule wusste inzwischen, dass prominente Juden dorthin geschafft wurden und auch den Ordnern und Greifern versprochen worden war, dass sie, wenn die Arbeit im Reich beendigt war, dort ein angenehmes Leben genießen durften. Einige Häftlinge allerdings behaupteten, dass auch aus Theresienstadt Transporte nach Auschwitz gingen und die Einlieferung dort nur einen Zeitaufschub bedeutete.

»Hab dich was gefragt!« Dobberke stellte sich dicht vor Jule hin und ließ den Ochsenziemer über seine Wange gleiten.

»Was ... was können Sie denn für mich tun?« Jule war überzeugt davon, dass ein Hauptscharführer der SS gar nichts für ihn tun konnte und auch nichts tun wollte. Er spielte nur mit, wollte den Mann nicht herausfordern, wusste bereits, dass der Dobberke unberechenbar war: Mal gab er den Menschenfreund, der nachts Häftlinge in sein Büro holen ließ, um mit ihnen Skat zu spielen, mal ließ er Häftlinge auspeitschen oder schlug selber zu.

»Vieles.« Dobberke machte ein schlaues Gesicht. »Aber zuerst musst du etwas für mich tun.«

»Und ... was kann ich tun?«

Dobberke antwortete nicht gleich. Er lächelte nur seiner Sekretärin zu, die an ihrer Schreibmaschine saß und irgendeinen Text in die Tasten hieb, und ließ dabei seinen Ochsenziemer durch die Hand gleiten. Dann sagte er plötzlich: »Ich will gar nicht wissen, wer dich versteckt hat. Das ist Kleinkram, damit soll sich der Reschke beschäftigen. Was ich von dir will, ist etwas ganz anderes.« Und wieder trat er so dicht vor Jule hin, dass der seine Alkoholfahne roch, und hob seinen Kopf an, indem er den Ochsenziemer unter Jules Kinn legte. »Ich schlag dir ein Geschäft vor, Jüdchen. Ihr Juden macht doch gern Geschäfte, nicht wahr? Also: Nenn mir die Namen von zehn untergetauchten Juden, und ich sorge dafür, dass du in Berlin bleiben kannst. Du darfst dann sogar für uns arbeiten.«

»Ich kenne ja gar keine.«

»Na ja, aber du bist doch ein intelligentes Bürschchen, Hirsch. Das sehe ich dir an. Vielleicht lernst du noch welche kennen?«

Er wollte aus Julian einen Greifer machen. Er sollte andere Juden aufspüren und denunzieren, so wie sein ehemaliger Mitschüler es mit ihm getan hatte. Jule sah den Mann vor ihm nur schweigend an.

Dobberke wurde ärgerlich. »Was denkste denn, wie oft ich dir ein solches Angebot mache? Bin doch nicht der liebe Heiland, der immer nur Gutes zu verteilen hat.« Enttäuscht von dieser Zurückweisung seiner Freundlichkeit, legte er den Ochsenziemer auf den Schreibtisch, ging zur Tür, rief einen der jüdischen Ordner und ließ Jule abführen. »Bring ihn in den Bunker. Soll er ein bisschen nachdenken. Vielleicht kommt er ja noch zur Einsicht.« Und mit einem letzten Blick auf Julian sagte er: »Bist du erst auf dem Weg nach Auschwitz, ist's für alles zu spät, Jüdchen.«

Der Ordner, der Jule durch die Gänge führte, ein noch sehr junger, rotblonder Mann, schien diese Drohung schon öfter gehört zu haben. Er zog seine Pistole und spielte damit, wie um sich wichtig zu tun. »Ich würd lieber mitarbeiten. Wer nach Auschwitz kommt, den bescheint die Sonne nicht mehr lange.«

Jule antwortete nichts darauf. Dieser Ordner arbeitete mit; was sollte er da anderes sagen?

Der »Bunker« war ein finsterer, fensterloser, stickiger Kellerraum. Jule lag auf dem nackten, kalten Steinfußboden und versuchte, nicht »nachzudenken«, denn je mehr er nachdachte, desto unruhiger wurde er. Woran sollte er denn auch denken? Dachte er an das, was hinter ihm lag – seine Eltern, Mutter, Bille und mich, Lena Felske oder Hedwig Biegel –, musste er heulen; dachte er an die Zukunft, ganz egal, ob sie Auschwitz oder Theresienstadt hieß, schnürte ihm die Angst die Kehle zu.

Drei Tage musste er das aushalten, drei Tage wurde er mit sich allein gelassen, sah er nur andere Menschen, wenn ihm das Essen gebracht wurde. Dann wurde er in die Nachbarzelle verlegt. Auch dort musste er auf dem Fußboden schlafen, doch hatte diese Zelle wenigstens ein vergittertes Fenster und er war darin nicht allein. Ein nur wenig älterer Spandauer war sein Zellengenosse: Hans Horwitz, ein Malergeselle, der, obwohl ein erster Fluchtversuch bereits gescheitert war und er dafür von Dobberke mit fünfundzwanzig Peitschenhieben und Kellerarrest bestraft worden war, an einem zweiten Fluchtversuch arbeitete. »Lieber beim Flitzen erschossen«, sagte der große, feingliedrige Horwitz, »als langsam in ihren Lagern verreckt.«

Doch Jule wollte nicht fliehen. Ihm war zu dieser Zeit alles egal. Als er mitbekam, dass Horwitz sich Nacht für Nacht bemühte, die Gitterstäbe aus dem Zementsockel zu lösen, indem er am Zement kratzte und versuchte, die Stäbe millimeterweise nach links und rechts zu bewegen, half er ihm nicht. Das machte Horwitz wütend. Er drohte Jule sogar Prügel an. Bis er ihm endlich doch half.

Acht Nächte lang versuchten sie, die Gitterstäbe aus ihren Verankerungen zu lösen. Das aber musste sehr leise geschehen und die Arbeit ständig unterbrochen werden, denn alle fünf Minuten schlenderte ein Wachposten an dem durch Scheinwerfer taghell erleuchteten Gebäude vorüber. Vor Angst versagten Jule oft die Kräfte. Er wollte nicht dabei ertappt und ausgepeitscht werden, und so war er froh, als er, noch bevor sie einen der Stäbe gelöst hatten, in einen anderen, größeren Raum im ersten Stock verlegt wurde.

Auch hier gab es keine Pritschen oder Betten, doch teilte er sich die blanken Dielen mit acht Männern und bekam vieles mit, was er zuvor nicht gewusst hatte. Die Verpflegung durch die Gestapo zum Beispiel war so mager – nur Brot, wässrige Suppe und dünnen Ersatzkaffee –, dass viele Häftlinge vom Schmuggel lebten: Nichtjüdische Freunde lieferten über die jüdischen Ordner, die sich dieses »Schleusen« bezahlen ließen, zusätzliche Lebensmittel oder irgendwelche Wertgegenstände zum Eintauschen von »Extra-Rationen«. Auf diese Weise fiel man nicht ganz so sehr vom Fleisch. Jule jedoch wollte Mutter, Bille und mich nicht gefährden, schickte keinen der Ordner zu uns und war allein auf die Großzügigkeit seiner Mithäftlinge angewiesen. Manche gaben von ihren Schätzen ab, andere nicht.

Wurde Jule jetzt vernommen, geschah das stets durch Max Reschke. Dobberke schien sein freundliches Angebot vergessen zu haben; dieser Jacob Hirsch war ja nur einer von tausenden, die durch sein Lager gingen.

Irgendwann erfuhr Jule dann, dass im dritten Stockwerk jene Häftlinge untergebracht waren, die zum Abtransport nach Auschwitz vorgesehen waren, und im zweiten Stock die zukünftigen Theresienstädter. Auf seinem Weg zu den Vernehmungen sah er die Angst und die Tränen in den Augen der Häftlinge, die das Pappschild mit dem großen T – Transport – ausgehändigt bekommen hatten. Ein Schild, das sie sich um den Hals hängen mussten. Und er hörte von Männern und

Frauen, die sich ihrem Abtransport durch einen Sprung aus den im dritten Stock nicht vergitterten Fenstern entzogen hatten. Er bekam mit, dass die Transporte immer nachts vonstatten gingen – nie vor zweiundzwanzig Uhr, nie nach sechs Uhr morgens –, und konnte durchs Fenster beobachten, wie die Häftlinge mit dem T vor der Brust in großen Möbelwagen davongefahren wurden.

Oft diskutierten seine Mithäftlinge ganze Nächte hindurch über die »Arbeit«, die sie in den Lagern leisten sollten. Manchen hatte man bei der Verhaftung gesagt, sie sollten Hammer und Nägel mitbringen – für den Barackenbau! Nun klammerten sie sich an dieser Aussage fest. Andere lachten nur böse: Jede Woche ein Transport von mindestens hundert, früher oft sogar tausend Menschen? Und alle mit Hammer und Nägeln? Um Baracken zu bauen? Oh, arme Judenheit, bist selber schuld, wenn du zugrunde gehst.

Auch dass Hans Horwitz' zweiter Ausbruchversuch misslang, bekam Jule mit. Ein jüdischer Ordner hatte Hans nachts kratzen gehört. Der sofort herbeigerufene Dobberke tobte: »Du räudiges Schwein! Du jüdische Drecksau! Du miese Scheißhausfliege!« Horwitz wurde erneut ausgepeitscht, das dumpfe Klatschen des Ochsenziemers drang durchs ganze Haus, und zwei Nächte später sah Jule mit an, wie er auf Transport ging; wankend vor Schmerz und in Handschellen.

So war es üblich: Wer einen Fluchtversuch unternahm, wurde als Erstes ausgepeitscht und danach sofort auf Transport geschickt. Nach Auschwitz. Eigentlich hätte das schon nach Horwitz' erstem Ausbruchversuch geschehen müssen; Dobberke musste damals einen sehr guten Tag gehabt haben, sonst wäre er nicht so großzügig gewesen, es bei den fünfundzwanzig Peitschenhieben bewenden zu lassen.

An Jule nagte das schlechte Gewissen: Hätte er seine Mitarbeit bei diesem Fluchtversuch nicht so lange verweigert, vielleicht wäre ihnen die Flucht noch rechtzeitig geglückt …

Ja, jetzt konnte auch er sich eine Flucht vorstellen. Grund dafür waren die Gespräche, die er mit seinen Zellengenossen geführt hatte. Es gab in der Großen Hamburger mehrere aus den Lagern geflüchtete Juden, die gefasst worden waren und über das Sammellager zurücktransportiert werden sollten. Sie hatten von Güterwaggons berichtet, die im günstigsten Fall mit Stroh ausgelegt waren, und von tagelangen Fahrten quer durch Deutschland, während derer die Deportierten kaum Gelegenheit hatten, ihre Notdurft zu verrichten. Einer von ihnen, Moritz Stettiner, ein Mann, den Jule auf etwa vierzig Jahre schätzte, bis er erfuhr, dass er erst fünfundzwanzig war, war sogar in Auschwitz gewesen. Der bis zum Skelett abgemagerte Stettiner hatte einen Arbeitseinsatz außerhalb des Lagers zur Flucht genutzt, ein polnischer Bauer hatte ihm was zum Anziehen gegeben und seinen Sträflingsanzug verbrannt, dann war der Stettiner Nacht für Nacht auf Berlin zugelaufen. Tagsüber versteckte er sich in einem Busch und schlief, um jede Stadt machte er einen großen Bogen. In Berlin, so hoffte er, würde er ein dauerhaftes Versteck finden; hier hatte er Verwandte und Freunde. Doch traf er von seinen Verwandten und jüdischen Freunden niemanden mehr an; sie waren alle längst abgeholt worden. Und durfte er denn ehemalige nichtjüdische Freunde ansprechen? Nein, das wagte er nicht, und so zog er ohne einen Pfennig Geld oder eine Unterkunft durch die Straßen, oft vor Hunger taumelnd, bis er einer Militärstreife auffiel. »Was war ich froh, als sie mich endlich hatten! Dachte nur noch an zweierlei: essen, essen, essen und irgendwo wieder richtig schlafen können.«

Gelegenheit für Jule und seine Mithäftlinge, endlich mal in Erfahrung zu bringen, ob das denn stimmte, was nun immer öfter behauptet wurde, nämlich dass Auschwitz eine Todesfabrik sei.

»Es stimmt«, sagte Moritz Stettiner. Er habe es selbst miterlebt. »Gleich nach der Ankunft werden wir sortiert – die Kräftigen hierhin, die Schwachen dorthin. Die Schwachen bringen sie gleich um, die Kräftigen dürfen arbeiten, bis auch sie nicht mehr zu gebrauchen sind.«

Der weißbärtige alte Seligsohn, einer von denen, die sich an die Hammer-Nägel-Geschichte klammerten, wollte das nicht glauben. »Arbeiten – ja! Das macht Sinn. Aber umbringen – nein! So etwas ergibt keinen Sinn. Ist ja auch ganz unmöglich. Wie sollen sie denn so viele Menschen umbringen? Wir sind doch Millionen.«

»In Gaskammern«, erwiderte Stettiner böse. »Wir werden erst vergast und dann verbrannt. Im Krematorium.«

»Woher wollen Sie denn das wissen? Sie leben ja noch.«

»Hab's gesehen.« Stettiner tippte sich mit beiden Mittelfingern an die Augen. »Mit diesen beiden Augen hab ich's gesehen. Weshalb sollte ich lügen?«

»Und sie lassen sich das gefallen?«, rief Herr Seligsohn voll ungläubiger Verzweiflung. »Sie gehen einfach hinein in diese Kammern und lassen sich vergasen?«

»Man sagt ihnen, dass es Duschen sind. Also ziehen sie sich vorher aus und gehen hinein.« Moritz Stettiner zuckte die Achseln. »Sie sind ja noch neu im Lager, gerade erst angekommen. Sie wissen nicht, was das für Duschen sind. Und das ist gut so.«

»Nein! So etwas gibt es nicht!« Der alte Herr Seligsohn schüttelte unentwegt den Kopf. »So etwas kann sich kein Teufel ausdenken.«

»Doch«, widersprach Stettiner traurig, »doch, das gibt es! Und es gibt noch andere Sachen. Ich hab gesehen, wie sie einer Mutter das Kind weggenommen haben. Vielleicht war es zwei Jahre alt. Die Mutter war kräftig, das Kind zu keiner Arbeit zu gebrauchen. Als da das Kind laut zu schreien begann, wurde ein SS-Mann wütend, packte es bei den Beinen und schlug es mit dem Kopf gegen eine Wand. Und das immer wieder. Bis es endlich still war. Totenstill! Und die Mutter, die arme Mutter, hat alles mit ansehen müssen und brachte keine Träne hervor, weil sie gar nicht fassen konnte, was da geschehen war. Sie ist dann nur still umgefallen und weggeschleift worden.«

Da schlug der alte Herr Seligsohn die Hände vors Gesicht. Jetzt glaubte er dem Moritz Stettiner. Eine solche Geschichte konnte niemand erfinden.

Und Jule?

Er konnte nächtelang nicht schlafen. Immer wieder sah er jene Szene vor sich und fragte sich, wo denn nun seine Eltern waren. Waren sie auch nach Auschwitz gekommen? Und wenn ja, hatte man sie zur Arbeit oder zu den Gaskammern eingeteilt?

Jeder ist sich selbst der Nächste

Vier Wochen verbrachte Jule in der Großen Hamburger. In dieser Zeit lernte er immer neue Mithäftlinge kennen. Ein alter Mann war darunter, der in seinem Schuhleder Hundert-Dollar-Noten eingenäht hatte, weil er geglaubt hatte, damit die jüdischen Ordner bestechen zu können – und sie nun gar nicht mehr bestechen wollte, weil er nicht mehr wusste, wohin er sollte, würden sie ihn tatsächlich laufen lassen. Von einer Frau wurde erzählt, sie sei von ihrer eigenen

Nichte denunziert worden, weil die sich mit dem Verrat anderer U-Boote freikaufen wollte – wie der Dobberke es ja auch Jule angeboten hatte. Ein schieläugiger junger Mann hatte anderen Juden für viel Geld Ausweispapiere verkauft, die so schlecht gefälscht waren, dass seine Kunden schon bei der ersten Kontrolle aufflogen. In Auschwitz und Theresienstadt, so wurde geflüstert, würde man schon auf ihn warten. Der junge Mann schien das zu wissen, er starrte nur immer in sich hinein und sprach mit niemandem ein Wort.

Menschen, über die Jule nachdenken musste. Eine Begegnung aber erschütterte ihn besonders. Als er sich einmal mit einem verbittert aussehenden, älteren jüdischen Ordner unterhielt, sagte der, sie seien an all ihrem Unglück selbst schuld. »Wir Juden sind eben nicht wie die anderen, wir fallen überall auf. Sieh dich doch um in der Welt – wo sind wir anerkannt, wo gibt es keine Pogrome gegen uns?«

Hatte er damit nicht Recht? Jule überfielen Selbstzweifel, gegen die er ankämpfen musste, und so sehnte er immer öfter seine Eltern oder wenigstens Mutter, Bille und mich oder Hedwig Biegel herbei; Leute, mit denen er reden und denen er vertrauen konnte.

Dann begannen die Bombenangriffe vom November 1943; Bombardements, so heftig und alles niederreißend und in Flammen setzend, wie sie sich zuvor niemand hätte ausmalen können.

Es begann in der Nacht vom 21. auf den 22. November. Jule erwachte vom Fliegeralarm, dachte sich aber nicht viel dabei. Es hatte schon des Öfteren Fliegeralarm gegeben, seit er in der Großen Hamburger war. Er wusste, die Wachposten würden ihre Rundgänge unterbrechen und sich in einen bunkerartigen Raum zurückziehen, sie aber, die Inhaftierten, würden wie immer ungeschützt bleiben. Doch berührte ihn das nicht sehr. Die letzten Angriffe waren eher leichterer Art gewesen; an eine gewisse Grundfurcht konnte man sich gewöhnen.

Seinen Mithäftlingen erging es nicht anders. Sie seufzten oder schimpften ein bisschen, blieben aber in ihren Ecken. Bis sie merkten, dass das kein gewöhnlicher Angriff zu werden schien; das Dröhnen der herannahenden Bomber war viel lauter als sonst. Da standen einige doch auf und traten ans Fenster, um zum Himmel hochzuschauen, andere beteten nur.

Auch Jule blieb liegen. Was nützte es hinauszuschauen? An dem, was geschehen würde, konnte er ja doch nichts ändern. Wurde das Sammellager getroffen, na, dann ersparten sie sich eben Auschwitz oder Theresienstadt; so einfach war das!

Nach dem ersten Heulen der herabfallenden Bomben, den dumpfen Detonationen und dem überlauten Krachen der einstürzenden Gebäude aber begriff er, dass das Sammellager mitten im Angriffsgebiet lag. Und da wurde ihm mit einem Mal ganz kalt. Er musste sich an sich selbst festhalten, um nicht aufzuspringen und gegen die Tür zu poltern, wie manche anderen das nun taten. »Lasst uns raus!«, schrien sie. »Lasst uns raus!« Sie riefen das, obwohl sie wussten, dass niemand sie hören konnte, da alle Schlüsselgewaltigen sich längst in Sicherheit gebracht hatten.

Und das Dröhnen, Heulen, Pfeifen, Zischen und Krachen nahm kein Ende. Oft schwankte der Fußboden unter Jule und die Detonationen hallten in seinem Kopf wider und schmerzten bis in die Beine. Er war, solange dieser Angriff dauerte, nichts als ein kleines, zitterndes, heulendes Bündel Mensch. Dann war der Angriff vorüber, und Jule wartete darauf, dass die Schmerzen nachließen. Doch das Gegenteil trat ein, sie wurden schlimmer. Und nun wusste er auch, woher sie kamen – sie kamen aus seinem Bauch.

Der jüdische »Behandler«, der im Sammellager lebte und arbeitete – Doktor durften jüdische Ärzte sich längst nicht mehr nennen –, wurde gerufen und tippte auf Magengeschwüre. Grinsend verordnete er Jule eine Rollkur und beglückwünschte ihn herzlich. Jule wusste gar nicht, wozu. Erst zwei Tage später erfuhr er, dass Jacob Israel Hirsch bereits auf der Transportliste für Auschwitz gestanden hatte, es jedoch üblich war, erkrankte Häftlinge erst gesund zu pflegen, bevor sie auf Transport gingen. Man wollte unterwegs keine Unannehmlichkeiten haben; es verursachte Panik in den Waggons, wenn allzu viele starben.

Eine Nachricht, die Jules Widerstandskräfte weckte. Seine Krankheit hatte ihm einen Aufschub beschert – musste er den nicht nutzen? So schluckte er weiter brav Tabletten und rollte sich auf den Dielen hin und her, damit die Magenwände von allen Seiten mit dem Medikament in Berührung kamen, und schmiedete Pläne. Verdammt noch mal, er war doch kein alter Mann, wieso sollte er sich widerstandslos nach Auschwitz schaffen lassen? Hans Horwitz hatte fliehen wollen – weshalb sollte er das nicht auch versuchen? Die Peitschenhiebe, falls er gefasst wurde – Horwitz hatte sie zweimal überlebt, weshalb sollte er sie nicht auch überleben? Und da sie ihn ohnehin bereits für Auschwitz eingeteilt hatten, was sollte ihm nach einer gescheiterten Flucht Schlimmeres passieren?

Es gab an den folgenden Tagen noch weitere heftige Luftangriffe; Jule lauschte auf diese Höllengewitter und dachte jedes Mal nur das eine: Überlebst du diesen Angriff, wirst du versuchen zu fliehen. Und der Plan in seinem Kopf nahm immer mehr Gestalt an.

Einmal am Tag wurden die Häftlinge zum Freigang auf den jüdischen Friedhof geführt, der an die Rückfront des ehemaligen Altersheimes und jetzigen Sammellagers grenzte. Es war der älteste jüdische Friedhof der Stadt, auch Moses Mendelssohn, der große jüdische Philosoph, lag dort begraben. Jetzt allerdings war der Friedhof von den Nazis zerstört und fast jeder einzelne Grabstein umgestürzt worden. Die Häftlinge traten dort an und zählten die Reihen durch, dann durften sie im Kreis über den Friedhof spazieren.

Seit Jule seine Flucht plante, sah er sich dort alles sehr genau an; vor allem die Lage der Büsche und Grabsteine neben der Mauer, die den Friedhof von einem angrenzenden Wohnhof trennte. Er berechnete die Schritte, die nötig waren, um an die Mauer zu gelangen, und suchte nach einem besonders günstig platzierten Grabstein, der ihm als Absprungmöglichkeit dienen konnte.

Dem etwa dreißigjährigen Arno Grünstein, der mit Jule im gleichen Raum schlief, fiel das auf. Nach einem dieser Freigänge setzte er sich zu ihm.

»Ich weiß, was du vorhast«, flüsterte er. »Ich will dasselbe. Wenn sie auf mich schießen – sollen sie! So tot und so tot. Aber ich will noch eine Chance haben. Und die wird größer, wenn wir zusammen fliehen. Geht einer stiften, können sie sich auf den konzentrieren, laufen zwei los, müssen sie ihre Aufmerksamkeit teilen. Vielleicht sind sie sogar verwirrt, wissen nicht, wer sich um wen kümmern soll. Auf jeden Fall ist die Chance doppelt groß, dass wenigstens einer durchkommt.«

Jule zögerte. Wusste er denn, ob dieser Arno nicht für Dobberke arbeitete? Der ein wenig eitle Grünstein hatte unter den Gefangenen nicht den besten Ruf. Es wurde erzählt, dass er in Wahrheit Aron hieß und nicht Arno und dass er die Buchstaben nur deshalb umgestellt hatte, um sich bei den Nichtjuden anzubiedern. Doch ob das stimmte? Der Name

Grünstein klang so jüdisch, da hätte auch Adolf als Vorname nicht viel genützt.

Grünstein redete weiter auf Jule ein. »Sind wir erst mal draußen, kriegen sie uns so schnell nicht wieder. Wir sehen ja nicht aus wie *Stürmer*-Juden*. Die Nazis haben selbst Schuld, wenn wir ihnen entwischen. Wieso haben sie allen Leuten eingeredet, dass wir so hässliche Viecher sind?«

Er lachte, und in diesem Lachen lag etwas so Sympathisches, dass Jule sich Grünstein anvertraute. Und das wohl genau zur rechten Zeit, denn am selben Abend machte das Gerücht die Runde, dass in zwei Tagen ein neuer Transport losgehen sollte. Grünstein und Julian sahen sich nur kurz an. Sie mussten beide damit rechnen, nun das Pappschild mit dem T überreicht zu bekommen. Also hatten sie keine Zeit zu verlieren, beim nächsten Freigang mussten sie die Flucht wagen.

Und so spazierten sie tags darauf nebeneinander über den Friedhof. Jule klopfte das Herz bis zum Hals, ihm wurde schlecht vor Aufregung; seine Magengeschwüre, sie waren ja noch längst nicht abgeheilt.

Die Wachen auf dem Friedhof standen wie immer dicht beieinander, unterhielten sich und lachten öfter. Besonders aufmerksam hatten sie ihren Dienst noch nie verrichtet – wer von diesen alten Männern und total eingeschüchterten jungen Burschen würde denn am hellen Tage eine Flucht riskieren? An diesem Nachmittag erschienen sie Jule geradezu beispielhaft abwesend.

Grünstein bemerkte das auch. Er lächelte ihm zu. »Hast du sie bestochen?« Dann flüsterte er nur noch: »In der nächsten Runde!«

Jule wagte kaum zu nicken. Grünstein und er hatten verabredet, welchen Weg jeder von ihnen nehmen sollte – Grünstein nannte das »auseinander spritzen« –, damit sie den Wachen, die ja bestimmt schießen würden, das Zielen und die Verfolgung erschwerten. In Gedanken ging er noch mal alles durch.

Dann war es so weit. Grünstein zischte »Jetzt!«, lief los – und nahm genau den Weg, der für Jule vorgesehen war. Jule, der auch sofort losgelaufen war, stolperte verwirrt hinter ihm her und wusste nicht, wo er nun hinlaufen sollte. Bis er endlich voller Panik den Weg einschlug, der für Grünstein vorgesehen war. Er zwängte sich durch ein Gebüsch, sprang auf einen umgestürzten Grabstein, schwang sich auf die Mauer und flog auch schon in den Wohnhof hinein. Er hörte Rufe und Schüsse, sah Grünstein, der auf eine in dem Hof stehende Mülltonne gesprungen und gestürzt war, am Boden liegen, und hastete auf die Hoftür zu. Sie ließ sich öffnen, er lief durch einen Hausflur und hatte die Sophienstraße erreicht. Ohne sich auch nur ein einziges Mal umzuschauen, rannte er in die Rosenthaler Straße hinein, dann in die Weinmeisterstraße und schließlich die Alte Schönhauser hoch, bis er den Jüdischen Friedhof an der Schönhauser Allee erreicht hatte. Was er dort wollte, weshalb er ausgerechnet hierhin gelaufen war, wusste er selbst nicht. Vielleicht glaubte er, dass man in der Großen Hamburger nicht annehmen würde, dass es ihn ausgerechnet von einem Friedhof zum anderen zog.

Er überlegte, ob er über das verschlossene Gittertor klettern sollte, um sich hinter einem der auch hier umgestürzten Grabsteine zu verstecken, doch wurde ihm bald klar, dass das am Tage unmöglich war. In der Schönhauser Allee herrschte ein geschäftiger Fußgänger- und Autoverkehr; was sollten die Leute denken, die ihn dabei beobachteten?

So trieb es ihn weiter, nun bemüht, möglichst langsam zu gehen, damit er nicht auffiel. Bis er an die Wörther Straße kam. Hier erschrak er: Er hatte sich ganz unbewusst ziemlich nah an unsere Gegend gewagt. Einen Jacob Israel Hirsch suchte man hier vielleicht nicht, doch dafür war Julian Israel Sternberg in diesem Teil der Stadt kein Unbekannter.

Rasch lief er auf die andere Straßenseite hinüber und bog in die Oderberger Straße ein, um sich in Richtung Wedding zu entfernen. Bis er vor einem total ausgebombten Haus stehen blieb. Er blickte sich um, entdeckte niemanden, der ihn beobachten konnte, und spazierte langsam in das Haus hinein. Die Kellertreppe war nur teilweise verschüttet, so konnte er über all den Schutt hinweg in die Kellerräume hinuntersteigen, sich dort an die Wand lehnen und erst mal verschnaufen. Obwohl er die letzte halbe Stunde eher langsam gegangen war, flog sein Herz noch immer.

Freude überkam ihn: Es sah aus, als sei er ihnen tatsächlich entwischt. Dann jedoch krampfte sich sein Herz zusammen: Arno Grünstein hatte ihn hereinlegen wollen! Er hatte gewusst, dass die ersten Schritte die gefährlichsten waren, weil da noch kein Strauch und keine Mauer den Flüchtenden deckte. Deshalb hatte er ihm zwei verschiedene Fluchtwege vorgeschlagen – und dann seinen genommen, damit er, Julian, verwirrt, wie er war, erst einmal ein paar Meter hinter ihm herlief; als eine Art Schutzschild.

Gedanken, die nur schwer zu ertragen waren. Ein Weinkrampf schüttelte Jule, und dann stieg eine böse Wut in ihm auf: Gut, dass Grünstein ein solcher Schuft war! Sonst wäre ganz sicher er, Julian, auf diese Mülltonne gesprungen und gestürzt. Grünstein hatte sich selbst ein Bein gestellt. Und das geschah ihm recht. Ja, hoffentlich hatten sie ihn erwischt! Und hoffentlich kam er nach Auschwitz!

Die Bombenangriffe vom November 1943! Was wirklich geschehen war, konnte Jule nicht wissen. Für Mutter, Bille und mich waren diese Nächte ein einziges Inferno. Fast jede Nacht hasteten wir mit unseren Koffern und Taschen in den Keller hinunter, denn nur zwanzig Minuten nach dem Voralarm waren die Bomber da.

Im Rundfunk wurden jedes Mal mittlere oder schwere Verbände angekündigt, und so wussten wir schon, was uns erwartete. Einzige Hoffnung war, dass die Bomber vielleicht noch vorher abdrehen würden, um sich eine andere Stadt als Angriffsziel zu suchen: Das St. Florians-Prinzip; Heiliger St. Florian, schütz unser Haus, zünd andre an! Ich glaube nicht, dass in diesen Stunden irgendwer anders gedacht hat. Jeder ist sich selbst der Nächste; wenn dieser Satz überhaupt Gültigkeit hat, dann im Krieg.

Dieses eklige Luftschutzsirenengeheul, das einem durch Mark und Bein ging! Ein lang anhaltender, auf- und abschwellender Heulton, der ankündigte, dass es bald neue Zerstörungen und neue Tote geben würde. Wer es jemals gehört hat, der vergisst es nicht.

In jener Novemberwoche luden oft ganze Bomberströme ihre todbringende Fracht über uns ab. Es pfiff, heulte, donnerte und krachte unentwegt. Schnell wich allen die Farbe aus dem Gesicht und die funzelnden Glühbirnen im Keller taten ein Übriges, um diesen Nächten einen gespenstischen Anstrich zu geben. Als einmal das Haus bebte, brach die Frau Krämer in einen Schreikrampf aus. Andere Frauen wollten sie beruhigen, doch gewann sie einfach nicht die Kontrolle über sich zurück. Wie eine Irre schrie sie, lauter unartikulierte Töne brachen sich Bahn. Die Männer saßen nur starr da, und der Heinrich Hauser machte ein Gesicht, als wolle er nicht glauben, was sich da über unseren Köpfen abspielte. Eine so mächtige Gegenwehr hatte er nicht erwartet.

In diesen Nächten hielt keiner Reden. Da war es auch egal,

ob einer Nazi war oder nicht; da hofften wir nur, dass unser Haus nicht getroffen wurde und auch den Erschütterungen standhielt.

Schreckliche Stunden. Die Luft wurde immer dicker und man war der Bedrohung so hilflos ausgesetzt. Um mich abzulenken, begann ich, die Einschläge zu zählen, oder versuchte, die Entfernungen zu den Hauptangriffszielen abzuschätzen: Kam dieses Heulen, Explodieren und Krachen nun mehr aus Richtung Westen oder war das schon Kreuzberg und Friedrichshain?

Wenn eine Luftmine hochging, die schwersten Bombenkaliber, zuckten wir alle zusammen und dann schrien die Babys und Kleinkinder besonders laut. Flüche oder andere Ausrufe der Empörung waren kaum noch zu hören; nicht mal die Korbmeier fand in diesen Augenblicken dazu die Kraft.

Bille dachte in diesen Nächten viel an Jule. Wo mochte er nun sein? Bei seinen Eltern? Oder in einem ganz anderen Lager? Und wurden die KZ etwa auch bombardiert?

Ich sorgte mich nicht weniger, war ich mir doch sicher, dass Jule nun den Weg gegangen war, den auch die anderen Juden gehen mussten. Doch war ich auch stolz auf ihn. Weil er und Frau Biegel Mutter, Bille und mich nicht verraten hatten. Was hatten wir in den vergangenen Tagen für Ängste ausgestanden, ebenfalls bald verhaftet zu werden! – Aber nein, tröstete ich Bille, natürlich würden die Amerikaner und Engländer die KZ nicht bombardieren; sie wussten doch, wer dort eingesperrt war.

Kam endlich die Entwarnung, dann atmeten alle auf; hörten oder sahen wir danach, was dieser Angriff angerichtet hatte, war die Erleichterung im Nu wie weggeblasen.

Mutter, Bille und ich, wie wir nach jenem ersten schweren November-Angriff mal wieder auf der Prenzlauer Allee standen! Es war bereits Morgen, dichte Rauchschwaden aber ließen die Nacht andauern. Wir waren glimpflich davongekommen, der Westen der Stadt hatte nicht so viel Glück gehabt. Wo ich in den nächsten Tagen auch hinkam, überall kraxelten weinende Männer und Frauen in den Trümmerbergen und Ruinen herum, um nach Überlebenden oder Toten zu suchen. Viele Häuser brannten noch immer, glühende Funken behinderten die Löscharbeiten. In allen Straßen umgestürzte Bäume, umgeknickte Laternen, Glasscherben und Schutt und ausgebrannte Straßenbahnwagen. Verbogene Schienen reckten sich in die Luft, die in Fetzen gerissenen Oberleitungen hingen wie traurige Bindfäden herab. Vierhunderttausend Leute hatten ihre Wohnungen verloren und auch die Toten wurden nur noch nach Tausenden gezählt …

In den folgenden Nächten witzelte Helmut Berkenthin gern, dass diese Luftangriffe doch prima wären. Kamen die Bomber nämlich erst nach Mitternacht, begann der Schulunterricht tags darauf eine Stunde später. Offensichtlich, so Helmut, seien die Engländer sehr kinderfreundlich.

Ich begriff lange nicht, weshalb Helmut immer über alles scherzen musste. Bis ich kapierte, dass er damit nur seine Angst bekämpfte.

Dabei fiel der Unterricht für uns Löschkommando-HJler in dieser Zeit fast gänzlich aus. Ständig wurden wir zu Aufräumarbeiten eingesetzt und bekamen oft furchtbare Bilder zu sehen. Die vielen zerfetzten oder verbrannten Leichen – darunter auch Kinder – und der ekelhaft, süßliche Leichengeruch, der aus den Trümmerbergen quoll, verfolgte mich bis in meine Träume.

Einmal versuchten wir, Leute aus einem verschütteten Luftschutzkeller zu bergen. Wir arbeiteten fieberhaft, um die Eingänge freizubekommen. Als wir es endlich geschafft hatten, sahen wir, dass die Männer, Frauen und Kinder, die in diesem Keller Zuflucht gesucht hatten, ertrunken waren. Aus den zerbombten Rohren war unentwegt Wasser geflossen und bis zur Kellerdecke angestiegen. Die Leichen trieben uns direkt entgegen. Da wurde vielen, auch mir, so schlecht, dass wir uns übergeben mussten.

Ein andermal war in einem brennenden Haus ein Keller vom Feuer verschont geblieben, die Menschen darin aber an Kohlenmonoxidvergiftung gestorben. Ein fast friedliches Bild, das sich uns bot; Männer, Frauen und Kinder, alle lagen sie da, als würden sie nur schlafen.

Versuchten wir, etwas vor den Flammen zu retten, irgendwelche Kleider, Betten und andere Habseligkeiten, warfen wir einfach alles aus dem Fenster. Wer der Eigentümer war, interessierte nicht. Sollten die Leute sich selbst darum kümmern.

Zum eigentlichen Löschen kamen wir nur selten. Dann reichten wir in einer langen Kette Wassereimer von der Straßenpumpe bis zum Brandort hoch und schütteten das Wasser gegen glühende Stahltüren oder brennende Dachsparren. Ein mühseliges Unterfangen, das nur selten von Erfolg gekrönt war.

Nie vergessen werde ich den Luftangriff vom 26. November. Da erlebte ich eine Szene mit, von der ich heute manchmal glaube, dass ich sie nur geträumt habe. Ein steinalter Mann saß auf einem so genannten Sorgenstuhl mit Armlehnen vor einem brennenden Haus, aus dem wie wild die Funken stoben, und erklärte uns Jungen mit stolzer Miene, dass dies nun schon sein fünfter Krieg sei. »Erst war der jejen de Dänen – da war ick etwa so alt wie ihr heute –, denn kam der jejen de Österreicher, denn der jejen de Franzosen. Nu jeht's schon dit zweete Mal jejen de janze Welt.«

Wir wussten nicht, ob wir über den Alten lachen sollten. War der nicht mehr ganz richtig im Kopf? Seine Wohnung brannte gerade ab, er hatte nichts gerettet außer diesem einen Stuhl, den er sich wahrscheinlich in den Luftschutzkeller gestellt hatte, weil er auf den üblichen Stühlen und Bänken nicht mehr so gut sitzen konnte – und da erzählte er uns von seinen fünf Kriegen, als hätte er damit einen Weltrekord aufgestellt? Hatte er denn überhaupt mitbekommen, was ihm da widerfahren war? Doch der Alte blickte uns mit seinen hellen, pfiffigen Äuglein an, als wüsste er ganz genau, was er gesagt hatte. Und dann fragte er plötzlich: »Na, und ihr? Wie ville Kriege wollt ihr noch mitmachen?«

»Nur diesen einen«, antwortete Peer Matthießen böse. »Weil das hier nämlich der letzte ist.«

»Weil wir den verlieren – oder weil wir den jewinnen?« Lauernd sah der Alte uns an.

»Jewinnen natürlich«, sagte Peer.

Da schloss der Alte zufrieden die Augen. »Na, Jungeken, wenn de so denkst, denn is dit hier noch lange nich der letzte.«

Mutter, Bille und ich hatten weiter Glück. Zwar fiel auch in der Jablonskistraße bald der Putz von der Decke und nur die wenigsten Fensterscheiben hielten dem Luftdruck der Detonationen stand, doch wurden wir nicht obdachlos wie so viele andere, die in irgendwelchen fremden Wohnungen, Baracken oder Bahnhöfen unterkommen mussten. Die Fenster vernagelten wir mit Pappe, den Putz kehrten wir nach jedem Bombenangriff weg. Und an den Abenden ließ Mutter die Badewanne voll Wasser laufen. Es wurden oft auch Versorgungsleitungen getroffen und dann gab es keinen Strom, kein Gas und kein Wasser. Strom und Gas konnte man sich nicht in Reservetanks abfüllen, wohl aber Wasser. Der See in der Badewanne ersparte den Weg zur Straßenpumpe.

Mamusch erwies sich in jener Zeit als sehr tapfer. Spürte sie Billes oder meine Angst, redete sie von Vater: Wie es ihm jetzt wohl erging? Draußen im weiten Russland, wo es nun langsam wieder Winter wurde.

Wir verstanden: Es hatte keinen Zweck, sich zu beschweren. Es gab keine Beschwerdestelle für unsere Ängste, Sorgen und Nöte. Und es gab keinerlei Trost; wir wussten ja nicht mal, wie lange dieser Krieg noch dauern würde.

Das kleinere Übel

Wo sollte Jule nun hin? Er konnte doch nicht ewig in dem kalten, feuchten, finsteren Ruinenkeller bleiben. Vor allem, weil es hier ja keinen zweiten Ausgang gab. Das hatte Arno Grünstein ihm vor der Flucht noch geraten: »Schlüpf nur unter, wo es einen zweiten Ausgang gibt, sonst haben sie dich bald wieder.«

Grünstein hatte ihn benutzt; eine böse Geschichte! Das mit dem zweiten Ausgang aber war wichtig, diesen Hinweis wollte Jule beherzigen. Und in jenem Keller gab es keinen zweiten Ausgang. Suchte man hier nach U-Booten, kam er nicht weg.

So verließ er die Ruine bald wieder und wanderte ziellos durch die Stadt. Natürlich dachte er an uns, an Mutter, Bille und mich, doch wie sollte er Kontakt aufnehmen, ohne sich und uns zu gefährden? Der Bahnhof Friedrichstraße fiel ihm ein. Den hatten Bille und er mal für den Fall, dass er fliehen musste, zum Treffpunkt auserkoren. Das war zwar nun schon über ein Jahr her, doch vielleicht würden wir ja noch daran denken. Er setzte seine Schritte rascher, musste nur aufpassen, nicht zu laufen. Er bot ja ohnehin einen verwunderlichen Anblick: Es war Dezember und er trug nur seine Jacke. Ihre Mäntel hatten Hedwig Biegel und er, als die Gestapo sie festnahm, gar nicht erst anziehen dürfen. Lief er, würde er noch mehr auffallen.

Als er den Bahnhof Friedrichstraße erreicht hatte, schlenderte er mit den Händen in den Hosentaschen durch die Bahnhofshalle. Auch das hatte Arno Grünstein ihm geraten: »Pass auf, dass man in dir nicht sofort das gehetzte Wild erkennt. Blicke gleichmütig in die Gegend – und läufst du in Lumpen, trage sie wie einen Frack.«

Er wanderte mehrfach durch die Bahnhofshalle. Jede Stunde kam er wieder – und traf weder Mutter noch Bille oder mich dort an. Drei Wochen lang waren wir jeden Tag dorthin gepilgert, immer abwechselnd, dann hatten wir es aufgegeben, waren wir doch längst überzeugt davon, dass Jule inzwischen bereits in einem Lager, vielleicht sogar bei seinen Eltern war, falls die noch lebten.

Erst als es dunkelte, gab Jule auf. Doch nun – wohin? Er konnte sich doch nicht in irgendwelche fremden Treppenhäuser schleichen, um sich auf die oberste Stufe vor dem Dachboden zu hocken. Was, wenn ein Luftangriff kam? Dann mussten besonders die Dächer vor Phosphorbomben geschützt werden. Also kamen Leute die Treppe herauf. Und wo war dann ein zweiter Ausgang? Und sollte er sich bei dieser Kälte etwa in einem Park ins Gebüsch legen? Im Sommer, ja, da hätte er zur Stadt herauswandern können, um sich im Wald zu verkriechen. Jetzt blieben ihm nur die Ruinen. Er musste eine finden, die noch nicht ganz zerstört war; eine, die wenigstens die Kälte etwas abhielt.

Im Schatten der Häuser, möglichst jede Laterne meidend,

durchquerte er mehrere Straßen, bis er eine Art Mondlandschaft erreicht hatte. Um ihn herum nichts als Trümmer und Ruinen und die nach Zerstörung und Verwesung riechende Luft, über ihm der blanke Sternenhimmel. Vor einer Ruine klaffte ein tiefer Bombenkrater, der sich bereits mit Grundwasser gefüllt hatte, am Hauseingang waren viele Kreideinschriften zu erkennen. Die ehemaligen Hausbewohner teilten ihren Freunden und Angehörigen mit, wo sie jetzt zu finden waren; Inschriften wie *Walter, wir sind bei Tante Martel* oder *Rudi, ruf uns bei Schöllers an* oder auch nur *Wir haben alle überlebt.*

Auch ein buntes Plakat klebte am Hauseingang. Darauf war rechts die knallrote, sowjetische Fahne mit Hammer und Sichel abgebildet, links bauschten sich das amerikanische Sternenbanner und die englische Flagge. Zwischen den Fahnen lugte ein finster blickender, hässlicher, lang- und dicknasiger Jude hervor. Er trug eine Kapitalisten-Melone auf dem Kopf und hatte vor dem feisten Bauch einen Davidstern hängen. So sollten die Nichtjuden sich den Feind vorstellen. Gleich darunter eine Bekanntmachung: *Wer plündert, wird erschossen!*

Jule konnte sich später an all diese Einzelheiten erinnern, weil er so lange gezögert hatte. Was, wenn er sich in dieser Ruine verkroch, entdeckt wurde und man in ihm zwar nicht den weggelaufenen Juden erkannte, ihn aber für einen Plünderer hielt? Doch dann gab er sich einen Ruck, blickte sich nur noch einmal kurz um und verschwand in dieser Ruine.

Gleich war es finster um ihn, im Keller hörte er Ratten quieken.

Vorsichtig stieg er über allerlei Schutt hinweg in den ersten Stock hinauf. Hier drang Mondlicht durch die leeren Fensteröffnungen, deshalb tappte er nicht ganz so hilflos durch die fremden Räume. Und einen zweiten, dritten, vierten Ausgang gab es auch, so zerstört, wie hier oben alles war.

Möbel waren nur noch wenige zu entdecken – sicher hatten die ehemaligen Mieter längst geborgen, was noch einigermaßen heil war –, eine zerborstene Couch jedoch hatte man zurückgelassen. Auf die legte er sich nun, und mit einem Stück Teppich, von dem er den Mörtelstaub geklopft hatte, deckte er sich zu. Doch natürlich, schlafen konnte er nicht; dazu ging ihm zu viel im Kopf herum.

Hedwig Biegel, wie sie von ihm fortgeführt wurde! Die beiden Gestapo-Männer! Das Sammellager in der Großen Hamburger Straße! Moritz Stettiners Geschichten! Arno Grünsteins böser Trick! Seine Flucht durch die Straßen! Der Bahnhof Friedrichstraße! Die Ruinenlandschaft, in der er sich nun befand! Immer wieder zogen Bilder durch seinen Kopf. Und dann überfiel ihn Einsamkeit. Er dachte an Bille, Mutter und mich und musste heulen.

Erst gegen Morgen fiel er in einen tiefen Schlaf. Als er daraus erwachte, wusste er nicht, wie spät es war. Zwar war es draußen inzwischen hell, aber war es gegen Mittag oder schon Nachmittag? War ja keine Sonne zu sehen. Er wünschte sich, weiterschlafen zu können, war nun aber hellwach, lag da und dachte nach. Bis er plötzlich Hunger verspürte. Neue Ängste stiegen in ihm auf: Wovon sollte er in der nächsten Zeit leben, wie überleben?

Der Keller fiel ihm ein. Er musste im Keller nachschauen. Manchmal fand man in den Ruinenkellern ja noch Eingewecktes. Erst wenige Tage vor ihrer Verhaftung hatte Frau Biegel ihm abends aus der Zeitung vorgelesen, dass ein Plünderer wegen zwei Gläsern Erdbeermarmelade, die er aus einem Ruinenkeller gestohlen hatte, von einem Gericht zum Tode verurteilt worden war.

Nein, Angst vor der Strafe durfte er nicht haben; wenn er nichts aß oder trank, erwartete ihn ja auch der Tod.

Doch wie sollte er in dieser Kellerfinsternis etwas finden? Allein durch Tasten? Kein angenehmer Gedanke und doch seine einzige Chance. So riss Jule in seiner zweiten Ruinennacht im Klo der Wohnung, in der er Unterschlupf gefunden hatte, ein Stück Bleirohr von der Wand, mit dem er die Ratten vertreiben konnte, und dann stieg er Schritt für Schritt über allerlei Schutt und Geröll hinweg in den Keller hinab.

Die Ratten quiekten, und Jule spürte, wie sie an ihm vorüberhuschten. Wütend schlug er mit seinem Bleirohr gegen die Kellerwand, um sie durch möglichst viel Lärm zu vertreiben. Das war nicht klug von ihm, da er auf diese Weise ja auch von einer Polizei- oder SS-Streife hätte gehört werden können. Doch wurde ihm das erst später bewusst. Ekel und Furcht vor diesen Ruinenlebewesen waren stärker.

Als er endlich den ersten hölzernen Kellerverschlag ertastet hatte, brach er mit seinem Bleirohr die Tür auf und tastete nach Regalen. Doch nichts, nur aufgestapelte Kohlen, etwas Holz und jede Menge Gerümpel.

Der nächste Verschlag – wieder keine Regale.

Der dritte, vierte, fünfte Verschlag – nichts! Jule wollte schon aufgeben, doch da, im sechsten Verschlag – Regale! Und darin Gläser, Gläser über Gläser, viele leere und ein paar volle. Er tastete eines ab, zog am Einweckgummi, nahm den Deckel ab und roch dran: Sauerkirschen! Heftig schluckend trank er den Saft aus, dann ließ er sich die Kirschen in den Mund gleiten – immer drei, vier Stück, gekaut, die Kerne ausgespuckt und die nächsten drei, vier Stück in den Mund genommen.

Im nächsten Glas waren wieder Kirschen. Er stellte es erst

mal beiseite und griff nach einem dritten Einweckglas: Erdbeeren!

Kirschen und Erdbeeren, Erdbeeren und Kirschen schluckte, trank und aß Jule in dieser Nacht, bis er ein angenehmes Völlegefühl verspürte. Ein paar der vollen Gläser im Arm, tastete er sich in den ersten Stock zurück, legte sich auf seine Couch, zog den Teppich über sich und wartete auf den Schlaf.

Eine blasse Wintersonne weckte ihn. Er brauchte Zeit, um zu sich zu finden, doch dann verspürte er schon das Rumoren im Bauch, das ihn den ganzen Vormittag über beschäftigen sollte. Er sprang auf und setzte sich aufs Klo. Erst zwei Tage lang gar nichts essen, dann nur Sauerkirschen und Erdbeeren; logisch, dass er nun Durchfall hatte.

Später hockte Jule in einer Ecke der Ruine und überlegte. Nein, nur von Erdbeeren und Kirschen konnte er nicht leben. Auch wenn er irgendwo Gläser mit Wurst oder Gemüse finden sollte, zum Überleben würde das nicht reichen. Doch was konnte er tun? In einer Bäckerei oder einem Lebensmittelladen etwas stehlen? Das konnte ein- oder zweimal gut gehen, dann würde er garantiert gefasst werden.

Wieder dachte er an Bille, Mutter und mich. Besonders seine Sehnsucht nach Bille setzte ihm zu. Jule war keiner von denen, die ständig von Liebe redeten oder Herzen unter Briefe malte, doch hing er an Bille, liebte sie ganz tief von innen her. Außerdem waren wir die Einzigen, die ihm helfen konnten. Wie aber konnte er Kontakt zu uns aufnehmen, ohne sich und uns zu gefährden?

Die dritte Ruinennacht. Erneut so ein sternenklarer Himmel. Wir wussten zu dieser Zeit längst, dass die Bomber nur selten bei schlechtem Wetter kamen – und dass sie mit fast hundertprozentiger Wahrscheinlichkeit in Nächten wie diesen angriffen. Wenn nicht gerade Vollmond war; bei Vollmond waren sie ein zu deutliches Ziel für unsere Flakabwehr.

Doch es war nicht Vollmond; es war eine Nacht wie geschaffen für die Bomberpiloten. Und so starteten sie in den späten Abendstunden mal wieder einen Angriff und Jule stand hinter einer Fensteröffnung seiner Ruine und sah sie herangeflogen kommen. Und seltsam, während er sich in der Großen Hamburger den Bomben hilflos ausgesetzt gefühlt hatte, empfing er die Piloten hier mit ganz anderen Gefühlen. Zwar war er auch jetzt nicht geschützt, doch konnte er die, die da kamen, wenigstens sehen. Und kamen sie denn nicht, um ihm und seinen Eltern und allen anderen Juden die Freiheit wiederzugeben? Außerdem würden die Piloten doch nicht ihre kostbaren Bomben verschwenden, indem sie eine bereits total zerstörte Straße bombardierten; allein ein Fehltreffer konnte ihn gefährden.

Er sah die Lichtfinger der Flakabwehr in ihrer hektischen Suche nach den angekündigten Bomberverbänden in einem wirren Tanz über den Himmel fegen, hörte das Dröhnen der Bomber und sah bald den ersten »Christbaum« – ein Lichtgebilde, das durch Leuchtkugeln hervorgerufen wurde. Das Leitflugzeug an der Spitze des Verbandes warf sie ab, um das Zielgebiet zu markieren. Ein freundliches Wort für eine böse Sache, doch erinnerten diese Lichtgebilde tatsächlich an Christbäume.

Gleich darauf zuckten grelle Blitze über den Himmel, ein ohrenbetäubendes Krachen folgte. Flakgeschosse, bemüht, einige der Angreifer zu treffen, zischten empor, und bald war alles nur noch ein einziges Gelb und Rot, hin und wieder verdeckt von plötzlich hochschießenden pechschwarzen Rauchgarben.

Mit weit aufgerissenen Augen beobachtete Jule dieses

Schauspiel und staunte über sich selbst: Nein, er hatte keine Angst! Diese Bomben galten nicht ihm, sie galten seinen Verfolgern. Endlich erhielten sie ihre verdiente Quittung! Euphorie kam in ihm auf, ein Glücksgefühl, das er sich später selbst nicht erklären konnte – und da wagte er sich tatsächlich mitten im Bombenhagel hinaus aus seiner Ruine, um zu uns in die Jablonskistraße zu laufen.

Das klingt heute dumm oder verrückt, doch hatte Jule längst bemerkt, dass in dieser Nacht nicht die Stadtmitte Zielgebiet war, sondern nordwestliche Stadtteile angegriffen wurden. So war die Zeit, in der der Alarm galt und die Straßen menschenleer waren, seine einzige Chance. Während eines Bombenangriffs erstarrte das Leben in der Stadt ja geradezu. Da fuhr keine S-Bahn, keine U-Bahn, kein Bus und keine Straßenbahn, und wer zu Fuß unterwegs war, hatte sich längst in einen Bunker, Keller oder U-Bahn-Tunnel geflüchtet. In den Geschäften und Wohnungen war alles Licht abgeschaltet oder durch Decken, Vorhänge oder Verdunkelungspapier nach außen hin abgeschottet; fuhren trotz des Alarms Autos durch die Straßen, waren über die Scheinwerfer dunkle Kappen mit einem schmalen Schlitz gezogen worden, der nur wenig Licht durchließ. Berlin war in solchen Nächten eine Geisterstadt. Einziger Gefahrenpunkt: SS- oder Polizeistreifen, die trotz des Fliegeralarms unterwegs waren. Doch hatte Jule Glück, keine Menschenseele kreuzte seinen Weg. Er gelangte bis an die Jablonskistraße – und lief daran vorbei.

Ihm war plötzlich klar geworden, dass er unüberlegt gehandelt hatte. Wie sollte er denn mit uns Kontakt aufnehmen? Er konnte doch nicht einfach in unseren Luftschutzkeller laufen oder sich vor unsere Tür stellen, hier kannten ihn doch alle ... Mit keuchender Lunge lief er bis zum Danziger Platz weiter; ein Platz, den hohe Bäume zierten und Büsche umgaben und auf dem wir früher oft Fußball gespielt hatten. In einem der Büsche verkroch er sich. Um die Entwarnung abzuwarten. Egal, wie und wann, nach der Entwarnung musste er auf jeden Fall Kontakt mit uns aufnehmen. Ohne Hilfe, das wusste er längst, konnte er nicht überleben.

Ich kam an jenem Morgen gerade vom Löschkommando-Dienst. Müde war ich, dreckig und noch zutiefst niedergeschmettert vom Anblick all der Toten und Schwerstverwundeten, die wir in dieser Nacht bergen mussten. An einer Litfaßsäule irgendwo in Höhe der Marienburger Straße blieb ich stehen, um die Kinoanzeigen zu studieren – als auf einmal Jule neben mir stand.

Ich war so erschrocken zusammengefahren, ich glaube, für eine Zehntelsekunde war mein Herz stehen geblieben. Dann wusste ich lange nicht, wie ich meiner Freude Ausdruck verleihen sollte. Jule! So war er doch noch nicht im Lager! Er war noch immer in Berlin …

Jule, genauso dreckig wie ich, nur eben ohne Uniform, sah mich nur ernst an, dann flüsterte er: »Friedrichshain«, und ging sofort weiter. Ich, noch immer wie betäubt, ihm nach. Doch je länger ich ihm folgte, desto klarer wurde mir, was er da riskierte. Und dass er das ganz sicher nicht aus lauter Übermut tat.

Im Friedrichshain setzten wir uns auf die Bank zwischen den Büschen, auf der ich schon so oft mit Clara gesessen hatte, und ich erfuhr in kurzen, hastigen Worten, was passiert war.

Ich konnte das alles kaum glauben. Vor allem, dass Jule mitten im Bombenhagel durch die halbe Stadt gelaufen war, erschien mir mehr als nur abenteuerlich. Langsam aber begriff ich: Was für uns eine große Gefahr bedeutete, war für ihn nur so etwas wie das kleinere Übel; der Gedanke an den Abtransport nach Auschwitz schreckte mehr.

Lange sah ich ihn nur an, und da erschien er mir so hilflos und verlegen, weil er mit seiner Flucht zu uns ja auch Mutter, Bille und mich in Gefahr gebracht hatte, dass ich in einer plötzlichen Regung seine Hand ergriff. Ich musste ihn jetzt einfach irgendwie festhalten.

Und da sagte er es auch schon: »Blöd, dass ich euch schon wieder auf den Wecker falle. Aber ich weiß ja nicht, wo ich hinsoll.«

Ich erwiderte nur so etwas wie »Doofkopp« und vertröstete ihn auf Mutter. Wenn eine wusste, was nun zu tun war, dann sie. Und ich versprach ihm, sofort mit meinem Rad zu ihrer Arbeitsstelle zu fahren, um mich mit ihr zu beratschlagen. Danach würde ich dann zurückkehren, um mich gegen Mittag hier mit ihm zu treffen. »Bis dahin musste spazieren gehen. Wenn du hier sitzen bleibst, fällste auf.«

Dankbar drückte er meine Hand. »Und bring was zu essen mit, ja?«

Der gutherzige Henker

Mutter überlegte nicht lange, dann wusste sie, was wir als Einziges tun konnten: Wir mussten Jule bei uns aufnehmen! Heute klingt das sehr mutig, vielleicht auch zu riskant, schließlich brachte Mutter damit nicht nur sich, sondern auch uns, ihre Kinder, in Gefahr. Doch blieb ihr eine Wahl?

»Immerhin haben wir die Verantwortung übernommen«, verteidigte sie sich vor sich selbst. »Da können wir ihn doch jetzt nicht in den Ruinen umkommen oder von der Gestapo in ein Lager abtransportieren lassen ... Bis wir einen neuen, besseren Unterschlupf für ihn gefunden haben, muss Julian bei uns bleiben.«

Sie musste weder Bille noch mich davon überzeugen, dass wir Jule nicht im Stich lassen durften; nur ihre eigenen Bedenken musste sie zerstreuen: »Julian Sternberg wird ja sicher schon lange nicht mehr gesucht ... Und suchen sie diesen Jacob Hirsch, dann fahnden sie nicht ausgerechnet bei uns nach ihm ... Außerdem: Kein Kaninchen flüchtet in die Höhle des Löwen und für Julian ist unser Haus doch so etwas wie die Höhle des Löwen.«

So schleusten wir Jule in den frühen Abendstunden bei uns ein. Es war längst dunkel und außerdem ein wolkenverhangener Tag; ein Luftangriff war in dieser Nacht nicht zu befürchten. Ich brachte ihm meine Löschkommando-Uniform in den Friedrichshain, er zog alles an und drückte sich den Stahlhelm tief in die Stirn und an der Ecke Hufelandstraße erwarteten ihn Bille und Mutter.

Mutter hielt Bille fest. Falls Bille sich auf Jule stürzen wollte, um ihn zu umarmen, oder bei seinem Anblick losheulen würde. Bille jedoch spielte ihre Rolle meisterhaft. Der da auf sie zukam, in der ihm ein wenig zu großen graublauen Uniform, war nur ihr Bruder; sie hatte sich vor ein paar Stunden erst mit ihm gestritten.

Ich folgte den dreien in großer Entfernung, das Bündel mit Jules Kleidern trug ich unter dem Arm.

Die Treppe zu unserer Wohnung stieg zuerst Bille hinauf – für den Fall, dass ihnen jemand entgegenkam. Sie hätte dann laut gehustet, sodass Jule in aller Ruhe die Treppe wieder hätte hinabsteigen können. Zweite Vorsichtsmaßnahme war das Taschentuch, das Mutter Jule mitgebracht hatte und das er sich vors Gesicht halten sollte, falls ihnen trotz Billes Aufmerksamkeit jemand begegnen sollte. Dann hätte sie »Paul hat Nasenbluten« gesagt. Im flüchtigen Vorübergehen wäre sicher niemandem aufgefallen, dass dieser Paul ein wenig kleiner und schmaler war als das Original.

Erst als Mutter, Julian und Bille ungesehen in der Wohnung verschwunden waren – zum Zeichen dafür öffnete Bille kurz unser Fenster und schloss es wieder –, stieg ich die Treppe hoch.

In der Wohnung umarmten wir uns dann alle. Jule verhielt sich dabei eher steif, empfand sich nach wie vor als Last für uns.

Er hatte inzwischen schon des Öfteren von Leuten gehört, die Juden versteckt hatten und dafür in ein KZ gekommen oder sogar hingerichtet worden waren. Was, wenn er bei uns entdeckt wurde? Dann hatte er nicht nur Frau Biegel auf dem Gewissen, sondern auch uns.

Als Erstes musste Jule dann baden und frische Wäsche, eine Hose und ein Hemd von mir anziehen. Danach erteilte Mutter ihm Verhaltensmaßregeln. »Du darfst nur auf Strümpfen gehen. Soll ja niemand mitbekommen, dass bei uns plötzlich mehr Leute herumlaufen als sonst. Und gehst du am Fenster vorüber, bück dich! Tu das bitte trotz der Gardinen; wer weiß, was man von der gegenüberliegenden Straßenseite aus alles sehen kann.«

»Und wenn jemand kommt?«, fragte Jule.

»Dann kriechst du in den Bettkasten von Pauls Couch. Paul hat schon ein paar Löcher in die unteren Streben gebohrt, damit du Luft bekommst. Außerdem hat er innen ein paar Haken angebracht. Will jemand die Couch hochklappen, geht das nicht, und dann denkt er vielleicht, es gäbe gar keinen Bettkasten.«

Jule schwieg ein Weilchen, dann wollte er sich dafür entschuldigen, dass er uns in so große Gefahr gebracht hatte.

»Aber was kannst denn du dafür, dass wir von Verbrechern regiert werden?«, unterbrach ihn Bille. »Sollen doch gefälligst die sich dafür entschuldigen, dass sie solche Idioten sind.«

Sie hatte es mal wieder auf den Punkt gebracht. Leichter machte sie es Jule damit aber nicht.

Ein neuer Unterschlupf für Jule! Wie sollten wir den finden? So viel vertrauenswürdige Leute kannte Mamusch nicht und wer setzte denn für einen völlig Fremden sein Leben aufs Spiel?

Jule bemerkte, wie ratlos und enttäuscht Mutter Abend für Abend war, und gab sich die Schuld daran. Eine schlimme Zeit für ihn. Da hockte er nun Tag für Tag in der Wohnung, die mal seinen Eltern gehört hatte und in der er aufgewachsen war – was musste das für bedrückende Erinnerungen in ihm wachrufen! Und dann durfte er bei Fliegeralarm ja auch nicht mit in den Keller. So war es fast wieder wie in der Großen Hamburger Straße – er war den Bomben schutzlos ausgeliefert. Einziger Unterschied: Diesmal sperrte er sich selbst ein, es gab niemanden, der ihn bewachte und festhielt.

Auch für Mutter, Bille und mich kein schönes Gefühl, im Keller zu sitzen und einigermaßen geschützt zu sein und Jule in unserer Wohnung zu wissen. Wurde unser Haus getroffen, hatte er so gut wie keine Chance, heil davonzukommen. Und dann musste er sich auch noch still verhalten, durfte in dieser Zeit zwar aufs Klo gehen, aber nicht etwa spülen oder sonst irgendein Wasser laufen lassen. Konnte ja sein, dass Blockwart Matusche oder Luftschutzwart Kolle auf den Boden hochstiegen, um ihn nach Bombensplittern oder Brandbomben abzusuchen; was, wenn sie ihn dann hörten?

Nein, dass wir Jule in unserer Wohnung versteckten, war nicht die ideale Lösung. Eine andere aber bot sich nicht. Wir konnten ihn doch nicht zu Ömchen bringen. Zwar wäre er bei ihr weniger gefährdet gewesen, weil man ihn dort nicht kannte, Ömchen jedoch war nun oft so unvorsichtig, schimpfte auf die Nazis und den Krieg, wo sie nur konnte. Wir hatten das Gefühl, dass sie die Gefahr nicht mehr richtig einschätzte.

So musste Jule bei uns bleiben – und zog sich mit der Zeit immer mehr in sich selbst zurück. Oft saß er nur gedankenversunken da und spielte mit seinem Schlüssel; dem Schlüssel zu der Wohnung, in der längst ein Nazi lebte.

Und dann war er eines Tages fort; einfach verschwunden. Und das an einem bitterkalten Januartag. Keine Frage, dass Bille und ich ihn suchten, als wir aus der Schule kamen und die Wohnung leer vorfanden. Ganz verstört und voller Sorge um Jule hetzten wir durch die Stadt. Bille lief die Gegend rund um den Alexanderplatz ab, ich in die Straße Unter den Linden hinein, weil mir aufgefallen war, dass Jule hier früher oft die Schaufenster der Buchhandlungen studiert hatte. Er hatte immer wissen wollen, was es an Neuerscheinungen gab, auch wenn er sich die ihn interessierenden Bücher gar nicht kaufen konnte.

Die *Buchhandlung Unter den Linden* war eine der größten der Stadt, aus Jules Sicht ein wahres Bücherparadies, doch nein, kein Julian. Ich klapperte noch ein paar Buchhandlungen ab, lief auch in die Seitenstraßen hinein und zum Schluss zur *Buchhandlung Eisenschmidt* direkt am Bahnhof Friedrichstraße. Und da, ich konnte mein Glück kaum fassen, stand er tatsächlich, vertieft in die wie immer übervolle Schaufensterauslage.

Ich beobachtete ihn erst mal nur und wunderte mich: In Jules Jackentasche – einen Mantel hatte er ja nicht – steckte der

Völkische Beobachter, die Haupt-Nazizeitung. Was wollte er denn damit? Sich als Nazi tarnen?

Doch dann wurde mir die Sache zu dumm. Ich stellte mich neben ihn und zischte ihn ärgerlich an: »Eigentlich müsste ich dir jetzt ein paar ballern, weißte das?«

Er blickte mich nicht mal an, war nicht sehr überrascht über mein Auftauchen. Erst nach längerer Zeit sagte er leise: »Hab's nicht mehr ausgehalten, musste einfach mal raus.«

»Und wie kommste wieder rein?« Ich war immer noch wütend. Mutter, Bille und ich, wir riskierten ja was, wenn wir ihn versteckten, er aber hatte nur mal spazieren gehen wollen. »Sollen wir deinetwegen wieder so 'n Maskenball veranstalten?«

»Nein«, sagte er da und nahm mir mit dieser Antwort allen Wind aus den Segeln, »ich komm nicht mehr mit zu euch. Ist viel zu gefährlich – auch für Bille ... Ich warte einfach ab, bis sie mich eingefangen haben. Dann gehe ich dahin, wo wir alle hingehen ... Ich will nicht, dass ihr meinetwegen auch ins Lager kommt.«

»Idiot!«, schimpfte ich und hätte ihm nun am liebsten wirklich eine reingehauen. »Wie kannste nur so etwas sagen? Bei uns finden die dich doch nie. Du musst nur vorsichtig sein.«

Er schwieg ein Weilchen, dann flüsterte er: »Lass uns hier weggehen.«

Er hatte Recht, wir durften nicht länger in dieser belebten Straße herumstehen und streiten. So spazierten wir vom Bahnhof fort, zurück zur Straße Unter den Linden, bogen nach rechts ein und wanderten durchs Brandenburger Tor in den um diese Jahreszeit kahlen und kaum besuchten Tiergarten hinein. Erst dort fragte ich ihn, was er denn mit dem *Völkischen Beobachter* wollte. Er antwortete, den hätte er an einem Zeitungskiosk geklaut. »Wer das Wurstblatt liest, demonstriert Staatstreue.«

Also hatte ich richtig vermutet. »Und wenn se dich beim Klauen erwischt hätten?«

»Dann hätten se mich eben gehabt.«

Da kam ich nicht mehr mit: Einerseits klaute Jule das Zentralorgan der Nazis, um sich damit zu tarnen, andererseits war es ihm egal, wenn er dabei erwischt worden wäre. »Mensch!«, blaffte ich ihn an. »Weißte überhaupt noch, was du tust?«

Er zuckte wieder die Achseln. »Wie sollst du mich denn auch verstehen? Liegst ja in keinem Sarg wie ich. Du jammerst, weil du immer zu deinen HJ-Diensten musst, ich aber, verstehst du, ich würde gern irgendwelche Dienste verrichten. Und wenn es Scheiße stapeln ist!«

Darauf wusste ich nichts zu antworten. Er hatte ja Recht, ich war nicht lebendig begraben; vielleicht konnte ich ihn wirklich nicht verstehen.

Jule zögerte, sagte es dann aber doch: »Soll ich dir mal 'n Geheimnis verraten? Damals, als die Pimpfe so gern Jagd auf mich gemacht haben, weißt du, was ich da oft gedacht hab? Ich hab gedacht: Scheiße, dass du 'n Jude bist, sonst könnteste jetzt mit den anderen mitlaufen und selbst 'n Jäger sein.«

Ungläubig sah ich ihn an, er grinste böse. »Da staunste, was? Darüber staune ich ja inzwischen selber. Aber es macht nun mal verdammt keinen Spaß, ewig nur der Gehänselte und Gejagte zu sein, ist viel einfacher mitzujagen. Jetzt sehe ich das natürlich anders – trotzdem: Es macht auch keinen Spaß, sich ewig verstecken zu müssen. Ich würde lieber mit dir Brände löschen gehen.«

Langsam, ganz langsam begann ich, Jule zu verstehen.

»Was glaubste denn, warum so viele U-Boote sich das

Leben nehmen?«, fuhr er fort. »Weil sie möglichst schnell in den Himmel wollen? Nee, mein Lieber! Sie tun's, weil sie's irgendwann nicht mehr aushalten, dieses Nie-bei-irgendetwas-Mitmachen und Nie-man-selbst-sein-Dürfen. Nimmste das Rasiermesser, drehste den Gashahn auf oder springste aus dem Fenster, vereinfachste dir deine Probleme.«

»Hör auf!«, bat ich ihn. Wir waren am Neuen See angelangt, standen am Ufer und starrten ins Wasser, fast so, als wären wir am Ende der Welt oder irgendeinem Abgrund angelangt.

Jule aber konnte nicht so einfach aufhören. »Man kann sich auch erhängen«, redete er weiter. »Das geht schneller. Die Halsschlagader wird abgedrückt, dein Gehirn erhält kein Blut mehr, das Herz bleibt stehen – aus!«

»Warum sagste denn so was?« Ich war den Tränen nahe. »Und woher haste das überhaupt? Aus irgendeinem Buch?«

»In der Großen Hamburger haben wir oft darüber gesprochen.«

»Aber du hast doch uns!«, flehte ich ihn an. »*Du* musst doch so was nicht tun. Stell dir vor, der Krieg ist aus, deine Eltern kommen zurück und finden dich nicht.«

»Sie kommen nicht zurück.«

»Und woher willste das wissen?«

»Ich weiß es.«

»Biste unter die Hellseher gegangen?«

Er schob die Hände in die Taschen und schwieg längere Zeit. Dann bückte er sich, nahm ein Steinchen auf und ließ es über den See hüpfen. »Mensch, Paule! Ich kann doch nicht bis in alle Ewigkeit mal hier, mal dort als Blödian rumlaufen oder irgendwo bei lebendigem Leibe verfaulen.«

Gut, dass er das gesagt hatte! »Bis in alle Ewigkeit?«, hakte ich ein. »Aber Jule, der Hitler verliert eine Schlacht nach der anderen, deine Ewigkeit dauert nicht mehr lange ... Gibste jetzt auf, tust du denen doch nur einen Gefallen.«

Jule wusste selbst, wie es an den Fronten stand, wir hatten ja immer gemeinsam BBC gehört. Nachdenklich ließ er weitere Steinchen über den wintergrauen See hüpfen. »Auch zwei, drei Jahre können eine Ewigkeit sein, wenn du in so einer Kiste steckst ... Vorhin, da bin ich an einem *Aschinger*-Restaurant vorbeigekommen – und wäre am liebsten hineingegangen und hätte mich mitten unter die Leute gesetzt. Hab kein Geld und hatte keinen Hunger, und doch hätte ich dort liebend gern eine Erbsensuppe gelöffelt, einfach so wie alle anderen.«

Auch darauf konnte ich einsteigen. »Prima Idee! Ich hab zwei Mark dabei, gehen wir und schlagen uns den Bauch voll. Hab deinetwegen heute noch gar nicht zu Mittag gegessen.«

»Quatsch!«, wehrte er ab. »Spar dein Geld lieber.«

Doch nun hatte ich ihn am Kragen. »Nee, nee, Jule! Gesagt ist gesagt! Du wolltest zu *Aschinger*, ich hab Hunger und du musst auch längst Hunger haben. Also gehen wir los und schieben Suppe ein, bis wir platzen.«

Wir haben das dann tatsächlich getan. In einer von der Jablonskistraße weit entfernten Gegend, am Rosenthaler Platz, haben wir uns in einem dieser damals über die ganze Stadt verbreiteten, stets gut besuchten *Aschinger*-Schnellrestaurants an einen Stehtisch gestellt, jeder eine Erbsensuppe gelöffelt und dazu von den Gratis-Brötchen gefuttert, was in uns hineinging. Und während wir aßen, erteilte Jule mir eine Lektion über sein Leben als U-Boot.

»In solche Fresskneipen darf ich gehen«, flüsterte er mir zu. »Auch in Bierkneipen vermutet die Gestapo uns nicht. Weil so was zu uns nicht passt. Juden, so denken sie, sitzen am liebsten in Cafés herum, schlürfen Tee oder Kaffee, rauchen und quatschen viel.«

Ich war beeindruckt. Was Jule inzwischen alles erfahren hatte!

Auf dem Weg in den nun schon dunklen Friedrichshain – wir mussten ja wieder unsere Ins-Haus-Schleusungs-Aktion starten – erzählte Jule mir dann von den jüdischen Ordnern in der Großen Hamburger. Bisher hatte er Mutter, Bille und mich damit wohl nicht belasten wollen.

Ich verstand nicht, wie Juden Juden bewachen und manchmal sogar bedrohen konnten. Jule fragte mich, ob das unter »Ariern« etwa anders sei. »Es gibt immer und überall Bewacher und Bewachte, ist ganz egal, ob einer Jude, Christ oder sonst was ist. Auf jeden Fall aber ist es besser, von Juden bewacht zu werden als von Nazis. Die jüdischen Ordner tun nur, was sie müssen; die Nazis legen gern noch was drauf.«

Ganz besonders beschäftigte Jule jener Ordner, der gesagt hatte, an ihrer Not seien die Juden selber schuld. »Vielleicht sind wir ja tatsächlich so etwas wie Unkraut, sprießen, obwohl uns keiner will.«

»Blödsinn!«, widersprach ich. »Du redest ja schon wie der Breitenstetter.«

Jule jedoch musste viel über diesen Ordner nachgedacht haben. »Vielleicht mag er sich selbst nicht, weil er – ob er will oder nicht – auch zum Unkraut gehört, das eines Tages ausgerissen wird.«

Inzwischen waren wir im Friedrichshain angelangt, wollten aber noch weiterreden. So liefen wir im Schatten der beiden riesigen Flaktürme, die die Stadt bei Luftangriffen vor den Bombern beschützen sollten, über die Parkwege und diskutierten weiter.

Ob er denn auch für die jüdischen Greifer Verständnis habe, wollte ich von Jule wissen.

Nein, antwortete er, Verständnis habe er nicht für sie, doch befänden sie sich in keiner anderen Situation als die Ordner. »Sie tun das ja nur, weil sie um ihr Leben fürchten.«

»Aber *du* hast das doch nicht machen wollen«, beharrte ich.

»Ja, aber das vielleicht nur, weil ich noch nicht wusste, wie schlimm es in den Lagern zugeht.«

»Und die Nazis?«, fragte ich da nur noch. »Sind die in Wahrheit auch gar keine schlechten Menschen?«

Ich erwartete ein klares »Nein«. Jule jedoch dachte erst nach, bevor er antwortete. Und dann erzählte er mir vom alten Herrn Seligsohn, den er in der Großen Hamburger kennen gelernt hatte. Dieser alte, weißbärtige Mann, der Moritz Stettiners Auschwitz-Geschichten lange nicht glauben wollte, habe mal zu ihm gesagt, wirklich schlechte Menschen, also Menschen, die *nur* schlecht seien, gebe es nur ganz wenige auf der Welt; die meisten so genannten schlechten Menschen seien nur Pflichterfüller. Das Leben habe ihnen eine Rolle zugeteilt und die spielten sie nun. Und zum Beweis für seine Theorie habe der alte Herr Seligsohn ihm, Jule, eine Geschichte erzählt – die Geschichte von einem Henker, der lange Zeit als sehr gutherzig galt; eine Geschichte, die ihm seither nicht mehr aus dem Kopf gehen würde.

»Na los!«, bat ich. »Erzähl schon.« Und da erzählte Jule mir diese Geschichte, die nun auch ich nicht mehr vergessen kann.

Im frühen Mittelalter, so der alte Herr Seligsohn, habe in einer kleinen Stadt an der Ostsee mal ein Scharfrichter gelebt. Wie üblich wusste dort niemand, wer der Henker war, nicht einmal die eigene Familie, und so war er, von Beruf Zimmerer, sehr beliebt in der Stadt. Die Kinder, denen er gern kleine Tierfiguren schnitzte, mochten ihn, und ihre Eltern, denen er nie zu viel Geld für seine Arbeiten abverlangte, schätzten ihn ebenfalls. Er galt als treusorgender Vater und liebevoller Ehemann und an seiner Gutherzigkeit gab es keinen Zweifel. Bis eines Tages in der Stadt ein Mord geschah. Ein betrunkener Seemann war überfallen, ausgeraubt und umgebracht worden. Und der Verdacht fiel auf des Zimmerers ältesten Sohn, der zugleich seines Vaters Geselle war. Der Sohn kam vor Gericht und beteuerte weinend seine Unschuld. Da er aber in der nämlichen Nacht in derselben Schenke gesehen worden war, in der auch der Seemann zechte, und später, als das Opfer sich auf den Weg zu seinem Schiff machte, den gleichen Weg gegangen war, glaubte man ihm nicht und verurteilte ihn zum Tode.

Die Frage war, wer nun den Henker machen sollte. Der Richter meinte, niemand könne verlangen, dass der Vater den eigenen Sohn hinrichtete. Und so stellte man dem Zimmerer frei, für diese eine Hinrichtung sein Amt einem Vertreter zu übergeben.

Der Zimmerer aber lehnte das ab, obwohl er von der Unschuld seines Sohnes überzeugt war. *Er* sei der Henker, also müsse er seine Pflicht erfüllen, ganz egal was richtig und was falsch sei, verteidigte er sein Amt. Für das Urteil, so sagte er dem Richter, müsse er ja keine Verantwortung übernehmen, weil er nichts anderes als ein Werkzeug sei, genauso wie das Schwert in seiner Hand.

»Und?«, fragte ich. »Hat er wirklich seinen eigenen Sohn umgebracht?«

Julian nickte nur.

»Ja, aber … ist das denn wirklich passiert? Oder nur 'ne Sage?«

Das jedoch wusste Julian nicht. Er sagte nur, seit er diese

Geschichte kenne, denke er oft, dass es auf der Welt mehr Werkzeuge als Menschen gebe.

Ich lag längst in meinem Bett, da musste ich noch immer an diesen »gutherzigen« Henker denken. Warum hatte er das nur getan? Aus Angst um seine eigene Bedeutung als Henker? Aus purer Pflichterfüllung? Er hätte doch gar keinen Nachteil davon gehabt, hätte er dieses eine Mal sein Henkerschwert einem anderen überlassen.

Und hatte Julian denn Recht, gab es wirklich fast nur Werkzeuge? Vater fiel mir ein. Er war gegen den Krieg – und trotzdem Soldat geworden. Weil sie ihn sonst verhaftet oder erschossen hätten. Also war er nur gezwungenermaßen zum Werkzeug geworden; kein Vergleich mit diesem Henker. Genauso die jüdischen Fänger und Greifer ... Solange Menschen nur taten, was sie unbedingt mussten, um nicht selbst ums Leben gebracht zu werden, konnte man ihnen also nichts vorwerfen? Ja, aber wenn sich nun niemand mehr zwingen ließ, sondern lieber starb, als so ein Werkzeug des Unrechts zu werden? Dann waren die Mächtigen ohnmächtig und die wenigen wirklich schlechten Menschen ohne Werkzeuge.

Ein schöner Gedanke! Aber wohl leider nicht zu verwirklichen. So viel Selbstlosigkeit gab's in keinem Land. Auch konnte man ein solches Opfer von niemandem verlangen.

Ja, aber diese anderen, die schon immer für Hitler gewesen waren und ihm willig und nicht nur gezwungenermaßen dienten? Waren das die »gutherzigen« Henker? Die waren ja oft auch treusorgende Familienväter und liebten Kinder, Hunde und Katzen.

Ich sah den Heinrich Hauser vor mir, den »gemütlichen Dicken«, der seine Kinder verhätschelte, auf seinem Balkon Kaninchen und Tomaten züchtete, Walzermusik liebte und für sein Leben gern Hoffeste veranstaltete. Und doch, so wusste ich von Vater, hatte er in den ersten Jahren der Nazi-Herrschaft viele Kommunisten und Sozialdemokraten halb oder ganz zu Tode geprügelt. Wie passte das zusammen? Wer so etwas tat, was für eine Pflicht erfüllte der? Konnte man denn wirklich ein »gutherziger« Mörder sein?

Innerhalb weniger Tage

Am 25. Januar 1944 – ein Datum, das sich mir fest eingebrannt hat – erhielten wir die Nachricht, dass Vater gefallen war.

»Sehr geehrte Frau Scholz«, schrieb Vaters Kompaniechef, ein Hauptmann, der nur mit »Bü.« unterzeichnet hatte, »Ihr lieber Mann fand am 8.1.1944 bei der Verteidigung einer äußerst wichtigen Höhe nordwärts der Ortschaft Iwanowka, getreu seinem Soldateneide, für Führer und Volk, für Deutschlands Größe und Zukunft, den Heldentod. Wohl werden Sie und die beiden Kinder in erster Linie von diesem Verlust getroffen, aber auch wir, seine Kompanie-Kameraden, haben einen harten Schlag erlitten. Ihr so tapferer Mann gehörte zu unserer Kampfes- und Schicksalsgemeinschaft und ist ein Stück von uns. Möge auch Ihnen, sehr verehrte Frau Scholz, der Allmächtige die Kraft geben, diesen harten Schlag zu überwinden. Mögen in Ihrem schweren Leid, das sie getroffen hat, die beiden Kinder ein Trost sein, denn sie sind ja aus seinem Fleisch und Blut. Es ist jedoch bestimmt nicht im Sinne des toten Helden, wenn wir seinetwegen weinen und wehklagen. Er will vielmehr, dass wir in stolzer Trauer würdig seiner gedenken.«

Weiter stand in dem Brief, dass Vater in vorderster Linie durch ein Infanterie-Geschoss ums Leben kam, sofort tot war und keinerlei Schmerzen hatte. »Das Gesicht des toten Helden ist keineswegs entstellt, sondern hat einen zufriedenen, ja glücklichen Ausdruck angenommen. Wir haben ihn mit noch einigen Kameraden der Kompanie der Erde übergeben, um die er gekämpft hat und die durch sein Blut heilig und deutsch geworden ist. Auf seinem Heldengrab liegt sein Stahlhelm, und ein großes hölzernes Kreuz in Form des Eisernen Kreuzes trägt weithin leuchtend seinen Namen.«

Verkitschte Phrasen, die mich noch heute wütend machen. Vater war »glücklich«, für »Deutschlands Größe« sein Leben hingegeben zu haben? Für wie blöd hielt uns dieser Hauptmann? Vater hatte sein Leben für eine Sache hingeben müssen, die er hasste! Sie, alle diese begeisterten Marschierer und Phrasendrescher, hatten ihn auf dem Gewissen. Er war nicht für Deutschland, er war für seine Mörder gefallen!

Mamusch, wie sie am Fenster stand und ihre heiße Stirn gegen die kühle Fensterscheibe drückte! Ihre rot geweinten Augen … Sie hatte den Brief, nachdem sie ihn gelesen hatte, auf den Küchentisch fallen lassen und nicht wieder angerührt. Tagelang lag er so da, keiner nahm ihn auf und legte ihn weg. Auch nachts stand sie manchmal am Fenster, als hielte sie in irgendeine imaginäre Ferne hinein Ausschau nach Vater.

Bille und ich brauchten mehr Zeit, um zu begreifen, was wirklich geschehen war. Wir wollten einfach nicht glauben, dass es Vater nicht mehr geben sollte. Es waren schon so viele gefallen, auch Martin Gnaas und Peter Fröhlich, die als Jugendliche so gern Jagd auf Jule gemacht hatten; kein Haus in unserer Straße, das nicht mindestens zwei, drei gefallene »Helden« zu beklagen hatte. Aber das alles waren ja doch Fremde; egal, ob sie in der Nachbarschaft lebten oder etwas weiter entfernt von uns. Vater war Vater, unser Vater! Da gab es kein »Verstehen« und erst recht keinen Trost.

Auch für Jule keine leichte Zeit. Er musste sich überflüssig vorgekommen sein. Er hatte Vater gemocht, doch natürlich war seine Trauer nicht mit unserer zu vergleichen. Sogar Bille, die Jule, seit ich ihn zurückgebracht hatte, kaum noch von der Seite gewichen war, zog sich nun zurück. Sie konnte und wollte ihre Trauer mit niemandem teilen.

Irgendwann überkam mich Wut. Es drängte mich, etwas zu zerstören. Und so riss ich meine Europakarte von der Wand. Ich wollte nicht mehr wissen, wie der Frontverlauf war. Mein Vater war tot! Was interessierte mich da noch dieser ganze beschissene Krieg?

Auch Ömchen wollte die Nachricht lange nicht glauben. Als sie Vaters Tod endlich akzeptiert hatte, verlor sie ihren ganzen Lebensmut. Starr und stumm hockte sie in ihrer dunklen Wohnstube und wollte nur noch Mutter und Bille sehen. Meinen Anblick, so hatte sie mir ausrichten lassen, könne sie vorläufig nicht ertragen. Weil ich ihrem Wilhelm so ähnlich sah.

Als Mutter den Brief mit der Todesnachricht dann endlich vom Küchentisch nahm, hätte sie ihn am liebsten zerrissen. Doch wagte sie das nicht. Vaters Kompaniechef hatte am Ende noch mitgeteilt, dass Vater postum zum Obergefreiten befördert worden sei, und die Lage seines Grabes ganz genau beschrieben. Vielleicht würden ja sie, Bille oder ich Vaters Grab irgendwann einmal suchen; dann war dieser Brief von unendlichem Wert.

Ja, und dann – eine ganz und gar gespenstische Sache – kam noch ein Brief von der Front. Von Vater! Er hatte ihn zwei Tage vor seinem Tod geschrieben; der Brief seines Kompaniechefs hatte diesen letzten Brief überholt.

Ein Brief, den Mutter lange nicht lesen wollte. Es dauerte mehrere Tage, bis sie die Kraft dafür fand. Und Bille und ich wagten nicht, ihr zuvorzukommen. So lag der Brief auf der Anrichte im Wohnzimmer, und wir sahen immer wieder hin und hatten das Gefühl, als würde Vater doch noch leben und zu uns sprechen wollen.

Dieser letzte Brief war voller Todesahnungen. »Bis jetzt hab ich Glück gehabt«, schrieb Vater, »nach zweieinhalb Jahren an vorderster Front allerdings fragt man sich, wie lange das wohl noch so weitergehen wird. Nein, nein, ich will euch keine Angst machen, werde nur langsam ein bisschen abergläubisch.«

Er schrieb, dass er in diesem Augenblick ganz allein sei – »alle anderen begehen einen Kameradschaftsabend: viel Alkohol, viele Zoten, aber auch viele traurige Gesichter« – und an uns denke. »Zwar tut das weh, wenn ich mir eure lieben Gesichter vorstelle, doch macht es auch Mut. Sollte mir wirklich mal was passieren, kann ich Petrus berichten, dass ich in meinem Leben zwar kein Haus gebaut und keinen Baum gepflanzt, der Welt aber doch zwei prächtige Kinder geschenkt habe.«

Er berichtete, dass sich tags zuvor ein bei den Soldaten sehr beliebter Oberleutnant selbst erschossen habe und ihn das sehr mitnehme. »Er war eben ein Mensch, und irgendwann können wahre Menschen solche Gemetzel, wie wir sie hier miterleben, nicht mehr ertragen.«

Ganz am Schluss wurde Vater dann sehr deutlich: »Sollte ich nicht wiederkommen, Käthe, bitte, sag den Kindern, dass es immer mein Wunsch war, dass sie etwas aus sich machen. Irgendwann werden die Zeiten ja andere geworden sein und sie keinem falschen Gott mehr huldigen müssen. Paul hat doch dieses große technische Talent, ich bin mir sicher, irgendwann baut er seine Autos. Und Bille hat ihre Begabung für Sprachen. Da steht ihr die ganze Welt offen.«

»Er hat es gewusst«, sagte Mutter später immer wieder, »er hat es geahnt.« Und sie mahnte uns, Vaters Wunsch, etwas aus uns zu machen, zu beherzigen. Bille und ich fanden diese Mahnung überflüssig und waren beleidigt.

Eine äußerst unangenehme Folge von Vaters Tod war, dass es nun öfter bei uns klingelte. Zuvor war lange niemand mehr gekommen, hatten wir doch, seit Sternbergs deportiert worden waren, keinerlei freundschaftliche Kontakte mehr im Haus. Jetzt kam es zu Kondolenzbesuchen. Der Hauser klingelte und machte sein Heldengesicht, die Korbmeier setzte sich zu Mutter in die Küche, um sie »aufzurichten«, die Frau Liedtke, deren Martin inzwischen bereits zum Leutnant befördert worden war, machte ihr »Mut«: »Wissen Sie, Frau Scholz, ganz egal, wo unsereins politisch steht, wir Frauen müssen nun ganz besonders tapfer sein. Wir dürfen unsere Männer und Söhne nicht im Stich lassen. Sie verteidigen ja uns, ihre Ehefrauen und Mütter. Wer verzagt, der verrät sie.«

Mamusch sagte zu allem nur »Ja, ja«. Sie hatte nicht die Kraft zu widersprechen; vor allem, weil es ja ohnehin nicht lohnte.

Jedes neue Klingeln aber ließ uns hektisch werden. Jule musste ja erst im Bettkasten meiner Schlafcouch verschwinden, bevor wir öffnen durften. Und was kamen da nicht plötzlich alles für Leute: Neben Blockwart Matusche auch eine Frau von der Volkswohlfahrt und irgendein Bonze aus dem NSDAP-Ortsgruppenbüro. Alle wollten sie der Heldenwitwe kondolieren, alle wollten sie ihr in ihrer stolzen Trauer beistehen.

War der Besuch wieder weg, durften wir aufatmen und

Mutter schüttelte sorgenvoll den Kopf. »Lange wird das nicht gut gehen.«

Da wusste sie noch nicht, dass Vaters Tod auch positive Folgen haben würde – jedenfalls für Jule.

Anfang Februar erlebten wir dann wieder einen sehr schweren Luftangriff mit. Es war gegen drei Uhr nachts und bitterkalt. Mutter, Bille und ich saßen im Luftschutzkeller, weil ich in dieser Nacht keinen Löschdienst hatte, Julian war wie immer in unserer Wohnung zurückgeblieben.

Hauser hielt mal wieder Reden. Kämpfen, arbeiten und siegen, das sei die Parole für 1944, zitierte er den Reichspropagandaminister Goebbels, der auch gesagt habe, dank unseres eisernen Willens und der stählernen Kraft unserer Herzen seien wir dem Gegner überlegen. »Es ist bewundernswert«, so Hauser, »und erfüllt mich mit tiefem Stolz, wie gelassen und von der großen Aufgabe überzeugt die Heimat diese Zeit der ungeheuren Entscheidungen erträgt. Aber ist, was unsere Helden an den verschiedenen Fronten entbehren müssen, denn nicht auch so groß, dass die Opfer, die wir an der Heimatfront bringen, dagegen klein und nichtig erscheinen?«

Ein »gutherziger« Henker? Nein, das war ein sehr dummer, gewalttätiger und jedem fremden Leid gegenüber gleichgültiger Henker. Ich hatte den Hauser nie gemocht, jetzt hasste ich ihn.

Bille erging es genauso. »Kameraden der Front! Kameraden der Arbeit!«, äffte sie nach der Entwarnung den Hauser nach. »Uns Deutschen liegt das Morden nicht. Wir sind keine Asiaten oder Halbasiaten wie die Russen, wir sind zivilisierte Menschen. Wenn wir aber zu der Überzeugung gelangen, dass zum Erhalt unseres Volkes eine gewisse Härte notwendig ist, so werden wir das Kriegshandwerk mit all dem Stolz und der Kraft, zu der wir fähig sind, für unsere Selbstverteidigung einsetzen. Sollen sich also unsere Feinde gesagt sein lassen, wir schießen nicht mit Marzipankartoffeln, wir schießen mit echten Kartoffeln.«

Sie hatte sich Hausers Reden gut gemerkt; ich konnte nur staunen.

Am nächsten Morgen ging die Propaganda-Berieselung weiter. In der Schule. Eine Führerbotschaft zum Tag der Machtergreifung wurde übertragen. Es gebe keinen Zweifel, dass der Endsieg uns gehöre, verkündete der größte Feldherr aller Zeiten da mal wieder, ganz egal, wie sich die Lage im Augenblick darstelle. Danach sprach Direktor Poller. Die germanische Rasse sei die Krönung des Menschengeschlechts, prahlte er, dessen sollten wir uns stets gewiss sein, denn darauf dürften wir stolz sein. Schuld an diesem schrecklichen Krieg seien ja nur die Juden, die das kapitalistische Amerika und das bolschewistische Russland fest in ihren Händen hielten.

Ich blickte mich unter meinen Klassenkameraden um. Alle machten sie, dem Thema angemessen, ernste Gesichter. Aber glaubten sie Hitler und Poller noch? Es musste inzwischen doch auch der Letzte mitbekommen haben, weshalb der Wehrmachtsbericht seit kurzem keine »Frontbegradigungen«, »heldenhaften Abwehrkämpfe« und »strategischen Neuordnungen der Kräfte« mehr meldete und es keine Totenehrungen und offiziellen Trauerfeiern mehr gab. Der Glaube an den Endsieg sollte erhalten bleiben; da hätten negative Meldungen nur gestört.

Helmut Berkenthin fing meinen Blick auf – und grinste. Und nach der Veranstaltung sagte er: »Wenn die weiter so schöne Reden schwingen, glaubt am Ende sogar der Führer noch an den Endsieg.«

Das war schlimmster Defätismus. Und das ausgerechnet von Helmut Berkenthin, dessen Vater doch einer der überzeugtesten Nazis gewesen war, bevor er wegen seiner kriminellen Geschäfte ins KZ kam? Hatte Helmut seinen eigenen Kopf – oder wollte er mich nur testen? Die Witze, die er im Luftschutzkeller riss, waren harmloser. Vorsichtig lächelte ich ihm zu, erwiderte aber nichts. Sicher war sicher!

An jenem Tag hatte der Poller auch verkündet, wie stolz der 27er Jahrgang darauf sei, endlich zur Luftwaffe eingezogen worden zu sein. Wir hatten schon davon gehört: Die ein Jahr älteren Jungen durften nun als Flakhelfer Dienst tun; den Löschkommando-Arbeiten waren sie entwachsen.

Helmut sagte, dass die 27er aber trotzdem dreimal in der Woche Schulunterricht haben sollten. Eine Anordnung, die er »empörend blöd« fand. »Entweder biste Pennäler oder Soldat.«

Neugierig fragte ich ihn, was er denn lieber wäre. Da grinste er mir zu, wie zuvor ich ihm, und sagte: »Milchmann in der Schokoladenfabrik.«

Auch er war vorsichtig, obwohl er es doch in meinem Fall, so fand ich, wirklich nicht hätte sein müssen.

Gleich nach dem Mittagessen machte ich mich auf den Weg zu Clara. Wir hatten uns eine ganze Woche nicht gesehen und waren für den Nachmittag verabredet.

Der letzte Nachtangriff hatte auch in unserem Viertel Spuren hinterlassen. Überall Trümmer, Qualm und Dreck, überall Leute, die noch immer mit Löscharbeiten beschäftigt waren oder versuchten, etwas von ihrem Hab und Gut zu retten. Dicker, schwarzer Ruß lag auf ihren Haaren, ihre Kleider waren feuerversengt und fleckig vom Wasser, ihre Gesichter voller Mörtel- und Aschestaub. Immer öfter bekam ich ihre

Wut mit. Viele mussten ihrem Herzen einfach Luft machen, egal, ob ein falscher Fuffziger zuhörte oder nicht. Sie schimpften auf die Durchhalteparolen, die keiner mehr ernst nehmen konnte, und manche sogar auf Goebbels und seinen totalen Krieg: »Jetzt hat er, wat er wollte. Is er nu endlich zufrieden? Oder darf 's noch 'n bisschen totaler sein?«

Andere erregten sich über die Engländer und Amerikaner. »Immer uns jeht's an 'n Kragen! Immer ruff uff de Wohnviertel. Die Fabriken brauchen se ja vielleicht noch; uns brauchen se nich, wir sind ja allet Nazis.«

So manches von dem, was da gesagt wurde, hätte dem, der es nicht für sich behalten konnte, den Kopf gekostet, wäre ein Denunziant unter den Zuhörern gewesen. Ich hörte aber schon bald nicht mehr zu. Da war plötzlich so eine Ahnung in mir: Was drang denn da aus der Wörther Straße für ein Lärm?

Ich lief schneller, bog in die Wörther Straße ein – und blieb stehen, als wäre ich gegen eine Wand geprallt. Mein Gefühl hatte nicht getrogen – Claras Haus, eine Phosphorbombe musste es getroffen haben; vom Dach abwärts bis zum Keller war nichts als eine schwarze, tote Hülle übrig geblieben, die noch immer schwelte und rauchte. Eine Feuerwehr hielt davor, und auf dem gegenüberliegenden Bürgersteig standen viele Menschen, die mit starren Gesichtern oder erregt diskutierend den Bergungsarbeiten zusahen.

Zögernd stellte ich mich neben einen alten Mann mit Schirmmütze. »Die ... die Leute! Sind die noch rechtzeitig rausgekommen?«

Er sah mich nicht an, murmelte nur: »Wer zur Bombe greift, wird durch die Bombe umkommen. Hab ick immer schon jesagt.«

Ich packte ihn am Arm, wie um ihn zum Leben zu erwecken. »Meine Freundin wohnt in diesem Haus! Ich will wissen, ob sie noch lebt!«

Da sah er mich endlich mit leeren Augen an. »Die im Keller waren, leben alle nich mehr ... Sind umjekommen wie im Bratofen.«

Ich spürte, wie mir schlecht wurde. Ich wusste ja, dass Clara und ihre Eltern immer im Hauskeller Zuflucht gesucht hatten. Der Alte aber lachte plötzlich auf, lachte richtig laut los: »Der Führer hat jesagt, jebt mir fünf Jahre Zeit und ihr werdet Deutschland nich wiedererkennen. Er hat Recht behalten. Zwar hat er 'n bisschen länger jebraucht, aber er hat Recht behalten!«

Ein hagerer Mann fuhr herum. »Was haben Sie da gesagt?«

Der Alte spuckte aus. »Hab jesagt, wat ick jesagt hab. Und wenn de mich dafür erschießen willst, bitte schön, bitte gleich. Bin dir dankbar dafür, hab keene Lust, noch weiter bei diesem Irrsinn mitzumachen.«

Der Hagere, ein Gestapo-Mann in Hut und Mantel, zog seine Dienstmarke. »Kommen Sie mit! Ich werde nicht zulassen, dass Sie hier weiter das Volk aufhetzen.«

Der Alte wurde bleich, nickte aber. »Machen Se mit mir, wat Se wolln. Schlimmer, als es is, kann's sowieso nich mehr kommen.«

Und er ging neben dem Gestapo-Mann her, als wäre ihm wirklich alles egal.

Die Leute vor dem Haus hatten alles mitverfolgt, doch hatte es sie nur wenig berührt. Der Anblick des abgebrannten Hauses und sicher auch die Gedanken an ihre Verwandten oder Freunde, die nur wenige Meter von ihnen entfernt im Keller umgekommen waren, hatten sie für alles andere stumpf werden lassen.

Mir erging es ähnlich. Clara! War sie wirklich unter den Toten?

Eine Frage, die ich mir nicht ernsthaft stellte. Es war nur so ein Hinausschieben der bitteren Wahrheit; es sollte nicht sein, was nicht sein durfte ...

Wie lange ich zwischen den Leuten stand und zu der schwarzen Ruine hinübersah, weiß ich nicht mehr. Irgendwann ging ich wie automatisch fort, blieb stehen, starrte irgendein Schaufenster an, ging weiter und blieb wieder stehen.

Wie Clara geweint hatte, als sie von Vaters Tod erfuhr, obwohl sie Vater doch gar nicht kannte! Sie hatte den Krieg und alles, was damit zusammenhing, gehasst und gefürchtet – und nun war sie ihm tatsächlich zum Opfer gefallen ... An so etwas wie Todesahnungen hatte ich zuvor nicht geglaubt, nun war ich schon das zweite Mal eines Besseren belehrt worden: Wie dunkel Claras Augen immer geworden waren, wenn sie über den Krieg sprach; das hatte ganz gewiss nicht nur mit ihrem Bruder zu tun.

Mir fiel ein, dass ich Clara bis zum Schluss nicht die Wahrheit über Jule gesagt hatte, und ich schämte mich. Aber auch an Claras Eltern musste ich denken. Sie waren mir nie sonderlich sympathisch gewesen, ein solches Ende jedoch, nein, das hatte niemand verdient.

Erst später erfuhr ich, wie grausam dieses Ende wirklich gewesen war. Zum Schutz gegen das Eindringen von Giftgasen war die Stahltür zum Luftschutzkeller entlang der Türseiten mit Gummistreifen versehen worden – die infernalische Hitze, die die Phosphorbombe ausgelöst hatte, brachte das Gummi zum Schmelzen und Tür und Türrahmen wurden so fest miteinander verklebt, dass der Keller wie hermetisch abgeschlossen war. Die Frauen, Männer und Kinder, die darin Schutz gesucht hatten, steckten tatsächlich im »Bratofen«. Anfangs wollten einige Leute noch Klopfzeichen gehört haben, später nicht mehr. Und als man die Toten nach Tagen endlich aus dieser Menschenfalle befreien konnte, waren sie auf die Hälfte ihrer Körpergröße zusammengeschrumpft.

Ich wurde krank, als ich von diesem grausamen Tod erfuhr, wollte tagelang nicht aus dem Bett. Clara, meine Clara, mit der ich schwimmen gewesen war, die auf ihrem Rad mit mir durch ganz Berlin gefahren war, die mich geküsst hatte und die ich streicheln durfte, Clara, die doch noch gar nicht richtig gelebt hatte, hatte auf eine so furchtbare Weise sterben müssen … Nein, das durfte, konnte, wollte ich nicht glauben.

Es war kein Trost, dass ja schon viele Kinder und Jugendliche den Bomben zum Opfer gefallen waren und dass bereits morgen Bille, Julian oder ich an der Reihe sein konnten. Im Gegenteil, dieser Gedanke machte alles nur noch viel schlimmer.

Lorrmann

Im April gab es wieder einen großen Appell der Hitlerjugend. Zum fünfundfünfzigsten Geburtstag des Führers. Auf dem Wilhelmplatz mussten wir antreten, obwohl Hitler gar nicht in Berlin war, sondern in seinem Hauptquartier, der »Wolfsschanze« im ostpreußischen Rastenburg, den Endsieg vorbereitete. Am noch unzerstörten Propagandaministerium hing ein Transparent: »Unsere Mauern brachen, unsere Herzen nicht.«

Helmut Berkenthin zweifelte am Verstand der Amerikaner und Engländer. »Weshalb haben die Goebbels' Hütte denn nicht als Allererstes bombardiert?«, flüsterte er mir zu.

Ich wiegte nur nachdenklich den Kopf; eine Reaktion, die alles bedeuten konnte.

Der HJ-Gebietsführer von Berlin redete sich in Fahrt: Treue zum Führer, Entscheidungsschlacht um Europa und immer so weiter. Ich hörte gar nicht richtig zu, musste noch immer an Vater und Clara denken. Zwei Menschen, die mir lieb waren, geopfert dieser Treue zum Führer ... Hätte irgendwer ein falsches Wort zu mir gesagt, ich glaube, ich hätte mich um Kopf und Kragen geredet. Helmut Berkenthin jedoch sagte nichts Falsches, sondern nur, was ich selber dachte. Ich wusste nur nicht, ob ich ihm trauen durfte.

Ende Mai lag ein amtliches Schreiben im blauen Kuvert auf unserem Küchentisch – Paul Scholz wurde zur Musterung befohlen!

»Aber du bist doch erst fünfzehn«, rief Mamusch ganz verstört aus, »noch ein Kind!«

Sie vergaß, dass schon seit längerem halbe Kinder zum Wehrdienst einberufen wurden; wir 28er waren bereits der dritte Jahrgang von jugendlichen Luftwaffenhelfern.

Die Musterung erinnerte an Filmszenen in Militärlustspielen. Ein langer Tisch, dahinter eine Reihe schon sehr alter Offiziere. Einer trug sogar ein Monokel. Wir mussten unsere Kinderkrankheiten aufzählen, uns nackt ausziehen und nach allen Seiten hin bücken und der mit dem Monokel kuckte uns tatsächlich auch in den Hintern. Danach beriet man sich und teilte uns das Ergebnis mit: Paul Scholz war KV – kriegsverwendungstüchtig –, bedingt als Luftwaffenhelfer.

Mutter hatte nichts anderes erwartet, wollte nur wissen, wie viel Zeit mir noch blieb. Die Offiziere hatten vom Spätsommer gesprochen; Mamusch vermutete, dass ich eher früher als später eingezogen werden würde. Keine Hoffnung, dass der Krieg bis dahin zu Ende war.

Am Abend dieses Tages jedoch, es war der 6. Juni, flackerte doch noch Hoffnung auf: Die BBC brachte eine Nachricht, die uns alle vier, Mutter, Bille, Jule und mich, elektrisierte – die Amerikaner und Engländer waren in der Normandie gelandet! Damit hatte endlich die von den Nazis schon lange befürchtete Invasion begonnen. »Jetzt wird's nicht mehr lange dauern.« Vor Freude boxte ich Jule in die Seite. »Im Osten die Russen, im Westen die Engländer und Amerikaner; bald scheißt sich Hitler in die Hose.«

In der Schule passierte nun nicht mehr viel. Fast alle fühlten wir uns längst als Soldaten – egal ob stolz darauf oder nicht –, wozu da noch lernen? Die Lehrer ermahnten uns, wir unterstünden noch immer dem Jugendgesetz, auch in unseren späteren Einheiten würde der Unterricht weitergehen.

»Na, wenn das so ist, ziehe ich eben mit 'nem Schnuller in den Krieg.« Helmut Berkenthin.

Der Juli wurde glühend heiß. Wir hatten Ferien und wie gern wären Bille und ich baden gefahren. Einfach mal wieder schwimmen, Waldluft atmen und in der Sonne liegen. Doch durften wir im Wasser planschen, während Jule in seinem Gefängnis schwitzte?

Jule riet uns, ja befahl uns zu fahren. »Denkt ihr, ich schwitze weniger, wenn ihr mitschwitzt?« Wir brachten es dennoch nicht fertig, blieben bei ihm, spielten *Mensch ärgere dich nicht*, *Schummellieschen* oder *Mau-Mau* und ließen dabei das Radio laufen.

Eines Tages, es war der 20. Juli, gegen Abend, mitten im *Mau-Mau*-Spiel, ließ uns eine Sondermeldung die Karten beiseite legen: Eine aufgeregte Stimme meldete, dass der Führer ermordet werden sollte. In seinem Hauptquartier sei eine Bombe explodiert. Die Vorsehung aber habe ihn beschützt, er sei nur geringfügig verletzt und werde abends über das Radio zum deutschen Volk sprechen.

Sprachlos starrten wir uns an. Wie oft hatten wir uns schon gefragt, weshalb denn niemand dem Hitler eine Bombe unters Bett legte. So viele Menschen mussten sterben, an der Front, in der Heimat und in den KZ, Hitler und seine obersten Getreuen aber feierten Geburtstage und Staatsfeiertage, ließen sich beklatschen, zeichneten ihre willfährigsten Krieger aus und spielten sich trotz all ihrer Niederlagen als große Feldherren auf. Wir hatten uns Gedanken darüber gemacht, was passieren würde, sollte doch mal jemand den Führer beseitigen, und waren zu dem Schluss gekommen, dass sich sicher kaum etwas ändern würde, weil dann ja aller Wahrscheinlichkeit nach Göring, Goebbels oder Himmler Reichskanzler würden. Kein großer Unterschied, ob die Leute »Heil Hitler« oder »Heil Himmler!« riefen. Klang sogar so ähnlich, und die Korbmeier hätte den Himmler vielleicht sogar noch mehr verehrt, weil sein Name nach Himmel klang.

Jetzt also war es passiert! Aber wer steckte dahinter? War es eine ganze Gruppe von Leuten – oder nur ein einziger Täter gewesen? Vielleicht einer, dem der Krieg seine liebsten Verwandten genommen hatte? An einen aus dem KZ geflüchteten Juden, wie Bille es am liebsten gesehen hätte, konnten wir nicht glauben. Der wäre nie bis in die Wolfsschanze vorgedrungen.

Als Mutter nach Hause kam, gab es nur ein Thema: Wer steckte hinter diesem Attentat? Und wie wäre alles weitergegangen, wenn es geklappt hätte?

Wir ließen das Radio an und warteten auf Hitlers Rede. Als sie endlich angekündigt wurde, war es schon fast Nacht. Der Führer sprach erregt, war kaum zu verstehen. Eine Offiziersclique von ehrlosen Verrätern, sagte er, habe gegen ihn, das

Staatsoberhaupt, eine Bombe gezündet. Aber diese Verbrecher würden jetzt niedergemacht und ausgerottet.

Wir sahen uns an: Eine Offiziersclique? Also kein Einzeltäter! Und sie hatten die Regierungsgewalt übernehmen wollen? Was wäre dann aus Himmler, Göring, Goebbels und all den anderen Obernazis geworden? Hätten sie die umgebracht oder eingesperrt?

Mamusch wusste darauf keine Antwort. Sie war nur traurig, dass das Attentat nicht geklappt hatte. »Schade!«, sagte sie müde. »Da sind also einige Offiziere doch noch aufgewacht. Spät, aber immerhin!«

Ich wusste, weshalb sie so enttäuscht war. Hätten die Offiziere die Regierungsgewalt übernommen, wäre der Krieg sicher bald beendet worden – und dann hätte ich nicht mehr Soldat werden müssen.

Billes Mundwinkel zuckten. »Aber ... aber die werden sie jetzt doch umbringen!«

Klar, dass Hitler keinen von diesen Offizieren am Leben lassen würde! Niedergemacht und ausgerottet! Da erübrigte sich jedes weitere Wort. »Und die anderen Offiziere?«, fragte ich nur. »Wieso machen die denn immer noch mit?«

»Da fragste mich zu viel.« Mutter machte endlich das Radio aus, in dem nun von erfolgreichen Gegenstößen, zähen Verteidigungskämpfen und abgeriegelten Fronteinbrüchen berichtet wurde. »Das ist es ja, was ich am allerwenigsten begreifen kann: Ein Wahnsinniger regiert, und alle parieren, egal ob General oder Oberregierungsrat. Treue ist das Mark der Ehre! Wer an einen solchen Quatsch glaubt, darf sich nicht beschweren, wenn er daran zugrunde geht.«

Ich starrte auf meine Hände. »Wer nicht daran glaubt, geht aber auch zugrunde.«

»Ja«, sagte Mamusch. »Und das ist das Allerschlimmste.«

Zwei Tage später bekamen wir Besuch. Einer von Vaters Kriegskameraden stand vor der Tür, ein großer, hagerer Mann mit leicht höckeriger Nase, der sich auf zwei Krücken stützte, weil er nur noch ein Bein hatte. Er stellte sich Mutter als Johannes Lorrmann aus Neukölln vor und sagte, dass er lange mit Vater in einer Einheit gedient hätte. »Wir hatten vereinbart, dass, falls einer von uns fällt, der Überlebende die Familie des anderen besucht.«

Wir erinnerten uns daran, dass Vater in seinen Briefen öfter einen Johannes aus Neukölln erwähnt hatte, und so bat Mutter den Kriegsinvaliden herein. Jule war inzwischen längst in den Eingeweiden meiner Schlafcouch verschwunden, Bille und ich setzten uns dazu. Wir wollten alles erfahren, was Vater betraf.

»Ah, der Paul!«, sagte Johannes Lorrmann und gab erst mir und danach Bille die Hand. »Sibylle – oder besser Bille, nicht wahr?«

Ich schätzte ihn auf etwa vierzig Jahre, später erfuhren wir, dass er noch nicht mal dreißig war.

»Bitte«, sagte Mutter als Erstes. »Erzählen Sie mir, wie mein Mann gestorben ist. Dem Brief von der Kompanie traue ich nicht. Oder waren Sie gar nicht dabei?«

Doch, Johannes Lorrmann war dabei, hatte, als der Beschuss losging, neben Vater gelegen und der Granate, die Vater tötete, sein Bein geopfert. Er war danach ins Lazarett gekommen und erst vor wenigen Tagen daraus entlassen worden.

Wir erfuhren, dass Vater nicht »zufrieden« gelächelt hatte, als er fiel. Er konnte gar nicht mehr lächeln, die Granate hatte ihn zerrissen.

Als Bille das hörte, rannte sie aus dem Zimmer. Mutter und ich starrten nur stumm vor uns hin.

Lorrmann fragte, ob er rauchen dürfe, und zündete sich, als Mutter nickte, eine Zigarette an. »Wilhelm meinte, dass ich Ihnen die Wahrheit sagen dürfe, er habe das auch immer getan.«

Mutter nahm ihr Taschentuch und schnäuzte sich. »Das ist richtig. Wir wollen uns nicht mit Lügen trösten. Bitte, erzählen Sie mehr.«

Und da erzählte dieser uns so fremde Mann von Vater, und wir – Bille war inzwischen zurückgekehrt – mussten feststellen, dass er Vater zuletzt besser gekannt hatte als wir. »Er hat nicht nur darunter gelitten, die Nazis, die er so hasste, auch noch verteidigen zu müssen, er hat sogar an Desertion gedacht. Wenn er's dann doch nicht getan hat, dann nur, weil er irgendwann seine Familie wiedersehen wollte.«

»Ach, hätte er's nur getan!« Mutter musste nun doch weinen.

»Ja!« Lorrmann nickte mehrmals. »Hätten wir's nur getan! Aber im Nachhinein ist man immer klüger.«

Mutter fasste sich. »Sie reden wirklich sehr offen mit uns.«

Lorrmann lächelte, in seine grauen, sehr aufmerksam blickenden Augen trat Wärme. »Aber ich kenne Sie ja – durch Wilhelm. Außerdem habe ich nach vier Jahren Front und als nur noch halber Mensch vor nichts mehr Angst.«

»Waren Sie vor Hitler auch Sozialdemokrat?«

»Nein! Ich war – oder besser: ich bin – Kommunist.«

Neugierig sah ich ihn an. Bisher hatte ich noch niemanden kennen gelernt, der zugab, Kommunist zu sein. »Dann mussten Sie ja auf andere Kommunisten schießen.«

Er lächelte noch breiter. »Nicht alle Russen sind Kommunisten.« Doch dann wurde er wieder ernst. »Es ist unwichtig, welcher politischen Überzeugung die Menschen waren, auf die ich schießen musste. Das Schlimme ist, dass es überhaupt Menschen waren – und dass ich ganz sicher einige von ihnen getötet habe.«

Da fragte ich nichts mehr, und Lorrmann erzählte, wie Vater und er sich oft darüber gestritten hatten, was sie – die Sozialdemokraten und die Kommunisten – vor 1933 falsch gemacht hätten. »Wir konnten uns darüber nicht einigen, eines allerdings sahen wir ähnlich: Wenn Hitler abgewirtschaftet hat, dürfen wir nicht noch mal die gleichen Fehler machen – dann müssen alle anständigen Menschen im Kampf gegen die Faschisten zusammenhalten.«

Mutter bekam einen spröden Zug um den Mund. »Wir Sozis waren für euch doch auch Faschisten; Sozialfaschisten habt ihr uns genannt. Und die ›Einigkeit‹ sollte unter eurer Führung stattfinden.«

Mutter war nie in einer Partei, jetzt aber sagte sie »wir Sozis«. Das gefiel mir, weil Vater sich darüber gefreut hätte.

»Wir haben Fehler gemacht – auf beiden Seiten«, gab Lorrmann zu. »Aber streiten wir jetzt nicht, reden wir später darüber, wenn Hitler und das übrige Nazi-Pack endlich im Orkus verschwunden sind.«

Er fragte noch so einiges, wollte wissen, was Bille und ich nun machten, und als er erfuhr, dass ich bald als Luftwaffenhelfer Dienst tun musste, schüttelte er den Kopf. »Erst der Vater, jetzt der Sohn! Und alle halten wir still und machen mit. Bis ans bittere Ende.«

»Was soll der Junge denn sonst tun?«, fragte Mutter böse. »An der Front kann man ja vielleicht weglaufen, aber doch nicht hier, mitten in Berlin.«

»Jetzt noch nicht, aber vielleicht später, wenn der Krieg näher gekommen ist.« Nachdenklich sah Lorrmann mich an. »Wenn es ernst wird und du eine Chance siehst wegzukommen, hau ab! Opfere dich nicht! Denk an deinen Vater. Es lohnt nicht, sich diesen Verbrechern zu opfern.«

Ich nickte nur still. Zu einer Antwort wäre ich in diesem Augenblick nicht imstande gewesen.

Mutter, die ganz vergessen hatte, dem Besucher etwas anzubieten, holte das nun nach. Lorrmann sagte, eine Tasse Kaffee oder Tee wäre ganz nett, und Mutter brühte rasch zwei Tassen Muckefuck auf, Ersatz-Kaffee.

Danach fragte Lorrmann nach Sternbergs. Vater hatte ihm auch von unserer jahrelangen Familien-Freundschaft und den »Zwillingen« Julian und Paul erzählt.

Mutter berichtete erst nur zögernd, konnte dann aber plötzlich nicht anders, als auch von Jule zu erzählen und wie schwer es sei, jemanden zu finden, der ihn aufnahm.

Lorrmann staunte. »Was denn? Sie haben den Jungen hier bei sich?«

Mamusch zuckte nur hilflos die Achseln. »Nun schon seit über einem halben Jahr.«

Ein Weilchen sah Johannes Lorrmann uns drei nur nachdenklich an, und wir konnten sehen, wie sein Respekt wuchs, dann sagte er: »Also wirklich – das hätte ich nicht gedacht! Was macht der Junge denn bei Fliegeralarm?«

Bille antwortete: »Er muss oben bleiben, bei uns im Haus kennen ihn doch alle.«

»Aber das ist doch sehr gefährlich. Wenn nun ...« Lorrmann konnte sich denken, dass wir uns das selber schon tausendmal gesagt hatten, und verstummte.

»Es gibt eine Frau«, sagte Mutter da, »ich habe mit ihr gesprochen. Für fünftausend Mark oder entsprechend wertvollen Schmuck würde sie Julian in die Schweiz bringen, mit falschen Papieren. Leider habe ich weder so viel Geld noch solchen Schmuck.«

Davon hatte sie Jule, Bille und mir nichts erzählt. Wozu denn auch? Eine Möglichkeit, die keine ist, muss nicht diskutiert werden.

Lorrmann zündete sich eine neue Zigarette an und dachte nach. »Nein! Ich kenne auch niemanden, der so viel Geld besitzt. Aber vielleicht gibt's einen anderen Weg: Meine Eltern besitzen eine Laube in der Nähe der Sonnenallee, direkt am Bahndamm. Da könnte er unterschlüpfen. Wir haben jetzt Sommer, wer weiß, vielleicht ist unser Adolf bis zum Winter schon verreckt.«

Der Vorschlag kam sehr überraschend. »Und was wollen Sie den anderen Schrebergärtnern sagen, wer Julian ist und weshalb er nicht zur Schule geht und kein Flakhelfer ist?«, fragte Mutter.

»Gar nichts. Er darf nicht gesehen werden und deshalb die Laube tagsüber nicht verlassen. Das ist nicht schön für ihn, doch bis jetzt sind Lauben noch nicht bombardiert worden. Er hat dort eine viel größere Chance durchzukommen als bei Ihnen, er muss sich nur vor unserem linken Nachbarn vorsehen, der ist Nazi von Geburt an. Die Familie rechts, das sind eher Hitlergegner.«

Ich konnte richtig sehen, welch mächtiger Felsen Mutter vom Herzen fiel. Hatte sie eventuell doch noch einen Zufluchtsort für Jule gefunden? »Das ist aber ein großes Risiko für Sie«, sagte sie nur noch.

Lorrmann winkte ab. »Risiko! Was ist in Zeiten wie diesen schon ohne Risiko? An der Front, in der Heimat, überall lauert das Risiko. Wer dem einen ausweicht, läuft dem anderen geradewegs in die Arme. Und sind Sie und Ihre Kinder denn etwa kein Risiko eingegangen?«

Da sah Mutter nur noch Bille an und nickte und Bille sprang auf und holte Jule. Als er vor uns stand, erhob sich

Lorrmann, reichte ihm die Hand und lächelte. »Wie ich gehört habe, hast du schon so einiges mitgemacht. Wenn du willst, spiele ich von nun an mit dir in einer Mannschaft. Lange wird das Spiel ja nicht mehr dauern, wir haben gute Chancen zu gewinnen.« Und er schilderte Jule, was er vorhatte.

Jule sah erst Lorrmann an und danach Mutter, Bille und mich, dann nickte er.

Mutter atmete auf, fragte Lorrmann aber noch besorgt: »Und Ihre Frau und Ihre Eltern? Was werden die dazu sagen?

Lorrmann lächelte wieder: »Die richtige Frau zu finden hatte ich bisher noch keine Gelegenheit. Und meine Eltern? Die haben sich schon immer ein Enkelkind gewünscht. Nun haben sie eins. Es ist zwar schon ein bisschen groß, kostet dafür aber auch weniger Mühe.«

Grün oder gelb

Bereits am nächsten Abend kam Lorrmann Jule abholen. Mutter weinte, Bille weinte und mir war auch heulerig zumute. Würden wir Jule denn jemals wiedersehen? Nach Neukölln rausfahren, ihn besuchen durften wir nicht. Tagsüber gab es ihn nicht und nachts wäre das viel zu auffällig gewesen.

Für den Fall der Fälle vereinbarten wir einen neuen Treffpunkt – diesmal den Bahnhof Zoo, weil der so schön weit weg lag –, dann wollte Jule gehen, zögerte und kam noch mal zurück. Und dann umarmte und drückte er Bille, und es war ihm egal, dass wir dabei zusahen.

Gleich darauf gingen Mutter und er, der meine Löschkommando-Uniform über seine Kleider gezogen hatte, die Treppe hinunter. Lorrmann folgte mit etwas Abstand und Bille und ich blieben zurück. Bille warf sich auf ihr Bett und presste den Kopf ins Kissen, ich riss die Haken aus meiner Schlafcouch. Es sollte nichts daran erinnern, dass man sie mal von innen zuhaken konnte.

Ein paar Straßen weiter, in einer dunklen Haustürnische, stellten Lorrmann und Mutter sich, wie ins Gespräch vertieft, vor Julian hin. So konnte er unbeobachtet meine Uniform ausziehen und sie Mutter in die Hand drücken. Danach gingen Lorrmann und er weiter die Straße entlang und Mutter brachte die Uniform zurück.

Die ersten Tage vermissten wir Jule sehr. Wir hatten uns längst daran gewöhnt, dass er immer um uns war. Dann wurden wir abgelenkt: Mein Gestellungsbefehl kam. Ich hatte mich am 1. August am Eingang des G-Turmes der 1. Flakbatterie im Friedrichshain einzufinden, um mich in die Wehrgemeinschaft des deutschen Volkes einzureihen.

Im Friedrichshain? Das war ja nun wirklich nicht weit; dreimal hinfallen und ich war da. Und G-Turm? Das hieß wohl nichts anderes als Geschützturm.

Ich kannte die beiden riesigen, graugrünen Betonklötze, die den Park weit überragten, hatte sie schon tausendmal gesehen, wusste, welcher der Geschütz- und welcher der Leitturm war; dass ich dort mal Dienst tun würde, wäre mir nicht im Traum eingefallen.

Am Tag, bevor ich mich dort zu melden hatte, fuhren Bille und ich an den Wannsee. Es war so etwas wie ein Abschiedsbaden. An den Müggelsee hatten wir nicht gewollt, weil ich da sicher immerzu an Clara und Bille an Jule hätte denken müssen. Der Wannsee war genauso schön.

Als wir dann nebeneinander in der Sonne lagen in all dem

Frieden und der Stille, die nur vom Lärm badender Kinder unterbrochen wurde, erschien mir jeder Gedanke an den Krieg unwirklich – und doch konnte ich an nichts anderes denken. Bille erging es ähnlich. »Was meinst du, ob der Krieg bald zu Ende ist?«

Da musste ich nur an die letzten BBC-Meldungen denken, um das bejahen zu können. Inzwischen hatten sich an der Ostfront ja schon fünfundzwanzig deutsche Divisionen geschlagen geben müssen und die Amerikaner und Engländer würden bald Paris erreicht haben. Nein, ewig konnte dieser Krieg nicht mehr dauern.

»Aber wie wird Berlin aussehen, wenn alles vorbei ist?«, fragte Bille weiter. »Ist dann der Rest auch noch zerstört? Und werden wir dann überhaupt noch leben?«

Ich legte ihr den Arm um die Schulter, was ich schon lange nicht mehr getan hatte. Für Zärtlichkeiten war ja Jule zuständig. »Natürlich leben wir dann noch – du und Jule und Mutter und ich.« Sie wollte so etwas hören, ich tat ihr den Gefallen.

Und da kuschelte Bille sich plötzlich in meinen Arm und machte mir eine schwesterliche Liebeserklärung: »Weißte eigentlich, dass du 'n ganz toller großer Bruder bist?«

Ich grinste nur verlegen. Klar, dass ich das schon immer gewusst hatte!

Bille blieb ernst. »Hab Angst um dich. Will nicht, dass dir was passiert.«

Da spielte ich erst recht den Überlegenen. »Keine Bange! Olle Paule passt schon auf sich auf.«

So etwas hätte Vater nie gesagt. Aber ich war ja nicht Vater, wurde im November erst sechzehn.

Farblich glich unsere Uniform der der erwachsenen Luftwaffen-Soldaten, im Schnitt ähnelte sie der HJ-Kluft. Auch bekamen wir eine andere Kopfbedeckung verpasst und mussten eine HJ-Armbinde tragen, was Peer Matthießen furchtbar ärgerte. »Sind wir nun Soldaten oder nicht?«

Die meisten waren stolz darauf, nun als Soldaten angesehen zu werden; da störte die kindliche Armbinde.

Danach wurden wir eingeteilt – als Höhen- und Seitenrichtkanoniere, Munitions- und Ladekanoniere – und an einem Geschütz Kaliber 3,7 cm ausgebildet. Die Waffentechnik wurde uns eingepaukt, bis wir sie im Schlaf aufsagen konnten; erhielten wir das Kommando »Gefechtsbereitschaft!«, übten wir die verschiedenen Einstellungen und Handgriffe, bis alles wie am Schnürchen klappte. Manchen Jungen machte das sogar Spaß; der Ladekanonier Paul Scholz und der Munitionskanonier Helmut Berkenthin zählten nicht dazu.

Zu jedem Geschütz gehörten ein Unteroffizier, ein Gefreiter und bis zu acht Luftwaffenhelfer; jeder Zug bestand aus drei Geschützen. Unser Zugführer war ein junger Leutnant mit Mädchengesicht; Gerhard Werner hieß er.

Leutnant Werner war ein gläubiger Nazi. Wenn er uns nicht an der Waffe ausbildete oder unsere Exerzierübungen beaufsichtigte, dann fütterte er uns mit Durchhalteparolen. Von der neuen Volksgrenadierdivision schwärmte er, die den Russen, Amerikanern und Engländern schon den Marsch blasen würde, und von den neuen V-1- und V-2-Geschossen und der neuen 8,8 cm-Flak für den Panzernaheinsatz; beides Waffen, die Wunder wirken sollten. Gern zitierte er aus Hitlers *Mein Kampf* den Satz »Deutschland wird entweder Weltmacht oder überhaupt nicht sein« und übersetzte das mit »Siegen oder Sibirien«.

Unser Geschützführer war ein junger, lockenköpfiger Unteroffizier namens Ewald Ewaldsen, ein »Hamburger Jung«. Kein Unsympath und ziemlich gebildet. »Feige Leute sterben lange vor ihrem Tod«, versuchte er uns aufzumuntern, »der Tapfre schmeckt den Tod nur einmal.« Er wollte uns mit diesem Shakespeare-Zitat aber nicht zu Helden machen, sondern nur die Angst nehmen; Zittern und Zagen nützen ja nichts, wenn man nicht fortlaufen kann.

Der Geschütz-Gefreite Mennecke – wir nannten ihn nur Männeken, obwohl er ein großer, klobiger Kerl von schon fast fünfzig Jahren war – gefiel mir weniger. »Hier geht's ja zu wie in der Judenschule«, sagte er jedes Mal, wenn wir nicht gleich Tritt gefasst hatten, und einmal forderte er Peer auf: »Komm, Junge, pissen wir über Kreuz, dann verreckt irgendwo in der weiten Welt ein Jude.«

Peer fand Männeken ebenfalls nicht sympathisch, versuchte aber, sich gut mit ihm zu stellen. »Was willste machen? Andere Ausbilder liefern sie uns nicht.«

Wir acht Jungen von unserem Geschütz – darunter auch Helmut Berkenthin – schliefen in einem Raum: Vier Doppelstockbetten, acht Schränke, acht Hocker, ein Tisch und ein Führerbild. Helmut bezog das Bett über mir, beim Aufwachen sah der Führer uns an. »Ja«, kicherte Helmut, »Onkel Addi schläft nie.«

Als es um die Bettenverteilung ging, hatte ich darauf geachtet, mit ihm zusammenzukommen. Wir hatten uns inzwischen immer mehr angefreundet. Was konnte er denn für seinen Vater? Auch glaubte ich längst nicht mehr, dass er mich aushorchen wollte. Er hatte inzwischen schon öfter Ärger wegen seiner spöttischen Bemerkungen bekommen; unmöglich, dass er diese Rolle nur meinetwegen spielte.

Drei Tage in der Woche ging der Schulunterricht weiter, jede Woche einmal bekamen wir Nachturlaub, alle vier Wochen gab's Wochenendurlaub. Dann gebärdeten einige sich als Fronturlauber. Am Anfang war das nur Angeberei, später kamen wir wirklich von der Front.

Es war ein sehr heißer August in diesem Jahr. Wenn wir weder Dienst noch Unterricht hatten, saßen Helmut und ich gern auf der obersten Plattform unseres Turmes, wo wenigstens ein bisschen Wind wehte, und sahen auf die Stadt herab. Das Schloss, den Dom, den Funkturm weit im Westen, jede Menge Kirchtürme und Kuppeln konnten wir erkennen und auch die Flaktürme im Humboldthain und am Zoo. Dort waren Jungen stationiert, die die gleichen Aufgaben zu erfüllen hatten wie wir. Helmut witzelte, hätten wir Ferngläser und Wimpel, könnten wir uns miteinander verständigen: »Bei uns alles Kacke! Bei euch Kakao?«

Er hasste den Dienst noch mehr als ich und ganz besonders die Übungen im Gelände. Durch den ganzen Friedrichshain wurden wir gescheucht, meistens mit Marschgepäck auf dem Rücken, ab und zu aber auch mit Maschinengewehren und Munitionskisten, die wir zu schleppen hatten. Immer wieder mal täuschte Helmut einen »Hitzschlag« vor, worüber Männeken stets nur lachte. »Und so was will hart wie Kruppstahl sein?«

Einmal jedoch lachte Männeken nicht. Da hatte er uns einbläuen wollen, dass jeder seiner Befehle, egal wie unsinnig er uns erschien, strikt befolgt werden müsse, und das an einem Beispiel klar machen wollen. »Wenn ich sage, die Sonne ist grün, welche Farbe hat sie dann?«

Helmut: »Na, gelb natürlich.«

Männeken lief rot an. »Vortreten! Gasmaske auf!« Und dann scheuchte er Helmut übers Gelände. Mindestens zwanzig Minuten lang musste er mit der Gasmaske vor dem Gesicht durch den Friedrichshain laufen oder robben. Als er die

Gasmaske endlich wieder abnehmen durfte, lief ihm der Schweiß in Strömen übers Gesicht und er bekam kaum noch Luft.

Männeken grinste zufrieden. »Ich sage, die Sonne ist grün. Welche Farbe hat die Sonne?«

»Selbstverständlich gelb.« Helmut grinste auch, und das über das ganze krebsrot verschwitzte Gesicht.

Wir konnten nicht anders, wir mussten kichern. Da rastete Männeken aus. »Euch werd ich beibringen, was es heißt, Soldaten des Führers zu sein! Der ganze schlappe Haufen Gasmaske auf und dreißigmal um den Teich.«

So liefen wir denn zur Strafe für unser Gekicher mit vollem Marschgepäck und der Gasmaske vor dem Gesicht bei brütender Hitze immer rund um den Friedrichshainer Teich, bis wir in unserem eigenen Schweiß fast ersoffen wären.

Erst als auch der Letzte seine dreißig Runden hinter sich hatte, durften wir die Gasmasken abnehmen und Männeken stellte sich vor Helmut in Positur. »Welche Farbe hat die Sonne?«

Und Helmut brachte es fertig, erneut zu grinsen, obwohl er nun schon halb tot war. »Gelb.«

Vor Wut wäre Männeken beinahe im Quadrat gesprungen. »Der ganze Scheißhaufen in Häschen-hüpf-Stellung! Marsch, marsch!«

Wir gingen in die Knie und wurden weiter um den Teich gescheucht – in Hüpf-Stellung! Nicht lange und einer nach dem anderen fiel um. Nur Helmut hüpfte weiter. Er wollte sich von Männeken nicht kleinkriegen lassen. Und er schaffte es. Als Männeken uns erneut antreten ließ, fragte er nicht mehr, welche Farbe die Sonne hatte. Helmut aber war für uns so etwas wie ein Held; die Frage »Welche Farbe hat die Sonne?« wurde zum geflügelten Wort.

Ja, je länger ich mit Helmut zusammen war, desto besser gefiel er mir. Er hatte wirklich keinerlei Ähnlichkeit mit seinem Vater; es tat mir Leid, dass Jule und ich uns früher nie um ihn gekümmert hatten.

Mein erster Nachturlaub. Da stieß ich schon vor der Haustür auf die Korbmeier. Sie sah meine Flakhelfer-Uniform und strahlte mich an. »Na, Paule, ist ja doch noch was aus dir geworden!«

Ich musste daran denken, wie sie sich gefreut hatte, als bekannt wurde, dass führende Offiziere des Attentats vom 20. Juli noch in derselben Nacht erschossen worden waren, und kuckte sie nur an, als hätte ich sie noch nie zuvor gesehen.

»Was hast du denn?« Ganz erschrocken lief sie ins Haus.

Ein merkwürdiges Gefühl! Bisher hatten doch immer wir Angst vor der Korbmeier gehabt; jetzt zeigte auf einmal sie Furcht. Lag das nur an meinem militärischen Aussehen? Oder hatte ich mich in diesen wenigen Tagen als »Soldat« so sehr verändert?

Bille war zu Hause und empfing mich wie einen aus der Schlacht heimgekehrten Helden. »Hast du Hunger? Soll ich dir was zu essen machen? Oder willste dich erst ein bisschen hinlegen?«

Ich genoss meine neue Rolle und aß, was sie mir kredenzte. Sie erzählte mir währenddessen, dass sie nun rüstungsverpflichtet sei und jeden Tag mit der S-Bahn nach Schöneweide rausfahren müsse. Dort, bei der AEG, würde sie bei der Kabelherstellung eingesetzt. Im Drei-Schicht-System. Mal arbeite sie tagsüber, mal abends, mal nachts. An die Handelsschule sei vorläufig nicht zu denken.

Sie wusste aber auch Neues von Jule zu berichten. Johannes

Lorrmann war da gewesen und hatte erzählt, dass es ihm gut ging in der Schrebergarten-Kolonie. Er werde ordentlich verpflegt und lege sich jede Nacht, um Luft zu schnappen, in den Schatten großer Johannisbeersträucher, sodass niemand ihn sehen konnte. Leider lebten in manchen Lauben nun Ausgebombte; deshalb müsse er auch nachts sehr aufpassen.

Als Mutter kam, küsste und herzte sie mich und sagte mir immer wieder, ich solle auf mich aufpassen. Ich versprach ihr das, wurde langsam müde und durfte endlich in mein Bett kriechen. Aber nur für drei Stunden; dann gab's Fliegeralarm und ich saß mal wieder mit der gesamten Jablonskistraße 53 im Keller.

Ende August wurde Paris von den Westmächten erobert. Nach vier Jahren deutscher Besatzung war die Stadt befreit – und das, nachdem der Minister Goebbels erst wenige Wochen zuvor die Niederlage der Angloamerikaner in Frankreich verkündet hatte.

In der BBC hörte ich einen Bericht über den Jubel der Pariser. Mit Freudentränen in den Augen hätten sie die Amerikaner begrüßt, umarmt, geherzt und geküsst. Die Stimmung im Flakturm sah anders aus. Unsere Offiziere liefen mit bedrückten Gesichtern herum, und Leutnant Werner fiel es schwer, uns aufzumuntern. »Ein Volk ist erst dann besiegt, wenn es sich geschlagen gibt«, tönte er und: »Nicht die siebte, zwanzigste oder dreißigste Schlacht eines Krieges ist entscheidend, sondern die letzte.«

Jetzt aber wurde sogar Peer Matthießen langsam unruhig. Er glaubte nicht an die Nazis, hatte sich auf Anraten seines Vaters nur deshalb als so tüchtig gezeigt, weil man mit den Wölfen heulen musste, wollte man nicht von ihnen gefressen werden. Doch was, wenn die Wölfe selbst gefressen wurden?

Eines Tages fragte er Leutnant Werner, weshalb denn die neuen V-Waffen nicht endlich eingesetzt würden. Es seien doch schon welche auf England abgefeuert worden. Ob keine zufriedenstellende Wirkung erzielt worden sei?

Leutnant Werner lächelte nur. »Keine Bange! Die kommen schon noch zum Einsatz. Wenn der Feind nicht damit rechnet. Der Führer weiß, was er tut. Da werden sich die Amis, Tommys und Russkis noch wundern. Schließlich steht das V für Vergeltung.«

Dank BBC wusste ich es besser: Nur die ersten V-1-Geschosse auf London waren angekommen; alle weiteren waren von den Engländern abgeschossen worden. Und von der V-2 war bisher immer nur geredet worden; ob sie jemals eingesetzt werden würde, stand in den Sternen.

Peer wusste das auch. Dennoch nickte er begeistert, und ich musste mich mal wieder abwenden, um nicht zu verraten, was ich dachte.

Anfang Oktober, an einem wunderschönen Herbsttag, versuchte auch der Führer, uns aufzumuntern. Mit einem Telegramm. »Mit Stolz und Freude habe ich eure Meldungen als Kriegsfreiwillige des Jahrgangs 1928 entgegengenommen«, schrieb er. »Vorbildlich haben eure Kriegsfreiwilligen in den Divisionen ›Hitler-Jugend‹, ›Großdeutschland‹, in den Volksgrenadierdivisionen und als Einzelkämpfer in allen Wehrmachtsteilen ihre Treue, ihre Härte und ihren unerschütterlichen Siegeswillen durch die Tat bewiesen. Wir kennen die erbarmungslosen Vernichtungspläne unserer Feinde. Ihr als junge nationalsozialistische Kämpfer müsst unser ganzes Volk an Standfestigkeit, zäher Beharrlichkeit und unbeugsamer Härte noch übertreffen. Adolf Hitler.«

Helmut grüßte seither nur noch mit »Heilt Hitler«.

An Jules 16. Geburtstag stand ich auf der obersten Plattform unseres Turmes und blickte in Richtung Süden. Dort hinten, irgendwo im Dunst der riesigen Stadt, lag die Sonnenallee. Wie Jule wohl heute zumute war? Nun feierte er schon das dritte »Geburtstagsfest« als U-Boot. Sicher dachte er viel an die Geburtstage seiner Kindheit und an seine Eltern, von denen er nun schon seit über zwei Jahren nichts mehr gehört hatte.

Meinen Geburtstag »feierte« ich im Dienst. Die älteren Flaksoldaten, alle zwischen vierzig und fünfzig Jahre alt, lästerten: »Sechzehn wirste? Na, dann kannste ja bald Rente beantragen.«

Es gab unter den älteren Flaksoldaten ganz vernünftige Männer und andere, die meinten, weil sie älter waren, sich uns gegenüber als Vorgesetzte aufspielen zu müssen. Einen von den Vernünftigen mochte ich. Er hieß Walter Obersee – ein Name, über den viel gespottet wurde – und hatte Helmut und mir mal einen Witz erzählt, der ihm, hätten wir ihn denunziert, den Kopf gekostet hätte.

Der Witz ging so: Der Optimist sagt: »Wir verlieren den Krieg«; der Pessimist fragt: »Ja – aber wann?«

Ein Witz, über den wir erst nachdenken mussten. Als wir ihn kapiert hatten, staunten wir: Kannte der Obersee uns so gut? Oder war er nur leichtsinnig?

An meinem Geburtstag zog der kleine, knorrige Mann Helmut und mich beiseite. Wir mussten einen Geburtstagsschluck aus seiner Taschenflasche Doppelkorn nehmen, und dann verriet er Helmut und mir als Geburtstagsgeschenk die »Haupt-Soldaten-Überlebensregel«: »Duckt euch! Zieht immer und überall die Köppe ein. Ihr habt den Krieg nicht gemacht, ich hab ihn nicht gemacht – Hitler hat ihn gemacht. Soll er seine eigene Birne hinhalten!«

Helmut gefiel das nicht. »Immer nur ducken? Aber so lebt 'n Huhn«, widersprach er. »Und irgendwann wird's doch geschlachtet.«

»Ja«, sagte Obersee. »Aber versucht es, den Hahn zu spielen, wird ihm erst recht der Hals umgedreht ... Nee, Jungs, seid klug, zieht die Köppe ein und haltet die Augen offen. Wär zu schade, wenn ihr diesen Idioten in den Kochtopf hüpft.«

Das war – an diesem Tag – meine ganze Geburtstagsfeier und mein einziges Geburtstagsgeschenk.

Die Geburtstags-Nachfeier wurde gemütlicher. Bille hatte mir einen Schal und Mutter einen Pullover gestrickt und Ömchen schenkte mir einen Siegelring, den Großvater Edi mal getragen hatte. »Ich hoffe, dass er dir Glück bringt«, sagte sie mit feuchten Augen und schwieg danach lange. Dass nun sogar Kinder schon Soldaten werden mussten, verstand sie ganz und gar nicht. Es traf sie so tief, dass sie nicht mal sagte, was sie ganz bestimmt dachte, nämlich dass es so etwas unter dem Kaiser nicht gegeben habe.

Im Dezember startete die Wehrmacht im Westen eine neue Offensive. Großangriff und Panzer-Offensive auf hundert Kilometern Breite, hieß es. Die Offiziere und die Nazis unter den Soldaten und Luftwaffenhelfern jubelten. Jetzt ging's noch mal los; war ja klar, dass der Führer noch Reserven in der Hinterhand hatte.

Etwa zur gleichen Zeit wurden alle Luftwaffenhelfer der Batterien Zoo, Friedrichshain und Humboldthain in den Flakturm Humboldthain befohlen. Mit viel Redeaufwand versuchte ein Standartenführer mit Ritterkreuz, Freiwillige für die Waffen-SS anzuwerben. Doch die meisten hatten sich schon für andere Waffengattungen eingetragen. Darauf der

Standartenführer: »Wer zu uns kommt, ist von seinen früheren Verpflichtungen befreit.« Zögernd hoben einige die Hände, damit aber war der Offizier nicht zufrieden. Er warf uns Verrat am Führer vor und drohte, von nun an ein Auge auf uns zu haben, bis sich, ängstlich geworden, doch noch ein paar meldeten.

Über Weihnachten bekam ich drei Tage Urlaub. Alle Luftwaffenhelfer durften sich dünne machen. Es herrschte Ruhe an den Fronten.

Herrliche drei Tage! Heiligabend fiel auf einen Sonntag, und auch am Montag und Dienstag passierte nichts als ausschlafen und mit Mutter und Bille durch den sonnigen und mit Raureif überzogenen Grunewald spazieren. Natürlich dachten wir viel an Vater – ich auch an Clara – und hin und wieder wurde geweint. Dennoch habe ich diese drei Tage in guter Erinnerung. Es war so friedlich wie schon lange nicht mehr.

Gleich nach Neujahr musste unsere Batterie sich eine Radioübertragung anhören: Der Neujahrs-Tagesbefehl des Führers! Auch im *Völkischen Beobachter* stand der Text. Das Jahr 1945 werde kriegsentscheidend sein, hieß es darin, und: »Wer solche Siege errungen hat wie ihr, meine deutschen Soldaten, wer durch so furchtbare Rückschläge nie gebrochen wurde, wer so heldenhaft duldet und leidet wie unsere Heimat, wer so fleißig arbeitet wie unser ganzes Volk, der ist nicht dem Untergang geweiht, sondern zum Leben bestimmt!« Und weiter: »Meine Soldaten! Ich kenne eure Leiden und eure Opferbereitschaft und weiß, was ich von euch fordern musste und was von euch gefordert wird … So wie der Phönix aus der Asche, so hat sich aus den Trümmern unserer Städte der deutsche Wille erst recht aufs Neue erhoben … Deshalb ist auch meine Zuversicht heute stärker als je zuvor … Der Allmächtige, der unser Volk in seinem bisherigen Lebenskampf geleitet und nach Verdienst gewogen, belohnt oder verurteilt hat, soll dieses Mal eine Generation vorfinden, die seines Segens würdig ist.«

Wir hörten uns diese Rede des Führers an, seine Zuversicht aber teilten nur die allerwenigsten. Unsere Panzer-Offensive im Westen – sie war schon in den Ardennen stecken geblieben! Wegen Benzinmangels! Das hatte die BBC bekannt gegeben, nicht der Wehrmachtsbericht, es wussten aber wohl alle. Dazu der unaufhaltsame Vormarsch der Roten Armee im Osten; nur geistige Nichtschwimmer, so Helmut, konnten da noch auf den Allmächtigen hoffen.

Mitte Januar häuften sich dann unsere Einsätze. Nacht für Nacht standen wir an den Geschützen und versuchten, Berlin vor den Bomben der Amerikaner und Engländer zu schützen, während unsere Scheinwerfer den Himmel wie mit Spinnenarmen nach Angreifern absuchten. Nachtjäger waren auch im Einsatz. Hatten wir einen Bomber getroffen, wurden wir belobigt. Dabei war das so lächerlich. Gelangen uns und den Nachtjägern zehn oder zwanzig Abschüsse, so erreichten hunderte, ja, manchmal sogar über tausend Flugzeuge doch ihr Ziel. Es wurden ja nun immer öfter Schnellbomber vom Typ *Moskito* eingesetzt; die flogen so hoch, dass unsere Flakgeschütze sie kaum erreichten. Außerdem war der Feind nicht blöd; warf er Stanniolstreifen ab, waren unsere Funkmessgeräte, mit denen wir sie orten sollten, unbrauchbar gemacht. Dann brüllte der Batteriechef »Düppelstörung!« in sein Kehlkopfmikrofon und befahl »direkten Beschuss nach optischer Feindansprache« und wir Ladekanoniere warteten auf den Befehl des Geschützführers. Klingelte die Feuerglocke, war das das Signal zum Laden.

Ich hatte jedes Mal furchtbare Angst, dass einer der Bomber unsere Abwehrmaßnahmen damit beantwortete, dass er uns direkt attackierte. So etwas kam vor – und dann fiel eine ganze Geschützbesatzung aus; was nichts anderes bedeutete, als dass sie zu Tode gebombt worden war. Ich hatte aber auch vor unserem eigenen Feuer Angst. Wurde zum Beispiel Gruppenfeuer befohlen, donnerten acht schwere Rohre so laut los, dass wir noch Minuten danach ganz taub waren. Sogar der Flakturm, obwohl doch aus Eisenbeton, schien dann zu zittern. Nein, Walter Obersee hätte mir die Haupt-Soldaten-Regel nicht ans Herz legen müssen – ich war kein Held und wollte keiner werden. Ducken allerdings hätte keinen Sinn gemacht; wir waren nicht Gewehren, sondern Bomben ausgesetzt. Oft musste ich mich mit tiefem Durchatmen zur Ruhe zwingen.

Helmut, lang, schmal und körperlich nicht gerade der Kräftigste, hatte es besonders schwer. Als Munitionskanonier musste er eine Sauarbeit leisten. Immerhin wog jede Granate mit Kartusche etwa zwanzig Kilo. Oft hingen nach einem Einsatz seine Arme wie zwei stillgelegte Lastkräne an ihm herunter und er fluchte wie ein Uralt-Landser.

Wie hassten wir jedes schöne Wetter! Bei blauem Himmel oder Sternengeglitzer ließen sie uns kaum noch in Ruhe, die Tommys und die Amis. Nachts war das Ganze ja noch zu ertragen, da sahen wir nur die Lichter der Bomber, die auf die Stadt zugeflogen kamen; tagsüber waren die Flugzeuge deutlich zu erkennen, und oft hatte ich das Gefühl, die Piloten würden uns ebenfalls sehen und direkt auf uns zusteuern.

Nein, ich war nicht gern Soldat. Ich wünschte alle, die mit diesem Krieg einfach nicht Schluss machen wollten, zum Teufel. Und das schien er zu wissen, unser oberster Feldherr. Am 30. Januar, dem zwölften Jahrestag der Machtergreifung, drohte er über den Rundfunk: »Wer ehrenhaft kämpft, kann damit das Leben für sich und seine Lieben retten, wer der Nation aber feige oder charakterlos in den Rücken fällt, wird unter allen Umständen eines schimpflichen Todes sterben.«

Ein vorsichtiger Hinweis auf die Sippenhaft? Seit dem 1. August, dem Tag, an dem ich meinen Dienst antreten musste, gab es ein neues Gesetz: Übten Soldaten Verrat an Deutschland, indem sie desertierten, wollte man von nun an auch gegen ihre Familienangehörigen vorgehen.

Ich nahm diese Drohung persönlich und bekam Angst vor meinem eigenen Denken. Johannes Lorrmann hatte mir geraten zu desertieren – wenn die Zeit dafür reif war. Doch was, wenn mich zu früh die Panik packte?

Der Flüchtling

Wenige Tage bevor ich zur Flak eingezogen wurde, hatte Jule Lorrmanns Laube bezogen. Im Sommer war das keine gar so schlechte Zeit für ihn. Er konnte auch dort tagsüber lesen, und sogar interessantere Bücher, als Bille oder ich sie in der Bibliothek für ihn ausgeliehen hatten. Lorrmann brachte ihm Werke von Schriftstellern, die in Deutschland seit langem verboten waren und deren Namen Jule zuvor noch nie gehört hatte.

Doch natürlich war das Leben in der Laubenkolonie keine Sommerfrische. Jule war auch hier ein Untergetauchter, musste sich von morgens bis abends und auch in der Nacht verstecken und bangen, eines Tages vielleicht doch entdeckt zu werden.

Eine Schüssel zum Waschen, eine Petroleumlampe, mehrere große Kannen mit Wasser und jede Menge Lebensmittel hatte Lorrmann ihm in die Laube gestellt. Die Lampe durfte Jule aber nur in dem kleinen, fensterlosen Verschlag anzünden, in dem die Gartengeräte untergebracht waren. Da saß er dann, wenn zum Lesen nicht mehr genügend Licht durch die engmaschigen Gardinen fiel, die ihn vor Blicken durch die niedrigen Fenster schützten, bis ihm vom unentwegten Hocken auf dem harten Schemel Hintern und Rücken schmerzten.

Im Garten gab es eine Pumpe, die ihm auch des Nachts verboten war. Sie quietschte und hätte ihn verraten. So durfte er sich stets nur sehr sparsam waschen – mit dem Wasser, das Lorrmann jedes Mal neu in die Kannen pumpte, wenn er ihn besuchte.

Musste Jule tagsüber aufs Klo, hockte er sich auf einen Nachttopf, dessen Inhalt er nachts im Garten vergrub, denn auch die Tür zu dem kleinen Holzhäuschen mit Plumpsklo war nicht leise zu öffnen. Lorrmann konnte die Scharniere ölen, so oft er wollte.

Es war ein total geräuschloses Leben, das Jule in dieser Zeit führte, noch geräuschloser, als er das bei uns schon geübt hatte. Hier gab es keine Bille, keinen Paul und keine Mutter Scholz; es durfte überhaupt nichts zu hören sein.

Doch bot Lorrmanns Laube ihm mehr Sicherheit. Hier fielen keine Bomben, und er musste in keiner ungeschützten Wohnung zurückbleiben, während alle anderen in die Luftschutzkeller flüchteten. Nachts konnte er sich sogar in den Garten schleichen und sich ins noch tageswarme Sommergras legen. Dann starrte er zum wolkenverhangenen oder sternenübersäten Himmel hinauf und dachte an seine Eltern. Würde er sie wiedersehen?

Ganz egal, wie er zuvor oft gesprochen hatte, in Wahrheit klammerte er sich mit allen Fasern seines Herzens an die

Hoffnung, dass seine Eltern noch lebten. Hätten die Nazis bereits alle Juden umgebracht, bräuchten sie die Lager doch gar nicht mehr.

Kamen die Bomber, blieb Jule liegen. Sollte eine verirrte Bombe in der Laubenkolonie niedergehen, würde ihn die hölzerne, dachpappenbedeckte Laube auch nicht schützen.

Fast jeden zweiten oder dritten Abend erschien Lorrmann, um neues Wasser abzupumpen, frische Wäsche zu bringen oder den Lebensmittelvorrat zu ergänzen. Und manchmal kamen auch seine Eltern mit, zwei nette alte Leute und ebenfalls Kommunisten.

Lorrmanns Vater war schon siebzig, aber noch immer ein Hüne von Gestalt. Besonders imponierte Jule sein mächtiger, fleischiger Kopf mit der Löwenmähne. Lorrmanns Mutter war zehn Jahre jünger und viel kleiner und hatte lustig funkelnde Räuberaugen.

Oft wunderte Jule sich, weshalb Lorrmanns Vater jetzt, im Hochsommer, stets Handschuhe trug; als er es endlich wagte, den alten Herrn danach zu fragen, erfuhr er dessen Geschichte.

Friedrich Lorrmann war Mitte der dreißiger Jahre verhaftet und in die Gestapo-Zentrale an der Prinz-Albrecht-Straße gebracht worden. Man vermutete, dass das ehemalige KPD-Mitglied bestimmten Widerstandskreisen angehörte, und wollte die Namen seiner Genossen herausbekommen. Als er aussagte, keine solchen Kreise zu kennen, glaubte man ihm nicht und steckte seine linke Hand in eine Quetschmaschine, um die Namen aus ihm herauszufoltern. Er überlegte: Erfand er jetzt ein paar Namen, war seine Hand gerettet, er selber aber verloren. Denn damit hätte er ja zugegeben, tatsächlich einer Widerstandsgruppe anzugehören; Fallbeil oder Strick wären ihm sicher gewesen. So schwieg er und unter dem Druck dieser Maschine wurden ihm alle fünf Finger zermalmt und zerrissen. Vor Schmerzen wurde er ohnmächtig und die Gestapo-Folterer schütteten ihm eine Schüssel Wasser ins Gesicht. »Na, sind dir die Namen jetzt wieder eingefallen?«

Friedrich Lorrmanns Antwort: »Wüsste ich irgendwelche Namen, hätte ich sie Ihnen spätestens jetzt gesagt.« Sie steckten seine rechte Hand in die Quetschmaschine, und er opferte, um am Leben zu bleiben, auch diese Hand. »Danach glaubten sie mir dann endlich und das Unwahrscheinliche geschah: Sie ließen mich laufen.«

Eine Geschichte, die Jule erschütterte. Bei jedem Besuch musste er Friedrich Lorrmanns Hände anblicken, die nur deshalb in Handschuhen steckten, damit ihr verkrüppelter Anblick niemanden erschreckte; Hände, mit denen der alte Mann sich nicht mal mehr ein Brot schmieren konnte; total nutzlose Hände. Der alte Herr Lorrmann jedoch war »Berufsoptimist« und tröstete Jule, indem er von anderen erzählte, die die Folterkeller der Gestapo nicht überlebt hatten. »Die wurden oft nur noch als blutige Haufen aus Knochen und Fleisch in unsere Zelle zurückgeworfen. Ich hab zwar praktisch keine Hände mehr, alles andere aber ist heil geblieben. Und solange ich mein Marthchen habe, die mir die Finger ersetzt, fühle ich mich nicht als Krüppel.«

Martha Lorrmann nickte zu diesen Worten nur. Als sie aber einmal mit Jule allein war, sagte sie: »Mein Fritze spielt nur den Optimisten. Er wird nie wieder der sein, der er vorher war. Körperlich erträgt er es vielleicht; seine Seele wird damit nicht fertig.«

Johannes Lorrmann und seine Eltern interessierte aber auch Jules Geschichte. Sie wollten alles über ihn und seine Familie erfahren, und es tat Jule gut, über seine Eltern und Verwandten reden zu dürfen. Was er Mutter, Bille und mir nicht hatte erzählen können, weil wir das alles ja schon wussten und zum Teil selbst miterlebt hatten, war für Lorrmanns neu. Sie stellten viele Fragen und Jule fühlte sich ernst und wichtig genommen.

Über Johannes Lorrmann erfuhr Jule, dass er von Beruf Chemiker war und auch jetzt wieder in einem großen Werk arbeitete – die Krücken behinderten ja keine Kopf- und Laborarbeit – und dass er in seiner Jugend lange mit einem jüdischen Mädchen befreundet war, das gleich nach Hitlers Machtergreifung mit seinen Eltern nach Australien ausgewandert war. »Sie hat mir danach noch lange geschrieben. Das zwischen uns war eine große Liebesgeschichte. Na ja, aber dann hat sie dort geheiratet und seitdem gibt es kein Lebenszeichen mehr.«

Auch eine Geschichte, die Jule nachdenklich stimmte. Wenn nun seine Eltern und er noch rechtzeitig aus Deutschland rausgekommen wären? Dann würde Bille eines Tages von ihm vielleicht das Gleiche erzählen: Da war mal ein jüdischer Junge, er wohnte bei uns im Haus ... Und als er das dachte, wurde seine Sehnsucht nach Bille übermächtig, und ihm wurde wieder einmal klar, wie sehr er sie liebte. Allein der Gedanke, von ihr fortzugehen und sie nie wiederzusehen, tat schon weh.

Es gab aber auch etwas, das Jule zutiefst beunruhigte: Johannes Lorrmann war überzeugt davon, dass es irgendeine geheimnisvolle Anziehungskraft gab, die dafür sorgte, dass Nazi-Gegner einander sofort erkannten. »In der Firma gibt es zwei, die musste ich nur ansehen, dann wusste ich, wes Geistes Kind sie sind«, sagte er eines Abends und: »Mit denen kann ich rechnen.«

Was bedeutete das? Wozu brauchte Lorrmann Leute, mit denen er rechnen konnte? Hatte er irgendeine Aktion vor?

Gegen die Nazis? Ja, aber was, wenn er sich in diesen beiden Nazi-Gegnern getäuscht hatte und verhaftet wurde? Was sollte dann aus ihm, Julian, werden?

Lorrmann sah Jule seine Sorge an – und zuckte die Achseln. »Wir sind vorsichtig, gehen kein unnötiges Risiko ein. Aber irgendwas muss man doch tun, wenn man nicht will, dass der Krieg ewig dauert. Es sind nur ein paar Steine, die wir den Nazis in den Weg legen; bringen sie ihre Kriegsmaschinerie ein wenig ins Stolpern, haben sie ihren Zweck erfüllt.«

Was für Steine das waren, die er den Nazis in den Weg legen wollte, sagte Lorrmann nicht und Jule fragte nicht danach.

Sie sprachen viel miteinander, wenn Lorrmann Jule besuchte, und einmal sagte Lorrmann zu ihm, dass er Deutschland liebe. »Das ist in deiner Situation sicher nur schwer zu verstehen. Aber sag mir, was können Goethe und Schiller, Bach und Beethoven, Rhein und Elbe, die Nordsee, die Alpen und unsere Müggelberge dafür, dass wir so dumm waren, einen Hitler an die Macht kommen zu lassen? Ich liebe meine Heimat – und gerade weil ich sie so liebe, hasse ich diejenigen, die sie durch Mord und Totschlag und Kadavergehorsamkeit in aller Welt dermaßen in Verruf gebracht haben, dass kein anständiger Mensch mehr etwas mit uns zu tun haben will. Ich sehe, wie alles, was mir am Herzen liegt, durch sie zerstört wird, und ich warte auf den Tag, an dem sie dafür zur Rechenschaft gezogen werden. Und weil ich will, dass dieser Tag bald kommt und sie nicht noch mehr morden und zerstören können, muss ich etwas gegen sie tun.«

Worte, die Jule an seinen Vater erinnerten. Seit er als U-Boot leben musste, hatte er seinem Vater innerlich oft vorgeworfen, zu lange mit dem Weggehen gezögert zu haben.

Jetzt verstand er ihn besser: Deutschland, das waren eben nicht nur Hitler, Göring, Goebbels, Korbmeier, Hauser und Berkenthin, zu Deutschland gehörten auch Menschen wie Lena Felske, Hedwig Biegel, die Lorrmanns, Mutter, Bille und ich und er selbst. Und vielleicht hatte Lorrmann ja Recht, und diese Minderheit repräsentierte das wahre Deutschland, das es vielleicht irgendwann einmal geben würde, ganz egal, wie lange die Mörder noch regierten.

Johannes Lorrmann, so sah Jule es bald, hatte in vielem Recht, nur nicht in einem – in seiner Hoffnung, dass der Krieg noch vor dem Winter beendet sein würde. Voller Unruhe spürte er, wie es von Tag zu Tag ungemütlicher in der Laube wurde. Ein kalter Wind pfiff durch die Ritzen der Holzbretter und es gab keine Möglichkeit zum Heizen. Und hätte es sie gegeben, hätte er sie nicht nutzen dürfen; der Rauch hätte ihn verraten.

Anfang Dezember besuchte Lorrmann Mutter und bat um zusätzliche Decken für Jule. Sie gab ihm mit, was wir nur irgendwie entbehren konnten, und Bille drückte ihm schon mal ihr neuestes Strickwerk in die Hände, ihr Weihnachtsgeschenk für Jule: einen dicken Rollkragenpullover.

Im Januar aber nahm die Eiseskälte überhand, bis zu minus zwanzig Grad herrschten in der Stadt, und da halfen auch Billes dicker Rollkragenpullover und fünf oder zehn Decken oder stundenlanges Im-Kreis-Laufen nicht mehr. So nahm Lorrmann Jule eines Nachts mit zu sich und seinen Eltern und gab ihn im Haus als entfernten Verwandten und schlesischen Flüchtling aus. Es waren schon große Teile von Schlesien von der Roten Armee besetzt; wer wollte überprüfen, ob seine Angaben stimmten?

Blieben zwei Sorgen: Erstens war Jule nun schon über sechzehn und das sah man ihm auch an. Deshalb musste er irgendwelche Papiere besitzen. Zweitens würde sich bald jeder fragen, weshalb er, wenn schon nicht Flakhelfer, dann nicht wenigstens beim Volkssturm war, Hitlers letzter Reserve, alles Männer zwischen sechzehn und sechzig Jahren, die nun den Gegner aufhalten sollten.

Eine Kennkarte, wie damals die Ausweise genannt wurden, oder auch nur einen Postausweis zu bekommen war fast unmöglich. Zwar gab es einen schwarzen Markt für solche Papiere, für eine sorgfältig gefälschte Kennkarte jedoch musste der Käufer eintausendfünfhundert Mark bezahlen und für einen Postausweis, der als Hilfsausweis benutzt werden konnte, obwohl er eigentlich nur dazu berechtigte, seine Pakete oder Briefe beim Postamt abzuholen, achthundert. So viel Geld besaßen Lorrmanns nicht.

Lorrmann dachte kurz nach, dann wusste er, was zu tun war: Jule musste behaupten, alle seine Papiere auf der Flucht verloren zu haben. Dann konnte man ihm zwar vorwerfen, dass er die doch nicht im Rucksack hätte verstauen dürfen, sondern am Leib hätte tragen müssen, jedoch einen Strick daraus drehen konnte man ihm nicht. Die Frage war, ob Jule den Mut aufbringen würde, mit Lorrmann zu einem der Bahnhöfe zu gehen, auf dem nun täglich Flüchtlingszüge ankamen, um dort den Verlust seiner Papiere zu melden? »Sie müssen dir dann ein Ersatzpapier ausstellen. Was bedeutet, dass du ab sofort ein ganz legal gemeldetes U-Boot bist und nicht mehr ganz so tief tauchen musst.«

Jule war sofort einverstanden. Er glaubte, dass Lorrmann Recht hatte: Frechheit siegt. So erhielt er mal wieder einen neuen Namen – Paul Richter – und eine neue Heimatadresse: Brieg bei Breslau, Adolf-Hitler-Straße 13. Den fehlenden schlesischen Dialekt, so Lorrmann, könne er damit erklären, dass seine Eltern Elisabeth und Herbert Richter gebürtige Berliner seien, die streng darauf geachtet hätten, dass ihr Sohn hochdeutsch sprach. Fragte man nach seinen Eltern, sollte er eine schlimme Geschichte von barbarischen Russen erzählen, die erst seine Mutter vergewaltigt, und als sein Vater ihr helfen wollte, beide erschossen hätten. »Das wollen sie hören. Außerdem sind solche Geschichten ja leider nicht aus der Luft gegriffen.«

Mit der S-Bahn fuhren sie zum Schlesischen Bahnhof – und erschraken: Alle Gänge, alle Räume waren mit Flüchtlingen überfüllt. Graue Menschen in abgerissener Kleidung bildeten vor dem NSV – der Nationalsozialistischen Volksfürsorge – lange Schlangen; Rucksäcke, Kartons und Taschen mit dem einzigen Besitz, den sie retten konnten, hatten sie um sich herum aufgebaut, Zorn und Verzweiflung sprachen aus ihren Gesichtern. Suppen und sogar Kaffee wurden verteilt, die meisten Kinder schliefen vor Übermüdung.

Lorrmann und Jule reihten sich ein und Lorrmann hörte sich um. Ja, da waren auch viele Flüchtlinge aus Breslau und Umgebung dabei. Sie berichteten, dass ihre Heimat nun schon fast völlig von den Russen besetzt sei, nur um die Festung Breslau würde noch gekämpft. Lorrmann machte ein unschuldiges Gesicht: »Ja, unsere tapferen Soldaten! Lieber sterben sie, als sich zu ergeben.«

Sofort ging eine Frau ihn an. »Was redeste denn da? Reicht's dir nicht, dass sie dir ein Bein abgeschossen haben? Willst du, dass alle unsere Männer zugrunde gehen?«

Lorrmann spielte den Überraschten. »Aber der Führer hat doch gesagt ...«

Doch es wollte niemand mehr hören, was der Führer gesagt hatte. Die Frauen, Kinder und alten Männer in der Schlange hatten nicht nur ihre Heimat, sie hatten ihr Heim und all ihr

Hab und Gut verloren. Der Protest gegen Lorrmann wurde so laut, dass er nicht weitersprechen konnte. Das gefiel ihm. »Wenn sie nur früher ihre Klappe aufgerissen hätten«, flüsterte er Jule zu, »dann würden sie jetzt nicht hier anstehen müssen.«

Jule nickte nur und bemühte sich, etwas von dem aufzuschnappen, was um ihn herum erzählt wurde – Einzelheiten über die verschiedenen Fluchtschicksale, die er in seine Paul Richter-Geschichte einbauen konnte –, und begriff bald, dass alle diese Menschen wirklich Furchtbares erlitten hatten. Hals über Kopf hatten sie das Notwendigste zusammenraffen müssen, weil man ihnen bis kurz vor der Eroberung ihrer Heimatstädte nicht erlauben wollte, ihre Wohnungen und Häuser zu verlassen. Immer wieder hatte es geheißen, die Wehrmacht werde die Angreifer schon noch zurückschlagen. Erst als keine Aussicht auf ein Halten der Front mehr war, durften sie die nun völlig überfüllten Züge besteigen. Doch ging die Fahrt nicht weit. Bald mussten sie mit ihren Kindern und alten Leuten und all ihrem Gepäck in andere, noch vollere Züge umsteigen und aufpassen, dass ihnen ihre Kinder dabei nicht totgetreten wurden. Oft bestanden diese Züge nur aus ungeheizten Güterwaggons, dann gab es Erfrierungen und Tote, und immer wieder blieben sie auf freier Strecke stehen und wurden von russischen Tieffliegern angegriffen. Panik brach aus, Frauen weinten, Kinder schrien, und die Alten fragten sich, wozu sie denn überhaupt noch aufgebrochen seien. Sollte der Russe sie doch erschießen, dann war wenigstens Schluss mit dieser Hölle.

Andere waren in Trecks, auf Pferdewagen und Schlitten und mit voll bepackten Hand- und Kinderwagen durch Eis und Schnee gezogen. Manchen von ihnen waren die Kinder oder alten Eltern unter den Händen weggestorben, verhungert oder erfroren, und sie konnten sie nicht einmal beerdigen, so tief gefroren war der Boden. Da sie ihre Verstorbenen aber auch nicht weiter mitschleppen durften, blieb ihnen gar nichts anderes übrig, als sie in einem Busch oder unter einem Baum abzulegen und weiterzuziehen, bis sie endlich einen Bahnhof erreichten, von dem noch Züge fuhren.

Jule sagte sich, dass viele dieser Menschen sicher bis gestern noch Nazis gewesen waren und sie vielleicht, was den Juden angetan worden war, nicht gekümmert hatte. Ja, dass viele von ihnen die Judendeportationen vielleicht sogar begrüßt hatten. Doch konnte er keine Schadenfreude empfinden. Die da jetzt vor und hinter ihm in der Reihe standen, waren nur noch Opfer und ihre Kinder ja sowieso unschuldig.

Als er dann endlich an der Reihe war, musste er sich gar nicht groß verstellen, um den von seinen Erlebnissen völlig eingeschüchterten und geschockten Jungen zu spielen. Er sagte, dass er Paul Richter heiße, nannte seine Geburtsdaten und Namen und Adresse seiner verstorbenen Richter-Eltern und erzählte von der glücklichen Fügung, die ihn an einen Bahnhof gelangen ließ, wo mildtätige SS-Leute ihn in den gerade angekommenen Zug bugsiert hätten. In Berlin hätte er dann Lorrmanns angerufen, entfernte Verwandte von ihm, und sie hätten ihm versprochen, ihn bei sich aufzunehmen.

Lorrmann wies sich aus und bestätigte alles, und die grauhaarige, offensichtlich von all diesen Fluchtgeschichten bereits sehr ermüdete Frau hinter dem Tisch nahm alles auf und stellte Jule eine Aufenthaltsgenehmigung aus, die ihn dazu berechtigte, Lebensmittel- und Kleidermarken zu empfangen. Damit war er Paul Richter aus Brieg bei Breslau, wohnhaft bei Friedrich Lorrmann in Berlin-Neukölln, Sonnenallee.

Kaum waren sie aus dem Flüchtlingsgewirr heraus,

umarmte Lorrmann Jule. »Bist 'n großartiger Schauspieler, Paule!«

Jule war nicht ganz so froh gestimmt. Ein Papier, das Kostbarste und Lebensnotwendigste, das es für ihn gab, besaß er nun. Auch war seine Geschichte glaubhaft und zur Zeit nicht zu überprüfen. Doch da war ja noch das zweite Problem: Wie konnte er sich davor drücken, zum Volkssturm eingezogen zu werden? Oder sollte er jetzt etwa mithelfen, seine Todfeinde zu verteidigen?

Johannes Lorrmann wusste auch in diesem Fall Rat. Ein mit ihm befreundeter Militärarzt stellte auf Paul Richter aus Brieg bei Breslau ein Attest aus: schwere Herzrhythmusstörungen, verursacht durch die Ereignisse auf der Flucht. Aus diesem Grunde sei Paul Richter für die kämpfende Truppe völlig ungeeignet, sein Einsatz würde eine Belastung für die im Endkampf stehenden Kameraden bedeuten.

Eine Bescheinigung, die nicht mit Gold aufzuwiegen war. Dennoch durfte Jule nicht unvorsichtig sein. So hungerte er, damit er leidend aussah, was zu dieser Zeit niemandem schwer fiel, da es ohnehin kaum noch Lebensmittel gab, und ging nur selten aus der Wohnung. Klingelte es bei Lorrmanns, legte er sich unter einer Decke auf die Couch und spielte den Halbtoten; war Fliegeralarm, ging er mit seiner Decke um die Schulter zusammen mit den Lorrmanns in den Keller und machte ein leidendes Gesicht.

Die Leute im Haus kannten ihn nun schon und waren voller Mitleid mit dem bleichen, dunkelhaarigen Jungen, der so viel Schweres erlebt hatte. Immer wieder fragten sie ihn, ob es ihm denn inzwischen schon ein bisschen besser ginge.

Jule mimte dann den Tapferen. »Eigentlich schon wieder ganz gut. Ich möchte hier raus, gegen die Russen kämpfen …

Schon wegen meinen Eltern ... Aber man lässt mich ja nicht.«

»Du bleib mal schön hier«, bekam er als Antwort zu hören. »Überlass das Kämpfen mal lieber den Gesunden.« Und der Obernazi im Haus, der zugleich Blockwart war, ein grauer Bürstenkopf, spottete: »Jungeken, wenn die Russen dir sehen, fallen se vor Schreck tot um – und so 'ne humane Behandlungsweise ham se nich verdient.«

Es saß in diesen Bombennächten aber noch ein zweiter Jude im Keller; einer, von dem alle wussten, dass er Jude war. Das war der Zahnarzt Simon, der mit einer »Arierin« verheiratet war und deshalb in privilegierter Mischehe lebte. Das war kein totaler Schutz, es gab privilegierte Juden, die dennoch deportiert worden waren, Zahnarzt Simons Schwager aber war ein hohes Tier bei der SS und so war er verschont geblieben.

Nun saß er in jeder Bombennacht mit all den »Ariern« im Keller und keiner störte sich daran; nicht mal der so gern Witze reißende Blockwart mit dem Bürstenhaarschnitt. Was erlaubt war, war erlaubt. Es durfte nur der Frau Simon nichts passieren; starb in einer Mischehe der »arische« Partner, war der jüdische vogelfrei und durfte abgeholt werden.

Jule beunruhigte dieser »jüdische Bruder«. Der Zahnarzt sah ihn oft so nachdenklich an. Ahnte er etwas? Und war es möglich, dass er ihn an seinen SS-Schwager verriet, nur um eventuell weiterhin geschützt zu bleiben?

Johannes Lorrmann meinte, Jule müsse sich keine Sorgen machen, der Zahnarzt sei in Ordnung, den kenne er seit seiner Kindheit.

»Aber weshalb kuckt er mich denn immerzu an?«

Da lachte Lorrmann. »Wahrscheinlich nur, weil du ihn ständig im Visier hast. Vor so einem kleinen Nazi, wie du ihn den Leuten vorspielst, kann ein Jude schon mal Angst bekommen.«

Eine ruhige, fast schon friedliche Zeit für Jule. Bei den Lorrmanns hätte er das Kriegsende und seine Neugeburt als Julian Sternberg abwarten können. Doch sollte es anders kommen.

Ende Januar kam Johannes Lorrmann eines Tages von der Arbeit nach Hause und sagte, dass Jule nicht länger bleiben dürfe. Einige Mitglieder seiner Widerstandsgruppe seien aufgeflogen; er wisse nicht, ob oder wie lange sie dicht halten würden. »Wir müssen jeden Tag mit meiner Verhaftung rechnen. Und wenn die Gestapo dich hier findet – von einer NSV-Aufenthaltsbescheinigung und einem ärztlichen Attest lassen die sich nicht beeindrucken.«

Jule hatte schon so etwas geahnt. Es war ihm zu gut gegangen in der letzten Zeit. Und irgendwann mal richtig Glück haben, das passte nicht zu ihm, davon war er inzwischen überzeugt. Doch wo sollte er jetzt hin, mitten im Winter?

Lorrmann wurde verlegen. »Es tut mir Leid, dass es so gekommen ist … Ich weiß nicht, ob du das je verstehen wirst, doch konnte ich einfach nicht anders – das Stillhalten liegt mir nicht.«

Jule verstand Lorrmann. Er bewunderte ihn sogar. Schließlich riskierte Lorrmann täglich sein Leben. Und das gleich auf mehrfache Weise. Wie hätte er da verlangen dürfen, dass Lorrmann allein seinetwegen alle seine Ideale verriet und den Kopf einzog? Lena Felske hatte das ja auch nicht getan.

»Du kannst leider auch nicht wieder zurückkommen«, sagte Lorrmann. »Kann sein, dass die Gestapo uns alte Kommunistenfamilie jetzt erst mal eine Zeit lang im Auge behält, um weitere Kontaktpersonen aufzuspüren.«

»Klar«, sagte Jule nur, und da drückten Lorrmanns ihm

zum Abschied noch Geld und Lebensmittelkarten in die Hände und ließen ihn an warmer Kleidung anziehen, was er auf den Körper bekam. Als er dann ging, musste Martha Lorrmann weinen und ihr Mann schüttelte traurig den Kopf, und Johannes Lorrmann auf seinen Krücken stieg vor ihm die Treppe hinab – bereit, ihn zu warnen, falls die Gestapo schon im Haus war.

Geduld ist Huld

3. Februar 1945. Der Tag, an dem Berlin dem schlimmsten Bombenangriff des gesamten Krieges ausgesetzt war; ein Tag voll strahlenden Sonnenscheins und mit klarem blauem Winterhimmel. Punkt 10 Uhr 39 heulten die Sirenen und dann kamen die silbrigen Viermotorigen der Amerikaner angeflogen. Ein Geschwader nach dem anderen griff die Stadt an und immer weitere wurden gemeldet, anderthalb Stunden lang. Erst warfen sie Sprengbomben ab, dann Phosphorbomben, und als die Stadt schon lichterloh brannte, noch einmal Sprengbomben.

Vom Bahnhof Friedrichstraße bis zum Halleschen Tor, vom Spittelmarkt bis hin nach Schöneberg, die ganze Innenstadt wurde zerstört. Das Schloss – ein einziges Flammenmeer, der Dom am Lustgarten – eine Brandfackel! Bald donnerte und brauste ein riesiger Feuersturm durch die Straßen, und die Hitze wurde so stark, dass es in den Luftschutzkellern nicht mehr auszuhalten war. Viele Menschen sahen keinen anderen Ausweg, als in den Bombenhagel hinauszuflüchten.

Noch am Nachmittag war der Himmel über der Stadt schwefelgelb und wirkte giftig und verquollen und die Sonne erinnerte an ein riesiges Geschwür. Und bis in die späten Abendstunden lagen überall in den Straßen schwarz verbrannte Menschenleiber – die meisten auf Puppen- oder Kindergröße zusammengeschrumpft. Sie mussten mit Petroleum übergossen und völlig verbrannt werden, um der Seuchengefahr zu begegnen. Und so lag bald wieder der mir nun schon vertraute süßliche Geruch nach verbranntem Menschenfleisch über der Stadt.

Auch in unseren Flakturm war eine Bombe eingeschlagen. Die Munitionskammer, die zum Geschütz Cäsar gehörte, flog in die Luft – und mit all der Munition auch neun Luftwaffenhelfer; Jungen in meinem Alter, einige von ihnen kannte ich flüchtig. Wir haben von ihnen später nichts mehr gefunden, außer Reste ihrer Stahlhelme und verschiedene Koppelschlösser …

Das Krachen und der Luftdruck, der uns erfasste, waren ungeheuerlich; eine solche Explosion hatte ich noch nicht erlebt. Todesangst lähmte uns – und doch mussten wir weiter funktionieren; ein Haufen schwitzender, schuftender, vor Angst wie betäubter Jungen, die ihr Geschütz bedienten. Erst später, als der Angriff vorüber war und wir mit zitternden Knien um unsere Geschütze saßen, kam das Denken zurück, und wir begriffen, dass wir überlebt hatten. Freuen aber konnten wir uns nicht.

Tagelang war ich nicht ich selbst, musste ich immer wieder an die toten Jungen denken. Im Dienst lief ich neben mir her, reagierte und funktionierte, doch war ich nicht wirklich dabei. Oft stand ich auf der obersten Plattform und starrte auf die rötliche Dunstglocke über der Stadt herab, die einfach nicht verschwinden wollte. Was wurde da mit uns gemacht? Und wieso war es nicht möglich, dieser Hölle ein Ende zu bereiten?

Als ich danach das erste Mal Ausgang bekam, ging ich nicht gleich nach Hause. Ich wollte nichts sehen und nichts hören von all dem, was da passiert war. Walter Obersee hatte von zwanzig- bis fünfundzwanzigtausend Toten gesprochen; wenn das stimmte, wer sollte all die Geschichten aushalten, die jetzt in der Stadt erzählt wurden? Dass es unser Haus nicht getroffen hatte, wusste ich; Bille hatte mich besucht und mir damit meine größte Sorge genommen.

Nein, ich wollte nicht gleich in die Wirklichkeit eintauchen, ich ging erst mal nur in eines der stehen gebliebenen Kinos und sah mir einen heiteren Revue-Film an: *Immer nur Du* mit dem berühmten Schlager *Man müsste Klavier spielen können.* Solche Filme liefen zu jener Zeit zu dutzenden in den Kinos, und wir wollten das sehen, wollten abgelenkt werden von all dem Furchtbaren um uns herum und der Angst vor dem, was noch kommen würde.

Zu dieser Zeit ahnte ich noch nicht, dass Jule den Angriff vom 3. Februar ungeschützt in einer Ruine an der Frankfurter Allee überlebt hatte. Mit seinen Flüchtlingspapieren hätte er auch in irgendeinem öffentlichen Luftschutzkeller oder einer U-Bahn-Station Unterschlupf finden können. Doch das hatte er nicht gewollt. Er blieb lieber allein, und das wusste er ja nun schon: Was bereits zerstört war, wurde nicht mehr bombardiert.

Es war Lorrmann, der Mutter, Bille und mich Mitte Februar davon unterrichtete, dass Jule wieder hatte fliehen müssen. Ich hatte zufällig Ausgang. Mit Ledermantel und Hut, die vordere Krempe tief ins Gesicht gezogen, stand er plötzlich vor unserer Tür. Er wollte, dass man ihn für einen Gestapo-Mann hielt; ein Kriegsinvalide, der nun in der Heimat seine Pflicht erfüllte. Er war nicht verhaftet worden, weil seine Genossen ihn nicht verraten hatten. Seine Aktivitäten gegen die Nazis aber wollte er noch immer nicht einstellen. Deshalb war nun auch er untergetaucht und erst zu uns gekommen, nachdem er sicher war, dass er nicht beobachtet wurde.

Natürlich sagte er uns nicht, um welche Aktivitäten es sich handelte. Doch wurde zu jener Zeit viel von solchen Widerstandsaktionen gemunkelt. Er und seine Mitkämpfer werden Sabotageakte durchgeführt haben, wo immer es ging. Vielleicht gaben sie alliierten Piloten Zeichen, um auf kriegswichtige Industrieanlagen hinzuweisen, steckten Lagerhäuser in Brand, gossen Säure in Heizkessel oder bauten irgendwelche wichtigen Maschinenteile aus. Jeder einzelne dieser Anschläge behinderte die Nazi-Kriegsmaschinerie.

Wieder mal ein seltsames Gefühl für mich: Da riskierten wir Jungen unser Leben, um wenigstens den einen oder anderen Bomber, der unsere Mütter und Schwestern bedrohte, abzuschießen – und Lorrmann arbeitete gegen uns! Ich musste mir immer wieder sagen, dass ich ja nicht freiwillig Flakhelfer geworden war und dass auch ich wollte, dass der Krieg endlich vorbei war, und dass auf gar keinen Fall die Nazis den Sieg davontragen durften, sonst hätte ich Lorrmanns Haltung nicht bejahen können.

Lorrmann erzählte, wie Jule die letzten Wochen und Monate verbracht hatte, und verriet uns, dass er einen bestimmten Treffpunkt mit ihm ausgemacht habe – eine Ruine an der Frankfurter Allee. »Hab ihm gesagt, dass er eine Zeit lang jeden Mittwoch dort auftauchen soll. Komme ich die ersten paar Wochen nicht, kann er sich weitere Besuche dieser Ruine sparen, weil ich dann ganz bestimmt verhaftet worden bin. – Nun, noch bin ich auf freiem Fuß, aber sehr gefährdet. Deshalb darf ich ihn nicht besuchen. Es wäre besser, wenn Sie wieder Kontakt zu ihm aufnehmen würden, um ihn hin und wieder mit Lebensmitteln zu versorgen. Ewig kann das Ganze ja nun wirklich nicht mehr dauern.«

Bille machte sich gleich große Sorgen. Jule wieder ohne Unterschlupf? Mitten im kalten Winter? Sollten wir ihn da nicht besser wieder bei uns aufnehmen?

Lorrmann meinte, dieser Februar sei vom Wetter her ja fast schon ein April und inzwischen gebe es so viele frische Ruinen mit Matratzen und sicher auch was zum Zudecken, da sei Jule im bereits zerstörten Teil der Stadt besser aufgehoben. »Weiß doch keiner, wie lange euer Haus noch steht.«

Mutter war der gleichen Meinung. Inzwischen hatte es ja auch auf Dresden einen furchtbaren Bombenangriff gegeben; einen, der in seiner Grausamkeit den vom 3. Februar auf Berlin noch weit übertraf. Zigtausend Tote sollte es in Dresden gegeben haben, die Stadt sei ein einziges Inferno gewesen, hieß es. Unverantwortlich, Jule solchen Angriffen auszusetzen, ohne ihm den allergeringsten Schutz bieten zu können.

Kaum hatte Lorrmann sich verabschiedet, beschlossen wir, dass Bille am Mittwoch zu dem verabredeten Treffpunkt gehen sollte. Ich hatte ja leider Dienst.

Sie ging dann einfach an diesem Tag nicht zur Arbeit, war plötzlich erkrankt. Was sie an Essbarem finden konnte, stopfte sie in einen Rucksack, rollte zwei Decken zusammen und umgurtete sie und machte sich auf den Weg zu der von Lorrmann bezeichneten Ruine Frankfurter Allee 62. Auffallen würde sie mit ihrem Gepäck nicht, das wussten wir. Tausende Mädchen und Frauen liefen nun dermaßen bepackt durch die Stadt; alles Ausgebombte oder Flüchtlinge.

Sie traf Jule dann auch tatsächlich in dieser Ruine an. Darüber war sie sehr froh und erleichtert, wenn sie auch zutiefst erschrak: Er sah aus wie ein Trümmergespenst – vom Hunger ausgezehrt, großäugig und ohne jede Hoffnung. Doch war er sehr glücklich, sie wiederzusehen. Seit drei Wochen war er jeden Mittwoch zu dieser Ruine gepilgert, hatte sich auf irgendeinen Schutthaufen oder Mauervorsprung gesetzt und gewartet, und nie war Lorrmann erschienen. So musste er glauben, dass Lorrmann längst verhaftet sei.

Mehr erfuhren wir nicht über dieses Einanderwiederfinden. Doch gehört nicht viel Phantasie dazu, sich vorzustellen, wie die beiden es genossen haben, sich nach dieser halbjährigen Trennung wieder in den Armen liegen zu dürfen.

Jules »Stammquartier« lag nur wenige Ruinen von der Nr. 62 entfernt, in der 77 – zweimal 7, zweimal eine Glückszahl, wie Bille meinte. Er hatte dort einen einigermaßen »gemütlichen« Kellerverschlag gefunden, eine aus einer Ruinen-Wohnung gefischte Matratze ausgebreitet und einen Berg von zerfetzten Übergardinen zu Bettdecken erklärt. Lebensmittelmarken und Geld hatten gerade bis zu jenem Zeitpunkt gereicht, als Bille mit ihrem Rucksack bei ihm auftauchte.

Ich hatte Bille gebeten, mich zu besuchen, um mir von Jule zu erzählen, und ihr gesagt, wann ich wahrscheinlich das nächste Mal dienstfrei haben würde. Sie sollte Jule bitten, an diesem Tag in seiner Ruine zu bleiben, damit ich ihn dort antraf.

Als es so weit war und ich tatsächlich dienstfrei bekam, lief ich erst nach Hause, um mir all die Dinge, die Mutter für Jule bereitgelegt hatte, zu schnappen, und danach zur Frankfurter Allee 77. Neben Lebensmitteln steckte frische Wäsche im Rucksack, eine Hose und eine Jacke von mir. Es war wichtig, dass Julian einigermaßen ordentlich aussah. Als Ruinen-U-Boot konnte er nicht immer untergetaucht bleiben, er musste ab und zu mal an die Oberfläche, um sich auf einer Bahnhofstoilette zu waschen. Wurde er entdeckt, war es nicht schlimm, dass er in einer Ruine hauste; da waren inzwischen viele Ausgebombte und Flüchtlinge untergekrochen; er durfte nur nicht verdreckt rumlaufen. Wehrmachtspatrouillen und Zivilstreifen suchten die Straßen und Ruinen nach Fahnenflüchtigen ab – ein zerlumpter, dreckiger Junge in seinem Alter hätte Misstrauen erweckt.

Es steckten aber auch ein Buch, mehrere Kerzenreste und Streichhölzer in meinem Rucksack. Julian hatte sich von Bille Tolstois *Krieg und Frieden* erbeten, ein dickes Buch, das er schon zwei- oder dreimal gelesen hatte und immer wieder lesen wollte. Es war wohl so etwas wie seine Bibel.

Das Buch aufzutreiben war nicht schwer, das gab es in jeder Bibliothek – Tolstoi war ja ein »alter Russe« und kein Bolschewik –, schwerer war es, an die Kerzenreste zu gelangen. Es gab ja kaum noch Kerzen. Ich bettelte im ganzen Haus herum und sagte, es sei für den Flakturm. Ich könne nachts oft nicht schlafen, aber auf diese Weise bei Verdunkelung wenigstens noch lesen, ohne meine Kameraden zu stören. Sogar der Hauser und die Korbmeier opferten aus ihren Beständen. Sie hatten von den neun toten Luftwaffenhelfern gehört. Wie leicht konnte auch ich den Bomben zum Opfer fallen; da sollte ich doch vorher noch ein bisschen lesen dürfen.

Mit all meinen Mitbringseln stieg ich dann die schuttüberladene Kellertreppe hinunter und pfiff dabei *Üb immer Treu und Redlichkeit* vor mich hin. Bille und Jule hatten dieses Lied als Erkennungsmelodie ausgewählt; sicher weil es sich so leicht pfeifen ließ, dass sogar Bille, im Pfeifen keine Meisterin, es einigermaßen erkennbar über die Lippen brachte.

Ich hatte noch keine drei Schritte getan, da kam Jule mir schon entgegen – und ich hätte ihn trotz Billes Bericht beinahe nicht wiedererkannt. Dass war nicht mehr der Jule, den wir vor einem halben Jahr verabschiedet hatten – ich stand einem hageren, groß gewachsenen jungen Mann gegenüber. Jule, so hat er mir später gestanden, erging es nicht anders: Ein junger Soldat stand vor ihm, nicht sein Freund Paule aus der Jablonski 53.

Vielleicht begrüßten wir uns deshalb so steif. »Mensch, Jule!«, sagte ich nur. Und er: »Schön, dich zu sehen, Paul!«

Mich ärgerte diese Fremdheit, also versuchte ich, den heiteren Paule zu spielen. »Wohnst ja hier wie im Schloss.«

»Na ja«, antwortete er nur, »vielleicht ist's 'n bisschen zu verwunschen.«

Erst später, als wir bei Kerzenschein im Kellerverschlag hockten und uns flüsternd miteinander unterhielten, weil wir befürchten mussten, dass vielleicht gerade in diesem Augenblick eine Streife die Ruine durchkämmte, lockerte sich etwas in uns. Jule freute sich, dass er endlich einmal aus seinen verdreckten Klamotten herauskam und auch über die Kerzen und das Buch, ich hatte mich inzwischen an den neuen Jule gewöhnt.

Der Keller war wirklich nicht »ungemütlich«. Da erhob sich neben Jules Matratze ein bis an die Decke reichender, säuberlich aufgestapelter Holzvorrat, unterhalb des von außen zugeschütteten Kellerfensters war ein Stapel Kohlen zu sehen und rechts von Jules Matratze stand ein alter Küchenschrank mit Schubladen und zersprungenen Glastüren. Über die eine Tür hatte Jule ein Wandtuch mit dem blau eingestickten Spruch *Geduld ist Huld* gehängt.

Er grinste, als mein Blick auf diesen Spruch fiel. »Hab ich in 'ner Küche gefunden.«

Der Spruch passte. Er passte auch zu meiner Situation; und der passte zu ganz Deutschland. Der Krieg, das war klar, würde bald vorüber sein. Die Amerikaner hatten Köln erreicht, die Russen standen an der Oder, aus Großdeutschland war längst Kleindeutschland geworden. Aber würde unsere »Geduld« wirklich mit »Huld« belohnt werden?

»Hast du denn hier auch einen zweiten Ausgang?« Er hatte mir mal erzählt, wie wichtig so ein zweiter Ausgang für ihn war.

Er schüttelte den Kopf. »Man kann nicht alles haben.«

»Na, dann zieh doch um! In der Gegend ist doch alles kaputt, da findest du sicher noch 'n Versteck mit 'nem zweiten Ausgang.«

»Hab schon alles abgeklappert. Im Winter hältst du's nur im Keller aus – und die haben alle keinen zweiten Ausgang.«

Ich wollte noch etwas sagen, da heulten plötzlich die Sirenen los: Fliegeralarm! Unwillkürlich sprang ich auf, Jule blieb ganz ruhig. »Keine Angst! Die bombardieren keine Ruinen! Wozu sollen sie Munition verschwenden? Und Fehlabwürfe passieren ihnen nur nachts.«

Wir warteten den Angriff ab, indem wir auf all das Zischen und Krachen in der Ferne lauschten und ich zusah, wie Jule mit seinem nutzlosen Wohnungsschlüssel spielte, den er also noch immer mit sich herumtrug. Dabei musste ich wieder daran denken, was ich in der BBC gehört hatte, nämlich dass die Russen Ende Januar das KZ Auschwitz befreit – und sich Moritz Stettiners Geschichten damit bestätigt hatten: Es gab sie, die Gaskammern und Verbrennungsöfen, und es waren noch viele andere grausame Entdeckungen gemacht worden, wie Berge von herausgebrochenen Goldzähnen, Schuhen und abgeschnittenen Haaren. Nur dreitausend Überlebende traf man dort noch an; alle krank, alle zu Tode erschöpfte Skelette.

Doch erzählte ich Jule nichts davon. Ich wusste ja gar nicht, ob seine Eltern nach Auschwitz oder in ein anderes Lager deportiert worden waren. Und wozu ihn noch mehr niederdrücken? Lieber befolgte ich Lorrmanns Ratschlag, Jule Mut zu machen und ihn gleichzeitig zu warnen. Zwar habe er nun von den Judenjägern nicht mehr viel zu befürchten, hatte Lorrmann gesagt, weil die Nazis jetzt anderes zu tun hätten, als auf jüdische U-Boote Jagd zu machen, doch seien immer mehr Kettenhunde unterwegs – die Feldjäger der Wehrmacht, die auf Deserteure Jagd machten und jeden, den sie dafür hielten, vor ein Standgericht stellten und erschossen oder am nächsten Laternenmast aufhängten.

Jule versprach mir, nicht unvorsichtig zu sein, dann, nach der Entwarnung, verabschiedeten wir uns.

Und da stellten wir fest, dass wir doch noch »Brüder« waren, so sehr berührte uns die Sorge um den jeweils anderen. »Komm, so oft du kannst«, bat Jule. »Ist ekelhaft, den ganzen Tag mit sich allein zu sein. Weiß gar nicht mehr, weshalb ich bei euch so unglücklich war.«

Ich versprach es ihm und hielt mich daran.

Anfang März verlas unser Batteriechef einen neuen Führerbefehl. Jeder Soldat oder Luftwaffenhelfer, der es schaffte, sechs feindliche Panzer abzuschießen, sollte das Ritterkreuz erhalten. Also rechnete man damit, dass die Russen bald in Berlin waren? Oder wollte man uns an die Front schicken?

Wenige Tage später eroberte die Wehrmacht einige ostpreußische Dörfer und Kleinstädte zurück, und in den Berichten darüber hieß es, man hätte hunderte von vergewaltigten und danach ermordeten deutschen Frauen in diesen Orten vorgefunden. Nicht mal siebenjährige Mädchen oder siebzigjährige Greisinnen sollten verschont geblieben sein.

War das alles nur Propaganda oder tatsächlich so eine Art Rache der Sieger?

Peer Matthießen sagte, wo Rauch sei, da sei auch Feuer. Mir fiel es schwer, diesen Berichten zu glauben. Was sollte das denn für eine »Rache« sein? Dass sie auf uns schossen – klar, wir schossen ja auch auf sie! Dass sie uns hassten – weshalb denn nicht, schließlich hatten wir ihr Land mit Krieg überzogen. Aber Mädchen und Frauen schänden, bevor man sie ermordete? Was hatte das mit Hass und Rache zu tun? Das war nichts als die Befriedigung der eigenen Lust.

Etwa zur gleichen Zeit wurden die Jungen aus dem 27er Jahrgang zur Luftwaffe eingezogen. Damit waren sie nun reguläre Soldaten. Wir 28er blieben »bedingt flakverwendungsfähig«. Neidisch jedoch war keiner mehr. Im Gegenteil, wir sahen, dass viele der 27er Tränen in den Augen hatten, als sie abrückten, und hofften, dass der Krieg zu Ende war, bevor uns das gleiche Schicksal ereilte.

Leutnant Werner kämpfte gegen diese »pessimistische Grundeinstellung« an. Zwar würden die bolschewistischen Steppenwölfe nun gegen ganz Europa anbranden wie einst Etzel und Dschingis Khan, tönte er, doch sollten wir uns davon nicht Bange machen lassen. »Deutschland wird niemals besiegt. Und warum? Einfach, weil es nicht besiegt werden kann. Egal, wie lange es dauert und wie viele Opfer es kostet, am Ende werden wir siegen. Oder glaubt etwa wer, der Führer würde immer weiter deutsches Blut opfern, wenn er nicht zutiefst vom Endsieg überzeugt wäre?«

Helmut konnte sich nur mit Mühe ein Kichern verkneifen. Aber auch wir anderen, darunter viele, die zuvor von Begeisterung erfüllt waren, zweifelten an dieser Überzeugung des Führers. Und ging es unseren Vorgesetzten denn anders? Weshalb betranken sie sich denn neuerdings oft so sinnlos, wenn sie dienstfrei hatten? Etwa, weil sie von Zukunftsglauben erfüllt waren?

Und die Bombenangriffe nahmen und nahmen kein Ende. Ständig heulte die Sirene – Voralarm, Hauptalarm, Vorentwarnung, Entwarnung. Oft kamen die Bomber morgens um acht das erste Mal, vormittags um elf Uhr das zweite und am Nachmittag das dritte Mal. Und nachts dann auch wieder.

»Huui-i-i-i!«, tönte es, wenn eine *Moskito*-Bombe irgendwo einschlug, und »Huuui-i-i-i!«, schon fiel die nächste.

Einmal gelang es uns, eine der viermotorigen Fliegenden Festungen der Amerikaner abzuschießen, und aus Begeisterung über diesen »schönen Erfolg« und zum Lohn für unseren »unermüdlichen Einsatz« führte Leutnant Werner uns zu der Absturzstelle.

Da sahen wir verbrannte Beine, Arme und Köpfe, und als wir uns abwenden wollten, wies der Leutnant uns zurecht: »Zeigt Härte, verdammt noch mal! Ihr müsst endlich von tiefstem Herzen hassen lernen. Dem Gegner muss eine alles versengende Glut unseres Hasses entgegenschlagen. Nur so können wir siegen.«

Ich konnte ihm immer weniger zuhören. Andererseits verstand ich aber auch die Engländer und Amerikaner nicht. Was bombten die denn immer weiter? Die Stadt lag ja schon in Schutt und Asche. Sollten sie doch endlich Dampf machen und in Berlin einmarschieren, damit Hitler und alle, die ihm bis zur letzten Sekunde treu ergeben waren, nicht immer weitere Menschenleben verheizen konnten.

Stiegen Helmut und ich jetzt auf die oberste Plattform unseres Flakturmes hinauf, blickten wir vor allem nach Osten. Bei klarem Wetter konnten wir manchmal schon die Mündungsfeuer der russischen Artillerie erkennen. Was erwartete uns, wenn die Russen die Stadt erreicht hatten? Würden wir tatsächlich alle nach Sibirien verschickt werden?

Ich blickte aber auch jedes Mal in südöstliche Richtung. Dort lag das Trümmerfeld der Frankfurter Allee – und in einer dieser unzähligen Ruinen lag Jule auf seiner Matratze und wartete noch sehnlicher darauf, dass endlich alles vorüber war.

Ein Werk der Ordnung

Was für ein Frühling in diesem Jahr 1945! Es grünte und blühte unter dem Trümmerstaub, als wollte die Natur zeigen, dass es sie auch noch gab. Im Friedrichshain sangen die Vögel wie mitten im tiefsten Frieden; oft schien die Sonne von morgens bis abends. Und mit dem Beginn der Osterferien war der Schulunterricht beendet; Ferien bis Kriegsende! Doch was uns vor wenigen Wochen noch gefreut hätte, berührte uns kaum noch. Es hatte schon lange kein wirklicher Unterricht mehr stattgefunden.

Am Ostermontag, es war der 2. April, verlas Leutnant Werner einen Aufruf von Goebbels – ein Aufruf, der mir unwichtig und lächerlich erschien, doch Folgen zeitigen sollte, wie ich sie mir in meinen schlimmsten Alpträumen nicht hätte vorstellen können. Es ging um die »Aktion Werwolf«; Goebbels forderte zum Heckenschützenkrieg auf.

»Das Blut und die Tränen unserer erschlagenen Männer, unserer geschändeten Frauen und gemordeten Kinder in den besetzten Ostgebieten schreien nach Rache«, verlas Leutnant Werner. Deshalb hätten die Angehörigen des »Werwolfs« geschworen, sich niemals dem Feind zu beugen und ohne Rücksicht auf veraltete Vorstellungen einer so genannten bürgerlichen Kampfführung dem Feind jede Untat, die er Angehörigen unseres Volkes zufüge, mit seinem Tod zu rächen.

»Der Werwolf«, so hieß es weiter, »hält selbst Gericht und

entscheidet über Leben und Tod unserer Feinde, aber auch von Verrätern unserer Nation, und er besitzt die nötige Gewalt, um seine Urteile zu vollstrecken.« Jeder Mann, jede Frau, jeder Junge, jedes Mädchen solle den Feind aus dem Hinterhalt anfallen und ihm das Messer in den Rücken stoßen.

Wir sollten einen Partisanenkrieg führen! Wir sollten den Feind auch im Rücken angreifen! Wir sollten genau das tun, was zuvor, als unsere Truppen sich mit russischen Partisanen herumschlagen mussten, stets nur als heimtückisch und böse und typisch russisch dargestellt worden war! – Der Aufruf endete mit der Parole: »Hass ist unser Gebet und Rache unser Feldgeschrei!«

Jahre später wollte ich wissen, was dieser »Werwolf« denn überhaupt für einen Hintergrund hatte, und erfuhr, dass er in altgermanischen Sagen eine Rolle spielte. Ein Werwolf war ein Wesen, das Menschen überfiel und alles Lebendige tötete. – Solche Viecher also sollten wir werden! Nur gut, dass darauf kaum jemand Lust verspürte!

Nach Ostern wurden die Luftangriffe dann noch heftiger; hatten wir Dienst, kamen wir von unserem Geschütz kaum noch weg. Mitte April hörten wir zum ersten Mal das Grollen der russischen Artillerie in der Ferne. Und bei Seelow waren die ersten russischen Panzer gesichtet worden – ein Ort, der nur fünfzig Kilometer von Berlin entfernt lag. Grund genug für Leutnant Werner, uns im Nahkampf auszubilden; der Umgang mit Panzerfaust und Gewehr wurde zum wichtigsten Ausbildungsziel.

Fanatismus und Phantasie forderte er von uns; mit allen Mitteln der Täuschung, List und Hinterlist sollten wir den Feind besiegen, wenn wir ihm erst Mann gegen Mann gegenüberstanden. Jeder Häuserblock, jedes Haus, jedes Stockwerk, jede Hecke, jeder Granattrichter sollte bis zum letzten Atemzug verteidigt werden. »Das müsst ihr wissen: Jeder Meter Boden, den der Feind gewinnt, ist deutscher Volksboden, und jeder Einzelne von euch kämpft in dem Graben, in dem er sich zur Wehr setzt, für seine Mutter, für seine Geschwister und für den Vater, der vielleicht schon vom Feind gemordet wurde. Lieber in Ehren für ein freies Reich sterben, als ewig Fron- und Knechtdienst unter Juden und Barbaren leisten.«

Worte, die ein mulmiges Gefühl in uns hinterließen. Wie sollten denn wir Sechzehnjährigen erwachsenen Russen standhalten, wenn sie solche Barbaren waren, wie uns über Jahre hinweg eingebläut worden war?

Unteroffizier Ewaldsen wiegelte mal wieder ab: »Alles halb so schlimm, Jungs! Die Russen haben auch nur noch Kinder, die sie in den Einsatz schicken können. Ihr kämpft gegen Gleichaltrige; das ist fast wie auf'm Schulhof.«

Waren die Übungsstunden beendet, bauten wir gemeinsam mit alten Männern vom Volkssturm Panzersperren. Dazu wurden ausgebrannte Straßenbahnwagen, umgestürzte Litfaßsäulen und mit Trümmerschutt und Pflastersteinen angefüllte Möbelwagen quer über die Straße gelegt. Helmuts Kommentar: »Na ja, zweieinhalb Sekunden wird das die russischen Panzer schon aufhalten.«

Er riss nun immer öfter den Mund auf, hatte kaum noch Hemmungen. Ich warnte ihn, er solle nicht so viel riskieren. Seine Antwort: »Langsam ist's mir scheißegal, was die mit mir machen. Hab keine Lust mehr, immer nur strammzustehen und ihre Lügengeschichten zu bejubeln.« Und er deutete in Richtung Brandenburger Tor, wo sich, ein wenig südlich davon, die riesige unterirdische Festung befand, die sich Führerbunker nannte. »Weißte, wie tief er sich verkrochen hat? Zehn Meter tief hat er sich eingewühlt, unser genialer Maulwurf Adolf! Über sich 'ne Betondecke von acht Metern. So hört er keinen einzigen Schuss. Selbst Luftmineneinschläge sind für den nichts weiter als Fürze. Uns aber wirft er den Russen zum Fraß vor.«

Oft hatte ich das Gefühl, dass Helmut die Nazis so sehr hasste, weil er immerzu an seinen Vater denken musste, der so gern den strammen Parteigenossen gespielt und das alles mit zu verantworten hatte.

Ein Vorfall regte Helmut ganz besonders auf. Da kamen eines Tages Möbelwagen vor unserem Flakturm vorgefahren und wir mussten kostbare Möbel, wertvolle Teppiche, altes Porzellan und allein sechs sehr große und teure Radioapparate in den Turm tragen. Eine streng geheime Angelegenheit, wie Unteroffizier Ewaldsen uns anvertraute: Es waren die Möbel und Wertgegenstände aus Goebbels' Villa auf der Insel Schwanenwerder und aus seinem Stadtpalais neben dem Brandenburger Tor. Der Herr Reichsminister wollte, dass alles bomben- und granatensicher eingelagert wurde.

Davon hören und explodieren war für Helmut eins: »Wat denn, Humpelbeen will seine Klamotten in Sicherheit bringen? Und meine Mutter und meine Geschwister dürfen ruhig zerbombt werden?«

Er hatte Glück, dass Ewaldsen den Sondereinsatz leitete und nicht Leutnant Werner. Andernfalls wären diese Worte ihn teuer zu stehen gekommen. Ewaldsen sagte nur ganz ruhig: »Die Fürsten haben schon immer ihre Klunkern in Sicherheit gebracht, wenn der Feind nahte. Ist alles ganz normal so.« Und er riet Helmut, seinen Mund künftig nicht mehr ganz so weit aufzureißen, sonst würde er sich bestimmt noch mal böse verkühlen.

Helmut aber wollte die Klappe nicht halten, und ich befürchtete jeden Tag, dass es zu einer Katastrophe kommen würde. Die kam dann tatsächlich, doch es traf nicht ihn, sondern Peer Matthießen.

Eines Nachmittags, wir waren gerade erst vom Waffenreinigen auf unsere Stube entlassen worden, kam Ewaldsen und brachte Peer einen Brief. Vom NSDAP-Ortsbüro. Mit einer für Peer unfassbaren Nachricht. Seine Eltern, so der zuständige Ortsgruppenleiter, seien bei einem amerikanischen Terrorangriff ums Leben gekommen. Er wisse, was diese Nachricht für den im Kampf stehenden Sohn bedeute, und drücke ihm hiermit sein tiefstes Bedauern aus. Gleichzeitig jedoch hoffe er, dass der Sohn diesen schmachvollen Mord an seinen Eltern nicht ungesühnt lassen werde.

Wie ich später erfuhr, hatten Peers Eltern bei Charlottenburger Freunden Geburtstag gefeiert und waren bei Fliegeralarm in den dortigen Hauskeller geflüchtet. Eine Luftmine hatte das Haus einstürzen lassen und die ganze Geburtstagsgesellschaft und alle Hausbewohner waren von dem herabstürzenden Mauerwerk erschlagen worden.

Lange starrte Peer diesen Brief nur an, so lange, dass wir anderen schon unruhig wurden, dann zerriss er ihn mit fahrigen Bewegungen, warf sich aufs Bett, presste das Gesicht ins Kissen und sagte kein Wort.

Harald Klein hob die Schnipsel auf, legte sie zusammen und las, was Peer so tief getroffen hatte. Und auch wir anderen lasen diesen Brief. Doch wagte niemand, etwas Tröstendes zu sagen. Mit einem Schlage Mutter und Vater verloren, dazu konnte man einfach nichts sagen.

In der Nacht ist Peer dann fortgelaufen. Wir bemerkten es erst am Morgen. Helmut sagte sofort: »Hoffentlich findet er ein gutes Versteck. Wenn sie ihn erwischen, stellen sie ihn an die Wand.«

Eine Befürchtung, die alle teilten, obwohl wir ja noch keine regulären Soldaten und nicht vereidigt waren. Solche Unterschiede, da waren wir sicher, wurden nun schon lange nicht mehr gemacht.

Sie erwischten Peer bald. SS-Männer mit dem Totenkopfabzeichen auf ihren grauen Schirmmützen und der SD-Raute des Staatssicherheitsdienstes auf dem rechten Ärmel führten ihn heran. Der mit dem Rangabzeichen des Rottenführers auf dem schwarzen Spiegel seiner Uniformjacke übergab ihn Leutnant Werner, und der ließ uns antreten und Spalier bilden – und verlangte von uns, dass wir Peer anspuckten.

Eine abschreckende Maßnahme sollte das sein. Damit keiner von uns auf die Idee kam, es Peer nachzutun. Helmut zischte mir gleich zu: »Ich spucke nicht.« Ich zischte zurück: »Na prima! Dann setzen sie dich auch gleich fest. Spuck doch trocken, du Idiot!«

Helmut hörte auf mich und vielleicht war das sein Glück. Ich hatte das Gefühl, dass Leutnant Werner gern noch ein weiteres Exempel statuiert hätte. Einer seiner Leute war fahnenflüchtig geworden; welch eine Schande für ihn, den Zugführer! Sein hübsches Mädchengesicht war vor Zorn krebsrot, seine dunklen Augen funkelten.

Zwischen uns Jungen, die wir eine Gasse bilden mussten, Peers verzerrtes, verheultes, abwesend wirkendes Gesicht. Er sah mich, als er zwischen uns hindurchschritt, sogar an, doch erkannte er mich wohl gar nicht. Dass ich nur so tat, als würde ich spucken, bemerkte er nicht.

Ich weiß nicht, wie viele Jungen ebenfalls nur trocken spuckten, viele jedoch waren es nicht. Als Peer den Spießrutenlauf endlich hinter sich hatte, waren sein Gesicht und seine Uniformjacke voller Speichel. Gleich darauf wurde er fortgeschafft. Wohin, haben wir nie erfahren.

Am Abend dieses Tages hielt Leutnant Werner dann noch eine längere Rede. Inhalt: Wer nicht bereit sei, für sein Volk zu kämpfen, sei es nicht wert weiterzuleben. Das sollten wir nie vergessen, denn in dieser ernstesten Stunde unseres Vaterlandes dürfe es keine Gnade geben. Dass Peer seine Eltern verloren habe, sei schlimm, jedoch keine Entschuldigung für feigen Verrat.

Helmut sah mich nur an, und ich hatte das Gefühl, er wollte mir etwas sagen. Irgendwie kam es dann aber nicht dazu. Erst an Führers Geburtstag war es so weit. Da hatten wir uns mal wieder eine Goebbels-Rede anhören müssen, in der er in »germanischer Gefolgschaftstreue« den Führer über den grünen Klee lobte. »Wer anders könnte die Richtung aus der Weltkrise weisen als der Führer?«, krähte er voller Pathos. »Sein Werk ist ein Werk der Ordnung! Wenn also die Welt noch lebt, wem anders hat sie es zu verdanken als dem Führer? Er ist der Kern des Widerstandes gegen den Weltzerfall. Er ist Deutschlands tapferstes Herz und unseres Volkes glühendster Wille. Niemals wird die Geschichte über diese Zeit berichten können, dass ein Volk seinen Führer oder dass ein Führer sein Volk verließ. Das aber ist der Sieg!«

Eine langatmige Hymne, intoniert zehn Tage bevor der Führer sich klammheimlich in die Hölle verdrückte und an einem Tag, in dem es in unserem Flakturm zu einem Zwischenfall kam. Es hatten ja inzwischen auch in unseren Türmen Flüchtlingsfamilien Unterkunft gefunden: Mütter mit Säuglingen in den Armen und Kindern im Kinderwagen, kleine und große Jungen und kleine und große Mädchen. Dazu viele alte Männer und Frauen, manche davon in Rollstühlen oder auf Krücken. Alle lagen sie auf den Strohsäcken, die wir in die Gänge geworfen hatten, alle hatten sie furchtbare Fluchtgeschichten erzählt und sich anfangs dankbar und froh gezeigt, dass wir sie aufgenommen hatten. Jetzt jedoch waren sie zu viele geworden; sie befürchteten, sich irgendwann gegenseitig totzutreten oder nicht mehr genügend Luft zum Atmen zu bekommen, und wollten hier raus. Das aber war, solange noch gekämpft wurde, kaum möglich. Wo hätte man sie denn unterbringen sollen? So verlangten sie an diesem Tag, dass die Kampfhandlungen endlich eingestellt wurden. Und das ausgerechnet von Leutnant Werner.

Eine schon etwas ältere Frau mit bitterem Zug im Gesicht und weit aufgerissenen Augen trat vor ihn hin und schrie ihn an, dass nun endlich Schluss sein müsse mit dem Bomben und Töten, noch mehr Leid könne sie nicht ertragen. Und sie riss sich ihr Mutterkreuz* von der Brust, das sie wohl nur deshalb angesteckt hatte, um bei uns Einlass zu finden, und warf es Leutnant Werner vor die Füße. »Da! Das schenke ich dir, du Sohn einer deutschen Mutter. Hab das Ding ja nur deshalb bekommen, weil ich deinem Führer ausreichend Kanonenfutter großgezogen habe. Oder denkst du etwa, das weiß ich nicht?«

Ein Wutausbruch, der auf die anderen Frauen wie ein Signal wirkte. Sofort umdrängten mehrere von ihnen den Leutnant: »Sie hat Recht. Wie lange soll das denn noch so weitergehen? Wo bleiben denn des Führers Wunderwaffen? Ist ja alles bloß Schwindel! Das feige Pack im Bunker unter der Reichskanzlei lässt uns alle verrecken. Die opfern uns hin, nur damit sie noch ein paar Stunden länger an der Macht bleiben. Schluss mit diesem ganzen Wahnsinn!«

Schimpfworte, wie sie bis dahin niemand auszusprechen gewagt hatte.

Leutnant Werner wurde abwechselnd rot und bleich und schrie die Frauen schließlich an, sie sollten still sein. Junge Burschen wie wir Flakhelfer riskierten stündlich unser Leben, um sie zu verteidigen; sie sollten sich schämen, uns in unserem Glauben an den Führer wankend zu machen.

Die Frauen aber wollten sich nicht beruhigen. »Was redeste denn da für 'n dummes Zeug? Die Jungen hier, die opfert ihr doch auch. Kaum den Windeln entwachsen, lasst ihr sie abschlachten wie die Lämmer. Und wofür das alles? Sag uns doch mal wofür, du großer Kriegsheld!«

Leutnant Werner konnte die Frauen nicht anzeigen. Dazu waren es zu viele. So schimpfte er nur, sie seien ganz blöde Weiber und verstünden von so großen Dingen wie der Verteidigung des Heimatlandes nichts, und ließ sie stehen. Helmut, der neben mir stand, nickte dazu nur. »Wie mein Vater! Genau wie mein Vater – je blöder, desto gehorsamer!«

»Hast du denn mal wieder von ihm gehört?«, fragte ich vorsichtig.

»Nee!« Helmut grinste böse. »Er darf zwar Briefe schreiben, aber die lese ich nicht.«

»Und warum nicht?«

Wir hatten uns inzwischen durch die noch immer aufgeregt schimpfenden Frauen hindurchgezwängt, um mal wieder auf die oberste Plattform hochzusteigen. Die rote Abenddämmerung milderte den Anblick der zerstörten Stadt etwas.

»Na, warum wohl nicht? Weil er ein Arschloch ist! Als er jung war, war er bei den Kommunisten, weil die ihm versprochen hatten, sie wollten dafür sorgen, dass auch solche armen Hunde wie er bald ein schönes Leben führen konnten. Dann hat ihm das zu lange gedauert und er hat in irgendeine Parteikasse gegriffen. Rums, ist er bei denen rausgeflogen und schnurstracks zur SA gelaufen, um sich als ein von den Kommunisten Verfolgter auszugeben. Kaum trug er ihre Uniform, war er der sturste Nazi und wildeste Kommunistenfresser. Bis ihm das Warten auf das schöne Leben mal wieder zu lange dauerte. Da hat er dann seinen Schwarzhandel aufgezogen.«

Das war es, was Helmut mir offensichtlich schon seit langem sagen wollte. Er wollte nicht mit seinem Vater in einen Topf geworfen werden. Mir war das irgendwie peinlich, also schwieg ich dazu, Helmut aber fuhr fort: »Dem war doch immer alles egal: Mutter, meine Geschwister, ich! Der dachte nur an sich. Die Nazis hätten die ganze Welt zerstören können und uns mit dazu, Hauptsache, er hätte genügend zu fressen und zu saufen gehabt.«

Ich lächelte verlegen, so, als nähme ich, was er da sagte, nicht ganz ernst. Er sah mich mit großen Augen an. »Hast früher bestimmt oft gedacht, ich bin auch so einer. Da haste dich aber geirrt. Damals im Kino – ich hab genau gesehen, wer neben dir saß, und auch, wie ihr euch im Dunkeln verdrückt habt, dein Freund Jule und du. Aber ich hab euch nicht verraten. Ein Wort zu meinem Vater und sie hätten euch geschnappt.«

Jetzt war ich doch überrascht. »Und warum hast du's nicht getan?«

Er zuckte die Achseln. »Vielleicht nur, um meinem Alten keinen Gefallen zu tun … Vielleicht aber auch, weil mir das immer sehr imponiert hat, wie ihr beiden zusammengesteckt habt. Hätte auch gern einen solchen Freund gehabt.«

Da streckte ich meine Hand aus. »Na, den haste ja jetzt.«

Er schlug ein, murmelte dabei aber: »Nur keinen falschen Schmus! Reden wir über alles, wenn der Krieg zu Ende ist. Ich glaub, dann haste 'ne Menge zu erzählen.«

Ich lebe noch

Sonnabend, der 21. April, früh am Morgen. Mein letzter Ausgang! Ich sehe mich noch durch die Hufelandstraße zu Mutter und Bille gehen, sehe die leichten Flakgeschütze, die auf den Dächern in Stellung gebracht worden waren, und die Panzer an den Straßenecken, für die es längst kein Benzin mehr gab, die aber noch schusstüchtig waren. Feldgendarmen mit Messingschildern vor der Brust, die nach Deserteuren fahndeten und allgemein nur noch Kettenhunde genannt wurden, kontrollierten mich, und an der Ecke Greifswalder Straße klebte ein Aufruf des Führers an der Litfaßsäule. »Der Bolschewist wird diesmal das alte Schicksal Asiens erleben, er wird und muss vor der Hauptstadt des Deutschen Reiches verbluten«, teilte er uns mit und: »Wer euch Befehle zum Rückzug gibt, ohne dass ihr ihn genau kennt, ist sofort festzunehmen und nötigenfalls augenblicklich umzulegen, ganz gleich, welchen Rang er besitzt. Berlin bleibt deutsch, Wien wird wieder deutsch und Europa wird niemals russisch!«

Umlegen! Der Führer schrieb »umlegen«! War das die Sprache eines Staatsmannes und Feldherrn?

Gleich daneben stand noch etwas anderes, nur mit Kreide Hingekritzeltes: »Ermordet den Massenmörder Hitler, dann ist der Krieg zu Ende.«

Erschrocken blickte ich mich um. Hatte mich beim Lesen dieser Zeilen jemand beobachtet?

Nur ein paar Schritte weiter war mit Farbe ein großes, weißes NEIN an die Hauswand gepinselt worden. Kein weiteres Wort, nur dieses NEIN. Gab ja keinen Zweifel, was dieses NEIN zu bedeuten hatte.

Ich lief schneller, als wollte ich vor diesen Aufforderungen davonlaufen, war aber nicht schnell genug – schon an der nächsten Litfaßsäule klebte ein Flugblatt, Überschrift: »Berlinerinnen! Berlin verteidigen heißt Berlin vernichten.« Darunter: »Ihr Frauen seid stärker als alle SS-Männer und die Gestapo. Schließt euch zusammen …«

Ich las nicht weiter, bekam es immer mehr mit der Angst zu tun. Woher dieser plötzliche Mut? War es die reine Verzweiflung, dass auf einmal so viele Leute wagten, ein Ende des Krieges zu fordern?

An unserer Haustür erneut ein Aufruf der Nazis: »Auf Befehl des Führers haben sich alle Männer vom fünfzehnten bis zum siebzigsten Lebensjahr zur Entgegennahme von Waffen bei den zuständigen Einsatzstäben der NSDAP und der Wehrmacht zu melden. Wer sich feige in den Luftschutzräumen verdrückt, ist vor ein Kriegsgericht zu stellen und wird mit dem Tode bestraft.« Unterschrift: »Goebbels, Reichsverteidigungskommissar.«

Ich musste an Goebbels' Möbel in unserem Flakturm denken. Na, wenigstens die durften sich feige verdrücken.

Zu Hause erwarteten mich drei Neuigkeiten. Die erste: die Familie Hauser war verschwunden! Bille, die gerade erst von der Nachtschicht gekommen war, erzählte es mir und ergänzte: »Es sollen sich inzwischen schon viele Nazibonzen abgesetzt haben, manche sogar mit Möbeln und Koffern. Die wollen zum Ami, die Russen sind ihnen zu ungemütlich.«

Die zweite betraf Frau Liedtke. Sie war verschwunden. Gleich an dem Tag, an dem sie die Nachricht erhielt, dass ihr Sohn, Hauptmann Martin Liedtke, bei Frankfurt/Oder gefallen sei, sei sie fortgelaufen. Niemand wisse, wohin. Es wurde vermutet, dass sie sich etwas angetan hatte.

Die dritte, mich sehr beunruhigende Nachricht, hatte mit Ömchen zu tun. Sie wollte nichts mehr essen und nicht mehr in den Luftschutzkeller gehen. »Sie sagt, das würde ja alles nicht mehr lohnen.«

Mutter und Bille besuchten Ömchen oft und zwangen sie, etwas zu essen. In den Keller aber bekamen sie sie nicht hinunter und sie wollte auch nicht zu uns ziehen. Sie blieb einfach in ihrem Sessel sitzen, die Hände im Schoß zusammengelegt, und schüttelte stur den Kopf. »Das viele Treppensteigen, immer rauf und runter, nee, nee, das will ich nicht mehr.« Zum Krieg sagte sie nur noch: »Sollen die Menschen sich ruhig die Köppe einschlagen, sind ja sowieso alles Verbrecher. Nee, nee, damit will ich nichts mehr zu tun haben.«

Weil Ömchen nicht einkaufen ging, sondern ihre Lebensmittelmarken immer wieder verschenkte, mussten Mutter und Bille sich etwas vom Munde absparen. Das merkte ich besonders Mutter an. Sie taumelte vor Schwäche. Ich hatte Büchsenwurst und Brotstücke mit, die ich Julian bringen wollte. Wir »Kämpfer« wurden ja noch einigermaßen verpflegt. Doch natürlich nahm Mutter nichts davon. Sie habe heute einen arbeitsfreien Tag, sagte sie nur, wenn sie sich schone, würde sie schon wieder zu Kräften kommen. Und dann legte sie sich auf die Couch und ich setzte mich dazu. »Wie lange denn noch?«, fragte sie mich da plötzlich, als wäre ich der Einzige, der ihr diese Frage beantworten konnte. »Warum wird nicht einfach Schluss gemacht mit diesem Wahnsinn? Glauben die im Führerbunker etwa, sie könnten den Spieß noch umdrehen?«

Bille antwortete für mich. Am Tisch sitzend, müde den Kopf in die Hände gestützt, rief sie: »Die kapitulieren nicht, weil sie genau wissen, dass man sie aufhängt, wenn sie sich ergeben. Es gibt keinen Verbrecher, der nicht weiß, dass er ein Verbrecher ist.«

Die kluge Bille! Immer brachte sie alles auf den Punkt.

Mutter schwieg ein Weilchen, dann wurde sie wieder unruhig. »Aber die Tommys und die Amis, was wollen die denn erreichen? Wollen sie den Krieg gewinnen, indem se uns totbombardieren? Hitler in seinem Bunker beeindrucken se damit nicht ... Hoffen sie vielleicht, dass wir irgendwann den Hals voll haben und gegen die Nazis aufstehen? – Na, dann haben se sich aber geirrt, jetzt sagen doch viele: Kuck an, hatten die Nazis also doch Recht, das sind auch nur Terroristen, was machen die erst mit uns, wenn se gesiegt haben?«

Auf diese Fragen wusste auch Bille keine Antwort.

Mutter schloss die Augen. »Wenn ich nur wüsste, was ich mir wünschen soll ... Auch von den Russen hört man so wenig Gutes. Und wir haben in ihrem Land ja auch so viele Verbrechen begangen, sie müssen sich ja an uns rächen wollen ... Aber wenn sie nicht kommen, bleiben die Nazis an der Macht.«

Wieder schwieg sie, dann richtete sie sich plötzlich auf, sah mich mit großen Augen an, nahm meine Hand und hielt sie fest. »Vielleicht ist's das Beste, du gehst gar nicht mehr zurück ... Das hat doch jetzt alles gar keinen Sinn mehr, die Russen sollen ja bereits den Stadtrand erreicht haben. Wir könnten dich irgendwo verstecken ... bis alles vorüber ist.«

Im gleichen Augenblick heulte die Sirene los. Fliegeralarm!

»Nein!« Mutter schüttelte den Kopf. »Das jetzt nicht auch noch!« Aber dann stand sie schon auf, nahm ihr Alarmgepäck und folgte uns in den Keller. Dort war bereits das ganze Haus versammelt und die Korbmeier schimpfte gerade lauthals auf den Hauser. Der Mann, den sie zuvor geachtet und respektiert hatte, als wäre er eine etwas billigere Ausgabe ihres geliebten Führers, war für sie nun das, was zuvor die Juden für sie gewesen waren: ein Volksschädling!

»Während wir Frauen und Kinder an der Heimatfront im Kampf zusammenstehen«, wetterte sie mit zorngerötetem Gesicht, »während unsere tapferen Jungen« – sie wies auf mich – »willig für den Schutz der Heimat ihr Leben hingeben, verdrücken sich solche Feiglinge. Eine Schande für unser ganzes Volk ist das! Wenn der Führer nur wüsste, was für Parasiten er da an seinem Busen genährt hat! Er würde sie alle erschießen lassen. Jawohl! Und das hätten sie auch verdient.«

Ich musste mir ein böses Lachen verkneifen. Der dicke Hauser an Adolfs magerem Busen! Die Korbmeier war unfreiwillig komisch.

Mamusch war nicht bereit, Frau Korbmeiers Volksreden noch länger still zu schlucken. »Reden Se doch nicht solchen Stuss!«, fuhr sie sie an. »Keiner gibt willig sein Leben hin. Schon gar nicht für diese Verbrecherclique. Wir sind nur zu feige, etwas gegen unsere Mörder zu unternehmen, lassen uns wie die Lämmer zur Schlachtbank führen.«

Die Korbmeier zuckte zurück, als wäre sie von einer Schlange gebissen worden. »Was haben Sie da gesagt?«

»Das, was ich Ihnen immer schon mal sagen wollte.« Ich zupfte Mutter am Ärmel. Sie sollte lieber still sein. Doch sie konnte nicht mehr an sich halten, musste der Korbmeier endlich mal ihre Meinung geigen. »Sie mit Ihrem ewigen Unser-Führer-macht-das-schon-Geplärr! Haben Se denn immer noch nicht kapiert, dass Sie Mördern gefolgt sind? Wenn Ihr Hitler wirklich ein deutscher Patriot wäre, hätte er längst kapituliert, anstatt uns wie totes Holz zu verheizen. Aber nein, für jede fünf Minuten Galgenfrist opfern diese Verbrecherseelen in ihrem Führerbunker tausende von Menschen.«

Die Korbmeier wollte nicht glauben, was sie da zu hören bekam, in Mutter mussten alle Sicherungen durchgebrannt sein. »Jawohl, die braunen Bonzen werden uns alle opfern, nur sich selbst nicht!«, schimpfte sie weiter. »Und solch blinden und tauben Leuten wie Ihnen haben wir diesen ganzen Schlamassel zu verdanken. Deshalb sollten Sie jetzt wenigstens die Klappe halten. Haben Sie das verstanden?«

Und das Wunder geschah – die Korbmeier hatte verstanden. Sprachlos starrte sie Mutter an. Wie konnte die Frau Scholz denn so etwas sagen? Für solche Worte wurde man doch eingesperrt, vielleicht sogar hingerichtet. Weshalb stand ihr denn niemand bei?

Aber da war niemand im Keller, der Agnes Korbmeier noch beistehen wollte. Der Hauser »existierte« nicht mehr, und der Rother – inzwischen genauso wie der Bethmann und der Schmelzer, die an diesem Tag irgendwo im Einsatz waren, unglücklicher Volkssturmmann – schwieg nur vorsichtig.

Es hatte sich etwas verändert im Haus Jablonskistraße 53. Da wollte – bis auf die Korbmeier – niemand mehr für irgendwen Partei nehmen, dachte jeder nur noch an sich, betend, dass dieser Krieg möglichst bald zu Ende ging; egal wie, nur bitte bald.

Die Entwarnung! Endlich! Die übliche Erleichterung, es mal wieder überstanden zu haben. Für meinen geplanten Kurzbesuch bei Jule jedoch war es nun zu spät; ich hatte die Ausgangszeit bereits um eine Stunde überschritten. Das ärgerte mich, denn Jule wartete doch auf mich.

Schlecht gelaunt ließ ich meine mitgebrachten Wehrmachtsfressalien bei Mutter und Bille und war nur froh, dass Mutter nicht weiter darauf drängte, mich vor der Wehrmacht verstecken zu wollen. Sie hatte, als sie davon sprach, ja ganz bestimmt nicht bedacht, dass sie damit auch Bille und sich gefährdete.

Bille versprach mir, Jule seine Fressalien so bald wie möglich vorbeizubringen, dann machte ich mich, es war schon um die Mittagszeit, auf den Weg zurück in den Friedrichshain.

Kaum hatte ich die Greifswalder Straße erreicht, setzte mit einem Mal ein einziges Orgeln, Pfeifen, Heulen, Jaulen, Zischen und Explodieren ein. Erschrocken blieb ich stehen. Was hatte dieses Bombardement zu bedeuten? Flieger waren keine zu sehen und solche Geräusche hatte ich noch nie zuvor gehört. Doch dann sah ich glühende Pfeile über den blauen Himmel zucken und wusste Bescheid: Russische Artilleriegranaten, »Stalinorgeln« – die Rote Armee hatte Berlin erreicht und unter Beschuss genommen!

So wie mir erging es vielen Leuten. Erst blickten sie nur angsterfüllt und auch ein wenig ungläubig zum Himmel auf, dann flüchteten sie voller Panik in die umliegenden Luftschutzkeller. Ich stellte mich erst einmal nur in einen Hauseingang und überlegte: Jeder Fliegeralarm berechtigte mich, die bewilligte Ausgangszeit zu überschreiten – doch galt das auch bei Granatenhagel?

Mein Blick fiel auf das NSDAP-Ortsgruppenbüro. Es lag genau gegenüber, auf der anderen Straßenseite der Greifswalder Straße. Kurz entschlossen rannte ich los, die Tür ließ sich öffnen und so stürzte ich gleich hinein. Ich wollte mich erkundigen, was ich denn jetzt tun sollte. Ich konnte doch nicht mitten im Granatenhagel bis in den Friedrichshain laufen; ich brauchte irgendein Papier, mit dem ich vor Leutnant Werner sicher war.

Aber dann blickte ich mich nur ganz verstört um. Eine Tischrunde war hier versammelt, die so wenig zu dem passte, was ich eben erst erlebt hatte, dass ich gar nicht glauben konnte, was ich sah. Da saßen mehrere jüngere und ältere Männer in allen möglichen Uniformen um einen großen Tisch, auf dem Unmengen Schnaps-, Bier- und Weinflaschen standen und jede Menge Wurst- und Brotreste lagen, und waren offensichtlich längst betrunken. Zwei Frauen, eine junge und eine ältere, waren auch dabei. Die ältere saß bei einem der jungen Männer auf dem Schoß, er hatte seine Hand unter ihrem Rock.

Verwirrt grüßte ich mit »Heil Hitler!« – und brachte damit die ganze Gesellschaft zum Lachen. Der mit der Frau auf seinem Schoß rief: »Ja, Hitler ist noch heil, aber sonst nichts mehr!«, und die Frau, die ihn umklammert hielt, war von diesem Spruch so begeistert, dass sie ihn voller Bewunderung abküsste.

Eine Zeit lang starrte ich diese Szenerie, die mich an einen abstrusen Traum erinnerte, nur an, dann lief ich auf die Straße zurück und stellte mich im nächsten Hauseingang unter.

Die Granatwerfer hämmerten immer noch, bei jedem Einschlag spritzten Eisen und Asphalt, Metall und Steine auf, und dann gab es auf einmal ein ohrenbetäubendes Krachen. Ein Einschlag ganz in meiner Nähe – die Granate hatte einen vor dem Nachbarhaus stehenden Pferdewagen getroffen. Der Fahrer war längst in einen der umliegenden Keller geflüchtet, Pferd und Wagen wurden von der Granate zerrissen.

Mir wurde schlecht von all dem Blut und den Pferdeteilen auf der Straße und wohl auch vor Angst, im nächsten Augenblick genauso dazuliegen. Ich musste mich übergeben – und wusste plötzlich, dass ich nicht zur Batterie zurückkehren würde. Mutter hatte Recht, Lorrmann hatte Recht. Ich wollte nicht an irgendeiner Straßenecke stehen, mit der Panzerfaust in der Hand, bis mich eine solche Granate zerfetzte. Für wen denn auch? Etwa für die, die, ohne mit der Wimper zu zucken, Vater, Clara und Claras ganze Familie und Millionen andere Menschen ihren Welteroberungszielen geopfert hatten und sich nun, da sie merkten, dass die Welt sich nicht erobern ließ, in irgendwelche freundlicheren Gefilde absetzten wie der Hauser? Für den Maulwurf Hitler tief unter der Erde? Oder für solche »Helden« wie die Männer und Frauen im NSDAP-Ortsgruppenbüro, die sich vor Angst besoffen?

Wie lächerlich das Ganze doch war! Sie erwarteten von uns, dass wir sie bis zum letzten Atemzug verteidigten, drohten uns sogar den Tod an, sollten wir am Ende nicht mehr parieren wollen, sie aber verkrochen sich, zeterten nur und hetzten und gaben uns die Schuld daran, dass sie ihre verbrecherischen Pläne nicht verwirklichen konnten. Weil wir nicht tapfer genug waren!

Die Stadt färbte sich graugrün von all dem Schwefel, der in der Luft lag, der Beschuss aber nahm kein Ende. Immer neue Geschosse zischten, heulten und pfiffen über den Himmel; ich konnte den Sprengstoff längst schmecken und meine Angst wuchs: Ich war nicht sicher in diesem Hauseingang, war nur von oben geschützt, seitlich aufspritzende Granatsplitter oder Steine hätten mich treffen und verletzen, ja, auch töten können. Doch wo sollte ich hin? Zur Batterie zurück wollte ich nicht, und heim zu Mutter und Bille, die nun bestimmt auch wieder im Keller saßen, konnte ich nicht. Ich durfte doch Mutter und Bille nicht gefährden; es wusste ja das halbe Haus, dass mein Ausgang längst vorüber war. Und wer einen Deserteur nicht meldete, riskierte sein Leben.

Ich dachte nach, bis es mich plötzlich durchzuckte: Jule! Ich musste mich zu Jule durchschlagen! In seinem Keller konnten wir abwarten, bis alles vorüber war. Jetzt, da die Russen bereits den Stadtrand erreicht hatten, konnte der Krieg ja wirklich nicht mehr lange dauern. Und war es für uns beide denn nicht besser, die letzten Tage gemeinsam zu überstehen?

Ich wartete eine Feuerpause ab, dann hetzte ich los, immer in Richtung Elbinger Straße. Hörte ich neue Einschläge, ging ich im nächsten Hausflur in Deckung. Einmal kam mir eine verwirrte alte Frau entgegen, Gesicht und Haar waren voller Mörtelstaub, von ihrer Stirn rann Blut. Ich ließ sie vorbeilaufen; wie hätte ich ihr denn helfen sollen?

An der Ecke Woldenberger Straße lag eine junge Frau auf dem Straßenpflaster. Neben ihr ein Kind. Beide tot. Wo hatten sie hingewollt, mitten im Beschuss? Hatte die Frau nach dem langen Fliegeralarm vielleicht für ihr Kind nur etwas zu essen besorgen wollen?

Die betrunkene Gesellschaft im NSDAP-Ortsgruppenbüro! Hier diese Bilder, dort jenes; so also sah es aus, wenn einige wenige, dem Untergang Geweihte alles mit sich rissen!

An der Ecke Kniprodestraße stieß ich auf einen Trupp Volkssturmmänner, die eine Panzersperre bewachten. Der Beschuss hatte gerade wieder ausgesetzt, zögernd kamen sie aus ihren provisorischen Unterständen hervor, biedere Grauköpfe und angstbleiche Pimpfe, alle bunt kostümiert. Vom blauen Sonntagsanzug bis zum phantasievoll zusammengestellten Räuberzivil war alles zu sehen; das einzige Uniformstück, das sie miteinander verband, war die Armbinde mit der Aufschrift *Volkssturm*.

Rasch trat ich vor einen kugelbäuchigen Mann hin, der eine SA-Mütze auf dem Kopf trug und so etwas wie der Kompanieführer zu sein schien, erstattete übertrieben zackig Meldung und sagte, ich sei auf dem Weg zurück in den Flakturm. Noch konnte mir das nicht widerlegt werden, auch die Kniprodestraße führte zum Friedrichshain. Dem Kugelbauch, einem Wichtigtuer mit schnarrender Stimme, jedoch reichte das nicht, er verlangte, meinen Marschbefehl zu sehen.

Ich zeigte ihm meine längst abgelaufene Ausgangsbescheinigung, gab meine Respekthaltung auf und schrie ihn wütend an: »Meine Batterie braucht mich. Durch den Fliegeralarm bin ich sowieso schon zu spät dran. Denkste, ich will als Deserteur bespuckt werden?«

Ich hätte auch »erschossen« sagen können, hatte aber das Gefühl, dass »bespuckt« ihn mehr beeindrucken würde. Und richtig, diese Schande wollte er mir ersparen. »Na, dann mach hinne, Junge«, gab er sich gnädig, und ich konnte weiterlaufen, allerdings nur in Richtung auf den Friedrichshain zu. Dieser diensteifrige SA-Opa mit seinem vorsintflutlichen Gewehr hätte mir sonst womöglich noch in den Rücken geschossen. Ich bog dann aber gleich links in die Bardelebener und noch mal links in die Werneuchener Straße ein und war wieder in der Elbinger.

Weiter ging's am Friedrichshain entlang, und voller Angst fragte ich mich, was ich denn sagen sollte, falls ich erneut angehalten wurde. Um zum Flakturm zu gelangen, hätte ich in den Friedrichshain hinein anstatt an ihm entlanglaufen müssen. Sollte ich mich als Melder ausgeben? Aber wer hatte mich geschickt und wohin? Und wieso hatte ich kein Papier bei mir, das meinen Auftrag bestätigte? In meiner Panik lief ich ein Stück in den Friedrichshain hinein und riss mir die Jacke herunter. Das war's! Ich würde sagen, dass ich meine Order in der Jackentasche stecken hatte und in einer Ruine austreten wollte und dazu die Jacke ausgezogen hätte, um mich nicht selbst voll zu scheißen. Dann jedoch sei die Ruine unter Beschuss geraten und ich hätte fliehen müssen. Und die Jacke sei von einer Granate zerfetzt worden.

Eine glaubwürdige Geschichte? In meiner Angst fiel mir nichts Besseres ein.

Die Elbinger ging in die Petersburger Straße über und damit hatte ich den Friedrichshain hinter mir. Doch hatte ich noch nicht den Petersburger Platz erreicht, als auf einmal Tiefflieger die Stadt angriffen. Sie flogen so niedrig, dass sogar der Sowjetstern an ihren Maschinen und hin und wieder die Gesichter der Piloten zu erkennen waren. Und sie tauchten so schnell auf, dass man sie trotz des jaulenden Geräuschs, das sie machten, erst entdeckte, wenn es schon fast zu spät war. Wieder presste ich mich in einen Hauseingang und sah Männer und Frauen, die geglaubt hatten, sich in der Feuerpause rasch Lebensmittel besorgen zu können, vor den russischen Fliegern davonhasten. Wer nicht schnell genug war, wurde von den MG-Salven niedergemäht. Darunter auch Kinder. Und das war kein Versehen, das waren gezielte Angriffe; die russischen Piloten schossen auf alles, was sich bewegte.

Wieder wurde mir schlecht. Doch mein Magen war ja nun leer, ich würgte nur noch Schleim heraus. Und während ich würgte, heulte ich. Das war der Krieg! Das war er wirklich. Auf dem Flakturm war bis zum Schluss alles irgendwie unwirklich geblieben. Da hatten wir es nur mit Maschinen zu tun bekommen, mit todbringenden, eisernen Vögeln. Jetzt sah ich Menschen Jagd auf Menschen machen und die Niedergemetzelten fallen und liegen bleiben; das war etwas ganz anderes.

Dann waren die Tiefflieger plötzlich weg, verschwunden, wie ein Spuk, der auf einmal vorüber war, und die Straßen menschenleer. Nur Tote und Verwundete lagen noch herum.

Ich kümmerte mich nicht um die wimmernden und schreienden Menschen. Ich hätte ihnen nicht helfen können; musste versuchen, mir selber zu helfen. Und das würde jetzt noch schwieriger werden. Außer mir war in dieser Gegend ja niemand mehr unterwegs; sollten Kettenhunde die Straßen nach Deserteuren absuchen, würde ich unbedingt auffallen.

Und genau so kam es – an der Ecke Zerndorfer Straße,

gleich hinter der Pfingstkirche, standen sie plötzlich vor mir, die drei SS-Männer mit den Messingschildern vor der Brust. Ein Sturmführer trat vor mich hin und sah mich unter seinem Stahlhelm hervor finster an. Ich wollte meine Geschichte herausstottern, doch erstarben mir die Worte im Mund: Vor mir stand niemand anderes als Karl Breitenstetter, *der* Breitenstetter, mein ehemaliger Lehrer.

Hatte er mich ebenfalls erkannt? Ich war kein Kind mehr, doch immerhin hatte er mich drei Jahre lang unterrichtet. Und hatte er nicht oft damit geprahlt, dass er keinen Namen je vergesse, wenn er einmal ein Gesicht dazu gesehen habe?

Stumm streckte er die Hand aus: Er wollte meinen Marschbefehl sehen.

Hastig brachte ich doch noch meine Geschichte heraus – er glaubte mir kein Wort. Und so zog er, als ich fertig war, nur einen Befehl von Goebbels aus der Tasche seiner Uniformjacke und verlas ihn ohne große Betonung.

Ich verstand nur »Verräter und Deserteure sind niederzuschießen oder aufzuhängen« und wurde endgültig wieder zum Schüler, der vor seinem Lehrer stand. »Aber Herr Breitenstetter!«, rief ich. »Erkennen Sie mich denn nicht? Ich bin's doch – Paul Scholz. Sie waren mein Lehrer, drei Jahre lang. Ich bin kein Verräter, ich kämpfe für den Führer.«

Breitenstetter sah mich nur kalt an – und da wusste ich, dass er mich erkannt hatte, mich, Paul Scholz, den Judenfreund, der sich auch jetzt wieder als Verräter entpuppt hatte. Doch sagte er kein einziges weiteres Wort, gab nur einem seiner beiden Untergebenen einen Wink. Der so Aufgeforderte trat vor mich hin, stieß mir seine Maschinenpistole in die Seite und befahl: »Vorwärts!«

Er sollte mich erschießen! Wie betäubt wankte ich vor ihm her, in die Zerndorfer Straße hinein. Ich konnte keinen klaren

Gedanken fassen; dass die anderen beiden Kettenhunde uns nicht folgten, bekam ich gar nicht mit.

Vor der Friedhofsmauer der St. Georgen-Gemeinde befahl er mir: »Dreh dich um!«

Ich drehte mich um, sah, dass wir beide allein waren, und heulte los. »Bitte nicht! Meine Mutter …« Mehr bekam ich nicht heraus. Ich hatte Mühe, nicht einzuknicken; meine Beine wollten mir den Dienst versagen.

Der SS-Mann sah mich an – und zögerte! Er war noch jung, nur wenig älter als ich. Ich wollte ihn erneut anflehen, mich doch am Leben zu lassen, da blickte er kurz zurück, wie um zu überprüfen, ob wir beobachtet wurden – und dann gab er mir mit seiner Maschinenpistole einen hastigen Wink. »Steig über die Mauer und verschwinde.«

Ich glaubte, mich verhört zu haben. »Wie bitte?«

Er wurde ärgerlich, schrie nun fast: »Über die Mauer, du Idiot, und dann weg!«

Hastig stammelte ich irgendwelche Dankesworte, dann packte ich schon die Mauer. Als ich mich an ihr hochzog, überkam mich neue Furcht: Was, wenn das nur ein Trick war, weil der SSler mir nicht ins Gesicht schauen wollte, während er mich erschoss? Aber da war ich schon auf der Mauer und ließ mich auf den Friedhof hinunterfallen – und er hatte nicht geschossen!

Keuchend vor Aufregung und Angst lag ich auf der steinernen Grabplatte, auf die ich gefallen war, Knie und Arme, mit denen ich mich beim Aufprall abgestützt hatte, schmerzten, und jetzt, erst jetzt, schoss der SSler. Ein kurzes Gehämmer aus seiner Maschinenpistole, dann war wieder alles still, und ich hörte Stiefelschritte, die sich rasch entfernten.

Wie lange ich so liegen blieb? Ich weiß es nicht. Später hab ich diese Grabstelle besucht und gesehen, dass sie einem Malermeister namens Johann Friedrich Berner gehörte, geboren 1798 in Königsberg, gestorben 1862 in Berlin. Fast fühlte ich mich ihm verwandt.

An jenem Tag war es mir egal, auf wessen Grab ich gestürzt war. Ich blieb auf der kalten Steinplatte liegen, weil ich noch immer wie gelähmt war. Dann dachte ich eine Weile voller Dankbarkeit an den SSler, der mich am Leben gelassen hatte. Er hatte gezögert, bevor er sich entschloss, den Befehl nicht auszuführen. Also war er die ganze Zeit, in der er hinter mir herging, noch davon überzeugt gewesen, dass er mich erschießen würde? – Was hatte diesen Sinneswandel bewirkt? Meine Jugend? Mein verheultes Gesicht? Meine zitternden Knie?

Danach kam mir ein anderer Gedanke: Was, wenn der Breitenstetter diesem jungen Mann misstraute und nachsah, ob ich wirklich vor der Friedhofsmauer lag? Dann war der SSler gefährdet und ich auch ... Neue Furcht ließ mich aufspringen und über den Friedhof hasten. Gleich neben dem St. Georgen-Friedhof lag der der St. Petri-Gemeinde. Ich stieg über die Mauer, die die beiden Friedhöfe voneinander trennte, und lief weiter, bis ich erneut an eine Mauer stieß. Dahinter befand sich der kleinste der drei Friedhöfe, die hier so dicht an dicht lagen, der alte Parochial-Friedhof. Ich stieg hinüber und suchte mir einige dicht stehende Büsche, in die ich mich verkriechen konnte, dann verschnaufte ich erst mal.

Sollte der Breitenstetter mich tatsächlich noch suchen, jetzt würde es ihm schwer fallen, mich zu finden.

Bis in die späten Abendstunden blieb ich in meinem Versteck. Natürlich fror ich, es war der 21. April, in den Nächten war es noch sehr kühl. Doch was kümmerte mich die Kälte um mich herum! Ich war dem Tod von der Schippe gesprungen, war gerade noch einmal davongekommen; das bisschen kalter Hintern war ein sehr niedriger Preis fürs Weiterlebendürfen.

Und während ständig neuer Artilleriebeschuss einsetzte, der sich jetzt aber mehr gegen die westliche Innenstadt zu richten schien, käute ich ein ums andere Mal wieder, was an diesem Tag geschehen war.

Wäre es nicht doch besser gewesen, ich wäre zur Batterie zurückgekehrt? Vielleicht hätte Leutnant Werner den Artilleriebeschuss ja als Entschuldigung anerkannt ... Doch nein, je länger ich nachdachte, desto klarer wurde mir, dass ich zu diesem Schritt längst bereit gewesen war. Das Fass, das an diesem Tag übergelaufen war, hatte nur noch weniger Tropfen bedurft. Hitlers Wort vom Umlegen, Goebbels siebzigjährige Volkssturmmänner, Mutters Bitte, mich zu verstecken, und ihre wütende Reaktion auf das Geschwafel der Korbmeier, dazu Heinrich Hausers Flucht und die besoffene Runde im NSDAP-Ortsgruppenbüro – alles solche Tropfen!

Als ich dann endlich aufstand, um eine Feuerpause zu nutzen und doch noch zu Jule in die Frankfurter Allee zu gelangen, war das wie ein Automatismus, der in mir ablief. Es war einfach an der Zeit zu gehen. Erst spähte ich lange über die Friedhofsmauer, um zu sehen, ob auch wirklich niemand in der Nähe war, dann schwang ich mich hinüber.

Es war nun totenstill in der Stadt, nur in weiter Ferne fielen irgendwelche vereinzelten Schüsse. Und es war finster, denn auch in den noch nicht zerstörten Straßen brannten wegen der Verdunkelung keine Laternen. Dicht an den Häuserwänden entlang lief ich von Hauseingang zu Hauseingang und von Ruine zu Ruine und erreichte schließlich die Frankfurter Allee. Dort schlich ich mich zur Nr. 77 vor. Auf der Kellertreppe war es noch finsterer, ich trat auf Schutt, der zum prasselnden Geröll wurde – jedenfalls erschien es mir so –, und ich dachte, dass Jule, wenn er noch hier war, jetzt sicherlich erschrocken zusammengefahren war. Ohne weiter nachzudenken rief ich: »Ich bin's – Paul!« Gleich darauf erschrak ich: Was, wenn Kettenhunde in der Nähe waren? Dann hatte ich mich selbst verraten.

Aber da hörte ich schon leise, tapsende Schritte und wusste, dass sich mir keine Stiefel näherten. Der flackernde Lichtschein einer Kerze tauchte auf – und ich erkannte Jules erstauntes Gesicht. Da setzte es aus in mir. »Jule!«, rief ich mit tränenerstickter Stimme und fiel ihm so heftig um den Hals, dass vom Luftzug die Kerze ausging. »Mensch, Jule! Ick … ick lebe noch!«

Stille

Es waren nur noch wenige Tage, die Jule und ich in unserem finsteren Kellerversteck aushalten mussten. Wir lagen auf unseren Matratzen – Jule hatte auch für mich eine von irgendwoher angeschleppt – und lauschten auf den Kampflärm über unseren Köpfen. Immer wieder das Pfeifen, Zischen und Krachen der Stalinorgeln, dazwischen Maschinengewehrgeknatter. Manchmal erschien uns der Lärm schon ganz nah, manchmal noch sehr weit entfernt.

Ich zählte die Tage – 25. April, 26. April, 27. April – und stieg jede Nacht in das oberste Stockwerk der Ruine hoch. Der Rauch der Brände, Wolken von Staub und Dreck, und dazwischen hin und wieder das Rot und Gelb von Leuchtkugeln … Es wurde bereits in den Straßen gekämpft, oft gab es lang andauernde, heftige Schusswechsel.

War ich feige, weil ich weggelaufen war? War ich ein Verräter, der erschossen gehörte, weil er seine Mutter und seine Schwester nicht verteidigte?

Mit Jule konnte ich darüber nicht reden. Er hatte für meine Gewissensbisse nichts als Hohn übrig. Zweieinhalb Jahre dauerte es nun schon, sein U-Boot-Leben. Erst Lena Felske, dann Hedwig Biegel, danach Mutter, Bille und ich, die Laube und die Wohnung der Lorrmanns, nun diese Ruine – das Leben unter so vielen verschiedenen Namen und in so vielen verschiedenen Verstecken hatte ihn müde und auch ein wenig böse gemacht.

Ich war selbst am Boden, hatte auch Furchtbares erlebt, dennoch versuchte ich, ihn aufzumuntern. »Mensch, Jule! Du wirst doch jetzt nicht schlappmachen. Jetzt ist doch wirklich bald alles vorbei.«

»Und was ist dann?«, fragte er nur. »Bricht dann die weltweite Nächstenliebe aus?«

»Dann suchen wir deine Eltern, finden sie und starten einen neuen Wohnungstausch. Wir sind ja nur noch zu dritt, was sollen Mutter, Bille und ich denn noch mit einer so großen Wohnung?«

Ich konnte ihn nicht sehen, während ich zu ihm sprach. Uns war nur ein einziger Kerzenstummel geblieben, den durften wir nicht vergeuden. So redete ich gegen eine schwarze Wand an und klang wohl nicht sehr überzeugend; Jule und seine Eltern, falls sie noch lebten, waren ja auch nur zu dritt. Und was spielte dieser Wohnungstausch jetzt, da fast die ganze Stadt zerstört war und so viele Menschen tot oder wohnungslos waren, noch für eine Rolle?

Nein, damit konnte ich Jule nicht Mut machen. Zum Leben erwachte er erst wieder, als wir endgültig nichts mehr zu essen hatten. Die Wehrmachtsfressalien, die Bille uns am Tag nach meiner Desertion gebracht hatte, waren aufgebraucht;

wir hatten ja nun zu zweit davon gezehrt. Und jetzt konnte Bille nicht mehr kommen. Niemals hätte Mutter sie durch all diese Gefechte laufen lassen, die nun offensichtlich quer über die Straßen hinweg geführt wurden. Ein großes Glück, dass wir wenigstens zu trinken hatten. Aus dem Hauptwasserhahn im Kellerraum rann es unentwegt. Wir mussten sogar froh sein, dass es nicht noch stärker sprudelte, sonst wäre das Wasser nicht mehr versickert und wir mit unseren Matratzen davongeschwommen.

Die Frage, wie wir uns etwas zu essen besorgen konnten, beschäftigte Jule. Darauf war er trainiert; das funktionierte bei ihm wie ein Reflex. Also übertrieb ich meine Hungergefühle. Jule hatte das Überleben als U-Boot gelernt, hatte er da nicht Verantwortung für mich?

Eines Nachts war es dann so weit: Wir wagten uns aus unserem Keller, wollten die Ruinen nach irgendwelchen Speisekammern oder Kellervorräten absuchen. Es war mal wieder eine sehr kalte Nacht, wie so oft Ende April. Tagsüber lag fast immer eine warme Frühlingssonne über dem graugrünen, stickigen Nebel, den die Geschosse verursachten; nachts wurde es kalt wie im tiefsten Winter.

Weil Jule sich in den Ruinen besser auskannte, ging er voraus; den Kerzenstummel und die restlichen Zündhölzer hatten wir eingesteckt.

Kaum sahen wir den sternenklaren Himmel über uns, hockten wir uns hinter einen Mauerbrocken und spähten lange die breite, völlig zerbombte und ausgebrannte Frankfurter Allee hinunter. Es war alles gut zu erkennen: die uns stumm anklagenden Ruinenmauern, die aus dem Schutt ragten, die breite Fahrbahn, die nun so voller Geröll war, dass nur noch eine Art Steinpfad zurückgeblieben war – und die Schatten der drei Soldaten, die mit auf den Rücken zusammengebundenen Händen wie lebensgroße Puppen an drei aufeinander folgenden Laternen hingen und manchmal im Wind so heftig schaukelten, dass ihre Stiefel an den Laternenmast schlugen.

»Deserteure«, flüsterte ich. Jule nickte nur. Er hatte mir erzählt, dass er schon mal auf einen hingerichteten Fahnenflüchtling gestoßen war – einen Jungen, nicht älter als wir. Er hatte ein Pappschild umhängen, Aufschrift: »Ich, der Jungzugführer Sebastian Körner, war zu feige, meine Mutter zu verteidigen.« Ich spürte mal wieder, wie mir schlecht wurde. Mit etwas weniger Glück wäre es mir ähnlich ergangen.

Aus Richtung Norden klang heftiger Geschützlärm zu uns hin. Aber war das nun Prenzlauer Berg oder Wedding? Ich musste an Mutter und Bille denken. Bille war stolz auf das, was ich getan hatte. Das hatte sie gesagt, als sie uns die Lebensmittel brachte. Mamusch würde sicher auch sehr erleichtert, gleichzeitig aber besorgt sein. Nun war ich ja auf andere Weise gefährdet.

»Komm!« Jule wieselte zwischen den Mauerbrocken hindurch, dass ich Mühe hatte, ihm zu folgen. Er kannte die Wege schon und war es gewohnt, gebückt zu laufen; mich strengte es sehr an.

Wir hasteten in die Ruinen hinein, die Treppen hoch und suchten nach offenen Wohnungstüren. Oft war uns Erfolg beschieden; die meisten Türen hingen nur noch in den Angeln. Irgendwelche Lebensmittel zu finden aber war so gut wie unmöglich. Wenn die Wohnungsbesitzer ihre Reserven nicht inzwischen geholt hatten, waren andere in ihre Räume eingedrungen. Die Drohung, als Plünderer erschossen zu werden, wirkte ja nur, solange der Hunger noch nicht allzu groß war.

Wir hatten dann aber doch noch »Glück«. In einer einigermaßen heil gebliebenen Ruine wurden wir fündig. Eine Wohnungstür war nicht aus den Angeln geflogen, sie hätte verschlossen sein können, war aber nur angelehnt. Vorsichtig stieß Jule sie auf und lauschte. Nichts! Wir bewegten uns dennoch, den blakenden Kerzenstummel mit der Hand abschirmend, nur sehr vorsichtig vorwärts. Die Wohnung erschien uns seltsam »lebendig«.

In der Küche erschraken wir. War das alles nur ein Traum? Da lagen auf einem großen Tisch zwei ganze und zwei nur angeschnittene Brote, mehrere harte Würste und Stapel von Wehrmachtsbutter, Ölsardinen- und Schmalzbüchsen. Nein, keine Freude, kein Jubel. Hier stimmte doch etwas nicht! Die Lebensmittel sahen ja noch ganz frisch aus. Wohnten hier etwa doch noch Leute? Sollten wir nur rasch etwas klauen und wieder verschwinden, bevor sie aufwachten?

Es wäre besser gewesen, wir hätten das getan. Jules Neugier jedoch war stärker. Wochen-, ja monatelang hatte er fast nur auf seiner Matratze gelegen – ein Leben wie in der Gruft –, endlich war er mal herausgestiegen und auch nicht mehr allein unterwegs; er wollte wissen, was hinter der Sache steckte. So schlichen wir, nachdem wir, was wir nur packen konnten, in unsere Hemden und Taschen geschoben hatten, weiter durch diese Wohnung. Jetzt wieder im Finstern; die Kerze hatte Jule vorsorglich gelöscht.

An der Tür zum Wohnzimmer, die weit offen stand, prallten wir zurück: Im Mondlicht, das durch die kaputten Fenster fiel, waren die schattenhaften Umrisse mehrerer Männer und Frauen zu erkennen. Steif und schief und teilweise vornüber gebeugt saßen sie um einen großen runden Tisch. Manche hingen nur noch in ihren Stühlen oder lagen mit dem Kopf auf dem Tisch. Ich wollte weg, nichts wie weg, Jule aber strahlte eine eiskalte Ruhe aus. »Zyankali«, flüsterte er mir zu. »Das wirkt schnell. Ist nur sehr teuer.« Er wusste das von Leuten aus der Großen Hamburger Straße, die sich gern auf diese Weise der Deportation entzogen hätten, aber nicht genügend Geld für einen so raschen Tod besaßen.

»Lass uns gehen«, flüsterte ich, Jule aber zündete nur wieder den Kerzenstummel an – und damit war alles deutlich zu sehen. Eine Szene wie die in dem NSDAP-Ortsgruppenbüro, in dem man mitten im Granatenhagel so lustig gefeiert hatte, nur wirkte hier alles viel gespenstischer. Die vier Männer an diesem Tisch waren durchweg hohe SS-Offiziere, ihre Frauen waren stark geschminkt und trugen Abendkleider unter ihren Pelzjacken. Auf dem Tisch die Reste ihrer Abschiedsfeier – Brot und Wurst und jede Menge geöffnete Büchsen, dazu Sekt, Wein und die verschiedensten Schnapsflaschen.

Keine Frage: Sie hatten sich hier getroffen, in dieser Ruinenwohnung, die sicher einem der Paare am Tisch gehörte, um Schluss zu machen. Sie hatten den Russen nicht in die Hände fallen wollen.

Ich zog Jule am Ärmel. »Komm! Lass uns gehen.« Er starrte noch ein Weilchen diese Totenrunde an, dann pustete er die Kerze aus und ging vor mir her aus der Wohnung.

Später habe ich mich gefragt, was er in jenem Moment dachte. Vielleicht: »Das sind sie nun, die Übermenschen, die meine Eltern und mich zu Untermenschen machen wollten. Erst haben sie gemordet oder morden lassen, jetzt haben sie sich feige verdrückt.« Wir haben in dieser Nacht und auch danach nie über unsere Gefühle und Gedanken beim Anblick jener gespenstischen Szene gesprochen. Anfangs nur deshalb nicht, weil uns sonst Brot und Wurst wieder hochgekommen wären, später hatten wir andere Sorgen.

In der folgenden Nacht schreckte uns Hundegekläff auf. Das Kläffen wurde lauter, ein Schuss fiel, ein Schrei ertönte, dann war wieder Ruhe.

»Kettenhunde«, sagte ich sofort. Kämmten sie die Ruinen also immer noch nach Deserteuren durch, die Häscher der SS – und unser Keller hatte keinen zweiten Ausgang!

Jule musste das Gleiche gedacht haben. Wie auf Kommando sprangen wir auf, steckten an Lebensmitteln ein, was wir tags zuvor erbeutet hatten, und krochen aus unserem Keller, um, hinter einem Mauerbrocken liegend, einen Überblick zu bekommen von dem, was sich auf der Straße abspielte.

Noch war keine Streife zu sehen, doch war sie erst mal heran, würden die Hunde uns sofort wittern. Wir mussten weg und durften dabei möglichst keine Spuren hinterlassen. Aber wohin? Und wie wollten wir die Hunde von unserer Fährte ablenken? In Abenteuergeschichten liefen Flüchtlinge in solchen Fällen durch einen Fluss … »Aufs Dach!«, flüsterte Jule mir zu und begann auch schon, den Schuttberg hochzusteigen.

Ich wusste nicht, was wir da oben sollten, vor allem, weil es ja gar kein Dach mehr gab. Ab dem dritten Stock ragten nur noch kahle Mauern und Eisenträger in den Himmel. Aber natürlich folgte ich Jule.

Kaum hatten wir den höchsten Punkt der Ruine erklommen, duckten wir uns hinter eine Fensteröffnung und blickten wieder die Straße entlang. Und da kamen sie auch schon heran, zwei SS-Streifen zu jeweils drei Mann und einem Hund. Sie bewegten sich in Richtung Frankfurter Tor die Straße hinunter, eine Streife durchsuchte die Ruinen auf der linken Straßenseite, die andere auf der rechten. Jeden Moment musste die auf unserer Seite die Nr. 77 betreten – und dann würde sie ihr Spürhund sofort in den Keller und danach zu uns in den dritten Stock hoch führen.

Jule gab mir ein Zeichen und dann pressten wir uns flach auf die oberste Mauer und schoben uns vorwärts. Bis wir nicht mehr weiterkamen. Im Mauerwerk klaffte eine Lücke. »Und nun?«, fragte ich leise.

»Wir müssen da rüber«, flüsterte Julian. »Einen anderen Weg gibt's nicht.«

Da kapierte ich endlich: Einen Fluss gab's hier nicht – aber jede Menge Luft zwischen den Mauern! Wenn wir es schafften, über diese »Luftbrücken« hinwegzukommen und uns dabei von den Kettenhunden zu entfernen, hatten wir eine Chance.

Wir blickten uns um und entdeckten eine Stelle in der Ruine, die von der Straße aus nicht zu sehen war. Dort war der Abstand zwischen den zwei rechtwinklig zueinander stehenden Mauern nur etwa achtzig Zentimeter breit. Mit einem großen Schritt war der zu bewältigen. Wir durften nur nicht in die Tiefe blicken. Rasch krochen wir dorthin und Jule richtete sich auf und versuchte es als Erster. Ich hielt ihn an der Hand fest, und heil gelangte er hinüber und streckte beide Arme nach mir aus. Ich folgte ihm genauso sicher. Erleichtert aber waren wir nicht. Die SSler waren keine Zwerge, auch sie würden diesen Schritt schaffen, und bis hierher würde ihr Köter sie ganz sicher führen. Wir mussten weiter, und das möglichst schnell.

Ein Eisenträger! Schräg ragte er in den Himmel. Für uns eine Art Rutsche. Wir mussten uns nur weit nach vorn fallen lassen, um ihn zu packen zu bekommen, dann konnten wir an dem Träger herabrutschen und auf einem Schuttberg landen. Und hatten damit bereits die zweite Ruine zwischen uns und die Kettenhunde gebracht.

Auch die Rutschpartie gelang und wir konnten weiterhasten. Irgendwann bekamen wir dann mit, dass die SSler unsere Spur tatsächlich bis in den dritten Stock der Nr. 77 verfolgt hatten. Ihr Hund kläffte plötzlich laut und wütend, und das kam unzweifelhaft von oben und nicht vom Keller oder von der Straße her. Zu diesem Zeitpunkt jedoch lagen schon vier oder fünf Ruinen zwischen uns und unseren Verfolgern, und die Mühe, uns bis nach Lichtenberg auf den Fersen zu bleiben, wo ja nun längst die Russen lagen, wollten die SSler sich nicht machen. Es gab so viele Deserteure in jenen Tagen; alle, so werden sie gedacht haben, würden sie ohnehin nicht erwischen.

Die nächsten zwei Nächte verbrachten Jule und ich in einem anderen Ruinenkeller – ohne Matratzen, bald auch ohne jeden Kerzenrest und Wasser. Zu essen hatten wir, zum Schlafen legten wir uns auf drei übereinander gelegte, schon etwas modrig riechende Teppiche; nachts schlichen wir uns zum Trinken an eine noch funktionierende Straßenpumpe vor.

Ich hatte Jule von meinem Erlebnis mit Breitenstetter erzählt. Jetzt stellten wir uns öfter vor, was geschehen wäre, wenn unser ehemaliger Lehrer zu der Streife mit dem Hund gehört hätte und wir ihm nicht entkommen wären. Ein kaum denkbarer, aber nicht unmöglicher Zufall. Was für ein Triumph für ihn, hätte er uns beide hier entdeckt, den Juden und den Judenknecht, den er bereits für tot gehalten hatte!

Dann wurde der Geschützlärm immer weniger, und am 1. Mai, einem Dienstag, an dem für kurze Zeit ein leichtes Schneetreiben eingesetzt hatte, hörten wir nur noch von der Innenstadt her so etwas wie Kanonendonner.

Wir wagten uns dennoch nicht aus unserem Versteck. Leicht konnte es zu früh sein, aber niemals zu spät.

Tags darauf, am 2. Mai, hörten wir Panzergerassel auf der Frankfurter Allee. Vorsichtig krochen wir aus unserem Versteck und sahen: Es waren sowjetische Panzer, die da die nun sonnenbeschienene Frankfurter Allee entlang in Richtung Innenstadt rasselten; Panzer mit aufgesessener Infanterie. Dahinter mehrere Kolonnen marschierender Rotarmisten.

Wenig später wurde auch in die entgegengesetzte Richtung marschiert: Deutsche Soldaten, entwaffnet, verdreckt, unrasiert und müde wurden sie in die Gefangenschaft abgeführt. Schleppend schritten sie vor sich hin, kaum einer hob einmal den Kopf.

Wäre ich jetzt dabei gewesen? Wieder überkam mich so ein »Verräter-Gefühl«. Bis ich mir sagte, dass ich ja auch zu den Gefallenen gehören könnte, und das Gefühl, etwas Unrechtes getan zu haben, verschwand.

Einem russischen Soldaten, schwarze Locken unter dem schief aufgesetzten Käppi, gingen die Gefangenen nicht schnell genug. »Dawai! Dawai!« – Los! Los! –, schrie er und stieß mit dem Lauf seiner Maschinenpistole in die Reihen. Doch niemand wurde schneller, alle zogen sie weiter müde stadtauswärts.

Und dann war plötzlich alles still, kein Panzerrasseln mehr, kein Schrittgetrappel. Es war so still, als ob die Erde beschlossen hätte, die Luft anzuhalten. Da kapierte ich endlich, was wirklich geschehen war.

»Mensch, Jule!«, schrie ich und sprang auf. »Es ist vorbei! Wir haben es geschafft!« Und noch ehe er sich besinnen konnte, packte ich ihn und schwenkte ihn heulend im Tanz herum. »Jetzt könn'se uns alle mal am Arsch lecken, jetzt dürfen wir endlich wieder nach Hause.«

Dritter Teil
Im Nebel

In fremder Haut

Die drei toten Deserteure gegenüber der Frankfurter Allee 77 – irgendwer hatte sie inzwischen abgenommen. Die Stricke, mit denen man sie aufgehängt hatte, jedoch hingen noch an den Laternen. Sie waren durchgeschnitten, und die Pappschilder, die die drei Soldaten um den Hals hängen hatten, zum Trümmerschutt geworfen worden. Auf dem einen stand mit dickem Stift geschrieben: »Ich, Unteroffizier Herbert Fritsch, war zu feige, Frauen und Kinder zu verteidigen«, auf einem anderen: »Ich habe mein Volk verraten«, auf dem dritten: »Wer ehrlos ist, muss ohne Ehre sterben«.

Ein Weilchen starrte Jule die Schilder an, dann spuckte er aus. »Die am meisten von Ehre faseln, dass sind die, die am wenigsten davon verstehen.«

Ich schwieg. Mir nahmen diese Schilder den Atem.

»Und mit dem Verrat verhält's sich genauso.« Jule lachte hasserfüllt. »Jeder, der bei einer Sache nicht mitmachen will, ist ein Verräter, ganz egal, ob er mit dieser Sache einverstanden ist oder nicht.«

Langsam machten wir uns auf den Weg nach Hause. Die Sonne schien, ein kalter, staubiger Wind wehte durch die lange, breite Ruinenstraße. Ich atmete tief ein. Wir hatten überlebt und waren von den Nazis befreit. Keiner, der Jule noch in ein KZ sperren oder mich wegen Fahnenflucht erschießen lassen konnte. Weshalb war ich nicht glücklich? Die reine Freude, die ich verspürt hatte, als ich Jule im Tanz herumschwenkte, sie war verblasst. Meine Gedanken hatten sich längst dem Kommenden zugewandt: Wie würde alles weitergehen? Waren die Russen wirklich solche Barbaren, wie die Nazi-Propaganda immer behauptet hatte? Die Geschichten von den vergewaltigten und ermordeten Frauen, die waren doch ganz gewiss nicht nur erfunden.

An der Ecke Proskauer Straße bargen ein paar alte Männer Leichen. Zivilisten waren unter den Toten und Soldaten, alte Männer und junge Burschen. Ich musste an die Totenrunde in der Ruine denken, in der Jule und ich uns zuletzt mit Lebensmitteln versorgt hatten. Wann würden sie gefunden werden? Und welch grauslichen Anblick würden sie dann bieten?

Einer der alten Männer, dichtes, weißes Haar unter der Schirmmütze, sah mich ganz erschrocken an. »Junge! Biste verrückt geworden? Wie läufste denn rum? Willste, dass der Iwan dich hoppnimmt?«

Meine Uniformhose, mein Hemd – ich hatte ganz vergessen, dass ich zur Hälfte noch immer in der Luftwaffenhelfer-Uniform steckte.

Der Alte überlegte kurz, dann rief er: »Komm her!«, und begann, einem der toten Burschen Hose, Hemd und Jacke auszuziehen. Den Jungen hatte ein Kopfschuss niedergestreckt, seine Kleidung war noch heil.

Ich machte ein paar Schritte rückwärts. Glaubte dieser weißhaarige Alte etwa, ich würde das anziehen?

Er sah mir meine Hemmungen an und schüttelte den Kopf. »Nu hab dich man nich so, 's gibt Schlimmeres.« Und er wies auf den toten Jungen und sagte: »Der freut sich doch, dass wenigstens seine Klamotten noch zu irgendetwas nutze sind.«

Da gab ich meinen Widerstand auf. Der Alte hatte ja Recht: Wenn die Russen mich in diesen Uniformstücken sahen, würden sie mich festnehmen und zu den Kriegsgefangenen stecken. Ich zog Hose und Hemd aus und die Kleider des Toten an. Sie waren mir viel zu eng und auch etwas zu kurz. Dem Alten jedoch gefiel das. Auf diese Weise wirke ich jünger, sagte er, ein Vorteil, falls ich auf russische Soldaten stieß.

Gleich darauf zogen der Alte und ich dem toten Jungen meine Hose und mein Hemd an. Beides war ihm zu groß. Bestimmt war dieser braunhaarige, schlanke Junge einer von den Fünfzehnjährigen, die Goebbels noch ganz zum Schluss einberufen hatte. Da gab es dann schon keine Uniformen mehr.

Der Alte riet uns noch, nicht weiter die Allee entlangzumarschieren, sondern uns durch Seitenstraßen und Trümmergrundstücke vorwärts zu bewegen. »Die Russen machen Jagd auf solche wie euch, die halten alle jungen Männer für versprengte Soldaten.«

Ich bedankte mich für seine Hilfe, dann setzten Jule und ich unseren Weg fort. Doch fühlte ich mich in den viel zu engen Kleidern wie in einer fremden Haut. Und das wurde noch schlimmer, als ich in die Jackentasche griff und einen Brief in der Hand hielt, adressiert an *Peter Kiesling*. Eine Zeit lang hielt ich den Brief nur unschlüssig in der Hand, dann steckte ich ihn wieder ein. Ich konnte den Brief an den Jungen, in dessen Kleidern ich steckte, doch nicht einfach wegwerfen. Und erst recht nicht durfte ich ihn lesen.

Des Alten Rat, nicht die Hauptstraßen zu nehmen, beherzigten Jule und ich, und so bogen wir nicht in die Petersburger Straße ein, sondern kraxelten über Schuttpfade und Trümmerberge hinweg und umrundeten Bombenkrater, um zur Friedenstraße zu gelangen. Überall ragten verbogene Eisenträger aus dem Schutt, nur da und dort stand zwischen den uns mit toten Augen anblickenden Ruinen noch ein einigermaßen heil gebliebenes Haus. Holz und Pappe ersetzten die Fensterscheiben, Bombensplitter hatten den Putz abgeschlagen, aus vielen Fenstern ragte ein Ofenrohr, weil die Kaminanlage verschüttet war.

Eine Totenstadt war das, ganz egal, wie viele überlebt hatten. Alles war zerschlagen und zerstört. Und bewegten Menschen sich in den Ruinen, kamen sie uns geduckt vor, scheu und ängstlich; so, als wüssten sie nicht, weshalb denn gerade sie übrig geblieben waren.

Ein kleines Kino. *Opfergang* hieß der Film, der zuletzt hier gespielt wurde; das bunte Plakat hing noch im Schaukasten. Was für ein passender Filmtitel!

Dann der St. Georgen-Friedhof! Ich zeigte Jule die Stelle, an der ich gestanden hatte, im festen Glauben, nun würde ich erschossen.

Er sah mich an. »Und? Was würdeste tun, wenn dir dieser SS-Mann jetzt entgegenkäme?«

Ich zögerte keine Sekunde. »Mich bedanken.«

»Und wenn er vorher zehn andere erschossen hat?«

»Das weiß ich ja nicht.«

»Aber wenn du's wüsstest?«

»Dann würde ich mich trotzdem bedanken.« Ich konnte einfach nicht anders, als voller Dankbarkeit an diesen SSler zu denken. »Was hättest du denn an meiner Stelle getan?«, fragte ich Jule. »Würdest du dich an jemandem rächen wollen, der dir das Leben geschenkt und dafür sein eigenes riskiert hat?«

Er zuckte die Achseln. »Keine Ahnung! Ich bin ja nicht an deiner Stelle.«

Am Ende der Friedenstraße, am äußersten Zipfel des Friedrichshains, kamen wir am Märchenbrunnen vorüber. Als kleine Jungen waren wir oft auf dem Rücken der steinernen Märchenfiguren geritten. Jetzt war auch dieser große, einem

Planschbecken ähnelnde Brunnen zerstört. Ohne Kopf lag Schneewittchen zwischen den zerschellten sieben Zwergen und auch Rotkäppchen und Hans im Glück waren nicht wiederzuerkennen.

Ich sah zu den Flaktürmen hin. Was hatte sich dort abgespielt in den letzten Kriegstagen? Und hatte Leutnant Werner irgendwann vom Verräter Scholz gesprochen, der seine Kameraden schmählich im Stich gelassen hatte?

Am Königstor lag ein totes Pferd. Sich balgende und einander beschimpfende Männer und Frauen waren bemüht, sich mit allen möglichen Messern und Beilen ihren Teil von dem Fleisch abzusäbeln. Ihre Bewegungen waren von Angst und Gier gezeichnet, ihre Kleider längst blutbespritzt. Jule und ich machten, dass wir an ihnen vorüberkamen. Ein bedrückender Anblick, diese hungrigen Menschen, die nicht wussten, wann und wo sie danach wieder etwas zu essen bekommen würden.

Die Greifswalder Straße stand noch; nur wenige Bombenlücken waren zu sehen. Jule und ich gingen lieber durch die schmalere Winsstraße – und durften mit jedem Schritt gelöster atmen: Unsere Gegend hatte Glück gehabt, die meisten Häuser waren heil geblieben. Aber was für eine seltsame Ruhe lag über den Straßen? Kamen wir an Menschen vorüber, schwiegen sie. Keinerlei Freude in ihren Gesichtern. Sie hatten weiße Binden oder Taschentücher um den Arm geknotet, als Zeichen dafür, dass sie kapituliert hatten, ihre Gesichter waren grau und eingefallen, und meistens standen sie irgendwo an: vor Bäcker- und Lebensmittelläden, vor Straßenpumpen. Richtig unheimlich erschien es mir, dieses Quietschen der Pumpenschwengel und Klappern der Eimergriffe, das durch kein einziges Wort unterbrochen wurde.

Jule grinste böse. »Ob ich sie mal frage, wo sie ihre Parteiabzeichen gelassen haben?«

Ja, die Hakenkreuzspinne trug nun niemand mehr. Und wo früher Nazi-Fahnen aus den Fenstern hingen, flatterten weiße Bettlaken im Wind – die Flaggen der Kapitulation!

Endlich – die Jablonskistraße! Ein Blick und ich erzitterte vor Erleichterung: Auch unser Haus stand noch. Zwar hatte das Dach ein paar Einschläge abbekommen, ansonsten aber war es unversehrt.

Mutter und Bille! Sie waren beide zu Hause und fielen uns noch in der Tür um den Hals. Und dann haben wir – bis auf Jule – erst mal alle geheult. Es war so schön, einander wiederzuhaben.

Eine Überraschung war, dass Ömchen im Wohnzimmer auf der Couch saß. Mutter und Bille hatten sie in den letzten Kriegstagen fast mit Gewalt aus ihrer Wohnung entführt. Sie war nun völlig verwirrt und strahlte mich an. »Da biste ja, Wilhelm! Hab mir solche Sorgen um dich gemacht. Hab aber gleich gewusst, dass du dich nicht totschießen lässt.«

Sie verwechselte mich mit Vater. Ich widersprach ihr nicht, setzte mich neben sie und streichelte ihre Hand. »Ja, Ömchen, ist alles gut ausgegangen. Wenigstens für uns.«

Da lächelte sie glücklich. »Wie schön! Nun muss bloß der Paul noch heimkommen, dann sind wir alle wieder beisammen.«

Mutter gab Jule und mir dann erst einmal zu trinken, indem sie aus einem Eimer Wasser zwei Tassen abfüllte. Auch in der Jablonskistraße funktionierte die Wasserleitung nicht, auch Bille hatte an der Straßenpumpe anstehen müssen.

Meine Schwester Bille! Wie sie uns Schmalzbrote schmierte und vor Freude darüber, Jule und mich heil und lebendig zurückbekommen zu haben, nicht einen Augenblick still sein konnte. Unentwegt redete sie darüber, wie Mutter, Ömchen und sie die letzten Kriegstage überstanden hatten. »Acht Tage im Luftschutzkeller und das immer auf demselben Hintern, während es draußen nur so krachte und wummerte!« Als sie die Brote dann endlich vor uns hinstellte, wollte sie wissen, ob Jule und ich denn überhaupt wüssten, wie lange der Krieg gedauert habe.

»Fünfeinhalb Jahre«, antwortete ich, verwundert darüber, dass Bille vor lauter Glück eine so dumme Frage stellte.

»Fünfeinhalb Jahre!«, wiederholte sie geringschätzig, als hätte sie genau diese Antwort erwartet. »Was besagt das denn schon? Hab's heute Morgen mal ausgerechnet – zweitausendundvierundsiebzig Tage und Nächte hat er gedauert.«

Sie hatte Recht; das klang gleich ganz anders.

Während Jule und ich dann Schmalzstullen fraßen – man kann unser hastiges Kauen, Mampfen und Schlucken wirklich nicht anders bezeichnen –, unterrichtete Bille uns über die wichtigsten Neuigkeiten im Haus.

Die erste, die mich seltsamerweise tief berührte, betraf Agnes Korbmeier. Sie hatte sich erhängt. Gleich nachdem im Radio gemeldet worden war, der Führer sei bei der Verteidigung Berlins den Heldentod gestorben, sei sie auf den Dachboden hochgestiegen, um ihrem Leben ein Ende zu setzen. Das deutsche Volk sei einem so großen Mann wie dem Führer eben nicht gewachsen gewesen, so ihre letzten Worte, wie Frau Berkenthin, die sie noch kurz zuvor gesprochen hatte, jetzt überall im Haus herumerzählte.

Ich hatte die Korbmeier nie gemocht, hatte ihre Reden im Keller zuletzt sogar richtig gehasst. Weshalb verspürte ich jetzt Trauer? Nur weil sie irgendwie dazugehört hatte zur Jablonskistraße 53? Weil ich sie von Kindheit an gekannt hatte? Oder weil die Nazis auf eine ganz bestimmte Weise auch sie geopfert hatten?

Später, als bekannt wurde, dass Hitler keinen Heldentod gestorben war, sondern sich selbst das Leben genommen und damit feige verdrückt hatte, fragte ich mich oft, was die Korbmeier wohl zu dieser Nachricht gesagt hätte. Hätte sie ihren Führer dann auch Drückeberger geschimpft wie zuvor den Hauser? Und wäre sie dann eher nicht oder erst recht auf den Dachboden hochgestiegen, um sich aufzuhängen?

Die zweite Neuigkeit betraf den Rother. Er, der einst unter seinem »jüdischen« Aussehen gelitten hatte, hatte es sich nun zunutze gemacht. Er hatte sich einen vermutlich selbst gebastelten Judenstern an den Mantel genäht und früh am Morgen mit zwei Koffern das Haus verlassen. Bille hatte es gesehen und sich darüber entrüstet, Mamusch jedoch hatte abgewinkt. »Lass ihn laufen. Das ist doch einfach nur 'n schwacher Mensch, der hat niemandem was getan, sondern immer nur Angst gehabt. Und jetzt hat er eben wieder Angst.«

Der Josef Schmelzer, unser Nazi aus Enttäuschung, war noch in den letzten Kriegstagen gefallen. Seine Volkssturm-Truppe habe eine Panzersperre bewacht, bis eine russische Granate genau dort eingeschlagen sei, wo der Schmelzer stand, wusste Bille zu erzählen. Und der Richard Bethmann, der immer den Unpolitischen gespielt habe, sei in Wahrheit der gewesen, der die Anti-Nazi-Flugblätter verteilte, die manchmal in den Häusern der Umgebung gefunden wurden. Er habe sie mit einem Kinder-Druckerei-Kasten selbst hergestellt und dabei jedes Mal sein Leben riskiert.

Bille redete und redete, und Jule und ich wurden immer müder, obwohl noch nicht einmal Nachmittag war. All die Anspannung der vergangenen Tage, Wochen und Monate, sie fiel von uns ab; wir wollten nur noch ins Bett. Doch nun setzte Mutter sich zu uns, streichelte mal Jules und mal meine Hand und sagte mit bedrückter Stimme: »Ja, natürlich, der

Krieg ist vorbei und deshalb müsste ich mich erlöst und befreit fühlen. Vor allem, weil ich euch zurückhabe … Es hat aber alles viel zu lange gedauert und wir haben zu viel Schlimmes erlebt. Wie soll man da einigermaßen hoffnungsfroh in die Zukunft blicken?«

Jule senkte den Kopf, und wir alle wussten, woran er jetzt dachte. Seine Eltern? Würde er sie wiederfinden? Wie sollte seine Zukunft aussehen, wenn sie nicht mehr lebten?

Mamusch erschrak, versuchte aber nicht, ihm mit irgendwelchen billigen Worten Mut zu machen, sondern schickte uns jetzt erst einmal ins Bett. Jule bezog Billes Zimmer, Bille würde dafür in Vaters Bett ziehen, Ömchen blieb mein Zimmer und mir die Wohnzimmercouch vorbehalten.

Mir war alles egal, ich wollte mich nur endlich mal wieder gründlich waschen und danach schlafen, schlafen, schlafen. Im Bad jedoch fiel mir Jules Leselampe ein, die ich gerettet hatte, als Sternbergs Möbel abtransportiert worden waren. In dem halben Jahr, in dem Jule sich bei uns versteckt hielt, hatte ich nicht an diese Lampe gedacht; vielleicht weil ich mir unbewusst vorgenommen hatte, sie ihm erst wiederzugeben, wenn alles vorbei war. Jetzt schlich ich mich aus dem Bad, holte sie vom Zwischenboden, entstaubte sie und stellte sie auf Billes Nachttisch.

Dort würde Jule sie entdecken, wenn er sich zum Schlafen niederlegte.

Ich lag schon auf meiner Couch und war, bis über die Augen zugedeckt, halb entschlummert – Ömchen, Mutter und Bille hatten sich in die Küche zurückgezogen –, da kam Jule zu mir.

Er hatte die Lampe entdeckt. »Wo hast du sie her?«, fragte er mich ganz verwundert.

Ich erzählte ihm die ganze Geschichte.

Ein Weilchen schwieg er, dann sagte er: »Nimm sie zu dir! Wenn ich sie seh, krieg ich Angst.«

Woina kaputt

Die ersten Tage des Friedens – nein, das waren keine friedlichen Tage. Es kam zu den befürchteten Vergewaltigungen, zu Plünderungen, zu Verhaftungen und auch zu Erschießungen vieler als Nazis denunzierter Männer. Ob sie wirklich welche waren, und wenn ja, ob sie dann den Tod verdient hatten, danach fragten die sowjetischen Sieger nicht. Ihr Hass auf die Zerstörer ihrer Heimat und Mörder ihrer Familien war zu groß. Dass wir nicht alle Mörder waren – wie hätten sie, nach dem, was sie erlebt hatten, zu solchen Unterscheidungen fähig sein sollen?

Ich hatte Verständnis für ihre Wut, ihren Zorn, ihren Hass; nicht verstehen konnte ich nach wie vor ihren Umgang mit Frauen und Mädchen.

Am gefürchtetsten war das »Frau, komm!«. Damit wurden immer wieder junge Frauen, oft aber auch ältere und ganz alte Frauen und kleine Mädchen hinter einen Busch oder in einen Keller gezerrt oder in der eigenen Wohnung vergewaltigt. Auch in der Jablonskistraße kam es zu solchen Vorfällen.

In der Nr. 28 wohnte eine Frau mit zwei Kindern und ihren alten Eltern. Ihr Mann war im Krieg gefallen. Eines Tages standen vier russische Soldaten vor ihrer Tür, die ihr schon auf der Straße gefolgt sein mussten. Sie klingelten, und als die junge Frau öffnete, drangen sie mit vorgehaltenen Maschinenpistolen bei ihr ein, sperrten die Kinder und die alten

Eltern in die Küche und vergewaltigten die laut um Hilfe schreiende Frau einer nach dem anderen.

Tags darauf drangen zwei andere Soldaten bei der jungen Frau ein – »Komm Frau, fick-fick!« – und alles wiederholte sich. Die junge Witwe flüchtete mit ihren Kindern in eine Laubenkolonie, doch war sie auch dort nicht sicher und so kam sie schon tags darauf zurück.

In der Nummer 37 wohnte ein fünfzehnjähriges Mädchen. Soldaten fingen sie auf der Straße ab und vergewaltigten sie im Hausflur. Als ihr Großvater ihre Schreie hörte, kam er die Treppe herabgestürzt – und konnte nichts tun, denn einer der Soldaten hielt ihm den Lauf seiner Maschinenpistole an den Hals und sagte stolz: »Germanski kaputt, Hitler kaputt, Woina kaputt!« – »Woina« ist das russische Wort für Krieg.

In der Nummer 12 wurde ein Mann erschossen, weil er einer alten Frau zu Hilfe kommen wollte, die von Soldaten in den Keller gezerrt wurde. Hinterher drückten sie der Frau eine Tafel Schokolade in die Hand. »Alles gutt, da?« – Alles gut, ja?

Es gab viele solcher Geschichten. Vor Angst schminkten manche Frauen sich hässlich, was aber nur wenig schützte. Das Einzige, das wirklich half, war, eine Krankheit vorzutäuschen. Vor Krankheiten, so hatte es sich herumgesprochen, hätten die Russen Angst. Also besprenkelten Mutter, Bille und Ömchen ihre Taschentücher mit Eosin, einer roten Flüssigkeit, die im getrockneten Zustand wie Blut aussah. Sollten sie angefallen werden, wollten sie in dieses Taschentuch husten und den Russen vorgaukeln, sie wären an der Schwindsucht erkrankt.

Es gab Frauen, die mit der Schande, die ihnen angetan worden war, nicht weiterleben wollten; es gab andere, die boten sich den Siegern an, um Brot für ihre Kinder zu erbetteln.

Für uns junge Leute war das alles nur schwer zu verstehen. Die Russen hatten uns von Hitler befreit, genauso wie die Engländer und Amerikaner. Nun sagten sie, wir Deutschen seien schlechte Menschen, weil wir Hitler gefolgt seien, und bewiesen uns täglich, dass viele von ihnen auch keine Engel waren.

Zum Glück gab es unter den sowjetischen Soldaten auch andere, solche, die deutlich machten, dass die Nazi-Propaganda von den Barbaren mit den Messern zwischen den Zähnen auf Lügen aufgebaut war. Sie sorgten dafür, dass die Kinder ihrer Feinde nicht verhungerten, indem sie Grießbrei und Suppe verteilten, und boten Jule und mir *Osta*-Zigaretten mit langem Pappmundstück oder allerbilligsten Machorka an, wenn wir vor ihrem Biwak am Danziger Platz mit ihnen palaverten. Sie lernten von uns ein paar Wörter Deutsch und brachten uns ein wenig Russisch bei. An unserer Angst um Bille, Mutter und Ömchen allerdings änderte das nichts, und eines Nachts, Jule und ich waren erst den vierten Tag zurück, dachten wir tatsächlich, nun hätte es auch sie getroffen. Da standen plötzlich zwei russische Soldaten mit Taschenlampen in den Händen vor unserer Tür und fragten: »Nix Soldat? Nix Mann?«

Ich hatte geöffnet und schüttelte nur den Kopf, obwohl der, der gefragt hatte, ein flachsblondes, breit grinsendes Rundgesicht mit Pistole in der anderen Hand, nur wenig älter war als ich. War er ein Mann, dann war ich auch einer. Er war aber großzügig, ordnete Jule und mich nicht unter »Mann« ein und interessierte sich auch nicht für die drei Frauen, die da in ihren Betten lagen und in rot besprenkelte Taschentücher husteten. Sein Kamerad und er wollten nur plündern. Und so durchwühlten sie die ganze Wohnung und nahmen mit, was sie gebrauchen konnten: alle Uhren, das gesamte Besteck und das bisschen Schmuck, das Ömchen besaß. Ich war nur froh, dass ich unser Radio im Keller versteckt hatte. Die sowjetischen Sieger hatten angeordnet, dass alle Radioapparate abgegeben werden sollten; wer diesem Befehl nicht Folge leistete, dem wurden hohe Strafen angedroht. Doch hatte ich mich von meinem BBC-Freund, der mich durch alle Kriegstage begleitet hatte und an dem ja auch Vater oft herumgekurbelt hatte, nicht trennen wollen.

Wir blieben nicht die Einzigen, die auf diese Weise erleichtert wurden; es zogen noch lange Plünderer durch die Straßen. Darunter oft so fröhliche Gesellen wie der Flachsblonde mit seinem Kinderlächeln, manchmal aber auch eher grimmig wirkende Gestalten. Sie kamen, wedelten mit ihren Pistolen, fragten zuerst nach Soldaten oder Waffen und bedienten sich danach, wie es ihnen beliebte – genau so, wie zuvor unsere Soldaten sich in ihrem Land bedient hatten. Und die auf diese Weise Heimgesuchten waren froh, wenn es nicht auch noch zu Vergewaltigungen kam.

Es war diese ewige Angst, die die ersten Tage des Friedens überlagerte und uns mehr zusetzte als der Hunger und die ungewisse Zukunft; es war das Gefühl, nicht wirklich befreit worden zu sein, sondern erneut still und geduckt leben zu müssen. Doch vielleicht, so dachte ich manchmal, hatten wir ja gar nichts Besseres verdient.

Auch Helmut Berkenthin kehrte zurück. Er hatte sich am letzten Tag des Krieges, als Leutnant Werner mit einem Trupp Flakhelfer in Moabit eine Brücke verteidigen wollte, ebenfalls abgesetzt, wollte nicht den Heldentod für »dreimal nix – Führer, Volk und Vaterland« – sterben. Er kam zu Jule und mir und ließ sich Jules Geschichte erzählen. Als er fortging, war er sehr still. Er hatte sich schon einiges gedacht;

was Jule über Auschwitz zu berichten wusste, hatte er sich nicht denken können.

Zwei Tage später kam auch sein Vater zurück – ein geläuterter Hugo Berkenthin. Erst im KZ hätte er erkannt, was für Verbrecher die Nazis gewesen seien, erzählte er überall im Haus herum.

»*Die* Nazis?«, warf Bille ihm an den Kopf, als er auch uns um »Nachsicht« bat. »Hätten Sie nicht viel eher *wir* Nazis sagen müssen?«

»Ich war verblendet«, gab er zu. »Dabei war ich doch früher immer links. Ich bin auf falsche Versprechungen reingefallen. Aber da war ich doch nicht der Einzige!«

In der Jablonskistraße musste er so reden. Da kannten alle seine Vergangenheit. Vor Leuten, die ihn nicht so gut kannten, so erfuhren wir bald, gab er sich gern als politisch Verfolgter aus: Der aufrechte Hugo Berkenthin, der für seine Überzeugung im KZ gelitten hatte!

Helmut beobachtete das lange nur mit zusammengekniffenen Lippen. Eines Tages jedoch brachte sein Vater »sowjetische Genossen« mit nach Hause, um mit ihnen den gemeinsamen Sieg zu feiern, und da konnte Helmut nicht anders, als den lustigen Offizieren zu erzählen, was für ein Parteigenosse sein Vater und was der Anlass für seinen KZ-Aufenthalt gewesen war.

Die Offiziere spuckten aus, nahmen ihren Wodka, ihr Brot und ihren Speck und gingen. Ein Wunder, dass sie den Berkenthin nicht gleich verhaftet hatten.

Er tobte trotzdem, schimpfte und schrie, der eigene Sohn habe ihn an den Feind verraten – und merkte gar nicht, dass er damit doch wieder zum Nazi wurde. Und als seine Frau vermitteln wollte, schlug er sie, bis Helmut sich auf seinen Vater stürzte, ihn ins Schlafzimmer schubste und den Schlüssel herumdrehte. Dort durfte sein Vater sich weiter austoben; das ganze Haus bekam es mit.

Am nächsten Tag zog Helmut aus. Wohin er ging, habe ich nie erfahren. Einige Leute munkelten, er sei in die amerikanische Zone hinübergegangen, andere sahen ihn bereits in Kanada oder Australien.

Am 9. Mai, einem Mittwoch, so blau und gleißend hell, dass man nicht in die Sonne schauen konnte, feierten die sowjetischen Soldaten auf dem Alexanderplatz ein großes Siegesfest. Tags zuvor war im sowjetischen Hauptquartier in Karlshorst die Gesamtkapitulation der deutschen Wehrmacht unterzeichnet worden.

Auf dem extra zu diesem Ereignis sauber gefegten Platz zwischen den Ruinen spielte eine Militärkapelle und junge, lustige Soldaten in medaillenübersäten Uniformblusen führten Volkstänze auf, tranken Schnaps und tauschten mit amerikanischen und englischen Soldaten Zigaretten und Fronterlebnisse aus. Russische Soldatinnen in eng sitzenden Röcken, hoch geknöpften, ebenfalls medaillengeschmückten Uniformjacken und Lederstiefeln bis an die Knie sangen Volkslieder.

Viele junge Deutsche, darunter auch Jule, Bille und ich, standen dabei und sahen zu. Toll, wie die Russen tanzen konnten! Rasend schnell wirbelten sie über den Platz, mal stehend, mal Arm in Arm, mal in der Hocke und mit abwechselnd vorgestreckten Beinen.

Hier auf dem menschenbevölkerten Platz musste Bille nichts befürchten. Sie lachte viel über die lustigen Tänzer in den olivgrünen Uniformen und hielt Jules Hand – wie nun fast immer, seit sie sich wiederhatten.

Jule genoss es, Billes Hand zu halten. Irgendwie aber wirkte es, als hielte er sich an ihr fest. – Seine Eltern! Der Berkenthin war aus dem Lager zurückgekehrt, doch von seinen Eltern und Verwandten hatte er noch nichts gehört. Und würden seine Eltern denn nicht, wenn sie noch lebten, zuallererst zu uns in die Jablonskistraße kommen, um nach seinem Verbleib zu fragen?

Immer wieder versuchte Bille, ihm Mut zu machen: »Sie werden krank sein, halb verhungert vielleicht. Bestimmt müssen sie erst gesund gepflegt werden.« Der Berkenthin, der in Buchenwald gewesen war, hatte erzählt, die meisten der überlebenden Häftlinge hätten nicht gleich nach Hause entlassen werden können, so unterernährt, wie sie waren. Ihre Befreier, die Amerikaner, hätten sie erst mal in ein Lazarett stecken müssen.

Buchenwald aber war ein Arbeitslager gewesen. Die Lager Auschwitz oder Bergen-Belsen hatten andere Aufgaben zu erfüllen. Dort war es, wie die BBC – der Sender, den wir dank des sowjetischen Befehls, alle Radioapparate abzugeben, noch immer nicht ohne Decke überm Kopf und Furcht im Herzen abhören konnten – gemeldet hatte, in der Hauptsache um die Vernichtung der Juden gegangen.

Auch an jenem schönen, sonnenhellen Tag auf dem Alexanderplatz musste ich an diese Radiomeldungen denken, doch dann tanzten bald auch deutsche Mädchen mit den lustigen sowjetischen Soldaten und Bille ließ sich ebenfalls nicht lange bitten und ich wurde abgelenkt. Der Krieg war vorüber, die Russen hatten mitgeholfen, die Nazis zu vertreiben; wenn sie, die so viele Opfer gebracht hatten, jetzt feierten, war das in Ordnung.

Der junge, rotblonde Soldat, mit dem Bille tanzte, wirkte sehr verwegen; das Käppi schief aufgesetzt, über der Nase ein paar Sommersprossen, die Augen strahlend blau.

Ich stieß Jule an. »Na, biste nicht eifersüchtig?«

Da sah er mich plötzlich an, als wüsste er überhaupt nicht, wer ich bin und wo er war. Ich erschrak: Er war ja auch ganz rot im Gesicht. »Hast du Fieber?«, fragte ich und legte meine Hand an seine Stirn.

Er hatte Fieber, hohes Fieber, seine Stirn glühte. Sofort drängte ich: »Komm! Wir müssen nach Hause. Du musst ins Bett.«

Jule nickte nur – und taumelte plötzlich. Ich hielt ihn fest und rief nach Bille. Sie blickte zu uns her, sah, dass Jule schwankte, und wollte sich von ihrem Tänzer lösen. Der Sommersprossige aber wollte sie nicht gehen lassen.

»Bille!«, rief ich noch mal. »Komm! Jule ist krank.«

Wieder versuchte sie, sich aus dem Griff ihres hartnäckigen Tänzers zu befreien. Doch der lachte nur und versuchte nun sogar, sie zu küssen – und da scheuerte Bille ihm eine. Mir setzte fast das Herz aus. Sie hatte einfach zugeschlagen, mitten unter all diesen russischen Soldaten. Was würde nun passieren?

Es passierte nichts. Der Rotblonde kuckte nur ganz erschrocken, dann trollte er sich und seine Kameraden lachten.

Mit Jule in unserer Mitte kehrten wir nach Hause zurück, Mutter steckte ihn sofort ins Bett und ein Arzt wurde geholt; einer der wenigen, die schon wieder praktizierten. Er untersuchte Jule lange und sagte schließlich: »Es ist nichts Organisches. Der Junge hat nur einfach zu viel Schlimmes erlebt und er ist stark unterernährt.«

Gegen die Unterernährung konnte der Doktor nichts verschreiben; gegen das Fieber ließ er Tabletten da und empfahl feuchte Wadenwickel.

Souvenirs

Jule war lange krank. Er lag in seinem Bett, schlief oder starrte zur Zimmerdecke hoch und sprach nur wenig. Allein Bille schaffte es, längere Zeit bei ihm zu bleiben, ohne das Gefühl zu haben zu stören. Sie gab sich alle Mühe, ihn zu unterhalten, las ihm heitere Geschichten vor, schwärmte mit ihm von ihrer gemeinsamen Zukunft und plante Reisen ans Meer und in die Berge, die sie irgendwann mit ihm unternehmen wollte. Jule hörte zu, zeigte aber keinerlei Reaktion.

Er hatte so viel erlebt und überlebt und während der letzten Tage in den Ruinen, wenn es ernst wurde, immer einen Ausweg gewusst – jetzt, da alles überstanden war, wurde er nicht nur krank, er *wollte* offensichtlich auch krank sein.

Als Bille sich dann nicht mehr so viel um Jule kümmern konnte, weil Mutter und sie inzwischen Arbeit gefunden hatten, setzte ich mich öfter an sein Bett. Ömchen konnten wir mit der Krankenpflege nicht betrauen. Sie wusste nicht einmal mehr, wer Jule war, sprach oft von dem fremden jungen Mann in unserer Wohnung, diesem Faulpelz, der immer nur im Bett lag. Warum ich, ihr Wilhelm, mir das gefallen ließ?

Doch es ist schwer, sich mit jemandem zu unterhalten, der nicht antwortet. Ich wusste, dass Julian für seinen Zustand nichts konnte, brachte es aber oft nicht fertig, meine Ungeduld zu zügeln, und zog mich immer mehr von ihm zurück.

Mein Alltag bestand in jener Zeit vor allem darin, mich auf dem schwarzen Markt an der Reichstagsruine herumzutreiben. Mutter und Bille arbeiteten als Trümmerfrauen, eine körperlich sehr schwere Arbeit, doch jämmerlich schlecht bezahlt. In Trainingshosen und fest schließenden Jacken und Kopftüchern, damit sie wenigstens ein bisschen gegen den

Staub geschützt waren, zogen sie jeden Morgen los, um Steine aus den Trümmerbergen zu klauben, den Mörtel abzuschlagen und sie zu großen, viereckigen Haufen aufzustapeln. Damit aus den alten Steinen irgendwann neue Häuser gebaut werden konnten. Der übrige Schutt wurde in Loren geladen, die dann auf Kleinbahnschienen von Lokomotiven durch die ganze Stadt zum Friedrichshain gezogen wurden. Dort, rund um die inzwischen gesprengten Flaktürme, sollte ein ganz neuer Volkspark mit einem begrünten Schuttberg, den Mont Klamott, entstehen.

Alles unbedingt notwendige Arbeiten! Die Stadt musste ja aufgeräumt werden und Männer waren keine da; sie waren im Krieg gefallen, in Gefangenschaft geraten oder als Krüppel heimgekehrt. So mussten die Frauen ran. Leben aber konnten wir von dieser Arbeit nicht und so entwickelte ich mich zum Schwarzmarkthändler.

Anfangs suchte ich nur unsere Wohnung nach Verkaufbarem ab. Was hatten die Plünderer uns dagelassen? Brauchten wir noch schöne Porzellanteller, wenn ja doch nichts drauf lag? Was sollte uns Mutters Aussteuer-Bettwäsche, wenn wir vor Hunger nicht schlafen konnten? – Ich tauschte alles gegen Zigaretten ein, die beste Währung in jener Zeit. Acht bis zehn Schachteln Amis, wie wir die amerikanischen Zigaretten nur nannten, waren zwei Brotkarten wert, auf zwei Brotkarten gab es sechs Pfund Brot. Für zwei Schachteln *Lucky Strike* oder *Chesterfield* bekam man einen kleinen Beutel Kartoffeln oder ein kleines Stück Margarine. Und fuhr ich mit meinen eingetauschten Zigaretten in einem der bis auf die Dächer überbesetzten Züge aufs Land raus, bekam ich für meine Glimmstängel das Doppelte.

In den Mai- und Junitagen lief das Geschäft nicht besonders. Die russischen Soldaten klauten lieber, als zu tauschen, und Amerikaner, Engländer und Franzosen waren nur wenige in der von der sowjetischen Armee besetzten Stadt. Ab Anfang Juli änderte sich das. Da rückten auch amerikanische, französische und englische Truppen in Berlin ein und die Stadt wurde eine Vier-Sektoren-Stadt, so wie das übrig gebliebene Restdeutschland inzwischen ein Vier-Zonen-Land geworden war. Die Jablonskistraße gehörte fortan zum sowjetischen Sektor, und die Reichstagsruine, an der Schnittstelle zwischen dem britischen, dem französischen und dem sowjetischen Sektor, wurde zum Tummelplatz aller Kaufwilligen. Die hungernden Deutschen schleppten an, was sie nur erübrigen konnten.

Ja, und da hatte ich einmal Glück: Ich sah, wie ein amerikanischer Offizier für eine große, gerahmte Hitler-Fotografie eine ganze Stange Amis – zehn Schachteln! – rausrückte. Also war dieses Foto mehr wert als ein ganzer Monat Arbeit von Mutter und Bille? Sofort begann ich, die Ruinen zu durchstreifen. Hier mussten doch noch Führerbilder herumhängen; die hatte doch ganz sicher niemand abgenommen, wollte doch keiner jemals etwas mit Hitler zu tun gehabt haben.

Und richtig, immer öfter wurde ich fündig. Zwar war manchmal der Rahmen defekt und das Glas zersprungen, unser tapferer Führer aber hatte dem Bombardement standgehalten.

Mutter und Bille lachten über meine Geschäfte mit dem »schönen Adolf«, meine Einkünfte jedoch freuten sie.

In einer Ruine irgendwo in Wilmersdorf – ich zog auf der Suche nach neuen Adolfs ja immer weitere Kreise – landete ich dann eines Tages einen Haupttreffer: Ein großes, handsigniertes Adolf-Foto im silberfarbenen, reich verschnörkelten Holzrahmen. *Dem deutschen Volk – in Treue fest – Adolf Hitler* stand da. Datum *27.12.1940*. Wohl so eine Art verspätetes Weihnachtsgeschenk an irgendeinen besonders treuen Gefolgsmann.

Für dieses Foto bekam ich sage und schreibe drei Stangen Zigaretten. Das war ein Vermögen, davon konnten wir lange leben, und von nun an ärgerte mich jedes Foto, das Adolf nicht handsigniert hatte. Bis ich eine Führerstellvertreterin gefunden hatte: Bille, die sehr gut zeichnen und Schriften nachahmen konnte. Es machte ihr Spaß, Hitlers Handschrift zu kopieren. Auf Genauigkeit kam's nicht an; welcher GI kannte denn schon Adolfs Klaue?

Mutter nannte unsere Tüchtigkeit Betrug. Bille widersprach: »Die Betrogenen sind wir. Die Nazis haben uns um unsere ganze Jugend betrogen. Als der Krieg begann, war ich zehn, jetzt bin ich sechzehn, hab keinen Vater mehr, räume Schutt fort und kann mich kaum noch an etwas anderes als Krieg erinnern. Und glaubste etwa, dass schon morgen eine richtig schöne Zeit ausbricht?«

Ich verschanzte mich hinter der Meinung, dass, wer Hitlerfotos kaufte, selbst schuld daran sei, wenn man ihm Hühnerküken als Kanarienvögel unterjubelte. »Verbrecherfotos als Souvenirs? Wer so was kauft, leidet unter Geschmacklosigkeit!« Das Jagdfieber hatte mich gepackt. Es machte mich stolz, dass ich mit meinen Fotos fünf Leute ernährte. Da wollte ich mir nicht reinreden lassen. Außerdem: Wer lebte in dieser Zeit denn nicht von Betrug? Sollten wir – ehrlich währt am längsten – von Mutters und Billes Trümmerfrauengehalt verhungern?

Ja, ein paar Wochen lang war ich der clevere Paule mit den Hitlerfotos. Später dehnte ich mein Geschäft auf Nazi- und Wehrmachtsorden aus. Auch davon lag in den Ruinen viel herum; wollte ja niemand dabei gewesen sein. Doch gab es in dieser Zeit auch Momente, da stand ich lange vor Vaters Foto oder las seine Briefe. Und einmal las ich den Brief, der an jenen Peter Kiesling gerichtet war, dessen Hose und Jacke ich übernommen hatte, um nicht in die Kriegsgefangenschaft abwandern zu müssen.

Es war ein Brief von seiner Freundin Ursula. Sie schrieb ihrem Peter, wie gern sie ihn hatte und wie sehr sie sich um ihn sorgte. Datum 28.4.1945. Da keine Briefmarke auf dem Umschlag klebte, konnte sie diesen Brief nicht mit der Post geschickt haben, andererseits aber hatte sie seine volle Adresse auf den Umschlag geschrieben. Vielleicht weil sie diesen Brief jemandem mitgegeben hatte?

Ich hätte dieser Ursula ihren Brief gern wiedergegeben, doch hatte sie nur mit »Ursula« unterzeichnet; ein Absender fehlte. Und das Haus, in dem der Peter Kiesling gewohnt hatte, Köpenicker Straße 87, stand nicht mehr. Sonst hätte ich seinen Eltern den Brief bringen können.

Es war ein Brief so voll lustiger Zärtlichkeit und traurigem Bangen, dass ich beim Lesen sofort an Clara denken musste. Sie hatte mir ganz ähnliche Briefe geschrieben. Und nun lebte sie nicht mehr und wusste nicht, dass sie nur noch wenige Monate Glück hätte haben müssen, um diesen trotz aller Not und Hungerei so schönen, sonnenüberstrahlten Frühling und Sommer mitzuerleben. Einmal lief ich durch die Wörther Straße und blickte zu dem nicht mehr vorhandenen vierten Stock der völlig ausgebrannten Ruine hoch. Dort hatte sie, wenn ich pfiff, immer aus dem Fenster geschaut …

Mein nächster Gedanke: So wie ich an Clara, so dachte diese Ursula jetzt sicher oft an ihren Peter. Vielleicht wusste sie ja noch gar nicht, dass er tot war, glaubte möglicherweise, er sei in Gefangenschaft geraten. – Ich hätte das Mädchen gern kennen gelernt. Irgendwie gab es eine Verbindung zwischen uns. Manchmal stellte ich mir sogar vor, wie sie aussah.

Es zogen nun immer mehr Leute ins Haus – Ausgebombte und Flüchtlinge, die in die heil gebliebenen Wohnungen eingewiesen worden waren. Da wir bereits zu fünft waren, blieben wir von dieser Maßnahme verschont, worüber wir sehr froh waren. Einige der Neuen im Haus waren ja ganz sympathisch, andere weniger. Bei keinem jedoch wusste man, was er in Wahrheit für ein Zeitgenosse war. War er Nazi, Mitläufer oder Anti-Nazi gewesen? Es gab ja keine Nazis mehr.

Mitte Juli ging es mit Jule bergauf. Mehrmals am Tag stand er auf, trat ans Fenster und blickte auf die sonnenbeschienene Straße hinaus. Sehr gesprächig war er aber noch immer nicht. Er spielte nur oft mit seinem Wohnungsschlüssel – dem nutzlosen Ding, das er noch immer bei sich trug –, indem er ihn um den Finger kreisen ließ.

Eines Morgens lief er dann ohne Begründung fort und kam erst am Abend zurück. Wir fragten, wo er gewesen sei. Seine Antwort: »Nur ein bisschen an der frischen Luft.«

Mamusch hakte nicht weiter nach, lobte ihn nur: »Das ist vernünftig. So wirst du gleich viel schneller gesund.«

Am nächsten Tag lief er wieder fort und auch am übernächsten. Da begriffen wir endlich: Er suchte seine Eltern. Er hoffte nun, da mehr Zeit vergangen war, irgendwo in der Stadt Leute zu treffen, die etwas über den Verbleib seiner Eltern wussten. Doch fragten wir ihn nicht danach und nach einer Woche begann er ganz von selbst zu erzählen: Wie er durch Straßen lief, in denen mal Freunde oder Verwandte seiner Eltern gelebt hatten, deren Häuser es nun aber gar nicht mehr gab, und wie er dann endlich auf KZ-Überlebende und ehemalige U-Boote gestoßen war, mit denen er sich austauschen konnte, obwohl sie nichts über das Schicksal seiner Eltern wussten.

Mutter nahm ihn in die Arme. »Jule! Ich weiß, dass das

kein Trost sein kann, doch vergiss nicht: Du hast jetzt uns! Auch ich bin so etwas wie deine Mutter.«

Jule wehrte sich nicht gegen diese Umarmung, erwiderte sie aber nicht. Er verhielt sich eher steif, so, als fürchtete er, jeden Augenblick aus seiner Rolle zu fallen und in Tränen auszubrechen.

Mutter riet Bille, alles zu tun, um Jule aufzuheitern. »Das ist jetzt eine sehr schwere Zeit für ihn. All die Jahre hatte er gehofft, seine Eltern irgendwann wiederzufinden – jetzt gibt es kaum noch Hoffnung. Das ist mehr, als so ein Junge ertragen kann. Aber er muss da durch – und wir müssen ihm dabei helfen.«

Bille gab sich alle Mühe, öffnete die Fenster weit, damit Jule sah, was für ein herrlicher Sommer das war, machte sich für ihn schön und stellte im Radio heitere Musik ein. Nichts wirkte. Jule lebte mit uns in einer Wohnung, befand sich aber in einer ganz anderen Welt.

Was wirklich in ihm vorging, erfuhren wir erst Tage später, als Mamusch ihm vorschlug, sich als Opfer des Faschismus registrieren zu lassen. Dann hätte er Anspruch auf Lebensmittelpakete aus den USA und auch sonst viele Vorteile. »Du erkaufst dir damit nichts Unrechtmäßiges«, sagte sie. »Diese Hilfe steht dir zu.«

Die amerikanischen Pakete hätten auch uns gut getan, doch war das nicht der Grund für Mutters Vorschlag. Sie wollte, dass Jule sich zu seiner Rolle bekannte: Er *war* ein Opfer, sollte das akzeptieren und sich von anderen Menschen helfen lassen.

Jule jedoch lehnte Mutters Vorschlag ab, und das mit Worten, die uns erschrecken ließen. »Das lohnt ja gar nicht mehr«, sagte er.

»Wieso? Bist du auf 'ne Goldmine gestoßen?« Ich versuchte, das Ganze ins Witzige zu ziehen. Satt werden lohnte doch immer.

»Ich bleibe nicht in Deutschland.«

Eine Zeit lang sahen wir uns nur stumm an, bis Bille endlich fragte: »Und wo willste hin?

»Nach Palästina.«

Also das war's! Er wollte in das Land, über das sein Vater früher so gern gespottet hatte und in das die Familie Sternberg nicht hatte ausreisen dürfen, weil Jule evangelisch getauft war.

Mutter schüttelte den Kopf. »Aber da kommst du doch jetzt gar nicht hin. Das ist zur Zeit so gut wie unmöglich.«

»Jetzt nicht.« Jule wagte nicht, Bille anzublicken. »Aber später.« Und er erzählte uns von einem älteren Juden, der die Hitler-Jahre auch als U-Boot überlebt hatte und zu ihm gesagt habe, für Juden gebe es auf der ganzen Welt nur einen einzigen Ort, auf dem man sie wirklich in Ruhe leben lasse, und dieser Ort heiße Palästina. »Überall sonst werden wir verfolgt. Wir brauchen endlich eine Heimat.«

Mutter zögerte, sagte es dann aber doch: »Wenn ich mich recht erinnere, hatte dein Vater ganz anders geredet.«

»Da wusste er ja auch noch nichts von Auschwitz, Bergen-Belsen, Theresienstadt und Treblinka«, erwiderte Julian nur.

Wir schwiegen, ich sah Bille an. Was sagte sie dazu? Als Kind wollte sie überallhin mitgehen, nur um bei ihrem Jule bleiben zu können. Dachte sie immer noch so?

Sie war ganz rot geworden. Es beschämte sie, dass Jule nicht zuallererst mit ihr über seine Pläne gesprochen hatte. »Aber das ist doch jetzt alles vorbei«, sagte sie dann. »Die Nazis sind weg; kein Mensch tut euch noch was.«

»Nichts ist vorbei!«, entgegnete Jule scharf. »Oder hat etwa jemand die Menschen ausgetauscht?« Er lachte böse. »Was wäre denn gewesen, wenn Hitler keinen Krieg angefangen hätte? Wenn es nur gegen uns gegangen wäre? Dann würde er heute noch regieren, alle Juden wären tot und kein Hahn würde mehr nach uns krähen.«

Er hatte Recht. Was hatte die Welt denn gegen Hitler getan, solange seine Mörder sich aufs Inland beschränkten? Und was hatten wir, die nichtjüdischen Deutschen, gegen die Verbrechen an den Juden getan?

Jule sah Mutter an. »Liebe Tante Käthe, ich weiß, dass ich euch und allen, die mir geholfen haben, mein Leben verdanke. Aber ihr seid zu wenige. Wie sollen wir Juden denn jetzt noch in Deutschland leben können? Sollen wir so tun, als wäre nie etwas geschehen? Soll ich mein Leben unter Leuten verbringen, von denen ich nicht weiß, ob sie nicht mit Hand anlegten bei diesen Morden? Könnte ja durchaus sein, dass ich irgendwann dem Mörder meiner Eltern begegne … Immer würde ich daran denken müssen, bei jedem neuen Bekannten würden diese Zweifel auftauchen. Soll denn der Hass, soll die Verbitterung in mir nie vorübergehen?«

»Und ich?«, fragte Bille da nur noch ganz leise. »Was wird dann aus mir?«

Jule senkte den Kopf, er hatte Tränen in den Augen. »Wenn wir zusammenbleiben wollen, müssen wir in ein Land gehen, in dem wir beide leben können.«

Da wurde Bille ärgerlich.

»Du bist gut! Denkst nur an dich. Ja, glaubst du denn, dass sie mich in eurem Land der Juden mit offenen Armen aufnehmen – mich, eine Deutsche? Die denken doch jetzt alle so wie du; für die bin ich doch sicher nur eine ganz schlimme Nazi-Zicke.«

»Wenn du mit einem Juden zusammenlebst, wissen sie, dass du keine Nazi-Frau bist.«

»Aber«, ich sagte es nur ganz vorsichtig, »du bist doch gar kein richtiger Jude.«

»Nein.« Jule nahm mir diesen Hinweis nicht übel. »Ich will erst einer werden. Mein Vater und viele seiner Freunde glaubten, sie könnten als Deutsche leben. Das war ein Irrtum, ein schlimmer Irrtum. Das muss einem nicht zweimal passieren. Versteht ihr denn nicht? Ich will endlich irgendwo zu Hause sein.«

Eine schwere Entscheidung für Bille. Sie liebte Jule seit ihrer Kindheit, es hatte nie einen anderen für sie gegeben, und nun sollte sie mit ihm in ein fremdes Land gehen, wenn sie ihn nicht verlieren wollte.

Die Entscheidung fiel an einem heißen Sonntag. Wir waren mal wieder baden gefahren, lagen am Müggelsee, fast am gleichen Platz wie Jahre zuvor mit Clara, und redeten nicht viel, dösten nur, irgendwelchen Gedanken nachhängend, in der Sommerhitze, als Bille plötzlich sagte: »Ich bleibe bei dir.«

Sie sagte nicht: »Ich gehe mit«, sie sagte: »Ich bleibe bei dir.« Nur ein kleiner Unterschied, doch verriet er, wie schwer ihr dieser Entschluss gefallen war.

Jule ließ diese vier Wörter in sich nachklingen, als wollte er erst überprüfen, ob er richtig verstanden hatte, dann fuhr er herum, warf sich auf Bille und küsste sie ab, bis sie lachen musste.

Wann hatte ich Jule zum letzten Mal so albern und glücklich gesehen? Es muss in unserer frühen Kindheit gewesen sein.

»Nein! Mich wirst du nicht los.« Bille atmete schwer, als er endlich von ihr abließ. »Hab mich doch nicht jahrelang um dich gesorgt, nur um dir am Ende nachheulen zu müssen.«

Da gab Jule zu, dass auch er nicht gern fortging. »Es geht nur nicht anders.«

»Ich weiß.« Bille nahm seine Hand und hielt sie fest.

»Und ich?«, fragte ich übertrieben bekümmert, um die Verlegenheit zwischen uns dreien zu beenden. »Was wird dann aus mir?«

»Du kommst auch mit.« Bille ging auf meinen Tonfall ein. »Wir sind doch die drei Musketiere. Einer für alle, alle für einen.« Und damit sprang sie auf und zog Jule in den See.

Ich sah den beiden nach und schüttelte innerlich den Kopf. Nein! Ich würde nicht mitgehen. Ich gehörte hierhin. Es ging mir wie Jule, auch ich war nicht gänzlich frei in meinen Entscheidungen.

Werwölfe

Mit ihrem Entschluss mitzugehen hatte Bille Jule neuen Lebensmut gegeben. Er zog nun öfter mit mir über den schwarzen Markt und durch die Ruinen. Es waren ja nicht nur Hitler-Bilder und Nazi-Orden sehr gefragt, auch andere Nazi-Devotionalien, so hatte ich inzwischen festgestellt, ließen sich bestens an den Mann bringen: Führer-Köpfe aus Gips, HJ-Dolche, SA- und SS-Uniformteile und jede Menge anderer Nazi-Kitsch.

Wir durchkämmten alle möglichen Ruinenstraßen, kletterten in Wohnungen, die wie Schwalbennester über den weggesprengten Fassaden hingen, weil die Bombe schräg eingefallen war, und krochen in Räume, die nur noch durch einen schmalen Fensterspalt zu erreichen waren, da sie fast völlig zugeschüttet waren. Oft erlebten wir dabei Überraschungen:

Menschen, die in den Trümmern hausten, weil sie keine andere Bleibe gefunden hatten.

Jule kümmerte sich nicht um den Verkauf unserer Fundstücke, er mochte das Gefeilsche nicht, war aber ein eifriger Ruinendurchstöberer. Die Ruinenwelt, so spottete er über sich, sei ja so etwas wie sein drittes oder viertes Zuhause.

Ich war gern mit Jule unterwegs. Es machte keinen Spaß, allein durch die Ruinen zu streifen. Außerdem fühlte ich mich zu zweit sicherer. Dann aber kam dieser Tag Ende August ... Bald sollte die Schule wieder beginnen, für die Bille, Jule und ich uns bereits angemeldet hatten; Jule nun eine Klasse unter mir, weil er so viel versäumt hatte. Eine Veränderung in seinem Leben, auf die er sich freute und die er fürchtete. Zwar wollte er endlich wieder lernen – doch mit welchen Leuten würde er zur Schule gehen müssen? Und was für Lehrer würden ihn unterrichten?

Jener Augusttag! Er begann wie alle anderen. Vormittags waren wir in den Ruinen unterwegs, nachmittags verkauften wir, was wir gefunden hatten, am frühen Abend wollten wir Bille von der Arbeit abholen. Es sollte ihr letzter Arbeitstag als Trümmerfrau sein.

Sie war zu dieser Zeit auf einem Grundstück in der Nähe des Zentralviehhofs eingesetzt. Wir waren spät dran und hasteten gerade durch die Eldenaer Straße, als wir vom Forckenbeckplatz her plötzlich Schreie hörten. Russen!, dachte ich. Haben sie wieder irgendeine Frau überfallen. Jule jedoch wurde gleich ganz bleich und rief voller Angst: »Das ist Bille! Da schreit Bille!«

Ich hörte genauer hin und spürte, wie sich alles in mir zusammenzog: Er hatte Recht – das war Bille, die da schrie ... Wir begannen zu rennen, erreichten den Platz – und da sahen wir es: Zwei russische Soldaten hielten Bille gepackt. Sie lag auf dem Rücken, einer kniete hinter ihrem Kopf und hielt ihr die Arme fest, ein anderer lag zwischen ihren nackten Beinen …

Bille wehrte sich, strampelte, schrie und weinte; den Soldaten, der da mit heruntergelassener Hose auf ihr lag, kümmerte das nicht …

»Was tut ihr denn da?«, schrie Jule mit vor Entsetzen ganz hoher, schriller Stimme. Und dann stürzte er sich mit einer Wucht, wie ich sie ihm nie zugetraut hätte, auf den Soldaten, der auf Bille lag, um ihn von ihr fortzuzerren, während ich den anderen ansprang und nur immer schrie: »Lauf weg, Bille! Lauf weg!«

Wie Bille dann ihre Arbeitshosen aufraffte und weglief, habe ich nicht mitbekommen. Mein Russe, ein untersetzter Kerl mit breitflächigem Gesicht, hatte mir einen solchen Schlag in die Magengrube versetzt, dass ich zusammenknickte und sekundenlang wie betäubt war. Ich war noch nicht wieder richtig bei mir, da schlug er erneut zu, diesmal mitten ins Gesicht. Ich fiel hin und wollte mich aufrappeln, da trat er mir mit seinem Stiefel zwischen die Beine – ich spürte einen wahnsinnigen Schmerz und dann war ich ganz und gar weg.

Als ich wieder zu mir kam, umstanden Jule und mich fünf Russen. Lange sah ich nur die olivgrüne Farbe ihrer Uniformen. Einer von ihnen, das erkannte ich dann, war ein Offizier, ein Major sogar. Er musterte uns streng. Ich sah, dass Jule aus Mund und Nase blutete und dass der Soldat, der sich über Bille hergemacht hatte, ein kleiner, hagerer, krummbeiniger Mann mit düsterem Blick und hohen Wangenknochen, vor dem Major salutierte und irgendetwas zu ihm sagte.

Der Major fixierte auch den Krummbeinigen ein Weilchen, dann blickte er wieder uns an und fragte irgendetwas. Ich war inzwischen aufgestanden, taumelte noch ein bisschen und sagte auf Deutsch, dass Bille meine Schwester sei und was passiert war. Meine drei Wörter Russisch fielen mir in jenem Moment nicht ein; sie hätten auch nicht genügt, um mich verständlich zu machen.

Der Major krauste nur die Stirn.

Ich wiederholte, was ich gesagt hatte, und sah bittend Jule an. Sollte er es doch mal auf Englisch versuchen; er konnte die Sprache doch so gut, hatte sie auf der Goldschmidt-Schule gelernt. Doch Jule blickte nur starr vor sich hin.

Der Major überlegte einen Augenblick, dann gab er den beiden Soldaten, die ihn begleitet hatten, einen Befehl – und sie legten ihre Maschinenpistolen auf uns an.

Im ersten Augenblick dachte ich, sie wollten uns erschießen. »Nein!«, schrie ich, dass es weithin zu hören gewesen sein musste. »Nein!«

Da wurde der Major ärgerlich und sagte etwas zu mir. Ich verstand wieder nichts, begriff aber, dass die beiden Soldaten uns nur abführen sollten. Sie hatten die Maschinenpistolen in Anschlag genommen, damit wir ihnen nicht weglaufen konnten.

Gut, dachte ich, sollen sie uns irgendwohin bringen, wo jemand ist, der Deutsch versteht. Dann kannst du ihnen alles erklären und sie müssen uns laufen lassen.

Ich flüsterte Jule das zu, doch reagierte er nicht. Er blickte nur weiter so abwesend vor sich hin.

Wir wurden zu einem offenen Jeep geführt, und uns wurde befohlen, auf den Rücksitzen Platz zu nehmen. Wir gehorchten und die beiden Soldaten mit den Maschinenpistolen setzten sich neben uns. Vorne stiegen der Major und die beiden Vergewaltiger ein. Ich fragte mich, wie diese beiden das Vorgefallene wohl erklärt hatten; der Major sah doch, wie Jule und ich zugerichtet waren. Eines aber war mir sofort klar: Die Vergewaltigung würden sie nicht zugegeben haben. In den ersten Tagen ihres Siegestaumels hatte die sowjetische Führung den Soldaten freie Hand gelassen, war Plündern und Vergewaltigen sozusagen erlaubt. Doch das hatte sich längst geändert. Inzwischen wussten alle, dass sowjetische Soldaten, die bei einer Vergewaltigung erwischt wurden, befürchten mussten, von ihren eigenen Leuten erschossen zu werden. Man wollte wieder Zucht und Ordnung herstellen und sich bei der deutschen Bevölkerung, die es ja umzuerziehen galt, nicht allzu unbeliebt machen.

Womit also hatten der Krummbeinige und sein Kamerad unseren Zustand erklärt?

Wir fuhren die Petersburger, Elbinger und Danziger Straße hoch und bogen in die Prenzlauer Allee ein. Da war mir klar, wohin es ging – in die russische Kommandantura, ein Areal von mehreren gelben Backsteingebäuden, die den Krieg heil überstanden hatten; von der Jablonskistraße nur zehn Minuten Fußweg entfernt.

Sehe alles noch vor mir: die helle Sonne, die auch an jenem Tag über der Stadt lag; die Eckkneipe gleich gegenüber der Kommandantura, vor der ein paar Kinder spielten; den Major, der uns, nachdem wir die Toreinfahrt passiert hatten, mit mürrischem Gesicht anwies auszusteigen. Es war für lange Zeit mein letzter Tag in Freiheit.

Mit vorgehaltenen Maschinenpistolen wurden wir in einen kleinen, ebenerdigen Raum geführt. Dort hatten wir uns, die Gesichter zur Wand, in einem solchen Abstand voneinander aufzustellen, dass wir unmöglich miteinander flüstern konnten. Die beiden Maschinenpistolen blieben auch weiterhin auf uns gerichtet.

Wie lange wir so dagestanden haben? Eine Stunde, eine

halbe oder länger? Die Zeit zog sich hin, die Angst in mir wuchs. Ging es Jule genauso? Verstohlen blickte ich ihn an. Seinem Gesicht aber war nichts zu entnehmen; er wirkte noch immer so erstarrt.

Endlich betrat ein Offizier den Raum, ein Hauptmann: wuchtige Figur, kurzer Hals, sehr akkurat sitzende Uniform. Neben ihm ein Sergeant mit straff gezogener, olivfarbener Soldatenbluse. Das Käppi saß sehr korrekt auf dem kurz geschnittenen, schwarzen Haar.

Der Hauptmann musterte uns kalt und sagte etwas auf Russisch.

Ich antwortete: »Nje ponimajem!« – Ich verstehe nichts! Jetzt konnte ich ja wieder einigermaßen klar denken.

»Umdrehen!«, befahl der Sergeant.

Erleichtert, dass endlich jemand gekommen war, der Deutsch sprach, wollte ich sogleich loslegen mit meiner Erklärung, verstummte aber, bevor ich den Mund geöffnet hatte: Der Hauptmann! Wie der uns anschaute! Dieser feindselige Blick! Nie zuvor hatte mich jemand dermaßen hasserfüllt angeblickt.

Wieder sagte der Hauptmann etwas und der Sergeant übersetzte: »Namen, Geburt, Adresse.«

Ich gab die gewünschten Auskünfte und wollte nun doch noch etwas zu dem Vorgefallenen sagen. Der Sergeant, der alles notiert hatte, unterbrach mich – »Still!« – und blickte Jule an.

Auch Jule nannte Namen, Adresse, Geburtsdatum und Geburtsort und der Sergeant notierte weiter. Gleich darauf stellte der Hauptmann die nächste Frage, und der Sergeant übersetzte: »Welche Einheit – zuletzt – gedient?«

»Bei keiner«, sagte ich. »Wir sind ja noch viel zu jung, wir waren keine Soldaten.«

Eine Antwort, die den Sergeanten ärgerte. Er wartete gar nicht erst ab, was der Hauptmann dazu sagen würde. »Nicht lügen!«, fuhr er mich an. »Wissen, dass ihr alle – Soldaten. Ab fünfzehn Jahre, nicht wahr?«

Ich sah Jule an, dessen Gesicht immer mehr zur leblosen Maske wurde. Es war eindeutig, für ihn waren sie alle Billes Vergewaltiger, auch der Hauptmann, der Sergeant und die beiden mit den Maschinenpistolen. Vorsichtig gab ich zu, dass ich als Luftwaffenhelfer eingesetzt war, und sagte auch, wo, fügte aber gleich hinzu, dass ich bereits elf Tage vor Kriegsende weggelaufen sei. Das Wort desertieren wollte ich nicht benutzen.

Der Sergeant notierte und übersetzte auch das; der Hauptmann lachte nur höhnisch und stieß irgendwas Verächtliches aus.

»Das jetzt alle sagen«, übersetzte der Sergeant. »Alle, alle – keine Nazis! Alle, alle – Kommunisten!«

»Aber es stimmt«, protestierte ich. »Dafür hab ich Beweise.«

»Still!« Nun sprach die Wut aus dem Sergeanten. »Wie Hitler gemacht Krieg? Er allein – Polen, Frankreich, Sowjetunion? Er allein – Lager gebaut, Menschen umgebracht?«

Darauf konnte ich nichts erwidern. Der Sergeant spuckte aus und wandte sich Jule zu. Bei welcher Einheit er zuletzt gedient habe?

Jule sah ihn nur stumm an.

Verblüfft wiederholte der Sergeant seine Frage.

Jule schwieg weiter.

Da trat der Hauptmann vor ihn hin, legte ihm den Daumen unters Kinn, um seinen Kopf etwas anzuheben, und zischte ihm, man kann es nicht anders nennen, irgendetwas zu.

Der Sergeant übersetzte. »Sprechen – sonst schlagen!«

Jule sah ihn nur an.

Der Hauptmann wartete noch ein Weilchen, so, als wollte er Jule eine letzte Chance geben, dann befahl er: »Dwa!« Und sofort drehte einer der beiden Soldaten seine Maschinenpistole um und schlug Jule zweimal den Kolben in den Leib. Beim ersten Schlag taumelte Jule nur zurück, beim zweiten stürzte er hin.

Ich wollte ihm aufhelfen, der Sergeant brüllte mich an: »Stoi!« – Steh!

»Aber was machen Sie denn?«, schrie ich. »Er hat doch überhaupt nicht gedient. Das durfte er ja gar nicht. Er ist doch Jude.«

Beim letzten Wort zuckte der Sergeant zusammen. »Waas?«

»Er ist Jude«, wiederholte ich. »Seine Eltern sind tot. Die Nazis haben sie ins Lager gesperrt und umgebracht. Er ... er hat sich versteckt, die ganzen letzten Jahre lang.«

Schwankend stand Jule wieder auf, der Sergeant musterte ihn kurz, dann übersetzte er meine Worte. Der Hauptmann hörte zu, wiegte skeptisch den Kopf und sagte etwas. »Du – lügen!«, übersetzte der Sergeant. »Alle Juden – tot!«

»Nein!«, rief ich. »Nicht alle Juden sind tot. Es haben sich auch welche versteckt und überlebt.«

Da war ich wohl zu laut geworden. Wütend schrie der Hauptmann mich an, schrie irgendwas Russisches und spuckte mir dabei ins Gesicht.

Ich wischte mir die Spucke ab und heulte los: »Aber wieso glauben Sie uns denn nicht? Fragen Sie doch die Leute im Haus. Alle wissen, dass Julian Jude ist.«

Angewidert stieß der Hauptmann mich zurück und der Sergeant baute sich vor Jule auf. »Du – Jude?«

Jule zögerte erst, dann nickte er.

»Du – sprechen! Du – Jude?«

Leise sagte Jule: »Ja.«

»Gutt!« Der Sergeant lächelte schlau. »Zeigen!«

Ich weiß nicht, wer mehr erschrak, Jule oder ich. Wieder übernahm ich das Reden. »Er ist Jude«, rief ich. »Aber er ist nicht beschnitten, weil ... weil er christlich getauft ist ... Evangelisch! Er ist evangelisch – und trotzdem Jude!«

»Nicht!«, bat Jule mich da auf einmal leise. »Hör endlich auf damit. Hier wird uns niemand glauben.«

Endlich hatte er mal den Mund aufgemacht. Der Hauptmann starrte seinen Sergeanten an, der dolmetschte erst, was ich gesagt, danach, was Jule gesagt hatte.

Der Hauptmann überlegte kurz, dann sagte er etwas zu dem Soldaten, der Jule mit dem Kolben seiner Maschinenpistole traktiert hatte. Der lehnte seine Waffe an die Wand, um Jule den Hosengürtel zu lösen. Sofort machte Jule einen Schritt zurück.

Dem Hauptmann stieg das Blut in den Kopf. Rasch trat er vor Jule hin und schlug ihm die Faust vor die Stirn. Jule taumelte zurück und wäre beinahe erneut gestürzt.

Der Sergeant übersetzte: »Zeigen! Wenn nicht – erschossen.«

Mir tropfte der Schweiß von der Stirn. Jule sollte sich doch nicht so haben. Denen würde es doch gar nichts ausmachen, uns zu erschießen. In deren Augen waren alle Deutschen Nazis. Jule jedoch wehrte den Soldaten auch weiterhin ab.

Da gab der Hauptmann einen kurzen Befehl – und der andere Soldat legte die Waffe auf Jule an.

»Jule!«, heulte ich auf. »Bitte! Lass sie doch machen. Die schießen wirklich.«

Einen kurzen Moment zögerte Jule noch, dann riss er sich selbst die Hosen runter. Der Sergeant beugte sich vor, kuckte lange und nickte schließlich zufrieden. »Nix Jude! Nazi!« Und der Hauptmann spuckte aus. »Nemezki!« – Deutsche! So wie wir, so verlogen und feige, so waren die Deutschen nun mal, sollte das heißen.

»Und er ist doch Jude!«, schrie ich voller Wut zurück. »Für die Nazis war er Jude!«

Des Hauptmanns Reaktion war ein einziges Wort: »Schetirje!« Und damit stürzte der zum Schlagen auserkorene Soldat auf mich los und verpasste mir vier Kolbenschläge mit seiner Maschinenpistole; einen in den Bauch, zwei in die Seite und, als ich schon lag, den letzten Schlag in den Rücken. Ich stöhnte laut auf und blieb liegen.

Ein Eimer Wasser, von dem Soldaten aus dem Hof geholt, brachte mich wieder zu mir und der Sergeant befahl mir durch einen Wink aufzustehen. Ich gehorchte taumelnd und lehnte mich gegen die Wand. Sofort schrie er mich an, ich solle Haltung annehmen.

Mühsam machte ich einen Schritt nach vorn, wankte und wurde erneut angeschrien, bis ich endlich einigermaßen sicher stand.

Gleich darauf hielt der Hauptmann eine kleine Rede. Ich hörte gar nicht richtig zu, verstand ja sowieso kein Wort. Doch dann übersetzte der Sergeant, und da wäre ich beinahe wieder hingestürzt: Der Hauptmann bezichtigte uns, Werwölfe zu sein! – War er jetzt völlig durchgedreht? Jule und ich – Werwölfe? Ausgerechnet wir beide? Außerdem: Es gab doch gar keine Werwölfe! Nur ganz wenige Idioten waren auf diese Goebbels-Propaganda reingefallen und hatten irgendwelche Racheaktionen an »Verrätern« in den eigenen Reihen verübt. Anschläge auf die Besatzer waren bisher nicht bekannt geworden. Mühsam schüttelte ich den Kopf und quälte mir ein »Aber das ist doch Quatsch!« heraus.

Den Sergeanten beeindruckte das nicht. »Wo – Waffen? Wo – Kameraden? Wo – Organisazija?«

Da schwieg nun auch ich. Hatte ja alles keinen Zweck.

Eine Reaktion, die den Sergeanten erneut in Wut versetzte. »Ihr – Rotarmisten überfallen«, schrie er mich an. »Ihr Krieg – nix Frieden! Dafür – Strafe! Schlimme – Strafe!«

Worte, die mir Angst machten, und so versuchte ich doch noch mal, alles zu erklären. Und tatsächlich, diesmal durfte ich berichten, und als ich damit fertig war, hatte ich den Eindruck, dass der Sergeant ein bisschen ins Zweifeln gekommen war. Er übersetzte meine Erklärung mit eher nachdenklichem Gesicht.

Der Hauptmann glaubte mir kein Wort. »Alles Nazi-Propaganda«, übersetzte der Sergeant. »Rotarmisten – keine Verbrecher. Sonst – strenge Strafe.«

»Aber befragen Sie doch meine Schwester«, rief ich. »Sibylle Scholz, Jablonskistraße 53, gar nicht weit von hier.«

Der Sergeant übersetzte und blickte fragend; der Hauptmann antwortete nur kurz und machte ein stures Gesicht. »Nicht nötig«, übersetzte der Sergeant. »Schwester Bruder helfen. Bruder lügt – Schwester lügt!« Und er riet mir, lieber unsere wirklichen Absichten auszusagen. »Wer noch – Kommando? Wo – Waffen? Wer – Auftrag?«

Es war alles so widersinnig. Jule und ich sollten im Auftrag irgendwelcher Werwolf-Führer mit bloßen Händen zwei bewaffnete Soldaten angegriffen haben? Wer wollte so etwas glauben? Kamen dieser Hauptmann und sein Sergeant denn nicht auf die Idee, dass der Krummbeinige und sein Kamerad schon allein aus Angst um das eigene Leben nicht die Wahrheit sagten? Oder wollte zumindest der Hauptmann ganz einfach nicht auf diese Idee kommen?

Es ging durch dunkle Kellerräume mit vielen verriegelten Türen. Vor einer der Türen blieben die beiden Rotarmisten, die gekommen waren, uns abzuführen, stehen, zogen einen Riegel zurück und schlossen auf.

Quietschend öffnete sich die Tür – und Jule und ich fuhren zurück. Es war eine schmale Zelle, vor der wir standen, auf dem Fußboden lagen Matratzen, auf denen zwei alte Männer und zwei Jungen hockten. Alle vier waren sie kahlköpfig und bleich und hatten eingefallene Gesichter.

»Dawai! Dawai!« Mit den Läufen der Maschinenpistolen wurden wir in die Zelle gestoßen, die Tür schloss sich.

»Herzlich willkommen!«, krächzte der zahnlose Alte, der ganz vorn hockte, und rückte ein wenig zur Seite, damit auch Jule und ich Platz auf den Matratzen hatten. »Eng ist gemütlich. Hä?«

Eng war vor allen Dingen warm. Draußen war ja Sommer und in dieser Zelle hätte man nicht mehr als zwei Häftlinge unterbringen dürfen. Nicht lange, und auch Jule und ich hatten unsere Hemden ausgezogen, und ich beantwortete die Fragen, die nun von allen Seiten auf uns herabprasselten: Woher und warum, ob man uns geschlagen hatte und wie der Hauptmann aussah, der das Verhör geführt hatte.

Die vier hatten lange nichts von der Außenwelt gehört, und auch ansonsten gab es nichts, was sie von ihrem Zellendasein ablenkte. Als ich ihnen den Hauptmann schilderte, nickten sie. »Das ist der Maximow, der hasst uns.«

»Aber warum denn?«, fragte ich naiv.

»Warum, warum?« Der zahnlose Alte schüttelte vorwurfsvoll den Kopf. »Der kommt aus Leningrad. Willste noch mehr wissen?«

Nein! Mehr musste ich nicht wissen. Leningrad, das war die Stadt, die von der Wehrmacht ausgehungert werden sollte; die Stadt, in der die Menschen wie die Fliegen gestorben waren. Von einer Million Hungertoten hatte die BBC letztens berichtet.

Die vier in der Zelle wollten aber nicht nur alles über unsere Verhaftung wissen, sie fragten mich auch alles mögliche andere. Sie hatten längst bemerkt, dass Jule nicht zum Reden aufgelegt war. Wie es denn jetzt draußen so wäre, ob immer noch nur Russen in der Stadt seien oder inzwischen auch andere Besatzer? Ob es bereits wieder Arbeit gebe? Ob man die Nazi-Größen, die noch lebten, inzwischen verurteilt hatte, und immer so weiter.

Als ihnen keine Fragen mehr einfielen, war ich an der Reihe; jetzt wollte ich ihre Geschichten hören.

Der schmale, trotz seiner Glatze als blond zu erkennende, erst dreizehnjährige Junge, den die anderen Bernie riefen, begann. Er sei verhaftet worden, weil er mit seinem um den Hals gehängten Eisernen Kreuz auf der Straße herumgelaufen sei und im Verhör zugegeben habe, es für den Abschuss eines T-34-Panzers bekommen zu haben, berichtete er stolz.

»Womit haste den denn abgeschossen?«, fragte ich.

»Na, mit 'ner Panzerfaust.«

Eine Geschichte, die nicht stimmen konnte. Der T-34, so Leutnant Werner in der Ausbildung, besitze eine so starke Panzerung, dass ihm mit einem »Panzerschreck« nicht beizukommen sei. Es sei denn, man springe damit auf den Panzer und werfe das Ding durchs offene Luk. »Haben sie dich geschlagen, damit du das aussagst?«, fragte ich vorsichtig. »Hast du das Kreuz in Wahrheit nur irgendwo gefunden?«

Bernie war empört. »Ehrlich verdient hab ick mir dit!«

Also war auch Bernie ein Werwolf und der Keller in der Kommandantura nun schon der fünfte, in dem man ihn festhielt. Seit drei Monaten, so erzählte er, habe er kein Tageslicht mehr gesehen. Und in der ersten Zeit hätten die Russen viele ihrer Gefangenen noch einfach umkommen lassen. »Hab mit einem zusammenjelegen, den hatten se totgeschlagen. Direkt neben mir isser krepiert. Und denn hatta noch zwee Tage so dajelegen und vor sich hin jestunken.«

Er versuchte, den abgebrühten Kerl zu spielen, und hatte sich ein schiefes, böses Grinsen zugelegt. Es juckte mich manchmal, ihm eine reinzuhauen, nur damit er mit diesem Grinsen aufhörte.

Der andere Jugendliche, Jürgen, war fünfzehn und nur verhaftet worden, weil die Russen beim Plündern der elterlichen Wohnung seine HJ-Uniform entdeckten. »Du – Faschist!«, hatten sie sofort erkannt. Und damit war auch er ein Werwolf.

Jürgen hatte ein breites Gesicht und dunkles, lockiges Haar und war eher ruhig. Doch hörte er stets ganz genau zu, wenn einer etwas sagte.

Der »Alte«, der uns willkommen geheißen hatte, Josef Färber sein Name, war noch gar nicht so alt, erst fünfzig, die Zähne hatte er bei einem Verhör verloren. Seine Verhaftung, so beteuerte er immer wieder, sei unrechtens. Zwar sei er Blockwart und bereits seit 1929 Parteimitglied und SA-Mann gewesen, damit aber noch lange kein Verbrecher. »Was hab ich denn getan? Nur, was ich tun musste! Da können die Russen die Leute in meinem Block fragen, nie habe ich jemanden denunziert, nie irgendwelche Hitler-Reden nachgeplappert. Hatte immer meinen eigenen Kopf. Wenn der Iwan alle kleinen Parteigenossen verhaften will, hat er viel zu tun, dann muss er ganz Deutschland zum Zuchthaus erklären.«

Über seine Vernehmungen erzählte Färber böse Dinge. Die Russen hätten irgendeinen »Kommandanten« aus ihm herausbekommen wollen und ihn deshalb immerzu mit der flachen Handkante ins Genick, mit der Faust ins Gesicht und mit einem Stock gegen die Schienbeine geschlagen. Er hätte gejammert, gewinselt und geschrien, so Färber, doch hätten sie nicht von ihm abgelassen, sondern immer nur gesagt: »Namen von Kommandant, du Faschist!«

Das Allerschlimmste aber sei gewesen, berichtete Färber, dass sie ihn immer nachts zu den Verhören holten und er tagsüber nicht schlafen, ja nicht einmal sitzen durfte. »In der dritten Nacht war ich nur noch ein schluchzendes Häufchen Elend und in der vierten bin ich unter ihren Schlägen eingeschlafen ... Ich sage euch: Hätte ich irgendeinen ›Kommandanten‹ gehabt, ich hätte ihnen seinen Namen vor- und rückwärts buchstabiert.«

Der vierte Mithäftling, Herbert Knopf, ein etwa Sechzigjähriger mit Kaninchengesicht, gab an, seine Verhaftung allein einer böswilligen Denunziation zu verdanken zu haben. Zwar sei auch er Parteimitglied gewesen, das aber erst seit 1934 und auch nur, weil er ansonsten im Berufsleben nicht vorwärts gekommen wäre. Er sei aber nie aktiv und wegen seines schweren Herzfehlers auch kein Soldat geworden. Ja, in Wahrheit sei er sogar Widerstandskämpfer gewesen, schließlich habe er 1942 einen Juden namens Littauer, Siegfried Littauer, über mehrere Wochen mit Lebensmitteln versorgt und der habe ihm das nach dem Krieg schriftlich bestätigt.

»Das habe ich getan und das war lebensgefährlich! Und zum Dank dafür sperrt man mich ein, und ich weiß nicht einmal, wofür?«

Färber, der die Geschichte schon kannte, lachte nur. »Was haste für den Wisch denn bezahlt? Kenne meine Juden, die verdienen sich mit solchen Papierchen jetzt 'ne goldene Nase.«

Ich sah zu Jule hin, er schwieg. »Und was passiert jetzt mit uns?«, fragte ich nur noch.

Färber zuckte die Achseln. »Frag den Frosch im Storchenschnabel. Der weiß auch nicht, ob er für schmackhaft befunden oder als ungenießbar wieder fallen gelassen wird.«

Da lehnte ich mich still an die nackte Zellenwand und schloss die Augen. Was war nur mit uns geschehen? Durfte es denn solches Unrecht geben? Und war da wirklich keinerlei Möglichkeit, unsere Unschuld zu beweisen?

Ein Kellerleben begann. Tage und Wochen vergingen und weder Jule und ich noch einer unserer Mithäftlinge wurde zu weiteren Vernehmungen geholt. Als hätte man uns total vergessen, lagen, hockten und dösten wir in der Tag und Nacht trübe erleuchteten, engen Zelle und warteten und wussten nicht, worauf.

In der ersten Zeit fragte ich jeden Wachsoldaten, ob ich nicht einen Brief schreiben dürfe. Kein Einziger wollte mich verstehen, alle sagten nur immer: »Nix, nix!«

Mutter und Bille! Sie wussten ja nicht, wo Jule und ich abgeblieben waren, konnten sich sicher nur so einiges denken. Aber würde man ihnen, sollten sie irgendwann in der Kommandantura nach uns fragen, überhaupt Auskunft geben?

Dann diese Szene auf dem Forckenbeckplatz: Die beiden Soldaten und unter ihnen Bille! Immer wieder hatte ich dieses Bild vor Augen, immer wieder fragte ich mich, wie Bille jetzt wohl zumute war. Konnte ein Mädchen mit so einem Erlebnis denn überhaupt fertig werden?

Doch nein, keinerlei Hoffnung auf ein Gespräch mit den Angehörigen; die einzigen Besucher, die bis zu uns vordrangen, waren Läuse und Flöhe. Sie zerstachen und zerbissen uns, und es machte ihnen nichts aus, dass wir den ganzen Tag über Jagd auf sie machten; sie waren einfach viel zu viele.

Ab und zu verloren Färber oder Knopf die Geduld, dann wollten sie zeigen, dass sie, im Gegensatz zu uns vier Jugendlichen, Erwachsene waren, die sich nicht alles gefallen ließen, und protestierten laut. Die Rotarmisten, die uns bewachten, stießen sie nur verächtlich von sich. »Faschist!«

Ein Leben ohne Sinn, ein Dahinvegetieren; wir waren nur noch schmutzige, graue, kahlköpfige Kellerasseln. Keine Seife, keine Zahnbürste, um uns herum nur Dreck und Gestank. Geschwüre stellten sich ein.

Einmal am Tag wurden wir zu einem Abort geführt; in den Zwischenzeiten mussten wir in einen Eimer pinkeln, der in unserer Zelle stand und nur morgens geleert werden durfte. Zu essen bekamen wir die immer gleiche süßlich schmeckende Wassersuppe, in der ein paar Futterrübenschnipsel schwammen, und dazu eine Scheibe Brot. Am ersten Tag aßen Julian und ich nur das Brot; Bernie und Jürgen durften sich über unsere Suppe hermachen. Am zweiten Tag zwangen wir uns, die Suppe zu essen, am dritten warteten wir schon darauf. Obwohl wir uns den ganzen Tag nicht bewegten, zehrte der Hunger an uns.

Zum »Waschen« wurden wir in eine Art Waschraum getrieben. Dort ließ man uns zwei Minuten Zeit, Gesicht und Oberkörper mit Wasser zu benetzen, danach ging es – »Dawai! Dawai!« – zurück in die Zelle.

Hin und wieder hörten wir in den Nächten Schlüssel klirren und Türen klappen. Dann wurde in den Gängen und Zellen herumgeschrien, wir hörten klatschende Schläge und einmal auch einen Schuss und standen bewegungslos im Raum und lauschten mit kalkweißen Gesichtern: Kommen sie auch zu uns?

Einmal kamen sie tatsächlich. Wir hörten sie schon herantorkeln, die betrunkenen Wachsoldaten. Die Riegel wurden zurückgezogen, der Schlüssel rasselte im Schloss, und dann standen sie in unserer Zelle, zwei noch ziemlich junge Soldaten mit bereits ganz glasigen Augen. »Warum du Faschist?«, schrie der eine, ein rotbäckiger Blondschopf, und begann auch schon auf Herbert Knopf einzuschlagen. »Warum du Faschist?« Er wollte ein böses, furchterregendes Gesicht machen, ich sah aber, dass er weinte.

Knopf legte schützend die Arme vor seinen Kopf und schrie und weinte auch. »Ich nix Faschist! Ich nix Faschist! Ich – Papier! Hab Juden geholfen.«

»Du – Faschist!«, rief auch der andere Wachsoldat, ein brünetter Typ mit großen, dunklen Augen, und streckte dabei seinen Zeigefinger in Richtung Färber aus. Gleich darauf wandte er sich Jule zu. »Du – Faschist!« Und sein Blick wurde immer starrer und finsterer, bis er plötzlich nach seiner Pistole griff. Ich heulte laut auf: »Er – kein Faschist! Er – Jude.«

»Jude?«, schrie der Brünette da. »Ich – Jude! Familie – tot!« Und er zeigte auf seinen Kameraden und schrie: »Er – nix Jude! Aber – Familie – tot! Ihr« – und nun zeigte er auf jeden Einzelnen von uns – »Mörder!« Und damit legte er auf uns an und Bernie begann laut zu weinen. Es war ein richtiges Kinderweinen, Fünfjährige heulen so.

Mit der Pistole in der Hand drehte der Brünette sich zu Bernie herum – und da pinkelte der erschrockene Junge sich vor Angst in die Hose. Er erschrak darüber und riss sich die Hose runter – und pinkelte doch weiter. Da mussten die beiden betrunkenen Wachsoldaten auf einmal lachen. Sie lachten so heftig, dass sie sich, als sie aus der Zelle torkelten, aneinander festhalten mussten und es nur mit Mühe schafften, die Riegel vorzuschieben.

Wir standen da und atmeten schwer. Wie leicht hätte das schief gehen können!

Nur wenig später kamen die beiden wieder. Zitternd drückten wir uns an die Wände. Doch warfen sie nur ein halbes Brot und eine Schachtel Zigaretten in unsere Zelle. Für Bernie.

Erst Ende Oktober wurden Jule und ich wieder geholt. Man führte uns in einen Raum mit Schreibtisch und Stalin-Bild an der Wand und legte uns ein Protokoll vor. In russischer Sprache. Hinter dem Schreibtisch saß der Hauptmann, den wir schon kannten, und machte ein gelangweiltes Gesicht.

Ich starrte die russischen Schriftzeichen an, die mir so fremd waren, und fragte den Dolmetscher, der am Fenster stand, einen nicht unfreundlich wirkenden jungen Leutnant, nach einer Übersetzung. Er antwortete in fließendem Deutsch, in diesem Protokoll stünde nur, was wir bei jenem Verhör vor zwei Monaten gestanden hätten, also dass wir Werwölfe seien und zwei Rotarmisten überfallen hätten, und eine Übersetzung gäbe es nicht. Wenn wir nicht noch mehr Ärger bekommen wollten, sollten wir unterschreiben.

Er sagte das sehr kühl und der Hauptmann machte schon ein ungeduldiges Gesicht. »Aber das stimmt doch gar nicht«, rief ich voller Verzweiflung, weil ich bereits ahnte, dass uns kein noch so heftiger oder gut begründeter Protest helfen konnte. »Wir haben das doch gar nicht gestanden.«

Jule schwieg mal wieder, so wie er die gesamten zwei Monate über nur selten den Mund aufgemacht hatte. Das war für mich, bei allem Verständnis für seine Situation, oft kaum zu ertragen gewesen. Schließlich hatte er eine Mitschuld daran, dass man uns nicht glaubte. Hätte er auf Mutter gehört und sich einen Ausweis als Opfer des Faschismus geholt, hätte er den vorzeigen können, und dann hätte man ihm seine jüdische Abstammung abnehmen und uns glauben müssen.

Nicht fair von mir, so zu denken. Doch fühlte ich mich von Jule im Stich gelassen. Wir mussten uns doch gegenseitig unterstützen; weshalb sollte immer ich es sein, der redete? »Jule!«, drängte ich. »Sag doch auch mal was!«

Er schüttelte nur den Kopf.

Da wurde auch der Dolmetscher ungeduldig. »Seien Sie vernünftig und unterschreiben Sie!«

»Und was passiert danach mit uns?«

»Sie kommen in ein Internierungslager – zur Entlassung.«

Entlassung klang nicht schlecht; nur: Wozu dann erst noch in ein Lager? Weshalb entließ man uns nicht gleich? »Und wenn wir nicht unterschreiben?«

Der Dolmetscher lächelte, als hätte er etwas Bitteres im Mund. »Sie unterschreiben! Glauben Sie mir, Sie unterschreiben!«

Ich sah Jule an. Er schwieg noch immer. »Was meinst du?«

Das war zu viel für den Hauptmann. Er sprang auf und schlug mir über den Schreibtisch hinweg mit der Faust dermaßen hart auf die Nase, dass ich vom Hocker stürzte. Ein viehischer Schmerz durchzuckte mich; das Blut, das mir aus der Nase schoss, vermischte sich mit meinen Tränen. Als ich mich langsam wieder aufrichtete, sah ich, dass Jule das Papier, das man vor ihn hingelegt hatte, bereits unterschrieben hatte. Und da setzte ich mich nur still wieder hin und unterschrieb auch.

Jedem das Seine

Drei Tage vor Jules siebzehntem Geburtstag wurden wir zu viert mit dünnen Stricken an den Handgelenken zusammengebunden und gleich darauf mit Gewehrkolben auf einen offenen Lastwagen getrieben. Jule und ich hingen an Färber und Knopf. Kaum saßen wir auf den Bänken, auf denen sonst wohl russische Soldaten Platz nahmen, wurden einigen von uns Zeitungsseiten in die Hände gedrückt, die sie verkehrt herum zu halten hatten. Sie durften nicht lesen, was in den Zeitungen stand, sollten nur den Eindruck erwecken, als wären wir irgendwelche Arbeiter auf dem Weg zur Arbeitsstelle.

Eine lächerliche Komödie. Doch wurde nicht gespottet. Dazu waren wir – etwa zehn Jugendliche und zwanzig größtenteils schon ältere Männer – viel zu beunruhigt. Der Dolmetscher mit den guten Deutschkenntnissen hatte uns zuvor mitgeteilt, wo die Fuhre hinging – »nach Buchenwald zur Entlassung«.

Das Wort »Entlassung« klang noch immer gut. Die Frage, weshalb wir nicht sofort entlassen wurden, sondern dazu erst noch auf einen langen Transport nach Thüringen gehen mussten, war es, die allen Sorgen bereitete. Und dann: Buchenwald? Ausgerechnet Buchenwald? Das war doch ein KZ der Nazis gewesen. Der alte Berkenthin war dort gewesen, vor allem aber viele politische Häftlinge, Kriegsgefangene und Juden. War dieses ehemalige KZ auf dem Ettersberg bei Weimar denn jetzt zum sowjetischen »Entlassungslager« umfunktioniert worden?

Allein Bernie, der, seit er wusste, dass Jule Jude war, Abstand zu uns hielt, weil er noch immer glaubte, was ihm einst über die Juden beigebracht worden war, schien nicht besorgt zu sein. »Mitgegangen, mitgefangen, mitgehangen«, witzelte er.

Ich hätte ihm mal wieder eine reinhauen können. Er war mir immer unsympathischer geworden, riss bei jedem noch so geringfügigen Anlass die Klappe auf und pinkelte sich bei nächster Gelegenheit vor Angst in die Hose. Wer hatte den nur so versaut? Doch lohnte es nicht, sich über Bernie aufzuregen. Lieber besah ich mir die Gefangenen, die Jule und ich bisher noch nicht kennen gelernt hatten.

Ein Mann, der wie ein Ausrufezeichen wirkte, fiel mir auf. Er hatte fast gar keine Schultern und eine lange, an der Spitze irgendwie aufgetupft wirkende Nase. Eine dicke, fast lupenartige Brille und schütteres, kurzes, dunkelblondes Haar über der sehr hohen Stirn komplettierten dieses noch nicht alte, aber auch nicht mehr junge Gesicht. Ich sah, dass er seine Mitgefangenen hinter der Zeitung hervor ebenfalls beobachtete. »Der sieht aus wie 'n Philosoph«, flüsterte Jule mir zu.

Eine Charakterisierung, die zutraf; ein Gesicht, wie es in jedem Schulgebäude an der Wand hängen könnte: Johann Georg Soundso, geboren irgendwann, gestorben dann und dann.

Die Fahrt ging nicht weit, nur bis zum Schlesischen Bahnhof. Dort wurden wir – wieder mit Gewehrkolben – zum Aussteigen genötigt und in einen der ziegelroten Güterwaggons getrieben, die schon auf uns warteten. Die Stricke wurden uns abgenommen und die Tür hinter uns zugeschoben und laut krachend verriegelt. Nur durch zwei kleine Lüftungsfenster rechts und links im Waggon fiel etwas Licht.

Ein Viehwaggon! Dem Gestank nach zu urteilen, waren damit zuvor Schweine, Kälber oder Ochsen transportiert worden.

Ein Weilchen standen wir nur hilflos herum, dann setzte

sich einer nach dem anderen auf den schon stark verschmutzten Holzboden des Waggons. Wir saßen da und warteten, doch nichts geschah, kein Pfiff ertönte, kein Rad wurde in Bewegung gesetzt.

Der »Philosoph«, Jule und mir nun genau gegenübersitzend, schlug vor, dass wir uns einander vorstellen sollten. Eine gute Idee. Irgendwie waren wir ja alle neugierig aufeinander. Und so wurde darum gebeten, dass er, der Philosoph, am besten gleich damit begann. Er war einverstanden, und wir erfuhren, dass er Theodor Weißbach hieß und tatsächlich von Beruf Lehrer war, sogar Oberstudienrat, unter den Nazis aber aus dem Schuldienst entlassen worden war. »Hatte ihnen wohl zu breite Schultern«, sagte er und lächelte selbstironisch.

Was er denn die ganzen Jahre über gemacht habe, wollte Jürgen wissen. Sein Vater sei auch Lehrer und in der Partei gewesen und habe immer gesagt, er tue das nur seiner Familie zuliebe; schließlich müssten sie von irgendetwas leben.

Theodor Weißbach hatte in einem Zigarrenladen gearbeitet. Als Verkäufer. »Da konnte ich nur wenig Schaden anrichten.« Wieder schien er über sich zu lächeln.

Und weshalb er von den Russen verhaftet worden sei?

»Das werden Sie mir nicht glauben, meine Herren – ich bin ein Auffüllposten.«

»Ein was?« Die Frage kam zur gleichen Zeit aus mehreren Mündern.

Der schmale Mann mit der dicken Brille erklärte uns seine Verhaftung. »Ich war auf dem Weg zum Postamt. Hatte gehört, dass innerhalb Berlins die Post wieder funktionieren sollte. Auf einmal kam ein LKW vorübergerattert, voll besetzt mit Menschen. Mich interessierte, was das für Menschen waren, so blieb ich stehen. Genau in diesem Moment sprang ein

Mann über die Klappe und lief weg. Der Wagen stoppte und ein paar russische Soldaten setzten dem Flüchtling nach. Sie holten ihn aber nicht ein. Als sie zurückkamen, beratschlagten sie miteinander – und fassten danach den mutigen Entschluss, mich anstelle des Geflüchteten mitzunehmen. So, meine Herren, wurde ich zum Auffüllposten.«

Alle starrten ihn an. War so etwas möglich?

Theodor Weißbach lächelte immer noch. »Tja! Nichts ist unwahrscheinlicher als die Wirklichkeit. In einer bürokratischen Diktatur ist die ›Liste‹ nun mal von allergrößter Bedeutung. Sie muss stimmen, sonst gerät die Welt aus den Fugen. Individuum, menschliche Gefühle, Schmerz und Trauer spielen dabei keine Rolle.«

Wir wollten ihm diese Geschichte noch immer nicht so recht glauben, und seufzend erklärte er uns: »Meine Herren, Ihr Misstrauen in allen Ehren, aber sehen Sie doch bitte den Tatsachen ins Auge: Nichts fürchtet der russische Soldat so sehr wie seinen Vorgesetzten. Deshalb: Die Stückzahl muss stimmen! Läuft ein Gefangener weg, stimmt die Stückzahl nicht mehr, also wird irgendein ahnungsloser Passant zum Auffüllposten. Ob der Nazi war oder nicht, ob zu Hause eine Frau und ein elternloses Enkelkind auf ihn warten, wen interessiert das, wenn nur die Stückzahl stimmt, damit Iwan und Kolja nicht bestraft werden.«

Jule lächelte mir zu. Ihm gefiel der Philosoph.

Der Nächste, der sich vorstellte, war ein rundköpfiger Fleischermeister namens Friedrich Matjukat, dem man seinen Beruf aber nicht mehr ansah. Er war verhaftet worden, weil er Ortsgruppenkassierer gewesen war. »Ich glaube, die Sowjets halten mich für so was wie Hitlers Stellvertreter.« Er lachte trocken. »Dabei hab ich doch wirklich nur Beiträge kassiert. Ist das ein Verbrechen?«

Er erhielt keine Antwort. Seit Kriegsende waren alle Nazis nur Ortsgruppenkassierer gewesen.

Ein Mann im schwarzen Wettermantel, mit scharf geschnittenem Mund und klobiger Nase, stellte sich uns als Staatsanwalt vor. Man habe ihn verhaftet, weil er im Staatsdienst gewesen sei, erklärte er, obwohl er, wie er beweisen könne, nur Kriminaldelikte verhandelt und nichts mit politischen Prozessen zu tun gehabt hätte. »Nun ja!« Er schnäuzte sich. »Die Rache der Sieger! War ja nach allen Kriegen so.«

Theodor Weißbach widersprach: »Bei Lichte betrachtet, gibt's in diesem Krieg keine Sieger. Rein moralisch gesehen, sind auch die Sieger Besiegte, wie sie uns inzwischen ja mehrfach bewiesen haben und wie wir gerade jetzt am eigenen Leibe erfahren.«

Eine Bemerkung, über die viele erst einmal nachdenken mussten. Dann machten wir uns weiter miteinander bekannt: Ein schmallippiger Journalist verriet uns, er wisse nicht, weshalb man gerade ihn verhaftet habe. Zwar sei er Parteimitglied gewesen, doch habe er stets nur über kulturelle Fragen geschrieben, Film-, Theater- und Musikkritiken. Irgendein Konkurrent müsse ihn denunziert haben. Einem ehemaligen SA-Mann war seine Mütze zum Verhängnis geworden. Alles habe er gleich am 2. Mai weggeworfen, nur diese eine bescheuerte Mütze, die auf den Schrankboden gefallen war, habe er übersehen. »Dabei war ick doch nur 'n janz kleenet Licht, nich mal bis zum Sturmführer hab ick's jebracht. Solln se doch die dicken Jörings verhaften und nich die kleenen Heini Buttjereits.«

Zwei junge Männer waren wegen Spionage festgenommen worden. Sie hatten sich auf Bahnanlagen herumgetrieben, aber nicht um zu spionieren, wie die Russen ihnen vorgeworfen hatten, sondern weil sie in die am Bahndamm gelegenen

Laubenkolonien einsteigen wollten, um ein bisschen Obst und Gemüse zu klauen. Ihr Hunger hatte sie dort hingetrieben. »Und jetzt«, sagte der mit den weit abstehenden Ohren bitter, »sind wir amerikanische Spione. So schnell geht das.«

Es wurden noch weitere Verhaftungsgeschichten erzählt, und es wurde immer klarer: Kein kleiner Hitler, Göring, Goebbels oder Himmler saß mit uns im Waggon, sondern viele ganz willkürlich Verhaftete. Wir Jugendlichen waren alle über einen Kamm geschoren worden: Alle waren wir Werwölfe, hatten Attentate geplant oder ausgeführt oder unser HJ-Koppel ein paar Tage zu lange getragen.

Theodor Weißbach sagte dazu: »Tja, meine Herren, damit werden wir uns abfinden müssen. Deutschland ist entehrt. Offensichtlich müssen Recht und Gesetz nicht mehr in Anwendung gebracht werden bei einem Volk, das so grausame Verbrechen auf sich geladen hat.«

Darüber erregte sich der Staatsanwalt. Das sei aber gegen alle menschlichen Moralvorstellungen, wenn Unschuldige mitbestraft würden. »Man hätte uns doch irgendeine konkrete Tat vorwerfen müssen. Eine Anklageschrift, ein Haftrichter – aber nein, nichts dergleichen! Es handelt sich um reine Willkürmaßnahmen, die durch nichts, aber auch gar nichts zu rechtfertigen sind.«

Bestätigendes Murmeln war zu hören. Nur wenige wussten, was man ihnen vorwarf. Und die es wussten, beteuerten, dass die Vorwürfe nicht zuträfen.

Theodor Weißbach erschütterte das nicht. »Wir haben vorher jede Menge Willkürmaßnahmen geschluckt, nun müssen wir weiter schlucken. Eine alte Geschichte: vae victis – wehe dem Besiegten! Denn das ist das Problem, abgesehen einmal von jeder Moral: Wer zum Schluss die Waffe in der Hand hat, der hat das Recht auf seiner Seite.«

Er sagte es, lächelte – und widersprach sich genüsslich selbst: »Kurzfristig gedacht mag das ja auch so sein, langfristig aber gilt: Wer heute meint, für alle Zeit im Recht zu sein, nur weil er einmal das Böse besiegt hat, greift zu kurz. Das Böse nähert sich uns in vielerlei Gestalt. Aber wer keinen Spiegel hat, der sieht das nicht.«

Ich sah, wie Jules Augen aufleuchteten, doch sagte er nichts. Und alle anderen schwiegen nun auch; jeder hing seinen eigenen Sorgen nach.

Irgendwann wurden dann auch die Nachbarwaggons von Häftlingen bestiegen; wir hörten Schrittgetrappel, Kommandorufe und das ewige »Dawai! Dawai!«. Ging es nun endlich los? Wir saßen ja noch immer auf den blanken Brettern und unsere Hintern hatten längst jedes Fett verloren; uns taten alle Knochen weh.

Außerdem stank es bald immer mehr in diesem düsteren Viehwaggon. Nicht ein Einziger hatte seit seiner Verhaftung Kleider oder Wäsche wechseln dürfen, und so manchem Gefangenen ging es wie Färber und Knopf, die ihre »Pestbeulen« nicht wegbekamen; Phlegmone – Zellgewebsentzündungen; große, stinkende Eiterbeulen, verursacht durch Vitaminmangel, Unterernährung und Schmutz. Platzten die Beulen auf, klebte der Eiter an der Kleidung fest und wurde zu Dreck. Färber und Knopf hatten vom russischen Arzt etwas zum Einreiben bekommen, doch vermuteten sie, die Biester mit jener Salbe nur zu füttern.

Endlich, es mussten schon mehrere Stunden vergangen sein, hörten wir das Signal zur Abfahrt. Ein schriller Pfiff, ein Ruck und der Zug fuhr an. Rasch erhob ich mich, stellte mich an das kleine, offene Lukenfenster und sah hinaus. Nicht lange, und Jule stand neben mir. Ich wollte ihm Mut machen. »Es geht zur Entlassung, haben se gesagt, vielleicht sind wir an deinem Geburtstag schon wieder draußen. Dann feiern wir, egal, ob mit Kaffee und Kuchen oder Wasser und Brot.«

»Nein!« Jule schüttelte den Kopf. »Die lassen uns nicht raus. Jedenfalls nicht so schnell.«

»Und weshalb haben se dann ›zur Entlassung‹ gesagt?«

»Damit der Transport ruhig vonstatten geht.«

Er hatte Recht. Nichts anderes konnte dahinter stecken. Ich hatte mal wieder nur so dahergeredet.

»Wenn ich ein Stück Papier und 'nen Bleistift hätte«, flüsterte ich Jule zu. »Dann könnte ich Bille und Mutter eine Nachricht zukommen lassen. Einfach aus dem Zug werfen ... Irgendwer wird sie schon finden und weiterleiten.«

Doch wir hatten kein Papier und nichts zu schreiben. Niemand in diesem Waggon hatte auch nur ein Fitzelchen Papier. Und so würden Mutter und Bille und Ömchen sicher noch längere Zeit nichts über unseren Verbleib erfahren.

Einmal ratterte der Zug über eine Brücke. Hohl klang das Kawummtata, Kawummtata. Der Fluss, in dem der Mond schwamm, musste die Elbe sein. Waren wir schon an Wittenberg vorüber?

Es wurde langsam kalt im Waggon, die Hitze unserer Leiber und auch der Gestank wärmten nicht mehr. Außerdem war es nun schon längere Zeit stockfinster und wir hatten Durst. Und musste wer pinkeln, schiffte er in eine Ecke. »Hochziehen und ausspucken geht ja nicht«, witzelte Bernie, der fast alle halbe Stunde seinen Hosenschlitz aufknöpfte. Nur gut, dass wir so lange nichts zu essen bekommen hatten, sonst hätte es sicher bald noch mehr gestunken.

Immer öfter wurde geschimpft: »Wie die mit Menschen umgehen!«

Jule flüsterte mir zu: »Vorher haben se sich das nicht gefragt.«

Ich nickte nur. Es war alles so verrückt: Wir fuhren nach Buchenwald – genauso wie Jahre zuvor Häftlinge in diesen Waggons nach Buchenwald transportiert worden waren …

Irgendwann blieb der Zug stehen. Mitten auf freier Strecke. Stundenlang. Jule und ich hatten uns längst wieder gesetzt, lehnten unsere Rücken aneinander und versuchten zu schlafen. Es ging nicht. Ich sah Mutter, Bille und Ömchen vor mir – wie sie im Wohnzimmer beieinander saßen oder schlaflos in ihren Betten lagen und sich ganz sicher noch immer um uns sorgten … Vielleicht glaubten sie sogar, die Russen hätten uns erschossen … Dann weinten Mutter und Bille jetzt um Jule und mich, wie sie um Vater geweint hatten, als der Kompaniebrief von der Front gekommen war.

Ein grauenhafter Gedanke. Ich versuchte, dagegen anzukämpfen, mir etwas Schönes vorzustellen: Clara und ich am Müggelsee – unser erster Kuss! Clara und ich im Friedrichshain – wie ich sie streicheln durfte! Mir kamen die Tränen. Nein, solche Gedanken machten alles nur noch viel schlimmer! Sie erweckten eine Sehnsucht in mir, die kaum auszuhalten war. Und eine Trostlosigkeit, die mir den letzten Mut nahm.

Es war schon früher Vormittag, da kroch der Zug den Ettersberg hinauf. Nun drängten sich fast alle an die beiden kleinen Fensteröffnungen; alle wollten wir sehen, was uns bevorstand. Und dann sahen wir es auch schon: das Lager. An einem Hang inmitten eines von Nebelschwaden durchzogenen hügeligen Waldgebietes lag es, umgeben von hohen Wachtürmen und mehreren hintereinander liegenden Reihen von Stacheldrahtzäunen.

Einer der Gefangenen witzelte: »Schöne neue Heimat!«, der ehemalige Staatsanwalt im Wettermantel, der direkt neben mir stand, flüsterte Jule und mir zu: »Macht euch mit allem vertraut, Jungs, doch vertraut niemandem.« Er hatte das aber wohl mehr zu sich selbst gesagt; ich spürte, wie er zitterte.

Die Räder quietschten, der Zug hielt – und weiter geschah nichts. Neue Ewigkeiten vergingen.

Ich starrte zu dem Lager hin: Buchenwald! Ein Name wie eine Drohung, obwohl es doch eigentlich ein schöner Name war: Buchen und Wald! Förster und Rehe, vielleicht ein Wilddieb durften hier hausen; ein Lager für Sträflinge und solch ein Name, irgendwie passte das nicht. Und doch war hier ein Lager, ein riesiges Lager sogar, bleigrau, fast wie in Zement gegossen lag es vor uns … Mich fröstelte.

Von dem anderen Waggonfenster aus war das Tal zu sehen. Die roten Ziegeldächer der Bauernhäuser leuchteten matt durch den sich nur langsam verflüchtigenden Nebel. Fleischermeister Matjukat seufzte. »Nee! Die entlassen uns nicht. Hier schafft man niemanden hin, nur um ihn zu entlassen.«

Es mussten erneut zwei Stunden vergangen sein, dann hörten wir, wie an der Schiebetür gehämmert und sie mit einem kreischenden Geräusch aufgezogen wurde. Einige von uns hatten zuvor schon längere Zeit mehrere zerlumpt wirkende Häftlinge beobachtet, die mit dem Ausladen von Kartoffelloren beschäftigt waren. Kaum war die Schiebetür gänzlich geöffnet, sprang ein ganzer Trupp hinaus und stürzte zu den Loren hin, um sich rasch ein paar Kartoffeln in die Taschen zu stecken. Seit Monaten hungerten wir nun schon und seit anderthalb Tagen hatten wir nichts mehr zu trinken bekommen.

»Sto dakoi? Sto dakoi?« – Was ist los?, riefen die russischen Wachposten und versuchten, die Gefangenen mit ihren Gewehrkolben und zwei, drei Warnschüssen von den Kartoffelloren zu vertreiben. Die aber rafften nur emsig weiter Kartoffeln; Bernie war dabei, auch Knopf und Matjukat.

Es hatte auch Jule und mich gejuckt, uns ein paar Kartoffeln zu holen, allein Theodor Weißbachs Warnung hatte uns zurückgehalten. »Rohe Kartoffeln!«, hatte er leise gesagt. »Und das auf leeren Magen. Das gibt 'nen gesegneten Durchfall.«

Und dann hatten die Rotarmisten die Kartoffelloren auch schon umstellt und wir mussten in Marschblockformation antreten. Dolmetscher kamen, um die Namenslisten zu überprüfen. Wer aufgerufen wurde, musste »Hier!« brüllen. Wir konnten richtig sehen, wie die russischen Offiziere aufatmeten, als sie festgestellt hatten, dass keiner fehlte.

Gleich darauf marschierten wir auf den Kommandoturm mit der großen Lageruhr zu. Ein schmiedeeisernes Tor wurde geöffnet, ich erkannte darin die eingearbeitete Inschrift JEDEM DAS SEINE. In steilen Großbuchstaben standen sie da, diese drei Worte JEDEM DAS SEINE. Eine Verhohnepipelung, dachte ich. Jedem das Seine? Unser also dieses Lager? Erst später erfuhr ich, dass jene Inschrift noch aus der Zeit stammte, als die SS auf dem Ettersberg das Sagen hatte – und wunderte mich noch mehr: Weshalb hatten die sowjetischen Lagerkommandanten sie nicht entfernen lassen? Allein aus Bequemlichkeit? Oder steckte irgendeine ironische Absicht dahinter? Seht her, ihr Nazi-Verbrecher, unter diesem Bannspruch habt ihr Menschen eingesperrt, gequält und ermordet! Nun dürft ihr mal nachspüren, wie es euren Opfern ergangen ist. Jedem das Seine – und euch das Eure!

An jenem grauen, kalten Novembertag, als wir in das Lager

einmarschierten, wusste ich noch nichts von dieser fortgeführten Tradition. Da blickte ich nur voraus: Was würde uns hier erwarten?

Jule erging es nicht anders. Wir marschierten so dicht nebeneinanderher, dass unsere Schultern sich berührten. »Da!«, sagte er dann auf einmal und wies auf eine Gruppe zerlumpter Häftlinge, die vor dem Hintergrund der zahllosen Baracken, die sich in sechs langen, schnurgeraden Reihen wie aufgefächert die Anhöhe hochzogen, einen mit Säcken beladenen Wagen vor sich herschoben. Kraftlos pressten sie sich an die Räder, zogen an Seilen, drückten an Stangen und bewegten den Wagen auf diese Weise unglaublich langsam vorwärts. Und nicht einer von ihnen hob den Kopf, um zu uns hinzuschauen; manche stemmten sich dermaßen geduckt gegen den Wagen, dass es aussah, als hätten sie gar keinen Kopf.

Und wie mager diese Häftlinge waren! Wir hatten seit Monaten keine einzige richtige Mahlzeit mehr bekommen, waren auch vom »Fleisch gefallen«, wie Färber das nannte, gegen jene lebenden Leichen aber wirkten wir noch kräftig.

Auch alle anderen Neuankömmlinge waren erschrocken zusammengefahren. War das unser Schicksal? Dann war die versprochene Entlassung nichts als eine grausame Verhöhnung.

Zwei Rotarmisten bewachten die Häftlinge. Ständig schrien sie etwas. Man merkte ihnen aber an, dass sie es nur lustlos taten. Sicher hatten sie schon oft so schreien müssen; es machte ihnen keinen Spaß. Vielleicht waren sie sogar wütend darüber, dass sie in diesem Lager Dienst tun und Tag für Tag herumschreien mussten.

»Swyrna!« Der russische Sergeant, der uns kommandierte, war stehen geblieben, und wir ahnten, dass »Swyrna« so etwas wie »Stillgestanden« bedeutete, und blieben ebenfalls stehen. Er spazierte um uns herum und sah uns an. Dann steckte er sich eine Papirossa in den Mundwinkel, eine Zigarette mit geknifftem, hohlem Mundstück, grinste fröhlich und sagte etwas zu dem Soldaten, der ihn begleitete. Der, einer von den asiatisch aussehenden Soldaten, grinste zurück und steckte sich ebenfalls eine Zigarette an.

Wir standen da, in Reih und Glied, und warteten. Es war kalt auf dem Ettersberg, kalt und feucht, und fast alle waren wir im Sommer festgenommen worden, also nur in seltenen Fällen mit Jacke unterwegs gewesen. Wir froren jämmerlich, alles erschien uns trostlos und grau, und auch der Anblick der gepflasterten Barackenstraßen erwärmte niemanden; keiner, der sich danach sehnte, in eine dieser Baracken eingewiesen zu werden.

Zwei ziemlich aufgeputzte Offiziere gingen vorüber, sie trugen helle Lederhandschuhe und hielten jeder eine Reitgerte in der Hand. In ihrer Begleitung drei ebenfalls uniformierte und gestiefelte Frauen. Sie lachten über irgendetwas, diese fünf, sahen einmal kurz zu uns hin und gleich wieder weg. Eine neue Bemerkung, sie lachten noch heftiger.

Lachten die über uns? Boten wir abgerissenen Figuren ein so lustiges Bild?

Zwei andere Offiziere und eine russische Ärztin, die über der Uniform einen weißen Kittel trug, kamen auf uns zu. Die beiden Offiziere bauten sich vor uns auf und musterten uns stirnrunzelnd, die noch sehr junge, sommersprossige Ärztin, ging gleich durch die Reihen. Mit böse zusammengekniffenem Mund ließ sie sich von dem einen oder anderen die Zähne zeigen und stellte in gebrochenem Deutsch verschiedene Fragen. Einmal hörte ich sie einen älteren Gefangenen, der offensichtlich über Durchfall geklagt hatte, zur Sicherheit noch einmal fragen: »Aha – Popo kaputt! Ja? Richtig?« Als Bernie sich bei ihr beschwerte, dass er Hunger habe, kuckte sie ihn nur von oben bis unten an. »Stock gut satt machen, du verstehn?«

Herbert Knopf fragte sie nach Geschlechtskrankheiten. »Tripper, Schanker, Syphilis, sonst noch was?« Diesen Satz schien sie auswendig gelernt zu haben, so flüssig kam er ihr über die Lippen.

Der kaninchengesichtige Knopf wurde rot wie ein Schuljunge. »Wie … wie kommen Sie denn auf so was?«

Gleich herrschte sie ihn an. »Mund!« Das war ihr Wort für »Still sein!« oder »Schweig!«.

Als sie vor mir stand, konnte ich nicht anders – ich musste sie angrinsen. Darüber wundere ich mich noch heute. Mir war wirklich nicht nach Grinsen zumute; diese junge Frau mit der strengen Miene, die sich wie eine Kindergärtnerin benahm, fand ich trotz der Situation, in der wir uns befanden, irgendwie komisch. Ich spürte wohl instinktiv, dass sie in Wahrheit gar nicht so war.

»Sto dakoi?«, fragte sie verwundert. Wieder dieses »Was ist los?«. Doch an jenem Tag verstand ich das noch nicht, also grinste ich nur weiter, was sie nicht wenig verwirrte. Offenbar war sie nur Angst und Respekt gewohnt. »Tripper, Schanker, Syphilis, sonst noch was?«, fuhr sie mich an.

Und da kam meine Schnauze in mir durch und ich antwortete: »Alles.«

Einen Moment lang lauschte sie diesem Wort nach, als wollte sie überprüfen, ob sie richtig verstanden hatte, dann prustete sie los.

Neugierig blickten die beiden Offiziere sie an, und da übersetzte sie ihnen, was ich gesagt hatte. Die beiden mussten ebenfalls lachen und zu dritt unterhielten sie sich über dieses magere, deutsche Bürschchen, das behauptet hatte, unter allen drei Geschlechtskrankheiten gleichzeitig zu leiden.

Als sie sich ein wenig beruhigt hatten, winkte die Ärztin mich zu sich: »Iti suda!« – Komm her!

Vorsichtig trat ich auf sie zu.

»Name.«

»Paul – Paul Scholz.«

»Paul? Das ist Pawel, richtig?«

Wieder nickte ich.

Da sagte sie nur noch: »Du – gesund!«, und meinte damit wohl, wer so freche Antworten gab und Pawel hieß, musste gesund sein.

»Ja«, antwortete ich. »Aber – Hunger. Großen Hunger! Wir alle – Hunger! Und Durst. Großen Durst!« Und erwartete, dass sie nun auch mir den Stock androhte, der mich »gut satt machen« würde. Doch nein, jetzt nickte sie verstehend. »Essen. Ihr alle – essen! Bald!« Und dann lachte sie wieder und fragte: »Tripper, Schanker, Syphilis, sonst noch was?«

Und ich spielte weiter den Clown und sagte noch einmal: »Alles.«

Zäune

Noch am gleichen Tag ging's ins »Badehaus«, den Duschraum in einem Kellergewölbe unweit der Desinfektionsanlage. Ein großer, hoher Raum, gefliest bis an die Decke, in der sich die Brauseköpfe befanden. Wieder wurden uns die Kopf- und diesmal auch die Schamhaare geschoren; Bein-, Achsel-, Brust- und bei einigen auch die Rückenhaare durften bleiben. »Typisch russische Inkonsequenz«, lästerte Färber. »Entweder richtige hygienische Maßnahmen oder gar keine.«

Alle anderen schwiegen bedrückt. Ich fragte mich, wie viele zigtausend Häftlinge schon vor uns hier geduscht hatten, und dachte daran, was Jule mir über Auschwitz erzählt hatte. Die Frauen, Kinder und alten Männer dort hatten auch geglaubt, zum Duschen geführt worden zu sein – aus den Brauseköpfen aber war kein Wasser, sondern Gas gekommen. Ich musste Jule nicht ansehen, um zu wissen, dass er in jenem Moment ebenfalls an diese Gaskammern dachte.

Während wir duschten, wurde unsere Kleidung desinfiziert. Nackt durften wir sie danach in der »Entlausung« abholen. Das Gefühl, das ich in jenem Moment hatte, glatzköpfig und ohne Schamhaare! Ich fühlte mich schutzlos wie ein Egerling.

Unsere Kleider dampften noch, als wir sie zurückerhielten; manche Wäschestücke rochen versengt. Und die feuchte, muffige Luft in der Entlausung tat ihr Übriges. Mir wurde mal wieder übel. Was war ich froh, als wir endlich in die kalte, neblige Luft zurückdurften.

Auf dem Weg zu unserer Baracke sahen wir, wie groß dieses Lager war. Bestimmt siebzig, achtzig Baracken, einige aus Holz, andere, zweistöckige, aus festem Mauerwerk. Es war eine richtige, kleine Stadt, dieses Lager; nur eben eine sehr graue, hässliche, beängstigende Stadt.

Alle, die mit unserem Zug gekommen waren, wurden in das Obergeschoss einer Steinbaracke eingewiesen. An den dreistöckigen, hölzernen Schlafpritschen waren noch die Häftlingsnummern der Gefangenen angebracht, die unter den Nazis das Lager bevölkert hatten. Wieder so ein komisches Gefühl! Welche Namen, welche Schicksale steckten hinter diesen Nummern?

Jeweils zwei Gefangene hatten sich eine Pritsche zu teilen; Jule und ich verkrochen uns in den dritten Stock. So lagen wir nur dreißig Zentimeter unter der Raumdecke, bekamen kaum Luft und konnten uns nicht aufrichten, hatten es aber besser getroffen als die älteren Gefangenen, die, weil sie die Kletterei scheuten, die unteren Stockwerke bezogen und auf diese Weise zwischen zwei Pritschen in einer sargähnlichen Enge schlafen würden.

Als Matratzen fungierten zur Hälfte gefüllte Strohsäcke; die Gänge zwischen den Reihen von Pritschen waren so schmal, dass man die Arme anwinkeln musste, wollte man hindurchgehen. Es gab Häftlinge, die sich lauthals darüber beschwerten. Wieder dieses »So kann man doch nicht mit Menschen umgehen!«.

Theodor Weißbach runzelte nur seine hohe Stirn. »Tja! Da haben wir's – das sind nun unsere eigenen Lager und sie gefallen uns nicht.«

Worte, die auch niemandem gefielen.

Es war kaum eine Stunde vergangen, da hatten wir das Gefühl, es in dieser Baracke nicht länger aushalten zu können. Über einhundert Männer und Jungen in einem einzigen Raum – unsere Ausdünstungen nahmen uns die Luft. Doch wurde ein Fenster geöffnet, kamen Kälte und Zugluft herein und es gab Proteste von den unteren Strohsäcken.

Einziger Trost: Das hier war wenigstens keine Kellerzelle, wir durften in eigener Machtvollkommenheit entscheiden, wann wir das große Klo mit den vielen, nicht voneinander abgeteilten WCs mit unserem Besuch beehrten, und wir durften zu jeder Tages- und Nachtzeit den Waschraum betreten und uns über den großen Steinbecken mit den sprudelnden Wassersäulen waschen. Auch durften wir uns in der Baracke bewegen, wie wir wollten. Sogar an die frische Luft durften wir.

Erde und Himmel, Sonne und Wind, auch wenn in diesen Novembertagen fast nur Nebel das Bild bestimmte, waren uns zurückgegeben.

Wie oft waren Jule und ich in jenen ersten Tagen auf den uns erlaubten Wegen unterwegs! Nichts konnte uns in der engen, menschenüberfüllten Baracke halten. Das Lager lag am Nordabhang des Ettersberges, so war es schutzlos dem Nordwind und ewigen Nebel ausgesetzt; jetzt, im Herbst, bot nicht mal der Wald, in den das Lager sich duckte, ein freundliches Bild. Dennoch waren wir so viel wie möglich auf den asphaltierten und wie mit dem Lineal gezogenen Lagerstraßen unterwegs und standen oft lange auf dem Appellplatz dicht vor dem Torturm, um die vielen Zäune anzustarren, die dieses riesige Areal umgaben.

Sie waren noch von der SS angelegt worden, zogen sich in mehreren Reihen ringförmig um das Lager und wurden später, nach den ersten gelungenen Fluchtversuchen, immer wieder verstärkt und erhöht. Zuletzt gab es an manchen Stellen fünf Zaunreihen, alle in Abständen von etwa zwei Metern angelegt: Bretterzäune, Stacheldrahtzäune und stromgeladene Zäune, wie die Porzellanhütchen auf den Betonpfeilern verrieten. Viele waren mit Glühbirnen bestückt, alle wurden sie von Scheinwerfern angestrahlt. Nachts musste das Lager von weitem einen fast fröhlichen Eindruck gemacht haben – ein Rummelplatz mitten im Wald?

Aber nicht nur um das Lager waren Zäune gezogen, auch innerhalb des Lagers gab es Stacheldrahtzäune. Sie teilten es in vier Zonen, trennten das Frauen- vom Männerlager, schlossen die Werkstätten, das Lazarett und die Isolierbaracke ein – jene Strafbaracke, vor der alle sich so fürchteten. Eine andere Zone als die eigene zu betreten, war außer den Russen nur den dazu berechtigten deutschen Lagerschutzmännern oder Funktionshäftlingen erlaubt.

In den ehemaligen SS-Kasernen hausten nun russische Wachmannschaften; auf den noch bis zum April mit SSlern besetzten Wachtürmen standen Rotarmisten mit Maschinenpistolen. Die meisten von ihnen waren noch jung, so um die zwanzig Jahre; waren sie nicht im Dienst, wirkten sie auf mich wie traurige Schuljungen. Der Krieg war vorbei, in Moskau, Kiew und Leningrad warteten ihre Mütter, Väter, Geschwister und Freundinnen auf sie, aber nein, sie mussten bleiben, »Faschisten« bewachen. Was dachten sie, wenn sie sahen, dass einige dieser »faschistischen Verbrecher« erst dreizehn, vierzehn oder fünfzehn Jahre alt waren und andere nur magere, müde alte Männer?

Oft musste ich an Theodor Weißbachs Wort von der Angst der Russen denken. Er war noch immer überzeugt davon, dass die russischen Soldaten ihre Vorgesetzten mehr fürchteten als uns. Das sollten wir uns immer wieder sagen, hatte er Jule und mir geraten, denn allein Unkenntnis mache intolerant.

Wieder mal ein Spruch, der uns gefiel.

Ein beängstigender Anblick war der riesige Schornstein des Krematoriums gleich rechts neben dem Tor. Sechs Koksöfen hatten einst ihren Rauch durch diesen Schornstein geschickt; sechs Öfen, in denen die Lagertoten verbrannt wurden. Als die Amerikaner das Lager befreiten, so erfuhren wir bald, hätten sie dort noch die verkohlten Reste der letzten, hastig durchgeführten Verbrennungen vorgefunden … Nein, das wussten wir, Buchenwald war kein Vernichtungslager wie Auschwitz gewesen. Hier wurden keine Menschen vergast und danach verbrannt; hier durften sie »nur« arbeiten, bis sie nicht mehr konnten, und es wurden allein die verbrannt, die der Erschöpfung, Folter oder Willkür der Wachmannschaften erlegen oder auf andere Weise mit dem Tode »bestraft« worden waren.

Wer jetzt verstarb, wurde im Wald verscharrt, hatten Häftlinge, die bereits seit August hier festgehalten wurden, berichtet. Auch kein schöner Gedanke, doch natürlich hofften wir alle, niemals auf diese Weise aus dem Lager »entlassen« zu werden.

Auch unsere Geburtstage feierten Jule und ich auf solchen Spaziergängen. Dabei dachten wir an Mutter, Bille und Ömchen und fragten uns, wie ihnen jetzt wohl zumute war. Trauerten sie um uns, weil sie glaubten, dass wir vielleicht nicht mehr lebten? Seit einem Vierteljahr hatten sie kein Lebenszeichen von uns erhalten; da mussten sie doch das Schlimmste befürchten. Wir aber waren gar nicht weit von ihnen entfernt – nur acht Kilometer waren es bis Weimar, nur wenige Stunden brauchte ein D-Zug nach Berlin.

Ein Stück Papier

Unsere Baracke – die Nr. 17 – gehörte zum 5. Bataillon. Bald gab es ein 6., 7., 8., 9., 10. und 11. Bataillon und noch immer zogen Tag für Tag neue Häftlinge durchs Lagertor. Meistens Thüringer und Berliner und fast durchweg ältere Männer oder Jugendliche. Das »Mittelalter« hatte ja bei der Wehrmacht Dienst tun müssen und war in Kriegsgefangenschaft geraten. Bernie blieb nicht der einzige Dreizehnjährige; Vierzehnjährige gab es wohl ein halbes Hundert, die meisten Jugendlichen aber waren zwischen fünfzehn und achtzehn Jahre alt. Insgesamt waren wir weit über tausend Jungen und Mädchen. Nur wenige von uns hatten HJ-Funktionen ausgeübt, doch alle waren wir Werwölfe. Eine andere Begründung für unsere Festnahme gab es nicht.

Da wir nicht getrennt von den Älteren untergebracht wurden, kam es öfter zu Reibereien. Die Erwachsenen wollten als Respektspersonen behandelt werden, doch waren sie das schon lange nicht mehr. Kam einer der Jungen einem älteren Häftling frech, schrie der schon mal: »Dummer Bengel, bist ja noch grün hinter den Ohren.« Die Antwort, die er erhielt, lautete: »Alter Zausel! Ihr seid's doch gewesen, die uns in die Scheiße geritten haben. Erst habt ihr vor eurem Führer gebuckelt und uns mit Lügen voll gestopft, jetzt buckelt ihr vor den Russen und meint, alle Wahrheit der Welt für euch gepachtet zu haben.«

Als einmal ein ehemaliger Polizeioberst seinem Schlafnachbarn Brot stahl, gab unser Kompanieführer, ein Leipziger vom deutschen Lagerschutz, ein paar Jungen einen Wink und noch in derselben Nacht schnappten sie sich den ehemaligen Hüter der hitlerschen Gesetze und prügelten ihn windelweich. Danach lachten sie und sagten: »Und vor so was hat unsereins mal Schiss gehabt.«

Für die meisten Jugendlichen hatte sich der Nazismus ein für allemal erledigt. Andere hatten der Nazi-Propaganda zuvor eher misstrauisch oder gar ablehnend gegenübergestanden und begannen ihr erst jetzt zu glauben. Passierte denn nicht genau das, wovor Hitler, Goebbels und all die anderen Obernazis immer gewarnt hatten? War Buchenwald nicht Sibirien?

Unter den älteren Häftlingen dominierten die ehemaligen Nazis, doch gaben viele sich als »Muss-Nazis« aus. Sie mussten in die NSDAP eintreten, weil sie sonst in ihren Berufen nicht weitergekommen wären; ein Argument, wie Julian und ich es schon von Herbert Knopf zu hören bekommen hatten.

Und natürlich erzählten alle, welch kleine Lichter sie doch nur gewesen seien und mit welch aufopferungsvoller Gesinnung sie nicht etwa Hitler und seiner Clique, sondern allein dem deutschen Volk gedient hätten. Blockwart, Ortsgruppenkassierer oder Funktionär der Nationalsozialistischen Volkswohlfahrt, kaum einer war etwas Höheres gewesen. Bekennende Nazis gab es nur wenige, in unserer Kompanie sogar nur einen: Adolf II.

Er hieß tatsächlich Adolf, Adolf Fischer. Von ihm wurde erzählt, dass er mehrere Nazi-Gegner denunziert habe – was er auch nicht bestritt: »Weshalb denn nicht? Parasiten am Volkskörper – so was gehört eingesperrt! Schließlich ging's für unser Volk ums Ganze, da durfte man nicht zimperlich sein.«

Er war schon weit über die sechzig, der Adolf Fischer, und trug sommers wie winters Wattepfropfen im Ohr, die, weil er sie nur so selten wechseln konnte, schon richtig dunkelbraun waren. Ständig hatte er Ohrenschmerzen, und unermüdlich schimpfte er auf die Russen, weil nicht nur er, sondern auch seine Frau und sein Sohn im Lager waren. »Sippenhaft! Das haben se uns vorgeworfen und nun praktizieren se's selber. Was haben meine Frau und mein Sohn denn mit meiner Überzeugung zu tun? Sollen se mich hängen, bin bereit, für meine Überzeugung zu sterben. Meine Frau aber hat ja nich mal gewusst, was die SA von der SS unterschied, und mein Sohn hat nur wiedergekäut, was ich ihm vorgekaut habe.«

Es gab mehrere Fälle von »Sippenhaft« im Lager, und es war wirklich nicht zu verstehen, weshalb eine ganze Familie für den Vater, den Sohn oder die Mutter büßen sollte. In dieser Hinsicht konnte niemand Adolf II. widersprechen. Doch was er sonst noch so sagte! »Wir Deutschen haben nur eine Schlacht verloren, noch lange nicht den Krieg. Irgendwann geht's wieder los. Warum? Weil die Welt aufgeräumt werden muss. Außerdem haben wir diese erste Schlacht nur verloren, weil die Russen so viele Menschen und die Amerikaner so viel Material gegen uns aufbieten konnten. Irgendwann werden wir die besseren Waffen besitzen; Waffen, die jede zahlenmäßige Überlegenheit aufwiegen, und dann gnade euch Gott, ihr Barbarenpack!«

Theodor Weißbach bemerkte dazu nur: »So ist's richtig! Die Russen rächen sich an uns, wir dann wieder an den Russen, die dann wieder an uns und immer so weiter. Auf diese Weise geht die Zivilisation eines Tages noch ganz und gar vor die Hunde.« Ansonsten äußerte er sich nicht über Adolf II.; es war deutlich, der Mann war unter seinem Niveau.

Andere Nicht-Nazis, die fast alle als amerikanische Spione oder Sowjetfeinde verhaftet worden waren, weil sie sich zufällig in der falschen Gegend aufgehalten oder etwas Falsches gesagt hatten, hielten es, was Adolf II. betraf, ähnlich. Mit den kleinen Lichtern, die für alles nichts gekonnt haben wollten, debattierten sie hingegen gern. Sie warfen ihnen vor, mit ihrer aufopferungsvollen Treue die Verbrechen des Hitler-Regimes doch erst ermöglicht zu haben. Eine Beschuldigung, die die kleinen Lichter sehr erschütterte. Die Hand aufs Herz gepresst, beteuerten sie, dass sie immer nur ihre Pflicht erfüllt und von all den Verbrechen doch gar nichts gewusst hätten. Die Juden zum Beispiel, so hätten sie ganz ernsthaft geglaubt, wären tatsächlich nur zum Arbeiten in die Lager abkommandiert worden.

Mir wurde dann jedes Mal ganz kalt vor Wut. Und mit dieser fadenscheinigen Entschuldigung, mit der sie sich selbst für taub und blind erklärten, wollten sie weiterleben? Ich sah Jule an, er blickte weg und ich schämte mich mal wieder für all diese »gutherzigen« Henkersknechte.

Sie hatten aber noch eine »Entschuldigung« zur Hand – die, dass die Siegermächte ja auch nicht besser waren. »Die Russen, wie die mit unseren Frauen umgesprungen sind und wie sie jetzt uns behandeln – ist das etwa menschlich? Und die Amerikaner! Wie sie erst Hiroshima und drei Tage später, als sie die furchtbare Wirkung ihrer Bombe längst kannten, auch noch Nagasaki bombardiert haben! Hunderttausende von Toten! Dagegen waren unsere ›Kriegsverbrechen‹ ja noch harmlos … Nein, wir Deutschen sind nicht die einzigen ›Bestien‹ auf der Welt, die sollen uns bloß nicht mit Moral kommen. Wir sind doch bloß Verbrecher, weil wir den Krieg verloren haben. Hätten wir ihn gewonnen, wären jetzt die anderen die Verbrecher.«

Für unseren Staatsanwalt waren wir, die Deutschen, sogar Hitlers erste Opfer. »Natürlich sind wir ihm gefolgt – aus Schwäche, Dummheit, egal weshalb! Deshalb sind wir nicht schuldlos. Wir haben zu viel geschehen lassen, was nicht rechtens war. Aber sind wir deshalb alle Massenmörder? Man soll gerecht mit uns umgehen, die Mörder verhaften und meinetwegen auch hinrichten, aber nicht ein ganzes Volk zu Verbrechern erklären. Unsere gerechte Strafe hat uns doch längst ereilt – die Städte zerstört, die Männer für nichts und wieder nichts dahingeopfert, die Kinder vor Hunger weinend …«

Eine Gesellschaft auf der Suche nach dem Alibi, wie Theodor Weißbach das nannte. »In Wahrheit betrübt unsere Herren Nazis doch nur eines – dass sich der Gott der Sieger als der Stärkere erwiesen hat. Werfen sie Hitler etwas vor, dann nicht seine Verbrechen oder dass er den Krieg begonnen, sondern nur, dass er ihn am Ende verloren hat.«

In einem allerdings hatten die Nazis Recht – wenn sie fragten, weshalb denn ausgerechnet sie verhaftet worden seien und die riesige Mehrheit der vielen anderen ehemaligen Parteigenossen nicht. Sollten sie etwa stellvertretend für alle anderen bestraft werden?

Ein Thüringer Journalist rechnete uns mal vor, dass in Jena, seiner Heimatstadt, von den dortigen dreizehn Ortsgruppenleitern nicht ein einziger in Haft genommen wurde und von den vierundzwanzig Kreisleitern Thüringens gerade mal einer. Ja, da frage er sich doch, was er, das kleine Parteimitglied, falsch gemacht habe? »Irgendeinen Grund muss es doch haben, dass ich hier bin und die nicht.«

Die meisten Häftlinge – auch die Nazis – konnten keinen Sinn in ihrer Verhaftung erkennen und meinten, irgendwann würden die Russen schon einsehen, dass sie, bis auf ganz wenige Ausnahmen, die Falschen verhaftet hätten. Das Wort »zur Entlassung nach Buchenwald« müsse doch irgendeinen Hintergrund haben. Vielleicht würden ja nur noch einmal die Akten überprüft und dann ging es doch noch ab nach Hause. Die Wörter »Freiheit« und »Wann?«, sie schwebten über allen Gesprächen.

Den Lageralltag prägten die Zählappelle, stundenlanges Herumstehen in eisiger Kälte. Wir trugen ja noch immer unsere Sommerkleidung, unsere russischen Bewacher konnten uns nichts anderes zur Verfügung stellen, abgesehen von ein paar blau gestreiften Häftlingsjacken aus den Altbeständen des Nazi-KZ. Jule und ich mussten sogar froh sein, überhaupt solche Jacken bekommen zu haben, sonst hätten wir in unseren längst mit Löchern übersäten und nur selten gewaschenen Hemden am Appell teilnehmen müssen. Doch natürlich wärmten diese dünnen Jacken nicht. Sie hielten nur den Wind ein wenig ab, der fast immer über den Appellplatz fegte.

In Blöcken standen wir dann beieinander, ältere Männer

und Jugendliche, Greise und Kinder, Nazis und Nicht-Nazis, wenige wirklich Schuldige und einige hundert total Unschuldige, und wurden gezählt. Die erste Zählung übernahm ein deutscher Lagerschutzmann, die zweite ein sowjetischer Offizier. Beide liefen die Reihen ab, und es war interessant zu beobachten, dass der deutsche Häftling größeren Eifer an den Tag legte als der sowjetische Offizier.

Auch zwischen den Appellen: Es waren nicht die Russen, die wir am meisten fürchten mussten – es waren die Häftlinge vom Lagerschutz, zumeist ehemalige Polizisten und Polizeioffiziere, aber auch Bahn- und Postbeamte. Sie waren in der Baracke 2 untergebracht und hatten für Ordnung und Disziplin zu sorgen, ansonsten hatten sie nichts zu sagen oder zu tun. Doch waren sie überall anzutreffen. Vor den Frauenbaracken standen sie auf Posten, vor dem Lazarett, dem Wirtschaftshof, der Küche und dem »Isolator«, wie die Isolierbaracke, in der wir Häftlinge unsere Arreststrafen verbüßen mussten, bald nur noch genannt wurde.

In der Baracke 1 war die deutsche Lagerverwaltung untergebracht. Auch alles Häftlinge. Sie führten die Lagerkartei und mussten täglich die Stärkemeldung an den Offizier vom Dienst abgeben. Hier waren keine besonderen beruflichen Vorbedingungen notwendig; wichtig war nur, dass alles klappte.

Im Gegensatz zu dem, was Jule und ich in der sowjetischen Kommandantura erlebt hatten, schlugen die Rotarmisten, die uns bewachten, nur selten. Unsere deutschen Lagerschutzmänner, Bataillons-, Kompanie- und Gruppenführer hingegen schnauzten viel und schlugen gern. Gründe fanden sie immer: Mal war »das Bett« – die Pritsche mit dem Strohsack – nicht ordentlich genug gemacht, mal lag im Mittelgang ein Strohhalm, mal waren unsere zerfetzten, verdreckten und verlausten Decken nicht in einer Linie ausgerichtet, mal war der Fußboden nicht gründlich genug gescheuert.

In den ersten Wochen war ein gewisser Ernst Radtke unser Gruppenführer, ein grauhaariger Gnom mit zerfurchtem Clownsgesicht. Zirkusathlet sollte er zuvor gewesen sein und krimineller KZ-Häftling unter den Nazis. Interessant war, wie Radtke zu seinem Posten kam. Er hatte kurz vor einem Abendappell einen anderen, viel schwächeren Häftling so blutig geschlagen, dass er dem russischen Offizier, der den Appell abnahm, auffiel. Der Offizier ließ sich berichten, was da passiert war – und Radtke danach von zwei Rotgardisten ebenfalls zusammenschlagen. Das gefiel Jule und das gefiel auch mir. Das sah irgendwie nach Gerechtigkeit aus. Tags darauf aber bestimmte derselbe Offizier Radtke zum Gruppenführer. Und der genoss seine Privilegien, denn nun hatte er ja die Befugnis zum Schlagen und Bestrafen.

Eine »Beförderung«, über die Jule und ich viel nachdenken mussten und die besonders Jule zusetzte. »Wenn sie Verbrecher auf uns hetzen, sind sie selbst nichts Besseres«, sagte er bei einer der seltenen Gelegenheiten, wenn er mal den Mund aufmachte. »Sie wollen es sich einfach machen – und damit beweisen sie, dass sie keine wirkliche Moral haben.«

Radtke war ja nur einer unter vielen. »Willst du mich bestrafen, gib mir einen Deutschen zum Vorgesetzten«, wurde gespottet.

Unser Staatsanwalt nannte die Funktionshäftlinge nur »Gummi-Deutsche«, für Josef Färber waren sie nichts als Arschkriecher.

Jule fragte sich oft, woher er nur kam, dieser Eifer, strenger zu sein als unsere wahren Herren; ein Eifer, den er bei den jüdischen Ordnern in der Großen Hamburger Straße nicht angetroffen hatte. War es allein der Wunsch, wer sein zu dürfen? Oder ging es um das etwas bessere Essen, das die Funktionshäftlinge erhielten?

Auf jeden Fall fanden sie ein weites Betätigungsfeld, die Stellvertreter unserer Bewacher, denn im Lager war fast alles verboten. Wir durften nicht singen oder musizieren – worunter das Blasen auf dem Kamm verstanden wurde, denn Instrumente besaßen wir nicht –, auch selbst gefertigte Brettspiele wurden uns fortgenommen und der Besitzer erbarmungslos mit dem Isolator oder, noch schlimmer, dem Bunker bestraft. Einzig erlaubt war das Schachspielen, was denn manche auch von morgens bis abends betrieben.

Außerhalb unserer Baracke durften wir uns keinerlei fremden Zonen nähern und entgegenkommende Häftlinge nicht durch Zuruf grüßen. Auch zu den Fenstern der Frauenbaracken hinzuschauen galt als ganz und gar perverses Verbrechen. Und was nicht verboten war, das war peinlich genau geregelt: das Aufstehen am Morgen, die Einhaltung der Mahlzeiten, die Nachtruhe, die Art, wie wir uns zu waschen hatten, und immer so weiter. Unsere Funktionshäftlinge meldeten den Russen auch die kleinsten Vergehen, und das, obwohl sie wussten, dass uns in den meisten Fällen der Isolator blühte.

Bereits nach wenigen Wochen traf es Jürgen, den fünfzehnjährigen, stillen Lehrersohn, den Jule und ich schon in der Kommandantura an der Prenzlauer Allee kennen gelernt hatten. Er hatte eines der am strengsten überwachten Verbote übertreten – für uns zugleich die schlimmste Folter: das Schreibverbot! Wir waren ein Schweigelager, niemand sollte von unserer Existenz wissen, deshalb war es uns nicht erlaubt, unseren Verwandten mitzuteilen, wo wir abgeblieben waren, ganz egal, ob sie uns inzwischen für tot hielten oder nicht. Und damit dieses Verbot nicht umgangen werden konnte, war jeglicher Besitz von Papier oder Schreibgeräten verboten. Jürgen aber war irgendwie in den Besitz eines Bleistiftstummels und eines handtellergroßen Stück Papiers gekommen. Und Radtke hatte es gefunden. Auf die eine Seite des Papiers hatte Jürgen die Anschrift seiner Mutter notiert, auf der anderen stand in klitzekleiner Schrift: *Liebe Mutti, sorge dich nicht. Ich bin am Leben, es geht mir gut. Ich weiß nur nicht, wann wir uns wiedersehen dürfen. Auch dürfen wir uns nicht schreiben. Doch bald wird alles wieder gut sein, das verspreche ich dir. Bleib nur schön gesund, dein Jürgen.* Dazu das Datum vom 30.11.45.

Radtke hatte den Text laut vorgelesen, und danach hätte er den Fetzen Papier zusammenknüllen und in den Ofen werfen können, wenn er schon nicht geneigt war, Jürgens Mutter ein wenig von ihren Sorgen zu nehmen, indem er zuließ, dass Jürgen den Zettel auf irgendeine Weise aus dem Lager beförderte. Ein Ernst Radtke aber verfolgte alles, was nicht ausdrücklich erlaubt war, und erst recht, was so strikt verboten war. Und so meldete er den Vorfall sogleich dem Dienst habenden russischen Offizier, und Jürgen wurde in den Isolator eingewiesen, jene berühmt-berüchtigte Baracke 19, die vom übrigen Lager durch einen gesonderten, dreieinhalb Meter hohen Stacheldraht isoliert war. Wer in den Isolator kam, sah lange kein Tageslicht mehr. Nicht mal wenn er erkrankte, kam er da raus; es sei denn, ein sowjetischer Arzt überwies ihn ins Lazarett.

Für Jürgen eine schlimme Zeit. Er litt sehr unter dieser monatelangen Isolierung und unternahm, als er daraus entlassen wurde, einen verzweifelten Fluchtversuch. Doch noch bevor er den ersten Zaun überstiegen hatte, wurde er entdeckt, und wie immer bei Fluchtversuchen kannten die russischen Bewacher keine Gnade und schlugen Jürgen am ganzen Leib blutig.

Danach musste er sich dann in unserer Baracke auf den Tisch stellen und seine Wunden zeigen. Damit alle anderen Fluchtwilligen gewarnt waren. Gleich darauf kam er in den Bunker.

»Bunker« – das war eine Art verschärfter Isolator. Mit Bunker wurde bestraft, wer beim Kameradendiebstahl erwischt worden war, unerlaubte Kontakte zu anderen Baracken unterhalten oder einen Fluchtversuch unternommen hatte. Als Bunkersträfling bekam man nur die halbe Ration Essen – und war damit dem Hungertod nahe – und im Bunker gab es keine Heizung. So zog, wer im Winter in den Bunker kam, sich unweigerlich Erfrierungen zu. Erst viel später, im Frühjahr 1947, wurde in einem Nebengebäude des Krematoriums ein neuer, beheizbarer Bunker eingerichtet. Jürgen aber bezog mitten im bitterkalten Winter 45/46 den Bunker; da war die ganze Baracke so vereist, dass nicht mal mehr die kleinen, vergitterten Fenster als solche zu erkennen waren. Von morgens bis abends mussten die Häftlinge im Kreis laufen, um nicht zu erfrieren. Und da es bereits um vier Uhr nachmittags dunkel wurde und sie erst abends um zehn ihre Pritschen aufstellen und sich drauflegen und zudecken durften, liefen sie viele Stunden bei völliger Dunkelheit durch ihre Zelle.

Zwar dauerten die Bunkerstrafen nie länger als zehn Tage, dennoch zog Jürgen sich in dieser Zeit schlimme Erfrierungen zu; da half es nichts, dass ihm einer der wenigen mildtätig gestimmten Lagerschutzposten hin und wieder einen angewärmten Ziegelstein in seine Zelle schob.

Und nicht genug der Strafe, nach diesen schier endlosen Tagen in Kälte und Dunkelheit wurde Jürgen nicht etwa in das übliche Lagerleben zurückentlassen – da wurde er erst mal wieder in den Isolator eingewiesen. Das war so üblich, zu jeder Bunkerstrafe gehörte die anschließende Isolierung des Häftlings. Später verlegte man Jürgen dann in eine andere

Kompanie. Wohl um die Kontakte zwischen ihm und seinen ehemaligen Kameraden abzubrechen.

Es muss Jürgens Schicksal gewesen sein, das Jule fast gänzlich zum Verstummen brachte. »Die Ungerechtigkeit nimmt kein Ende«, flüsterte er mir am Abend auf unserer Pritsche zu, nachdem wir Jürgen auf der Lagerstraße getroffen und er uns seine Geschichte erzählt hatte. »Ich weiß gar nicht, was das noch sein soll – ein Mensch?«

Ich versuchte mal wieder, ihn aufzumuntern. »Na, dann sieh doch mich an«, scherzte ich müde. »Bin ich etwa kein Mensch?«

Da wandte er mir tatsächlich den Kopf zu und sah mich lange an. Und dann sagte er: »Ja! *Du* bist ein Mensch – und ein paar andere auch. Doch es gibt so viele, viel mehr, als ich bisher gedacht habe, die gar nicht mehr wissen, was Menschsein eigentlich bedeutet.«

Darauf konnte ich nichts erwidern, vor allem nichts, was ihm Hoffnung hätte machen können. Jule hatte ja Recht: So, wie es sich uns jetzt darstellte, war die Welt um uns herum in Hass und Rache und wieder Hass zerfallen. Für jeden noch einigermaßen »menschlich« Denkenden und Fühlenden in unserer Umgebung mussten wir dankbar sein.

Einmal im Monat war Waschtag. Dann zog das ganze Bataillon die Unterwäsche aus und gab sie in die Wäscherei. Am Abend erhielten wir sie gewaschen und getrocknet zurück. Solange liefen wir ohne Unterwäsche herum, denn Wäsche zum Wechseln gab es nicht. Und natürlich trugen wir noch immer die Unterwäsche, mit der wir eingeliefert worden waren; trugen sie, bis sie uns vom Hintern fiel. Dann behalfen Jule und ich uns mit phantasievoll zusammengestückelten, irgendwo aufgetriebenen Stoffresten oder verzichteten ganz und gar auf Leibwäsche und scheuerten uns an dem rauen Stoff unserer Hosen die Haut wund. Und auch die Hosen und Jacken mussten halten bis zum Jüngsten Tag. Niemals zuvor und niemals danach habe ich solch zerlumpte Gesellen gesehen wie uns Lagerhäftlinge. Da waren neben der wiederverwendeten Alt-KZ-Kleidung alle möglichen Uniformteile zu sehen – Wehrmacht, Reichsbahn, Post –, die schon bald mit jeder Menge Flicken besetzt waren und oft nur noch durch Klammern aus Draht zusammengehalten wurden. Da gab es in Fetzen herunterhängende Zivilkleidung und aus Wolldecken genähte Westen, Jacken und Pullover, gab es Kopfbedeckungen von der Militärmütze bis zum Kaffeewärmer. Die meisten Schuhe waren Eigenfabrikate. Aus Lumpen oder Pappe und mit Holzstücken als Sohle. Und alles war schmutzig und durchgescheuert und nur wenig wärmend.

Als es immer kälter wurde, überließ Adolf II., dessen Sohn in der Bäckerei arbeitete, Jule und mir zwei aus der Bäckerei organisierte leere Salzsäcke. Er hatte uns nicht länger frieren sehen können, und dass Jule Jude war, wusste er nicht. Mit einem aus Holz selbst gefertigten »Messer« schnitten wir Öffnungen für Kopf und Arme in die Säcke und trugen fortan diese nur wenig wärmenden Ungetüme als Pullover unter unseren KZ-Jacken.

Ein anderes Problem: Das Ungeziefer! Wir lagen zu fünfhundert in den Baracken; Flöhe und Läuse sprangen von einem zum anderen über. Wie oft musste ich an Vater denken, der in seinen Briefen von der Front von dieser Art »Feinde der Menschheit« berichtet hatte. Niemals aber hätte ich mir vorstellen können, wie sehr diese kleinen Quälgeister einem Menschen zusetzen konnten. Manchmal hüpften so an die zwanzig, dreißig Flöhe gleichzeitig auf meinem mageren Körper herum.

Anfangs machten Jule und ich noch Jagd auf sie; da wollten wir den Kampf gegen diese Blutsauger noch gewinnen. Sie waren aber viel zu flink. Erwischten wir zehn von ihnen und beförderten sie mit dem Daumennagel vom Leben zum Tode, waren bald zwanzig neue da. Oft heulte ich vor Wut über diese Übermacht der Parasiten, besiegen jedoch konnten wir sie nicht.

Unser Staatsanwalt litt besonders unter diesen Viechern, weshalb er sich eines Tages aus seiner Schlafdecke eine Art Schlafsack nähte, hineinkroch und alle Flöhe, die mit ihm im Sack waren, sich satt trinken ließ. Er wusste aus seiner Soldatenzeit, dass sie sich, erst mal satt und faul, an der Fußnaht zur Verdauungsruhe setzen würden und seinen Körper in Ruhe ließen. Am nächsten Morgen drehte er den Sack dann an der kalten Morgenluft um und konnte die Flöhe, durch die plötzliche Kälte steif und klamm geworden, leicht herauslesen und einen nach dem anderen tottreten. Alle bewunderten wir ihn für diesen Trick, viele wollten es ihm nachmachen, doch schon tags darauf quälten ihn neue Flohkolonien und da ließen wir das sein.

Eines Tages ging dann »Olga Wolga« durch die Baracken, jene junge, sommersprossige Ärztin, die uns am Tag unserer Ankunft nach Krankheiten befragt hatte und von der wir inzwischen wussten, dass sie Olga hieß und von der Wolga stammte. Sie erkannte mich wieder, grinste, als sie mich sah, und sagte: »Guten Morgen, Pawel!« Ich grinste zurück. Kein Zweifel, wir waren uns gegenseitig sympathisch.

Olga Wolga schämte sich für die Art und Weise, wie wir herumlaufen mussten und untergebracht waren; wir sahen es ihr deutlich an. Und als Friedrich Matjukat sich beschwerte, das Ungeziefer würde uns noch alle auffressen, erwiderte sie stolz: »Wir – die Sieger, richtig? Die Welt blickt auf Sowjetunion: Wie wir zu Gefangenen, gut oder schlecht? Dann sie sagen das von russischem Volk, russischer Kultur und von Kommunismus.« Und am folgenden Tag sorgte sie dafür, dass unsere Kleider von nun an öfter in die Entlausung kamen. Das hatte den Vorteil, dass die Läuseplage zwar nicht beseitigt, aber doch eingedämmt wurde – und den Nachteil, dass unsere Bekleidung immer mehr in Fetzen ging. Die schon so sehr strapazierten Stoffe ertrugen die stundenlange Erhitzung nicht. In unserer Not boykottierten wir diese Aktion, indem wir – besonders im Winter – immer wieder bestimmte Kleidungsstücke versteckten. Das freute die Läuse und so wurden sie bald wieder zahlreicher.

Gegen die Flöhe ging Olga Wolga vor, indem sie veranlasste, dass alle alten Strohsäcke – noch aus dem Nazi-KZ stammend – verbrannt wurden. Damit waren die Nachfahren der Nazi-Flöhe erst einmal erledigt. Die »Strohsäcke«, die uns als Ersatz geliefert wurden, hatten jedoch keine Füllung und so lagen wir von nun an auf den platten Säcken wie auf blanken Brettern. Nicht lange, und unsere mageren Körper bekamen über den Knochen Hornhäute.

Ich hatte mal irgendwo gelesen, ein Mensch könne es nicht lange ohne Schlaf aushalten. Nun lernte ich, dass das nur bedingt stimmte. Es gab immer wieder Phasen im Lager, in denen Jule und ich tagelang nicht zum Schlafen kamen. In den ersten Wochen war es das Ungeziefer, das uns kaum ein Auge zumachen ließ – oft entlausten und entflöhten Jule und ich uns auf unseren Strohsäcken gegenseitig wie die Affen im Zoo –, dann setzte uns die Schnarcherei der älteren Häftlinge zu. Über hundert Mann in einem Raum – davon mehr als die Hälfte Schnarcher! Ja, und als wir uns an diese Konzerte endlich gewöhnt hatten, wurden die Strohsäcke ausgetauscht und nun hielten uns die schmerzenden Druckstellen wach.

Kam es doch einmal zu einer Phase längeren Schlafens, war auch das mit Strapazen verbunden: Jule und ich lagen ja, wie alle anderen auch, zu zweit auf unserem Strohsack. Wollte ich mich im Schlaf umdrehen, musste auch Jule die Richtung wechseln; zog Jule die Beine an, musste auch ich das tun. Und da fast immer Jule es war, der noch schlechter schlief und sich deshalb öfter bewegen wollte, weckte er mich in solch halbwegs guten Nächten mehrmals, um mir »Beine« oder »Umdrehen« zuzuflüstern.

Manchmal weckte er mich auch unbeabsichtigt – immer dann, wenn ein Alptraum ihn quälte und er laut aufschrie. Dann stieß ich ihn an, um ihn zu beruhigen: »Jule! Jule! Ganz ruhig! Nichts ist passiert!«

Dumme Worte! Es war so viel passiert, so viel zuvor Unausdenkbares. Aber was hätte ich denn sonst sagen sollen?

Die Graupenstraße

Die endlosen Appelle, unsere tüchtigen Männer vom Lagerschutz, die Lumpen auf unserem Körper und auch die Ungezieferplage, das alles wäre ja vielleicht noch auszuhalten gewesen. Nicht zu ertragen war der Hunger, diese unsägliche Hungerei, die mit dem ersten Lagertag begann und einfach nicht enden wollte.

Was gab es in Buchenwald denn zu essen? Brot und Graupen, Graupen und Brot, nichts anderes!

Die wasserdünne Graupensuppe gab es zweimal am Tag, vierzehnmal in der Woche, sechzig- oder zweiundsechzigmal im Monat, siebenhundertdreißigmal im Jahr. Jule und ich hatten oft das Gefühl, der Hunger nage in uns wie eine Ratte, und dennoch bekamen wir die Graupensuppe nicht hinunter. Wir hätten uns sonst trotz leeren Magens übergeben müssen. Die breite Lagerstraße, die zur Küche führte, hieß bald nur noch »die Graupenstraße«.

Brot! Jedes Stück davon kostbarster Besitz. Fünf Mann erhielten ein Kastenbrot – das bedeutete für jeden eine Tagesration von sechshundert Gramm. Hört sich nicht wenig an, doch war das Brot, das uns geliefert wurde, kein deutsches, sondern russisches Brot – mit so viel Wasser angerührt, dass der Brei flüssig in die Form gegossen werden konnte. Aß man das fertig gebackene Klitschbrot, verspürte man für kurze Zeit ein Völlegefühl, nach einer halben Stunde war der Hunger wieder da.

Färber und Matjukat vertrugen dieses Brot nicht, deshalb ließen sie es trocknen, bevor sie es aßen – danach war es dann nur noch halb so schwer. So bedeuteten die sechshundert in Wahrheit nur dreihundert Gramm Brot.

Zuvor hatte ich oft geglaubt, hungrig zu sein; jetzt musste ich erfahren, dass ich gar nicht gewusst hatte, was Hunger war. Ich konnte mir nichts Essbares mehr vorstellen, das ich nicht gierig wie ein Tier in mich hineinschlingen würde, bekäme ich es nur irgendwie zu fassen.

Bald sahen wir wie Gespenster aus – spitze Nasen, tief liegende Augen, Ohren am mageren Schädel, die abstehend wirkten, auch wenn das in Wirklichkeit gar nicht der Fall war. Besonders die älteren Männer boten einen jämmerlichen Anblick. Viele waren ja mal richtig dick gewesen; jetzt hatten sie mehr als die Hälfte ihres Gewichts verloren und konnten sich, wie beim Duschen gespottet wurde, in ihre herunterhängenden Hautfalten wie in warme Decken wickeln. Wo mal ein Hintern gewesen war, waren nur noch zwei kleine schlaffe Beutelchen zu erkennen. Wurden wir von Olga Wolga oder den deutschen Häftlingsärzten auf unseren Gesundheitszustand überprüft, sahen sie sich zuerst unsere Ärsche an – bei Männern das untrüglichste Zeichen für körperlichen Verfall.

Keiner unter uns, den sein eigener Anblick nicht in Panik versetzte. Es hatte schon Hungertote gegeben und es starben immer mehr. Also mussten auch Jule und ich bei der Essenvergabe aufpassen, nicht zu kurz zu kommen. Das bedeutete, wenn es Suppe gab, die alte Lagerregel, nach der man sich am besten immer in der Mitte der Kolonne hielt, um möglichst wenig aufzufallen, außer Kraft zu setzen und sich hinten anzustellen. War ja klar, in jeder Suppe, und war sie noch so dünn, schwamm das etwas Dickere unten. Da konnte der Essenverteiler rühren, solange er wollte, die Ersten, die ihre Blechnäpfe hinhielten, waren benachteiligt; die erhielten wirklich nur Wasser.

Das Ergebnis war, dass sich bald alle weigerten, ihre Suppe als Erste in Empfang zu nehmen. So wurde beratschlagt und eine sich ständig ändernde Reihenfolge festgelegt. Auf diese Weise stand bei der Verteilung der Suppe jeder mal vorn, mal in der Mitte und mal hinten.

Auch das Aufteilen des Brotes wurde zur Zeremonie; dafür wurde extra eine »Brotschneidemaschine« erfunden. Erst wurde das Brot mit einem Nagel so angerissen, dass fünf gleiche Teile erkennbar waren, dann mit einem Metallstück die Außenkrume durchgeschnitten und danach mit einem gespannten Draht der Rest durchteilt.

Es kam darauf an, dass das Brot nicht schief durchgeschnitten wurde. War der Laib dann in fünf Teile geteilt, durfte jeden Tag ein anderer vortreten und sich das erste und, wie er meinte, beste Stück auswählen. Wir Jungen bevorzugten jedes Mal die Krustenstücke, Färber und andere Häftlinge, die nur noch wenige Zähne besaßen, die Mittelteile. Einen Krümel, der übersehen wurde oder auf den Boden fiel und liegen blieb, gab es nicht.

Größter Vertrauensbeweis war, wenn man zum Brotschneider gewählt wurde; schlimmstes Delikt der Brotdiebstahl. Es hoben ja nicht nur die ihr Brot auf, die es trocknen lassen wollten; es gab auch Häftlinge, die, anstatt einmal am Tag ein Völlegefühl zu verspüren, dem Raubtier in sich lieber alle paar Stunden etwas zur Fütterung zuwerfen wollten. Theodor Weißbach gehörte zu ihnen. »Der Gedanke, ständig etwas zu essen vorrätig zu haben, beruhigt mich«, erklärte er Jule und mir. »Außerdem ist das ein gutes Training. Es erfordert eine Menge Selbstbeherrschung zu wissen, da ist noch Brot, und dennoch nicht zuzugreifen.«

Es kam oft zu Brotdiebstählen – und das, obwohl schwere Strafen wie die Einweisung in den Bunker, Entzug der Ration, völlige Ächtung durch die Kameraden und die Versetzung in eine andere Baracke darauf standen. Ehemalige Lehrer, Polizeioffiziere und einmal sogar ein Pfarrer gehörten zu den entdeckten Brotdieben. Der Pfarrer, ein gebürtiger Westfale, schämte sich seiner Tat sehr, bat alle um Vergebung und unternahm im Bunker zwei Selbstmordversuche. Den ersten überlebte er, den zweiten nicht.

Wenn es ums Essen ging, gab es keine Solidarität unter den Häftlingen. Jeder dachte nur an sich – an sein Überleben und an die Seinen, die zu Hause auf ihn warteten. Deshalb trug jeder, bewacht wie einen gefährdeten Schatz, ein aus Lumpen selbst gefertigtes Beutelchen am Hals mit sich herum. Darin befanden sich der Rest Brot, den man sich mit viel Selbstdisziplin vom Essen aufgespart hatte, das Tütchen Salz, das man durch irgendeine Beziehung zur Küche oder Bäckerei ergattert hatte, der Löffel »für alles« und das mit Hilfe von

Glasscherben selbst geschnitzte Messer aus Holz. Aber auch irgendein besonderer, im Lagergelände aufgefundener Stein oder ein getrocknetes Gänseblümchen wurden darin spazieren getragen. Jeder brauchte eine Kleinigkeit für sich, irgendwas »Privates«.

Bedrohlich wurde es, wenn ein Häftling glaubte, sein Brot mit Gewalt verteidigen zu müssen. Dann kam es zu Affekthandlungen, die in Schlägereien ausarteten. Einmal wurden auch Jule und ich in eine solche Sache verwickelt. Einer der Häftlinge, die ihr Brot erst trocknen ließen, bevor sie es aßen, warf Jule vor, ihm sein Brot gestohlen zu haben. Weshalb gerade Jule, sagte er nicht; vielleicht weil Jules ewiges Schweigen ihm verdächtig vorkam. »Dir das Brot und mir den Tod, was?«, schrie er und packte Jule an seiner Jacke. »Denkst wohl, der Alte macht's sowieso nicht mehr lange, soll er doch gleich krepieren, was?«

Jule schüttelte nur still den Kopf.

»Mach's Maul auf!«, schrie der Graukopf, dessen Namen wir nicht mal kannten, obwohl er mit uns im gleichen Raum schlief. »Mach's Maul auf oder ich stopf es dir für alle Zeit.«

Da ging ich dazwischen – ich wusste ja, Jule würde sich nicht wehren – und der erregte Häftling wurde noch wütender. »Bist wohl sein Komplize, was? Hast dir mein Brot mit ihm geteilt?«

Ich wollte ihm erklären, dass weder Jule noch ich uns an seinem Brot vergriffen hatten, doch da schlug er schon zu. Und ich voller Wut zurück! Der Mann war alt und vom Hunger klapprig und dürr; ich war auch abgemagert, aber dank meiner Jugend doch viel kräftiger als er. Sein Schlag erwischte mich am Auge, was ein Veilchen zur Folge hatte, ich traf ihn unters Kinn. Er fiel um – und begann zu weinen.

Nein! Ich schämte mich nicht, einen alten Mann geschlagen zu haben. Ich erschrak nur über den Hass, den ich verspürte. Nicht genug, dass man Jule und mich ohne jeden Grund in dieses furchtbare Lager geschafft hatte, nicht genug, dass die Russen uns wie gemeingefährliche Verbrecher behandelten, nun mussten wir uns auch noch gegen unsere Mitgefangenen verteidigen. Hätte Theodor Weißbach mir nicht die Hand auf die Schulter gelegt und ganz leise »Ruhig, Paul! Ruhig!« gesagt, wer weiß, vielleicht hätte ich mich auch noch auf den weinend am Boden Liegenden gestürzt, um endlich mal meine ganze Wut, mein ganzes Unglück an ihm abzureagieren.

Es war Theodor Weißbach, der als Einziger Jules und meine wahre Geschichte kannte, der uns immer wieder aufrichtete. »Man darf sich nicht gehen lassen«, sagte er öfter, »man muss auch hier Mensch bleiben. Alles im Leben hat seinen Sinn, auch unser Leiden. Später werdet ihr das mal selbst erkennen.«

Wir wussten inzwischen, dass bei Theodor Weißbach und seiner Frau tatsächlich ein »elternloses Enkelkind« lebte, wie er schon im Zug angedeutet hatte – die kleine Anni, Tochter seines Sohnes Franz, der in Afrika gefallen war. Annis Mutter hatte einen Bombenangriff nicht überlebt. Sprach Weißbach von Anni, wurden ihm die Augen feucht. »Sie wird immer wieder nach mir fragen. Und wie soll meine Frau ihr denn erklären, weshalb ich nicht wiedergekommen bin? Sie weiß es ja selbst nicht.«

Dennoch verlor er nicht den Mut. Lagen Jule und ich abends auf unserer Pritsche und starrten stumm in uns hinein, stellte er sich manchmal neben uns und sagte: »Kopf hoch, Jungs! Das Lager ist nicht die Welt. Es gibt noch immer schöne Dinge im Leben, auch wenn man sie uns zur Zeit vorenthält.« Wollten Jule und ich mal wieder unsere Graupensuppe nicht essen, drang er in uns: »Seid nicht dumm! Esst! Euer Körper braucht das.«

Er hatte es sich wohl zur Aufgabe gemacht, sich um Jule und mich zu kümmern. Der Pädagoge in ihm wollte nicht ganz untätig bleiben. Weshalb er gerade Jule und mich dazu erwählt hatte? Sicher lag das an unserer Geschichte.

Mich mahnte Weißbach oft, nicht so unduldsam zu sein – ich hatte Schwierigkeiten mit Leuten, die nie etwas »verstehen« wollten –, von Jule verlangte er, sich mehr zu öffnen. »Du sprichst zu wenig, verschließt alles in dich. Das ist nicht gut. Du hast Schlimmes erlebt, aber sieh dich um, es gibt viele menschliche Tragödien. Für dich kann noch immer alles gut werden.« Und vorsichtig lächelnd fügte er ein Zitat von Rainer Maria Rilke hinzu, einem Dichter, den Jule sehr verehrte: »Wunden heilen nicht dadurch, dass man Fahnen in sie einpflanzt.«

Eines Morgens kam er, der Frühaufsteher, noch vor dem Morgenappell in die Baracke gestürzt und riss Jule und mich aus dem Schlaf. »Los! Kommt! Es gibt was zu sehen.«

Müde und frierend folgten wir ihm durchs wieder mal nebelgraue Lager, bis wir den noch leeren Appellplatz erreicht hatten. »Da!«, sagte er und wies auf den Horizont. »Gleich erlebt ihr ein ganz alltägliches Wunder.«

Wir sahen, wie sich über dem Wald die Nebelschwaden auflösten und sich die dunkelrot glühende Sonne durch die Wolken zwängte – so, als wollte sie sagen: Seid gegrüßt, ich bin auch noch da!

»Ist das nicht schön?«, flüsterte Theodor Weißbach ergriffen. »Ist das nicht wunderschön?«

Es war schön! Jule und ich starrten dieses Bild an – und hätten beide am liebsten geheult. Theodor Weißbach hatte

Recht: Es gab sie noch, die Welt, in der wir mal zu Hause gewesen waren, und sie war, mochte sie auch kriegszerstört sein, noch immer wunderschön.

Unser väterlicher Freund legte die Arme um uns. »Freuen ist wichtig! Hört ihr? Ihr müsst euch freuen, so oft es geht. Und wenn es nur über einen Käfer im Gras oder eine besonders schöne Schneeflocke ist – allein die Freude am Leben hält uns aufrecht.«

Unterschiede

Kurz vor Weihnachten schwirrten Entlassungsparolen durch die Baracken.

Das war nichts Neues, vom ersten Tag an hatte es diese Parolen gegeben. Jetzt jedoch überschlugen sie sich: »Ganz klar, Weihnachten sind wir wieder zu Hause. Eine großzügige Geste der Russen an das deutsche Volk. Schließlich wollen sie in ihrer Besatzungszone nicht nur gefürchtet, sondern auch ›geliebt‹ werden. Wie sonst können se uns alle zu Kommunisten ummodeln?«

Jule blieb skeptisch, ich aber glaubte daran. Weil ich daran glauben wollte. Und weil diese Parolen ein wenig wärmten, denn nun quälte uns nicht mehr nur der Hunger, jetzt setzte uns auch die Kälte zu.

Bereits Anfang Dezember war es bitterkalt geworden. Später sanken die Außentemperaturen bis auf minus 27 Grad. Und nur zweimal am Tag durfte geheizt werden – für jeweils eine Stunde und allein mit Holz. Das erste Mal morgens, gleich nach dem Wecken, das zweite Mal von acht bis neun Uhr abends – wenn wir auf dem Appellplatz standen und nur ein Mann als Feuerwache in der Baracke zurückbleiben durfte.

Ein Organisationsfehler unserer russischen Bewacher? Oder eine gezielte Boshaftigkeit? Man hätte die Heizstunde und den Appell doch zu verschiedenen Zeiten stattfinden lassen können. Eine Beschwerdestelle jedoch gab es nicht; Nazi-Verbrecher hatten sich über nichts und niemanden zu beschweren.

Kamen wir nach dem Appell in die Baracken zurück, verglimmte gerade der letzte Scheit im Ofen. Trotzdem rückten sofort alle im Kreis um den zaghaften Wärmespender herum und streckten ihre halb erfrorenen Hände aus. Und verlangte einer, dass mal getauscht wurde und die etwas weiter hinten Stehenden näher an den Ofen herandurften, kam es wiederholt zu Prügeleien. Besonders unser Staatsanwalt im Wettermantel kannte dann kein Erbarmen. Einmal trat er Jule und mich regelrecht fort.

Es gab Erfrierungen an Händen, Füßen und Nasen, und verstarb in der Nacht ein Häftling, lag er am Morgen unbekleidet auf seinem Strohsack – seine Kleider wurden gebraucht; er fror ja nicht mehr.

Eine beängstigende Zeit. Draußen konnten Jule und ich uns nicht aufhalten, weil wir in unseren dünnen Lumpen erfroren wären, in der Baracke war es auch nicht viel wärmer. Die Wände, der Fußboden, die Holzpritschen, alles glänzte vor Eis; unser Atem gefror an den Wänden. Aus Verzweiflung stellten wir Häftlinge uns schon am frühen Morgen auf die Tische und Schemel, weil der Fußboden so eisig war und unsere selbst gefertigten Schuhe die Füße nicht schützten. Dann standen wir da, dicht an dicht, und trampelten mit den Füßen. Das bis zur Mittagszeit, der willkommenen Gelegenheit, die Hände am heißen Blechnapf zu wärmen. Gleich darauf war

Mittagsruhe und eine Stunde lang lagen wir auf unseren Pritschen und wärmten uns Körper an Körper. Sogar Männer, die sich ansonsten zutiefst unsympathisch waren, pressten sich wie Liebespaare aneinander. Danach bestiegen wir wieder die Tische und Schemel.

Einmal überraschte uns dabei ein russischer Offizier. Er wusste, weshalb wir dieses Trampelballett veranstalteten, wurde vor Zorn puterrot und schrie uns an, dass wir sofort herabsteigen sollten. Kaum war er weg, bestiegen wir wieder die Tische und Schemel, immer in der Furcht, dass er zurückkommen und uns bestrafen würde. Er kam aber nicht zurück, und Theodor Weißbach sagte, dass dieser Offizier wohl nicht vor Zorn, sondern vor Scham so rot geworden sei.

Für Jule und mich und viele andere war diese Zeit so besonders schlimm, weil wir längst keine Strümpfe mehr besaßen. Was wir an den Füßen trugen, war so zerschlissen, dass man nur noch sagen konnte: »Loch an Loch und hält doch!« Dazu die Holzstücke als Schuhsohlen! Das war, als liefe man barfuß über eine Eisbahn.

Herbert Knopf half Jule und mir, »Füßlinge« zu basteln, aus einem alten Mehlsack. Zwar wärmten sie nicht, doch doppelt und dreifach übereinander gezogen, waren sie besser als gar nichts. Andere erfroren sich beim stundenlangen Appellstehen im Schnee mehrere Zehen, die ihnen dann im Lazarett entfernt werden mussten.

Unsere Zehen konnten Jule und ich retten, doch zogen wir uns so viele Frostbeulen an den Füßen zu, dass bald jeder einzelne Schritt zur Qual wurde. Als Olga Wolga das bemerkte, rieb sie uns die Füße mit Salbe ein und steckte mir den Rest der Salbe heimlich zu. Das hätte sie nicht tun dürfen, an medizinischen Ausrüstungen und auch an Medikamenten und Salben herrschte bitterer Mangel. Sie tat es für »Pawel« und seinen Freund; damit wir uns jeden Tag einmal die Füße einreiben konnten.

Lagen wir auf unserem Strohsack und pressten uns bibbernd aneinander, war ich jedes Mal heilfroh, dass ich Jule hatte. Er war ja mein »Zwilling«; ich wusste, wie er roch, und fand seinen Körpergeruch sympathisch. Es fiel mir nicht schwer, eng an ihn heranzurücken. Und ich glaube, Jule erging es ähnlich.

Das Weihnachtsfest rückte näher und nichts deutete auf eine Entlassung hin. Ein tiefes, verzweifeltes Schweigen setzte ein. Warum machen die das mit uns?, stand in allen Gesichtern zu lesen. Warum gaukeln sie uns vor, in einem Entlassungslager zu sein, wenn niemand entlassen wird? Und warum statuiert man ausgerechnet an uns dieses Exempel? Sind denn allein wir es, die den Hitlerismus zu verantworten haben? Und wenn ja, weshalb verurteilt man uns nicht? Sollen sie uns doch vor eines ihrer Militärgerichte stellen, dann wissen wir wenigstens, was uns erwartet.

Der Heiligabend kam – und es schnürte mir die Kehle zu. Jule war es inzwischen schon gewohnt, an Geburtstagen oder Feiertagen nicht im Kreis seiner Lieben zu sein, für mich war das neu. Mutter! Bille! Ömchen! Einmal zog ich mich aufs Klo zurück und heulte wie ein kleines Kind.

Nur gut, dass der sowjetische Lagerkommandant jeglichen Hinweis auf das Weihnachtsfest verboten hatte. Jedes Stück Tannenreis, jeder selbst geschnitzte Stern reichte aus, um in den Bunker zu kommen. Er wird es nicht angeordnet haben, um uns vor Sentimentalitäten zu schützen, doch erleichterte er uns damit diese schweren Tage.

Als Katastrophe hingegen empfanden wir, dass wir auch zu Weihnachten weder Briefe schreiben noch welche empfangen durften. Das Wort »von aller Welt vergessen«, auf uns traf es zu.

Dann wurde es Januar – und von einem Tag auf den anderen erstarben die Entlassungsparolen gänzlich. Das war, als die »Landsberger« ins Lager einrückten: sechstausend Häftlinge, die aus dem aufgelösten Lager in Landsberg an der Warthe nach Buchenwald überführt wurden. Darunter viele Brandenburger und Berliner.

Wie jene sechstausend Männer und Frauen an diesem nebligen Tag durchs Lagertor gezogen kamen! Lauter Bilder nackten Elends. Wir sahen ja schon schlimm aus, die da jetzt kamen, überboten uns noch. Was für magere, bärtige Gestalten, welch tiefe Falten in den von Hoffnungslosigkeit gezeichneten Gesichtern der Frauen. Kaum ein Häftling hatte irgendeinen Besitz zu tragen, und wenn doch, dann nur eine leere Konservendose – das kostbare Essgeschirr! –, ein Löffel in der Jackentasche und vielleicht noch ein Stöckchen, unterwegs aufgelesen, weil es schon für irgendetwas zu gebrauchen sein würde. Und auch die Landsberger waren größtenteils im Sommer verhaftet worden und trugen jetzt, mitten im eisigen Winter, nichts als leichte, inzwischen längst verschlissene Kleidung auf dem Leib.

Jule und ich beobachteten diesen Einzug der Jammergestalten und hofften, darunter irgendein bekanntes Gesicht zu entdecken; bei so vielen Berlinern wäre das durchaus möglich gewesen. Doch hätten wir kaum jemanden wiedererkannt; der Hunger verändert die Gesichter.

Eine Woche später fanden Häftlinge, die zu Arbeiten außerhalb des Lagers eingesetzt waren, am Bahndamm sieben Leichen – Häftlinge aus Landsberg, die die Überführung nach Buchenwald nicht durchgestanden hatten. Sogleich wurden Gräber ausgehoben und die Leichen darin verscharrt. Grabhügel waren nicht erlaubt. Alles wurde platt gestampft und die herausgehobenen Rasenstücke wieder passgenau eingesetzt, damit niemand sah, dass hier Menschen begraben lagen. Genau so, wie auch unsere Lagertoten bestattet wurden.

Für die vielen kleinen Nazis unter uns hatte der Einzug der Landsberger aber auch etwas Tröstliches: Unter den Neuankömmlingen befanden sich endlich mal ein paar Prominente – bekannte Nazi-Journalisten, hochrangige Industrielle, Regierungsbeamte, diverse Polizei- und Wehrmachtsoffiziere, ein Mitglied des Verwaltungsrates der Deutschen Bank und sogar der Ritter von Halt vom Olympischen Komitee. Hier waren sie Gefangene wie alle anderen auch; keine Privilegien, keine Sonderrationen, aber auch keine Sonderstrafen.

Etwa zwölftausend Männer und Frauen lebten nun im Lager Buchenwald. Damit war endgültig klar: Vorläufig würde es keine Entlassungen geben. Man hatte das Lager Buchenwald nicht aufgefüllt, nur um es kurz darauf zu schließen.

Die erste Folter war der Hunger, die zweite die Kälte, die dritte – die Langeweile.

Anfangs hatte man noch versucht, uns arbeiten zu lassen. Da rückten wir so manchen Morgen zur »Gärtnerarbeit« aus, und lehnte einer von uns mal eine Minute am Schaufelstiel, wurde er bestraft – mit Bunkerarrest, Prügel durch den Lagerschutz oder Essensentzug.

Ein strenges Arbeitslager sollte errichtet werden; so wie die sowjetischen Lagerkommandanten es aus ihrer Heimat kannten. Doch es entstand nur eine schon fast komische Situation, denn es gab keine Arbeit für uns. Wir mussten schauspielern, indem wir nur so taten, als würden wir körperlich schwere Arbeiten verrichten. Oft fingen wir einfach irgendwo zu graben an, bis wir aus lauter Verzweiflung einen fast mannshohen Laufgraben angelegt hatten. Am nächsten Tag schaufelten wir diesen Graben dann genauso eifrig wieder zu. Oder wir trugen Schrott zu einem großen Haufen zusammen – und schleppten ihn am nächsten Tag zu einem anderen Platz und am übernächsten Tag wieder woandershin.

Unser Natschalnik, der Leiter des Lagers, steckte in einem Dilemma: Wir sollten arbeiten, weil es sich nach Ansicht seiner Vorgesetzten nun mal so gehörte, doch wusste er nicht, was er uns zu tun geben sollte. Die Nazi-Werkstätten, die sich mal auf dem Gelände befunden hatten, waren zerstört und nicht mehr von Interesse, und unser »Arbeitsamt«, von Häftlingen verwaltet, benötigte nur ein paar Schlosser, Elektriker, Klempner, Maurer, Dachdecker, Schuster, Schneider, Bäcker und Köche. Und natürlich Ärzte, Apotheker und Krankenpfleger. Wir Jugendlichen, die wir noch keine Berufe hatten, wurden nicht gebraucht. Und wenn doch einmal, dann war das keine Freude.

Als die ersten Häftlinge geflohen waren, durften wir beim Zaunausbau helfen. Etwa tausend Mann wurden in mehrere Arbeitskolonnen eingeteilt. Die eine Kolonne schleppte die schweren Pfähle heran, die zweite grub Löcher, die dritte setzte die Pfähle. Dabei wurden wir ständig angetrieben – vor allem von unseren Gruppen-, Kompanie- und Bataillonsführern. Auf Deutsch und Russisch wurde kommandiert, geschrien und geflucht; alles in eisiger Kälte und während wir mit dem gefrorenen Boden rangen. Jule und ich, Picke und Spaten in der Hand, kamen kaum dazu, einmal Luft zu holen. »Dawai! Dawai! Dawai!«, hörten wir von morgens bis abends und wussten doch schon, dass, wenn diese Arbeit getan war, wieder Langeweile herrschen würde.

Ein andermal waren Kohlenwaggons gekommen und unser Bataillon sollte sie ausladen. Ein Teil der Häftlinge entlud die

Kohlen auf Pferdefuhrwerke, der andere Teil – jeweils acht bis zehn Mann – hängte sich in Seile, Drähte und Schlingen und an Zugstangen, um die fehlenden Gäule zu ersetzen. Etwa einen Kilometer weit musste das schwer beladene Gefährt gezogen werden. Das war für unsere geschwächten Körper schon Kraftanstrengung genug, noch schlimmer aber wurde es, wenn wir – auch Jule und ich waren »Gäule« – an eine ganz bestimmte, steil abfallende Stelle kamen. Dann mussten wir das Fuhrwerk mit aller Kraft abbremsen, was uns kaum gelang. Und so schoss jedes Mal, wenn wir an diese Stelle kamen, der Wagen mit uns den Hügel hinab und stürzte öfter mal um. Dann gab es Achs- und Radbrüche, schlimme Knochenbrüche und tiefe Wunden. Unsere russischen Bewacher aber kümmerte das nicht: »Dawai! Dawai! Dawai!»

Der alte Wussow, der direkt vor Jule und mir in den Schlingen hing, hielt diese Strapaze irgendwann nicht mehr aus. Weinend brach er zusammen, warf sich auf den harten Frostboden und rief: »Schlagt mich meinetwegen tot, ihr Schinder, aber lasst mich endlich aus.«

Die Russen stießen mit ihren Maschinenpistolen nach ihm, doch stand er nicht wieder auf; er schloss nur die Augen und wimmerte, wenn ihn ein neuer Schlag traf. Da gaben sie irgendwann auf und befahlen Jule und mir, ihn ins Lazarett zu tragen. Drei Tage später starb der alte Wussow. An Entkräftung und Erschöpfung.

Diese Arbeitseinsätze aber gehörten zu den Ausnahmen. Ansonsten gab es nichts zu tun. Hatten wir morgens unsere »Betten« gebaut, blieb uns nur das Warten aufs Essen. Stunden, die irgendwie herumgebracht werden mussten.

Einige versuchten, sich trotz der drohenden Bunkerstrafe mit aus Stofffetzen selbst gefertigten Kartenspielen über die Zeit zu retten, andere, indem sie aus irgendwelchen gefundenen Gegenständen irgendetwas bastelten. Die meisten Häftlinge jedoch hockten nur stundenlang auf ihrem Schemel und stierten vor sich hin oder liefen wie die Tiere im Zoo am Stacheldraht hin und her. Ein ehemaliger Postsekretär aus Potsdam wurde nur »der Eisbär« genannt, weil er – überall weißhaarig, auf dem Kopf, auf der Brust, auf dem Rücken – ganze Tage nur auf einer Bank saß und sich vor- und zurückwiegte, vor und zurück. Fragte man ihn, woran er dachte, wenn er sich so unentwegt wiegte, sagte er ganz ernst: »An das Leben nach dem Tod.«

Oft hatten Jule und ich das Gefühl, die Zeit würde stillstehen. Die Tage zogen sich unendlich in die Länge und mit jedem neuen Tag wuchsen Wut und Unverständnis. Jeder Schwerverbrecher wurde zu einer zeitlich befristeten Strafe verurteilt und durfte die Tage zählen, hatte also irgendein Ziel, ein Datum, auf das er hinleben konnte. Uns gestand man das nicht zu. Wir lebten ziellos und konnten uns mit keiner irgendwie berechenbaren Zukunft trösten. Das war schlimmer, viel schlimmer als jede konkrete Strafe.

Hinzu kam die unerträgliche Enge in den Baracken! Das einzige von Pritschen freie Quadrat in der Mitte des Raumes war so mit Tischen, Bänken und Schemeln voll gestellt, dass wir uns, blieben alle in der Baracke, kaum bewegen konnten. Und auf die Pritschen durften wir uns außerhalb der festgelegten Zeiten weder legen noch setzen. Auch das wurde strengstens bestraft. Also klumpte alles um die Tische herum, man stieß sich ständig gegenseitig an und konnte kein einziges Wort sprechen, ohne dass nicht mehrere Ohren zuhörten. Kein Wunder, dass es immer wieder Reibereien gab; eher erstaunlich, dass nur so wenige von Menschenhass befallen wurden.

Die einzige Fluchtmöglichkeit, die nicht bestraft wurde, waren Spaziergänge. An jedem Tag, an dem die Kälte uns nicht in den Baracken festhielt, waren Jule und ich auf den erlaubten Wegen unterwegs. Über uns der niedrige, von trägen, bleigrauen Wolken verhangene Winterhimmel, vor uns die sich im Nebel verlierenden kahlen Bäume, unter uns das harte Pflaster der Lagerstraßen oder der durch Schnee, Hagel oder Regen aufgeweichte, kalkige Boden zwischen den Straßen.

Wir sprachen nicht viel während dieser Spaziergänge. Jules andauerndes, nur durch wenige Fragen oder Bemerkungen unterbrochenes Schweigen hatte auch mich langsam zum Verstummen gebracht. Ich verstand Jule, begriff, dass es für ihn zu viel geworden war – erst die lange Zeit der Verfolgung durch die Nazis und der Tod der Eltern, nun das, was man Bille angetan hatte, und unsere Einlieferung ins Lager. So viel Leid hätte wohl jeden zum Verstummen gebracht. Es kam aber noch hinzu, dass er, das Opfer, mit den Tätern auf eine Stufe gestellt wurde – er wurde seinen Todfeinden und Verfolgern gleichgestellt! Und noch schlimmer: Die Nazis im Lager waren damals Täter und nun Opfer – er wurde schon zum zweiten Mal in die Opferrolle gedrängt. Mir, Paul Scholz, war Unrecht getan worden; Jule war ein doppeltes und dreifaches Unrecht zugefügt worden.

Weil ich das wusste, nahm ich Jule seine Schweigsamkeit nicht übel, obwohl sie mich manchmal hart ankam, sondern starrte während unserer Spaziergänge zumeist nur in die Ferne. Dort, irgendwo hinter den waldigen Hügeln, lag Berlin. Mutter, Bille und Ömchen – wie mochte es ihnen ergangen sein in den vielen Monaten, seit wir sie nicht mehr gesehen hatten? Glaubten sie wirklich, dass wir nicht mehr lebten und niemals mehr wiederkämen?

Hin und wieder hatten wir während dieser Spaziergänge

aber auch kleine Erlebnisse. Einmal, es war im Februar, flatterte eine schwarze Krähe heran, setzte sich auf den schneebedeckten Zaun, legte den Kopf schief und sah uns an. Ein Bild, das Jule sehr bewegte. »Ein Gruß?«, flüsterte er mir zu.

»Von wem?«, flüsterte ich zurück. »Von Bille?«

Er schüttelte den Kopf. »Von der Welt.«

Uns erschien die Welt außerhalb des Zauns inzwischen schon so unwirklich, dass wir längst nicht mehr glaubten, noch dazuzugehören.

Ein andermal wagten wir uns zu nah an den verbotenen Bereich der ehemaligen SS-Kasernen heran, in denen jetzt unsere russischen Bewacher hausten. Da warf ein russischer Wachposten einen Stein nach uns, der mich in den Rücken traf. Er rief kein einziges Wort, dieser junge Soldat, blickte nur finster und hatte den Stein geworfen; wollte uns zerlumpte Gestalten verjagen, wie man streunende Hunde verjagte. Mir wäre lieber gewesen, er hätte mich geschlagen. Dann hätte er mich wenigstens als Mensch zur Kenntnis genommen.

Dann, an einem schon fast frühlingshaften Tag, lernten wir Max Schlicht kennen.

Es war später Nachmittag, die Sonne, die uns lange begleitet hatte, war bereits am Untergehen, Jule und ich aber umkreisten noch immer eine unbewohnte Baracke, an der wir zuvor schon mehrfach vorübergekommen waren, die aber erst jetzt unsere Aufmerksamkeit erregt hatte, weil sie mehr einem fensterlosen, leer stehenden Stall als einer Baracke glich. Wir fragten uns, was dieser Schuppen wohl einmal für eine Funktion gehabt haben könnte, als mit einem Mal ein Häftling an uns vorüberschritt, der erst vor wenigen Tagen aus dem Lazarett entlassen und unserem Bataillon zugewiesen worden war: Max Schlicht, ein kleiner, gedrungener Mann mit wuchtigem, wenn auch jetzt sehr magerem Schädel und schon seit längerer Zeit nicht mehr geschorenen, borstigen grauen Haaren. Über Schlicht war bekannt, dass er »Halbjude« und Kommunist war und zu den Häftlingen gehörte, die schon unter den Nazis Jahre in Buchenwald zugebracht hatten.

Kurz entschlossen sprach ich ihn an: »Was war'n das hier mal?«

Er musterte Jule und mich, dann sagte er: »Eine von den Judenbaracken.«

Ich sah, wie Jule zusammenzuckte, und Max Schlicht hatte es auch gesehen. »Ist was?«, fragte er.

»Nee.« Jule versuchte, ein gleichgültiges Gesicht zu machen.

»So? Na ja! Auch gut!« Schlicht lächelte, und ich hatte den Eindruck, er ahnte, weshalb Jule so erschrocken reagiert hatte. »Falls ihr aber mehr wissen wollt über diese Baracke – ich gebe euch gern Auskunft.«

Wir wollten mehr wissen, und da erklärte er uns, dass die Judenbaracken zu SS-Zeiten die überfülltesten Baracken im ganzen Lager gewesen seien. In eingebauten Kojen, in denen sie zu dritt, viert oder fünft hätten liegen müssen, seien die Juden untergebracht gewesen; wie die Ölsardinen hätten sie schlafen müssen, immer den Kopf an den Füßen des Nachbarn, sonst hätten sie nicht genügend Platz gehabt. Und gestorben wurde in diesen Baracken wie am Fließband: »Immer einer nach dem anderen. An Auszehrung und allen möglichen anderen Krankheiten. Wer hier hineinkam, der hatte kaum eine Überlebenschance.«

Jule senkte den Kopf, und Schlicht wusste, dass er richtig vermutet hatte. »Als ich im August das zweite Mal hierher verfrachtet worden bin, mussten wir das Judenlager ausmisten. Da lagen noch jede Menge Kleiderbündel von damals drin herum und Töpfe voll mit verfaultem Essen, in denen noch die Löffel steckten. Da war so viel Dreck, das muss man gesehen haben, vorstellen kann man sich das nicht.«

Ich wollte es mir auch gar nicht vorstellen; mir reichte, was ich selbst miterlebte. Jule aber sah Schlicht so interessiert an, dass er mit uns durchs Lager spazierte und uns vieles zeigte und erklärte, was wir zuvor noch nicht gewusst hatten. Er selbst, so Schlicht, sei das erste Mal im März 1942 und das zweite Mal im August 1945 hier eingeliefert worden. »Das erste Mal hab ich drei Jahre und siebenundzwanzig Tage hier zugebracht, wie lange es diesmal wird, steht in den Sternen.«

Das erste Mal hatte man Schlicht verhaftet, weil er gegen die Nazis gearbeitet hatte – »Sabotage an Lokomotiven. Ihr wisst schon: ›Räder rollen für den Sieg‹« –, die zweite Verhaftung erfolgte wegen »Spionage für die Amerikaner«.

Was da passiert war? »Meine Mutter, das ›jüdische Blut‹ in unserer Familie, hatten die Nazis nach Theresienstadt deportiert. Gleich nach der Befreiung fuhr ich hin, um sie zu suchen – und hatte Glück: Sie lebte noch und lebt hoffentlich noch immer. Dadurch ermuntert, wollten zwei Kameraden und ich uns um die Rückführung weiterer Häftlinge in ihre Heimatorte bemühen und mussten dazu die amerikanisch-sowjetische Demarkationslinie überqueren. Kaum waren wir in der sowjetischen Besatzungszone angelangt, wurden wir verhaftet.« Er lachte. »Amerikanski Spion, haben sie zu mir gesagt. Du kucken, wie stark Rote Armee in Berlin.«

Wir starrten ihn an. Wie konnte er über diese Verhaftung denn lachen? Und hatte er den Russen, die ihn verhörten, denn nicht gesagt, dass er, der Kommunist, schon unter den Nazis eingesperrt war?

»Alles hab ich ihnen gesagt, alles! Es war ihnen scheißegal. Sie fürchten die Amerikaner. Erst waren sie Waffenbrüder, jetzt sind sie wie Feuer und Wasser und bespitzeln sich gegenseitig.«

Wir fragten nach den Unterschieden zwischen dem alten und dem neuen Lager, und er sagte, da gebe es große, sehr große Unterschiede. Zwar seien Tyrannen und ihre Büttel einander immer ähnlich, sprächen die gleiche Sprache, machten die gleichen Gesichter und bevorzugten die gleiche Körperhaltung, dennoch gebe es Unterschiede. »Allein schon die Belegungsstärke! Noch Anfang April '45 waren wir achtzigtausend Mann. Davon gingen dann viele auf Transport, den aber nur die wenigsten überlebten ... Dennoch – ihr werdet es nicht glauben –, es gab so ein paar Kleinigkeiten, die besser zu ertragen waren als heute. Zum Beispiel die Verpflegung. Wir sollten ja arbeiten. Und wer arbeiten soll, muss essen. Zwar war es nicht gerade viel, was wir bekamen, aber mehr als jetzt ... Auch wurden wir nicht totgeschwiegen – unsere Verhaftung sollte ja abschreckend wirken.«

Er seufzte tief. »Andererseits ging's damals natürlich viel grausamer zu. Dieses ewige Sterben! Einige von uns wurden sogar zu medizinischen Experimenten missbraucht. Wie Versuchskaninchen im Labor ... Und dann gab's, wie es sich nach der Befreiung herausstellte, Kameraden, deren Köpfe die Nazis zu Schrumpfköpfen hatten verarbeiten lassen. Sie haben auch Lampenschirme aus Menschenhaut gemacht. Sie waren schlimmer als Tiere, sie waren menschliche Bestien.«

Mir wurde mal wieder schlecht. Max Schlicht aber erzählte weiter. »Gaskammern wie in Auschwitz gab's bei uns nicht, dafür Genickschussanlagen – besonders für die sowjetischen Kriegsgefangenen – und mehrere Galgen. Das Krematorium – damals nur ›Ofen‹ oder ›Kamin‹ genannt – war ununterbrochen in Betrieb. Von morgens bis abends sahen wir Rauch aufsteigen …«

Wie betäubt starrten Jule und ich vor uns hin. Das also war hier geschehen! Und es war noch nicht einmal ein Jahr her! Und nun war Max Schlicht wieder hier und wurde immer wieder an dieses schreckliche Damals erinnert … Vielleicht hätten wir lieber nicht fragen sollen.

Schlicht ahnte, was wir dachten. »Na ja«, fuhr er fort, »es gab aber auch einen sehr bedeutenden positiven Unterschied zu heute: Damals hatten wir Häftlinge eine Idee und ein Ziel, für das zu kämpfen sich lohnte – der Widerstand gegen das Unmenschentum der Nazis. Wir verfügten sogar über eine illegale Lagerleitung und ein geheimes Rundfunkgerät, mit dem wir uns über die näher rückende Front informieren konnten. Auch hatten wir uns ein eigenes Lied komponiert – das Buchenwald-Lied! Eine Zeile darin lautete: ›Wir wollen ja zum Leben sagen …‹ Ein trotz allem optimistisches Lied! Das alles fehlt jetzt. Die jetzigen Lagerhäftlinge sind nur Mitläufer und willkürlich Verhaftete. Sie haben kein anderes Ziel, als möglichst bald entlassen zu werden.«

Max Schlicht war nicht der einzige Häftling, der schon unter der SS in Buchenwald eingesessen hatte. Eine Berühmtheit unter den Häftlingen war ein ehemaliger Thüringer Bürgermeister, der, ebenfalls Kommunist, bereits von 1937 bis 1945 »Buchenwalder« gewesen war – acht Jahre lang! Sie hatten ihn wieder hier eingeliefert, weil er nicht so gewollt hatte, wie die sowjetischen Besatzer wollten. »Es gibt keine gute Diktatur«, sagte er gern. »Jede Diktatur – egal unter welchem Vorzeichen – ist schon ihrem Wesen nach Menschen verachtend. Deshalb, ob alte Herren oder neue Herren, ich tanze nicht nach ihrer Pfeife.« Und: »Mich kann man ja einsperren, aber nicht meinen Verstand.«

Worte, die mich an Vater erinnerten.

Alle kommunistischen Häftlinge waren von den Russen als Abweichler, Stalin-Kritiker oder »Spione« verhaftet worden. Jule und ich staunten oft über diese unbeirrbar für eine bessere Welt eintretenden und immer wieder unter ihrer Überzeugung leidenden Männer; wir glaubten nicht, dass ihre Idee eine Zukunft hatte. Eine bessere Welt erforderte doch bessere Menschen, und waren die sowjetischen Kommunisten, die uns so wahllos verhaftet hatten und ohne jedes Gerichtsurteil hier hungern und frieren und an Krankheiten zugrunde gehen ließen, denn wirklich »neue Menschen«?

Oft fragten wir uns, wie wohl Johannes Lorrmann und seine Eltern inzwischen über alles dachten.

Wären sie damit einverstanden, wenn sie wüssten, dass so viele ihrer ehemaligen Genossen nun unter den eigenen Leuten litten? Fänden sie es richtig, dass Jule, den sie so lange versteckt und beschützt hatten, kaum war er den Nazis entronnen, von ihren sowjetischen Freunden in dieses Lager gesteckt worden war?

Auf der Kippe

Im Sommer holte sich immer öfter der Tod seine Opfer. Bis dahin hatten viele ausgehalten, jetzt, da wir nicht mehr frieren mussten und darauf hoffen durften, den nächsten Winter vielleicht gar nicht mehr hier zu sein, gingen ihnen die Kräfte aus.

Es waren vor allem ältere Häftlinge, die starben – an Unterernährung, Herzschwäche, Wassersucht, Ruhr, Tuberkulose und Typhus. Der sowjetische Kommandant befahl, eine

Isolierbaracke für Häftlinge mit offener Tbc einzurichten; es wurde eine reine Sterbebaracke.

Acht bis zehn Tote wurden nun Tag für Tag aus dem Lager geschafft und irgendwo in der Umgebung verscharrt. Die Häftlinge vom Beerdigungskommando, so wurde gespottet, seien die Einzigen, die wirklich Arbeit hätten. Doch war dieser Spott nur aufgesetzt; keiner, der den Gedanken, eines Tages ebenfalls diesen Weg gehen zu müssen, nicht fürchtete.

Wir Jugendlichen litten vor allem unter riesigen Furunkeln; an Kopf und Hintern, Rücken und Oberschenkeln blühten sie. Unserer Nahrung fehlten ja jegliche Vitamine und jedes Eiweiß. Und waren die Wunden erst einmal da, gingen sie nicht mehr zurück, sondern eiterten weiter, bis riesige Phlegmone entstanden. Davon wurde auch ich nicht verschont. In meinen Achselhöhlen und an den Seiten des Brustkorbes bildeten sich bald dicke Eiterborken – »Streuselkuchen« genannt –, ich wusste nicht mehr, wie ich meine Arme halten sollte. Bewegte ich mich zu rasch, riss die Borke und Eiter und Wasser tränkten meinen ohnehin schon dreckigen und fleckigen Salzsack-Pullover, bis er an der Wunde festklebte. Zog ich ihn dann aus, riss die Borke erneut. So hielt ich die Arme oft seitwärts gestreckt wie ein Vogel, der fliegen lernen wollte, und Jule hatte nachts nicht genug Platz auf unserer Pritsche.

Dann kam auch noch ein riesiger Abszess an der Leiste hinzu. Die Oberfläche war hart und blaugrün, und oft erschien mir diese Wunde wie ein Tier, das sich schmerzhaft in mich verbissen hatte.

Ich hätte mich längst im Lazarett anmelden müssen, doch drückte ich mich davor. Einige Häftlinge waren wegen ähnlicher Krankheiten ins Lazarett gebracht worden – und nicht wiedergekehrt. Da konnte Jule reden, so viel er wollte, ich ging nicht hin. Bis eines Tages Olga Wolga meine Flugversuche beobachtete und mir befahl, Jacke und Pullover auszuziehen. Als sie die Bescherung sah, schimpfte sie mit mir – »Pawel dumm wie Regenwurm!« – und steckte mich ins Lazarett.

Sie hatte Recht. Jeder Abszess kann zur Blutvergiftung führen – kommt man zu spät zum Arzt, kann es zu spät sein.

Ich kam gerade noch rechtzeitig. Dr. Martin, der ärztliche Leiter, dem bis zu dreißig andere Häftlingsärzte, sechs Zahnärzte und drei Apotheker unterstanden, besah sich meine Blüten und Kuchen und schüttelte ärgerlich den Kopf. »Von Nebenberuf Selbstmörder?«

Er kam auch aus Berlin, war Chirurg an der Charité gewesen und verstand sein Fach. Sofort musste ich mich nackt auf einen Tisch legen – und dann schnitt er mir als Allererstes den Abszess auf. Mit einer Schere und ohne jede Betäubung. Jule, der vor der Lazarett-Baracke wartete, sagte später, ich hätte geschrien, als hätte mir jemand ein stumpfes Messer in den Bauch gerammt. Daran konnte ich mich aber nicht mehr erinnern, denn gleichzeitig mit meinem Schreien war ich in Ohnmacht gefallen.

Als ich wieder zu mir kam, zeigte mir Dr. Martin, was er aus meiner Leiste geholt hatte: Unmengen von fast schwarzem, stinkendem Zeug. »Menschenskind!«, schimpfte er. »Du standest schon auf der Kippe. Nicht mehr lange und sie hätten dich in den Wald gekarrt.«

Gleich darauf schnitt er mir mit derselben Schere die »Phlegmone« in den Achselhöhlen auf. Wieder ohne Betäubung – es gab ja keine Betäubungsmittel –, aber mit sehr zufriedenem Gesicht, denn auch hier hatte es sich in Wahrheit um Abzesse – Schweißdrüsenabszesse – gehandelt.

Diesmal fiel ich leider nicht in Ohnmacht; doch ich schrie so laut, als wollte ich mich selbst betäuben.

An den Brustseiten litt ich tatsächlich nur unter Phlegmonen. Auch sie wurden ausgekratzt, und danach wurde ich in ein Krankenzimmer verlegt, in dem nur Jungen mit der Krankheit »Eiter-heiter-weiter« lagen. Gleich neben mir ein fünfzehnjähriger Rheinländer, der riesige Ödeme an den Beinen hatte. Seine Beine waren hochgelegt, damit Pfannen und flache Töpfe darunter Platz fanden. Hier hinein tropfte der stinkende Eiter. Das ganze Zimmer roch, als würden wir langsam verfaulen.

Doch war das Lazarett kein unangenehmer Aufenthaltsort. Anstatt Dreifachschlafpritschen Doppelstockbetten, anstatt Strohsäcken Matratzen und Bettzeug. Wie behaglich, mal wieder in einem richtigen Bett zu schlafen, wie herrlich, es für sich allein zu haben! Was zu einem wirklichen Krankenhaus fehlte, das waren vor allem medizinische Geräte, Instrumente und Medikamente. Die Ärzte und Apotheker, Pfleger und Pflegerinnen gaben sich alle Mühe zu helfen, Wunder vollbringen konnten sie nicht. Und so wurde vielen die schlechte Ausstattung des Lazaretts zum Verhängnis. Da nützte es nichts, dass hier auch die Verpflegung etwas besser war.

Ich wurde dann noch mehrfach zum »Eiterspenden« auf den Tisch gelegt und danach mit einer von unseren Apothekern selbst zusammengemixten Salbe bestrichen und langsam, ganz langsam, heilten die Wunden. Zurück in der Kompanie, strahlte Jule mich an wie schon lange nicht mehr und er redete zwei, drei Tage lang auch mehr als sonst. Er hatte mich sehr vermisst – und ich ihn auch.

Max Schlicht riet uns dann, es ihm gleichzutun und durchs Lager zu laufen und alles, was wir an Grünem finden konnten, auszureißen und in die Suppe zu tun. »Egal, ob's schmeckt! Hauptsache, euer Körper bekommt 'n paar Vitamine zu lutschen.«

Ein kluger Rat, doch waren wir nicht die einzigen »Grünlinge«. Ganze Kolonnen machten Jagd auf Disteln, Brennnesseln, Melde, Wegerich und Sauerampfer; oft kamen wir uns vor wie Goldsucher irgendwo im Wilden Westen.

Interessant war, dass die Mädchen und Frauen im Lager, mit denen wir außerhalb des Lazaretts kaum zusammenkamen, wesentlich weniger Kranke und Tote zu beklagen hatten. Es hieß, ihre Körper seien widerstandsfähiger. Ob das stimmt, weiß ich nicht.

Der Erste aus meiner und Julians näheren Bekanntschaft, der starb, war Josef Färber, der ehemalige Blockwart, der uns einst im Keller der Kommandantura willkommen geheißen hatte. Er war an Ruhr erkrankt, kam ins Lazarett und nicht mehr zurück.

Wenige Tage später starb Friedrich Matjukat, der Fleischermeister, dem seine Ortsgruppenkassierer-Funktion zum Verhängnis geworden war. Dem kugelköpfigen Mann, der, nach eigener Auskunft, früher mal das Urbild eines schweineköpfigen Fleischermeisters gewesen war, setzte die Hungerei besonders zu. Bis zu seiner Verhaftung hatte er immer sehr viel und sehr fett gegessen; die »Wasserdiät«, wie er unsere Verpflegung nur nannte, überlebte er nicht.

Bevor Färber ins Lazarett kam, hatte er, den Tod ahnend, Kleider, Wäsche, Strümpfe und »Schuhe« einigen befreundeten Häftlingen vermacht. Sie konnten ihr Erbe aber nicht antreten, weil die Russen die Kleider der im Lazarett Verstorbenen ins Magazin einschlossen. Friedrich Matjukat starb in unserer Baracke – seine Erben waren besser dran.

Ich hatte weder Färber noch Matjukat sehr gemocht, dennoch vermisste ich sie. Im Lager gewöhnt man sich aneinander oder beginnt sich zu hassen, weil die ewige Nähe, dieses ständige Aneinander-gekettet-Sein, oft nur schwer zu ertragen ist. Ich hatte mich an die beiden gewöhnt und – so wie andere auch – ihre Adressen auswendig gelernt, um später, falls ich zu den Überlebenden gehören sollte, ihren Familien von ihrem Leben und Sterben berichten zu können.

Jule, so schien mir, wurde nach diesen Todesfällen noch nachdenklicher. Und eines Tages, als er mal wieder reden musste, verriet er mir, dass er es inzwischen sehr bedauere, nicht auf seine Mutter gehört zu haben. Sie habe doch immer gewollt, dass er einen jüdischen Bibelvers auswendig lerne, einen, der mit demselben Buchstaben anfing und mit demselben endete wie sein Vorname. Dreimal am Tag, so habe sie gesagt, müsse er den Vers aufsagen, falls in seinem Leben einmal eine Zeit komme, in der er beten wolle.

So war diese Zeit nun heran und Jule im Widerspruch zu seinem Vater gläubig geworden?

Ich fragte ihn nicht danach. War ja so unwichtig. Wenn Jule beten wollte, sollte er es tun; nur schade, dass er nie ein jüdisches Gebet gelernt hatte und er mit denen, die man uns im evangelischen Religionsunterricht eingepaukt hatte, nichts mehr anfangen konnte. Doch vielleicht hatte er sich in dieser Zeit ja seine eigenen Gebete erfunden und mir nichts davon gesagt; auch Brüder müssen nicht alles teilen.

Und doch, trotz all dieser Toten, war der Sommer leichter zu ertragen als der Winter. Nur wenige Regentage mussten wir in den Baracken verbringen, nur ganz selten war es so kühl, dass Jule und ich uns nicht in die Sonne legen konnten. Die Sonne wärmte, und wir redeten uns ein, dass ein warmer Körper weniger hungerte. Dabei wurde sogar ich, ansonsten eher zum Sonnenbrand neigend, mit der Zeit braun wie ein Indio. Und lagen wir dann da und versuchten, nicht an unser nagendes, beißendes, kratzendes Hungergefühl zu denken, bewegte mich immer wieder ein Thema: Flucht.

Es hatte schon Fluchten gegeben. Vor allem von jungen Häftlingen. Aus diesem Grund waren die Zaunanlagen erhöht und verstärkt worden. Doch musste das nicht heißen, dass es von nun an unmöglich war, hier rauszukommen? Vielleicht wollten die Russen uns ja bis zum Sankt-Nimmerleins-Tag festhalten. Weg und rüber in eine der drei Westzonen, in denen die Russen nichts zu sagen hatten, war das nicht die einzige Möglichkeit, ganz sicher zu sein, nicht noch Jahre hier schmoren zu müssen?

Jule jedoch wollte von diesen Plänen nichts wissen. Er sei lange genug auf der Flucht gewesen, so seine ständige Entgegnung, er wolle sich nicht wieder verstecken müssen. »Entweder sie lassen mich frei – oder ich bleibe hier.«

»Aber hier verrecken wir vielleicht genauso wie die anderen«, drang ich in ihn.

Er zuckte nur müde die Achseln.

»Und Bille?«, fragte ich da. »Denkste denn gar nicht an Bille? Soll sie ewig auf dich warten müssen? Vielleicht glaubt sie ja, dass wir längst nicht mehr am Leben sind, und nimmt sich einen anderen.«

Ich traute Bille nicht zu, so schnell das Bäumchen zu wechseln, und sicher war es nicht fair von mir, Jule auf diese Weise wehzutun. Ich wollte ihn nur aus seiner Lethargie reißen. Jule aber ging nicht darauf ein. »Meinetwegen musst du nicht hier bleiben«, erwiderte er nur. »Geh ruhig mit den anderen mit, wenn sie einen guten Plan haben.« Er meinte die Jugendlichen in unserer Baracke, die ständig irgendwelche Fluchtpläne schmiedeten.

Beleidigt sah ich ihn an. Als ob ich Jule je im Stich gelassen hätte!

Wenig später erlebten wir eine missglückte Flucht mit und für längere Zeit vergaß ich alle Fluchtpläne.

An jenem Morgen trieb man uns zu Rodearbeiten in die Zwischenräume der Zäune. Es galt, alle inzwischen zu hoch gewachsenen Grasbüschel und alles niedere Buschwerk auszureißen, weil dieses Grün einem Fliehenden Deckung geben könnte. Doch mussten dafür die elektrischen Anlagen für den Starkstrom- und den Warnzaun ausgeschaltet werden. Was unsere Bewacher nervös machte. Zwar gab es noch den Außenzaun, der aber war für einen Flüchtenden keine tödliche Gefahr. Und so begleiteten uns nicht nur die üblichen »Sergeanten« – fast jeder russische Soldat ließ sich gern mit »Sergeant« anreden –, sondern auch Offiziere mit Hunden. Jeder Gedanke an eine Flucht erschien aussichtslos – und doch sahen wir auf einmal einen Häftling wie eine Eidechse durch die Zäune kriechen.

Jule und ich, wir starrten uns nur an. Was für ein riskantes Vorhaben! Unsere russischen Bewacher hingegen bemerkten nichts – bis einer von uns, ein älterer Häftling, plötzlich erbost »Halt!« schrie und die Sergeanten und Offiziere mit fuchtelnden Armbewegungen auf den Flüchtenden aufmerksam machte. Sofort schrie alles durcheinander, die Hunde kläfften und auf den Postentürmen wurden Maschinengewehre in Anschlag gebracht. Der Flüchtling hatte gerade das so genannte Niemandsland erreicht und versuchte, in den schützenden Wald zu gelangen, als schon erste Geschossgarben über uns hinwegpeitschten. Alle warfen wir uns hin und konnten nichts mehr sehen, doch hörten wir die Alarmsirenen schrillen. Also war nun ganz bestimmt auch wieder Strom in den Zäunen.

Erst als die Schießerei beendet war, hoben Jule und ich wieder die Köpfe – und sahen, wie die noch immer erregt kläffenden Hunde den leblosen Körper des Flüchtlings hin und her zerrten und sich dabei immer wilder, immer wütender gebärdeten. Gleich darauf wurden alle Häftlinge mit Stößen und Schlägen ins Lager zurückgetrieben, und der deutsche Lagerschutzchef, der schon wusste, dass die Russen für diese Flucht vor allem ihn bestrafen würden, tobte: »Ihr Schweine! Ihr Misthunde! Warum habt ihr diesen Saubeutel laufen lassen?«

Es war stets nur ein kurzzeitiges Privileg, Lagerschutzchef sein zu dürfen. Kein Einziger, der nicht irgendwann über ein »Fehlverhalten« stürzte, von den Russen noch zusätzlich mit Bunkerhaft bestraft wurde und nach seiner Rückkehr von seinen ehemaligen Untergebenen geschnitten wurde. Der zornsprühende Mann wusste das.

Die anderen Kompanien wurden rasch in ihre Baracken zurückgejagt; wir, die Kompanie des Flüchtlings, mussten auf dem Appellplatz stehen bleiben, bis ein groß gewachsener, schlanker, gut Deutsch sprechender Offizier vor uns hin trat und uns unsere »verbrecherische Haltung« klar machte. Wir hätten den Häftling zurückhalten müssen, sagte er mit betont strenger Miene. Da wir das nicht getan hätten, sollte jeder Zehnte von uns erschossen werden.

Wir nahmen das ernst. Wenn es um Fluchtversuche ging, verstanden die Russen keinen Spaß. Gleich zählte ich die Reihe durch, in der Jule und ich standen – und atmete ein wenig auf: Egal ob von rechts oder links gezählt wurde, Jule und ich würden auf jeden Fall Fünfter oder Sechster sein.

Der große, dunkelhaarige Offizier, der so elegant wirkte, dass er an einen Filmhelden erinnerte, hatte aber nur gedroht. Die vier Gefangenen, die er schließlich herauswinkte, wurden nicht erschossen. Sie mussten nur unseren toten Kameraden ins Lager zurückholen – oder besser das blutende Knäuel, das nach dieser Hundeattacke von ihm übrig geblieben war. Sie trugen ihn heran und legten ihn vor uns hin. Und sofort wurde uns befohlen, nacheinander vor den Toten zu treten und ihn uns gründlich anzuschauen, und der Offizier erklärte uns, dass auch wir eines Tages so aussehen würden, falls wir auf dumme Gedanken kommen sollten. »Das deutsche Volk ist nicht schlecht«, rief er mit viel Pathos in der Stimme, »ihr aber, ihr seid schlecht! Ihr seid geschwüriges Fleisch und habt den ganzen deutschen Volkskörper angesteckt. Man muss euch rausschneiden, sonst verfault auch noch der Rest. Das ist der Grund, weshalb ihr hier seid. Und wir werden dafür sorgen, dass ihr hier bleibt und das neue Deutschland nicht an seinem Blühen und Gedeihen hindert.«

Das war eindeutig. Von wegen »Entlassungslager«! Wir sollten hier bleiben, damit wir niemanden ansteckten, alles andere war uns nur erzählt worden, um uns ruhig zu halten.

Mit dieser Rede aber war unsere Bestrafung noch nicht beendet. Man ließ uns weiter auf dem Appellplatz stehen, wir erhielten kein Essen und nichts zu trinken, und russische Soldaten und deutsche Lagerschutzmänner achteten darauf, dass wir uns immer schön nach der Sonne ausrichteten – damit sie uns unentwegt ins Gesicht schien. Nicht lange und uns dröhnte der Schädel und die Knie wurden weich, doch mussten wir durchhalten, wollten wir nicht noch zusätzlich bestraft werden. Theodor Weißbach, der rechts von mir stand, schwankte bald und musste von mir gestützt werden, sonst wäre er zusammengebrochen.

Die Stunden und Minuten zogen sich in die Länge, erst am späten Nachmittag, als wir vor Durst schon ganz verkrustete Münder hatten, kam ein russischer Sergeant mit einem Eimer voll Wasser – und lächelte. Voller Hoffnung lächelten wir zurück. Endlich ein Mensch, endlich einer, der ein Einsehen mit uns hatte! Doch trank er nur selbst aus dem Eimer, ächzte und stöhnte dabei genüsslich, stieß ein lang gezogenes »Aahhh!« aus – und kippte uns den Rest vor die Füße. Er war nur gekommen, um unsere Qual zu erhöhen.

Ich gebe es zu: Ich hätte diesen voll gefressenen, mondgesichtigen Kerl erwürgen können. Nie zuvor in meinem Leben empfand ich solche Hassgefühle. Bisher hatten unsere Bewacher bei mir noch mit einem Hauch Verständnis rechnen können. Sie wussten, wie viele ihrer Kameraden gerade hier, in Buchenwald, in der Genickschussanlage hingemeuchelt worden waren; man hatte ihnen gesagt, dass sie ganz schlimme Nazi-Verbrecher bewachten, und von uns selbst, unseren persönlichen Schicksalen, wussten sie nichts. Wir waren für sie die Mörder ihrer Mütter, Väter, Schwestern, Brüder und Kameraden, weshalb hätten sie Mitleid mit uns haben sollen? Doch eine ganze Kompanie dermaßen zu bestrafen, nur weil ein Häftling die Gefangenschaft nicht mehr ausgehalten hatte? Das ging über meinen Verstand.

Am frühen Abend konnte ich Theodor Weißbach dann nicht mehr stützen und er sank um. Und als ihm nichts geschah, folgten bald mehrere seinem Beispiel und blieben liegen, bis die Sonne am Untergehen war. Erst danach durften wir in die Baracke zurück. Wir legten uns sofort hin und sprachen kein Wort. In vielen aber wuchs in diesen Stunden ein Hass auf alles Russische, den sie nie wieder loswerden sollten. Selbst Max Schlicht sagte: »Jeder erzieht sich seine Feinde selbst.«

Der ältere Häftling, der den Fluchtversuch verraten hatte und natürlich nicht Strafe stehen musste, war inzwischen belohnt worden. Er hatte die Brotration seines erschossenen Kameraden erhalten und sie guten Gewissens verspeist. Es mieden ihn fortan auch nur die jüngeren Häftlinge, die älteren lehnten seit jeher jeden Fluchtversuch ab. Und das nicht ganz zu Unrecht. Die Folgen für die Zurückbleibenden waren schlimm. Es war ja nicht nur jenes acht- bis zwölfstündige Strafestehen, das die Kompanie des Flüchtlings nach jedem Fluchtversuch, egal ob geglückt oder missglückt, zu ertragen hatte; es wurde auch jedes Mal das ganze Lager nach etwaigen versteckten Hilfsmitteln für weitere Fluchtversuche durchsucht und dabei nicht wenige andere, verbotene, in vielen Stunden Schnitz- oder Bastelarbeit mühsam angefertigte Schätze beschlagnahmt. Und es wurde der gesamten Kompanie für längere Zeit das Essen gekürzt. Woraufhin es bald noch mehr Tote zu beklagen gab.

»Weil einer durchdreht«, hieß es unter den älteren Häftlingen, »müssen hundert andere leiden. Nein, kein Fluchtversuch ist gerechtfertigt.«

Es waren aber nicht die Argumente der älteren Häftlinge, die mir meine Fluchtpläne aus dem Kopf trieben, es war allein der blutige Körper des toten Kameraden, den ich lange nicht aus dem Kopf bekam.

Anfang Dezember '46, nachdem weitere fünftausend Häftlinge aus dem Lager Torgau nach Buchenwald gekommen waren, kam es dann zu einer gelungenen Flucht. Und an der hätten Jule und ich teilnehmen können.

Einer der jungen Männer, die diese Flucht geplant hatten, Schorsch aus Halle an der Saale, der mich aus irgendwelchen Gründen sympathisch fand, bestürmte mich mitzumachen. »Eine todsichere Sache«, sagte er, »die Russen bekommen nicht mal unsere Hacken zu sehen.«

Ich fragte Jule erst gar nicht, ob wir mitgehen sollten, ich wusste ja, wie er darüber dachte.

Der trotz der ewigen Hungerei noch einigermaßen kräftig wirkende Schorsch blinzelte erstaunt. »Und warum wollt ihr nicht mitmachen? Glaubt ihr etwa an die Entlassungsparolen der Alten – dieses Weihnachten bestimmt?«

Ich glaubte keiner Entlassungsparole mehr, doch war es mir unmöglich, ohne Jule zu fliehen.

Die Flucht war gut ausgedacht und gut organisiert. Schorsch kannte einen Gruppenleiter von der *Kultura*, dem ehemaligen KZ-Kino, in dem nun manchmal Theateraufführungen von Häftlingen stattfanden. Dieser Gruppenleiter – Deckname »Hugo« – besaß einen Ausweis, der ihm erlaubte, sich frei im Lager zu bewegen. So hatte er den Lager-Handwerkern bereits im Sommer eine Blechschere stehlen und bis zu einem geeigneten Fluchtzeitpunkt an einem sicheren Ort verstecken können. Denn das stand fest: Eine Flucht konnte nur in der dunklen Jahreszeit gelingen – wenn mal wieder Nebel über dem Ettersberg lag! Die Zwischenzeit nutzte »Hugo«, um sich auch noch mehrere Arbeitshandschuhe, ein paar Gummiflicken und zwei kurze Stücke Gummischlauch zu besorgen. Als es so weit war, wurden die Gummiflicken auf die Handschuhe genäht und die Schlauchstücke auf die Griffe der Blechschere geschoben – und damit waren die Strom führenden Drähte im Zaun kein Hindernis mehr. Die Flüchtlinge durften nur nicht aus Versehen eine Alarmanlage durchschneiden.

An einem Abend, als die Posten auf den Wachtürmen in eine einzige dunkelgraue Nebelsuppe starrten und die Leuchtkraft der vielen Lampen auf den Zäunen keine zehn Zentimeter weit reichte, ging es los. Mit der isolierten Blechschere wurden Schlupflöcher in die Zäune geschnitten – und dann schlängelten sich nacheinander fünf Häftlinge durch die Löcher und verschwanden im nahe gelegenen Wald. Als der deutsche Lagerschutz und die russischen Bewacher diese Flucht endlich bemerkten, mussten Schorsch, »Hugo« und die anderen drei Häftlinge bereits mehrere Kilometer weit entfernt sein.

Natürlich herrschte Aufregung im Lager. Die Russen rasten und die führenden Männer vom Lagerschutz verschwanden im Bunker. Und wir Häftlinge – diesmal das ganze Lager – mussten mal wieder stundenlang Strafe stehen.

Ich war traurig. Wo fünf hinausgelangt waren, wären auch sieben durchgekommen. Wäre also Jule nicht gewesen, wäre ich jetzt auch draußen und in ein paar Tagen vielleicht schon aus der sowjetischen Besatzungszone verschwunden. Vom Westen aus hätte ich Kontakt zu Mutter, Bille und Ömchen aufnehmen und ihnen sagen können, dass wir noch lebten. Und ganz sicher hätte Mutter dann Himmel und Hölle in Bewegung gesetzt, um zu mir zu kommen und mit Bille und Ömchen ganz und gar bei mir zu bleiben. Ich hatte so große Sehnsucht nach ihnen, ich konnte Jule lange nicht anblicken.

Jule wusste, wie mir zumute war, und hatte ein schlechtes Gewissen. Doch wagte er nicht, mir vorzuhalten, dass ich ja ohne ihn hätte gehen können. Hätte er das getan, ich glaube, ich hätte ihn geschlagen.

So liefen wir einige Tage nebeneinanderher wie zuvor – niemand in der Kompanie, der irgendeine Änderung an uns bemerkt hätte –, in Wahrheit aber gingen wir getrennte Wege. Ich empfand nun alles noch bedrückender. Mein Ekel vor dem Lager und all der Hässlichkeit um uns herum, den Lumpen, den Krankheiten, den Toten, wuchs von Tag zu Tag. Mir wurde sogar Jule zu viel; Jule, der die Schuld daran trug, dass ich noch immer hier war.

Ein gerechter Gott?

Lange hatten wir geglaubt, schlimmer, als es war, könne es nicht mehr kommen. Ein Irrtum! Bereits im Herbst, noch vor jener gelungenen Flucht, waren die Essensrationen gekürzt worden. Und das ausgerechnet an Jules achtzehntem Geburtstag. Wir erfuhren es wie nebenbei, denn an jenem Morgen wurde die Hälfte der Essenholer als überflüssig von der Küche zurückgeschickt – und in der herbeigeschleppten Suppe schwamm keine einzige Graupe, sondern etwas, das »Kartoffelrieb« genannt wurde. Was das wirklich war, fanden wir bis zum Schluss nicht heraus; nur so viel war klar: Mit Kartoffeln hatte diese russische Erfindung nichts zu tun.

Noch glaubten wir an eine nicht sehr gelungene Abwechslung vom Graupeneinerlei, und ich witzelte beim Trinken – den Löffel brauchte ich wirklich nicht –: »Die sparen für unsere Geburtstagstorte.«

Mittags verging mir das Scherzen. Da wurde bekannt gegeben, dass auch die Brotration halbiert worden sei, sich fortan also zehn anstatt fünf Gefangene ein Brot teilen mussten. Was bedeutete, dass wir pro Tag und Nase nicht mehr sechshundert Gramm Klitschbrot bekamen, sondern nur noch die Hälfte: dreihundert, getrocknet einhundertfünfzig Gramm. Bestürzt teilten wir das Brot in zehn Teile – und sahen, dass jeder nur eine einzige, dicke Scheibe in der Hand hielt.

»Das kann nicht wahr sein«, schrie unser Staatsanwalt. Und dann warf er seine Scheibe Brot auf den Fußboden und schrie und weinte und trampelte darauf herum. »Das ist ein Verbrechen! Das ist Massenmord durch unterlassene Hilfeleistung! Keiner von uns wird das überleben. Die Russen sind Barbaren, Untermenschen! Kein Tier behandelt man so.«

Theodor Weißbach dachte erst nach, bevor er etwas dazu sagte. »Die Nazis hatten Genickschussanlagen und Galgen«, stellte er dann sachlich fest, »unsere Todesspritze ist die Wassersuppe.«

Max Schlicht versuchte zu erklären, dass es sich hierbei keinesfalls um Mord oder Massenmord handele. In der Sowjetunion gäbe es nun mal eine eiserne Regel: Wer nicht arbeite, brauche auch nicht zu essen. »Die Russen behandeln ihre eigenen Leute ja auch nicht besser. Denkt nur an die sibirischen Arbeitslager. Wahrscheinlich glauben sie, dass, wer wie wir den ganzen Tag nur auf der faulen Haut herumliegt, mit noch weniger auskommt.«

Aber so dumm könnten die Russen doch nicht sein, wurde er niedergebrüllt. Sie sähen doch die vielen Toten, die Tag für Tag aus den Baracken geholt würden. Wie könnten sie da glauben, wir brauchten keine Fressalien, weil wir uns sozusagen im ewigen Urlaub befänden?

Da schwieg Max Schlicht, und hatte er sich bisher noch nicht für seine sowjetischen Genossen geschämt, so tat er es jetzt.

Zu neunt standen wir nun dabei, wenn unser Vertrauensmann das Brot aufschnitt, die Augen in den vor Magerkeit faltigen Gesichtern stur auf seine Hände gerichtet. Und wehe, einer fühlte sich benachteiligt; dann stürzte die eine halb verhungerte Gestalt sich auf die andere, und die beiden Streithähne rangen, bis sie auseinander gerissen wurden.

Starb ein Häftling – und nun starben noch mehr –, versuchten wir, das zu verheimlichen, indem wir ihn versteckten. Damit wir eine Essensration mehr bekamen.

Bald waren unsere ohnehin schon skelettartigen Körper so ermattet, dass Jule und ich Morgen für Morgen mehr Mühe mit dem Aufstehen hatten. Oft verspürte ich den Wunsch, einfach liegen zu bleiben, einzuschlafen und nie mehr aufstehen zu müssen. Jule erging es nicht anders. Der Gedanke, nur noch schlafen zu dürfen, erschien uns wie eine gütige Verheißung.

Wieder war es Theodor Weißbach, der uns hochtrieb. Das aber nur, damit wir die Lagerregeln einhielten und nicht etwa noch bestraft würden. Ansonsten riet er zur Schonung. »In der jetzigen Situation gilt nur eines: Ruhe bewahren«, hatte er uns gleich zu Anfang dieser verschärften Hungerei erklärt. »Und das im doppelten Sinne des Wortes. Erstens: Regt euch über nichts auf – das verbraucht nur Energien! Zweitens: Bewegt euch so wenig wie möglich. Muskeln werden hauptsächlich aus Eiweiß aufgebaut. Bildet ihr durch Bewegung neues Muskelgewebe, verbraucht ihr viel von diesem in unserer Situation so kostbaren Stoff.«

Wir beherzigten diesen Ratschlag, hockten stundenlang in irgendwelchen Ecken und rührten uns nicht.

Andere versuchten, sich von ihrem Hunger abzulenken, indem sie ständig laut »kochten«. Die wunderbarsten Gerichte bereiteten sie in ihrer Phantasie zu: Gänsebraten, Ente, Hühnerklein, Schnitzel, Rinderrouladen, Hecht in Bierteig und immer so weiter. Ihre Gesichter glühten wie im Fieber, wenn sie sich auf diese Weise selbst betäubten!

In Wirklichkeit fraßen wir anderes. Kein gelber Grashalm war vor uns sicher, sogar Zweige von winterkahlen Bäumen und Sträuchern wurden angeknabbert, aus geschabter Baumrinde rührten wir mit Brot und Wasser einen Brei an. Einmal fiel einem Häftling die Schüssel um – und sofort stürzten sich ein paar von uns drauf und leckten den Tisch ab. Einem aus einer anderen Baracke war es gelungen, ein Kaninchen zu fangen. Er verzehrte es roh …

Irgendwann gab's dann eine Erklärung des Lagerkommandanten. In Russland habe es eine schlimme Missernte gegeben, verkündete er während eines Appells, und natürlich könnten, wenn die russische Bevölkerung mit der Hälfte ihrer Ration auskommen müsse, auch wir nicht besser ernährt werden.

Wir glaubten ihm nicht. Die Russen hätten längst eine Revolution gemacht, wären sie so schlecht ernährt worden, sagte Max Schlicht. Und er warnte Jule und mich, die wir immer apathischer vor uns hin stierten, vor dem »Muselmansyndrom«. Im Nazi-Lager seien physisch und psychisch zerstörte Häftlinge so genannt worden. »Wir fütterten und wuschen sie, doch war den meisten von ihnen nicht mehr zu helfen. Sie schlichen nur noch wie Gespenster durchs Lager, hatten keinerlei Lebenswillen mehr. Also lasst euch nicht unterkriegen, auch diese Zeit geht vorüber.«

Jule und ich nickten, doch waren wir nicht weit davon entfernt, von diesem Syndrom befallen zu werden. Mussten wir uns erheben, torkelten wir wie die Betrunkenen durchs Lager; fraglich, wie lange unsere schwachen Beine den mageren Rest unseres Körpers noch tragen konnten. Alles in mir erschien mir hohl und leer – als wäre ich ein einziges Loch –, und ich verspürte keinen anderen Wunsch mehr als den, diese Leere mit irgendetwas auszufüllen. So erwischte mich Theodor Weißbach einmal dabei, wie ich versuchte, ein trockenes Stück Holz anzunagen. Hätte er es mir nicht fortgenommen, sicher hätte ich einige Späne davon zerkaut und hinuntergewürgt.

Standen Jule und ich unter der Dusche, konnten wir nur staunen über das Tempo, in dem das letzte Fleisch dahinschmolz.

Unsere Haut war voller Risse und Schuppen, Falten und Geschwüre; stieß ich mir einen Finger in den Oberschenkel, ging die Delle lange nicht zurück – so, als hätte ich den Finger in Weichkäse gebohrt.

Wir konnten auf keinem Hocker mehr sitzen, ohne uns irgendein Kleidungsstück unter den Hintern zu schieben, weil wir ansonsten auf dem blanken Steißbein gesessen hätten; aus der Entfernung wirkten auch wir Jugendlichen wie magere, uralte Vögel, die mit eingezogenen Köpfen durchs Lager wankten. Vielen konnte man ihr Ende schon Tage vorher ansehen. Der Hunger hatte ihnen scharfe, kalte Linien ins Gesicht gekerbt, die Augen waren stumpf geworden. Eine leichte Erkältung oder ein Ungezieferbiss gab ihnen den Rest. Flöhe und Läuse entpuppten sich als so etwas wie eine Ordnungspolizei; wer nicht mehr leben konnte, den warfen sie nieder.

Es gab so viele Kranke, Sterbende und Tote um mich herum, dass ich mich eines Tages dabei erwischte, meine Mithäftlinge zu hassen. Es war ein grauer, kalter Wintertag, Jule und ich waren mal wieder an die Luft gegangen und vor uns wankte ein schon sehr schwacher Häftling die Lagerstraße entlang. So musste ich einen Kräfte zehrenden Umweg machen. Als ich mich mit ihm auf gleicher Höhe befand, blickte ich in sein fahles, längst vom Tod gezeichnetes Gesicht und dachte böse: Gut, dass du uns bald nicht mehr vor die Füße läufst! Dachte es – und erschrak: War mir das wirklich eben durch den Kopf gegangen? Schuldbewusst drehte ich mich noch einmal um – und da sah ich, wie er genau in diesem Augenblick die Augen verdrehte und niedersank. »Nein!«, schrie ich, und dann streckte ich die Hand nach Jule aus, damit er stehen blieb, und wankte zu dem auf dem Pflaster Liegenden zurück.

Er war tot und ich starrte ihn ewig lange an und brach schließlich in Tränen aus.

Jule verstand mich nicht. Als ob dieser unbekannte Häftling der einzige Tote war, den wir in den letzten Tagen zu Gesicht bekommen hätten. Flüsternd gestand ich ihm, dass ich diesem Mann den Tod gewünscht hatte.

»Nein«, widersprach Jule. »Das hast du nicht getan. Du hast nur Angst um dich selbst gehabt.«

Er war so viel klüger als ich und hatte wohl Recht. Dennoch ließ mich der Gedanke an diese Begegnung nicht los. So sah ich fortan nicht mehr hin, wenn ich anderen Häftlingen begegnete. Nur wenn ein mir nahe stehender Kamerad gestorben war, schreckte ich kurz auf. Mehr Leid konnte ich einfach nicht ertragen.

Kurz vor Weihnachten 1946 musste das ganze Lager nackt an Olga Wolga vorüberziehen; arbeitsfähige Häftlinge, die in die Sowjetunion verlegt werden sollten, wurden gesucht.

Als ich an der Reihe war, sah ich, wie Olga Wolga blass wurde. Ich war einer der wenigen Häftlinge, die sie von Gesicht und Namen kannte; mein skelettartiges Aussehen musste sie zutiefst erschreckt haben. Ich bemerkte es – und grinste mal wieder. Sieh nur her, sollte dieses Totengrinsen besagen, das habt ihr aus dem armen Pawel gemacht.

Das Ergebnis dieser Skelettparade war, dass nur etwa jeder Zehnte für einen Arbeitseinsatz infrage kam. Sie wurden in Sonderbaracken zusammengefasst und durch Sonderverpflegung noch ein bisschen aufgepäppelt und an einem eiskalten Februartag gingen sie auf Transport. Die meisten waren froh darüber. Alles war besser, als hier langsam zu verrecken.

In den übrigen Baracken ging das Sterben weiter. Da half es nichts, dass ab dem Neujahrstag die Rationen wieder ein klein wenig heraufgesetzt wurden – hundert Gramm Wasserbrot mehr am Tag. Verzeichneten wir anfangs noch etwa zwanzig Tote am Tag, waren es bald dreißig und vierzig. Oft schob und zog das Beerdigungskommando seinen Karren – den »Leichenotto« – auch während der Appellzeit durchs Lager. Dann sahen wir den aufgetürmten Berg unbedeckter Leiber durchs Lagertor verschwinden, und ich stellte mir jedes Mal vor, dass auch ich eines Tages auf diese Weise aus dem Lager gekarrt würde, und musste vor Mitleid mit mir selbst heulen. Jule nahm dann meine Hand und hielt sie fest – so wie ich seine Hand gehalten hatte, als er aus dem Sammellager in der Großen Hamburger geflohen war. Er hatte sich längst mit allem abgefunden, war der Stärkere von uns beiden.

Manche von den Toten hatten sich auch selbst umgebracht wie Johann Kramp aus unserer Baracke. Kramp, ein gutmütiger, aber nicht sehr intelligenter Mann, der sehr an seiner Familie hing, hatte fest darauf vertraut, dass er das zweite Weihnachtsfest nicht mehr im Lager verbringen musste. Als er verhaftet wurde, war seine Frau gerade mal wieder schwanger; ob sein jüngstes Kind gesund auf die Welt gekommen war, ob seine Frau die Geburt heil überstanden hatte und ob dieses Kind ein Junge oder Mädchen war, wusste er nicht. Nun war Weihnachten '46 auch vorbei und er war nicht entlassen worden. Das hielt er nicht länger aus. Und so ließ er sich eines Abends zur Feuerwache einteilen, und als wir vom Appell zurückkehrten, hatte er sich erhängt. An einer der obersten Pritschen.

Ein furchtbarer Anblick. Alle standen wir nur da und sahen ihn an; keiner, der noch versuchte, ihn zu retten. Es gab ein ungeschriebenes Gesetz für diese Art Flucht: Wer das Lager nicht länger aushalten wollte, sollte es nicht länger aushalten müssen.

Die ganze Nacht über wurden Jule und ich dieses Bild nicht los. Nie zuvor hatten wir einen Erhängten gesehen. Warum nur, so fragten wir uns immer wieder, ließen sie uns nicht wenigstens Briefe schreiben? Hätte der Johann ab und zu mal Post von seiner Frau erhalten, dazu vielleicht ein Foto seines jüngsten Kindes, vielleicht hätte er es noch ein bisschen länger ausgehalten.

Tags darauf wurde Kramps Tat diskutiert. Die einen, darunter Max Schlicht und Theodor Weißbach, missbilligten sie, andere – auch unser Staatsanwalt – äußerten Verständnis.

Für Max Schlicht war Kramps Tat ein voreiliger Schritt. »Wer weiß denn, was in einem halben Jahr ist? Vielleicht hätte er sein Jüngstes dann schon auf den Knien geschaukelt.« Theodor Weißbach sagte, ein Selbstmord verbiete sich immer und in jedem Fall. »Gott hat uns das Leben gegeben, nur er darf es uns nehmen. Alles andere ist wider die Schöpfung.« Unser Staatsanwalt jedoch sprach von einer achtungsgebietenden Tat: »Ihr könnt mit mir nicht alles machen, besagt ein solcher Schritt. Eure Macht ist nicht grenzenlos.«

Er sagte das mit viel Leidenschaft. Wir hätten besser zuhören sollen. In der Neujahrsnacht folgte er Johann Kramp, indem er sich die Pulsadern aufschnitt; mit einer Glasscherbe, die er, wie ich wusste, schon seit dem Sommer bei sich getragen und als Schnitzwerkzeug benutzt hatte. Seinen Wettermantel hatte er zuvor seinem neben ihm schlafenden Pritschennachbarn übergelegt.

Mitte Februar wurden die Lebensmittelrationen erneut um ein Weniges erhöht. Noch einmal hundert Gramm Wasserbrot hinzu und auch wieder ein paar Graupen in der Suppe. Doch lagen wir damit noch immer weit unterhalb jenes Tagessatzes, der uns bis Anfang November zugebilligt worden war. Und für viele kam diese Maßnahme zu spät.

Auch für Jule …

Ich hatte gesehen, wie er immer mehr verfiel, aber das erging ja fast allen so. Dass Jule krank war, erfuhr ich erst, als ich mir bereits Hoffnung machte, dass wenigstens er entlassen werden könnte und Mutter, Bille und Ömchen auf diese Weise ein Lebenszeichen von uns erhalten würden.

Ein Vormittag irgendwann Anfang März. Wir drehten nach längerer Zeit mal wieder eine etwas größere Runde durchs Lager, als plötzlich ein Mann aus der Baracke 35 trat, dessen Anblick Jule so erschreckte, dass er stehen blieb.

»Was ist denn mit dem?«, wunderte ich mich.

»Ach nichts!« Jule ging weiter und ich folgte ihm erstaunt. Hatte er geglaubt, den Mann zu kennen? Aber warum wollte er nicht darüber sprechen?

Auf dem Rückweg gingen wir wieder an der 35 vorüber – und da kam uns derselbe, eher unscheinbar wirkende Mann direkt entgegen. Jule sah ihn an, nickte und flüsterte vor sich hin: »Er ist es.« Doch sprach er den Häftling nicht an, ließ ihn regungslos an uns vorübergehen.

»Wer *ist* das?«, wollte ich nun endlich wissen, und da erzählte mir Jule, dass es sich bei diesem Mann um Max Reschke handelte, jenen ehemaligen Schulrektor der Jüdischen Knabenschule und späteren Vertreter des Judenkommissars Dobberke, den er im Sammellager in der Großen Hamburger Straße kennen gelernt hatte; Max Reschke, der Jude, der die Listen der Juden, die nach Auschwitz und Theresienstadt deportiert wurden, zusammengestellt hatte; Max Reschke, der preußisch korrekte Adjutant der Gestapo.

»Also ist er auch hier!« Wieder nickte Jule vor sich hin, als sei er sehr zufrieden über diese Begegnung.

Ich war nicht ganz so zufrieden. »Aber er lebt noch, und von denen, die auf seinen Listen standen, leben die allermeisten nicht mehr. Du hättest ihn zur Rede stellen müssen.«

»Wozu denn?« Jule schüttelte den Kopf. »Was der mir antwortet, kann ich mir selber sagen: Er hat nur getan, was von ihm verlangt wurde. Hätte er es nicht getan, wäre er selber nach Auschwitz gekommen.«

Er hatte Recht. Dieser Reschke hätte ein Held sein müssen, um nicht zu gehorchen. Und waren denn alle anderen Helden gewesen? Die Soldaten, die bis zum bitteren Ende gehorcht hatten? Die Kriegerwitwen, die nur still in sich hineingeweint hatten? Die Söhne, die brav in die Fußstapfen ihrer gefallenen Väter getreten waren? Die Töchter, die bis zum Schluss Granaten gedreht und Pulswärmer gestrickt hatten?

Nur: Wenn Jule so dachte, weshalb hatte er dann so zufrieden genickt? Vielleicht weil er insgeheim doch der Meinung war, dass man lieber sterben sollte, als Mördern zur Hand zu gehen?

Noch am gleichen Abend sagte ich mir, dass ein solches Zusammentreffen zweier Juden in einem Lager, in dem hauptsächlich Faschisten gefangen gehalten werden sollten, doch irgendeinen höheren Sinn haben müsse – und hatte plötzlich *die* Eingebung. »Mensch, Jule!«, flüsterte ich, als wir auf unserem Strohsack lagen und nicht schlafen konnten. »Vielleicht ist dieser Reschke ja unser Glück. Der kann doch bestätigen, dass du Jude bist. Der weiß es doch nun wirklich ganz genau.«

Jule musste über diese Möglichkeit schon nachgedacht haben, so schnell kam seine Erwiderung. »Quatsch! Der kennt keinen Julian Sternberg, der kennt nur Jacob Hirsch, falls er diesen Namen über den vielen tausend Namen auf seinen Listen nicht auch längst vergessen hat.«

»Aber dein Gesicht!«, rief ich. »Er muss sich doch an dein Gesicht erinnern. Und das wäre ja auch eine prima Gelegenheit für ihn, endlich mal was gutzumachen. Vielleicht freut er sich ja sogar darüber, sein Gewissen ein bisschen erleichtern zu dürfen.«

Er lachte böse. »So einer ist das nicht. Dazu hat er sich viel zu eifrig in sein Schicksal gefügt: Wenn schon Sklave, dann wenigstens ein perfekter Sklave … Und was mein Gesicht betrifft: Hat er es etwa wiedererkannt? Er hat uns angekuckt und ist weitergegangen.«

»Aber du bist aus der Großen Hamburger geflohen«, drang ich weiter in ihn. »Das ist doch was Besonderes, daran wird er sich bestimmt erinnern. Außerdem weißt du, wie es dort ausgesehen hat, kannst die Räume und auch diesen Judenkommissar beschreiben. Mehr Beweise gibt's doch gar nicht.«

Jule schwieg, und ich sah ihm an, dass er sich das alles schon selbst gesagt hatte. »Und was dann?«, kam es zögernd über seine Lippen.

»Na, dann müssen se dich entlassen! Du bist ein Opfer des Faschismus und kein Werwolf. Und bist du erst entlassen, fährst du zu Bille, Mutter und Ömchen und grüßt sie von mir und frisst dich satt und setzt Himmel und Hölle in Bewegung, damit auch ich hier rauskomme.«

Das Letzte hatte ich nur gesagt, um ihn aus seiner Lethargie zu reißen. Ich glaubte nicht, dass auch nur ein einziger von uns Häftlingen freigekämpft werden konnte, solange die Russen nicht von sich aus ein Einsehen hatten.

Jule dachte ein Weilchen nach – und schüttelte doch nur wieder den Kopf. »Die lassen mich nicht frei. Ich bin doch nicht der einzige Jude im Lager.«

Das stimmte. Wir hatten inzwischen sieben, acht Männer kennen gelernt, die sich als Juden zu erkennen gegeben hatten. Zwei waren ehemalige Gestapo-Greifer gewesen, die anderen hatten im Untergrund überlebt und nach Kriegsende für eine Ausreise aller Juden nach Palästina geworben – was sie in den Augen der Russen zu Spionen gemacht hatte. Und Max Schlicht? Der war nicht nur »Halbjude«, sondern auch noch Kommunist, und war trotzdem hier.

Jule sah mir an, wie enttäuscht ich war, hatte ich doch tatsächlich gehofft, er könnte Mutter, Bille und Ömchen ein Lebenszeichen von mir bringen – und da sagte er mit einem Mal: »Mensch, Paule! Mach dir doch nicht so viele unnütze Gedanken, bin ja ohnehin krank, komm sowieso nicht mehr hier raus.«

»Waas?« Ich wollte ihm nicht glauben. »Wieso bist du denn krank? Du bist runtergekommen wie wir alle. Was meinste, wie schnell Mutter dich wieder aufpäppelt, wenn du nur endlich mal was unternimmst.«

»Nein!« Er drehte den Kopf weg. »Das ist nicht nur der Hunger … Hab schon lange Halsschmerzen und Fieber und Durchfall und Blut im Stuhl … Es geht los bei mir – genauso wie bei den anderen.«

Es schnürte mir den Hals zu. Was Jule da gesagt hatte, klang nach Ruhr, daran waren schon viele gestorben … »Aber … aber warum sagste das denn erst jetzt?«

Er zuckte die Achseln. »Hab gedacht, es geht wieder vorbei.«

Nein! Das konnte er nicht gedacht haben. In Wirklichkeit hatte er aufgegeben. Ich vergaß die Schlafenden um uns herum, richtete mich auf und schrie ihn an: »Aber das kannste doch nicht machen! Du kannst doch nicht einfach nur abwarten – du musst ins Lazarett!« Viele waren gestorben, aber es gab auch Ruhrkranke, die sich wieder erholt hatten, nachdem man ihnen im Lazarett zerstoßene Holzkohle und stark geröstetes Brot zu essen gab. Nach einiger Zeit war der Durchfall weg und das Fieber sank. Und hatte Jule, als ich unter meinen Abszessen litt, mich denn nicht auch gedrängt, ins Lazarett zu gehen? Weshalb sorgte er sich um sich selbst denn so viel weniger?

Seine müde Antwort: »Morgen werde ich mich melden.«

Mehr konnten wir im Augenblick ohnehin nicht tun, es war ja Nacht. Beruhigt aber hatte diese Zusage mich keineswegs. Ich brach in Tränen aus, so groß war meine Sorge um Jule.

Einige Häftlinge murrten, ich solle endlich Ruhe geben, wir seien nicht allein in der Baracke.

Ich gab Ruhe – die Angst in mir aber kochte weiter. Jule! Gerade er! Warum denn nun auch noch er?

Ja, und dann – wie vom Teufel geplant: Kaum hatte Julian mir seine Erkrankung gestanden, gab sein Körper auf. Er war auch in den Nächten zuvor öfter aufs Klo gerannt, doch hatte ich das als nichts Ungewöhnliches empfunden, litten wir doch alle hin und wieder an der Scheißeritis, ganz egal, wie wenig da aus uns herausdrängte. In dieser Nacht begleitete ich ihn zweimal aufs Klo, obwohl er das nicht wollte – und beim dritten Mal kam er vom Becken nicht mehr runter. Ich stand neben ihm und hielt ihn fest, sah das viele Blut in seinem Stuhl und musste wieder heulen.

Als dann ein Häftling kam, um sein Wasser abzuschlagen, bat ich ihn, den Bataillonsführer zu verständigen. Und am Morgen trugen Max Schlicht und ich Julian, der ja kaum noch etwas wog, zur Station 4 hinüber; jene Baracke, die extra für die Ruhrkranken eingerichtet worden war.

Die Tage danach! Wie ein verirrtes Kind lief ich durchs Lager, in jeder freien Minute trieb ich mich vor der Station 4 herum. Ich redete mir ein, dass Jule meine Nähe spürte und meine Anwesenheit ihm vielleicht sogar half.

Wurden Häftlinge aus der Station entlassen, fragte ich

nach ihm. Doch kannten sie ihn nicht; sie hatten mit sich selbst zu tun.

Dann, endlich, nach einer Woche, stieß ich auf einen als geheilt entlassenen Ruhrpatienten, dem Jule aufgefallen war. Er sagte mir, dass er im Bett neben ihm gelegen habe und Jule wie alle anderen Ruhrkranken behandelt werde – mit zerstoßener Holzkohle und geröstetem Brot. »Ich glaub aber nicht, dass ihn das wieder hochbringt«, fuhr er mit skeptischer Miene fort. »Der hat zu lange gewartet. Gleich beim ersten Dünnschiss hätte er kommen müssen.«

Eine niederschmetternde Nachricht, eine, die mich mit Gott, an den ich in Wahrheit schon lange nicht mehr glaubte und von dem ich gern sagte, dass er, sollte es ihn doch geben, ein Massenmörder sei, hadern ließ: »Das ist nicht gerecht, wenn Jule sterben muss. Du hast ihm seine Eltern genommen und ihn Todesängste ausstehen lassen – warum stehst du ihm nicht mal zur Seite? Wenn einer von uns nicht in dieses Lager gehört, dann doch er.« Und weiter, ohne Ende: »Warum sollen Bille und er denn nicht noch einige schöne Jahre erleben? Sie haben doch nun wirklich niemandem etwas getan. Ein gerechter Gott darf doch nicht so ungerecht handeln!«

Es gab im Lager ehemals gläubige Christen, die ihren Glauben verloren hatten, weil, was sie hier miterlebten, all ihre Glaubensgrundsätze auf den Kopf stellte. Es gab andere, die suchten ihr Heil, indem sie sich dem bisher von ihnen vernachlässigten Gott neu zuwandten. Ich gehörte zu keiner der beiden Gruppen; nur aus Hilflosigkeit – und wohl auch, um ihn ein bisschen erpressen zu können – erfand ich ihn mir neu.

Dass ich Jule noch einmal sah, hatte ich Bernie zu verdanken, dem ehemals Dreizehnjährigen, den Julian und ich in der Kommandantura kennen gelernt hatten und der nun, längst fünfzehn, auch an der Ruhr erkrankt war. Bernies Freunde trugen ihn zur Station 4 und ich schloss mich an. Ich wollte, musste endlich Jule wiedersehen, musste in Erfahrung bringen, wie es ihm ging.

Dr. Martin, der ärztliche Leiter, der mir im Jahr zuvor meine Abszesse aufgeschnitten hatte, hielt sich an jenem Tag gerade in der Ruhrbaracke auf. Er befragte Bernie nur kurz, dann übergab er ihn einem Pfleger. »Ins nächste freie Bett.«

Wie einen Säugling nahm der Pfleger den inzwischen so leichten Bernie auf den Arm und trug ihn davon.

Ich hätte den Doktor gern nach Julian Sternberg gefragt, wollte aber nicht mit irgendwelchen ärztlichen Allgemeinfloskeln abgefertigt werden, sondern Jule sehen. So tat ich, als würde ich mich Bernies Freunden anschließen, die froh waren, diese Station wieder verlassen zu dürfen, und versteckte mich, als Dr. Martin sich abwandte, hinter einem Schrank. Von dort aus beobachtete ich, wohin Bernie getragen wurde. Und als Dr. Martin die Baracke verlassen hatte, huschte ich durch den Flur zu der Tür, aus der der Pfleger inzwischen wieder herausgekommen war. Vorsichtig öffnete ich sie, schlüpfte hinein und klinkte sie sorgfältig hinter mir zu. Erst danach blickte ich mich in dem Raum um.

In einigen Betten lagen Männer, die sahen mich an, andere hielten die Augen geschlossen, keuchten oder stöhnten. Bernie hob den Kopf. »Biste verrückt?«, fragte er mit matter Stimme. »Willste dich anstecken?« Er dachte wohl, ich wollte ihn nicht allein lassen.

»Sei leise«, bat ich. »Ich suche Jule.« Und zu den anderen gewandt, fügte ich hinzu: »Ich suche meinen Freund. Er ist schon vor über einer Woche hier eingeliefert worden.«

In diesem Augenblick hörte ich ein leises »Hier …«.

Julian! Er lag auf einem der unteren Betten, direkt am

Fenster, und musste im Halbdämmer meine Stimme erkannt haben.

»Jule!«, rief ich und stürzte auf ihn zu. »Jule!«

»Paul!«, flüsterte er und öffnete mit Mühe die Augen.

Ich musste gegen meine Tränen ankämpfen, konnte nicht reden. Wie Jule aussah! Gelb, mit riesengroßen, fieberglänzenden Augen; sein Körper war unter der Decke kaum noch zu erkennen, sein Kopf glich einem Vogelköpfchen. Ich setzte mich auf sein Bett und streichelte seine heißen Hände. »Wie geht's dir denn?«

Da schüttelte er nur sachte den Kopf – und ich wusste, was das heißen sollte.

Ich rief irgendwas wie »Mensch, Jule, mach doch keinen Mist! Es wird alles wieder gut, ganz bestimmt!«, doch lächelte er nur über meine Worte. Er lächelte wie ein sehr erfahrener Erwachsener über irgendwelche dummen Kinderängste. »Ist doch … alles … gar nicht … so schlimm.«

»Und Bille?«, rief ich. »Denkste denn gar nicht an Bille?«

In Wahrheit hatte ich ausrufen wollen, ob er denn gar nicht an mich dachte.

»Bille?«, flüsterte Jule da und schloss die Augen, als müsste er sich erst wieder daran erinnern, wer Bille war. Als er die Augen dann wieder öffnete, lächelte er erneut so seltsam. »Bille! Sie besucht mich oft … Sag ihr, dass ich an sie … gedacht hab … Sag ihr …« Wieder schloss er die Augen.

»Jule!«, schrie ich voller Angst. »Jule!«

Noch einmal öffnete er die Augen und sah mich lange an. Dann sagte er plötzlich: »Für dich.«

Ich verstand nicht. »Was – für mich?«

»Für dich.« Er ließ seine Augen nach rechts rollen.

Ich folgte seinem Blick, wusste aber noch immer nicht, was er meinte. Bis ich bemerkte, wie er versuchte, meine Hand in diese Richtung zu schieben. Ich tastete sein Bett ab, griff unters Kopfkissen – und hatte mit einem Mal seinen Schlüssel in der Hand; den Schlüssel zur ehemaligen Sternberg'schen Wohnung in der Jablonskistraße 53; der nutzlose Schlüssel, der ihm als einzige Erinnerung an sein Zuhause geblieben war und den er seit jenem Sommertag im August vor nun schon über vier Jahren bei sich getragen und im Lager durch alle Filzungen gerettet hatte.

Ein tiefes Schluchzen schüttelte mich, die Tränen flossen und flossen, und irgendwann merkte ich, dass Jule meine Hand streichelte. »Geh jetzt … Ist viel zu gefährlich … Sollst nicht auch noch … krank werden.«

Ich hielt seine Hand fest und wollte nicht gehen, bis auch der Kranke in dem Bett über Julian, der alles mit angehört hatte, drängte: »Verschwinde jetzt lieber. Gleich kommt der Pfleger wieder. Wenn der dich hier sieht, wanderst du ab in den Isolator.«

Ich wollte noch etwas sagen, irgendwas, doch brachte ich nichts mehr heraus. So ging ich zur Tür, drehte mich dort aber noch einmal um – und bemerkte, dass Jule mir nachsah.

Das war zu viel, das hielt ich nicht mehr aus. Ich riss die Tür auf, stürzte hinaus und lief davon.

Ich weiß nicht, wann Julian gestorben ist. Habe es nie erfahren und wollte es auch gar nicht wissen; wollte mir nicht vorstellen müssen, wie er davontransportiert wurde.

War ja allgemein bekannt, wie die Toten beerdigt wurden. Heinrich Braun, ein junger Hesse, der einige Zeit im Beerdigungskommando beschäftigt war, hatte davon erzählt. Aus dem Lazarett kamen die Toten in die von grellem Licht angestrahlte Leichenhalle, in deren Fußboden Wannen eingelassen waren. In und zwischen den Wannen wurden sie dann abgelegt, umschlossen von sackleinenen Hüllen, bis sie von jeweils vier Männern aus der Halle geschafft und zu mehreren übereinander auf dem »Leichenotto« aus dem Lager gekarrt und irgendwo im Wald aus dieser Hülle befreit und in eine zuvor ausgehobene Grube geworfen wurden.

Weil wir davon möglichst wenig erfahren sollten, wurden diese Transporte anfangs nur nachts durchgeführt – bis die Russen gleichgültiger geworden waren; dann gab es hin und wieder auch Tagestransporte.

Jule und ich hatten uns diese nächtliche Szenerie öfter vorgestellt: Die Männer, die den Karren durch den dunklen Wald schoben und zogen; das Windlicht, das den Weg nur spärlich ausleuchtete; der feuchte Morast, in dem der voll beladene Karren oft stecken blieb. Dazu die russischen Wachposten, die den Transport begleiteten und hin und wieder mit Stöcken auf die Häftlinge vom Beerdigungskommando einhieben – »Dawai! Dawai!« –, weil es ihnen nie schnell genug ging. Sie befürchteten, einige der Häftlinge könnten die Dunkelheit zur Flucht nutzen.

Im Frühjahr und Sommer, so Heinrich Braun, hätten die Pflegerinnen des Lazaretts als letzten Gruß manchmal grüne Zweige an den Toten festgebunden, im Winter gab es keinen solchen Totenschmuck.

Erst viel später erfuhr ich, dass Jule nicht auf dem Leichenotto aus dem Lager geschafft wurde. Als er starb, starben so viele, dass der vierrädrige Karren nicht mehr ausreichte; ein Lastwagenanhänger, gezogen von einer Zugmaschine, musste ihn ersetzen. Nacht für Nacht rollte dieser Anhänger aus dem Lager, und jedes Mal wurden am Tor die Toten gezählt, die er transportierte. Die Anzahl der Leichen auf dem Anhänger musste mit der Anzahl der in die Grube geworfenen übereinstimmen – für den Fall, dass ein Lebender sich zwischen die

Toten geschmuggelt hatte, um auf diese Weise zu entkommen …

Genug! Ich will nicht weiter darüber berichten, kann selbst kaum noch glauben, dass wirklich alles so vor sich gegangen ist. Es gibt Wahrheiten, die sind zu unwahrscheinlich, um vor unserer Phantasie bestehen zu können.

Studien

Frost und Nebel verschwanden, die Erde wurde dunkelbraun und glänzend; das Frühjahr erreichte den Ettersberg. In mir hielt der Winter an. Eine tiefe Gleichgültigkeit hatte von mir Besitz ergriffen; ich bekam nicht einmal mit, dass im April weitere viertausend Häftlinge Einzug hielten, diesmal aus dem aufgelösten Lager Jamlitz. Ich war mir selbst egal, vergaß sogar den Hunger.

Trieb Theodor Weißbach mich von meinem Strohsack, auf dem ich am liebsten für immer liegen geblieben wäre, egal, welche Strafen mir drohten, dann machte ich keinen Schritt zu viel, lieber watete ich mit meinen Pappschuhen durch die tiefsten Pfützen. Wind und Regen beeindruckten mich nicht.

Was dachte ich in dieser Zeit? Ich weiß es nicht mehr. Nach Weißbachs späteren Schilderungen habe ich nur immer mit weit aufgerissenen Augen in mich hineingestarrt. Er versuchte, mich zu trösten, indem er sagte, er glaube nicht an den Tod, sondern an die Wiedergeburt eines jeden von uns. Sonst wären die Mühen des Lebens ja völlig umsonst, und wie er die Natur kenne, sei die Welt so eingerichtet, dass nichts umsonst sei.

Ich hörte gar nicht richtig zu.

Heute glaube ich, dass ich damals einfach nicht begreifen konnte, wie ein Mensch, ein Freund, ein Bruder, sich so plötzlich in dieses ferne Dunkel verlieren konnte. Vaters Tod hatte ich als Katastrophe empfunden – doch war er Soldat, bei allem Schmerz war ich auf die Todesnachricht vorbereitet gewesen. Claras Verlust hatte mich ebenfalls sehr erschüttert – doch waren zuvor schon so viele Menschen unter den Trümmern ihrer Häuser begraben worden, dass auch ihr Tod mir irgendwie begreiflich erschien. Es war ja Krieg, ob an der Front oder in der Heimat, in ganz Europa, in der ganzen Welt fielen ihm die Menschen zum Opfer. Jetzt war kein Krieg mehr, wurde nicht mehr geschossen, fielen keine Bomben mehr; Julians Tod erschien mir noch viel sinnloser und grausamer.

Im Sommer 1947 wütete im Lager das »Lupenfieber«. Zu Nazi-Zeiten hatte es in Buchenwald unter anderem ja auch eine optische Fabrik gegeben; wir fanden noch immer überall Lupenteile, die viele von uns als Brenngläser oder Schnitzgeräte benutzten. Messer waren verboten, Lupen und Glasscherben nicht. Und so wurden den Lagertischlern kleine Holzbrettchen abgebettelt, mit den Glasscherben Herzen oder Frühstücksbrettchen daraus geschnitzt und mit den Lupen Zeichnungen oder Verse hineingebrannt. Ein Mittel gegen die Langeweile. Mich interessierte diese neue Mode nicht; im Gegenteil, meine Apathie wich zunehmend einer bösen Gereiztheit. Wie konnte man nur so dumm sein, sich auf so banale Weise die Zeit zu vertreiben! Bis auf wenige Ausnahmen alles Idioten, mit denen man mich zusammengesperrt hatte. So dachte ich – und so konnte man es mir vom Gesicht ablesen.

Kam mir jemand beim Marschieren in die Quere, stieß ich ihn fort; egal, ob er kräftiger war als ich oder sehr viel schwächer. Diese Gereiztheit in mir machte, dass ich vor nichts mehr Angst hatte. Wie lächerlich, dass ich mich mal vor Lehrern oder HJ-Führern, Wehrmachtsvorgesetzten oder unseren russischen Bewachern gefürchtet hatte; wem alles egal ist, der fürchtet nichts und niemanden mehr.

Es waren Max Schlicht und Theodor Weißbach, die sich von diesem ihnen plötzlich so fremden Paul nicht täuschen ließen und immer wieder mit mir redeten; ganz egal, ob ich zuhörte oder nicht.

Weißbach versuchte, mir zu erklären, weshalb die einen auch diese schlimmste aller Hungerperioden überlebt hatten und die anderen nicht. Er glaubte nicht an die Zufälligkeit von Krankheiten. Wer ein Warum zu leben hat, zitierte er Friedrich Nietzsche, erträgt fast jedes Wie. »Dein Julian hatte zu viel Leid ertragen müssen, deshalb sah er keinen Sinn im Weiterleben mehr.«

Ich lachte nur böse. »Das geht mir doch genauso.«

»Nein«, widersprach Weißbach. »Julian hatte man bereits als Kind alle Illusionen geraubt, du hast noch Träume. Das sehe ich dir an, genauso wie ich Julian angesehen habe, dass er längst nicht mehr wagte, an irgendeine wahrhaft menschliche Zukunft zu glauben. Seine Schwäche resultierte aus einer tiefen Traurigkeit – und traurige Menschen sind nun mal mit mehr Einsicht bestraft als andere. Sie leiden stärker und verlieren darum an Kraft ... Du musst kämpfen, Paul! Heul, wenn dir danach zumute ist, aber gib nicht auf. Akzeptiere Julians Tod als gottgewollt und träum von einer schönen Zukunft. Was du später alles machen wirst ... Es lohnt sich! Du bist doch erst achtzehn, hast noch fünfzig Jahre oder länger; du hast gar kein Recht, die Flinte ins Korn zu werfen oder bösartig zu werden. Auch darfst du die, die auf dich warten, nicht vergessen. Eines Tages wirst du ihnen mit deiner Heimkehr eine riesige Freude bereiten, ihnen vielleicht sogar ihren

Lebensmut zurückgeben. Denk nicht nur an dich, Paul, denk auch an deine Mutter und deine Schwester.«

Max Schlicht versuchte, mich für das Schnitzen zu begeistern. Er konnte wunderbar kleine Tierfiguren und Menschen schnitzen. Als er merkte, dass ich darauf nicht ansprang, unternahm er mit mir Spaziergänge. Er wusste ja, wie sehr Jule und ich mich für seine Geschichten aus dem Nazi-KZ interessiert hatten. Und es klappte, seine schlimmen Berichte ließen mich öfter mal mein eigenes Unglück vergessen.

Besonders in Erinnerung ist mir geblieben, wie die Buchenwald-Häftlinge des alten Lagers sich Abend für Abend gegenseitig versprachen, nicht »in den Draht zu laufen« – also nicht vor Verzweiflung Selbstmord zu begehen. Sie sagten sich immer wieder: Wir haben eine Chance, hier rauszukommen. »Nun«, Max Schlicht sah mich aufmerksam an, »viele von uns hofften umsonst, andere nicht – oder würde ich sonst jetzt mit dir durch diesen lauen Sommerabend spazieren?«

»Aber du bist ja wieder hier«, antwortete ich nur. So einfach wollte ich es ihm nicht machen.

»Ja«, sagte er. »Aber ich geh auch wieder weg. Mich, mein Lieber, haben die Nazis nicht kleingekriegt, da werden mich auch die viel harmloseren Russen mit ihren Hungerrationen nicht unter die Erde kriegen.«

Die viel harmloseren Russen! Heute weiß ich, dass er Recht hatte; damals konnte ich unsere Bewacher, die so viele Menschen einfach umkommen ließen, nicht mit dem Wörtchen »harmlos« in Verbindung bringen. Was ist der Unterschied zwischen grausam und noch grausamer, fragte ich mich.

Danke, Max Schlicht, danke, Theodor Weißbach!

Nur langsam, sehr langsam löste sich meine Erstarrung. Ich sehe mich wieder an den Giebelseiten der Baracken sitzen – von dort war ein kleiner Ausblick ins Tal möglich. Die roten Ziegeldächer, die kleinen Gärten, die Erntewagen, die ab und zu die Landstraßen entlangfuhren – was für ein schönes Bild! War das die Zukunft, die mich erwartete, irgendwann einmal?

Nachts saß ich oft am Fenster. Es musste ja immer ein Häftling pro Stube Nachtwache halten. In diesem Sommer meldete ich mich jede dritte, vierte Nacht freiwillig.

Die Sterne! Das waren die gleichen Sterne, die man von Berlin aus sah. Wenn Mutter und Bille jetzt am Fenster standen, sahen sie die auch. Aber was dachten sie über Jule und mich? Nun waren wir schon seit zwei Jahren fort und sie hatten kein einziges Lebenszeichen von uns erhalten. Und wenn sie vermuteten, dass wir nicht mehr lebten – zur Hälfte hatten sie jetzt sogar Recht …

Schlief ich, träumte ich oft, ich wäre nach Hause zurückgekehrt, und Mutter, Bille und Ömchen hätten sich sehr darüber gefreut – bis sie mich fragten, wo ich Jule gelassen hätte. Ich konnte ihnen dann nie antworten, und sie wurden böse auf mich, weil ich Jule im Stich gelassen hatte. Oder ich sah mich zu Hause am Tisch sitzen und vom Lager erzählen – und sie glaubten mir nicht! Ich solle mich schämen, ihnen so furchtbares Zeugs vorzulügen, warf Mutter mir vor, und Bille verlangte, ich solle sagen, wo ich wirklich gewesen sei und wo ich Jule gelassen habe. Und sie sah mich dabei an, als wäre ich so etwas wie Jules Mörder.

Keinen dieser Träume habe ich zu Ende geträumt. Jedes Mal schreckte ich schweißgebadet auf und griff nach Julians Schlüssel, den ich mir in meinen Hosensaum eingenäht hatte, damit er nicht verloren ging. Sein Vorhandensein beruhigte mich: Nein, ich hatte Jule nicht verraten; er hätte mir nicht diesen Schlüssel geschenkt, wären wir nicht bis zum Schluss Brüder geblieben.

Theodor Weißbachs Rat, an die Zukunft zu denken und mir vorzustellen, was ich noch alles Schöne erleben würde, beherzigte ich bald immer öfter. Ich sah mich nach Hause kommen, die Treppe hochsteigen und an der Wohnungstür klingeln. Mutter, Bille und Ömchen stürzten mir entgegen, wir saßen gemeinsam um den Abendbrottisch und niemand machte mir irgendwelche Vorwürfe.

Ganze Tage zu Hause stellte ich mir vor, vom Frühstück bis zum Schlafengehen. Ich sah mich bei Sonnenschein durch die Stadt spazieren – egal, ob Trümmer und Ruinen, Hauptsache frei! –, sah mich mit Bille am Wannsee liegen wie an jenem Tag, bevor ich zur Flak eingezogen wurde, sah mich die Kinoanzeigen an der Litfaßsäule in der Prenzlauer Allee studieren: Welchen Film siehst du dir heute an?

Später machte ich noch größere Gedankensprünge. Da sah ich mich Autos bauen, mein Kindertraum! Eine große, hell erleuchtete Werkstatt und ich mit mehreren anderen Begeisterten um einen von uns neu entwickelten PKW herum …

Ob das jemals Wirklichkeit werden würde? Weißbach: »Du hast eine Chance – aber das nur, wenn du dir ihrer bewusst wirst.« Ja, jetzt wollte ich um meine Chance kämpfen! Auf mich warteten Mutter, Bille und Ömchen und auf mich wartete mein Traum vom Autobauen. Egal, ob ich ihn je verwirklichen würde, wenn ich nicht mehr daran glaubte, war er in jedem Fall verloren.

So retteten mich meine Träume. Sogar wenn ich zu irgendwelchen Arbeiten eingeteilt wurde – zuvor eine ersehnte Abwechslung –, ließ ich nicht von diesen Wunschvorstellungen ab. Meine Hände taten irgendwas – Unkraut jäten, mit dem

Spaten Löcher graben, irgendwelche Gegenstände schleppen –, mein Kopf war in eine ferne, schöne Zukunft eingetaucht.

Etwa zur gleichen Zeit wurden wir Häftlinge öfter durcheinander gewürfelt, indem man uns ständig in andere Baracken verlegte. Auch wurden vor den Fenstern Gitter angebracht und das Betreten fremder Baracken wurde uns verboten. Ein neuer russischer Natschalnik, ein sturer, strenger und unberechenbarer Hund, der wohl als neuer Besen besonders gut kehren wollte, hatte sich das ausgedacht. Andrejew sein Name, sein Dienstrang: Major.

Mich störte das nur wenig. Gab ja keinen Jule mehr, von dem man mich fortreißen konnte, und mit Weißbach oder Schlicht konnte ich mich auch außerhalb der Baracken treffen. Dafür lernte ich durch diese häufigen Verlegungen viele neue Menschen kennen – Leute, die nichts von Jule und meinem Schmerz wussten und mich wie jeden anderen behandelten.

Da gab es den Pianisten und Musikkritiker Hansjakob Fläckle, dem bei der Verhaftung sein künstliches Gebiss zertreten worden war, weshalb er nur sehr unverständlich sprechen konnte. Oft saß er im Sonnenschein vor der Baracke und erklärte mir anhand von gesummten Beispielen, wie Oper und Sinfonie aufgebaut sein mussten. Er liebte die Sonne und sagte öfter: »Der nächste Schnee wird mein Leichentuch sein.« Und er sollte Recht behalten, im Dezember 1947 raffte ihn die Tbc hinweg. Der Mann war nie Nazi, war nicht mal Parteigenosse gewesen; er hatte nur mal zu einem Nachbarn gesagt, so wie die russischen Besatzer in Deutschland wüteten, würden sie sich kaum Freunde machen. Eine Bemerkung, die sein Todesurteil wurde.

Da gab es den Erich Kunze, von allen nur Judas genannt.

Ein von Natur aus glatzköpfiges Männchen, das sein Brot und seine Suppe stets wie ein in Gefangenschaft gehaltenes, total verängstigtes Tier verschlang. In Kunzes Gegenwart sprach niemand ein ehrliches Wort. Ich teilte mit ihm eine Zeit lang den Strohsack und erfuhr ein bisschen mehr über ihn.

Er war mal ein kräftiger Mann, der Erich Kunze, nicht groß, aber muskelbepackt, und besaß eine eigene Kohlenhandlung. Als er da einmal in seiner Heimatstadt Eisenach Kohlen austrug, kamen russische Soldaten herangefahren und begannen, seine Kohlen auf ihren Lastwagen umzuladen. Wütend wehrte er sich gegen diesen Diebstahl – und da schlugen sie »den Faschisten« mit ihren Gewehrkolben nieder, traten ihn mit ihren Stiefeln und warfen ihn zu den gestohlenen Kohlen. Kunze hoffte, ihren Vorgesetzten erklären zu können, dass er sich doch nur gegen einen Diebstahl gewehrt habe. Doch wurde er gar nicht erst angehört, sondern gleich in ein Gefängnis gesteckt und danach nach Buchenwald geschafft. Hier angekommen, hatte er sich beschweren wollen – es endete damit, dass er ständig vom Bunker in den Isolator und zurück wanderte. Jetzt war er »kaputt«, wie er selbst sagte, kroch vor dem Lagerschutz und den Russen. Wollten sie etwas wissen, plapperte er es aus. Er konnte einfach nicht mehr anders, war nur noch ein zitterndes Häufchen Unglück.

Und dann gab es da noch den stets freundlich lächelnden katholischen Pfarrer Würzberger aus Dresden, der sich Tag für Tag unter den Häftlingen umschaute, bis er einen besonders Trostbedürftigen gefunden hatte. Mit dem spazierte er dann vor der Baracke auf und ab. Er war überzeugt davon, dass eine Last, verteilte man sie auf zwei Schultern, sich leichter tragen ließ. Auch mit mir unterhielt er sich, und als er meine Geschichte kannte, sagte er, dass Jule mich nicht allein gelassen habe. »Das geht gar nicht. Ein Mensch, mit dem du achtzehn Jahre lang so eng zusammengelebt hast, kann dich nicht verlassen. Dein Julian ist mit dir und in dir. Was hast du für ein Glück, dass du einen Julian gefunden hast!«

Der Würzberger war verhaftet worden, weil er während einer Predigt gesagt hatte, dass es zwischen Stalin und Hitler keinen großen Unterschied gebe, beide seien sie gottlose Gesellen. Einem in seiner Gemeinde musste das nicht gefallen haben.

Oft besuchte ich auch Vorträge. Wir hatten viele Fachleute im Lager, jeder unterhielt die anderen, indem er aus seinem Wissensgebiet erzählte. Bis Mitte '46 war das erlaubt, jetzt geschah es im Geheimen. An wie vielen Abenden saßen wir Häftlinge, in Lumpen gekleidet, vom Hunger zerfressen und von Ungeziefer geplagt, eiterbedeckt und mit Furunkeln und Ödemen übersät, dicht gedrängt in irgendeiner Baracke und lauschten demjenigen, der an diesem Tag auserwählt war, uns etwas beizubringen!

Ein Thüringer Studienrat trug Goethes *Faust* vor. Er hatte dieses Buch bei seiner Einlieferung irgendwie ins Lager geschleust und bei späteren Filzungen als Bibel ausgegeben. Deshalb hatte man es ihm gelassen. Nicht alle verstanden Goethes Verse, doch alle lauschten wir ergriffen.

Ein Berliner Lehrer hielt Vorträge über Mathematik und Physik, ein Arnstädter Kollege unterrichtete Griechisch und Latein und erklärte uns, dass »homo sum« »Ich bin ein Mensch« bedeutet. Ein weit gereister Potsdamer Journalist breitete vor uns aus, wie der Welthandel funktioniert, ein Leipziger Jurist machte uns klar, weshalb England ein Rechtsstaat war, die Sowjetunion und das ehemalige Nazi-Deutschland aber nicht. Ein Münchener Theologe informierte uns über die verschiedenen Religionen und worauf sie basierten,

Theodor Weißbach hielt Vorträge über die Geschichte Europas.

Kam es zu Denunziationen, wanderten die Vortragenden in den Isolator oder Bunker ab, und alle, die den Vortrag mit angehört hatten, wurden mit Essensentzug bestraft. Doch kamen die Vorträge dadurch nicht zum Erliegen, nur der Kreis der Zuhörer wurde immer kleiner. Bis wir, in dunklen Pritschenecken zusammengekauert, nur noch ein Häuflein Unentwegte waren.

Oft diskutierten wir auch über aktuelle Probleme. Ich weiß noch, dass wir uns einmal fragten, wie zu verhindern sei, dass eine Demokratie mit demokratischen Mitteln beseitigt wird. Eine Diskussion, die meinen Kopf zum Glühen brachte. Es ging ja darum, wie eine neue Diktatur vermieden werden konnte. Doch kamen wir zu keinem Ergebnis, außer der Erkenntnis: Ist die Diktatur erst einmal errichtet, ist es für alles zu spät. Weil dann jeder Widerstand mit dem Leben oder langjährigen Gefängnisstrafen bezahlt werden muss und kein Volk aus lauter uneigennützigen Helden besteht.

Das hat sich mir eingeprägt; das habe ich bis heute nicht vergessen.

Elfie

Auf einen schönen, in den Baracken oft unerträglich heißen Sommer folgte ein milder, warmer Herbst; der dritte, den ich in Buchenwald verbrachte. Oft nutzte ich die kürzer werdenden Sonnentage, um mich so viel wie möglich außerhalb der Baracken aufzuhalten. Sah ich dann zu den wenigen weißen Wolken hoch, die über den Himmel trieben, wuchs meine Sehnsucht nach zu Hause. War ja noch warm genug, um baden fahren zu können – der Müggelsee, der Wannsee, die vielen Brandenburger Seen, die unendlichen Wälder!

Oft sah ich mich mit Clara am Strand liegen, damals, in ihrem blauen Badeanzug, der mir so gefallen hatte. Sah sie über den Strand laufen, sah, wie wir uns im See küssten, wie ich sie streicheln durfte.

Wieder in Freiheit, so hoffte ich, würde ich sicher bald eine neue »Clara« kennen lernen. Claras Tod war ja nun schon drei Jahre her, die Zeit mit ihr war eine sehr schöne und traurige Erinnerung für mich, doch konnte ich nicht ein Leben lang immer nur von Clara träumen. Irgendwann wollte ich wieder in ein Mädchen verliebt sein, mit ihr tanzen gehen, sie küssen und streicheln und auch – zum ersten Mal in meinem Leben! – mit einem Mädchen schlafen. Niemals aber hätte ich geglaubt, dass ich diese »neue Clara« schon hier, im Lager, kennen lernen würde. Doch genau so kam es. Als ich mich Ende September mal mit Max Schlicht traf, fragte er mich gleich als Erstes, ob ich nicht endlich mal irgendetwas arbeiten wolle; zwei Jahre Ferien seien doch wohl genug.

Ich wusste sofort, dass er nicht nur scherzte, und war bereit, jede, aber auch wirklich jede Arbeit anzunehmen. Alles, was mithalf, aus dem Trott der ewigen Selbstbesichtigung auszubrechen, wäre mir recht gewesen. Bisher jedoch hatte nur etwa jeder Zehnte von uns Arbeit gefunden; sollte jetzt ich, Paul Scholz, mal zu den Glücklichen gehören?

Ja! Max Schlicht hatte Arbeit für mich. Er kannte den Häftling, der für die Arbeitseinsätze verantwortlich war, und hatte mit ihm geredet. So wurde ich einer zehnköpfigen Gruppe von Jugendlichen zugeteilt, die Transportarbeiten durchführte. Ein schwerer, eiserner Wagen mit Deichsel war unser Arbeitsgerät. Wir beluden ihn mit Baustoffen und allem möglichen anderen Kram, der von einer Baracke zur anderen geschafft werden musste, und zogen und schoben ihn durchs ganze Lager.

Welch ein Glück für uns, welch eine Abwechslung! Wir durften ja fast überall hin – und kamen auf diese Weise ab und zu auch mal ins Frauenlager. Ja, und dort, dort lernte ich Elfie kennen.

Es war ein ungewöhnlich warmer Oktobertag, die Sonne brannte fast wie im Hochsommer vom Himmel herab. Wir luden Bausteine ab, ein paar Frauen trugen sie vor ihre Baracke, zwei russische Wachposten passten auf, dass es zu keinerlei verbotenen Kontakten kam. Gerade bückte ich mich, um der noch sehr jungen Frau, die nun vor mich hingetreten war und schon die Arme ausstreckte, ein paar Steine aufzuladen, da richtete ich mich ganz erschrocken wieder auf: Die junge Frau – das Mädchen – hatte etwas zu mir gesagt! Das war verboten und deshalb ungewöhnlich.

»Wie bitte?«, flüsterte ich.

Sie wisperte: »Wie heißt du?«

»Paul.«

Da lächelte sie mir zu. »Ich heiße Elfriede. Mich rufen aber alle nur Elfie.«

Ich starrte das Mädchen an. Sie war mager wie wir alle und ihr Kopf war voller kurzer, dunkelbrauner Locken. War sie hübsch? War sie nicht hübsch? Unwichtig! Ich hatte eine Mädchenstimme gehört – und sie hatte zu mir gesprochen! Das genügte, um mich zutiefst zu erschüttern. Wann hatte ich denn zuletzt mit einem Mädchen gesprochen!

Damit unser Gespräch nicht auffiel, legte ich ihr rasch mehrere Steine in die Arme und fragte sie dabei, woher sie käme.

»Aus Stralsund«, flüsterte sie. »Und du?«

»Berlin.«

Damit musste sie schon wieder gehen. Andere Frauen traten vor mich hin, und nachdem Elfie sich erneut in die Schlange der Wartenden eingereiht hatte, lud ein anderer ihr Steine auf. Sie sah aber nur mich an.

Ich wurde immer verwirrter. Was war denn Besonderes an mir klapperdürrem Skelett mit dem Gott sei Dank zu dieser Zeit wenigstens nicht glatzekurzen, von der Sonne ausgebleichten, blonden Stoppelhaar? Weshalb hatte sie ausgerechnet mich angesprochen?

Als sie das nächste Mal in der Schlange stand, richtete ich es so ein, dass wieder ich sie beladen durfte. Ich arbeitete einfach etwas langsamer.

Sie hatte es bemerkt und lächelte mir zu. Und da sah ich es: Sie war mager, aber sie war hübsch. Zwei sehr helle, blaue Augen sahen mich an, schmale, ein wenig spröde Lippen formten einen freundlichen Mund. Doch was mir am meisten gefiel, war ihre Stimme; ein wenig heiser, doch sehr warm klang sie, als sie mich fragte: »Wie lange schon?«

»Zwei Jahre und zwei Monate«, wisperte ich zurück.

»Ich zweieinhalb.«

»Monate?«

»Jahre.«

Ein Wachposten war auf uns aufmerksam geworden. Sofort trieb er uns mit dem Lauf seiner Maschinenpistole auseinander. »Dawai! Dawai!«

Ich hoffte, dass ich noch einmal ein paar Worte mit dieser Elfie wechseln konnte, doch nun ließ uns der Wachposten nicht mehr aus den Augen. Elfie jedoch schaffte es, als mal wieder ich an der Reihe war, ihr Steine aufzuladen, mit ihrem Arm wie unabsichtlich meine Hand zu berühren. Es durchzuckte mich wie ein Stromschlag, und in den nächsten Tagen träumte ich nur noch von dieser Berührung: Würde ich dieses Mädchen irgendwann einmal wiedersehen?

Ich wusste, dass viele Häftlinge an den Abenden gern an dem Zaun vorüberstreiften, der das Frauenlager vom Männerlager trennte. Sie bemühten sich, einen Blick auf die Frauen und Mädchen zu werfen, obwohl das ja eigentlich verboten war. Jule und ich hatten das nie getan. Jule hatte ohnehin nur an Bille gedacht, mich verwirrte, was Max Schlicht über das jetzige Frauenlazarett erzählt hatte. Dort war zu SS-Zeiten ein Bordell untergebracht, in dem ständig acht bis zehn junge Ausländerinnen arbeiten mussten; Häftlinge, die irgendwelche Würden bekleideten, so Max Schlicht, wurden hin und wieder mit einem Bordellbesuch belohnt.

Ich fand es furchtbar, dass es so etwas im alten Lager gegeben hatte, und hörte ich manche Männer reden, hatte ich den Eindruck, dass auch sie sich eine solche »Vergnügungsstätte« wünschten. Und das, obwohl sie doch ansonsten gern darüber klagten, dass aufgrund der schlechten Ernährung alles in ihnen abgestorben sei. Max Schlicht fand meine Einstellung für mein Alter normal, meinte aber, dass ältere Männer, die bereits aus dem Zeitalter der Romantik heraus wären, das anders sähen. »Junge, das ist Biologie! Dagegen kann unsereins gar nichts machen. Schon ganz gut, dass wir uns mit geilen Blicken zufrieden geben müssen.«

Es waren diese »geilen Blicke«, die mich bisher davon abgehalten hatten, am Zaun zum Frauenlager entlangzuparadieren, wie so viele andere das taten. Jetzt war das etwas anderes: Ich wollte Elfie wiedersehen. Und so hielt nun auch ich mich öfter in der Nähe dieses Zaunes auf und bemerkte mit Erstaunen, dass viele Frauen es offensichtlich mochten, beobachtet zu werden. Die meisten machten sich sogar, so gut es ging, für diese Abende zurecht. Sie waren auch irgendwie besser gekleidet als wir, trugen aus blauweißem Bettstoff selbst gefertigte Blusen und Röcke und aus Sackfäden gehäkelte oder gestrickte Pullover.

Sie wirkten auch besser genährt. Da sie alle Arbeit hatten – in der Küche, im Lazarett, in der Schneiderei oder in der Putzkolonne, die die Unterkünfte unserer Bewacher reinigte –, bekamen sie auch mehr zu essen. Ich musste vor mir selbst zugeben: Es war ein schöner, friedlicher Anblick, diese Frauen zu beobachten, wie sie, zu zweit oder zu dritt beieinander untergehakt, in der Nähe des Zaunes auf und ab gingen und den Männern, die sie beobachteten, Blicke zuwarfen oder ihnen manchmal sogar zuwinkten. Wo aber steckte Elfie? Ich konnte sie nirgends entdecken. Im Frauenlager waren nie weniger als dreihundert Frauen und Mädchen untergebracht, und woher hätte sie denn wissen sollen, dass da einer stand und sich nach ihr die Augen ausschaute?

Abend für Abend versuchte ich mein Glück, immer vergeblich.

Ich wollte schon aufgeben, da trat eines späten Nachmittags ein Häftling namens Erhard auf mich zu. Er arbeitete in der Technischen Abteilung und durfte zu Reparaturarbeiten auch die Frauenbaracken betreten. Der lange Kerl mit dem ewig spitzbübischen Grinsen im Gesicht sah mich erst nur von oben bis unten an, dann fragte er mich, ob ich in der Transportbrigade arbeite und Paul heiße. Als ich bejahte, sagte er nur: »Heute Abend um sechs am Zaun.«

»Welcher Zaun?«, fragte ich nur ganz verdattert.

»Am Zaun zu Julia, du Romeo! Aber bring ihr keine Blumen mit, sie hat keine Vase.«

Da hatte ich endlich begriffen. Ich strahlte den Langen an und er grinste zurück. »Niedlich, die Kleine! Aber wieso hat sie gesagt, dass du traurige Augen hast? Strahlst ja wie 'n Kronleuchter!«

Traurige Augen? War ich dieser Elfie etwa deshalb aufgefallen – der blonde Paul mit den traurigen Augen?

Bereits eine ganze Stunde vor der verabredeten Zeit lief ich vor dem Zaun auf und ab. Wir hatten ja keine Uhren; was, wenn Elfie kam, mich nirgends entdecken konnte und wieder ging?

Die Zeit wollte und wollte nicht vergehen. Ich wurde immer aufgeregter und dachte schon, der lange Erhard hätte sich nur einen Scherz erlaubt – da kam sie endlich! Sie trat aus der Baracke, blickte sich um, entdeckte mich und lächelte.

Mein Herz begann wie wild zu klopfen, und ich rückte so nah an den Zaun heran, wie es erlaubt war. Sie folgte meinem Beispiel, und dann gingen wir in diesem, durch nichts zu überbrückenden Abstand nebeneinanderher. Natürlich konnten wir auf diese Weise nicht miteinander reden. Es wäre auch nicht erlaubt gewesen; der deutsche Lagerschutzmann, der das Frauenlager bewachte, hätte uns gemeldet und dann wäre uns der Isolator sicher gewesen.

So gingen wir nur wie zufällig nebeneinanderher und sahen uns an. Und das war schön! Es war schön, einander anzusehen und dabei das Gefühl zu haben, dass da offensichtlich jemand war, dem man gefiel.

Wie lange wir an jenem ersten Tag unseres Wiedersehens so auf und ab wanderten und uns anschauten, einander zunickten oder anlächelten, weiß ich nicht mehr. Mir erschien es viel zu kurz. Bevor wir dann auseinander gehen mussten, formte Elfie mit ihrem Mund das Wort »morgen« und blickte fragend.

Ich nickte begeistert. Natürlich morgen! Von mir aus jeden Tag. Endlich war ich nicht mehr allein; ich hatte Elfie!

Und so kam es. Von nun an trafen wir uns fast jeden Abend. Konnte Elfie einmal nicht, war sie tags darauf wieder da. Ich hielt es ebenso.

Kein Wort konnten wir miteinander wechseln, wir konnten uns nur ansehen, uns zunicken, zulächeln und Zeichen machen. Mit der Zeit aber kam auf diese Weise fast so etwas wie eine Unterhaltung zustande: »Wie alt bist du?« – »Bald neunzehn.« – »Ich auch.« – »Hast du Geschwister?« – »Nein.« – »Eltern?« – »Mein Vater und meine Mutter sind beide tot.« – »Warum hast du mich beim Steineabladen angesprochen?« – »Du hattest so traurige Augen.« – »Haben wir die nicht alle?« – »Nein, nicht solche Augen wie du.«

Ich hatte nicht gewusst, dass ich so besonders traurige Augen hatte, und versuchte, ihr klar zu machen, woher das kam. Mit vielen, für sie nur schwer verständlichen Zeichen gab ich Elfie zu verstehen, dass ich meinen besten Freund verloren hatte. Aufmerksam verfolgte sie jede meiner Handbewegungen und mein Mienenspiel und nickte danach bekümmert. Sie wollte mir zeigen, dass sie mich verstanden und ähnliches Leid erfahren hatte. Und wie sie da so nickte, ihre ganze Gestalt auf einmal ganz klein vor Mitgefühl, verspürte ich den unbändigen Wunsch, sie in die Arme zu nehmen und zu trösten.

War das Liebe? Liebte ich dieses Mädchen, das ich nur so wenig kannte? Mir wurde ganz heiß vor Glück, und ich strahlte Elfie an, obwohl ich ihr doch eben erst etwas sehr Trauriges berichtet hatte.

Ja, kaum zu glauben und doch nicht wegzuleugnen: Ich war glücklich! Der Lagerhäftling Paul Scholz, weit weg von seiner Familie, halb verhungert, abgerissen, fast glatzköpfig und noch vor einem halben Jahr vor Trauer lebensmüde, war glücklich. Fast so, als hätte mich jemand mit einem Zauberstab berührt. Elfie wurde für mich zur wärmenden Sonne. Sah ich sie, war ich voller Hoffnung, dass am Ende doch noch alles gut werden würde. Konnte sie mal zwei, drei Tage nacheinander nicht kommen, ängstigte ich mich um sie und fürchtete fast noch mehr für mich: Wie sollte mein Leben weitergehen ohne sie? Musste ich zurück in den kalten Schatten?

Im Laufe unserer vielen Treffen erzählten Elfie und ich uns per Zeichensprache unsere ganze Lebensgeschichte. Ich erfuhr, dass ihr Vater an der Front gefallen und ihre Mutter einer Krankheit erlegen war. Nein, gab sie mir zu verstehen, ihre Eltern seien keine Nazis gewesen. Doch hätten sie, bis der Krieg begann, nichts gegen die Nazis gehabt.

»Und du?«, fragte ich mit ausgestrecktem Zeigefinger.

Ihre Antwort interpretierte ich so: »Ich weiß gar nichts mehr. Die Welt ist schlecht. Es gibt nur wenig gute Menschen.«

Ich nickte. So ähnlich dachte ich inzwischen auch. In den letzten Kriegstagen hatte ich geglaubt, dass nur endlich die Nazis wegmüssten, dann würde alles besser werden. Jetzt waren sie weg – doch war die Welt besser geworden? Die Russen und ihre Lager, die Amerikaner und ihre Atombomben; wie sollte man da irgendeine große Hoffnung haben? Außerdem: Wir wussten ja wirklich nichts mehr von der Welt außerhalb des Lagers. Wir lebten wie auf einem fremden, weit entfernten Stern; keine Nachricht vom Planet Erde drang zu uns durch. Selbst wenn es in Berlin oder anderswo ein Erdbeben gegeben hätte, wir hätten es nicht erfahren.

Per Zeichensprache erfuhr ich von Elfie, dass sie in der Wäscherei arbeitete, per Zeichensprache fragten wir uns, was wir tun wollten, wenn wir das Lager hinter uns hatten. Ich führte ihr mit beiden Händen vor, wie ich ein Autolenkrad bewegte, dann montierte ich mit einem imaginären Schraubenschlüssel irgendwas zusammen und entwarf in der Luft eine Autokarosserie. Sie antwortete, indem sie mit der Hand eine Kinderschar andeutete; immer kleiner wurden die einzelnen Kinder.

Ich war verblüfft. Wollte sie so viele Kinder haben?

Nein! Sie lachte, tanzte mit den Kindern im Kreis herum und schickte sie danach mit scheuchenden Armbewegungen von sich fort. Da hatte ich kapiert: Sie wollte Kindergärtnerin werden.

»Und eigene Kinder?« Ich zeigte auf sie und machte ein fragendes Gesicht.

Sie hielt zwei Finger hoch – und ich nickte: »Einverstanden!« Da musste sie so herzlich lachen, dass sie fast keine Luft mehr bekam.

Wie zwei Taubstumme unterhielten wir uns miteinander – und doch verstanden wir uns prächtig.

Weshalb Elfie verhaftet wurde, habe ich erst später erfahren.

Sie hatte während der letzten Kriegstage in einem Vorort von Stralsund bei ihrer Tante gelebt und war dort, wie viele Mädchen ihres Alters, zum Volkssturm eingezogen und an der Waffe ausgebildet worden. Sie war dann aber gar nicht zum Einsatz gekommen, weil ihre Tante sich mit ihr auf dem Dachboden versteckte, bis die ersten russischen Panzer in ihre Straße einbogen. Jubelnd über das Ende des Krieges war ihre Tante mit einem weißen Bettlaken in der Hand auf die Straße gelaufen – und von ihrem Nachbarn, einem Nazi, der bis zum letzten Schuss gegen alle Russen und Volksverräter kämpfen wollte, erschossen worden.

Ein schlimmer Schlag für Elfie. Nun stand sie, gerade mal sechzehn Jahre alt, ganz allein da. Weinend verkroch sie sich in der Wohnung ihrer Tante – bis Rotarmisten bei ihr eindrangen und sie festnahmen: Sie habe auf russische Soldaten geschossen, sei eine Werwölfin, ein »Flintenweib«.

»Aber ich hab doch gar keine Waffe«, verteidigte sie sich.

Die Waffe hätte sie weggeworfen, hieß es. Man habe jede Menge Waffen in den Vorgärten gefunden.

»Aber das waren die Nazis!«, rief Elfie. »Damit habe ich doch nichts zu tun.«

Die Russen glaubten ihr nicht, und so wurde Elfie zusammen mit zwei anderen Mädchen und vier Hitlerjungen aus dieser Straße als Werwölfin verhaftet und zuerst in einen Keller gesperrt und danach von einem Lager ins andere transportiert. Als wir uns kennen lernten, war sie schon seit über einem Jahr in Buchenwald.

Keine besondere Geschichte; ein Wunder nur, dass Elfie sich trotz allem ihr warmes, freundliches Wesen bewahrt hatte und mir das immer wieder bewies.

Einmal gab sie mir über den Zaun hinweg zu verstehen, dass mein »Pullover« – der Salzsack, den ich mir einst zusammen mit Jule zum Pullover umgebastelt hatte – sich langsam in seine Bestandteile auflöste. Ich sollte ihn dem langen Erhard mitgeben, sie würde ihn »reparieren«.

Es war noch nicht sehr kalt, also drückte ich Erhard vor seiner nächsten Arbeit im Frauenlager das gute Stück in die Hände. Eine Woche später, als er wieder in der Frauenbaracke zu tun hatte, brachte er ihn zurück. Repariert.

Zu meinem 19. Geburtstag, mal wieder ein sehr grauer und nebliger Novembertag, erhielt ich dann – wieder über Erhard – einen »richtigen«, gestrickten Pullover von Elfie. Ich konnte nur staunen: Wie hatte sie den fertig gebracht? Per Zeichensprache gab sie mir Auskunft. Sie hatte sich von einer der Frauen, die in der Küche arbeiteten, einen leeren Zuckersack mitbringen lassen und den in der Wäscherei gechlort. Danach hatte sie die Fäden aus dem Sack gezogen und mit selbst geschnitzten, hölzernen Stricknadeln zu stricken begonnen.

Fast schämte ich mich. So viel Mühe – und das nur für mich? Wie sollte ich mich denn revanchieren? Zum Glück fiel mir ein, dass Max Schlicht mich mal zum Schnitzen verführen wollte. Ich bat ihn um eine seiner gezielt ausgesuchten Glasscherben, ließ mich unterrichten und suchte mir ein passendes Stück Holz. Dann begann ich, Elfies Gesicht in dieses nur etwa sechs Zentimeter große Holzklötzchen zu schnitzen. Von Ähnlichkeit keine Spur. Elfie aber freute sich, nachdem ich ihr mein Kunstwerk in einem günstigen Moment über den Zaun geworfen hatte. Sie küsste meine »Elfie in Holz« und presste sie an ihr Herz.

Elfie machte Mut zum Weiterleben. Und das ohne viele Worte.

Und wieder nahte ein Weihnachtsfest, mein drittes Lagerweihnachten nun schon, und auch diesmal gab es in der Adventszeit viele Entlassungsparolen: »Verdammt noch mal, irgendwann müssen sie uns doch freilassen! Oder sollen die Lager erst geschlossen werden, wenn der Letzte von uns draufgegangen ist und niemand mehr berichten kann, was er hier erlebt hat?«

Am zweiten Adventssonntag schneite es. Ich warf einen Schneeball über den Zaun, Elfie fing ihn auf, küsste ihn und warf ihn zurück. Eine schöne Idee. Auch ich küsste den kalten, weißen Ball und wollte ihn erneut über den Zaun werfen, damit auch Elfie meinen Kuss in ihren Händen halten konnte. Da stürzten mit einem Mal zwei Lagerschutzmänner auf uns zu. Der im Frauenlager packte Elfie, als hätte sie ihm davonlaufen können, der auf meiner Seite des Zaunes entwand mir den Ball. Sie glaubten wohl, dass wir Nachrichten austauschen wollten. Als mein Lagerschutzmann den Schneeball dann zerbröselt hatte, war er enttäuscht, nichts gefunden zu haben, und schnauzte mich an, ich geiler Bock habe mich nicht am Zaun zum Frauenlager herumzutreiben. Wenn er mich noch mal hier erwische, käme ich in den Isolator.

Still wollte ich mich verdrücken – hatte ja keinen Zweck, mit diesen Idioten zu reden –, Elfie jedoch, die alles mit angehört hatte, entwand sich ihrem Lagerschutzmann, lief bis an den Zaun vor und rief meinem zu, dass er sich schämen solle. »Solche wie du, ihr seid schlimmer als die Russen! Erst habt ihr euch vor Hitler in den Staub geworfen, jetzt küsst ihr Stalin den Hintern.«

Der Lagerschutzmann auf Elfies Seite stürzte vor und riss sie zurück, konnte sich aber ein Grinsen nicht verkneifen. Offensichtlich fühlte er sich nicht gemeint. Der auf meiner Seite – tatsächlich ein SA-Veteran – wollte seine Wut an mir auslassen. Er hob die Faust, um zuzuschlagen, doch war ich schneller, tauchte weg und rief: »Lass das lieber, sonst besuchen wir dich heute Nacht.«

Es war schon öfter mal vorgekommen, dass Häftlinge einem allzu eifrigen Lagerschutzmann eine Abreibung verpassten. Doch dachte ich nicht im Traum daran, mich auf diese Weise zu rächen. Der Bluff jedoch funktionierte. Erst schimpfte mein Lagerpolizist noch ein bisschen vor sich hin, dann beharrte er nur noch darauf, dass ich seinem Befehl Folge leistete und mich vom Zaun entfernte.

Ich ging, war aber am nächsten Tag wieder da. Er bemerkte es – und kümmerte sich nicht darum.

Elfie strahlte mich an und ich strahlte stolz zurück. Elfie war also eine, die sich so leicht nichts gefallen ließ? Das imponierte mir. Außerdem hatte ich endlich mal wieder ihre Stimme gehört; schon deshalb hatte sich das Ganze gelohnt.

Kurz vor Weihnachten lösten sich alle Entlassungsparolen in nichts auf. Ich besuchte Max Schlicht und Theodor Weißbach, doch fiel es ihnen schwer, mir Mut zu machen; niemand hatte auch nur die geringste Ahnung davon, wie lange die Russen uns noch festhalten wollten.

Heiligabend schien ein heller Mond, der Himmel war voller Sterne und überall lag dicker, weicher Schnee. Kein Nebel! Endlich mal kein Nebel! So wirkte das Lager fast schön. Ich stand vor unserer Baracke, dachte an Mutter, Bille und Ömchen und fragte mich, ob Ömchen, die ja nun schon sehr alt sein musste, überhaupt noch lebte und was Mutter und Bille wohl zu Elfie sagen würden, falls ich sie ihnen jemals vorstellen durfte. Ich hätte ihnen so gern von ihr berichtet.

In den kalten, eiszapfenverzierten Baracken gab es mal wieder nichts, das auf Weihnachten hindeutete. Keine selbst geschnitzten Weihnachtsengel, keine Krippenspiele; das Weihnachtsverbot galt noch immer. Ich hatte Elfie dennoch einen Holzweihnachtsmann geschnitzt und ihn dem langen Erhard mitgegeben und Elfie hatte mir nun auch noch Schal und Fäustlinge gestrickt. So war trotz allem ein klein wenig Heiligabend-Freude in mir.

Etwa um die Bescherungszeit trafen wir uns am Zaun – Elfie hielt ihren Weihnachtsmann in der Hand versteckt, ich wärmte mich mit dem neuen Schal und den Fäustlingen. Wir lächelten uns zu und dann rief ich laut »Frohe Weihnachten« zu ihr hinüber. Es war mir egal, ob ich gehört wurde; den Isolator hätte ich notfalls in Kauf genommen.

Elfie rief den gleichen Wunsch genauso laut zurück, doch nichts passierte. Kein Russe und kein Lagerschutzmann hatte uns hören wollen. Da wurde ich noch mutiger und rief: »Nächstes Jahr Weihnachten sind wir draußen. Und dann feiern wir zusammen, ja?«

Erst nickte Elfie nur, dann rief sie ein lautes »Ja« zurück.

»Und? Hast du schon einen Wunsch?«

Sie musste lachen und nickte wieder, und dann rief sie laut: »Ja! Kartoffelsalat mit Bockwurst. Aber den Salat mach ich selber, den kann keine so gut wie ich.«

Willkommen in der Heimat

Im Nachhinein wussten wir es: Erste Anzeichen für eine bevorstehende Entlassung hatte es bereits im September '47 gegeben. Da durften plötzlich wieder Singe-, Tanz- und Theatergruppen gebildet und Vorträge gehalten werden, und da kamen mit einem Mal, wir wollten es anfangs gar nicht glauben, Zeitungen ins Lager. Natürlich nur solche aus der Sowjetischen Besatzungszone – die *Tägliche Rundschau,* die *Berliner Zeitung,* das *Neue Deutschland.* Optimisten deuteten diese neue Großzügigkeit entsprechend: Wir sollten wieder wissen, was in der Welt vor sich ging – und konnte das einen anderen Grund haben als den, dass wir bald dorthin zurückkehren sollten?

Doch dann durfte zu Weihnachten kein einziger Häftling das Lager verlassen und die Pessimisten lachten: Als ob die Russen sich solche Mühe mit uns geben würden! Gleichgültigkeit und Abgestumpftheit in den Gesichtern kehrten zurück, neue Niedergeschlagenheit machte sich breit.

Trotzdem war die tägliche Zeitungslektüre von belebender Wirkung: Endlich erfuhren wir, was draußen vor sich ging! Jeder wollte der Erste sein, der einen Blick in das seiner Gruppe zur Verfügung gestellte Blatt warf. Da es aber nicht genügend Exemplare gab und es viel zu lange gedauert hätte, wenn wir nacheinander die Zeitung gelesen hätten, bestimmte die Lagerkommandantur, dass nur daraus vorgelesen werden durfte und die jeweiligen Exemplare unbeschädigt wieder abgegeben werden mussten. Der Besitz von Papier war uns ja nach wie vor verboten; damit keine Kassiber nach draußen gelangten. So entstand ein neues Amt: der Vorleser. Eine anstrengende Tätigkeit, die mit einer zusätzlichen halben Ration Brot und Suppe entlohnt wurde.

Kam die Zeitung, setzte der Vorleser sich auf einen Tisch, und wir anderen, Gruppen von vierzig, fünfzig Mann, hockten uns im Kreis um ihn herum und hörten zu. Und wehe, der Vorleser wurde müde und überlas irgendwas! Egal, ob Wirtschaftsnachrichten, Innen- und Außenpolitik, amtliche Bekanntmachungen, Film- und Theaterkritiken oder Anzeigen jeder Art, wir wollten alles wissen. Doch die Welt da draußen war fortgeschritten und wir waren stehen geblieben. Es gab neue politische Parteien, neue Bürgermeister und Provinz-Ministerpräsidenten, neue Bücher, neue Philosophien – alles war uns fremd und damit mussten wir erst mal fertig werden.

Und leider war unsere Lektüre so gestaltet, dass der sowjetische Zensor des jeweiligen Blattes mit Inhalt und Form zufrieden sein konnte. Wir suchten nach Nachrichten, die uns betrafen, doch nein, es gab keine Internierten und keine Verschleppten. Alles war schön in der sowjetischen Besatzungszone; eine neue, glückliche, friedliche Welt wurde aufgebaut. Da hätte unser Vorhandensein nur gestört. Kein Wunder, dass bald Parolen wie »Hier kommt keiner mehr lebend raus, sonst würden wir ja ihre Lügen aufdecken« die Runde machten.

Eines Tages jedoch geschah ein Wunder. Da nahm die »Klägliche Rundschau«, wie wir die *Tägliche Rundschau* bald nur noch nannten, Bezug auf einen in einer Stuttgarter Zeitung erschienenen Artikel über das Leben und Sterben in den sowjetischen Internierungslagern. Offensichtlich hatte man in diesem Artikel darüber berichtet, dass wir auf dreistöckigen Pritschen schlafen mussten. Der Schreiber des Antwortartikels widersprach vehement: Alles Verleumdung, alles nicht wahr; unter so menschenunwürdigen Bedingungen würden die sowjetischen Genossen ihre Feinde nicht darben lassen.

Wir sahen zu unseren dreistöckigen Pritschen hoch und wussten nicht, ob wir lachen oder weinen sollten. Weshalb hatte dieser Zeitungsschreiber denn nicht einfach mal nachgeschaut? Wollte er gar nicht wissen, was nicht sein durfte? Oder ließen seine sowjetischen Genossen ihn nur sehen, was ihnen genehm war?

Weiter stand in dem Antwortartikel, dass in den Internierungslagern nur faschistische Verbrecher untergebracht seien und dass es nur gerecht sei, wenn die Nazis ihre eigenen Lager, in denen sie Millionen Menschen umgebracht hatten, mal von innen kennen lernten.

Mich packte eine böse Wut: Jule – ein faschistischer Verbrecher? Elfie – eine Nazisse? Die vielen Sozialdemokraten in unserem Lager, die nicht so gewollt hatten, wie ihre russischen Befehlshaber wünschten, und auch Max Schlicht, der Kommunist, und Theodor Weißbach, der nur verhaftet worden war, damit die Liste wieder stimmte – sie alle Faschisten? Durfte man denn von den wenigen, die zu Recht bestraft gehörten, auf die große Mehrheit schließen? Wollte niemand die Willkür sehen, mit der wir verhaftet und eingesperrt und dem Hungertod und allen möglichen Krankheiten preisgegeben worden waren? Nicht mal wirkliche Verbrecher durften so bestraft werden, erst recht nicht die neunzig Prozent nur geringfügig Schuldigen oder ganz und gar Unschuldigen.

Doch hatte dieser einzige Artikel, der uns betraf, auch einen positiven Effekt: Schon tags darauf ließ die Lagerkommandantur alle dritten Stockwerke absägen; da sollte im Nachhinein einem verlogenen Zeitungsartikel Recht gegeben werden. Die negative Seite dieses positiven Effekts allerdings war, dass wir von nun an noch enger zusammenrücken, das heißt immer öfter zu dritt einen Strohsack teilen mussten. Wären nicht bereits tausende von uns gestorben, hätte diese Maßnahme zum Chaos geführt.

Ab Frühjahr '48 wurde die Zeitungslektüre dann noch spannender, da bekamen wir auch die *National-Zeitung* – und fanden darin unter *Familien-Nachrichten* Grüße an uns!

Irgendwer hatte es zuerst entdeckt, bald starrten wir alle auf diese Annoncen. Es war eindeutig, viele dieser Geburtstagswünsche und lieben Grüße betrafen Lagerhäftlinge. Oder war das ein Zufall, dass da ein »Horst« von seiner Fußballbraut Erika aus der Vinetastraße 17 gegrüßt wurde, wenn unser Buchenwalder Horst eine Fußballbraut gleichen Namens unter dieser Adresse wohnen hatte? War es ein Zufall, wenn da ein »Opa«, der am 27.3.1885 auf die Welt gekommen war, liebe Geburtstagsgrüße von seiner Frau Martha, seinen Kindern Lotte und Lutz und seinen Enkelkindern Monika, Peter und Klaus erhielt, wenn unser Friedrich Hartmann an ebendiesem Tag Geburtstag und außerdem Frau, Kinder und Enkelkinder gleichen Namens hatte?

Eine fieberhafte Suche ging los. Jeder suchte nach einer Annonce, die ihn betraf. Manche wurden fündig, die allermeisten natürlich nicht. Welche Zeitung hätte denn zigtausende von Annoncen abdrucken können? Schließlich waren wir nicht das einzige Internierungslager. Nein, die sich tatsächlich erwähnt fanden, waren seltene Glückspilze; sie wussten, dass ihre Familien noch lebten, ahnten, wo sie waren, und an sie dachten.

Ich suchte auch, hätte auch gern einen Gruß an mich unter den Annoncen entdeckt. Doch nein, keiner der lieben Grüße, keine der Beteuerungen wie »Wir sind in Gedanken bei dir« oder »Wir vertrauen fest darauf, bald wieder mit dir zusammen zu sein« waren an einen Paul aus der Jablonskistraße gerichtet.

Wussten Mutter und Bille nichts von diesen Lagern? War ihnen jene Grußmöglichkeit nicht bekannt? Hielten sie Jule und mich tatsächlich längst für tot? Oder waren inzwischen auch sie inhaftiert?

Zum Glück hatten die Optimisten unter uns sich diesmal nicht geirrt – man hatte Zeitungen ausgegeben, um die Ersten von uns auf ihre Entlassung vorzubereiten! Nur zog sich diese Vorbereitungsphase über ein Dreivierteljahr hin – genauso lange, wie ein Kind benötigt, um auf die Welt zu kommen. Eine fast symbolisch zu nennende Zeitdauer: Wir sollten ja tatsächlich neu geboren werden.

Mit der Zuteilung von Zeitungen begann es, Anfang April '48 – sechs Monate später – erfolgte der zweite Schritt: Da wurde plötzlich der Isolator geräumt. Etwa zwei Drittel der mit der Einweisung in die Isolierbaracke bestraften Häftlinge kamen in die Baracken zurück. Und das ohne jede Begründung. So etwas hatte es noch nie zuvor gegeben. Die Gerüchteküche brodelte: Was hatte das zu bedeuten? Nur eine etwas weichere Gangart uns gegenüber?

Dann, Mitte April, der dritte Schritt, als beim Appell plötzlich etwa vierhundert Häftlinge namentlich aufgerufen und in eine gesonderte Baracke verlegt wurden. Es hieß, sie würden fortan unter der Liste 1 geführt. Keiner von uns wusste, was diese Maßnahme zu bedeuten hatte, doch natürlich hofften wir alle dasselbe: Die Entlassungen begannen!

An den folgenden Tagen wurden dann noch weitere Namen aufgerufen und in gesonderte Baracken verlegt. Nun wurden wir Nichtaufgerufenen langsam verrückt. Offensichtlich wurde das Lager geteilt. Doch wozu? In Häftlinge, die entlassen werden sollten, und Häftlinge, die noch bleiben mussten? Aber welche waren die Entlassungskandidaten, die Aufgerufenen oder die Nichtaufgerufenen?

Mein Name fiel am vierten Tag. Zusammen mit dem von Max Schlicht und Theodor Weißbach. Das freute mich. Nun bezogen wir – allesamt Liste 4 – wieder eine gemeinsame Baracke und ich konnte mich von morgens bis abends mit ihnen beraten. Sie waren meiner Meinung: Es waren die Aufgerufenen, die zur Entlassung vorbereitet wurden, alles andere ergäbe keinen Sinn.

Eine große Hoffnung erwachte in mir – und eine Sorge: Was, wenn ich entlassen wurde und Elfie bleiben musste? Wie schlimm würde das für sie sein, allein zurückbleiben zu müssen, jetzt, da wir uns schon seit so vielen Monaten kannten und fast jeden Abend einander Mut machten? Ich stellte mir vor, wie sie am Zaun stand und nach mir Ausschau hielt, und allein der Gedanke daran schmerzte.

Abend für Abend mein fragender Blick durch den Zaun. Es wurden ja immer noch Listen erstellt. Abend für Abend ein trauriges Kopfschütteln – bis Elfie mir eines Tages schon von weitem zuwinkte. Nun stand auch sie auf einer der am Ende einundzwanzig erstellten Listen mit den Namen von über neuntausend Gefangenen.

Danach – der vorletzte Schritt: Wir bekamen plötzlich eine sehr viel bessere Verpflegung; eine mit Milch und Zucker angerührte Hafermehlsuppe, die fast schon ein Brei war, so dick lag sie auf dem Löffel. Dazu hin und wieder einen Löffel Lebertran und ein bisschen Traubenzucker – und jeden Tag pro Nase zwanzig Gramm Butter!

Alles strahlte, alles jubelte. Es war eindeutig: Sie wollten uns aufpäppeln, damit wir nicht als wandelnde Skelette in die Welt entlassen wurden. Die Spuren unseres Martyriums sollten verwischt werden, so wie auch nichts mehr an die Gräber unserer Toten erinnern sollte. – Halb verhungerte sowjetische Internierungshäftlinge? Ohne ausreichende Begründung verhaftete und vor keinen Richter gestellte Frauen, Männer, Jugendliche und Kinder? Nein! Das hatte es nie gegeben; alles nur plumpe Lügen des imperialistischen Klassenfeindes.

So blieb ein bitterer Beigeschmack. Es würde also niemand von uns am Tag seiner Rückkehr zum Arzt gehen und sich den elenden Zustand, in dem er sich über Jahre hinweg befunden hatte, bescheinigen lassen können. Im Gegenteil, man würde zu ihm sagen: Was willst du denn? Du siehst doch gut genährt aus. Wir haben seit Kriegsende nur gehungert.

Jene bessere Ernährung wirkte sich aber nicht nur segensreich aus. Viele ältere Häftlinge vertrugen diese plötzlich so fettreiche Kost nicht, sie bekamen Durchfälle und Magenkrämpfe und es kam sogar zu Todesfällen. Außerdem gab es im Lager mit einem Mal neuntausend satte und etwa viertausend nach wie vor hungernde Häftlinge; unter ihnen auch Herbert Knopf und der Lehrersohn Jürgen, mit denen Jule und ich einst in der Kommandantura eine Zelle geteilt hatten. Gingen die Essenholer der Satten an den Baracken der nicht zur Entlassung vorgesehenen Männer und Frauen vorüber, folgten ihnen deren stumpfe oder verzweifelte Blicke. Und leider war es nicht so, dass allein jene zurückblieben, die sich im Dritten Reich etwas hatten zuschulden kommen lassen. Bis auf einige wenige eindeutige Fälle war die Auswahl sehr willkürlich getroffen worden. Oder womit hätte man begründen wollen, dass Adolf II. zu den Entlassungskandidaten gehörte, seine Frau und sein Sohn aber nicht?

Max Schlicht und andere bemühten sich, den Hungernden etwas von unseren Rationen zukommen zu lassen. Doch war das kaum möglich; die Trennung in Satte und Hungernde war vollkommen. Beide Seiten wurden strengstens bewacht.

Das Einzige, was wir für die Zurückbleibenden tun konnten: Wir ließen uns von ihnen Zettelchen mit Nachrichten an ihre Familien zustecken. Weiß der Teufel, wo sie auf einmal alle diese Zettel herhatten, die Zeitungen mussten ja unbeschädigt wieder abgegeben werden. Doch ist kaum einer dieser Kassiber aus dem Lager herausgekommen, so streng wurden wir vor der Entlassung von solchen »Postdiensten« gewarnt, so gründlich wurden wir am Entlassungstag gefilzt. Wollte ja keiner riskieren, von der Entlassung zurückgestellt zu werden. – Nein, da durfte es keine Rolle spielen, dass wir alle sehr genau wussten, was alles an diesen ersten Lebenszeichen nach so vielen Jahren hing; letztendlich war doch mal wieder jeder sich selbst der Nächste.

Etwa drei Monate dauerte diese Zeit des Aufpäppelns. Wir konnten richtig zusehen, wie unsere eingefallenen Gesichter sich füllten, bemerkten selbst, dass unsere Schritte wieder kräftiger wurden. Ich war stolz darauf, Elfie diesen neuen Paul vorführen zu können, und freute mich über ihr Aufblühen. Zuvor hatte ich nie so etwas wie einen Busen an ihr entdecken können, jetzt erhoben sich plötzlich zwei kleine Hügel unter ihrer Bettwäschen-Bluse, deren Wachsen und Gedeihen ich mit steter Neugier beobachtete. Sie lachte über meine Blicke und reckte sich, wie um mir vorzuführen, dass sie nun doch noch eine richtige Frau werden würde.

Es wurde Anfang Juli – und die Sonderverpflegung für die Entlassungskandidaten wieder abgesetzt. Da wollten einige nicht mehr mitmachen. Was denn, schon wieder enttäuschte Hoffnungen, und das, obwohl diesmal doch wirklich alles auf eine baldige Entlassung hingedeutet hatte?

Max Schlicht beschwichtigte die Aufgeregten. »Die haben die Sonderverpflegung nur gestrichen, weil wir laut Plan längst draußen sein sollten. Bei denen geht alles nach Plan, die Realitäten kümmern sie nicht.«

Auch Theodor Weißbach sagte: »Keine Bange! In den nächsten Tagen geht's los. Fallen wir wieder vom Fleisch, müssen sie uns ja neu aufpäppeln. Solche Kosten scheuen sie.«

Sie sollten Recht behalten: Am 10. Juli wurden die ersten dreihundert Gefangenen entlassen. Wir anderen standen vor unseren Baracken und starrten ihnen nach. Freude erfüllte uns – endlich ging's los! – und Bangigkeit: Hoffentlich passierte in den nächsten Tagen nicht irgendetwas, das die Russen bewog, weitere Entlassungen in weite Ferne zu verschieben.

Fünf Tage später waren dann auch Max Schlicht, Theodor Weißbach und ich an der Reihe. Morgens wurde noch mal geduscht – die Haare, die wir uns inzwischen wachsen lassen durften, waren uns schon tags zuvor geschnitten worden –, wir bekamen neue Kleider und Schuhe und wurden zum letzten Mal gefilzt. Alles, was hinausgeschmuggelt werden sollte – zumeist Erinnerungsstücke wie selbst geschnitzte Löffel oder andere Bastelarbeiten –, flog in eine Ecke auf einen immer größer werdenden Haufen. Hätte einer von uns trotz aller vorheriger Warnungen noch den Kassiber eines der zurückbleibenden Häftlinge bei sich gehabt, jetzt wäre er gefunden worden. In meiner Gegenwart jedoch kam ein solcher Fall nicht vor. Einzig und allein ein Schlüssel wurde erfolgreich hinausgeschmuggelt – Jules Schlüssel!

Wie ich das bewerkstelligt habe? Als der Sergeant, der mich filzte, mir in den Mund kuckte, hielt ich den Schlüssel in der geschlossenen Faust, später lag er unter meiner Zunge – alles, wie ich es von Jule gelernt hatte, denn so hatte er seinen Schlüssel einst hineingeschmuggelt. Doch war der Schlüssel kein Kassiber; hätte man ihn gefunden, wäre er nur auf den Berg Bastelarbeiten geflogen. Mit einem Kassiber unter der Zunge hätte ich meine Entlassung riskiert.

Nein, meine Kassiber trug ich im Kopf hinaus – die Namen und Anschriften der noch nicht zur Entlassung vorgesehenen Häftlinge, deren Familien ich benachrichtigen sollte.

Wir erhielten Bescheinigungen, in denen bestätigt wurde, dass wir mit dem heutigen Datum aus dem Internierungslager entlassen worden seien, uns auf dem Weg in unsere Heimatorte befänden und berechtigt seien, die Deutsche Reichsbahn zu benutzen. Gleich darauf trat eine Dolmetscherin vor uns hin und teilte uns mit, dass wir mit dem heutigen Tage unsere Strafe verbüßt hätten und freie Bürger wären. Doch sollten wir uns nun, da wir die Menschlichkeit und Gerechtigkeit der Sowjetmenschen kennen gelernt hätten, davor hüten, weitere politische Fehler zu begehen, und vor allem nie vergessen, dass wir über die Zeit im Lager zu schweigen hätten. Bei Nichtbeachtung dieser Warnung würden uns weitere Strafen drohen.

Ich sah den anderen in die Gesichter. Alle blickten sie sehr ernsthaft, alle gaben sie zu verstehen, dass sie gewillt waren, diese Anordnungen strikt zu befolgen. Nur nicht im letzten Augenblick etwas riskieren. Doch wusste ich, was die meisten dachten: Freie Bürger, die die Klappe zu halten hatten? Was für ein Widersinn! Außerdem hieß das ja nichts anderes, als dass das Schweigen weitergehen würde. Es sollte uns nie gegeben haben ... Und der eine oder andere dachte wohl schon: Droht mir nur! In eurer Besatzungszone bleib ich sowieso nicht, gibt ja noch andere schöne deutsche Landstriche.

Wir wurden mit Verpflegung beladen, damit wir entsprechend satt zu Hause ankamen, und es wurden uns ein paar Mark Reisegeld in die Hand gedrückt. Für die Fahrkarten. Gleich darauf schritten wir durchs Lagertor.

Ein Gefühl von Unwirklichkeit! Fast drei Jahre hatte ich dieses Lagertor angestarrt und mir ausgemalt, wie ich – anfangs noch gemeinsam mit Jule – eines Tages durch dieses Tor in die Freiheit entlassen würde. Immer hatte ich mir Jubelgefühle und eine tief empfundene Freude vorgestellt. Jetzt marschierte ich durch dieses Tor, als ginge ich neben mir her. Jule!, schoss es mir durch den Kopf. Jetzt verlässt du ihn wirklich; jetzt gehst du fort und er bleibt für alle Zeit zurück.

Ich drehte mich um – das schmiedeeiserne Tor mit der eingearbeiteten Inschrift JEDEM DAS SEINE! Beinahe wäre ich über meine eigenen Füße gefallen. Theodor Weißbach hielt mich fest. »Nein«, sagte er, der mal wieder ahnte, was in mir vorging. »Du lässt deinen Julian nicht im Stich. Du nimmst ihn mit. Er bleibt bei dir, solange du ihn um dich haben willst.«

Nicht weit vom Lagertor entfernt standen LKWs, die wir besteigen mussten. Wieder blickte ich zurück. JEDEM DAS SEINE. Dann dachte ich an Elfie. Wann würde sie dieses Tor passieren? Morgen? Übermorgen? In einer Woche?

Auch Max Schlicht blickte sinnierend zurück. »Zweimal haben se mich durch dieses Tor geführt – und zweimal hab ich's lebend wieder verlassen! Ein drittes Mal kriegen se mich nicht, lieber beiß ich mir zuvor die Gurgel durch.« Er sah, dass Theodor Weißbach spöttisch lächelte – und tat es ihm gleich. »Ihr könnt mir glauben: Zu dieser Verrenkung bin ich dann fähig.«

Auch Bernie saß mit auf dem LKW; Bernie, der seine Ruhrerkrankung überlebt hatte. Ich hatte ihn durch die häufigen Umverlegungen danach nur noch selten gesehen. Es freute mich, dass auch er entlassen wurde.

Schade nur, dass ich nicht noch einmal Olga Wolga begegnet war. Hätte ihr zum Abschied gern noch mal zugegrinst.

Am Weimarer Bahnhof durften wir absteigen – und waren endgültig entlassen. Braun gebrannt, neu eingekleidet und gut genährt, standen wir auf der Straße und blickten uns um. So also sah die Freiheit aus: blauer Himmel, Sonne, ein leichter, warmer Wind, viele weiß beschriftete, rote Transparente mit Parolen und – gleich neben dem Bahnhof – ein riesiges Stalin-Bild.

Weißbach seufzte. »Herzlich willkommen in der Heimat!«

Er hatte es noch nicht ganz ausgesprochen, da stürzten mit einem Mal mehrere Frauen und Männer auf uns zu. Sie mussten irgendwie mitbekommen haben, dass seit neuestem Tag für Tag Buchenwald-Häftlinge entlassen wurden. Hoffnungsvolle Gesichter blickten uns an, Fotos wurden uns entgegengestreckt: Kennen Sie meinen Mann, meine Frau, meinen Bruder, meine Schwester?

Ich gab mir alle Mühe, studierte die fremden Gesichter auf den Fotos genauestens, doch konnte ich niemandem helfen. Wir waren viele tausend Häftlinge gewesen – eine ganze Stadt –, was für ein Zufall, hätte ich ein bekanntes Gesicht entdeckt!

Wir kauften uns Fahrkarten und warteten auf die Züge, die uns in unsere Heimatorte zurückbringen sollten. Theodor

Weißbach, Max Schlicht und ich blieben beisammen; wir wollten alle drei nach Berlin.

Während der Fahrt blickte ich viel aus dem Fenster. Wiesen, Felder, Gärten mit blühenden Blumen, einmal ein stolzer, prächtig gefiederter, bunter Hahn inmitten seiner Hühnerschar. War das die Freiheit? Es war seltsam: Ich wollte mich freuen – und wagte es nicht! Oder hatte ich es nur verlernt in diesen drei Jahren? Aber nein, wie oft hatte ich mich über Elfie gefreut, über ihre Geschenke, ihre Zuneigung, ihr Dasein für mich. Vielleicht konnte ich mich ja über die Entlassung aus dem Lager nur deshalb nicht richtig freuen, weil ein viel stärkeres Gefühl überwog: Der Zorn über die verlorenen drei Jahre, die mir niemand wiedergeben konnte, vermischt mit der Trauer um Jule, der nicht mit im Zug saß.

Die Fahrt dauerte ewig. Wir sprachen auch kaum miteinander. Und dann stieg plötzlich Angst in mir auf: Wie würde ich Mutter, Bille und Ömchen vorfinden? Lebte Ömchen denn überhaupt noch? Und wie sehr hatte ich mich verändert? Würden sie in mir denjenigen wiedererkennen, den sie in Erinnerung hatten?

Auf dem Schlesischen Bahnhof verabschiedeten wir uns voneinander. Weißbachs und Schlichts Adressen hatte ich mir notiert und sie hatten meine. Ich wollte beide unbedingt wiedersehen.

Doch dazu kam es nicht. Als ich nach einem halben Jahr Kontakt aufnehmen wollte, wohnten sie unter den angegebenen Adressen nicht mehr. Und ich nicht mehr in der Jablonskistraße.

Grüntaler Straße 12

Wie ich an jenem Tag vor unserem Haus stand! Ich hatte es in den zurückliegenden drei Jahren so oft voller Sehnsucht vor mir gesehen und nun stand ich davor und nichts hatte sich verändert. Die Einschusslöcher waren noch zu sehen, das von Granatsplittern beschädigte Dach war nur notdürftig repariert. War ich denn wirklich drei Jahre lang fort gewesen?

Der vertraute Geruch im Hausflur, die ausgetretenen Stufen, die ich so oft hochgeeilt oder herabgestiegen war – und doch, nur wie ein fremder Besucher bewegte ich mich durchs Treppenhaus. Die Angst vor der Wiederbegegnung, sie wuchs. Was, wenn Mutter, Bille und Ömchen mich tatsächlich für tot gehalten hatten – und nun stand ich plötzlich vor ihnen? Vielleicht erlitt Ömchen sogar einen Herzschlag. Zwar hatte sie mich zuletzt für Vater gehalten, die überraschende Heimkehr ihres »Sohnes« aber würde sie ja vielleicht noch viel heftiger erschrecken.

Und Bille? Wie würde sie reagieren, wenn ich ihr von Jules Tod erzählte?

Ich war so voller Anspannung, dass ich gar nicht auf das Namensschild achtete, als ich an der Tür klingelte.

Schlurfende Schritte näherten sich, ich hielt die Luft an, die Tür wurde geöffnet – und eine fremde Frau stand vor mir.

Verblüfft starrte ich sie an. Hatte ich mich im Stockwerk geirrt? »Entschuldigen Sie bitte«, sagte ich schließlich. »Ich will zu Scholz.«

Die Frau, ein bisschen dicklich und ganz verschlafen, kuckte misstrauisch. »Die wohnen schon lange nicht mehr hier.«

Also war ich doch im richtigen Stockwerk. »Ja, aber – wo wohnen sie denn jetzt?«

Die Frau zuckte die Achseln. »Keine Ahnung! Irgendwo bei den Franzosen.«

Ich starrte sie weiter so ungläubig an. »Bei den Franzosen? Bei welchen Franzosen denn?«

Die Frau wollte weiterschlafen. Sie wurde ungeduldig. »Na, Sie sind aber schwer von Begriff! Im französischen Sektor natürlich. Irgendwo am Wedding oder in Reinickendorf.«

Ich machte ein dankbares Gesicht, wollte ja nicht, dass sie mir die Tür vor der Nase zuschlug. »Sind Sie sich da sicher? Ich bin nämlich der Sohn, suche meine Mutter und meine Schwester ...«

Sie musterte mich neugierig. »Sind Sie aus der Gefangenschaft zurück?«

Sie meinte die Kriegsgefangenschaft, ich nickte trotzdem. Wozu ihr meine Geschichte erzählen? Und außerdem stimmte es ja auch.

»Na ja.« Sie wurde etwas umgänglicher. »Im Haus erzählt man sich das. Ihre Mutter hat hier wohl viel Ärger gehabt und da ist sie von den Russen weg und zu den Franzosen rüber. Die Frau Böhlke hat sie am Gesundbrunnen getroffen und da hat sie ihr das erzählt.«

Ich kannte keine Frau Böhlke. Sie musste erst nach Jules und meiner Verhaftung hier eingezogen sein. Der Gesundbrunnen aber gehörte zum Wedding und damit zum französischen Sektor. Nachdenklich bedankte ich mich und stieg die Treppe wieder hinab. Bei wem sollte ich denn sonst noch klingeln? Etwa bei den Berkenthins? Ich war tatsächlich nur ein fremder Besucher.

Grüntaler Straße 12! Dort sollten Käthe und Sibylle Scholz jetzt wohnen, wie man mir auf der Weddinger Meldestelle verraten hatte. Wieder stieg ich eine Treppe hoch. Ein typisches Berliner Mietshaus; es roch nach Kohleintopf, im Hof lärmten Kinder.

Im 3. Stock blieb ich stehen. An der Wohnungstür rechts stand *K. u. S. Scholz.* Früher hatte *W. Scholz* auf unserem Türschild gestanden. Einen Wilhelm Scholz aber gab es nicht mehr; es war richtig, dass Mutter und Bille für die neue Wohnung ein neues Türschild hatten anfertigen lassen. Nur: Warum war nicht auch Ömchen unter dieser Adresse angemeldet? Lebte sie nicht mehr?

Ich klingelte und drehte mich rasch weg. Mutter oder Bille sollten nicht gleich mein Gesicht sehen. Ich wollte sie langsam auf meine Wiederkehr vorbereiten. Hinter der Tür jedoch rührte sich nichts. Ich klingelte noch einmal, nun schon ein bisschen ungeduldiger – wieder nichts! Offensichtlich war niemand zu Hause.

Ein Weilchen zögerte ich noch, dann setzte ich mich auf die Treppenstufen. Irgendwann mussten Mutter oder Bille ja nach Hause kommen.

Zeit verging – und mir wurde immer schwerer zumute. So hatte ich mir meine Heimkehr nicht vorgestellt. Was, wenn schon morgen oder übermorgen Elfie entlassen wurde und in der Jablonskistraße nach mir fragte? Womöglich glaubte sie noch, ich wollte sie gar nicht wiedersehen und hätte ihr absichtlich eine falsche Adresse zugerufen.

Endlich waren im Treppenhaus Schritte zu hören. Frauenschritte. Doch war die Frau, die da die Treppe hochkam, eindeutig weder Mutter noch Bille; Mutters und Billes Schritte hätte ich erkannt.

Als die Frau den 3. Stock erreicht hatte, stand ich auf. Sie sollte mich nicht für einen obdachlosen Herumlungerer halten; gar noch Angst vor mir bekommen.

Die Frau, sehr alt, sehr klein, sehr zierlich, erschrak trotzdem. Mitten auf der Treppe blieb sie stehen und starrte mich an.

»Guten Tag!«, sagte ich höflich. »Ich möchte zur Familie Scholz. Aber offensichtlich ist niemand zu Hause.«

Vorsichtig kam sie näher und sah mich an. »Wer sind Sie denn? Ein Verwandter?«

Ich lächelte freundlich. »Das kann man wohl sagen – ich bin der Sohn!«

»Waas?« Die kleine Frau riss die Augen auf. »Aber … aber … Sie sind doch tot!«

Also hatte ich richtig vermutet: Mutter und Bille hatten Julian und mich längst für tot gehalten. Ich versuchte einen Scherz: »Davon weiß ich ja gar nichts.«

Die kleine Frau wurde immer aufgeregter. »Aber Ihre Mutter hat mir doch die ganze Geschichte erzählt … Ich bin die Nachbarin, müssen Sie wissen, Schwarzkopf mein Name … Sie und Ihr Freund, Sie haben sich doch nie wieder gemeldet, nun schon drei Jahre lang. Da musste Ihre Frau Mutter Sie doch für tot halten.«

Ich nickte ihr beruhigend zu. »Wir durften nicht schreiben.«

»Aber wo waren Sie denn so lange?«

Mit wenigen Worten erzählte ich dieser Frau Schwarzkopf, wo ich herkam, und sie starrte mich ungläubig an. »So was gibt's?«

Ich nickte erneut und fragte sie danach, ob sie mir nicht helfen wolle. Wenn meine Mutter und meine Schwester glaubten, dass ich längst nicht mehr am Leben sei, würden sie sicher sehr erschrecken, wenn ich so plötzlich vor ihnen stand. Ob ich nicht vielleicht in ihrer Wohnung warten dürfe und sie zumindest Mutter schonend auf meine Heimkehr vorbereiten könne?

»Aber ja!«, rief sie sofort. »Aber natürlich! Kommen Sie nur rein.« Und dann schloss sie ihre Tür auf und ließ mich in ihre Wohnung, und ich stellte mich sofort ans Fenster, um auf die Straße hinausschauen zu können. Ich wollte Mutter oder Bille heimkehren sehen, meine Geduld war aufgebraucht.

Frau Schwarzkopf stellte sich dazu und erzählte, wie Mutter auf der Suche nach Jule und mir »von Pontius bis Pilatus« gelaufen sei. »Damals wohnte sie ja noch bei den Russen. Aber glauben Sie etwa, irgendwer hätte ihr Auskunft gegeben?«

Mutter und Bille waren auf der sowjetischen Stadtkommandantura in der Prenzlauer Allee gewesen, um den Vorfall auf dem Forckenbeckplatz genau zu schildern und nach dem Verbleib von Jule und mir zu fragen. Ein russischer Offizier behauptete, nichts von einem derartigen Vorfall zu wissen, auch seien unsere Namen auf der Kommandantura nicht bekannt. Sie liefen aufs Polizeirevier, aber auch dort wusste man nichts über unseren Verbleib. In ihrer Not fuhren sie zu Lorrmanns. Vielleicht konnte ihnen Johannes Lorrmann, der Kommunist, ja helfen. Doch auch Johannes Lorrmann war verschwunden, ohne dass seine Eltern wussten, wo er steckte. So schrieb Mutter auf Anraten der alten Lorrmanns alle möglichen Behörden und Parteien an – und wurde immer wieder an die sowjetische Besatzungsmacht zurückverwiesen. Notgedrungen gingen Bille und sie ein zweites und drittes Mal zur Kommandantura, die Namen Julian Sternberg und Paul Scholz aber waren dort noch immer unbekannt. Und als Bille einmal vor Verzweiflung laut wurde, drohte man ihr an, sie zu verhaften. Wegen antisowjetischer Propaganda.

Da bekam Mutter Angst. »Hier bleiben wir nicht«, sagte sie zu Bille, und nur wenige Tage später wechselten sie aus dem sowjetischen in den französischen Sektor über, was so kurz nach dem Krieg noch relativ einfach war, wenn man eine Wohnung fand. Diesmal aber hatten Mutter und Bille Glück: Auf dem Wohnungsamt saß eine Frau, die früher mal in der Jablonskistraße 55 gewohnt hatte. Sie kannte Mutter und half ihr.

Doch natürlich suchten Mutter und Bille weiter nach Jule und mir. Ein ganzes Jahr lang. Mehr als Gerüchte über Hungerlager und Sibirientransporte aber bekamen sie nicht zu hören. Und da sie sich nicht vorstellen konnten, dass wir nicht mal Briefe schreiben durften, falls wir in einem solchen Lager steckten, glaubten sie irgendwann nicht mehr an unsere Rückkehr.

»Mein Gott!«, rief die kleine Frau Schwarzkopf aus, als sie mir alles erzählt hatte. »Wie werden Ihre Frau Mutter und Ihre Schwester sich freuen, dass Sie noch am Leben sind! So viel Glück, das ist ja kaum zu fassen.«

»Und meine Großmutter?«, fragte ich da nur noch. »Lebt sie noch?«

Doch von einer Großmutter wusste Frau Schwarzkopf nichts. Also musste Ömchen noch vor dem Umzug in den Wedding gestorben sein.

Endlich kam Mutter die Straße entlang. Sie kam aus Richtung Badstraße, dort gab es eine Markthalle, in der sie, wie Frau Schwarzkopf mir erzählt hatte, nun arbeitete. In einer Papierwarenhandlung.

Ich sah Mutter auf ihr neues Zuhause zustreben und musste heulen. Klein war sie geworden und müde sah sie aus. Gewiss, zu jener Zeit gab es viele Frauen, die Ähnliches erlebt hatten und nicht viel anders aussahen, die Frau da unten aber war meine Mamusch.

Ich ging in den Flur und hörte sie die Treppe heraufkommen. Die vertrauten Schritte, nur ein wenig langsamer, verzagter.

Als sie ihre Wohnungstür aufgeschlossen hatte, nickte ich Frau Schwarzkopf, die vor Aufregung richtig Farbe bekommen hatte, aufmunternd zu. »Sagen Sie's ihr bitte nicht auf den Kopf zu. Erzählen Sie irgendwas von Totgeglaubten, die doch wieder nach Hause gekommen sind, und fragen Sie sie, ob denn ihr Sohn nicht auch noch leben könnte. Meine Mutter hat für so etwas ein Ohr, langsam wird ihr was dämmern.«

Frau Schwarzkopf kicherte. »Sie sind ja 'n ganz Raffinierter.« Und dann huschte sie aus der Wohnung und klingelte bei Mutter. Ich spähte durch den Spion, sah Mutter öffnen – und erschrak: Sie war sehr grau geworden in diesen drei Jahren, fast schon weiß, um ihren Mund lag ein bitterer Zug, auf der Stirn hatte sich eine steile Falte gebildet.

Frau Schwarzkopf verschwand in Mutters Wohnung und ich wartete. Geraume Zeit verging, dann hörte ich, wie Mutters Tür geöffnet wurde. Ich öffnete auch die Tür – und dann standen wir uns gegenüber. Mutter starrte mich an, ich lächelte vorsichtig. Danach ein Schrei: »Paul!«, und Mutter lag in meinen Armen.

»Paul! Paul! Paul!» Mehr konnte Mutter nicht sagen, und ich brachte gar nichts heraus, wiegte sie nur sachte, sie, die ich nun um fast zwei Köpfe überragte.

Frau Schwarzkopf weinte auch. »So ein Glück!«, stammelte sie nur immer wieder, »so ein Glück!«, und dann schob sie Mutter und mich in Mutters Wohnung und schloss leise die Tür hinter uns.

Bille kam erst gegen Abend. Sie besuchte vormittags die Handelsschule und erledigte nachmittags Büroarbeiten. Für einen kleinen Malereibetrieb. Doch sie kam nicht allein. Sie trug ein kleines Mädchen auf dem Arm, etwas über zwei Jahre alt – ihre Tochter Monka.

Mutter hatte es mir bereits erzählt: Jene Vergewaltigung auf dem Forckenbeckplatz hatte Folgen gehabt. Erst war Bille sehr unglücklich gewesen und hatte sogar darüber nachgedacht, das Kind, das da in ihr heranwuchs, abtreiben zu lassen. Doch wäre das zu jener Zeit noch eine Straftat gewesen. Außerdem hätte sie erst mal einen Arzt finden müssen, der bereit gewesen wäre, an ihr, einer Minderjährigen, diesen Eingriff vorzunehmen. So vergingen viele Tage, bis Bille zu einer Entscheidung kam, und diese Zeit nutzte Mutter, indem sie ihr klar machte, dass jenes Kind ja auch ein Stück von ihr sei und nichts dafür könne, was seiner Mutter angetan worden war. Irgendwann sah Bille das ein – und nun, da ihre Monka auf der Welt war, liebte sie ihre Tochter, wie nur eine Mutter ihr Kind lieben konnte. Weil Mutter und sie aber arbeiten mussten – ein Lohn allein hätte nicht gereicht –, brachte Bille Monka tagsüber zu einer Frau, die mehrere Kinder betreute.

Mutter fing die beiden gleich im Flur ab. »Bille!«, hörte ich sie flüstern. »Billchen! Der liebe Gott hatte doch ein Einsehen – unser Paul ist zurück ... Er ... er lebt, er ...« Sie musste wieder weinen und wollte wohl auch nicht gleich von Jule erzählen. Da betrat Bille das Zimmer. Kein Mädchen mehr, eine junge, ernst blickende Mutter mit ihrem Kind auf dem Arm. Blieb stehen, sah mich an – und wusste alles.

Stumm trat ich auf sie zu, küsste sie und streichelte vorsichtig das kleine blonde Mädchen, das mich neugierig und auch ein bisschen misstrauisch ansah.

»Paul!«, sagte Bille da nur. »Paul!« Und dann setzte sie ihr Kind auf die Couch, fiel mir um den Hals und weinte. Sie weinte aus Freude, weil sie mich wiederhatte, und sie weinte vor Schmerz, weil ich allein zurückgekehrt war.

Später, als wir einander das Notwendigste erzählt hatten, sagte Bille: »Wäre ich doch damals nur nicht weggelaufen! Dann hätte niemand euch festhalten können, dann hätten sie in mir den lebenden Beweis für eure Unschuld gehabt.«

»Das hätte uns nichts genutzt«, tröstete ich sie. »Keiner hätte dir geglaubt.«

Bille, böse: »Ich hätte meinen Schlüpfer runtergezogen und dann hätten sie mir glauben müssen.«

Mutter: »Nein, Bille! Das hättest du nicht getan. Das redest du dir jetzt nur ein. War doch nur natürlich, dass du fortgelaufen bist; jedes Mädchen in deiner Situation wäre fortgelaufen.«

Sie hatten beide Recht: Wäre Bille nicht fortgelaufen, wären die beiden Vergewaltiger mit ihren Lügen nicht durchgekommen. Doch welches nicht mal sechzehn Jahre alte Mädchen hätte anders gehandelt?

Bevor ich mich dann schlafen legte, weil ich es plötzlich vor Müdigkeit nicht länger aushielt, kam Bille noch einmal zu mir und streichelte meinen Arm. »Du musst mir später alles über Jule erzählen, ja? Alles! Ich will alles über ihn wissen. Auch das Schlimme. Versprichst du mir das?«

Ich versprach es ihr.

Steinchen

An den darauf folgenden Tagen fuhr ich jeden Nachmittag mit der S-Bahn zur Jablonskistraße. Ich wartete auf Elfie. Irgendwann würde sie kommen. Ich wollte nicht, dass sie etwas Falsches dachte und wir uns aus den Augen verloren.

Mehrere Male wanderte ich die Straße auf und ab und erinnerte mich an die Zeit, als Jule und ich hier zu Hause waren, später setzte ich mich in die kleine Kneipe nicht weit von unserem Haus, trank etwas und behielt von dort aus die Straße im Auge. Betrat ein bekanntes Gesicht die Gaststätte, drehte ich den Kopf weg. Ich hatte keine Lust, Auskunft geben zu müssen.

Danach lief ich wieder die Straße auf und ab. Bis ich glaubte, nun würde Elfie nicht mehr kommen. Ich wusste ja, um welche Uhrzeit sie frühestens oder spätestens hier eintreffen konnte.

Fünf Tage lang hielt ich Wache – dann kam sie. Ich war gerade wieder auf der Straße unterwegs und bewegte mich auf die Prenzlauer Allee zu, als sie mir plötzlich entgegenkam. Ich erkannte sie sofort, obwohl die Russen ihr zur Entlassung ein altmodisches, dunkelblaues Kleid mit weißen Tupfen und sehr klotzige Schuhe verpasst hatten. Sie erkannte mich auch, und als ich immer schneller wurde, begann sie zu laufen.

Ja, und dann? Dann standen wir einander gegenüber und sahen uns an, strahlend, aber auch irgendwie sehr ernst. Galt noch immer, was wir uns versprochen hatten? Irgendwann sagte ich nur leise: »Elfie«, und nahm ihre Hand – und da fielen wir uns in die Arme. Unser erster, noch sehr zaghafter Kuss! Wir waren es nicht gewohnt, uns so nahe zu sein, lachten danach wie zwei Dreizehnjährige.

Und dann hielten wir uns an der Hand. Bis zur Grüntaler Straße. Wie hatten wir das vermisst, uns endlich einmal berühren und ohne Ende miteinander reden zu dürfen! Ich erklärte Elfie, weshalb Mutter und Bille nicht mehr in der Jablonskistraße wohnten, und sie gestand mir, dass sie nicht gewusst hätte, wohin, wenn sie mich nicht angetroffen hätte. Sie kannte in Berlin doch niemanden und in Stralsund wartete auch keiner auf sie.

Wir redeten und redeten und küssten uns zwischendurch immer wieder. Es war so schön, sich ohne Zaun und störende Lagerschutzmänner ganz nahe zu sein und der Stimme des anderen zu lauschen.

Mutter und Bille waren noch nicht zu Hause. Ich brühte eine Kanne Tee auf und immer weiterredend verdrückten wir Elfies restliche Reiseverpflegung. Gleich darauf zeigte ich ihr die Fotos, die Mutter und Bille über der Wohnzimmercouch angebracht hatten – Vater, Ömchen und Jule. Bis zu meiner Heimkehr hatte auch mein Foto dort gehangen. Ich hatte es inzwischen abgenommen.

Elfie fand, dass Jule sehr sympathisch aussah. Mehr konnte sie über ihn nicht sagen; ein Foto war ja nur ein Foto.

Ich erzählte ihr ein wenig von Vater und Ömchen, die nur wenige Wochen nach Jules und meiner Verhaftung gestorben war, und auch von Billes Monka. Von Julian wollte ich erst später erzählen. Dazu, so meine Worte, würde ich ein ganzes Leben brauchen.

Ich hatte es vorher gewusst und mich nicht getäuscht: Mutter und Bille mochten Elfie. Mutter bewegte Elfies Schicksal sehr, und Bille freute es, dass sie sich mit ihr so gut unterhalten konnte und in Elfie, kaum hatte sie Monka erblickt, sofort die Kindergärtnerin durchkam. Ich hatte gleich nach meiner Ankunft gefragt, ob Elfie bei uns bleiben dürfe, obwohl die Wohnung in der Grüntaler Straße ja nur aus zwei kleinen Räumen bestand. Beide hatten sie zugestimmt, obwohl sie zu jenem Zeitpunkt noch gar nicht wissen konnten, wen ich da anschleppen würde. Was waren sie erleichtert, dass ich einen »so guten Geschmack« hatte!

Es vergingen Wochen, bis Elfie und ich Mutter und Bille erzählen konnten, was wir in diesen drei Jahren erlebt hatten. Anfangs fassten wir uns kurz. Es war einfach zu viel gewesen; wir wussten nicht, womit anfangen und womit aufhören. Später lockerten sich unsere Zungen, und wir redeten stundenlang, immer einer den anderen unterbrechend, ohne Komma, ohne Punkt, ohne Ende. Alles musste raus, alles!

Auch dass wir gar nicht so viel aßen, verwunderte Mutter, Bille und uns selbst. Im Lager hatten wir uns öfter vorgestellt, wie wir in Freiheit in alle möglichen Leckerbissen reinhauen würden; jetzt waren wir eher bescheidene Esser. Vielleicht lag das daran, dass wir im letzten Vierteljahr nicht mehr hungern mussten, vielleicht verdrängten die neue Freiheit und all das Leben um uns herum aber auch die alten Wünsche.

Wovon wir nicht genug bekommen konnten, das waren Spaziergänge. Was wanderten Elfie und ich in den ersten Tagen nach unserer Entlassung durch die noch immer zerstörte Stadt! Wie oft fuhren wir mit der S-Bahn ins Grüne, um durch Wälder und über Wiesen, an der Spree, an der Havel und an Seen entlangzustreifen! Welch ein Genuss war das, gehen und gehen zu können, ohne an einen Zaun zu stoßen oder befürchten zu müssen, verbotenes Gelände zu betreten und dafür bestraft zu werden.

Später besorgte ich für Elfie ein Fahrrad und wir unternahmen Radwanderungen. Dabei musste ich oft an Clara denken und eines Tages erzählte ich Elfie von ihr. Sie spielte die Eifersüchtige; in Wahrheit jedoch gefiel ihr, dass ich Clara nicht so einfach vergessen wollte.

An manchen Abenden schrieben wir Briefe. Elfie hatte genau wie ich Adressen von Mitgefangenen auswendig gelernt, um die Mütter und Väter, Töchter und Söhne der noch im Lager Verbliebenen über deren Ergehen informieren zu können. Bald trafen die ersten Antworten mit Nachfragen ein, und einige Angehörige kamen uns sogar besuchen, um sich mehr über das Leben und Sterben in Buchenwald erzählen zu lassen.

Anfang September nahm ich – nun schon fast zwanzig Jahre alt – eine Lehre auf. Autoschlosser, wie es damals noch hieß. Mein Kindheitstraum. Und auch Elfie erfüllte sich ihren Berufswunsch und wurde Kindergärtnerin.

Es wäre ein Verbrechen an uns selbst gewesen, hätten wir diese ersten Jahre in Freiheit nicht mit allen Fasern unserer Herzen genossen. Wir waren einfach glücklich zu jener Zeit. Und das, obwohl uns viel Unverständnis entgegenschlug. Aus Buchenwald kämen wir, staunten die Leute, wenn wir von unseren Erlebnissen berichteten. Aber das sei doch ein Nazi-KZ gewesen. Wie wir denn erst 1948 daraus entlassen worden sein wollten, da der Krieg doch schon 1945 zu Ende gegangen war?

Später ging ich zur Volkshochschule, machte das Abitur, studierte Kfz-Technik und zog mit Elfie und unseren Kindern nach Wolfsburg. Ich wollte immer noch Autos bauen und sie nicht bloß reparieren.

Bille und Mutter blieben in Berlin, bis Bille für ihre Firma nach Frankreich ging. Da zog Mamusch dann zu uns.

Bille heiratete erst spät. Da war sie schon fast dreißig. Mit François aber hatten sie und Monka Glück. Ein Franzose, ein »Erbfeind«, der keine Vorurteile gegenüber Deutschen hatte? Davon gab es nach dem Krieg nicht viele. Für die meisten waren wir Deutschen zu dieser Zeit nur »Boches« – Schweine. Und wie hätte es nach all dem, was geschehen war, denn auch anders sein sollen?

Mutter starb Anfang der achtziger Jahre. Zehn Jahre später

kehrten Elfie und ich nach Berlin zurück. In die wiedervereinigte Stadt.

Natürlich hat sich in den letzten Jahrzehnten viel verändert, die Jablonskistraße aber ist noch immer dieselbe und die Grüntaler auch.

Wir wohnen nun in der Krausnickstraße, nicht weit entfernt von der Großen Hamburger. Manchmal glaube ich, dass das nicht nur Zufall ist.

Das ehemalige Jüdische Altersheim und spätere Sammellager für Juden, aus dem Jule damals flüchtete, gibt es nicht mehr. Es ist im Krieg zerstört worden. Die Friedhofsmauer, über die ich sprang, existiert noch. Auf unseren Spaziergängen kommen Elfie und ich oft daran vorüber.

Wandere ich allein durch die Stadt, sitze ich oft an Jules und meinem Lieblingsplatz an der Monbijou-Brücke und schaue zu Dom und Alter Nationalgalerie hinüber. Oder ich wärme eine Bank auf dem inzwischen mit dichtem Grün bewachsenen Trümmerberg im Friedrichshain und weiß die Reste der Flaktürme unter mir.

Zu Hause nehme ich manchmal Jules Schlüssel zur Hand und frage mich, was wohl aus Jule geworden wäre, hätte er weiterleben dürfen. Er, der als Kind so gern lachte und so klug und wissbegierig war, was hätte er mit seinem Leben angefangen? Und dann steigt eine noch längst nicht erloschene traurige Wut in mir auf.

Ich will ehrlich sein: Während unserer Wolfsburger Jahre bemühten Elfie und ich uns, die Vergangenheit zu verdrängen.

Da waren die Kinder, da waren unsere Berufe, das neue Leben! Wir wollten nicht immer an all das Schreckliche erinnert werden, das hinter uns lag. Wozu denn immer wieder darüber reden? Wer selbst im Lager war, dem brauchte man nichts zu erklären, und wer es nicht war, wie sollte der begreifen, wie es zu jener Zeit in uns ausgesehen hatte?

Nein, wir wollten keine Fahnen in unsere Wunden pflanzen, wie Theodor Weißbach das mal ausgedrückt hatte, wir wollten zukunftsgewandt leben. Später jedoch mussten wir uns eingestehen, dass dies über all die Jahre hinweg ein unerfüllbarer Wunsch geblieben ist und wir in unseren Alpträumen alles immer wieder neu erlebten. Man kann seine Vergangenheit nicht abstreifen wie eine Schlange ihre alte Haut; sie reist mit einem mit. Und so waren auch in unserer glücklichsten Zeit Krieg und Lager immer gegenwärtig und das Gefühl von Ohnmacht, Hilflosigkeit und Schmerz auch.

Nur von Jule träumte ich lange nicht. Als hätte mein Unterbewusstsein keinerlei Schuldgefühle zulassen wollen: Warum musste Jule sterben, warum durfte ich weiterleben? Zurück in Berlin, brach dieser Schutzwall. Hier ist er mir wieder sehr nahe, geht er oft neben mir her.

Es gibt kein Grab für Julian. Er liegt irgendwo auf dem Ettersberg. Zwischen vielen anderen Toten. Doch gibt es einen Gedenkstein für ihn und seine Eltern – auf dem Jüdischen Friedhof in Berlin-Weißensee; dem Friedhof, auf dem Julians Großeltern liegen, auf dem auch sein Vater bestattet werden wollte und auf dem Jule einst als Hilfsgärtner arbeitete. Auf dem Grab von seinen Großeltern liegt dieser Stein, Namen und Geburtsdaten seiner Eltern sind darauf verzeichnet und Fragezeichen dort, wo Todesjahr und Todesort stehen müssten. Dazu Jules Daten: *Julian Sternberg, geboren 7.11.1928 in Berlin, gestorben Frühjahr 1947 in Buchenwald.*

Bille und ich haben diesen Stein setzen lassen. Und kommt Bille nach Berlin, fahren wir nach Weißensee und legen kleine Steinchen auf diesen Gedenkstein. Eine alte jüdische Sitte;

ein Zeichen dafür, dass wir Julian und seine Eltern nicht vergessen haben.

Elfie, François und unsere Kinder gehen dann nicht mit. Sie wissen: Jules Geschichte ist unsere Geschichte. Wir erzählen gern von ihm; wirklich nah sein aber können wir ihm nur, wenn wir mit ihm allein sind.

Nachwort

Paul Scholz und Julian Sternberg sowie die allermeisten in diesem Roman geschilderten Personen sind erfundene, literarische Figuren. Ausnahmen: der »Judenkommissar« Dobberke und der stellvertretende Leiter des Sammellagers für Juden in der Berliner Großen Hamburger Straße 26, Max Reschke. Beide haben existiert und auch ihre Namen wurden nicht verändert.

Einen ersten Anlass zur Arbeit an diesem Roman gab die Lebensgeschichte des Erich Nehlhans, dem ersten Vorsitzenden der Jüdischen Gemeinde Berlins nach dem Zweiten Weltkrieg. Nehlhans hatte die Nazi-Zeit im Untergrund überlebt und wurde 1948 von einem sowjetischen Militärtribunal wegen »Spionage« zu 25 Jahren Arbeitslager und 5 Jahren Verbannung verurteilt. Er kam ins ehemalige Nazi-KZ Sachsenhausen – nunmehr sowjetisches Speziallager Nr. 7 – und wurde anschließend in die Sowjetunion verbracht, wo er 1953 unter bis heute nicht geklärten Umständen verstarb. Recherchen über die sowjetischen Internierungslager führten zu der Erkenntnis, dass nur in sehr geringer Zahl Personen in diesen Lagern festgehalten wurden oder darin umkamen, die sich unter den Nazis schuldig gemacht hatten, sondern vor allem kleine Mitläufer, viele willkürlich Verhaftete und Menschen, die mit der Politik der sowjetischen Besatzungsmacht nicht einverstanden waren.

Ein bisher eher stiefmütterlich behandeltes Kapitel der deutschen und europäischen Nachkriegs-Geschichte. Doch darf nicht vergessen werden: All das, was nach dem Krieg in

Deutschland und Europa geschah, muss vor dem Hintergrund der zwölf Jahre Nazi-Diktatur gesehen werden.

Am 30. Januar 1933, dem Tag, an dem Hitler die Macht übergeben wurde, lebten in Deutschland etwa 500 000 Juden – 160 000 von ihnen fielen dem Nazi-Terror zum Opfer.

Dieser Terror setzte früh ein. Er begann mit dem Boykott jüdischer Geschäfte – »Kauft nicht bei Juden« (1. April 1933) –, wurde fortgesetzt auf dem »Reichsparteitag« der Nazis am 15. September 1935, als die Nürnberger Gesetze verkündet wurden – darunter das berüchtigte »Gesetz zum Schutze des deutschen Blutes und der deutschen Ehre« –, und gipfelte (vorläufig) in der Pogromnacht vom 9. November 1938, als in Deutschland 7 500 jüdische Geschäfte und Kaufhäuser demoliert, 190 Synagogen in Brand gesetzt und 25 000 jüdische Bürger verhaftet, misshandelt oder umgebracht wurden.

Das alles aber war nur Vorspiel. Zu jener Zeit hofften die Nazis noch, die jüdischen Mitbürger vertreiben zu können – allerdings nicht, ohne sie zuvor bis auf den letzten Pfennig ausgeraubt zu haben. Eine Politik, die Folgen hatte. So flohen bereits 1937 – noch vor der Pogromnacht vom 9. November 1938 – 23 000 Juden aus Deutschland, 1938 folgten 33 000, 1939 75 000 Menschen. 1940 wurde nur noch 15 000 Juden die Ausreise gestattet, 1941 – dem letzten Jahr, in dem eine legale Ausreise möglich war – 8 000.

In Berlin lebten 1933 etwa 170 000 Juden – Anfang 1940 waren es noch 80 000. Nach dem Beginn der Deportationen dezimierte sich diese Zahl dann immer mehr. Im März 1943 wurden nur noch 27 250 Juden gezählt, im April 1943 18 300, im Juni 1943 6 800.

In der deutschen Reichshauptstadt wurden die jüdischen Menschen mit großer Erbarmungslosigkeit gejagt. Hier hatte die Nazis deren politische, ökonomische, künstlerische, gesellschaftliche und physische Präsenz schon immer besonders gestört. Mit dem Beginn der Deportationen im Jahre 1941 flüchteten dennoch viele Juden aus dem gesamten deutschen Reichsgebiet nach Berlin. Inmitten von vier Millionen Menschen und dutzenden deutlich voneinander abgegrenzten Wohngebieten, Geschäfts- und Industrievierteln, Parks und Stadtwäldern hofften sie leichter untertauchen zu können als in einer Kleinstadt. Und natürlich waren diese »U-Boote« in der offiziellen Statistik der Nazis, die die Stadt am 16. Juni 1943 wider besseres Wissen für »judenrein« erklärten, nicht erfasst.

Nachdem den Juden jede Ausreise verboten war, konnten die Deportationen rasch vor sich gehen. Und so gingen in ganz Deutschland und in allen von den Deutschen besetzten Gebieten Monat für Monat tausende Menschen auf Transport – Männer und Frauen, Greise und Kinder. Bereits im Frühjahr 1942 war die deutsche jüdische Bevölkerung auf ein Viertel ihrer ursprünglichen Zahl reduziert. Und dieser Prozess wäre sicher noch rascher verlaufen, hätte die deutsche Wehrmacht nicht darauf bestanden, dass die in kriegswichtigen Firmen beschäftigten »Rüstungsjuden« so lange an ihrem Arbeitsplatz verblieben, bis Ersatz gefunden war. Der »Ersatz« fand sich in den nach Deutschland verschleppten Zwangsarbeitern aus den von der Wehrmacht besetzten Gebieten.

Die Berliner Juden wurden in 63 so genannten »Ost-Transporten« und 117 »Alterstransporten« größtenteils direkt in die Todesfabrik Auschwitz (35 738 Menschen) oder erst einmal in das KZ Theresienstadt (etwa 15 000 Menschen) und andere Lager deportiert. Insgesamt fielen 55 696 von ihnen der Nazi-Mordmaschinerie zum Opfer. Sie wurden in Gaskammern ermordet und nach ihrem Tod »verwertet«: Ihnen wurden die Zähne gezogen, um das Zahngold herausschmelzen zu können, ihre Knochen wurden zu Dünger, ihr Körperfett zu Seife verarbeitet. Ein Schicksal, das sie mit 6 Millionen anderen europäischen Juden teilten.

Und diese Mordmaschinerie funktionierte bis zum Schluss. Der letzte Zug von Berlin nach Auschwitz ging am 5. Januar 1945 ab, der letzte Transport nach Theresienstadt (117 Deportierte) am 27. März 1945. Die Maschinerie konnte funktionieren, weil es unter der nichtjüdischen Bevölkerung keinerlei ernsthaften Widerstand gegen diesen Massenmord gab. Die beliebte Entschuldigung – nach dem Krieg öfter gebraucht –, man hätte von all diesen Morden nichts gewusst, darf als Schutzbehauptung aus schlechtem Gewissen gewertet werden. Wenn sicher auch nur wenige Menschen wussten, was wirklich in den Lagern geschah – wie ihre jüdischen Mitbürger drangsaliert, wie sie immer mehr entrechtet und schließlich abtransportiert wurden, konnte jeder sehen. Die Wahrheit ist, dass die Mehrheit der nichtjüdischen Bevölkerung dem Schicksal der Juden eher gleichgültig gegenüberstand und andere lieber wegsahen, um sich nicht selbst zu gefährden.

Nur 6 500 Berliner Juden überlebten die Nazi-Diktatur: Männer und Frauen, die durch ihre »privilegierte Mischehe« geschützt waren, Mitarbeiter des Jüdischen Krankenhauses im Stadtteil Wedding (dort war bis zum Ende des Krieges die Pathologie als letztes Sammellager in Betrieb) und des Jüdischen Friedhofs Weißensee und etwa 1 200 »U-Boote«. Keiner dieser »Untergetauchten« jedoch hätte überleben können, wenn er nicht die Hilfe mindestens eines Nichtjuden gehabt hätte; Menschen, die ihr eigenes Leben riskierten, um anderen zu helfen. Nur etwa 2 000 der fast 60 000 in die Nazi-KZ deportierten Berliner Juden kamen aus den Lagern zurück.

Ebenso grausam wütete die SS in den von der Wehrmacht besetzten Ost-Gebieten. Dort wurde die jüdische Bevölkerung ganzer Städte und Dörfer, einschließlich Frauen und Kindern, als »sicherheitsgefährdend« eingestuft und vorbeugend umgebracht. Oft waren die Deutschen in diesen Gebieten von der arglosen jüdischen Bevölkerung als »Befreier« begrüßt worden, hatte man doch lange unter dem latenten Antisemitismus der sowjetischen Kommunisten zu leiden gehabt. Darauf, dass die Nazis noch viel grausamere Judenfeinde waren, hatte die sowjetische Presse offensichtlich kaum hingewiesen.

Die Bilder sind bekannt: Leichengruben, nackte Menschen vor Maschinenpistolen, Kleinkinder und Säuglinge auf den Armen ihrer Mütter. Bettlägerige Kranke und gehunfähige Greise werden auf Tragbahren an die Hinrichtungsgruben geschafft; ist die Reihe voll, werden die Menschen vom Grubenrand aus erschossen. Die nächsten Opfer müssen sich auf die bereits Erschossenen legen, den Kopf zwischen die Füße der Toten … Und das bereits ab Herbst 1941, Monate bevor die Nazis am 20. Januar 1942 in einer Villa am Berliner Wannsee die »Endlösung der europäischen Judenfrage« beschlossen – sprich: die Ermordung aller 11 Millionen Juden Europas. Wir verdanken es allein den Staaten, die Nazi-Deutschland unter hohen eigenen Verlusten niederkämpften, dass dieser grausige Mordplan nicht vollendet werden konnte.

Die zehn sowjetischen Internierungslager auf deutschem Boden waren keine KZ in dem Sinne, wie die Nazis sie betrieben. Es gab keinen planmäßigen Genozid, keine medizinischen Experimente an Menschen und keine vorsätzlichen Tötungen. Dennoch dürfen die Häftlinge, die in diesen »Speziallagern« an Hunger und Krankheiten zugrunde gingen, nicht als Opfer zweiter Klasse angesehen werden.

In den »Politischen Grundsätzen« des Potsdamer Abkommens vom 2.8.1945, das als Grundlage für die Einrichtung der Internierungslager in den vier Besatzungszonen Deutschlands diente, heißt es: »Nazistische Parteiführer, einflussreiche Nazi-Anhänger und die Leitung der nazistischen Ämter und Organisationen und beliebige andere Personen, die für die Besetzung und ihre Ziele gefährlich sind, sind zu verhaften und zu internieren.«

Es ging um Maßnahmen zur Entmilitarisierung und Entnazifizierung Deutschlands, um die Sühne von Verbrechen gegen Frieden und Menschlichkeit und um die Abwehr von Gefahren für die Besatzer. Folge waren die in allen vier Besatzungszonen Deutschlands eingerichteten Internierungslager – dies oft in ehemaligen, nun wiederverwendeten Nazi-KZ, da diese leer stehenden Lager sich für solche Zwecke anboten. Es hätte zu lange gedauert und zu hohe Kosten verursacht, neue, menschenfreundlichere Lager zu bauen. Daran hatte auch niemand gedacht: Sollten die Deutschen doch ruhig einmal die Lager kennen lernen, in denen sie so viele Jahre lang Menschen festgehalten, gefoltert und ermordet hatten! Doch gab es erhebliche Unterschiede zwischen den sowjetischen Speziallagern und den Internierungslagern der Westalliierten. Sie begründeten sich vor allem in der Haftdauer und in den Haftbedingungen. In den westlichen Besatzungszonen wurden die Internierten nicht von vornherein als Verbrecher abgestempelt, sondern wie Untersuchungsgefangene behandelt. Und wenn auch in den westlichen Internierungslagern oft gehungert werden musste, so erfuhren die Häftlinge doch eine bessere medizinische Versorgung und wurden, sofern sie keine Verbrechen begangen hatten, bald wieder freigelassen. So befand sich in der amerikanischen Zone im Sommer 1946 die Hälfte aller Internierten bereits wieder auf freiem Fuß und die in den Lagern Verbliebenen – mehrheitlich Angehörige der SS und Gestapo – mussten sich vor Gericht verantworten. (Allerdings wurden die Gerichtsverfahren ab 1948, mit Beginn des Kalten Krieges, weitgehend eingestellt, viele Strafen erlassen und noch nicht Verurteilte aus der Haft entlassen.)

In den westlichen Internierungslagern starben etwa drei Prozent der Inhaftierten – das entsprach in etwa der Todesrate der Gesamtbevölkerung –, in den sowjetischen Speziallagern kamen 42 889 der insgesamt 122 671 Häftlinge ums Leben, wie das sowjetische Innenministerium nach der politischen Wende des Jahres 1989 bekannt gab, was eine Sterblichkeitsrate von über fünfunddreißig Prozent ergibt. Viele Historiker jedoch halten die tatsächlichen Zahlen noch für wesentlich höher.

Auch war in den westlichen Lagern ab Ende 1945 der Briefverkehr mit Angehörigen erlaubt; die Familien der in der sowjetischen Besatzungszone Internierten erfuhren nichts über den Verbleib ihrer Mütter und Väter, Söhne und Töchter. In den westlichen Internierungslagern war eine seelsorgerische Betreuung zugelassen, es gab Besuchsregelungen und zum Teil wurde sogar Freigang eingeführt. Und es wurde für Beschäftigung gesorgt, indem Häftlinge zu Enttrümmerungsarbeiten herangezogen wurden.

Der entsetzliche Hunger, der bei vielen zum Tode führte, die hochgradige Durchseuchung der Lager mit Krankheiten wie Tuberkulose und Ruhr, die aufgrund fehlender Medikamente kaum bekämpft werden konnten, der Mangel an Hygiene und das Fehlen jeglicher Kontaktaufnahme zur Außenwelt, das waren die Hauptgeißeln der sowjetischen Speziallager. Doch wurden diese Lager nicht anders geführt als die in der Sowjetunion existierenden Straflager. Dort betrug die Sterblichkeitsrate bereits in den zwanziger Jahren um die dreißig Prozent, auch dort wurde gehungert, wurden Krankheiten nicht ausreichend behandelt, gab es keinerlei Hygiene und war es den Häftlingen nicht erlaubt, zu schreiben oder Post zu empfangen. Einziger Unterschied: Es »durfte« gearbeitet – oft sich zu Tode gearbeitet – werden. Es war das »Pech« der in den sowjetischen Speziallagern Internierten, einem politischen System in die Hände gefallen zu sein, das mit Gefangenen nicht anders umging.

Ein weiterer Unterschied bestand in der Verhaftungspraxis. Im Gegensatz zu den Westalliierten verwendete die sowjetische Besatzungsmacht ihre Lager nicht zur politischen »Umerziehung« – egal, wie erfolgreich diese Praxis war –, sondern man verhaftete eher willkürlich, nach dem Zufallsprinzip, wie sich nach der Wende 1989, als die sowjetischen und später die russischen Behörden ihre Archive öffneten, herausstellte. Achtzig bis neunzig Prozent der ehemals Inhaftierten mussten vom späteren, nichtstalinistischen Russland rehabilitiert werden; die Beschuldigungen, so gab man zu, seien zu Unrecht erfolgt.

Ja, nazistische Parteiführer, einflussreiche Nazis oder Personen, die der sowjetischen Besatzungsmacht hätten gefährlich werden können, wie im Potsdamer Abkommen artikuliert, befanden sich nur zu einem verschwindend geringen Teil in den sowjetischen Speziallagern. Es waren die Lager der kleinen Nazis, der nur wenig oder gar nicht Belasteten, der von Neidern Denunzierten und der »irrtümlich« und willkürlich Verhafteten.

Besonders bestürzend aber ist, dass in den zehn sowjetischen Speziallagern auch 12 000 Jugendliche festgehalten wurden, verhaftet als »Werwölfe«; Jungen und Mädchen, die oft nichts anderes getan hatten, als Mitglieder in Hitlers Jugendorganisationen gewesen zu sein; eine Mitgliedschaft, die seit dem Ende der dreißiger Jahre praktisch Pflicht war. Hier waren die alliierten Dienststellen – auch die westlichen – auf Goebbels Propaganda hereingefallen, der, gemeinsam mit Bormann und Himmler, kurz vor Kriegsende diese partisanenähnliche Werwolf-Organisation aufbauen wollte, um den Feind auch im Rücken angreifen zu können. Die Folge war, dass in allen Besatzungszonen tausende zumeist jugendliche Deutsche als tatsächliche oder vermeintliche »Werwölfe« verhaftet und interniert wurden. Während sie in den drei westlichen Besatzungszonen jedoch zumeist wie Kriegsgefangene behandelt und viele von ihnen – vor allem junge »Werwölfe« – bald wieder nach Hause geschickt wurden, unterschied man in den sowjetischen Speziallagern nicht zwischen Jugendlichen und Erwachsenen.

Zornig macht noch heute der Fall eines Vierzehnjährigen, der, da er »Hitlerjugendführer« gewesen sein soll, 1945 nach Buchenwald gebracht wurde (Häftlingsnummer 33107) und 1950 den Behörden der 1949 gegründeten DDR übergeben wurde, die ihn zu weiteren Jahren Haft in die Zuchthäuser Waldheim und Bautzen einwies. Auch dieser Häftling wurde später von den russischen Behörden rehabilitiert.

Und noch ein wesentlicher Unterschied zu den westlichen Internierungslagern muss erwähnt werden: In den sowjetischen Speziallagern wurden nicht allein Häftlinge festgehalten, die irgendwie mit der untergegangenen Nazi-Diktatur in Verbindung gebracht werden konnten. Auch zahlreiche politisch missliebige Personen wie »reaktionär diskutierende« Sozialdemokraten, »falsch predigende« Pfarrer und »abweichlerische« Kommunisten – und unter denen ehemalige Häftlinge der Nazi-KZ – wurden inhaftiert. Es ist keine Erfindung des Autors, dass in diesem Roman einige Figuren das Lager

Buchenwald unter zwei verschiedenen Diktaturen kennen gelernt haben. Und es ist ebenso eine Tatsache, dass die sowjetischen Dienststellen auch Juden inhaftierten – zum Teil, weil sie (gezwungenermaßen) für die Nazis gearbeitet hatten, zum Teil, weil diese Überlebenden des Nazi-Terrors andere politische Ziele verfolgten, als die sowjetische Administration vorgab. So wurden im Unterschied zu den westlichen Entnazifizierungslagern die sowjetischen Speziallager bald auch zu »vorbeugend« wirksamen politischen Straflagern.

Zu ersten größeren Entlassungen aus den sowjetischen Speziallagern kam es im Sommer 1948. 28 000 Internierungshäftlinge – vor allem nicht zu Freiheitsstrafen verurteilte Jugendliche, einfache Parteimitglieder, niedere Parteifunktionäre und Parteilose – kamen frei. Die endgültige Auflösung der Lager jedoch erfolgte erst im Frühjahr 1950. Zu diesem Zeitpunkt wurden weitere 15 000 Häftlinge entlassen, während 10 513 noch in Haft Verbliebene und durch die sowjetischen Behörden zu langjährigen Freiheitsstrafen verurteilte Männer und Frauen an die Justizorgane der DDR übergeben wurden. Was für die allermeisten noch einmal vier bis sechs Jahre Leben hinter Zuchthausgittern bedeutete.

Weitere 3 432 Internierte wurden ab 20. Juni 1950 in der DDR vor Gericht gestellt und in einer Serie von Schnellverfahren zu durchweg sehr hohen Zeitstrafen und – in 24 Fällen – zum Tode verurteilt. Doch auch die Zeitstrafen wurden von vielen Häftlingen nicht überlebt; sie fielen der zu dieser Zeit in den DDR-Zuchthäusern grassierenden Tuberkulose zum Opfer. Diese »Waldheimer Prozesse« darf man getrost als politisch motivierte Justiz-Farce bezeichnen, da den Verurteilten keinerlei wirkliche Verteidigungsmöglichkeit geboten und auf eine korrekte Beweisführung verzichtet wurde.

649 Häftlinge der Internierungslager wurden von den sowjetischen Behörden besonders großer, gegen die Sowjetunion gerichteter Verbrechen bezichtigt und in Straflager auf sowjetischem Boden überführt.

Viele der bereits 1948 aus den sowjetischen Speziallagern Entlassenen kehrten in die drei Westzonen zurück oder flüchteten dorthin. Dadurch wurden diese Lager im Westen bekannt und in den Medien scharf angegriffen, was den Druck auf die sowjetische Besatzungsmacht erhöhte, ihre Speziallager 1950 endgültig aufzulösen.

In der DDR wurden alle ehemals Internierten als Nazi- und Kriegsverbrecher abgestempelt, egal, ob sie überhaupt verurteilt worden waren oder nicht. Die Schließung der Lager wurde als großherzige Geste der Sowjetunion deklariert, die Verhältnisse in den Lagern bis zur Unkenntlichkeit beschönigt und allen in der DDR gebliebenen ehemaligen Häftlingen eine Schweigepflicht über diese Zeit ihres Lebens auferlegt, die viele erst nach der politischen Wende 1989 zu brechen wagten. Sämtliche Spuren der sowjetischen Nutzung der ehemaligen Nazi-KZ wurden beseitigt.

Für die Überlebenden bedeutete diese zweite Zeit des Schweigens eine zusätzliche Bestrafung. Ohne jede psychologische oder menschliche Hilfe mussten sie mit der erlittenen Ungerechtigkeit und all dem Grauen, das sie miterlebt hatten, fertig werden. Und redeten sie trotz der ihnen auferlegten Schweigepflicht über ihre Zeit im Lager, wurde ihnen nicht geglaubt. Sogar Familienangehörige zweifelten diese Berichte an. Außerdem wurden sie über Jahre hinweg vom Ministerium für Staatssicherheit observiert, und bei nicht wenigen wurde versucht, sie »aufgrund ihrer Vergangenheit« zu Spitzeldiensten zu erpressen. Ließen sie sich darauf nicht ein, erlitten sie berufliche Nachteile.

Bis zum Ende der DDR wurde jede Aufarbeitung dieses Teils der deutschen Geschichte von der DDR-Regierung unterbunden; die Gräber der in den Lagern Umgekommenen blieben unkenntlich. Erst nach der Wende 1989 wurden die Gräberfelder gekennzeichnet und zu Friedhöfen umgestaltet. Auch werden seither kontroverse Debatten darüber geführt, wie der Unrechtscharakter der sowjetischen Speziallager dokumentiert werden kann, ohne die ehemaligen Nazi-Aktivisten unter den Lagerinsassen von ihrer Mitverantwortung für die Verbrechen der Hitler-Diktatur zu entbinden.

Bei der Bekanntgabe der Zahl der in den Internierungslagern verstorbenen Häftlinge erklärte das sowjetische Außenministerium: »Die Verluste sind wahrhaft traurig. Sie können jedoch nicht mit den Millionen von Toten im sowjetischen Volk verglichen werden, die ohne alle Verhöre und Verhandlungen von der Hand der Nationalsozialisten sterben mussten.«

Dem ist nicht zu widersprechen.

Zur Erinnerung: 20,6 Millionen sowjetische Menschen verloren in dem von Nazi-Deutschland angezettelten Zweiten Weltkrieg ihr Leben, darunter jeder Dritte der 5,7 Millionen Soldaten, die in deutsche Kriegsgefangenschaft geraten waren, und 7 Millionen nicht an den Kriegshandlungen beteiligte Zivilisten. Jeder Sowjetsoldat wusste von den vielen Toten in seiner Heimat, wusste von dem Versuch der deutschen Wehrmacht, die Stadt Leningrad auszuhungern, dem eine Million Menschen zum Opfer gefallen waren, wusste von hunderten von niedergebrannten Dörfern, von zahllosen Plünderungen und Erschießungen – und wusste bald auch von den Massenmorden in den deutschen KZ. Der Hass wuchs sich ins Ungeheure aus. Und so war es für viele sowjetische Soldaten nur selbstverständlich, sich an den Mördern ihrer Frauen und

Kinder, an den Zerstörern und Vernichtern ihrer Städte und Dörfer zu rächen.

Hinzu kam, dass die stalinistische Führung ihre Soldaten in Flugblättern anhielt, alle Skrupel beiseite zu schieben und kein Erbarmen gelten zu lassen – genau so, wie es zuvor die deutsche Führung von der deutschen Wehrmacht und später von der gesamten deutschen Bevölkerung verlangt hatte. So wurden die Sowjetsoldaten anfangs sogar zur Vergewaltigung deutscher Frauen aufgefordert. »Tötet! Tötet!«, hieß es in einem der sowjetischen Flugblätter. »Wendet Gewalt an und brecht den Rassenstolz dieser germanischen Frauen. Nehmt sie als euch zustehende Beute.«

Frauen als Kriegsbeute! Auch in den von der deutschen Wehrmacht besetzten Gebieten und beim Einmarsch der US-Truppen in Deutschland kam es zu Vergewaltigungen. Siegreiche Soldaten verhalten sich offensichtlich oft sehr ähnlich; der Krieg verroht die Menschen. Dennoch: Die Vergewaltigungswelle durch die Rote Armee ist durch nichts zu erklären oder gar zu entschuldigen. Allein in Berlin, so wurde 1948 geschätzt, kam es zu 90 000 Vergewaltigungen und in sehr vielen Fällen durch auf diese Weise gezeugte Kinder, die oft erst als Erwachsene erfuhren, dass ihr Vater ein sowjetischer Sieger war. In der DDR wurden diese Verbrechen lange verschwiegen; sie passten nicht in das Bild, das die SED-Funktionäre von den sowjetischen Befreiern zeichnen wollten.

In diesem Roman soll nicht aufgerechnet werden – hier die Opfer des Nationalsozialismus, dort die Opfer der sowjetischen Siegerwillkür. Die Verbrechen der Nationalsozialisten bleiben einmalig, das beweist allein ein Vergleich der Opferzahlen und der Hinweis auf die perfekt durchorganisierte Mordmaschinerie der Nazis. Eine nachträgliche Relativierung des Unrechts, das von Deutschen begangen wurde, wäre eine Geschichtsfälschung. Das Gleiche aber wäre der Fall, würde man das Unrecht der frühen Nachkriegsjahre verschweigen.

Eugen Kogon, in der Nazi-Zeit Buchenwald-Häftling, sah in seinem 1949 erschienenen und seinerzeit viel diskutierten Buch *Der SS-Staat* in dem »neuen Schweigen« über die sowjetischen Speziallager »eine beängstigende Ähnlichkeit mit dem Schweigen über die Konzentrationslager«. »Das System scheint in vielem nicht so entsetzlich zu sein, wie es das nationalsozialistische war«, schreibt er. »Es wird zum Beispiel nicht vergast, nicht erwürgt, gehängt und reihenweise erschossen. Aber es ist in jeder Hinsicht schlimm genug.« Und er schlussfolgert: »Sind die russischen Konzentrationslager vielleicht eine Entschuldigung für die nationalsozialistischen? Im Gegenteil: Das System des SS-Staates muss erkannt werden, damit die Ausbreitung des Systems des GPU-Staates bekämpft … werden kann.«

Nein, die sowjetischen Speziallager entschuldigen nicht die Konzentrationslager der Nazis. Es gibt aber auch keine antifaschistische Legitimation für das Hungern und Sterben in den Speziallagern und keine Entschuldigung für das willkürliche Vorgehen der sowjetischen Behörden bei den Verhaftungen.

Die Jablonskistraße im Berliner Bezirk Prenzlauer Berg wurde nach dem christlichen Hofprediger am Berliner Dom und späteren Präsidenten der Akademie der Wissenschaften Professor Daniel Ernst Jablonski (1660–1741) benannt, der auch eine Druckerei betrieb, in der er eng mit Juden zusammenarbeitete. Da zu seiner Zeit Juden von den preußischen Behörden keine Drucklizenz erhielten, wurde Jablonski, obwohl Christ, erster »hebräischer« Drucker, als er 1697 den biblischen Psalter und 1699 eine komplette hebräische Bibel vorlegte. Jahre später, zwischen 1715 und 1722, sorgte er mit dafür, dass – trotz Verbots durch den preußischen König – zum ersten Mal der jüdische Talmud erscheinen konnte. Das hatten die Nazis, die diese Straße nach ihrem Machtantritt nicht umbenannten, offensichtlich nicht gewusst.

Zum Schluss gilt es Dank zu sagen, denn ohne die Erinnerungen heute zum größten Teil nicht mehr lebender Zeitzeugen hätte dieser Roman nicht geschrieben werden können. Es sind zu viele, um sie namentlich aufzuführen, doch sind ihre Arbeiten für uns Heutige von unschätzbarem Wert. Hätten sie sich nicht der schmerzhaften Mühe unterzogen, ihr Leiden und Erduldenmüssen in Worte zu kleiden, wie sollten wir Nachgeborenen uns ein Bild machen können von dieser bis in die Gegenwart nachwirkenden Zeit?

Berlin, im Januar 2004 *Klaus Kordon*

Worterklärungen

Arier: ursprünglich die Selbstbezeichnung frühgeschichtlicher, indogermanischer Völker, die Arisch sprachen. Unter dem Einfluss der Nationalsozialisten wurde »Arier« auf die Bedeutung »Angehöriger der nordischen Rasse« und schließlich »Nichtjude« eingeengt und so zum antisemitischen Begriff.

Bolschewiken: von Bolschewiki, zu deutsch: Mehrheitler, Selbstbezeichnung der russischen Kommunisten, die 1903 bei einer Abstimmung auf dem 2. Kongress der Sozialdemokratischen Arbeiterpartei Russlands mit zwei Stimmen Mehrheit siegten. Bis Mitte der fünfziger Jahre des 20. Jahrhunderts Sammelbegriff für alle vom Sowjetkommunismus beeinflussten Parteien und Organisationen. Im nationalsozialistischen Deutschland wurden fast alle Hitler-Gegner als Bolschewisten oder Bolschewiken diffamiert.

Gestapo: Abkürzung für »Geheime Staatspolizei«. Die Gestapo war maßgeblich an der Verhaftung, Folterung und Ermordung zahlreicher Gegner des Nazi-Systems und an den Massenvernichtungsaktionen gegen die Juden beteiligt.

Hindenburg:	Paul von Beneckendorff und von Hindenburg (1847–1934); Generalfeldmarschall (seit 1914) und deutscher Reichspräsident von 1925 bis 1934.
Hitlerjugend:	Jugendorganisation der NSDAP. Untergliedert in das Deutsche Jungvolk (10–14-jährige Jungen, auch Pimpfe genannt), den Jungmädelbund (10–14-jährige Mädchen) und die eigentliche HJ bzw. den Bund Deutscher Mädel (14–18-jährige Jugendliche).
Jiddisch:	Sprache der Juden in Deutschland und Osteuropa. Oft auch als »Judendeutsch« bezeichnet.
Kraft durch Freude:	so genannte KdF-Reisen. Von der Deutschen Arbeitsfront (der nationalsozialistischen Ersatz-Gewerkschaft) gestaltete Ferienreisen, die als Propagandamittel eingesetzt wurden.
Leningrad:	Die Stadt Leningrad (heute wieder St. Petersburg) wurde vom 8. September 1941 bis zum 18. Januar 1943 von der deutschen Wehrmacht belagert; ein Versuch, die Stadt auszuhungern, dem eine Million Menschen zum Opfer fielen.
Mutterkreuz:	Nationalsozialistischer Orden für Frauen, die mindestens vier Kinder zur Welt gebracht hatten. Der Nazi-Staat benötigte »reinrassigen« Nachwuchs, um nach einer erhofften

siegreichen Beendigung des Krieges die unterdrückten Völker in Schach halten zu können.

Pogrom: Im zaristischen Russland Bezeichnung für eine mit Plünderungen und Mord verbundene Judenverfolgung. Inzwischen allgemeine Bezeichnung für jede Ausschreitung gegen Mitglieder nationaler, religiöser oder rassischer Minderheiten.

Ostmark: Bezeichnung für die österreichischen Gebiete nach dem Anschluss Österreichs an das Deutsche Reich (Ostmarkgesetz vom 14. 04. 1939).

Reichstagsbrand: In der Nacht vom 27. auf den 28. Februar 1933 brannte in Berlin der Reichstag. Als Brandstifter festgenommen wurde der geistig verwirrte holländische Kommunist Marinus van der Lubbe. Unzweifelhaft war er der Täter oder zumindest einer der Täter. Für die Nazis ein Beweis, dass es »die Kommunisten« waren, die den Reichstag angesteckt hatten – vor allem aber Vorwand für die darauf folgenden Verhaftungen von etwa 1500 KPD- und SPD-Funktionären. Kommunistische Historiker behaupteten deshalb lange, die wahren Hintermänner der Brandstiftung wären die Nazis selbst gewesen; nur sie hätten einen Nutzen aus diesem Brand ziehen können. Dieser Verdacht lag nahe: Es wäre eine Dummheit der kommunistischen Führung gewesen, den Brand zu veranlassen und sich danach so überrascht und widerstandslos festnehmen zu lassen, wie es geschehen ist. Doch gibt es keinerlei Beweise dafür, dass die Nazis die Täter waren. Für die Berliner Kriminalpolizei blieb es die Tat eines Einzelgängers, und auch van der Lubbe hat bis zu seiner Hinrichtung immer wieder beteuert, dass ihm niemand bei seiner Tat geholfen oder ihn zu dieser Tat angestiftet habe. Er ganz allein habe ein Fanal gegen die Naziherrschaft entzünden wollen. Tatsache ist, dass den Nazis dieser Brand außerordentlich gelegen kam, um den Terror gegen ihre Gegner noch verstärken zu können.

SA: Abkürzung für Sturmabteilung. Militärische Kampforganisation der NSDAP (Nationalsozialistische Deutsche Arbeiterpartei).

Schabbat: Der siebte Tag der jüdischen Woche. Ein traditioneller Ruhetag (von Freitag- bis Samstagabend), der auf die biblische Schöpfungsgeschichte zurückgeführt wird.

Schtetl: Bezeichnung für bis zum Zweiten Weltkrieg überwiegend von Juden bewohnte Orte in Osteuropa, in denen die Bevölkerung nach jüdischen Traditionen lebte. Viele dieser Menschen wanderten in der ersten Hälfte des 20. Jahrhunderts in andere Länder aus, die Zurückbleibenden fielen dem Nazi-Terror zum Opfer.

SS: Abkürzung für Schutzstaffel; Sonderorganisation zum Schutz Hitlers und der Nazi-Führung. Verantwortlich für die Verfolgung und Ermordung von Nazi-Gegnern und Juden.

Stürmer-Juden: *Der Stürmer* war eine in Nürnberg herausgegebene antisemitische Wochenschrift der Nationalsozialisten. Ziel war die propagandistische Vorbereitung und Begründung der Vernichtung der Juden. Bösartige Karikaturen sollten den Deutschen einreden, dass Juden Untermenschen seien.

unkoscheres Fleisch: Rituelle Speisevorschriften gehören zu den Grundfesten des strenggläubigen Judentums. Koscher – also »rein« – ist das Fleisch der meisten Geflügelarten und von gesunden Vierfüßlern, die ihre Nahrung wiederkäuen und gespaltene Hufe haben wie Rind, Kalb, Lamm, Ziege und Reh. Schweinefleisch z. B. gilt nicht als koscher. In jedem Fall ist Bedingung, dass das Schlachtvieh zuvor nach rituellen Vorschriften geschächtet wurde.

Versailles: Gemeint ist der Versailler Vertrag vom 28. Juni 1919, in dem Deutschland als Verlierer und Hauptschuldigem des Ersten Weltkrieges umfangreiche Reparationsleistungen auferlegt und andere politische und militärische Auflagen gemacht wurden. Die auferlegten Friedensbedingungen wurden in Deutschland als kaum zu erfüllen, ungerecht und demütigend empfunden; eine Einschätzung, die heute viele ausländische Historiker teilen.

Zionisten: Anhänger des Zionismus, deren politisches und soziales Bestreben es war, in Palästina (heute Israel) einen unabhängigen jüdischen Nationalstaat zu errichten; ein Ziel, das am 14. Mai 1948 mit der Ausrufung des Staates Israel erreicht wurde. Ins Land Zion, ins Heilige Land, heimzukehren, aus dem man einst vertrieben worden war, war seit 2000 Jahren der Wunsch vieler gläubiger Juden.